한국 현대수필의
구조와 미학

한국 현대수필의 구조와 미학

안 성 수

수필과비평사

지난 2년 동안 쓴 글들을 모아 독자 여러분에게 바친다.

이 책은 수필학을 연구하는 사람이나 수필미학을 꿈꾸는 작가들, 그리고 수필창작에 입문한 사람들에게 격조 높은 수필미학의 세계를 체계적으로 안내하는데 목적이 있다. 그러므로 독자들은 이 책을 수필에 관한 새로운 이론서나 수필창작 방법론, 또는 수필비평서로 읽어도 무방하다. 아니, 구체적인 수필 텍스트 속에서 감동적인 울림을 만들어 내는 독특한 미적 구조와 그 창조방법 등을 다양한 문학이론과 접목시켜 풀어내고 있으니 수필시학이라 불러도 좋을 듯싶다.

이 책의 제목을 ≪한국 현대수필의 구조와 미학≫으로 명명한 데에는 그럴 만한 이유가 숨어있다. 지난 100여 년 간 한국의 수필작가들은 "수필도 문학인가?"라는 조롱과 힘겹게 싸워 왔다. 그 동안 한국의 많은 독자들은 물론, 일부 학자들까지도 "수필은 누구나 쓸 수 있는 가벼운 문학" 쯤으로 인식하거나, 아예 "전문성이 부족한 비 본격 문학"으로 폄하해온 게 사실이다. 과연 타당한 말일까? 그들의 주장처럼 수필작품 속에는 독자를 감동시킬 만한 구조와 미학이 내재하지 않는 것일까?

이런 부당한 인식을 바꾸어 주기 위해서는 천 마디 말보다 구체적이고 과학적이며 객관적인 평론이나 논문이 필요하다고 믿었다. 아전인수 격의 편견을 지양하면서 과학적인 논증을 제공할 수만 있다면, 수필문학에 대한 뿌리 깊은 오해와 왜곡을 불식시킬 수 있다고 생각했다. 그런 오해를 풀기 위해서는 수필 텍스트에 대한 다양한 이론과 논리를 앞세운 정치한 분석과 논증이 필요하였다. 이를 위해, 수필 텍스트를 만날 때마다 쉽지 않은 공통의 질문을 던져야만 했다. "첫째, 작가는 핵심 제재를 어느 깊이와 수준까지 통찰했는가? 둘째, 작가는 그 통찰내용을 어떤 미적 울림의 구조 속에 담아내고 있는가? 셋째, 작가는 어떤 서술방법과 수사 전략으로 문학적 소통을 시도하는가?" 등이다. 이러한 질문들은 끊임없이 필자를 "수필이란 무엇인가?"라는 본질적인 궁금증의 세계로 이끌었다.

이 책 속에는 그런 근원적 질문에 대한 답변들이 다양하게 들어있다. 필자는 그 물음에 대한 객관적인 해답을 찾기 위해 텍스트에 대한 구조 분석과 기호학적 분석 등을 통해서 체계적이고 유기적인 통찰을 시도하였다. 그런 의미에서, 이 작업은 한국 현대수필의 구조와 미학적 특성을 구체적으로 탐구함은 물론, 우리 수필의 보편적 전통과 정체성을 인식하는 길도 된다는 점에서 가치를 부여하고 싶다. 다시 말해서, 이 글들은 한국 현대수필을 해체시켜서 그 속살을 만져보고, 그 정수精髓를 음미함으로써 한국 수필의 DNA를 검증한 보고서이다.

독자들은 이 책을 일곱 번째 글부터 먼저 읽는 것이 좋을 것이다. 거기에는 필자가 20여 년 동안 연구한 결과로부터 도출한 한국 현대수필의 문제점을 문학철학이나 문예미학과 연계시킨 수필시학 상의 과제들이 제시되어 있다. 예컨대, 한국의 수필작가들이 간과해온 수필철학과 수필미학의 논리들을 새로운 문학이론과 접맥시켜 수필시학의 이름으로 탐구하고 있기 때문이다. 필자는 이러한 노력을 통해서, 수필도 시나 소설 못잖은 심오한 미적 논리와 철학을 지니고 있다는 사실을 확인하고 싶었다. 질 좋은 작품을 쓰는 작가들은 늘 제재에 대한 심오한 철학적 성찰과 관조를 시도하고, 거기서 얻은 깨달음을 미적 구조로 재조직하여, 문학적 문장과 담론전략으로 독자에게 전달하는 창조과정을 따른다는 사실이 이를 증명한다.

아무쪼록, 독자 여러분의 진지한 일독을 권한다. 특별히 수필을 배우거나 쓰고 있는 작가들의 일독을 권한다. 그리고 수필문학에 대한 새로운 관심과 진지한 탐구의 문이 열리기를 기대한다. 이를 통하여, 그동안 쌓여 있던 수필문학에 가해진 오해와 편견들도 사라지기를 소망한다. 뿐만 아니라, 시도 소설도 희곡도 아니면서 그들의 장점을 변증법적으로 취하여 절묘하게 태어난 제4의 유망한 장르가 바로 수필임을 인식하기를 바란다.

그리하여 먼 훗날, 벨기에의 모리스 마테를링크처럼 한국의 수필작가들 중에서 노벨문학상의 수상자가 탄생하기를 기원한다. 그러한 영광이 이 땅의 수필작가들에게 돌아오기 위해서는 작가와 독자, 그리고 비평가들이 상보적인 자세로 건전한 비판과 수용의 변증법을 믿고 받아들여야 한다. 결국, 이와 같은 노력들이 이 땅의 수필문학을 살리고, 세계의 독자들에게 진정한 한국 수필의 맛과 멋을 선사하는 날을 앞당길 수 있으리라 확신한다. 그런 갈급한 심정으로 이 조그만 책을 한국의 수필 독자들에게 바친다.

이 책을 출판해주신 서정환 사장님과 좋은 책을 만들기 위해 고생하신 유인실 주간님, 한경선 편집장님께도 깊은 감사를 드린다.

2013년 11월

안 성 수

차례

01
목성균의 〈세한도 歲寒圖〉

1. 연재를 시작하며

2004년 가을부터 2009년 여름까지 '수필 오디세이' 연재를 마친 지 삼년이 흘렀다. 독자들의 요청에 의해 다시 "한국 현대수필의 구조와 미학"이라는 제목으로 연재를 시작한다. 내심으로는 "수필 오디세이 2부"라고 불러도 좋을 성싶다. 1부가 이론적인 수필시학의 탐구였다면, 2부는 작품 속에서 수필미학을 확인하는 본격 작업이기 때문이다.

한국 현대수필사 백 년을 목전에 둔 시점에서, 우리 수필의 예술성과 철학성을 구조와 미학의 이름으로 꼼꼼히 살피려는 것은 한국 수필의 진면목에 대한 궁금증에서 비롯된다. 루카치에 따르면, 모든 대상은 보편성과 개별성의 범주를 지니는데, 그것을 변증법적인 통일을 통해서 특수성의 형태로 범주화하는 것이 바로 예술이다. 필자 또한 한 작품이 지니고 있는 개별성과 보편성의 정체를 탐색하고, 이 양자가 어떻게 예술적으로 통일되는지를 객관적으로 확인해 봄으로써 한국 현대수필의 참모습에 다가서려고 한다.

　이를 위해, 몇 가지 비평적 성찰의 원칙을 제시한다. 첫째, 텍스트의 선정은 전적으로 필자의 취향과 안목에 의존한다. 따라서 '좋은수필사'에서 간행한 ≪현대수필가100인선≫을 비롯한 여러 작품집에서 자유롭게 텍스트를 구할 것이다. 둘째, 비평방법은 어느 한 가지 방법론에 의존하기보다는 가급적 작품의 총체성을 담아낸다는 뜻에서 절충적인 방법과 통섭의 논리를 지향한다. 셋째, 게재 순서 또한 발표순이나 등단 순서를 따르지 않을 것이다. 이는 동일한 기준으로 시대를 초월하여 작품의 미학성에 접근하려는 평자의 의지로 이해해 주기 바란다.

　과학적 방법론과 객관적인 기준은 비평의 생명이다. 비평이 주관적 감상에 휘둘릴 때, 그것은 생명을 잃고 작가와의 바람직한 긴장관계를 형성하지 못한다. 이는 수필문단 모두에게 독毒이 된다는 점에서 객관적 비평의 실천을 독자와의 약속으로 삼고자 한다.

2. 분석 텍스트의 선정

　목성균의 〈세한도〉는 추사 김정희의 동명의 문인화(1844)를 연상시키는 수필이다. 160여 년의 간극을 뛰어넘어 그림과 수필이라는 이질 예술 간의 상호텍스트성을 활용하여 절묘한 미적 울림을 창조한 수작이다. 작가는 이 작품을 그의 첫 수필집 ≪명태에 관한 추억≫(2003)에 수록하여 수필의 맛과 품격을 격조 있게 보여준다.

〈세한도〉

　휴전이 되던 해 음력 정월 초순께, 해가 설핏한 강 나루터에 아버지와

나는 서 있었다. 작은증조부께 세배를 드리러 가는 길이었다. 강만 건너
면 바로 작은댁인데, 배가 강 건너편에 있었다. 아버지가 입에 두 손을
나팔처럼 모아 대고 강 건너에다 소리를 지르셨다.

"사공─, 강 건너 주시오."

건너편 강 언덕 위에 뱃사공의 오두막집이 납작하게 엎드려 있었다.
노랗게 식은 햇살에 동그마니 드러난 외딴집, 지붕 위로 하얀 연기가
저녁 강바람에 산란하게 흩어지고 있었다. 그 오두막집 삽짝 앞에 능수
버드나무가 맨몸뚱이로 비스듬히 서 있었다. 둥치에 비해서 가지가 부
실한 것으로 보아 고목인 듯싶었다. 나루터의 세월이 느껴졌다.

강심만 남기고 강은 얼어붙어 있었고, 해가 넘어가는 쪽 컴컴한 산기
슭에는 적설이 쌓여서 하얗게 번쩍거렸다. 나루터의 마른 갈대는 '서걱
서걱' 아픈 소리를 내면서 언 몸을 회리바람에 부대끼고 있었다. 마침내
해는 서산으로 떨어지고 갈대는 더 아픈 소리를 신음처럼 질렀다.

나룻배는 건너오지 않았다. 나는 뱃사공이 나오나 하고 추워서 발을
동동거리며 사공네 오두막집 삽짝을 바라보고 있었다. 아버지는 팔짱을
끼고 부동의 자세로 사공 집 삽짝 앞의 버드나무 둥치처럼 꿈쩍도 않으
셨다. '사공─, 강 건너 주시오.' 나는 아버지가 그 소리를 한 번 더 질러
주시기를 바랐다. 그러나 아버지는 두 번 다시 그 소리를 지르지 않으셨
다. 그걸 아버지는 치사恥事로 여기신 것일까. 사공은 분명히 따뜻한 방
안에서 방문의 쪽유리를 통해서 건너편 나루터에 우리 부자가 하얗게
서 있는 것을 보았을 것이다. 그러나 도선의 효율성과 사공의 존재가치
를 높이기 위해서 나루터에 선객이 더 모일 때를 기다렸기 쉽다. 그게
사공의 도선 방침일지는 모르지만 엄동설한에 서 있는 사람에 대한 옳
은 처사는 아니다. 이 점이 아버지는 못마땅하셨으리라. 힘겨운 시대를
견뎌 내신 아버지의 완강함과 사공의 존재가치 간의 이념적 대치였다.

아버지는 주루막을 지고 계셨다. 주루막 안에는 정성들여 한지에 싼
육적肉炙과 술항아리를 용수에 질러서 뜬, 제주祭酒로 쓸 술이 한 병 들
어 있었다. 작은증조부께 올릴 세의歲儀다. 엄동설한 저문 강변에 세의

를 지고 꿋꿋하게 서 계시던 분의 모습이 보인다.

작가 목성균은 1995년 ≪수필문학≫에 〈속리산기〉로 추천을 받아 문단에 나왔다. 그 후, 불과 10년 남짓 창작활동에 매진했지만 한국수필의 전통과 맥을 잇는 미학성과 품격을 보여준 작가로 평가되고 있다. 이제 그의 작가적 역량을 개성 있게 보여준 〈세한도〉를 텍스트로 하여 예술성과 철학성, 그리고 그것들의 혼융 속에서 생성되는 미적 울림의 구조와 정체를 유기적인 심미작용 속에서 확인하게 될 것이다.

3. 크로노토프와 창작동기

미하일 바흐친이 제기한 크로노토프(chronotope)는 한 편의 문학작품 속에서 표현된 시간과 공간의 내적 연관을 뜻한다. 시공성時空性을 가리키는 이 용어는 아인슈타인이 상대성이론에 도입한 뒤, 문학에서는 기본적인 이야기의 조직원리이자 재현의 본질적 토대로서 인간 형상과 사건에 실체를 부여하는 힘이다. 따라서 문학작품 속의 크로노토프는 모든 문학적 의미와 존재를 설명해주는 조건이 된다.

이 작품의 소재 체험시간은 휴전이 되던 1953년 음력 정월 초순께로 밝혀져 있다. 그리고 공간은 충북 괴산군 달천강의 단월나루 상류인 괴강 배나무여울梨灘 나루이다. 휴전이 되던 해이므로 경제적으로 궁핍한 시기일 뿐만 아니라, 인심과 윤리도 흉흉해지기 시작한 사회적 상황을 창작배경으로 한다. 수필집이 발간된 2003년은 세기말의 혼란 상황이 세기 초로 이어지면서, 새로운 풍조와 전통적 가치가 충돌하는 이념적 혼란기이다. 작가는 그 역사적 전환기(시간성)에 사회적 혼란상(공간성)을 목격하면서 시대의 한 단면을 세기말, 혹은 세기 초의 세한도 크로노토프로 담아내고 있다.

그러한 창작동기가 작가에게 추사의 〈세한도〉풍경을 50년 전 아버지와 함께 체험한 나루터 사건과 등가적 모티프로 떠올리게 한다. 그리고 엄동설한 속에서도 자존심을 지키기 위해 뱃사공과 분투하는 아버지의 모습을 작가의 현재적 실존 상황과 중첩시켜 놓고 변증법적 인식을 가하게 한다. 그런 의미에서 목성균이 수필로 세기 초의 인간상을 세한도 크로노토프로 형상화한 것은 그의 개성 있는 발명품으로 평가된다.

이 작품 속에는 다섯 개의 세한도 이미지가 숨어있다. 표면상으로는 작가가 15세 때 목격한 '아버지의 세한도'와 '사공의 세한도' 이미지가 대결한다. 내면적으로는 160여 년 전 귀양살이의 정치적 위기 속에서 자신의 선비정신과 실존의식을 형상화한 '추사의 세한도'와 '시대의 세한도'가 대결하는 가운데, 작가 자신이 종합적인 차원에서 변증법적으로 생성하는 '나의 세한도' 이미지가 자리를 잡는다.

4. '세한도'와 상호텍스트성

≪성경≫의 전도서 1장 9절에는 "태양 아래 새로운 것은 없다."란 말씀이 전한다. 포스트모더니스트들은 이 말씀에 근거하여 작가 단독의 독창적인 창조물은 존재하지 않는다고 주장한다. 모든 작품은 전前텍스트(pre-text)들의 영향 속에서 태어난다는 말이다. 이 수필의 예술성과 주제 또한 상호텍스트성(intertextuality)을 통해서 배양되고 있다.

크리스테바에 따르면, 상호텍스트성이란 서로 다른 작품이나 장르 사이에 존재하는 일체의 상관관계를 의미한다. 이는 다양한 통섭적 이미지의 주고받기를 포함하여, 화답형식으로 창작된 작품 사이에서 가장 선명하게 확인할 수 있으나, 간접적으로는 인용, 패러디, 복사, 모방, 혼성모방, 의견일치 등을 포괄적으로 일컫는다.

우선, 목성균의 수필 〈세한도〉는 제목과 주제 면에서 추사의 〈세한
도〉와 상관성을 지닌다. 그는 제목과 세한도의 이미지를 모방하여 아버
지의 세한도를 등가적으로 오버랩시킨다. 이러한 상호텍스트성은 두 작
품이 주제와 인물, 성격, 이미지 등의 차원에서 시간적 거리를 뛰어넘어
의미론적이며 형식적인 상호관계를 맺게 한다. 목성균은 추사의 명품
문인화〈세한도〉를 후경으로 삼고, 그 전경에는 강나루의 추위 속에서 꼿
꼿이 서있는 아버지의 모습을 클로즈업시킨다. 그 결과 목성균의 수필
은 통시성을 획득하면서 160년의 시공간을 뛰어넘는 세한도의 보편정신
으로 의미화 되고, 후경에 깔려있는 추사의 그림은 아버지의 성격과 이
미지를 돋보이게 하는 기능을 수행한다.

개인적 차원에서, 추사의 〈세한도〉는 귀양살이하는 스승을 위해 중국
에서 귀한 책을 구해 보내준 제자 이상적의 올곧은 선비정신과 의리에
대한 예찬을 담고 있다. 정치적으로는 혹한의 세파 속에서도 기상을 잃
지 않는 선비의 격조 높은 지조를 문기文氣로 이미지화 한다. 유홍준이
추사의 〈세한도〉를 "우리나라 문인화의 최고봉으로" 평가되는 것도 이
런 상징성 때문이다. 제목도 ≪논어≫ '자한子罕 편'에 "날씨가 추워진
후에야 소나무와 잣나무가 늦게 시든다는 것을 알게 된다."라는 글에서
취한 것이니, 추사의 〈세한도〉도 이미 공자의 ≪논어≫와 상호텍스트적
관계를 맺고 있다. 그리고 목성균은 다시 공자와 추사를 상호테스트성
의 파트너로 삼고 있는 셈이다.

목성균이 추사의 〈세한도〉와 아버지의 세한도를 등가적 이미지로 연
결시켜 놓았다는 근거는 충분하다. 그는 추사의 〈세한도〉 속의 청청한
송백松柏 이미지를 아버지의 객관적 상관물(objective correlative)로 도입
하고 있기 때문이다. T.S. 엘리엇이 〈햄릿론〉에서 밝힌 것처럼, 객관적
상관물은 어떤 특별한 정서를 등가적 의미로 환기하도록 제시된 외부의
사실들이다. 따라서 추사의 송백 이미지는 강나루의 혹한 속에서도 양
반의 자존심을 지키고 서 있는 아버지의 완강한 모습과 겹쳐진다.

5. 초점화자와 서술자의 간극

　소설서사에서는 1인칭 회상풍의 이야기에서도 '과거의 나'와 '현재의 나'를 동일자로 보지 않는다. 전자는 초점화자(focalizer)로, 후자는 서술자 혹은 서술화자(narrator)라고 부른다. 이러한 논리는 '두 나' 사이에 존재하는 생물학적이고 정신적인 변화를 초래한 시간적 간극間隙에서 찾는다. 소설은 창작과정에서 허구적으로 꾸며낸 이야기를 끊임없이 수정하고 보완하면서 완성된다. 소재 자체도 허구세계에서 찾고, 이야기의 구조도 허구적으로 창조되어 수정보완을 일삼는다는 점에서 동일성을 인정하기가 쉽지 않다.

　이와는 달리, 수필서사에서는 초점화자와 서술자를 동일자로 보려는 노력이 당위성을 얻는다. 〈세한도〉 속에도 두 명의 '나'가 등장한다. 소재 체험 당시의 15세의 '나'와 65세의 작가 '나'를 두고 하는 말이다. 수필서사에서는 작가의 실제 체험을 소재로 하여, 그것에 대한 심오한 명상(숙성과 발효)을 통해서 의미 있는 해석과 깨달음을 기도한다. 물리적 차원에서 보면, 수필의 초점화자와 서술자도 시간적 간극 속에서 존재하는 것이 사실이지만, 이 두 기능자들은 불변적인 소재의 동일성을 끝까지 보존한다는 점에서 구별된다. 그리고 수필의 서술자는 오히려 시간적 간극을 불변적 소재에 대한 해석과 깨달음을 탐구하는데 활용한다는 점에서 소설의 이야기와 차별성을 갖는다.

　〈세한도〉의 서술자인 '나'는 1인칭 관찰자의 거리에서 아버지와 사공의 외적 행동에 반영된 내면심리를 객관적으로 추론하고 연상한다. 세 사람은 모두 인물시점을 활용하고 있으나, 작가인 '나'에게는 외부시점자로서 두 주체의 갈등을 객관적 거리에서 관찰하여 그 목격담을 증언하는 기능을 부여한다. 이때 서술자는 작가의 체험을 목격자의 증언형식으로 객관화하여 고백함으로써, 내면심리는 더욱 긴장감 있게 추론되고 작품의 사실성과 진실성의 순도를 고양시키는데 기여한다. 아버지의 완고한 가치관과 자존감, 행동양식 등이 한 폭의 그림처럼 사실적으로 환기되는 데는 그런 서술구조의 힘이 유기적으로 작용한다. 그 미적 메커니즘이 50년의 시간적 간극 속에서 축적된 깨달음을 세한도의 이미지로 형상화하여 독자들에게 생생하게 다가서게 한다.

6. 서술과 문채의 수사 전략

1) 서술 전략과 문채

이제, 서술전략과 문채(文彩, figure) 분석으로 이행할 차례이다. 여기서 서술전략이란 서사, 묘사, 설명, 논증 등의 서술기법과 그 시간사용 전략을 의미하고, 문채란 문학적 설득과 감동 창조를 위한 모든 수사적 표현수단을 가리키는 말이다. 이를 위해 핵심 의미소를 요약하면 다음과 같다. ① 아버지와 나는 석양 녘에 세배를 가기 위해 강나루에 서있음. ② 아버지가 강 건너 사공에게 도선渡船을 요청함. ③ 뱃사공의 오두막집 앞에 늙은 버드나무가 서 있음. ④ 해가 지자 갈대는 회리바람에 부대끼며 신음함. ⑤ 나룻배는 건너오지 않았음. ⑥ 아버지는 두 번 다시 도선 부탁을 하지 않음. ⑦ 두 사람의 대치 원인을 비판적으로 분석 추정함. ⑧ 엄동설한에 세의를 지고 서 계시던 아버지의 모습이 보임.

단락 ①에서는 사건이 발생하는 시공간 제시와 함께 주인물의 행동이 서사기법으로 서술된다. 이는 도입부에서 가속加速의 서술기법을 통해 주인물의 행동목표(도강)를 알려줌으로써 독자에게 흥미를 유발시키고 작품에 대한 이입 욕구를 높여준다. 단락 ②는 아버지가 사공에게 건네는 "사공—, 강 건너 주시오."라는 도강渡江 요청 장면이다. 서술자는 '대등한 지속'의 대화기법을 활용하여 아버지의 언행을 실제 행동과 유사한 속도로 서술함으로써 사실성과 현장감을 제공한다. 이 문장 속에는 발설되지 않은 아버지의 성격, 심리, 가치관, 윤리관 등이 함축되어 있다.

아버지의 이 언행은 하대下待체 명령형이어서 뱃사공과의 자존심 대결에 불을 붙인다.

단락 ③과 ④는 사건 현장의 자연배경 묘사이다. 여기서 묘사는 시간 착오의 감속減速기법을 활용하여 사건이 발생하는 환경을 치밀하게 서술함으로써 독자들의 연상력을 증폭시킨다. 이 작품의 자연배경(엄동설한, 석양 녘, 나루터)은 단순한 후경後景이 아니다. 그것은 주인물이 단 한 번만 내지른 도강 요청을 더욱 간절하고 필연적인 행동으로 동기화한다. 그러므로 자연 배경은 나루터의 갈등상황을 심리적으로 부추기는 후경화後景化의 메커니즘을 형성한다.

단락 ⑤는 사공의 도선 지연("나룻배는 건너오지 않았다.")으로 아버지와의 자존심 대결이 발생하게 된 원인과 그 과정을 관찰 서술한다. 이러한 사공의 반응은 아버지의 하대체 명령에 대한 인과적 반응이다. 단락 ⑥은 아버지가 부동의 자세로 서서 두 번 다시 도선 부탁을 하지 않는 대목이다. 이 또한 사공의 이기적 도선 지연에 대한 아버지의 윤리적 판단에 따른 인과적 대응방식으로서, 양반의 치사恥事의식에서 나온 심리적 행동이다. 이러한 서술전략은 숨겨진 인물의 내면심리에 대한 독자의 연상 작용을 활성화한다.

단락 ⑦은 두 사람의 이념대결을 낳은 심리적 갈등요인에 대한 서술자의 분석적 설명이 가해지는 곳이다. 서술자는 이러한 주석적 설명을 통해서 아버지의 두 번째 도선 부탁 거절과 뱃사공의 도선 지연에 대한 인과적 추측을 비판의 어조로 진행한다. 서술자인 '나'는 두 사람의 갈등 원인을 양비론兩非論적으로 해석한다. 아버지는 두 번째 도선 요구를 양반의 치사恥事로 인식하여 거부하고, 뱃사공은 도선의 효율성과 사공의 존재가치를 높이려는 이기적 도선 방침에 의해 지연전술을 쓰고 있기 때문이다. 서술자는 이러한 이념적 대치상황을 감속減速기법인 분석의 방식으로 설명함으로써 독자의 연상 작용을 돕는다.

단락 ⑧은 서사적 행동묘사를 통해 아버지가 보여준 행동철학에 대한 작가의 존경과 연민의 정서를 여운 있게 들려준다. 이러한 서술전략은 '엄동설한 저문 강변에 꿋꿋하게 서 계시던' 완강한 아버지 양가적 모습을 통해서 변증법적으로 바람직한 세한도의 이미지를 연상하게 한다. 그러므로 이 수필은 〈단락 ① (서사: 배경－시공간 묘사, 갈등원인 암시, 행동관찰) + 단락 ② (서사: 외적행동－도선 부탁) + 단락 ③, ④ (묘사: 시공간 배경조건 악화) + 단락 ⑤ (서사: 사공의 도선 지연－갈등생성) + 단락 ⑥ (서사: 아버지의 이념적 대응－도선 재부탁 거부 + ⑦ (설명·분석: 갈등원인 추측과 분석) + 단락 ⑧ (서사: 아버지 외부묘사, 행동관찰) 에 의해 형상화된다.

그러나 이 수필이 거둔 최대의 수사적 성과는 대조법의 문채(figure)에서 확인된다. 대립의 주체인 아버지와 뱃사공은 각기 '추운 강나루 대강 건너 따뜻한 집, 도선 부탁 대 도선 지연, 치사 인식 대 도선 방침, 구시대의 전통윤리 대 현실적 이기주의, 양반의 자존심 대 사공의 존재가치' 등의 심리적 대립관계에 놓여있다. 이 작품의 대립구조는 전통적 윤리주의자인 아버지가 던진 단 한 마디의 도선 요청 명령과 뱃사공의 고의적 무응답을 통해서도 구조화된다. 이 한 마디의 단순한 문장 속에 양반의 자존심의 정체와 주인물의 성격적 특성을 함축시켜 놓고, 뱃사공의 이기적 도선 방침과 심리적으로 대결하게 이끈다. 이 문장에 의해 구축된 이념적 대립구조가 이 작품을 상호텍스트적 울림이 큰 수작의 반열에 올려놓게 한다.

2) 문장의 리듬과 텐션

이 작품이 거둔 문장 미덕은 6매의 분량 속에서 작중인물의 인성과 갈등양상을 개성 있고 격조 있게 그려내고 있다는 점이다. 이러한 문장 효과는 역시 최소 언어로 최대 의미를 거둔 아버지의 함축적 담론(도강 요청)과 갈등을 고조시키는 자연배경 묘사, 그리고 두 인물의 갈등 원인에 대한 심리 분석적 추론 등이 유기적으로 생성해내는 힘이다.

그럼에도 불구하고, 이 작품은 짧은 분량에 비해 적잖은 췌언贅言들을 함유하고 있는 것이 사실이다. 첫 문장인 "휴전이 되던 해 음력 정월 초순께, 해가 설핏한 강 나루터에 아버지와 나는 서 있었다."는 도입부답게 보다 간결한 리듬 관리가 필요하다. 강 나루터는 '강나루+터'의 복합어이므로 동어반복을 피하는 것이 경제적이다. 따라서 '휴전이 되던 해 음력 정월 초순께였다. 해가 설핏한 강나루에 아버지와 나는 서 있었다.'로 나누어 쓰고, 리듬과 텐션을 실어주는 것이 바람직하다. "아버지가 입에 두 손을 나팔처럼 모아 대고 강 건너에다 소리를 지르셨다."에서는 "입에"와 "대고"를 빼고, '아버지가 두 손을 나팔처럼 모아 강 건너에다 소리를 지르셨다.'로 하는 것이 자연스럽다. "강심만 남기고 강은 얼어붙어 있었고,"는 '강은 강심만 남기고 얼어붙어 있었고,'로 도치하는 것이 자연스럽다. "갈대는 더 아픈 소리를 신음처럼 질렀다."는 "아픈 소리"와 "신음"이 동어반복이므로, '갈대는 고통스러운 듯 더 아픈 소리를 냈다.' 정도가 좋을 듯하다. "아버지는 두 번 다시 그 소리를 지르지 않으셨다."는 '아버지는 두 번 다시 입을 열지 않으셨다.'로 고치는 것이 언어의 중복사용을 막고 품격을 챙기는 길이다. '그걸 아버지는 치사恥事로 여기신 것일까.'에서는 독자들이 행동의 주체가 아버지인 것을 알고 있으므로, '그걸 치사恥事로 여기신 것일까.' 정도면 간결하다. "사공은 분명히 따뜻한 방안에서 방문의 쪽유리를 통해서 건너편 나루터에 우리 부자가 하얗게 서있는 것을 보았을 것이다."에서는 "방문의"를 생략하는 것이 자연스럽고, "그러나 도선의 효율성과 사공의 존재가치를 높이기 위해서 나루터에 선객이 모일 때를 기다렸기 쉽다."는 역접접속사의 사용과 "효율성", "존재가치" 같은 딱딱한 어휘가 일관된 어조와 리듬을 깬다. 그뿐만 아니라, 지나친 설명은 독자의 상상력을 억압한다는 점에서 문장 전체를 생략하는 것도 고려해봄직하다. "그게 사공의 도선 방침일지는 모르지만 엄동설한에 서 있는 사람에 대한 옳은 처사는 아니다."에서도 "도선 방침"과 "옳은 처사"라는 어휘들이 거슬린다. 전자는 너무 공적 언어의 냄새가 짙고, 후자는 교훈성을 전면에 내세우는 약점을 안고 있다. 따라서 '그게 사공의 욕심일지는 모르지만 엄동설한에 기다리는 사람에 대한 예의는 아니다.'쯤으로 하여 상투적 어조와 교훈성을 약화시키는 것이 좋을 듯하다. "아버지의 완강함과 사공의 존재가치 간의 이념적 대치였다."는 '아버지와 사공 간의 이념적 대치였다.'로 하는 것이 한결 함축적이며 깔끔하다. 끝으로, "술항아리에 용수를 질러서 뜬, 제주祭酒로 쓸 술이 한 병 들어 있었다."는 '용수를 질러서 뜬 제주祭酒 한 병이 들어 있었다.'면 족하다.

이러한 군더더기와 동어반복은 6매 수필의 간결미와 완성도를 해친다. 그리고 작품의 높은 예술성과 말맛은 물론 문장의 리듬과 텐션을 약화시키는 요인으로 작용한다.

7. 이야기 구조와 미적 기법

집필과정에서 소재를 어떻게 재구성하여 들려주는가의 문제는 이야기의 흥미진작은 물론, 문학성과 미적 감동을 극대화하기 위한 중요한 틀짜기 전략이다. 수필가들이 즐겨 쓰고 있는 사건의 발생순서로 배열하는 것은 이야기의 자연스런 흐름에는 기여하지만, 미학성과 주제의 울림을 역동적으로 형상화하기에는 한계가 있다.

작가는 집필 전 심층에서 숙성시킨 소재 통찰의 결과를 표층에 끌어내어 주제와 연결시켜 미적으로 재배열한다. 이때 표층에서 이루어지는 이야기 배열목표는 효율적인 감동을 생성하는 미적 울림의 구조에 맞춰진다. 이 과정에서 텍스트는 다른 작품과 구별되는 개성과 고유한 의미구조를 획득하게 된다. 따라서 작가에게는 제재를 활용하여 주제를 형상화하기 위한 적격適格의 미적구조를 찾아내야 하는 과제가 주어진다.

츠베탕 토도르브 식으로 말하자면, 〈세한도〉는 시간순서에 따라 이야기를 배열한다. 이러한 '연결법'은 평면적인 인물의 행동특성을 단성單聲적인 이야기로 그리는 데는 효과적이지만, 이야기의 역동성과 입체적 울림을 보여주는 데는 부적절하다. 6장에서 요약한 텍스트의 핵심 의미소를 시간순서로 나열해보면, 이 작품은 스토리의 발생순서와 플롯의 배열방식이 정확하게 일치하는 연결법을 사용하고 있다. ① ~ ⑥은 50년 전 사건의 전말이고, ⑦ ~ ⑧은 그에 대한 50년 후 작가의 해석과 평가부분이다.

따라서 시간착오(anachronism)의 역전기법(order)을 활용하여 ⑧의 결말부를 도입부에 액자형태로 삽입시키는 방법만 썼더라도, 이 작품의 구조적 울림과 아버지의 세한도 이미지는 보다 입체적으로 강화된다. 게다가 액자가 주는 구조적 안정감뿐만 아니라, 아버지가 보여주는 세한도의 이미지 또한 더욱 밀도 있게 형상화되었을 것이다.

시각을 달리하면, 강물 형식에서 거역할 수 없는 세월의 이미지를 모방하기 위해 연결법을 취했다고도 볼 수 있다. 아버지와 뱃사공이 서로 대치하고 있는 강 양안의 물리적 공간 사이에서 사건과 갈등이 발생하도록 설정되어 있는 것이 그 증거가 될 수 있다. 이러한 고려가 사실이라면, 이 작가는 아리스토텔레스가 주장한 자연형식에서 작품구조를 창조적으로 모방한 것으로 볼 수 있으나, 역전기법이 주는 효과에는 미치지 못한다.

두 번째로 대조법을 활용하여 인물의 성격과 주제를 두드러지게 형상화하고 있는 점도 흥미롭다. 공간적으로는 강나루의 이쪽과 저쪽, 상황적으로는 추운 곳과 따뜻한 방안, 인물 기능적으로는 수요자(아버지)와 공급자(뱃사공), 이념적으로는 윤리주의와 이기주의, 미 유형상으로는 격조미와 세속적 추미 등의 대립상을 형상화한다. 6매 수필 속에 이처럼 다양한 함축적 의미를 내포시킨 것은 전적으로 작가의 높은 문학적 안목과 구조화 능력이 만들어 내는 힘이다.

세 번째로 언급해야 할 것은 이야기의 총체구조 속에서 발견되는 세한도의 다중적 이미지이다. 이미 밝힌 것처럼, 이 작품의 구조 속에는 다섯 편의 세한도가 숨어있다. 추사의 〈세한도〉와 아버지의 세한도, 사공의 세한도, 시대의 세한도, 나의 세한도 등이다. 나의 세한도는 사건 발생 50년의 시공 속에서 깨달음의 인식과정을 통해서 돌아온 바람직한 인간상이다. 이들이 5각 펜타드(pentad)를 형성하면서 입체적인 의미작용과 미적 감동을 생성하는 크로노토프적 울림통을 구조화한다.

네 번째는 인물의 구조화 방식이다. 그것은 아버지가 내뱉은 한 마디의 언술을 통해서, 그리고 두 번 다시 언급하지 않은 화자의 대화법을 통해서 인물의 성격과 개성을 명료하게 보여준다. "사공ㅡ, 강 건너 주시오." 이 짤막한 명령형 도선요청의 담론 속에 아버지의 완고한 양반의식과 타협을 모르는 전통적 윤리주의자의 모습이 완벽하게 형상화된다. 한편, 사공 또한 아버지의 도선 명령을 묵살하고 도선을 지연시키는 침묵 행동을 통해서, 전쟁으로 피폐해진 타락한 윤리의식과 소시민의 이기적 삶을 상징적으로 보여준다.

이런 것이 구조와 문채가 만들어 내는 힘이다. 수필이 작가의 실제 체험을 소재로 한다고 해서 사건의 배열방식을 고려하지 않는 것은 비미학적 발상이다. 물론, 이야기에 따라서는 연결법이 최상의 구조를 만들어 내기도 한다.

8. 욕망과 갈등의 기호학

목성균의 〈세한도〉가 보여주는 갈등 원인은 아버지의 유일한 언행인 "사공ㅡ, 강 건너 주시오."라는 명령형 도선 요구에서 비롯된다. 이 한 마디 언행을 강 건너에서 들은 사공은 도선 요구를 의도적으로 지연시킨다. 두 사람 사이의 갈등은 이 문장 속에 내포된 정서적 기능에 의해 촉발된다. 아버지에게는 그 말을 하대下待체 존비법尊卑法으로 쓸 수밖에 없는 사정이 있었고, 사공의 도선 지연遲延은 그 말에 대한 부정적 정서의 화답和咨이다. 작가의 고백처럼, '아버지는 얼어죽는 한이 있어도 상놈에게 구차한 소리는 하지 않는 법'이라는 양반의 자존심과 수치羞恥심리가 작용했고, 사공에게는 하대와 명령으로 인한 불쾌감과 오기가 지연전술을 펴게 한다.

문법적으로 "사공-, 강 건너 주시오."라는 문장은 공손한 부탁이 아니다. 먼저 "사공-"이라는 반말체 호칭에 호격조사(-아)가 빠져있다. 이것은 "-해라체"를 쓸 손아래사람에게만 붙이는 것이기 때문이다. 게다가, "강 건너 주시오."라는 문장 또한 '하오체' 명령문이어서 사공의 자존심을 건드리기 십상이다. 아버지는 사공을 반말체로 불러놓고, 도선 요청문에 애매하게 존칭 선어말어미 '-시'를 넣었으나 전체적으로는 하대체 명령형을 쓴 것이다. 아버지는 그것도 치사로 여기고 두 번 다시 입을 열지 않는다.

이러한 사실은 아버지의 의식 속에 뱃사공은 상놈이라는 반상개념이 잠재해 있었음을 보여준다. 같은 상황에서 아버지가 "사공님, 강 건너 주십시오."라고 '합쇼체' 명령형을 쓰거나, "사공님, 강 건너 주시겠습니까?"라고 '합쇼체' 청유형을 썼더라면, 사공은 도선 지연 전술을 쓰진 않았을 것이다. 전쟁으로 윤리개념이 약해져있는 데다가, 도선의 효율성과 사공의 존재가치를 계산하고 있는 사공에게 양반과 상민을 가려서 하대하는 사람에게 선뜻 배를 띄울 리가 없다.

성격론의 관점에서도, 아버지는 완고한 유교적 전통윤리를 중시한 평면적 인물이고, 사공 역시 이기적 욕망을 굽히지 않는 평면적 인물이어서 서로 타협의 여지가 없다. 아버지는 구시대적 윤리의 계승자라면, 사공은 자기중심적이고 이기적인 현대인을 상징한다. 두 사람의 욕망과 갈등구조는 그레마스(A.J. Greimas)의 '기호학의 사각형'을 통해서도 설명된다. 다음 도식은 바람직한 축軸의 삶의 목표와 대립관계에 있는 바람직하지 않은 축의 목표가 변증법적 인식과정을 거쳐 바람직한 목표를 획득하는 논리를 보여준다.

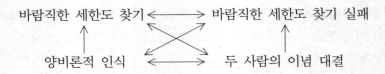

이 도식에서 행동의 주체는 아버지와 사공이지만, 그들의 행동을 의미와 주제로 수렴하는 자는 1인칭 관찰자인 '나'이다. 작가이자 서술자인 '나'는 두 인물의 행동에 대한 양비론적 인식을 통해서 바람직한 인간상인 자신의 세한도를 꿈꾼다. 사건의 발단은 전적으로 아버지의 하대 명령에서 비롯되었고, 그에 대한 반발로써 사공의 도선 지연전술이 나왔다. 이런 인과적 상황 속에서 작가인 '나'는 두 사람의 갈등심리와 행동 양식을 분석적인 추론을 통하여 변증법적으로 바람직한 세한도의 이미지 찾기에 나선다.

모든 인간은 당대의 세파와 투쟁하는 바람직한 인간상을 가슴에 품고 살기 마련이다. 추사가 정치적 억압 속에서도 기상을 잃지 않는 송백의 이미지를 세한도로 보여주었다면, 작가의 아버지는 세상이 아무리 바뀌어도 윤리적 자존심을 버리지 않는 강직한 이미지를 견지한다. 아버지와 대립하는 사공은 세태의 흐름을 좇으면서 윤리적 가치보다는 이기적 물질욕구를 챙기는 세속적 인간상을 보여준다.

그렇다면 작가가 떠올리는 바람직한 세한도의 모습은 무엇인가? 그것은 힘겨운 시대를 견뎌내면서도 "사람에 대한 옳은 처사"를 완강하게 실천해온 아버지에 대한 존경심과 그 자존심을 지키기 위해 저문 강변에서 추위와 싸우고 있는 아버지에 대한 연민의 양가감정 속에서 생성된다. 그것은 아버지의 세한도 정신만도, 사공의 정신도 아니다. 오히려 그들의 두 정신을 변증법적으로 지양시킨 인간적 도리를 지조 있게 지키면서도 거친 세파의 흐름에 슬기롭게 대처하며 살아가는 조화로운 인간상이다. 이러한 논리는 도선 재요청을 치사恥事로 여기고 타협을 거부한 완강한 아버지의 태도와 엄동설한에 도선의 효율성만을 따지는 사공에 대한 비판의식에서 찾을 수 있다.

9. 제재 통찰의 깊이와 주제의 울림

1) 진정성과 제재 통찰

구상단계에서 작가의 제재 통찰은 작품의 문학적 의미와 철학적 인식의 깊이를 결정해주는 기본 작업이다. 제재 통찰은 집필 전 주제의식을 확정하는 일과도 연관되어 있다는 점에서 작가에게는 매우 중요한 과제이다. 작가는 자신만의 내밀한 심미공간인 진정성(authenticity) 속에 소재를 끌어들여 숙성과 발효과정을 거친다.

숙성과 발효작업은 궁극적으로 소재의 진실이나 본질과의 만남을 지향한다. 그것은 오성과 이성, 영성 등의 총체적인 인식능력을 동원하여 철학적이고 미학적인 풍부한 가치 탐색에 나서는 것을 뜻한다. 작가는 제재에 대한 오감 관찰에서 출발하여 이성을 통한 법칙의 통찰, 그리고 영성까지 불러내어 우주의 근원세계에 대한 본질 인식을 꿈꾼다. 이 난해한 소재 통찰과정에서 작가는 이미 그가 작품을 통해 보여주고자 하는 세계나 대상인식의 전모를 확정하게 된다.

제재 통찰의 과정과 수준은 크게 네 단계이다. 1단계는 감각과 정서만으로 제재를 인식하는 현상관찰 단계이다. 2단계는 인물의 성격과 윤리를 포착하는 인성인식 단계이다. 3단계는 자연법칙의 인식 단계이며, 4단계는 대상의 본질과 근원세계를 자각하는 깨달음 단계이다. 따라서 작가가 글감을 얼마나 철학적으로 깊이 있게 볼 수 있느냐의 문제야말로 주제인식의 깊이는 물론, 작가가 도달한 철학적 경계를 확보하는 근거가 된다.

〈세한도〉의 핵심 제재(라이트모티프)는 아버지이다. 더 구체적으로는 사공과 자존심 경쟁을 벌이고 있는 아버지의 언행이다. 따뜻한 방안에서 도선의 효율성과 수익성을 계산하고 있는 뱃사공과 엄동설한 속에서 도선을 기다리는 아버지의 대결은 기본적으로 두 사람의 삶의 방식이나 철학과 관계가 있다. 그들의 삶의 철학을 각자의 이념이라 명명한다면, 아버지와 사공의 갈등은 그들의 삶의 철학에 바탕을 두고 있는 이념적 기氣 싸움의 양상으로 전개된다. 이것을 프로이트의 용어로 말하면 에고와 슈퍼에고 간의 심리적 행동양식의 싸움이다.

아버지와 사공의 이념적 기 싸움은 당대가 양반과 상놈이라는 반상의식의 소멸 시기임을 암시한다. 그것은 달라진 현실세계에서 전통윤리를 지키려는 아버지와 이기적 물질주의라는 새로운 윤리를 추종하는 사공 간의 에토스적 인성차원의 싸움이다. 따라서 이 작품의 소재 통찰 범주는 당대적 삶의 현상적 인식이나 인성차원의 윤리적 수준에 머물러 있다고 할 수 있다. 이것이 작가가 제재 통찰의 4단계 중에서 현상관찰의 1단계와 인성인식의 2단계까지만 성찰하고 있다는 증거이다.

이 작품이 상호텍스트성이 만들어 내는 탁월한 예술성에도 불구하고, 철학적 울림이 미약한 것은 바로 이 제재 통찰이 본질세계를 지향하지 않기 때문이다.

2) 주제의 변증법적 울림

모든 문학작품은 크게 두 가지의 주제 범주를 갖는다. 구인환의 말처럼, '인간이란 무엇인가?'와 '바람직한 인생이란 어떤 것인가?'라는 두 가지 물음이 그것이다. 첫째 물음이 본성 차원에서의 인간 존재해명의 문제라면, 두 번째 물음은 역사적 환경 속에서의 바람직한 삶을 위한 고발과 지향의식과 관련된다. 전자가 시공을 초월한 통시적이고 수직적인 울림을 만들어낸다면, 후자는 공시적이고 수평적인 당대적인 울림을 창조한다. 물론 이 두 물음을 주제로 포용한다면 이상적인 작품이 된다.

그렇다면 목성균은 어떤 주제를 꿈꾸었는가? 그 질문에 대한 대답은 이 수필의 결말부인 "엄동설한 저문 강변에 세의를 지고 꿋꿋하게 서 계시던 분의 모습" 속에 암시된다. 이 마지막 문장 속에는 두 가지 이미지가 숨어 있다. "엄동설한 저문 강변에"와 "세의를 지고 꿋꿋하게 서 계시던 분의 모습"이다. 전자가 저물어가는 냉엄한 시대현실을 암시하고 있다면, 후자는 전통윤리를 올곧게 지키며 살아가던 분의 모습이다. 따라서 아버지의 세한도가 환기해내는 이미지는 존경과 연민을 양가적 의미로 갖는다. "사람에 대한 옳은 처사"를 중시하는 전통 윤리적 삶(존경심)과 "엄동설한 저문 강변"처럼 달라진 시대현실 속에서도 송백 같은 굳센 의지로 안간힘을 쓰며 살아가던 아버지의 모습(연민)이다. 그러므로 아버지의 '세한도'는 그의 삶을 이끄는 철학이자, 그 나름의 바람직한 인간상으로서의 의미를 갖는다.

이처럼 바람직한 인간상은 모든 문학작품의 지향적 목표라는 점에서 주제적 가치를 지닌다. 작품 속에서 '나'는 추사의 〈세한도〉와 아버지의 세한도, 그리고 사공의 세한도 사이의 중간 경계에 서있는 자이다. 더 엄밀히 말한다면, 경계인으로서의 '나'는 이 세 사람의 세한도 속에서 객관적인 변증법적 인식의 세계를 탐구하는 의미의 수렴자이다.

그러나 이 수필을 읽다보면 논리적으로 애매한 부분이 발견된다. 작가의 분신이자 서술자인 '나'가 아버지의 세한도 이미지를 강 건너 사공네 집 앞의 늙은 버드나무에서 찾고 있는 점이다. 이러한 사실은 〈세한도〉의 한 대목과 작가의 고백(〈나의 수필〉) 속에서도 확인된다. 먼저 작중에서 "아버지는 팔짱을 끼고 부동의 자세로 사공 집 삽짝 앞의 버드나무 둥치처럼 꿈쩍도 않으셨다."라는 직유의 문장이 그것이다. 그리고 다음과 같은 "겨울 강바람에 산란히 흩어지는 납작한 강변의 오두막집, 그 집만으로도 꿋꿋한 아버지의 모습을 부각하는 배경묘사가 될지 모르지만, 그보다 좀 더 감동적인 문학적 조치가 필요하다는 생각이 들었습니다. 그래서 사공 집 삽짝 앞에 늙은 버드나무 한 그루를 세워 놓았습니다. 물론 추사 김정희의 세한도의 늙은 소나무를 모방한 것입니다."라는 작가의 고백도 그 증거이다. 따라서 강 건너 뱃사공의 오두막집과 그 삽짝 앞의 늙은 버드나무를 추사의 〈세한도〉 속의 집과 송백을 등가적 이미지로 모방하고 있다는 말이 된다.

그러나 이런 주장 속엔 두 가지 모순이 내재해 있다. 뱃사공의 오두막집은 아버지와 이념적 대치상태에 있는 사공의 거처라는 점에서, 그리고 삽짝 앞의 버드나무는 송백松柏과 수격樹格이 다를 뿐만 아니라, 오히려 지조 없이 세태에 휩쓸리며 살아가는 뱃사공의 이미지에 부합되기 때문이다. 더군다나 이 작품이 형상화하고 있는 진정한 '세한도'는 추운 강가에서 자존심을 지키며 이념적 대결을 벌이고 있는 아버지의 모습과 삶의 철학에서 찾는 것이 더 자연스럽고 미학적이라는 의미에서 그러하다.

상호텍스트적 관점에서도 추사의 〈세한도〉를 아버지의 삶의 방식과 연계시키기 위해서는 추사의 송백 이미지(지조)와 아버지의 삶의 철학 사이에 등가성이 성립되어야 한다. 그렇다면 사공의 오두막집과 고목 버드나무는 어울리지 않는다. 이것은 작가가 버드나무의 보편적 상징을 놓치고 있었거나 심미적 계산 착오로 보인다. 다만 어떤 시대, 어떤 삶 속에서도 지키고 싶은 삶의 자세는 존재한다는 점에서 세한도의 의미를 바람직한 인간상의 개념으로 구조화한 것은 탁견이다. 모진 세파와의 대결 속에서 어떤 이미지로 살아가야 하는가의 문제는 곧 모든 문학의 보편적이며 초월적인 과제이기 때문이다.

바로 이런 면이 목성균의 〈세한도〉가 갖는 구조적인 약점이다. 그런 심미적 계산 착오가 주제의 울림을 방해한다. 그러면서도 세한도는 어느 시대, 누구에게나 존재한다는 점에서 소재 통찰의 깊이는 얕지만 주제의 보편성과 통시성을 확보한다. 이러한 특장은 세한도라는 제재가 함유하고 있는 보편적 의미 외에도 입체적이고 다중적인 다섯 장의 세한도를 중첩시킨 상호텍스트적 기법이 낳은 미적 효과라고도 할 수 있다.

10. 미의식과 상상력

이제, 마지막으로 작품 속에 내재된 미의식과 상상력의 작동방식을 살필 차례이다. 막스 데스와르의 미의 유형 분류에 따르면, 아버지의 언행 속에서 발견되는 미의식은 숭고미와 비극미의 양면성을 띤다. 숭고미는 엄숙한 중량감과 초월적인 정신적 높이를 내포한다는 점에서 작가에게는 존경의 대상이다. 이와는 달리, 변모한 시대환경 속에서 자존심을 지키면서 꿋꿋하게 살아가려고 안간힘을 쓰는 아버지의 모습에서는 연민의 비극적 정서도 내비친다. 아버지의 이러한 숭고미와 비극적 정서는 사공의 추미醜美와 대립적인 양가감정을 일으키면서 오히려 강조되고 확산된다.

작가는 아버지의 윤리 지향적 삶의 철학과 사공의 세속적 삶의 방식을 변증법적으로 지양하는 관점 위에 서있다. 두 사람의 기氣 싸움을 통해서 당대 상황을 사실적으로 인식시킨 뒤, 그러한 삶의 논리 속에서 모순을 찾아 비판 수렴하는 조응照應적 상상력을 작동시키려고 노력한다. 이를테면 작가는 아버지의 세한도를 존경과 연민의 의미로 바라보고 있지만, 그를 이상적인 인간상으로 평가하고 있지는 않다는 뜻이다.

그러나 아쉽게도 작가는 초월적 상상력이 이끄는 본질세계를 보여주지 않는다는 점에서 이상적 인간상의 정체를 명료하게 인식하는 것이 불가능하다. 다만 아버지의 이념과 사공의 이념을 변증법적으로 수렴하여 바람직한 인간상의 정체를 암시하도록 유도하는 데서 멈춘다. 이러한 암시적 결말처리 방식 뒤에는 미적 울림과 여운을 증폭시키고, 독자의 상상력을 효과적으로 자극하려는 계산을 깔고 있는 듯하다.

따라서 이제, 독자들은 이 작품이 중첩기법으로 제시한 다섯 장의 '세한도' 중에서도, 작가가 서술자의 음성으로 암시하고 있는 '나의 세한도'를 변증법적으로 상상해보는 노력이 필요하다. 작가는 그 물음을 통해서 시대를 초월한 수많은 독자들과의 미학적 대화를 요청하고 있는 것이다.

목성균은 등단 10년 만인 2004년 5월, 수필집 《명태에 관한 추억》을 남겨놓고 세상을 떠났다. 언젠가 그의 문학비가 세워진다면, 필자는 그의 세수와는 무관하게 요절夭折 작가라는 말을 새겨 넣어주고 싶다. 한 작품의 성취만으로 그의 문학적 성과를 평가하는 것은 무리이지만, 그의 작품이 한국수필의 전통과 품격을 격조 있게 계승하고 있다는 믿음 때문이다.

〈참고문헌〉

김성도. 《구조에서 감성으로》. 고려대학교 출판부, 2002.
그레마스. 《의미에 관하여》. 김성도 편저. 인간사랑, 1997.
벨라 기랄리활비. 《루카치 미학 연구》. 김태경. 이론과실천, 1984.
서정철. 《기호에서 텍스트로》. 민음사, 1998.
유홍준. 《완당평전 1》. 학고재, 2002.
유홍준. 《완당평전 2》. 학고재, 2002.
찰스 귀논. 《진정성에 대하여》. 강혜원 옮김. 동문선, 2005.
A. H. Maslow, Drews and Lipson. 《가치와 존재》. 이재봉 외 공역. 교육과학사,
          1994.

02

윤모촌의 〈오음실주인梧陰室主人〉

1. 문제를 찾아서

〈오음실주인〉은 1979년 한국일보 신춘문예 당선작이다. 아내의 부덕을 오동나무의 그늘에 비유하여 형상화하고 있는 이 수필은 선비풍의 격조와 품격으로 독자들의 사랑을 받고 있는 문제작이다. 여기서 문제작이라 함은 구조적으로나 미학적으로 꼼꼼히 따져보아야 할 텍스트임을 의미한다.

특히, 이 작품은 높은 예술성으로 인하여 수필창작을 공부하는 사람들에게 하나의 연구용 텍스트로서의 가치도 지닌다. 교착법과 패턴을 활용하여 오동나무와 아내의 이미지를 인연설로 묶어내는 품도 치밀함과 세련미를 보여준다. 주어진 환경에 헌신하며 사는 오동나무의 미덕은 아내의 객관적 상관물로 제격이다. 그뿐만 아니라, 아내의 부덕과 오동의 현덕을 그늘 이미지로 연결하여 등가화한 솜씨는 작가의 문학적 역량과 감수성을 유감없이 보여준 백미로 평가된다.

그러나 미학적 성취 못지않게 중요한 작법상의 문제점을 함유하고 있는 것도 사실이다. 속성이 다른 아내의 부덕 이야기와 나의 풍류 이야기를 하나의 구조로 묶은 것은 논란거리가 되기에 충분하다. 그것은 이질적인 미적 울림의 충돌을 야기함으로써 구조의 유기성과 주제의 통일성을 약화시키고 작품의 완성도를 떨어뜨리는 원인으로 작용한다.

이제, 텍스트의 심층과 표층, 담론층을 열고 들어가 그 구조 안에 내재된 심미작용을 유기적으로 살펴봄으로써 작품의 진실에 다가서 보기로 하겠다.

2. 분석 텍스트의 선정

윤모촌(1923~2005)이 수필문단에 이름을 올린 것은 치열한 신춘문예를 통해서이다. 그런 만큼 제재 선택과 의미부여의 차원 등에서 남다른 감수성을 보여준다. 등단 후, 그는 작품집 ≪정신과로 가야 할 사람≫, ≪서울 뻐꾸기≫, ≪발자국≫, ≪춘모씨의 하루≫ 등과 ≪서투른 초대≫, ≪산마을에 오는 비≫, ≪오음실 주인≫ 등의 선집을 남겼다. 그 외에도 ≪수필 어떻게 쓸 것인가≫를 집필하여 수필창작 이론과 실기를 겸비한 작가로도 평가된다. 분석 텍스트는 '좋은수필사'의 〈윤모촌 수필선 ≪실락원≫〉(2008)에서 뽑았다.

〈오음실주인〉

내 집 마당가엔 수도전水道栓이 있다. 마당이래야 손바닥만 해서 현관에서 옆집 담까지의 거리가 3미터밖에 안 된다. 그 담 밑에 수도전이 있고, 시골 우물가의 장자나무처럼 오동나무 한 그루가 그 옆에 서 있다.

이른 봄 해토解土가 되면서부터 가을까지, 이 수돗가에서 아내는 허드렛일을 한다. 한여름에는 온종일 뙤약볕이 내려 적지 않은 고초를 겪어 왔다. 좁은 뜰에 차양을 할 수도 없어서 그럭저럭 지내 오던 터에, 몇 해 전 우연히 오동나무 씨가 날아와 떨어져 두 그루가 자생自生하였다. 처음에는 어저귀 싹 같아서 흔하지도 않은 웬 어저귀인가 하고 뽑아 버리려다가, 풀도 귀해서 내버려 두었다. 50센티 가량 자라났을 때야 비로소 오동임을 알았다. 이듬해 봄에 줄기를 도려냈더니 2미터 가량으로 자라, 한 그루는 자식놈 학교에 기념식수 감으로 들려 보냈다.

　오동은 두어 번쯤 도려내야 줄기가 곧게 솟는다. 이듬해 봄에 또 도려냈더니 3년째에는 훌쩍 솟아나서, 대인의 풍도風度답게 키箕만큼씩한 큰 잎으로 그늘을 드리우기 시작했다. 올해로 5년째, 그 수세는 대단해서 나무 밑에 서면 하늘이 보이지 않는다.

　나무의 위치가 현관에서 꼭 2미터 반 지점에 서 있다. 잎이 무성하면 수돗가는 물론이고, 현관 안 마루에까지 그늘을 드리워 여름 한철의 더위를 한결 덜어 준다. 한 가지 번거로움이 있다면, 담을 넘어 이웃으로 벋는 가지를 쳐 주어야 하는 일이다. 더위가 한창인 8월에도 처서處暑만 지나면, 가지 밑의 잎들이 떨어져 내린다. 그래서 이웃으로 벋은 가지를 쳐주어야 하는데 그럴 때마다 짐짓 오동나무가 타고난 팔자를 생각하게 된다. 바람을 타고 가던 씨가 좋은 집 뜰을 다 제쳐놓고, 하필이면 왜 내 집 좁은 뜰에 내려와 앉았단 말인가.

　한여름 낮, 아내가 수돗가에서 일을 할 때면, 오동나무 그늘에 나앉아 넌지시 얘기를 건넨다. 빈주먹인 내게로 온 아내를 오동나무에 비유하는 것이다.

　"오동나무 팔자가 당신 같소. 하필이면 왜 내 집에 와 뿌리를 내렸을까."

　"그러게 말이오. 오동나무도 기박한 팔자인가 보오. 허지만 오동나무는 그늘을 만들어 남을 즐겁게 해주지, 우리는 뭐요."

　"남에게 덕을 베풀지는 못해도 해는 끼치지 않고 분수대로 살아가는 것이 아니겠소."

구차한 살림 속에서 오동나무의 현덕玄德만큼이나 드리워진 아내의 그늘을 의식한다.

이전에 함께 학교에 있었던 S씨의 말이 나이들수록 가슴으로 젖어든다. 고된 일과를 마치고 막걸릿잔을 나누던 자리에서, 그는 찌든 가사家事 얘기 끝에 아내의 고마움을 새삼스레 느낀다고 하였다. 여러 자녀를 데리고 곤히 잠들고 있는 주름진 아내를 밤 늦게 책상머리에서 내려다보면 미안한 마음뿐이더라고 했다. 나잇살이나 먹으니 내조內助가 어떤 것인가를 알겠더라며 그는 헤식게 웃었다. 진솔眞率한 그의 고백이 가슴에 와 닿는 게 있어, 점두點頭를 했던 일이 오래전 일이건만 어제 일 같다.

언젠가 충무로를 걷다가, 길가에 앉아 신기료 장수에게 구두를 고치고 있는 중년 여인을 본 일이 있다. 그 여인상이 머리에서 지워지질 않는다. 거리에서 구두를 고치던 중년이 돋보이는 내 나이— 생활이란 것이 무엇인가를 조금은 알 듯하다. 내게로 온 이래 손톱 치장 한번 한 일 없이 푸른 세월을 다 보낸 아내를 보면, 살아가는 길이 우연처럼 생각된다. 세사世事는 무릇 인연으로 맺어지는 것이라 하던가, 남남끼리 만나 분수대로 인생을 가는 길목에, 오동나무 씨가 날아와 반려가 된 것도 그런 것이라 할까.

좁은 뜰에 나무의 성장이 너무 겁이 나서 가지 끝을 잘라 주었다. 여남은 자 가량으로 키는 머물렀지만, 돋아나온 지엽이 또 무성해서 지붕을 덮는다. 이 오동의 천수는 예측할 수 없고, 내가 이 집에 머무는 한은 그늘 덕을 입게 될 것이다. 이사를 하게 되면 벨 생각이지만, 오동은 벨수록 움이 나와 다음 주인에게도 음덕을 베풀 것이다.

요새 사람들은 이재理財에 밝아 오동을 심지만, 선인先人들은 풍류로 오동을 심었다. 잎이 푸를 때는 그늘이 좋고, 낙엽이 지면 빈 가지에 걸리는 달이 좋다. 여름엔 비 듣는 소리가 정감을 돋우고, 가을밤엔 잎 떨어지는 소리가 심금을 울린다.

오엽梧葉에 지는 빗소리는 미상불 마음에 스민다. 병자호란 때 강화성

江華城이 떨어지자 자폭한 김상용金尙容 그분은, 다시는 잎 넓은 나무를 심지 않겠다 하고, 오엽에 지는 빗소리에 상심傷心과 장한長恨을 달랬다 한다.

달은 허공에 떠 있는 것보다 나뭇가지에 걸렸을 때가 더 감흥을 돋운다 하였지만, 현관문을 나서면 나뭇가지에 와서 걸린 달이 바로 이마에 와 닿는다. 빌딩가街에 걸린 달은, 도심의 소음 너머로 플라스틱 바가지처럼 보이지만, 내 집 오동나무에 와 걸리면 신화와 동화의 달로 되돌아간다. 그리고 소녀의 감동만큼이나 서정의 초원을 펼쳐 주고, 어린 시절의 고향을 불러다 준다.

선조 때 문신에 오음梧陰이라고 호를 가진 분이 있다. 그의 아우 월정月汀과 더불어 당대의 명신名臣으로 불리던 분이다. 호는 인생관이나 취향에 따라 짓는 것이라 하지만, 아우 되는 분의 월정에선 재기가 번득이고 감상적이며, 맑고 가벼운 감이 있으나, 오음에서는 중후하고 소박하고 현묵玄黙함을 느끼게 한다. 두 분의 성품이 그랬는지는 알 수 없으나 오음 쪽이 깊은 맛이 난다. 내 집 오동나무의 그늘을 따서 나도 오음실주인梧陰室主人쯤으로 당호堂號를 삼고 싶지만 명현名賢의 이름이나 호는 함부로 따 쓰는 법이 아니라고 한 할아버지의 지난날 말씀이 걸려 선뜻 결단을 못하고 있다.

처서까지 오동은 성장을 계속해서, 녹음은 한껏 여물고 짙어진다. 음 7월을 오추梧秋 또는 오월梧月이라고 부르는 뜻을 알 만하다. 예부터 오동은 거문고와 가구재家具材로 애용되고 있는 것은 누구나가 알고 있는 일이다. 편지에 쓰이는 안하니 하는 글자 외에도, 책상 옆이라는 뜻으로 오우梧右 혹은 오하梧下라고 쓰는 것을 보면, 선인들은 으레 책상을 오동으로 짠 것 같다. 동재桐材가 마련될 때는 친구에게도 나누어서 필통도 깎고 간찰簡札꽂이도 만들어 볼까 한다.

무료하면 오동나무를 쳐다보게 되고, 그럴 때마다 찌든 내 집에 와 뿌리를 내린 오동나무가 그저 고맙기만 하다.

이 작품은 선집을 꾸밀 때마다 몇 차례 부분 개작을 한 흔적이 보인다. 작가의 이러한 노력은 미적 완성도에 대한 강한 집념과 장인정신, 그리고 작품 자체에 대한 남다른 애착에서 나온 것으로 보인다.

3. '그늘' 크로노토프와 대결의식

이 수필이 태어난 것은 유신체제하의 암울한 시대였다. 정치적으로나 사회적으로 짙게 드리워진 시대적 그늘은 작가의 붓을 꺾게 만들거나 풍자적인 작품을 쓰게 하고, 더러는 역사적인 작품 속으로 숨어들게 한다. 따라서 억압의 시대에 작가는 이상의 〈날개〉처럼 박제剝製된 지식인이 정체성을 회복해 가는 구조를 보여주거나, 반어적인 어조로 안분지족과 풍류적인 삶을 작품화하고, 유토피아로의 초월적 도피를 꿈꿀 수도 있다.

이러한 유추는 이 작품의 상징 구조에도 적용된다. 〈오음실주인〉은 오동나무처럼 사는 아내와 오동 풍류를 꿈꾸는 나의 삶을 통하여 시대와의 불화를 반어적으로 형상화한 작품으로 읽는 것이 보다 창의적이다. 기박奇薄한 현실과 대결하며 사는 아내의 인고는 가난 속에서도 안분지족하는 삶의 양식을 보여주고, 당대의 현실을 초월하고자 하는 작가는 태연한 표정으로 자연철학적인 풍류 양식을 즐긴다.

궁핍한 환경에 순응하면서 그늘의 현덕까지 제공하는 오동의 이미지와 부덕을 실천하는 아내의 성격과 윤리관은 작가가 예찬하는 삶의 표상이다. 그리고 그 억압적 현실이 주는 고통을 격조 있게 극복하는 방법으로서의 풍류적 삶 또한 작가가 반어적으로 보여주는 그 나름의 해법이다. 이런 점에서 작가의 글쓰기는 어두운 현실(그늘)이 주는 상처를 밝음의 그늘 이야기로 대응하며 치유하는 한 방법일 수 있다. 역사적이고 사회적인 어둠의 그늘이 이 작품을 쓰게 했다면, 그에 대응하는 아내의 부덕과 작가의 풍류적 삶은 그 어둠을 이기는 밝음의 그늘로서 상징화된다.

그러므로 작가에게 '그늘' 이미지는 그의 삶의 시공간을 뒤덮고 있는 두 가지 현실이다. 어둠의 그늘이 삶의 조건이라면, 밝음의 그늘은 그에 대한 대결양식이자 삶의 방법이다. 이러한 '그늘' 크로노토프는 윤모촌 식 세상 인식과 깨달음의 결과라는 점에서 그의 문학적 발명품이다. "오 동나무도 기박한 팔자인가 보오."라는 문장 속에서 어둠의 그늘이 암시 되어 있다면, "구차한 살림 속에서도 오동나무의 현덕만큼이나 드리워 진 아내의 그늘을 의식한다."라는 밝음의 그늘을 상징적으로 보여주는 등가적 비유이다.

그러나 이 작품이 주제로 형상화하고 있는 안분지족과 풍류적 삶의 철학은 이 작가만의 독창적 발견은 아니다. 이미 선인들의 풍류를 위한 오동 식수植樹 관습과 병자호란 때 김상용의 에피소드, 오음과 월정의 당호 이야기, 그리고 거문고와 가구재로 애용된 오동의 이야기 등 선先 텍스트로부터 상호텍스트적 영향을 받았기 때문이다. 그럼에도 '그늘' 크로노토프의 발견은 이 작가의 격조 높은 심미안이 건져 올린 빛나는 수확물이다.

4. 제재 통찰의 깊이와 철학적 경계

그렇다면, 작가의 제재 통찰은 어느 수준까지 도달해 있는가? 현상차 원과 인성차원, 그리고 자연법칙과 본질차원의 전체 틀을 놓고 보면, 이 수필은 오동의 그늘을 아내의 부덕과 동일시하고 나아가 오동 풍류의 계승 의지까지 보여주고 있으니, 적어도 인성차원은 물론 자연법칙의 인식수준까지 도달한 것으로 보인다.

아내의 현덕이 에토스 차원의 성격과 윤리에서 나오는 것이라면, 작 가가 지향하는 풍류적 삶은 자연법칙에 대한 순응적 인식의 결과이다.

아내의 현덕에 대한 성찰은 "오동나무 팔자가 당신 같소."라는 대화와 "남에게 덕을 베풀지는 못해도 해는 끼치지 않고 분수대로 살아가는 것이 아니겠소."라는 문장, 그리고 "구차한 살림 속에서 오동나무의 현덕만큼이나 드리워진 아내의 그늘을 의식한다." 등에서 확인된다. 게다가, "오동나무는 그늘을 만들어 남을 즐겁게 해주지, 우리는 뭐요."라는 대화에서 타인들에게 덕을 베풀지 못하고 사는 것을 부끄러워하는 대목에서는 아내의 윤리적 삶의 철학을 보여준다.

작가가 자신의 삶을 오동 풍류와 연결시켜 보여준 것은 자연법칙의 수준까지 성찰하고 있다는 증거이다. 오동을 아내와 동일시하는 태도나 아내의 안분지족적 삶 예찬, 그리고 오동 풍류를 즐기는 안빈낙도의 삶과 철학적 인식태도 등이 그 예가 된다. 신은경의 주장처럼 풍류정신을 예술적으로 놀기, 철학적으로 놀기, 혹은 자연친화적으로 놀기라고 말할 수 있다면, 적어도 안분지족이나 안빈낙도라고 하는 작가의 철학적 삶의 태도는 전통적인 상자연賞自然식 풍류에 가깝다.

풍류적 삶에 대한 작가정신은 작품의 후반부에서 집중적으로 묘사된다. "요새 사람들은 이재理財에 밝아 오동을 심지만, 선인들은 풍류로 오동을 심었다. 잎이 푸를 때는 그늘이 좋고, 낙엽이 지면 빈 가지에 걸리는 달이 좋다. 여름엔 비 듣는 소리가 정감을 돋우고, 가을밤엔 잎 떨어지는 소리가 심금을 울린다."의 진술과 "달은 허공에 떠 있는 것보다 나뭇가지에 걸렸을 때가 더 감흥을 돋운다 하였지만, (중략) 내 집 오동나무에 와 걸리면 신화와 동화의 달로 되돌아간다." 등에서 묻어난다. 게다가, 당호를 오음실주인으로 삼고 싶다는 고백, 그리고 동재桐材가 마련될 때 친구에게도 나누어서 필통도 깎고 간찰簡札꽂이도 만들고 싶어 하는 모습과 "무료하면 오동나무를 쳐다보게 되고, 그럴 때마다 찌든 내 집에 와 뿌리를 내린 오동나무가 그저 고맙기만 하다."라는 마지막 서술에서도 확인된다.

이처럼, 아내의 그늘을 오동나무의 현덕(그늘)과 동일시하는 인식수준에서는 인성적 통찰력이 돋보이고, 작가 자신의 삶을 오동 풍류의 정신적 계승과 일상적 실천의 수준까지 보여준 점에서는 그의 제재 통찰이 자연법칙의 단계에 머물고 있음을 보여준다.

5. 미적 조직원리와 기법의 발견

이제, 작품의 구조적 특성을 탐구하기 위해 줄거리를 패러프레이즈하여 이야기의 조직 원리와 기법을 추출해 보기로 하겠다. 이 수필의 핵심 의미소는 16개의 단락으로 분절하여 요약할 수 있다.

① 마당가에 오동 한 그루 서있음. ② 아내는 수돗가 뙈약볕에서 일을 함. ③ 몇 해 전 오동 씨가 날아와 자생함. ④ 5년쯤 자라 큰 그늘을 드리움. ⑤ 그늘을 주는 오동의 팔자를 생각함. ⑥ 가난한 집에 뿌리내린 오동과 아내 팔자를 동일시함. ⑦ 안분지족하는 아내와 오동의 현덕을 동일시함. ⑧ 오래 전 S씨의 헌신적 내조 이야기에 공감함. ⑨ 언젠가 구두수선 중인 중년여인을 보고 내 삶을 돌아봄. ⑩ 아내와 나의 인연처럼 오동과의 인연을 생각함. ⑪ 오동은 벨수록 움이 나와 음덕을 베풀 것임. ⑫ 선인들은 오동 풍류를 즐김. ⑬ 내 집 오동에 달이 걸리면 원초세계와 향수가 환기됨. ⑭ 오음실주인으로 당호를 삼고 싶지만 결단하지 못함. ⑮ 선인들처럼 오동으로 도구를 만들어 쓸 생각임. ⑯ 무료할 때 오동을 보며 감사함.

이상의 플롯 라인을 사건의 발생순서로 되돌리면 원元소재가 지녔던 변형 전의 스토리 질서로 환원시킬 수 있다. 물론 이 경우에도 스토리를 플롯으로 전환시키는 과정에서 삭제된 이야기는 되살릴 수 없다. 서술 편의상 환원된 스토리 라인을 항목요약 형태로 다시 압축 배열하면 다음과 같다. 〈⑫ 오동 풍류 전통→② 아내 고초→⑧ 내조 공감→⑨ 생활고 인식→③ 오동 자생→① 마당가 오동→④ 오동 그늘→⑤ 오동 팔자

→⑥ 오동과 아내 팔자 동일시→⑦ 아내와 오동 현덕 동일시→⑩ 인연 법칙 인식→⑪ 오동 음덕→⑬ 내 집의 오동 풍류→⑭ 당호 작명 욕심→ ⑮ 동재 활용 꿈→⑯ 위로와 감사〉가 된다.

이제, 스토리와 플롯의 배열 순서를 동일 항끼리 연결하면, 단순한 소재로서의 비예술적인 이야기가 어떻게 예술적인 플롯 이야기로 변형되었는지 그 구조화 전략을 소상히 드러내기 시작한다.

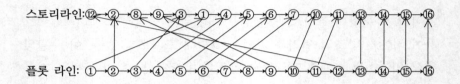

먼저, 이 대비표는 〈오음실주인〉의 텍스트가 서로 다른 두 가지 이야기를 합성한 형태로 조직되었음을 보여준다. 즉, '오동의 현덕을 닮은 아내 이야기'에 '오동의 낭만을 즐기는 나의 풍류 이야기'가 덧붙여져 있다. 위 요약의 전반부인 ①,③,④,⑤는 오동이 가난한 작가의 집 마당가에 뿌리를 내리게 된 과정과 그 현덕(그늘)을 들려주는 장면이다. 중반부인 ②,⑥,⑦,⑧,⑨,⑩은 아내의 부덕과 오동의 현덕을 동일시하는 장면이다. 그리고 후반부인 ⑪,⑫,⑬,⑭,⑮,⑯은 선조들과 나의 풍류 이야기이다.

여기서 ①,③,④,⑤는 중반부의 아내 이야기와 후반부의 풍류 이야기에 동기를 부여하는 공통소라는 점에서, 이 수필의 전체 구조는 ①,③,④,⑤+②,⑥,⑦,⑧,⑨,⑩와 ①,③,④,⑤+⑪,⑫,⑬,⑭,⑮,⑯의 이질적인 두 구조가 복합된 형태임이 밝혀진다. 이러한 구조적 특성은 두 이야기가 미적 울림을 증폭시키기보다는 분산시키는 쪽으로 통합되고 있음을 시사한다. 혹자는 아내의 부덕 이야기와 나의 풍류 이야기를 묶어서 풍류 구조로 볼 수도 있으나 논리가 빈곤하다. 아내의 삶에서도 안분지족의 철학적 의미가 발견되기는 하지만, 그것은 빈곤을 이겨내며 부덕을 베푸는 세속 차원의 이야기라는 점에서 풍류성이 약하다. 따라서 이 수필은 이야기 구조상의 취약점을 안고 있음이 확인된다. 그 결과 오동의 그늘 이미지를 아내의 부덕과 등가적으로 연결하여 격조 있게 들려주면서도 통일된 울림을 만들어 내는 데는 실패한다.

두 번째로 눈에 띄는 것이 시간착오의 역전逆轉기법이다. 이는 작가가 미적 울림을 창조하기 위해 제재의 순차적인 발생 순서를 예술성을 체험할 수 있도록 특별한 질서로 변형시켰음을 의미한다. 소재의 전개순서를 변형시키면 이야기가 단조로움에서 벗어나 사실성과 입체성이 강화되고, 진실성과 미적 감동을 효율적으로 창조하는 효과를 거두기 마련이다. 하지만 이 작품 속에서 역전의 서술기법은 큰 효용성을 거두지 못한다. 그것은 플롯층의 이야기 배열방법에서 특별한 미적 의도를 찾을 수 없기 때문이다.

세 번째로 언급해야 할 기법은 병렬을 이용한 교차交叉, 혹은 교착법交錯法이다. 오동나무 이야기와 아내 이야기를 단순 교차시키거나 혼합하여 교착시키는 서술방식으로 동일시 현상을 이끌어낸다. 동일시 형식은 아내와 오동의 이미지를 하나의 구조로 통합하는 데 기여한다. 이를 위해 작가는 아내와의 운명적인 만남과 부덕婦德(그늘)을 오동과의 우연한 만남과 현덕(그늘)에 비유하여 등가적 가치를 부여한다. 그리고 우주의 필연적 인과성을 동원하여 만남과 반려 운명을 설명하는 팔자八字론을 펴기도 한다.

네 번째로 황금비(golden ratio)의 형식 찾기이다. 작가는 제재와 인물간의 등가적 의미소를 제재의 형식에서 찾는다. 작가는 아내의 부덕을 오동나무의 그늘 형식에서 착상한다. 제재의 속성 속에서 형식의 황금비를 찾아내고, 그것을 작중인물의 행동과 성격창조의 원리로 활용한다. 이 작품의 높은 예술성은 바로 오동나무 그늘의 상징미학에서 창조된다는 점에서 아내의 존재형식을 오동나무에서 구한 것은 높이 살 만하다.

다섯 번째로 돋보이는 기법은 패턴pattern이다. 교차와 교착법에 의해 병렬되는 오동과 아내 이야기는 반복되면서 패턴의 형식을 획득한다. 서사적 이야기 속에서 패턴은 의미 있는 행동과 사건의 반복을 뜻한다. 작품 속에서 아내의 부덕과 오동의 현덕을 반복적으로 언급하는 서술방식을 통하여 미덕의 속성들이 교집합을 이룬다. 여기서 패턴은 아내의 성격과 부덕을 보여주기 위한 심리적 기능과 주제의 형상화를 위한 논리적 기능을 통합적으로 수행하면서 특유의 의미와 울림을 생성한다.

여섯 번째로 살펴보아야 할 기법은 객관적 상관물이다. 아내의 성격과 삶의 방식을 객관화시켜 보여주기 위해 비유적인 관점에서 이미지의 유사성을 지닌 오동나무를 보조관념으로 도입한다. 이러한 객관적 상관물의 선택은 이 작품의 문학적 격조와 품격을 창조하는 데 결정적인 역할을 한다. 넓은 잎 외에도 실용성과 낭만성을 공유한 오동나무의 현덕은 가난 속에서도 안분지족을 실천하는 아내의 부덕을 상징하기에 적절성을 지닌다.

6. 객관적 상관물과 황금비 형식

이 수필을 읽고 있노라면 어느새 삶의 경건성에 경의를 표하게 된다. 이러한 경건성은 아내의 삶의 방식에 대한 진솔성과 윤리성에서 연유하는 것으로서, 가난 속에서도 부덕을 잃지 않는 아내와 현관 앞에서 여름에는 시원한 그늘로, 달이 나뭇가지에 걸린 밤에는 신화와 동화의 달로 변모시키는 오동에 대한 등가적 인식에서 비롯된다.

오동나무를 아내의 객관적 상관물objective correlative로 인식하는 데는 몇 가지 근거가 있다. 첫째는 인연설이다. 작가는 '몇 해 전 우연히 오동나무 씨가 날아와 떨어져 자생自生'하는 것에 대하여 팔자론을 편다. 예컨대 "바람을 타고 가던 씨가 좋은 집 뜰을 다 제쳐 놓고, 하필이면 왜 내 집 좁은 뜰에 내려와 앉았단 말인가."라고 자문한다. 그리고 한여름

수돗가에서 고된 일을 하는 아내가 빈주먹인 자신에게로 온 것을 오동나무에 비유한다. 이것은 양자의 삶과 존재방식이 운명적으로 닮았다는 데 근거를 둔다.

둘째는 그늘설이다. 오동나무와 아내의 팔자를 운위하는 진심은 가난한 집에 우연히 날아와 뿌리를 내렸다는 점보다는 이 양자가 공통으로 보여주는 푸른 그늘과 안분지족의 현덕玄德에서 찾는다. 그래서 작가는 '오동나무가 그늘을 만들어 남을 즐겁게' 해주는 것처럼, "구차한 살림 속에서 오동나무의 현덕만큼이나 드리워진 아내의 그늘을 의식한다."라고 고백한다.

셋째는 반려설이다. 오동이 내 집 마당에 뿌리를 내리고 주인에게 음덕을 베풀듯이, 아내 또한 인연으로 만나 부덕의 그늘을 드리우며 산다는 고백이 이를 뒷받침한다. 작품의 후반부에서 작가가 당호를 '오음실 주인'으로 명명하고 싶다고 말한 것도 의미심장하다. 겉으로는 당호의 주인이 작가 자신을 가리키는 것 같지만 그것은 하나의 트릭이다. 선비가 아내를 드러내놓고 예찬하는 것은 하격下格에 속하기 때문이다. 결말에서 "무료하면 오동나무를 쳐다보게 되고, 그럴 때마다 찌든 내 집에 뿌리를 내린 오동나무가 그저 고맙기만 하다."란 대목도 일생을 반려해주고 있는 아내에 대한 상징적 표현이다.

따라서 아내의 객관적 상관물로 도입된 오동의 그늘과 현덕은 인연설, 그늘설, 반려설 등을 통해서 황금비로 인식된다. 오동의 존재방식과 삶의 형식은 아내의 삶의 형식과 등가관계로 환기되면서 풍성한 비유적 의미를 생성한다. "오동나무 팔자가 당신 같소.", "오동나무도 기박한 팔자인가 보오."라는 서술 등은 아내와 오동을 동일시하는 근거가 된다. '시는 자연의 모방'이라는 아리스토텔레스의 명언이 아니더라도, 자연 속에서 인간상의 모델을 찾아내는 것은 비유를 통한 철학적 형식탐구에 속한다. 오동의 존재형식을 통해서 아내의 삶을 유추해내는 황금비의 모방미학 속에 격조 높은 창의성이 숨 쉰다.

7. 가변적 초점화와 구조적 충돌

수필의 초점화자focalizer는 작가 자신이다. 그 초점화자가 인식한 이야기를 문학적으로 재구성하여 전달하는 서술자 역시 작가이다. 수필작가는 이 두 기능자 사이에서 생성되는 시공간적 간극을 체험에서 얻은 불변의 제재로부터 철학적 깨달음을 얻기 위한 전략적 숙성과 발효의 기간으로 활용한다. 이 점에서도 소설과 수필은 현저히 구별된다.

이 수필에서 작가는 고정 초점화자를 사용하여 두 가지 초점화 대상에 인식을 투사한다. 이럴 경우, 다성악적인 작품이 아니라면, 자칫 주제를 이끄는 라이트모티프에 대한 집중력을 잃을 수도 있다. 물론 대상들이 지니고 있는 다양한 측면을 입체적으로 초점화 할 수는 있지만, 그것이 주제로의 몰입을 방해하거나 울림의 증폭현상을 막을 수도 있다.

앞의 요약에서 단락 ①, ③, ④, ⑤는 오동이 내 집과 인연을 맺게 된 사연이므로 초점화 대상은 오동이다. 단락 ②, ⑥, ⑦, ⑧, ⑨, ⑩은 아내와 오동에 초점이 맞춰져 있으나 아내의 이야기를 위해 오동을 보조관념으로 빌려온 것이므로 초점화 대상은 아내가 된다. 단락 ⑪, ⑫, ⑬, ⑭, ⑮, ⑯은 오동의 그늘 음덕과 오동 풍류의 전통, 그리고 나의 오동 풍류 이야기이므로 오동과 나가 중심이 되지만 역시 오동은 나의 풍류를 들려주기 위한 보조관념으로 도입되었다는 점에서 의식의 중심은 나가 된다.

흔히 초점화 대상을 복수로 설정하는 것은 병렬구조의 대위법 등에서 쓰는 것이 보통이다. 이는 다양한 대상에서 들려오는 다성성多聲性을 담아내기에 수월하기 때문이다. 하지만 이 수필에서는 아내의 이야기와 나의 이야기가 다성적 의미로 구축되지 않고, 오히려 독립된 두 이야기로 들린다는 점에 문제가 있다. 아내의 그늘 이야기와 나의 오동 사랑이야기는 풍류담으로 묶을 수가 없기 때문이다. 아내의 이야기는 자연친화적 요소를 내포하고 있으나 세속에 뿌리를 두고 있어서 풍류의 그늘로 보기에는 한계가 있다. 이런 모순은 가변적 초점화를 사용하여 성격이 다른 두 인물의 삶을 각기 다른 각도에서 차례로 서술함으로써 하나로 통합되지 못하는 구조적 거리에서 발생한다.

8. 욕망 분석을 통한 인생관 탐색

수필 〈오음실주인〉에서는 초점화 대상이 오동을 닮은 아내 이야기와 나의 오동 풍류 이야기로 나뉘어 구조화된다. 아내의 세계관은 오동과의 비유적 관계를 통해서, 그리고 나의 세계관은 오동 풍류를 통해서 형상화된다.

이 두 인물의 성격과 인생관을 형상화하는 방식은 삼각형의 욕망도식으로 설명할 수 있다. 형상화 대상인 원관념tenor에 아내를 놓고, 보조관념vehicle에 오동을 놓으면 비유의 아날로지에 의해 등가화된다. 아래 그림 ⓐ에서 작가인 나는 오동을 보조관념으로 내세워 아내의 기박한 팔자를 유추하게 이끈다. "빈주먹인 내게로 온 아내를 오동나무에 비유한다."라는 서술이 그런 예에 속한다. 이때 작가는 "오동나무 팔자가 당신 같소."라는 대화를 통해서 아내를 오동의 그늘에 숨겨 비유함으로써 수필가다운 여유와 격조를 내보인다. 그림 ⓑ에서 작가는 오동의 현덕(그늘)을 중개자로 하여 아내의 부덕을 유추케 한다. "구차한 살림 속에서 오동나무의 현덕玄德만큼이나 드리워진 아내의 그늘을 의식한다."라는 작가의 고백이 이를 뒷받침한다. 그리고 그림 ⓒ에서 작가는 아내나 오동과의 만남과 반려伴侶적 삶이 우주의 필연적이고 운명적인 인과성에 의한 것이라고 믿는다.

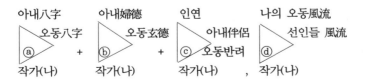

이렇게 보면, 아내의 인생관이나 세계관은 자명해진다. 오동처럼 사는 인생, 오동의 현덕을 닮아 생활의 고난을 부덕으로 수용하며 극복하는 존재임이 밝혀진다. 안분지족이나 안빈낙도로서의 삶은 곧 아내의 세계관이나 인생관에 뿌리를 둔 삶의 방식이라는 점에서 그녀의 삶을 지탱해온 실천철학이다.

그림 ⓓ는 작가의 인생관과 세계관을 설명하는 욕망도식이다. 작가는 이야기의 후반부에서 선인들의 오동 풍류 전통을 계승(모방)하고 있는 자신의 오동 풍류 이야기를 들려준다. 작가는 나아가 풍류정신을 담은 당호 작명과 동재 사용 욕망까지 보여준다. 풍류란 본시 자연친화적이고 자연합일적인 예술적 삶의 한 방식이라는 점에서, 안분지족과 안빈낙도 속의 풍류적 삶은 그의 인생관과 직결되어 있다.

따라서 아내의 이야기와 나의 이야기는 그 이질성에도 불구하고 철학적 차원에서의 동일한 지향성을 갖는다. 하지만 아내의 이야기는 세속적 삶에서의 안분지족을 보여준다면, 나의 이야기는 탈속적 삶을 꿈꾼다는 점에서 심미적 거리를 둔다.

9. 문장과 수사의 호소구조

문장미학의 관점에서 수필언어는 시어와 소설언어를 변증법적으로 통일시킨 언어적 특성을 갖는다. 따라서 수필언어는 시어의 과장성이나 난해성, 소설언어의 장광설이나 치밀한 묘사와도 거리를 둔다. 수필가가 간결하고 소박하며 함축적인 언어가 만들어 내는 감칠맛과 여운, 담백성과 격조 등에 신경을 쓰는 이유도 여기에 있다.

윤모촌은 그가 ≪수필 어떻게 쓸 것인가≫에서 역설한 바와 같이, 간결하고 소박하며 함축적인 문장을 즐긴다. 그의 작품에 동어반복이나 불필요한 수식어가 거의 발견되지 않는 것도 이러한 그의 문장철학과 관계가 있다. 전통적인 선비풍의 어조와 말맛, 그리고 절제와 리듬으로 품격을 일궈내는 문장력도 돋보인다. "잎이 푸를 때는 그늘이 좋고, 낙엽이 지면 빈 가지에 걸리는 달이 좋다. 여름엔 비 듣는 소리가 정감을 돋우고, 가을 밤엔 잎 떨어지는 소리가 심금을 울린다." 등은 한 예가 된다.

수필의 언어는 소박미와 절제미, 품격미 등을 요구한다는 점에서 남다른 문장 수행修行을 요구한다. 짧은 산문형식 속에 제재에 대한 깊이 있는 철학적 인식 내용과 깨달음을 개성 있는 문장에 실어주어야 하는 것도 부담이다. 바로 이런 문장미학적 특성 때문에 수필작가는 아리스토텔레스가 수사학에서 언급한 세 가지 설득의 원리인 파토스, 에토스, 로고스적인 호소 구조 외에도 영적인 호소력까지 겸비해야 하는 과제가 주어진다.

파토스는 작가가 문장을 통해서 독자의 감정과 정서를 자극하는 설득 전략이다. 예컨대, "잎이 푸를 때면 그늘이 좋고, (중략) 가을밤엔 잎 떨어지는 소리가 심금을 울린다."라는 독자의 정서를 자극하기에 부족함이 없다. "달은 허공에 떠 있는 것보다 나뭇가지에 걸렸을 때가 더 감흥을 돋운다."라는 표현도 독자의 정서를 깨우는 데 한몫한다. "오엽에 지는 빗소리는 미상불 마음에 스민다."도 섬세하고 세련된 정서를 담아낸다.

에토스는 작가 스스로 자신의 성격적 특성과 윤리관 등을 드러내어 설득하는 수사 전략이다. "한여름에는 온종일 뙤약볕이 내려 적지 않은 고초를 겪어 왔다."와 "빈주먹인 내게로 온 아내를 오동나무에 비유하는 것이다." 등은 구차한 살림에 고초를 겪는 아내에 대한 연민의 정서와 함께 남편의 윤리를 생각하게 이끈다. "남에게 덕을 베풀지는 못해도 해는 끼치지 않고 분수대로 살아가는 것이 아니겠소."와 "분수대로 인생을 가는 길목에" 등에서는 안분지족의 생활철학과 삶의 윤리를 보여준다.

로고스는 작중에 내재된 이야기의 설득 논리를 의미한다. "오동나무 팔자가 당신 같소. 하필이면 왜 내 집에 와 뿌리를 내렸을까."는 작가가 아내와의 만남을 묘사하는 운명의 논리이다. "바람을 타고 가던 씨가 좋은 집 뜰을 다 제쳐 놓고, 하필이면 왜 내 집 좁은 뜰에 내려와 앉았단 말인가."도 인연의 논리이다. "남에게 덕을 베풀지는 못해도 해는 끼치지 않고 분수대로 살아가는 것이 아니겠소."는 안분지족의 논리로 독자를 설득하는 장면이다. "나도 오음실주인쯤으로 당호를 삼고 싶지만" 속에는 풍류의 논리가 내재한다.

그러나 유감스럽게도 영적 차원의 설득 논리는 발견되지 않는다. 우주의 본질세계와 교통하는 힘을 영성spirituality으로 정의한다면, 이 작품 속에서 작가는 자연처럼 사는 자연철학적 삶에 만족하고 있다. 자연의 미덕과 아내의 덕성을 동일시하고, 오동 풍류를 즐기며 살고 싶은 작가의 욕망이 이를 반증한다.

더욱 아쉬운 것은 몇 군데 문장 속에서 발견되는 비문과 논리적 결함들이다. 예컨대, "거리에서 구두를 고치던 중년이 돋보이는 내 나이−생활이란 것이 무엇인가를 조금은 알 듯하다."는 비문이고, "돋보이는"은 문장의 리듬과 의미전달을 방해하는 군더더기이다. 이 문장은 "거리에서 구두를 고치던 그 중년 여인이 생활이 무엇인가를 돌아보게 한다."라고 고치는 것이 자연스럽다. 그리고 "내게로 온 이래 손톱 치장 한번 한 일 없이 (중략) 반려가 된 것도 그런 것이라 할까."는 새로운 단락으로 잡는 것이 문맥상 옳다. 마지막으로 "…… 아내를 보면, 살아가는 것이 우연처럼 생각난다. 세사世事는 인연으로 맺어지는 것이라 하던가."에서도 우연과 인연의 개념이 논리적으로 충돌한다. 우연이 인과관계 없이 발생하는 필연성에 대한 대립개념이라면, 인연은 인과관계를 전제로 한 필연성의 등가개념이기 때문이다.

10. 품격미와 미의식의 문학적 격조

이 작품 속에서 생성되는 미의식의 정체는 무엇인가? 격조 있는 목소리로 아내의 부덕을 예찬하는 이야기에서는 순수미나 우아미가 풍긴다. 이 수필 속에서 순수미나 우아미는 다소의 숭고미가 함유된 미감이다. 이런 해석은 아내의 운명을 오동나무 팔자에 비유하는 장면 등에서 발견된다. "그러게 말이오, 오동나무도 기박奇薄한 필자인가 보오. 허지만 오동나무는 그늘을 만들어 남을 즐겁게 해주지, 우리는 뭐요."라는 문장 등이 이를 뒷받침한다. 그리고 "내게로 온 이래 손톱 치장 한번 한 일이 없이 푸른 세월 다 보낸 아내" 등의 대목에서도 발견된다.

우아미와 숭고미는 서로 대립적인 미의식이지만 상황에 따라서는 섞이기도 한다. 작가의 아내는 안분지족의 삶을 통해서 우아미와 함께, 가난 속에서 생활의 어려움을 낙관적으로 극복하는 정신적 높이(숭고성)를 보여주기도 한다. 이에 비해서 풍류 이야기에서는 '나'가 오음을 당호로 삼고 싶어 하는 자연친화적인 삶의 태도나, 신화와 동화 같은 원초적이고 초월적인 서정을 즐긴다는 점에서 순수와 숭고의 혼합적 미감을 맛보게 한다.

아내의 소박한 삶의 자세와 나의 자연친화적 풍류정신에서 공통적으로 인식되는 또 하나의 미감은 품격미이다. 품격은 안분지족의 삶을 당당하게 견뎌온 아내의 격조와 그러한 아내의 삶을 연민과 고마움으로 인식하는 나의 성품 속에서도 확인된다. 이 수필의 마지막 서술인 "무료하면 오동나무를 쳐다보게 되고, 그럴 때마다 찌든 내 집에 와 뿌리를 내린 오동나무가 그저 고맙기만 하다."라는 언술도 그 예이다. 게다가, 작가는 아내의 부덕을 드러내놓고 예찬하지 않고, 심미적 거리를 두고 오동의 그늘에 비유하거나 대화 속에 함축시켜 들려주는 방식으로 작품의 격조를 높인다.

품격과 격조는 이 작품의 제목 속에도 숨겨져 있다. 제목 '오음실주인

梧陰室主人'은 그 상징과 수사적 구조 때문에 작품성을 뒷받침하는 백미로 여겨진다. 이 제목은 '오음실 +주인'의 합성어이다. 먼저, 오음실은 '오동나무 그늘이 있는 집'을 뜻하는데, 작품 구조 속에서 오동나무는 아내를 상징하고, 그 그늘은 아내의 부덕을 암시한다는 점에서 오음실은 곧 아내의 부덕이나 현덕을 지시한다. "오동나무 팔자가 당신 같소." 나 "구차한 살림 속에서 오동나무의 현덕玄德만큼이나 드리워진 아내의 그늘을 의식한다." 등의 서술이 이를 뒷받침한다. 그렇다면, '오음실주인 主人'은 외연적으로는 작가 자신을 가리키고 있으나, 내포적으로는 아내를 상징한다. 이러한 해석은 작품의 품격을 높여줄 뿐만 아니라, 작품의 미적인 멋과 여유를 격조 속에서 만나게 한다.

격조의 관점에서 이 작품의 제목은 내용의 매력을 능가한다. 미학적 차원에서 내용의 격이 제목에 미치지 못하는 것은 이야기의 이중구조에서 비롯된다. 오동나무처럼 분수대로 살면서 부덕을 베푸는 아내의 삶을 일관되고 통일성 있게 보여 주었더라면, 작품의 심미성은 한층 더 풍성한 울림을 획득했을 것이다. 아내의 이야기와 나의 이야기가 구조적으로 통합되지 못함으로써 두 이야기의 미적 울림이 시너지 효과를 생성하지 못하고 반감되는 양상을 보인다. 아내 이야기에서 생성된 미의식은 풍류 이야기와 만나 증폭되기는커녕 이질감과 단절감 속에서 상쇄작용을 일으킨다.

그럼에도 오동나무 그늘 모티프를 비유적 이미지로 도입하여 아내의 부덕으로 형상화한 작가의 미적 감수성은 소재 선택의 적절성과 함께 탁월한 안목으로 남는다.

11. 설득의 논리와 주제의 울림

모든 작품 속에는 고유한 설득의 논리가 내재한다. 독자가 작품을 읽고 감정이입에 몰입하는 것도 이런 내적 논리의 힘에 의해서다. 이별 이야기 속에는 이별의 논리가, 만남 이야기 속에는 만남의 논리가 독자를 설득한다. 따라서 독자들이 텍스트를 읽고 감동을 받지 못하는 것도 이런 문학적 논리의 부재나 부실에서 그 원인을 찾을 수 있다. 작가가 소재에 대한 심오한 성찰 끝에 자각하는 깨달음도 이런 내적 논리에 의해 획득된다.

〈오음실주인〉에 숨겨져 있는 미적 설득의 논리는 인연因緣의 논리이다. 작가는 인연의 논리를 통해서 아내와 나, 나와 오동의 만남을 인과적으로 암시한다. 작가인 '나'는 어떤 필연적인 힘(신, 운명, 팔자)에 의해서 운명적인 만남을 이룬 것으로 믿고 있다. 그러기에 '빈주먹인 내게로 아내가 와 일생의 반려'가 되고, '바람을 타고 가던 오동 씨가 좋은 집 뜰을 다 제쳐 놓고 내 집 좁은 뜰에 내려와 앉았다'고 생각한다. 이런 인연론적 인식 태도는 "세사世事는 무릇, 인연으로 맺어지는 것"이라는 믿음과 "오동나무 팔자가 당신 같소, 하필이면 왜 내 집에 와 뿌리를 내렸을까."라는 논리에 의해 뒷받침된다. 그리하여 가난한 집 뜰에 뿌리를 내린 오동나무와 아내는 운명적 동일시의 대상이 된다.

끝으로 주제의 수렴작용을 살필 차례이다. 이를 위해서는 작품의 전체 구조를 환기할 필요가 있다. 즉, 전반부(단락 ①~⑤)는 오동과 인연을 맺게 된 사연이며, 중반부(단락 ⑥~⑩)는 아내와 오동의 현덕 동일시 장면, 후반부(단락 ⑪~⑯)는 오동 풍류로 요약할 수 있다. 이렇게 되면, 이 수필의 강음부는 두 곳에 놓인다. 즉, 아내의 부덕 예찬과 나의 오동 풍류가 그것이다. 따라서 주제의 울림도 두 가지 목소리로 분산된다. 두 이야기는 다성적 효과보다는 주제의 통일성을 약화시키는 요인으로 작용한다. 구조적인 이유로 주제가 통일성을 잃을 경우 그 미적 울림 또한 파워와 집중력을 상실한다.

이런 결과는 구성단계에서부터 생긴 것으로 보인다. 오동의 다양한 쓰임새를 나열하기보다는 선택과 집중을 통해서 지배적인 인상을 클로즈업시키는 것이 바람직했을 것이다. 풍류 이야기는 따로 떼어 다른 작품으로 만드는 것이 보다 바람직한 구성이 되었을 것이라는 뜻이다. 구차한 살림의 인종忍從 속에서 발견되는 아내의 그늘(미덕) 예찬과 탈속적 삶을 지향하는 작가의 풍류 이미지는 대립적이기까지 하다.

일반적으로 문학작품의 표층에는 제재의 이야기를 배열하고, 그 심층에는 인간의 이야기를 숨긴다. 작가는 그 심층의 이야기를 예술적으로 들려주기 위해 표층에 비유와 상징의 제재를 도입한다. 이런 논리에서도 오동의 미덕과 아내의 부덕을 동일시한 것은 탁월한 선택이지만, 서로 다른 이야기를 하나의 구조로 연결시킨 것은 설계상의 착오로 보인다. 이야기 비중의 관점에서도 후자보다는 전자에 쏠린다는 점에서 아내의 이야기로 통합하여 구조화하는 것이 바람직했을 것이다.

그럼에도 불구하고, 이 작품은 독자들에게 어둠의 강을 건너는 한 방식을 보여주고 있다는 점에서 독특하고 신선하다. 작가는 시대가 안겨준 어둠(그늘)의 크로노토프 속에서 안분지족과 풍류적 삶이라는 밝음(그늘)의 크로노토프를 통해서 반어적인 대결의 방식을 수필화 한다. 역사의 질곡 속에서도 전통이 쉬 단절되는 것은 아니다. 그 전통의 맥락 위에서 한국 고유의 선비정신을 수필쓰기로 보여준 문학철학적 지향의식과 작가의 심미안 속에 예리한 미적 내공이 숨어있다. 특히, 오동의 존재양식 속에서 황금비를 탐구하여 작중인물을 형상화한 감수성은 작법상의 모델로 삼을 만하다.

〈참고문헌〉

신은경. ≪풍류-동아시아 미학의 근원≫. 보고사, 1999.
윤모촌. ≪수필 어떻게 쓸 것인가≫. 을유문화사, 1996.
츠베탕 토도로브. ≪구조시학≫. 곽광수 역. 문학과 지성사, 1977.

03
법정의 〈무소유〉

1. 법정의 '말빚'을 찾아서

이 땅에서 '무소유'란 말은 법정의 상징처럼 회자된다. 2010년 3월 11일, 그는 이승을 떠났으나 무소유無所有란 말은 늘 그의 이름 앞에 거대한 비명碑銘처럼 서 있다.

"그동안 풀어놓은 말빚을 다음 생에 가져가지 않으려 하니, 부디 내 이름으로 출판한 모든 출판물을 더 이상 출간하지 말아 달라."

그의 이 유언은 소유와 집착으로 생성되는 모든 인연을 끊기 위해, 평생 무소유 사상을 실천한 수도승의 고백이었다는 점에서 의미 있게 들린다. 이승에 머무는 동안 수많은 수필작품을 보시布施한 그는 자신의 모든 말빚까지 청산하고 떠나기를 소망했다.

그가 떠난 지 2년. 그의 작품 〈무소유〉는 독자들의 가슴에 꺼지지 않는 불꽃처럼 빛을 발하면서 여전히 한국인들의 사랑을 받고 있다. 그렇다면, 이 작품의 무엇이 수백만 독자의 가슴에 불을 지피게 했을까. 문학성인가, 종교성인가. 아니면 수행자로서 그가 보여준 실천적 삶인가.

이 글은 바로 그런 물음에 대한 하나의 문학적 해답을 찾는 데 목표를 둔다. 그리고 다양한 측면에서 문학과 종교에 대한 차이성과 유사성을 확인하는 기회도 될 것이다. 예컨대, 문학적 기능의 측면과 언어표현의 불가능성, 문학과 종교의 설득 논리, 세속적 욕망과 종교적 구원 등의 차원에서 진지한 탐색을 시도하게 될 것이다.

2. 분석 텍스트의 선정

법정의 〈무소유〉는 1971년 ≪현대문학≫ 3월호(통권 195호)에 발표한 작품이다. 이 글의 텍스트는 범우사에서 1976년 4월 15일 간행한 첫 수필집≪무소유≫에서 취하였다.

〈무소유〉

"나는 가난한 탁발승이오. 내가 가진 거라고는 물레와 교도소에서 쓰던 밥그릇과 염소젖 한 깡통, 허름한 담요 여섯 장, 수건 그리고 대단치도 않은 평판, 이것뿐이오."

마하트마 간디가 1931년 9월 런던에서 열린 제2차 원탁회의에 참석하기 위해 가던 도중 마르세유 세관원에게 소지품을 펼쳐 보이면서 한 말이다. K. 크리팔라니가 엮은 ≪간디 어록≫을 읽다가 이 구절을 보고 나는 몹시 부끄러웠다. 내가 가진 것이 너무 많다고 생각되었기 때문이다. 적어도 지금의 내 분수로는 그렇다.

사실, 이 세상에 처음 태어날 때 나는 아무것도 갖고 오지 않았었다. 살 만큼 살다가 이 지상의 적籍에서 사라져 갈 때에도 빈손으로 갈 것이다. 그런데 살다 보니 이것저것 내 몫이 생기게 되었다. 물론 일상에 소용되는 물건들이라고 할 수 있다. 그러나 없어서는 안 될 정도로 꼭 요긴한 것들 만일까? 살펴볼수록 없어도 좋을 만한 것들이 적지 않다.

우리들이 필요에 의해서 물건을 갖게 되지만, 때로는 그 물건 때문에 적잖이 마음이 쓰이게 된다. 그러니까 무엇인가를 갖는다는 것은 다른 한편 무엇인가에 얽매인다는 뜻이다. 필요에 따라 가졌던 것이 도리어 우리를 부자유하게 얽어맨다고 할 때 주객이 전도되어 우리는 가짐을 당하게 된다. 그러므로 많이 갖고 있다는 것은 흔히 자랑거리로 되어 있지만, 그만큼 많이 얽혀 있다는 측면도 동시에 지니고 있다.

나는 지난해 여름까지 난초 두 분을 정성스레, 정말 정성을 다해 길렀었다. 3년 전 거처를 지금의 다래헌茶來軒으로 옮겨왔을 때 어떤 스님이 우리 방으로 보내 준 것이다. 혼자 사는 거처라 살아 있는 생물이라고는 나하고 그 애들뿐이었다. 그 애들을 위해 관계 서적을 구해다 읽었고, 그 애들의 건강을 위해 하이포넥스인가 하는 비료를 구해 오기도 했었다. 여름철이면 서늘한 그늘을 찾아 자리를 옮겨 주어야 했고, 겨울에는 그 애들을 위해 실내 온도를 내리곤 했다.

이런 정성을 일찍이 부모에게 바쳤더라면 아마 효자 소리를 듣고도 남았을 것이다. 이렇듯 애지중지 가꾼 보람으로 이른 봄이면 은은한 향기와 함께 연둣빛 꽃을 피워 나를 설레게 했고, 잎은 초승달처럼 항시 청청했었다. 우리 다래헌을 찾아온 사람마다 싱싱한 난초를 보고 한결같이 좋아라 했다.

지난해 여름 장마가 갠 어느 날 봉선사로 운허노사耘虛老師를 뵈러 간 일이 있었다. 한낮이 되자 장마에 갇혔던 햇볕이 눈부시게 쏟아져 내리고 앞 개울물 소리에 어울려 숲 속에서는 매미들이 있는 대로 목청을 돋우었다.

아차, 그제서야 문득 생각이 난 것이다. 난초를 뜰에 내놓은 채 온 것이다. 모처럼 보인 찬란한 햇볕이 돌연 원망스러워졌다. 뜨거운 햇볕에 늘어져 있을 난초잎이 눈에 아른거려 더 지체할 수가 없었다. 허둥지둥 그 길로 돌아왔다. 아니나 다를까, 잎은 축 늘어져 있었다. 안타까워하며 샘물을 길어다 축여 주고 했더니 겨우 고개를 들었다. 하지만 어딘지 생생한 기운이 빠져나간 것 같았다.

나는 이때 온몸으로 그리고 마음속으로 절절히 느끼게 되었다. 집착이 괴로움인 것을. 그렇다, 나는 난초에게 너무 집념한 것이다. 이 집착에서 벗어나야겠다고 결심했다. 난을 가꾸면서는 산철(승가僧家의 유행기遊行期)에도 나그네길을 떠나지 못한 채 꼼짝을 못했다. 밖에 볼일이 있어 잠시 방을 비울 때면 환기가 되도록 들창문을 조금 열어놓아야 했고, 분盆을 내놓은 채 나가다가 뒤미처 생각하고는 되돌아와 들여놓고 나간 적도 한두 번이 아니었다. 그것은 정말 지독한 집착이었다.

며칠 후, 난초처럼 말이 없는 친구가 놀러 왔기에 선뜻 그의 품에 분을 안겨 주었다. 비로소 나는 얽매임에서 벗어난 것이다. 날아갈 듯 홀가분한 해방감. 3년 가까이 함께 지낸 '유정有情'을 떠나보냈는데도 서운하고 허전함보다 홀가분한 마음이 앞섰다.

이때부터 나는 하루 한 가지씩 버려야겠다고 스스로 다짐을 했다. 난을 통해 무소유無所有의 의미 같은 걸 터득하게 됐다고나 할까.

인간의 역사는 어떻게 보면 소유사所有史처럼 느껴진다. 보다 많은 자기네 몫을 위해 끊임없이 싸우고 있다. 소유욕에는 한정도 없고 휴일도 없다. 그저 하나라도 더 많이 갖고자 하는 일념으로 출렁거리고 있다. 물건만으로는 성에 차질 않아 사람까지 소유하려 든다. 그 사람이 제 뜻대로 되지 않을 경우는 끔찍한 비극도 불사하면서. 제 정신도 갖지 못한 처지에 남을 가지려 하는 것이다.

소유욕은 이해와 정비례한다. 그것은 개인뿐만 아니라 국가간의 관계도 마찬가지다. 어제의 맹방들이 오늘에는 맞서게 되는가 하면, 서로 으르렁대던 나라까지 친선사절을 교환하는 사례를 우리는 얼마든지 보고 있다. 그것은 오로지 소유에 바탕을 둔 이해관계 때문이다. 만약 인간의 역사가 소유사에서 무소유사로 그 방향을 바꾼다면 어떻게 될까. 아마 싸우는 일은 거의 없을 것이다. 주지 못해 싸운다는 말은 듣지 못했다.

간디는 또 이런 말도 하고 있다.

"내게는 소유가 범죄처럼 생각된다……."

그가 무엇인가를 갖는다면 같은 물건을 갖고자 하는 사람들이 똑같이 가질 수 있을 때 한한다는 것. 그러나 그것은 거의 불가능한 일이므로 자기 소유에 대해서 범죄처럼 자책하지 않을 수 없다는 것이다.

우리들의 소유 관념이 때로는 우리들의 눈을 멀게 한다. 그래서 자기의 분수까지도 돌볼 새 없이 들뜬다. 그러나 우리는 언젠가 한 번은 빈손으로 돌아갈 것이다. 내 이 육신마저 버리고 홀홀히 떠나갈 것이다. 하고 많은 물량일지라도 우리를 어떻게 하지 못할 것이다.

크게 버리는 사람만이 크게 얻을 수 있다는 말이 있다. 물건으로 인해 마음을 상하고 있는 사람들에게는 한번쯤 생각해볼 말씀이다. 아무것도 갖지 않을 때 비로소 온 세상을 갖게 된다는 것은 무소유의 또다른 의미이다.

3. '무소유' 크로노토프와 이중액자

〈무소유〉가 세상에 발표된 1971년도는 한국 사회가 새마을 운동과 근대화의 기치를 내걸고 산업화로 치닫던 시절이었다. 대중들의 물질추구 욕망이 질풍노도처럼 질주하던 역사적 시기에 이 작품은 태어났다. 따라서 사회적으로는 급격한 산업화의 붐이 일고, 시대적으로는 가진 자와 못가진 자의 사회적 갈등이 첨예하게 대두하기 시작한다.

이런 역사적 크로노토프 속에서 법정은 대중을 향해 〈무소유〉를 종교적 화두話頭처럼 던진다. 조세희가 1979년 〈난장이가 쏘아올린 작은 공〉을 발표한 것도 한국 사회의 시대적 분위기와 무관하지 않다. 특히 법정의 수필들은 포교에 목적을 둔 종교적 성격을 띤다고 할 때, 이런 논리는 더욱 설득력을 갖는다. 1960년대 물질만능의 소용돌이에 휩쓸리고 있는 대중들에게 그는 수필로 소유의 절제 철학을 외치기 시작한 것이다.

이제 작품의 구조적 특성을 살피기 위해 텍스트를 요약할 차례이다.

① 나는 ≪간디 어록≫을 읽다가 몹시 부끄러움을 느낀다. ② 나는 공수래공수거를 잊고 불요불급한 물건을 많이 갖고 산다. ③ 우리는 소유물에 얽매여 산다. ④ 3년 전 한 스님이 보내준 난초 두 분을 정성껏 길렀다. ⑤ 애지중지 가꾸었더니 이른 봄엔 향기와 꽃이 나를 설레게 했다. ⑥ 지난해 여름, 난초 잎이 강한 햇볕에 늘어졌다. ⑦ 나는 수행을 방해하는 난초에 대한 지독한 집착에서 벗어나기로 했다. ⑧ 며칠 후, 친구에게 난초를 넘겨주고 3년간의 집착에서 벗어났다. ⑨ 나는 무소유의 의미를 터득하고 하루 한 가지씩 버리기로 다짐했다. ⑩ 인간의 소유욕은 무한해서 끔찍한 비극도 불사한다. ⑪ 인간이 무소유사를 지향하면 싸움은 없을 것이다. ⑫ 간디는 소유를 범죄처럼 여겼다. ⑬ 우리는 공수거의 이치를 잊고 소유관념에 분수를 잃고 산다. ⑭ 무소유일 때 온 세상을 갖게 된다.

이상의 패러프레이즈 결과를 중심으로 구조도를 표상하면, 이 수필은 전형적인 이중액자 구조를 통해 주제를 형상화한다. 도입액자에서는 내화를 들려주게 된 기연起緣과 동기動機를 제시한다면, 내화에서는 무소유의 삶을 결심하게 된 사건의 전말을 들려준다. 그리고 종결액자에서는 무소유 철학의 가치를 다시 한 번 강조하면서 주제로 수렴한다. 특히, 작가는 도입액자와 종결액자 부분에 ≪간디 어록≫을 인용함으로써 내화의 사실성과 진실성을 이중적으로 강화하는 효과를 거두게 한다. 사실적인 자기체험을 내화에 삽입하고, 그 앞뒤에 성자의 이야기를 인용 제시함으로써 내화의 진실성은 한층 강화된다.

뿐만 아니라, 이 작품은 불교의 연기론緣起論에 바탕을 둔 '무소유' 사상을 법정 자신의 일상체험에서 끌어와 고백하는 형식으로 실천 가능한 생활철학으로 대중화하는 힘을 얻는다. 이렇게 될 경우, 작가가 들려주는 무소유 이야기는 역사를 뛰어넘는 초월성과 보편성을 획득하게 되고, 대중들은 그들이 모방 가능한 삶의 모델로서 가치와 의미를 부여하게 된다.

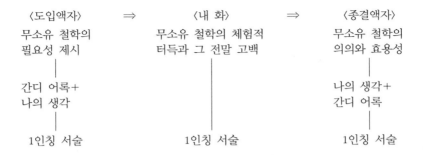

〈도입액자〉	⇒	〈내 화〉	⇒	〈종결액자〉
무소유 철학의 필요성 제시		무소유 철학의 체험적 터득과 그 전말 고백		무소유 철학의 의의와 효용성
간디 어록+ 나의 생각				나의 생각+ 간디 어록
1인칭 서술		1인칭 서술		1인칭 서술

위 구조도가 보여주는 것처럼, 이 수필은 외화와 내화를 모두 작가 자신이 서술하는 1인칭 주인물시점을 사용한다. 이러한 서술시점의 선택은 작가인 〈나〉가 과거에 초점화자로서 경험한 이야기를 직접 들려줌으로써, 내화의 사실성과 진실성의 순도를 함께 제고하는 효과를 거둔다. 물론 이야기의 시작과 끝부분에 신뢰성이 높은 ≪간디 어록≫을 도입한 것도 이야기의 설득력을 높이는 데 크게 일조한다.

그밖에도 작품의 의미생성과 주제의 울림을 기능적으로 강화하는 기법들이 발견된다. 콜라주와 상호텍스트성, 동기부여, 인연법 등의 역할이 눈에 띈다. 콜라주는 도입액자와 종결액자 부분에서 ≪간디 어록≫을 인용하고 있는 대목에서 발견된다. 이러한 콜라주는 20세기 초 피카소 등이 그림에 도입한 혁신적인 모더니즘 기법으로서, J. 크리스테바가 발전시킨 상호텍스트성의 기능도 함께 수행한다. 법정이 과거에 읽은 ≪간디 어록≫이란 책이 이 작품을 쓰게 된 창작동기와 상상력을 제공했다는 의미이다. 예컨대, 도입액자에 인용한 "나는 가난한 탁발승이오. 내가 가진 거라고는 물레와 교도소에서 쓰던 밥그릇과 염소젖 깡통, (중략) 이것뿐이오."라는 간디의 말은 작가에게 부끄러움을 안겨줌으로써 무소유의 철학을 깨닫고 이 작품을 쓰게 한 동기로 작용한다. 그리고 종결액자에서도 간디의 "내게는 소유가 범죄처럼 생각 된다……."를 다시 직접 인용함으로써 무소유 철학의 가치를 양괄식으로 제시하여 주제로 수렴하는 효과를 거둔다.

인연법因緣法은 불교의 연기론에 바탕을 둔 사상이다. 3년 전, 한 스님이 그에게 난초를 보내준 것이 직접 원인因이 되었고, 그로 인해 집착執着의 결과緣를 낳게 됨으로써 인연의 업보가 생성된다. 그러한 집착의 결과가 수행의 장애로 인식되자, 그는 3년 가까이 집착해온 난초 두 분을 놀러온 친구에게 내준다. 인연은 집착을 낳고, 집착은 열반의 길을 막으니 버릴 수밖에 없었을 것이다. 그래서 작가는 이 수필의 마지막 문장에서 "아무것도 갖지 않을 때 비로소 온 세상을 갖게 된다."라는 무소유의 가르침을 강조한다.

4. 문학과 종교의 거리와 통섭

문학작품은 크게 두 가지 기능으로 독자를 설득한다. 교시敎示적인 공리성과 탐미적인 쾌락성이 그것이다. 문학작품 속에는 독자에게 어떤 가르침이나 깨달음을 안겨주는 힘과 즐거움을 주는 요소가 있다는 뜻이다. 뿐만 아니라, 질 좋은 작품은 감관을 통해 생성된 감정과 정서들을 상승운동으로 고양시켜 정신과 영적인 세계까지 끌어올리는 초월적 승화(sublimation)력을 잠재한다.

문학 기능의 관점에서 볼 때, 법정의 〈무소유〉는 교시적 기능이 심미적 기능을 압도한다. 그의 여타의 작품 속에서도 흔히 발견되는 이러한 속성은 그의 글들이 불교의 포교 전략적 차원에서 씌어졌기 때문이다. 그는 ≪일기일회≫라는 법문집에서 이미 자신의 글쓰기 목적을 "살아 있는 언어로 불교를 전해야겠다는 생각"과 "세상과 소통하는 방식"에 두고 있음을 천명한 바 있다.[1]

따라서 법정의 작품을 논하기에 앞서 문학적 갈래 구분의 필요성이

---

1) 법정, ≪일기일회(一期一會)-법정 스님 법문집1≫(문학의 숲, 2010), 315쪽.

제기된다. 그의 작품을 문학으로 볼 것인가, 아니면 종교적 행위로 볼 것인가. 이에 대해서는 홍기삼의 논의가 설득력을 지닌다. 그는 종교문학에 대한 갈래구분의 위험성과 불완전성을 전제하면서 크게 두 가지 양상으로 정리한 바 있다. 불주문종佛主文從의 불교 교리문학과 문주불종文主不從의 불교 창작문학이 그것인데, 전자는 "문학적인 제반의도가 불교적 세계관에 의해 통합된 것"으로서, "불교라는 영토에 문학을 불러들여 불교화하거나 불교적 기술물의 정서적·심미적·포교적 효과를 증진시키기 위한 수사적 성취물 일체"를 가리킨다. 한편 후자는 "문학적 의도를 토대로 해서 불교를 받아들인 것"이지만, 어떤 경우에도 불교와 문학의 고유성을 잊지 말아야 한다고 주장한다.[2]

이러한 논리에 비춰볼 때, 법정의 〈무소유〉는 불주문종과 문주불종의 중간쯤에 서 있는 작품이다. 자기체험에 바탕을 둔 창작수필이면서도 불법佛法을 두드러지게 내세우는 점에서 그러하다. 이럴 경우, 불교의 이념과 철학을 선교 차원에서 전달하는 데 목적을 두기 때문에 심미적 기능보다는 교시적 기능이 강하게 나타날 것은 자명한 이치이다. 따라서 칸트가 주창한 자율성 이론과도 충돌하는 문제가 발생할 수 있다. 문학과 예술은 어떤 경우에도 예술이 아닌 다른 것에 존재 목적을 두지 않기 때문이다.

그런 점에서, 이 작품은 종교와 예술이 만나는 바람직한 관계방식을 살피는 데도 유용한 텍스트가 될 수 있다. 종교적 목적을 위해 문학형식을 도구로 이용한다는 점에서는 예술의 자율성을 침해하고 있으나, 산중에 숨어있는 난해한 불교사상을 속세로 불러내기 위한 고육지책이라는 점에서는 이해가 된다. 이는 통섭의 관점에서 불교사상을 문학적 형식과 구조에 담아 쉽고 재미있게 전달하는 방법을 찾고 있다는 말도 된다. 이러한 전략이 성공하기 위해서는 교시적 기능과 심미적 기능을 변

---

2) 홍기삼, "불교문학이란 무엇인가", 이형기 외, ≪불교문학이란 무엇인가≫(동화출판공사, 1991), 30~34쪽.

증법적으로 통일시키는 노력이 필요하다. 이를테면, 교시적 기능을 주제로 암시하되 심미적 기능과 유기적으로 교융시키는 방법이다. 이런 주장은 "예술이 예술로서 훌륭하려면 종교적인 미덕이 아니라, '예술적' 기준과 합치해야 한다."라는 멜빈 레이더의 논리와도 통한다.[3]

그러나 〈무소유〉는 불교의 가르침을 너무 선명하게 강조하여 전경화하고, 심미적 기능을 상대적으로 약화시켜 배경화한다. 주제와 교훈성을 지나치게 앞세울수록 작품의 심미성은 상대적으로 위축되기 마련이다. 문제는 그것이 의도적이든 아니든 이 작품의 특성으로 구조화되어 있다는 사실이다. 그리고 종교적 진리를 언어로 설파하는 것이 가능한가의 문제는 종교철학적이고도 언어철학적인 과제로 남는다. 따라서 다음 장은 언어의 논리적 거리와 연결시켜 논의해야 할 과제가 주어진다.

5. 표현불가능성과 종교적 양심선언

종교적 진리를 언어로 설명할 수 있는가. 이 문제는 작가나 종교인들에게 영원한 탐구거리가 되어왔다. 그런 점에서 법정에게도 늘 동일한 문제의식이 화두처럼 따라다녔을 것이다. 특히 그에게는 대중들에게 어떻게 하면 불교 교리를 쉽고 감동적이며 진실하게 전파할 수 있을까라는 과제가 필생의 말빚이 되어 짓눌렀을 것으로 짐작된다.

대상세계를 완벽하게 언어로 설명하는 것이 얼마나 힘든 것인가를 잘 알고 있는 그에게 이 문제는 급기야 유언으로까지 번진다. "그동안 풀어 놓은 말빚을 다음 생에 가져가지 않으려 하니 …… 모든 출판물을 더 이상 출간하지 말아 달라." 이러한 법정의 마지막 말은 신선하다 못해 충격적이기까지 하다. 그는 이승에서 사는 동안 자신이 풀어놓은 말과 글들을 왜 말빚이라고 칭했는가. 세인들의 생각처럼, 본의 아니게 세상

---

3) 멜빈 레이더 · 버트람 제섭, ≪예술과 인간가치≫, 김광명 역(이론과실천, 1987), 257쪽.

의 불의와 부정에 침묵하거나 외면한 까닭일까.

그러나 그가 말하는 말빚의 진정한 정체는 언어의 표현불가능성(ineffability)에서 찾아야 할 듯싶다. 신과 진리의 말씀은 어떤 인간의 언어로도 번역하기가 쉽지 않음을 잘 알고 있었을 테니까. 소위 불가에서 말하는 언어도단言語道斷이니 교외별전教外別傳, 밀어密語 등도 이와 같은 사실을 암시하지 않던가. "신비한 것에 대해서는 침묵을 지켜야 한다." 라고 언급한 분석철학자 비트겐슈타인의 언급과 "진리란 어떤 상징적 표현에 의해서도 완전하게 파악되지 않는다."라는 플라톤의 논리, 그리고 도가도비상도道可道非常道를 설한 노자의 언급 등도 각기 철학적 이념은 다르지만 거의 논리적 일치점을 보인다.

인간의 언어는 신의 언어와는 달리 본질적인 두 가지 한계를 지니고 있다. 완전한 인식의 불가능성과 완전한 표현의 불가능성이 그것이다. 그 연유에 대해서는 이미 학자들과 종교인들의 논란거리가 되어온 지 오래이다. 어떤 인간의 언어나 수사로도 삼라만상의 실체를 완벽하게 인식하거나 표현하는 것이 불가능하므로, 작가는 그 언어적 숙명성과 싸워야 한다. 이것이 사실이라면, 법정이 그동안 불교 선교를 위해 무수히 쏟아놓은 종교적 담론들은 두 가지 빚을 지고 있는 셈이다.

먼저, 그는 붓다에게 빚을 지고 있다. 그것은 언어의 숙명성과 작가의 실존적 한계로 인해 불교의 진리를 완전하게 전달하지 못하거나 왜곡했을 가능성이 있다. 인간의 불완전한 언어로 평생 동안 글을 써서 불교의 교리를 정확하고 완전하게 설파하지 못했으니, 붓다에게 누를 끼쳤을 개연성은 크다. 두 번째는 독자에게 진 빚이다. 완전한 인식과 표현이 불가능한 언어로 붓다의 진리를 전하는 과정에서, 독자들에게도 불교의 진리를 왜곡하거나 불완전하게 전달했을 가능성이 있기 때문이다. 그러니 불가에서도 진리란 스스로 뼈를 깎는 수행을 통해서 돈오돈수頓悟頓修나 돈오점수頓悟漸修의 형태로 도달할 수 있는 것으로 가르치는 것은 아닐까. 법정도 그런 사실을 절감하고 있었기에 붓다의 곁으로 가기 전자백의 심정으로 종교적 양심선언을 유언으로 남겼을 것이다.

그럼에도 그의 유언이 감동을 주는 것은 그가 진 말빚이 수행자로서 세속에 사는 동안 어쩔 수 없이 지은 차선책이기 때문이다. 중생들을 제도濟度하여 열반에 이르게 하는 것이 대승불교의 과제라는 점에서 이해가 간다. 그가 글빚을 두려워하여 문학적 글쓰기를 멈췄더라면, 대중들은 종교적 진리의 세계로부터 소외될 수밖에 없었을 것이다. 그것이 수행자의 숙명이라면 어쩔 수 없이 진리의 정체를 왜곡하는 한이 있더라도, 문학적 상징으로나마 가르쳐 주는 것이 차선책이 될 수 있지 않을까.

게다가, 불교에서는 자신의 수행으로 스스로 해탈하여 열반의 세계에 이를 수 있다고 하니, 법정은 대중들을 위해 언어도단의 경지까지만 방편이 되어준 것은 아닐까 싶다. 무소유를 화두로 삼아 대중들을 열반의 길로 인도할 수만 있다면 그 또한 가치 있는 일이다. 수행자가 자기만의 열반을 위해 중생구제에 무심하다면, 그 또한 이기적인 소유 욕망에 사로잡혀 사는 것이 된다.

이런 해석이 가능하다면, 법정의 말빚 유언은 수행자로서의 철저한 종교적 양심선언에 해당된다. 그것은 역설적으로 기능 작용에 한계를 지닌 언어로 무소유를 설파하다가 그로 인해 말빚을 지게 된 자기고백에 다름 아니다. 따라서 법정의 말빚은 저승에 가서 붓다에게 자신의 죄를 고백하고 죗값을 청해야 할 대상이다. 그렇다면 그는 오히려 독자 대중을 위해 자신을 희생한 것이 된다. 진리를 완전하게 인식하거나 표현할 수 없는 실존적 조건 속에서 그는 중생제도를 위해 몸부림을 쳤기 때문이다.

그 점에서 법정은 불가능한 완전성을 추구하기보다는 가능한 불완전성을 추구한 죄를 지은 셈이다. 그 죄를 솔직히 고백하고 당당히 떠나가는 모습이야말로 수행자가 이승 길에서 보여줄 수 있는 최상의 선택일 수 있다. 그러한 죄는 인간으로 태어나 부처의 길을 가는 승려작가에게는 외길 수순임을 통감한다. 최선이 불가능하다면, 자기희생을 감수하더라도 차선을 통해 대중을 구원해야 하는 것이 종교인의 책무가 아닐까 싶다. 따라서 그는 종교적 진리와 인간 언어와의 숙명적인 거리 속에서 대중을 구하는 대신 자신의 업보를 새로운 인연으로 쌓고 떠난 것이다.

법정이 마지막으로 남기고 떠난 '말빚'이란 말 속에는 노자가 자신의 깨달음을 ≪도덕경≫으로 설하면서 '도가도비상도道可道非常道'란 말씀을 서두에 올려놓은 이래, 수행자로서의 진정성과 겸손성을 내보인 양심선언의 모델이다. 그 말 속에는 그의 일생에 걸친 붓다와 독자를 향한 글쓰기의 진실이 향불처럼 타오르고 있다.

6. 문학적 설득과 종교적 설득

앞서의 언급처럼, 이 작품은 문학적 설득보다는 종교(불교)적 설득 쪽에 비중이 더 쏠려있다. 문학적 설득은 기본적으로 세속에서의 갈등요소에 대한 인성적 설득에 바탕을 두고 있다면, 종교적 설득은 탈속적 차원에서의 초인성적 설득에 기반을 둔다.

문학적 논리는 기본적으로 주어진 세속적 삶의 범주 속에서 바람직한 인간상 찾기와 무관하지 않다. 이러한 문학적 논리는 엘리아데의 주장처럼 속俗의 세계에 살면서 성聖의 세계로의 변증법적 지향의식을 추구하는 형태로 나타나기도 한다. 문학의 양대 기능 속에 교시적 기능이 함유된 것은 그것이 본질적으로, '인간이란 무엇이며, 어떻게 사는 것이 바람직한 인생인가'라는 근원적 물음을 탐구한다는 사실과 무관하지 않다. 또 그러한 문제의식으로부터 문학의 지향성이 인간적이라고 할 수 있다. 주어진 존재 조건 속에서 바람직한 인간상을 모색하는 것은 문학적 구원을 위한 변증법적 설득의 논리와도 연결되어 있다.

불교적 포교를 위한 설득 논리는 고통스러운 세속에서의 탈출과 해방을 목표로 한다. 고통스러운 업보의 인연에 묶여 사는 세속에서의 탈출은 인성과 세속의 윤리적 범주로부터 초월하는 데 목표를 둔다. 소유가 세속적 삶의 실천결과라면, 무소유는 탈속적 삶의 이상적 모습이다. 소유가 세속적 인성의 메커니즘 속에서 끝없이 갈등을 야기하는 집착의 산물이라면, 무소유는 세속적 인연을 초연히 뛰어넘는 종교적 구원의식과 연결되어 있다.

따라서 문학적 설득이 소유의 범주에서의 변증법적 인간상 찾기와 연결되어 있다면, 종교적 설득은 무소유의 범주 속에서의 성자적 인간상 찾기와 연결되어 있다고 할 수 있다. 이를테면, 불교적 수행은 깨달음을 통한 탈속적 범주 속에서의 진리 찾기에 다름 아니다. 이러한 깨달음은 육체적이고 정신적인 체득보다는 영적 수행에 의해 각성의 형태로 주어진다는 점에서 영성(spirituality) 수련을 요구한다. 그런 의미에서 법정의 무소유 철학은 그의 오랜 종교수행으로 획득한 깨달음의 소산으로 볼 수 있다.

그러나 법정은 여느 수행자와는 사뭇 다른 처지에 놓여있다. 그는 수필이라는 문학 매체를 이용하여 세속적 인간을 탈속적 범주 속으로 이끌기 위한 경계 위에 서 있다. 여기서 작가의 욕망은 대중들의 소유적 삶을 무소유적 이상세계로 이끌기 위한 불가피한 포교 차원의 욕구라는 점에서 개인적 소유욕과는 구별된다. 문제는 그의 욕망이 세속과 탈속의 경계에서 수필이라는 독특한 문학적 글쓰기 형식을 빌려 불교적 구원의 세계로 대중을 인도한다는 데 있다. 이때 종교성과 예술성을 조화시킬 수 있는 방안을 찾지 못한다면 그의 예술적 포교는 절반의 성공에 머물 수밖에 없다.

결과적으로 그의 수필 〈무소유〉는 불교의 이념을 교시하는 데는 성공하고 있으나, 예술적 울림창조에는 허약한 구조를 내보이고 있다. 서술전략을 통해서 문학과 종교의 경계를 조화롭게 통합시키지 못할 경우, 미적 대상으로서의 예술적 울림은 현저하게 떨어지기 마련이다. 특히 이 작품 속에서는 불교사상의 포교가 작품의 주제를 이루고, 심미성은 그 배경적 역할로 약화됨으로써 울림의 질적 저하를 발생시킨다. 법정의 작품을 놓고 항간에서 수필이냐 산문이냐를 논하는 이유도 이러한 문제의식에서 발생한다.

7. 문학적 구원과 불교적 구원

구원救援은 종교의 전유물이 아니다. 오랜 문학의 역사 속에서도 구원은 작가들의 중요한 탐구 대상이 되어 왔다. 구원의 사전적 의미는 "도와 건져 줌"이다. 김세원은 구원을 포괄적 개념으로 파악하여, "모든 악과 고난에서 해방되는 것"으로 정의한다.

불교의 구원방법은 집착과 인연으로 생성된 윤회의 고통으로부터의 해방과 해탈을 목표로 하는데, 소승불교와 대승불교가 방법적 차이를 보인다. 전자가 자기수행을 통한 자력적 구원을 지향한다면, 후자는 중생제도自利利他에 의한 구원을 꿈꾼다.

이에 비해, 문학적 구원은 참다운 실존을 위협하는 모든 악과 고통으로부터 해방되어 바람직한 인간상을 회복하는 데 목표를 둔다. 따라서 정서적 차원의 구원은 감정의 고양과 승화를 통한 인성적 정화작용과 억압 및 고통으로부터의 정서적 해방을 지향한다. 그러나 보다 높은 차원의 영적 구원은 초월적 상승운동이 이끄는 진선미眞善美의 합일 체험과 구경究竟적 초월세계에 대한 본질 인식에까지 나아간다.

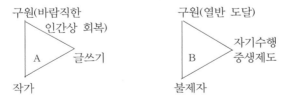

위 그림에서 A는 문학적 구원을, B는 불교의 구원방식을 보여준다.

궁극적 차원에서 문학과 종교는 같은 영토를 지향한다. 이때, 예술적 구원이 종교적 구원과 합일되기 위해서는 세속차원을 본질차원과 하나로 통합해주는 초월적 영성의 도움이 필수적이다.

〈무소유〉는 불교적 구원을 강하게 지향하는 구조를 보여준다. 따라서 문학적 구원은 상대적으로 약화되어 종교적 구원에 종속된다. 이 과정에서 수필 쓰기는 종교적 구원을 달성하기 위한 방편方便으로 활용되고, 구경적인 바람직한 인간상의 모색이라는 문학적 욕망은 보다 근원적인 종교적 구원의 세계에 내포된다. 이처럼, 수필이 종교적 포교나 수행의 도구로 쓰일 경우, 그것은 본질적으로 칸트가 말한 자율성을 상실하는 문제점을 야기한다.

종교적 구원을 지향하는 작품 속에서 수필 작가는 주어진 삶의 시공 속에서 바람직한 인간상을 모색하는 문학적 구원과는 달리, 속俗의 세계에서 성聖의 세계로 초탈하는 탈속적 행동을 꿈꾼다. 그 힘이 이 작품 속에서 3년 동안 인연을 맺어왔던 난초에 대한 "지독한 집착"을 과감히 끊게 한다.

물론, 세속적 논리에서 난초와의 인연 끊기와 타자 이양은 자기에게 주어진 필연을 의도적으로 단절하는 이기적 발상일 수도 있다. 한 술 더 떠서, 이 사건을 우주적 차원에서 바라보면 자기수행을 앞세워 우주적 필연을 끊은 사건으로도 볼 수 있다. 그렇다면, 작가가 자기희생을 통해서 우주가 맺어준 인연을 소중하게 발전시켜 나가는 것이 보다 인도적이며 선의지善意志에 가깝다는 해석도 가능하다. 그것이 바로 난초에 내재한 불성佛性을 존중하는 태도일 수도 있다는 뜻이다. 이런 혼란은 인성적 차원에서 "그 애들"로 지칭되는 난초에 대한 생명존중 사상을 표현한 부분에서 극대화되고 있다.

그러나 불교 차원에서는 실체가 없는 사물들과 소유와 집착의 인연을 끊는 것이 구원에 이르는 길이라는 점에서 초월적 극복의 대상이 될 뿐이다. 이럴 경우, 작가는 세속과 탈속의 세계를 이어주는 영성을 활용하기 마련이다. 공수래공수거의 언급이나 "크게 버리는 사람만이 크게 얻을 수 있다"는 말, 그리고 "아무것도 갖지 않을 때 비로소 온 세상을 갖게 된다."는 무소유를 강조하는 것도 이런 초탈의 논리로부터 나온다.

8. 호소구조의 부조화와 그 메커니즘

작가가 난을 의인화하여 부르는 것은 에토스적 호소구조를 사용하고 있다는 증거이다. "그 애들뿐이었다. 그 애들을 위해"라는 의인법을 통해서 작가는 난초를 인격체로 대우한다. 연기설의 관점에서 수도승이 3년 동안 애지중지하던 난초와 연을 끊는 것은 대수롭지 않을 수 있다. 하지만 미물인 난초에게 인격을 부여하고 끔찍이 대우하다가 인연을 끊은 것은 자비의 논리에 역행한다고도 볼 수 있다.

그러나 작품 속에서 인연과의 냉정한 단절이 가능한 것은 그것이 불교 수행의 한 방식이기 때문이다. 집착을 생성하는 탐진치의 마음을 소멸시키는 것이 곧 니르바나에 도달하기 위한 선결조건이라는 점에서 작가는 단호하게 소유욕을 끊어버린다. 작가는 그러한 소유욕에 대한 집착이 인류의 불행한 역사를 낳았다고 진단하는 대목에서 강렬한 로고스적 호소구조를 보여준다.

작가는 주로 인성적이고 논리적인 호소구조를 활용하면서도 무소유의 본질을 언급하는 결말부에서는 해탈의 경지를 암시함으로써 영적 호소구조를 동원하기도 한다. 그럼에도 난초 화분과 인연을 끊는 것이 왜 온 세상을 갖게 되는 것인지를 설득하는 심미적 논리가 생략되어 있어서, 수필은 평이성을 잃고 난해한 상징의 세계로 이입한다.

게다가, 감성적인 파토스와 에토스보다는 직설적인 불교 용어와 논리를 동원하는 로고스적 호소구조를 주로 사용하는 점도 교시적 기능을 두드러지게 한다. 더욱이 높은 어조로 불교적 교시성과 교훈성을 담은 이중액자를 장치하고, 그것을 전파하기 위해서 문학성을 도구화한 것은 이 작품의 구조적 취약점으로 보인다. 박이문의 주장처럼, "문학 텍스트를 문학적으로 평가할 경우 문학 텍스트 속에서 나타나는 종교적 가치는 〈문학적 가치〉에 의해서만 평가해야"[4]한다면, 불교의 포교를 위해 문학성을 약화시킨 것은 불교의 논리적 호소구조를 지나치게 강조한 결과로 해석할 수 있다.

이와는 달리, 심미적 호소기능과 교시적 호소기능을 조화롭게 혼용하여 구조화했다면 문학성과 철학성을 함께 살리는 형상화의 길이 열렸을 것이다. 문학당의정文學糖衣錠 이론이 주장하는 것처럼, 주제를 이루는 교시성을 심미적 구조 속에 담아 울림의 메커니즘을 창조했더라면 이 작품의 수사적 울림은 한층 고양되었을 것으로 보인다.

그렇다면, 이 작품이 수백만의 독자를 거느린 것을 어떻게 설명할 수 있는가? 여러 가지 논거가 제시될 수 있으나, 우선 작가 자신이 실천적 수행자로서 보여준 높은 인품과 격조가 독자의 매력을 끌었을 것이다. 그리고 물신주의와 경제적 양극화 현상이 심화되고 있는 당대 사회의 분위기도 한몫 했을 것이다. 뿐만 아니라, 소유욕에 광기를 보이는 세태 속에서 무소유의 메시지가 상대적 빈곤감에 빠져있던 독자들에게 위안을 안겨 준 결과일 수도 있다.

대체로, 군더더기 없는 문장력을 보여준 법정이지만, 이 작품 속에는 눈에 거슬리는 몇 가지 티가 보인다. "그러나 없어서는 안 될 정도로 꼭 요긴한 것들 만일까?"에서 물음표는 마침표로 처리하는 것이 여유롭게 보인다. 마침표는 오히려 물음표를 붙인 문장보다 더 깊은 물음과 내포성을 함축하기 때문이다. "필요에 따라 가졌던 것이 도리어 우리를 부자유하게 얽어맨다고 할 때 주객이 전도되어 우리는 가짐을 당하게 된다."는 "필요에 따라 가졌던 것이 우리를 부자유하게 얽어맨다고 할 때, 주객이 전도되어 우리가 도리어 매이게 된다."로 표현하는 것이 자연스럽다. 문장 속에서 특정한 회사의 비료 이름(하이포넥스)을 직접 언급한

---

4) 박이문, ≪문학과 철학≫(민음사, 1995), 114쪽.

것도 적절치 않다. 도입액자의 서두 부분에 ≪간디 어록≫을 직접 인용한 것도 강해 보인다. 간결하고 자연스럽게 시작해야 할 수필의 도입부에 대화나 인용문을 끌어오는 것은 독자들을 부담스럽게 만든다.

그밖에도 아쉬운 점은 제목에서도 발견된다. "무소유"라는 불교 철학적 제목은 주제의 세계를 너무 성급하게 노출시키는 허점을 보인다. 주제가 미리 노출되면 독자들은 집중력과 흥미를 잃고 작품 속에 이입하기를 꺼리게 된다. 게다가 결말에서 마지막 문장을 "아무것도 갖지 않을 때 비로소 온 세상을 갖게 된다"는 무소유의 불교적 의미를 다시 한 번 강한 어조로 역설함으로써 독자의 상상력과 여운을 반감시킨다.

9. 무소유의 의미와 연기철학

법정에게 무소유는 아무것도 갖지 않는다는 뜻이 아니다. 불필요한 것을 갖지 않는다는 뜻이다.[5] 그의 이러한 무소유의 함의는 물질 차원과 언어 차원, 그리고 실천 차원 등의 다층적 의미를 내포한다.

먼저, 물질 차원의 무소유는 불요불급한 것은 소유하지 않거나 그 욕망을 버리는 것을 의미한다. 내화 속에서 한 스님으로부터 받은 난초를 삼 년 가까이 기르다가 수행에 장애가 되자 친구에게 내주고 해방감을 누리는 것이 그 예가 된다. 불가에서 집착은 소유욕으로부터 생성되는 번뇌와 고통을 발생시키는 원인에 해당되는데, 가장 근본적인 번뇌는 탐진치貪瞋癡에 의한 집착에서 나온다. 탐은 사람과 사물에 대한 탐욕을, 진은 사람과 사물에 대한 분노를, 치癡는 근본적인 무지로서 탐과 진의 원인으로 작용한다.

그러므로 집착은 무지無智에서 온다고 할 수 있다. 연기는 인연생기因緣生起의 준말로서, 만물은 절대적인 초월자나 실체가 없이 인연에 의해

---

5) 류시화 엮음, ≪산에는 꽃이 피네 -법정 스님≫(동쪽나라, 1998), 80쪽.

서 생성, 변화, 소멸한다는 주장이다. 인因은 결과를 초래할 직접원인으로, 연緣은 인因의 도움으로 어떤 결과를 빚어내게 하는 간접원인을 가리킨다. 이러한 연기론을 설명하는 가장 기본적인 공식은 "이것이 있으면 저것이 있고, 이것이 생기면 저것이 생긴다. 이것이 없으면 저것이 없고, 이것이 멸하면 저것이 멸한다."는 아함경 제13권 335경에 전한다.

연기론에 따르면, 만물은 본래무일물本來無一物로서 서로 상호 의존하면서 생멸한다. 이 세상 어떤 것도 독립적으로 존재하는 절대적 실체는 없다. 집은 수만 가지의 재료가 모여 형상을 만들고, 인체도 60조 개의 세포들이 상호 의존적으로 작용하여 만들어 낸다.[6] 그러니 본래 실체가 없는 난초에 집착하는 것은 무의미한 일일 뿐만 아니라, 그것이 인과응보의 업보를 만들어 내는 원인이 된다는 점에서 버려야 할 대상이다.

언어 차원의 무소유는 명상을 통한 침묵의 세계를 뜻한다. 침묵은 삼라만상의 기본적인 존재양식이다. 잡다한 정보와 지식의 소음에서 해방되려면 침묵의 실천은 절대적이다. 일상적으로 불필요한 말, 하지 않아도 될 말들은 절제하고, 한마디로 충분할 때는 두 마디를 피해야 한다.[7] 꼭 필요한 말, 참말을 하기 위한 여과과정이 침묵의 세계이다. 거짓과 오해, 시비논란이 판을 치는 세상에 참말을 하기 위해서는 말을 안으로 끌어들여 여물도록 인내해야 한다. 그런 의미에서 법정에게 말의 무소유 철학은 묵상과 침묵을 통해 들려오는 내 안의 깨달음을 듣기 위한 수행 방법이자 과정이다.

실천 차원에서 무소유는 단순성과 간소성을 통해서 실현되는 청빈한 삶을 가리킨다. 법정은 "소유물은 우리가 그것을 소유하는 이상으로 우리 자신을 소유해 버린다. 내가 무엇인가를 가졌을 때 그 물건에 의해 내가 가짐을 당하는 것이다."[8]라고 고백한다. 그는 "남보다 적게 갖고

---

6) 고우 큰스님, ≪연기법과 불교의 생활화≫(효림, 2009), 34~35쪽.
7) 류시화, 앞의 책, 93쪽.
8) 위의 책, 78쪽.

있으면서도 그 단순과 간소함 속에서 생의 기쁨과 순수성을 잃지 않는 사람이야말로 청빈의 화신이다."[9]라고 말한다. 이러한 무소유는 바로 그가 찾는 행복의 조건과 맞닿아 있다. 그에게 행복의 척도는 필요한 것을 얼마나 많이 갖고 있는가보다는 불필요한 것으로부터 얼마나 벗어나 있는가에 있다. 무소유를 통한 홀가분한 마음, 남보다 적게 갖고 있으면서도 단순성과 간소함 속에서 삶의 기쁨과 순수성을 잃지 않는 데 행복의 척도를 둔다는 말이다.[10]

소유욕은 집착을 낳고, 집착은 업業을 생성하며, 업은 번뇌를 만들고, 그 번뇌가 윤회적 과보果報를 받게 하여 끝없는 생사고통을 겪게 된다. 이러한 업과 윤회의 고통은 해탈을 통해서만 멸하게 된다. 일상 속의 청빈한 삶이 곧 궁극적 해탈을 위한 무소유의 실천형식이다. 무소유는 간소하고 단순한 삶을 실천함으로써 소유 욕망이 가져다주는 집착과 업장의 인과적 고통으로부터 해방을 가져다준다.

그래서 법정은 〈무소유〉에서 "소유욕에는 한정도 없고 휴일도 없다. (중략)물건만으로는 성에 차질 않아 사람까지 소유하려 든다."라고 고백한다. 그리고 "그것은 개인뿐만 아니라 국가 간의 관계도 마찬가지다. (중략)만약 인간의 역사가 소유사에서 무소유사로 그 방향을 바꾼다면 어떻게 될까."라고 묻는다. 이러한 법정의 "무소유"철학은 당대인은 물론 온 인류에게 인연과 업의 고통으로부터 해방될 수 있는 실천적 화두임을 암시한다.

10. 법정의 수행적 글쓰기와 글빛

법정은 왜 수필을 썼을까. 이제 그 물음에 대한 답을 구할 차례이다.

---

9) 위의 책, 42쪽.
10) 위의 책, 79쪽.

이에 대한 법정의 답변은 2003년 10월 19일, 가을 정기법회 전 기자와 나눈 대담 속에 담겨있다. "자기로부터의 자유"라는 제하의 법문 편 프롤로그에 수록된 내용을 정리하면 다음과 같다.[11]

"스님은 산중 수행자이면서 글을 쓰는 특별한 이유라도 있습니까?"

법정은 그 대답으로 해인사 선방 시절의 이야기를 들려준다. 하루는 할머니 한 분이 팔만대장경을 모셔 둔 장경각 쪽에서 내려오면서 물었다.

"팔만대장경이 어디 있습니까?"

"지금 내려오신 곳에 있습니다."

"아, 그 빨래판 같은 거요."

그때 법정은 우리 불교가 옛것만 답습하고 제도권 안에만 머물러 있으면 팔만대장경의 말씀도 한낱 '빨래판 같은 것'에 불과할 뿐임을 깨닫는다. 그리고 '살아 있는 언어로 불교를 전해야겠다.'는 결심을 한다. 또한 산중에 혼자 사는 스님에게 글쓰기는 '세상과 소통하는 방식'이라고 설명한다. 그러므로 그의 글쓰기는 크게 두 가지 목적을 함유한 것으로 볼 수 있다. 첫째는 제도권 안에 머물러 있는 불교를 살아있는 언어로 전하는 일이다. 이는 법정이 수필을 불교 포교의 도구로 활용하고 있다는 뜻이다. 둘째는 수필 쓰기가 산중에 사는 수행자에게는 세상과 소통하는 방식이라는 점이다.

법정이 불교 선교방법을 수필 형식에서 찾은 것은 두 가지 이유일 것이다. 하나는 수필 쓰기가 종교수행의 한 방식이 될 수 있다는 점이다. 수필 쓰기는 삶 속에서 건져 올린 깨달음의 철학을 서정에 실어 격조 있게 들려주는 문학이기 때문이다. 수필을 쓰면서 자신의 삶을 깊이 있게 반추하고 성찰하는 것은 수행의 한 방식인 동시에 치유효과까지 제공한다. 수필작가는 진정성(authenticity)의 심미공간 속에 자신의 삶을 끌어들이고 성찰을 통해 인생을 두 번 사는 기회를 누린다. 뿐만 아니라, 소재에 대한 몰입적 통찰이 이끄는 우주적 합일의 체험 속에서 영적 깨

11) 법정, 앞의 책, 315쪽.

달음의 세계로 이입되기도 한다. 따라서 수도승에게 수필 쓰기는 실제 수행과정을 재음미하고 재성찰하게 도와준다는 점에서 귀중한 수행의 한 방식이 될 수 있다.

법정이 불교 선교 방법으로 수필쓰기를 선택한 두 번째 이유는 그것이 지닌 진실과 설득의 힘에 있다. 수필은 작가의 삶에서 글감을 취하여 진솔하게 고백하는 장르라는 점에서 순도 높은 진실성으로 독자를 설득한다. 따라서 수필은 난해한 불교 법문을 쉽고 재미있게 사실적으로 들려줄 수 있는 유용한 방식으로서의 가치를 지닌다.

이러한 법정의 에세이 선교 전략은 크게 성공을 거둔다. 그의 대표작인 수필집 ≪무소유≫가 1976년 초판 발행 이래 2010년 3월, 2판 77쇄를 찍는 동안 350여만 권이 판매되었다는 사실이 이를 증명한다. 법정은 친근하고 부담 없이 읽을 수 있는 수필의 그릇 속에 난해한 불교철학과 수행 논리를 담아, 진실하고 격조 있는 자기 체험의 이야기로 들려주는 수필미학의 장점을 적절하게 활용한다.

법정의 두 번째 글쓰기 목적은 산중에 혼자 살면서 세상과 소통하는 방식에 둔다. 그는 2003년 10월 19일 가을 정기법회 법문에서, "자기 자신에게만 갇혀 있다면 그것은 불교도 아니고 종교도 아닙니다. 참된 지혜란 함께 살고 있는 이웃의 존재를 찾아내는 따뜻하고 밝은 눈입니다."라고 말한다. 그는 또한 2005년 5월 8일 지장전 낙성식 법문에서도, "지장보살의 존재 의미는 고통 받는 이웃을 구제하는 데 있습니다. (중략) 마지막 한 중생까지도 지옥의 고통에서 구제하지 않고는 자신의 임무를 마치지 않겠다는 지장보살의 기원"을 환기시킨다.

뿐만 아니라, 2007년 4월 15일 봄 정기법회 법문에서 접속 중심의 인터넷 문화와 그 세태를 비판한다. 그에 따르면, 접속은 간접적이고 일방적이며 자기중심적이고 비인간적인 데 비해, 접촉은 상호 간의 직접적인 인간적 만남이다. 접촉은 때로는 손을 마주 잡거나 미소를 짓거나 쓰다듬는 일을 통해 인간의 정이 오간다고 말한다.

그러나 법정은 자신의 포교적 글쓰기가 불완전한 것임을 익히 알고 근심한다. 이것이 바로 그가 수필 쓰기를 통해서 진 말빚의 진실이다. 언어의 표현불가능성에 의해 대상에 대한 완전한 본질 인식과 표현이 불가능한 것을 잘 알면서도, 그는 불교 에세이를 매체로 대중과의 접촉을 끊임없이 시도한다. 본디, 차선책에 불과한 문학적 글쓰기의 방식으로 언어도단에 의해 끊어진 길을 이으려고 애쓰는 과정에서, 엄정한 불타의 세계를 미흡하게 전달했을 수도 있을 것이다. 그것이 그에게 글빚 유언을 남기게 했으리라.

무소유. 이 땅에서 이 말은 법정의 상징어처럼 느껴진다. 그 말이 독자들의 가슴속에서 기억되는 한, 그의 말빚도 살아있을 것이다. 이제 독자들에게는 그의 말빚을 반추하면서 인류의 소유사를 무소유사로 변화시키기 위한 수행의 책무가 주어진 셈이다.

〈참고문헌〉

고우 큰스님. ≪연기법과 불교의 생활화≫. 효림, 2009.
류시화 엮음. ≪산에는 꽃이 피네-법정 스님≫. 동쪽나라, 1998.
마이클 피터슨 외. ≪종교의 철학적 의미≫. 하종호 역. 이대출판부, 2009.
멜빈 레이더 · 버트람 제섭. ≪예술과 인간가치≫. 김광명 역. 이론과실천, 1987.
박이문. ≪문학과 철학≫. 민음사, 1995.
법정. ≪무소유≫. 범우사, 1976.
법정. ≪일기일회≫. 문학의 숲, 2010.
와타나베 마모루. ≪예술학≫. 이병용 역. 현대미학사, 1994.
이형기 외. ≪불교문학이란 무엇인가≫. 동화출판공사, 1991.
Asanga Tilakaratne. ≪열반 그리고 표현불가능성≫. 공만식 · 장유진역. 씨아이알, 2007.
M. 엘리아데. ≪성과 속≫. 이은봉. 한길사, 2010.

04
피천득의 〈인연〉

1. 〈인연〉의 미학을 찾아서

괴테는 ≪파우스트≫를 완성하는 데 58년의 인생을 바쳤다. 20세에 구상하여 24세부터 집필을 시작한 뒤, 82세가 되던 1831년 전2권을 완성한 뒤 이듬해 세상을 떠났다. 그의 위대성은 작품 자체가 주는 예술성과 철학성 외에도, 한 작품에 일생을 바친 장인적 작가정신 속에서도 빛난다.

피천득의 수필 〈인연〉 또한 장구한 세월 속에서 빚어낸 작품이다. 작가가 17세부터 44세까지 27년 동안 10여 년마다 한 차례씩 만났던 아사꼬와의 인연담을 19년 동안 가슴으로 다스려오다, 63세가 되던 1973년 가을 수필로 털어놓았다. 따라서 이 특별한 인연담을 완성하기까지 46년이 걸린 셈이다.

수필 〈인연〉 속에는 몇 가지 역사적 가치가 내재한다. 우선, 그의 대표작으로 손꼽힐 뿐만 아니라, 그의 인연철학과 삶의 미학을 형상화한 작품이다. 그리고 이 작품으로 한국수필문학사상 유례가 없는 독자들의 총애를 받음으로써, 한국 수필문학의 붐을 조성하는 데도 크게 일조했다. 한국 현대문학이 시와 소설에 의해 지배되고 있을 때, 그는 법정과 함께 수필장르에 독자들을 불러 모은 장본인이자 선두 주자였다.

그렇다면 구체적으로, 피천득 수필의 무엇이 독자들을 사로잡았을까. 문학성인가, 작가의 인품인가. 아니면 철학인가. 이 물음이 바로 〈인연〉을 비평적 차원에서 살피게 한 동기가 되었다. 수필작가는 작품으로 자신의 삶과 철학을 보여주고, 자신의 인생관과 문학관을 진솔하게 고백한다는 점에서, 수필 텍스트는 작가와의 가장 인간적인 만남의 장을 열어주는 통로이다. 그 고상한 만남을 위해, 그리고 독특하고 흥미로우며 의미 있는 삶의 법칙과 조우하기 위해, 우리들은 텍스트의 숲을 창조적으로 탐색해야 한다.

2. 분석의 텍스트의 선정

피천득은 그의 대표작이 된 〈인연〉을 1973년 ≪수필문학≫ 11월호에 발표하였다. 이 비평 텍스트는 1996년 5월 20일 샘터사에서 간행한 수필집 ≪인연因緣≫에서 뽑았다.

〈인연〉

지난 사월 춘천에 가려고 하다가 못가고 말았다. 나는 성심여자대학에 가보고 싶었다. 그 학교에 어느 가을 학기, 매주 한 번씩 출강한 일이 있다. 힘드는 출강을 한 학기 하게 된 것은, 주 수녀님과 김 수녀님이 내 집에 오신 것에 대한 예의도 있었지만 나에게는 사연이 있었다.

수십 년 전 내가 열일곱 되던 봄, 나는 처음 동경東京에 간 일이 있다.

어떤 분의 소개로 사회 교육가 미우라(三浦) 선생 댁에 유숙을 하게 되었다. 시바꾸 시로가네(芝區白金)에 있는 그 집에는 주인 내외와 어린 딸세 식구가 살고 있었다. 하녀도 서생도 없었다. 눈이 예쁘고 웃는 얼굴을 하는 아사꼬(朝子)는 처음부터 나를 오빠같이 따랐다. 아침에 낳았다고 아사꼬(朝子)라는 이름을 지어주었다고 하였다. 그 집 뜰에는 큰 나무들이 있었고 일년초 꽃도 많았다. 내가 간 이튿날 아침, 아사꼬는 '스위트피'를 따다가 꽃병에 담아 내가 쓰게 된 책상위에 놓아주었다. '스위트피'는 아사꼬같이 어리고 귀여운 꽃이라고 생각하였다.

성심(聖心) 여학원 소학교 일 학년인 아사꼬는 어느 토요일 오후 나와같이 저희 학교까지 산보를 갔었다. 유치원부터 학부까지 있는 가톨릭교육 기관으로 유명한 이 여학원은 시내에 있으면서 큰 목장까지 가지고 있었다. 아사꼬는 자기 신발장을 열고 교실에서 신는 하얀 운동화를보여주었다.

내가 동경을 떠나던 날 아침, 아사꼬는 내 목을 안고 내 뺨에 입을 맞추고, 제가 쓰던 작은 손수건과 제가 끼던 작은 반지를 이별의 선물로주었다. 옆에서 보고 있던 선생 부인은 웃으면서 "한 십 년 지나면 좋은상대가 될 거예요." 하였다. 나는 얼굴이 더워지는 것을 느꼈다. 나는아사꼬에게 안델센의 동화책을 주었다.

그 후 십 년이 지나고 삼사 년이 더 지났다. 그동안 나는 초등학교일 학년 같은 예쁜 여자 아이를 보면 아사꼬 생각을 하였다. 내가 두번째 동경에 갔던 것도 사월이었다. 동경역 가까운 데 여관을 정하고즉시 미우라 댁을 찾아갔다. 아사꼬는 어느덧 청순하고 세련되어 보이는 영양이 되어 있었다. 그 집 마당에 피어 있는 목련꽃과도 같이. 그때그는 성심 여학원 영문과 삼 학년이었다. 나는 좀 서먹서먹했으나, 아사꼬는 나와의 재회를 기뻐하는 것 같았다. 아버지 어머니가 가끔 내 말을해서 나의 존재를 기억하고 있었나 보다.

그날도 토요일이었다. 저녁 먹기 전에 같이 산책을 나갔다. 그리고계획하지 않은 발걸음은 성심 여학원 쪽으로 옮겨져 갔다. 캠퍼스를 두루

거닐다가 돌아올 무렵, 나는 아사꼬 신발장은 어디 있느냐고 물어보았다. 그는 무슨 말인가 하고 나를 쳐다보다가, 교실에는 구두를 벗지 않고 그냥 들어간다고 하였다. 그리고는 갑자기 뛰어가서 그날 잊어버리고 교실에 두고 온 우산을 가지고 왔다. 지금도 나는 여자 우산을 볼 때면 연두색이고 왔던 그 우산을 연상한다. 〈쉘부르의 우산〉이라는 영화를 내가 그렇게 좋아한 것도 아사꼬의 우산 때문인가 한다. 아사꼬와 나는 밤 늦게까지 문학 이야기를 하다가 가벼운 악수를 하고 헤어졌다. 새로 출판된 버지니아 울프의 소설 〈세월〉에 대해서도 이야기한 것 같다.

그후 또 십여 년이 지났다. 그동안 제2차 세계대전이 있었고 우리나라가 해방이 되고 또 한국 전쟁이 있었다. 나는 어쩌다 아사꼬 생각을 하곤 했다. 결혼은 하였을 것이요, 전쟁통에 어찌 되지나 않았나, 남편이 전사하지나 않았나 하고 별별 생각을 다하였다. 1954년 처음 미국 가던 길에 나는 동경을 들러 미우라 댁을 찾아갔다. 뜻밖에 그 동네가 고스란히 그대로 남아 있었다. 그리고 미우라 선생네는 아직도 그 집에서 살고 있었다. 선생 내외분은 흥분된 얼굴로 나를 맞이하였다. 그리고 한국이 독립이 돼서 무엇보다도 잘 됐다고 치하를 하였다. 아사꼬는 전쟁이 끝난 후 맥아더 사령부에서 번역 일을 하고 있다가, 거기서 만난 일본인 2세와 결혼을 하고 따로 나서 산다는 것이었다. 아사꼬가 전쟁 미망인이 되지 않은 것은 다행이었다. 그러나 2세와 결혼하였다는 것이 마음에 걸렸다. 만나고 싶다고 그랬더니 어머니가 아사꼬의 집으로 안내해 주었다.

뾰족 지붕에 뾰족 창문들이 있는 작은 집이었다. 이십여 년 전 내가 아사꼬에게 준 동화책 겉장에 있는 집도 이런 집이었다.

"아, 이쁜 집! 우리 이담에 이런 집에서 같이 살아요."

아사꼬의 어린 목소리가 지금도 들린다.

십년쯤 미리 전쟁이 나고 그만큼 일찍 한국이 독립되었더라면 아사꼬의 말대로 우리는 같은 집에서 살 수 있게 되었을지도 모른다. 뾰족 지붕에 뾰족 창문들이 있는 집이 아니라도. 이런 부질없는 생각이 스치고 지나갔다.

그 집에 들어서자 마주친 것은 백합같이 시들어가는 아사꼬의 얼굴이었다. 〈세월〉이란 소설 이야기를 한 지 십 년이 더 지났었다. 그러나 그는 아직 싱싱하여야 할 젊은 나이다. 남편은 내가 상상한 것과 같이 일본 사람도 아니고, 미국 사람도 아닌, 그리고 진주군 장교라는 것을 뽐내는 것 같은 사나이였다. 아사꼬와 나는 절을 몇 번씩 하고 악수도 없이 헤어졌다.

그리워하는데도 한 번 만나고는 못 만나게 되기도 하고, 일생을 못 잊으면서도 아니 만나고 살기도 한다. 아사꼬와 나는 세 번 만났다. 세 번째는 아니 만났어야 좋았을 것이다.

오는 주말에는 춘천에 갔다 오려 한다. 소양강 가을 경치가 아름다울 것이다.

3. '낯설게 하기' 서술전략과 독법

이 수필은 천천히 곱씹듯이 읽어야 제 맛이 난다. 따라서 독자는 가급적 문장 간의 거리를 확보한 뒤, 딱딱한 견과류를 씹을 때처럼 천천히 조심스럽게 문맥을 살피며 읽는 것이 좋다. 그래야 행간에 은폐된 작가의 의도를 실감나게 음미할 수 있을 것이다.

이 작품은 피천득의 문제작답게 그의 다른 작품에서 볼 수 없는 다양한 미적 장치들을 사용하여 울림통을 디자인했다. 언젠가 한 TV방송의 아나운서가 참 읽기 어려운 작품임을 고백한 적이 있다. 그것은 감정이 제거된 사실 위주의 문장을 동일한 종결어미의 문장 속에 담아냈기 때문이다. 그러한 문장들이 제공하는 음운론적 효과는 거친 리듬과 조각글 같은 낯섦의 세계로 독자를 인도한다.

일반적으로 이러한 하드보일드 타입의 문체는 건조한 카메라의 눈처럼 세 번의 만남과 떠남을 마치 독립된 장면처럼 시퀀스의 형태로 제시한다. 이를 위해 작가는 유사한 서술 형식을 반복함으로써 문장을 낯설게 만들고, 독자는 그런 작가의 의도를 깨닫는 순간 그만큼 강렬한 감동과 만난다. 이것이 바로 피천득이 46년 동안 가슴에 안고 쓸어내리면서 연민에 빠져 산 세월을 개성 있는 인연철학으로 들려주는 수사 전략이다.

예컨대, 작가는 이 작품을 정상 속도에서 일탈시켜 특수한 리듬으로 읽게 하기 위해 몇 가지 문장 전략을 사용한다. 첫 번째는 "-았다." "-었다"의 종결어미를 반복적으로 사용하는 전략이다. 전체 문장의 85퍼센트를 차지하고 있는 "-았다." "-었다"의 빈번한 사용은 발음의 동어반복 현상에 의해 리듬을 깨는 효과를 발휘한다. 피천득은 이러한 문장을 의도적으로 사용하여, 독자들이 문장에 머무는 시간을 늘려준다. 독자들이 문장에 오래 머물수록 작가의 창작의도는 보다 깊고 진실하게 포착되기 마련이다.

두 번째는 가급적 감정을 절제하거나 배제시킨 단순한 사건 진술의 문장을 즐겨 사용하는 전략이다. 이러한 수사 전략은 주관적 감정이 절제된 문장을 사용하여 사건의 진상을 객관적이고 진실하게 전달하려는 의도와 관련된다. 이를테면, 감정을 증류시킨 건조한 문장을 통해서 일본 제국주의가 일으킨 전쟁이 어떻게 소시민의 인연을 바꾸어 놓았는가를 조용히, 그러나 통렬하게 고발한다.

세 번째는 문장 길이의 간소화 전략이다. 사건의 단순한 줄거리 진술에 목표를 둠으로써 수사적 꾸밈과 묘사 등은 찾아보기 어렵다. 이 또한 주관적 표현에 의한 오해를 줄이고, 최소한의 줄거리만으로 사건의 진상을 객관적으로 전달하려는 작가의 의도이다. 이런 문장 전략은 긴 세월 속에서 파노라마처럼 펼쳐지는 인연 이야기를 객관적으로 확인하게 이끈다.

네 번째 전략은 의미생성 방식에서 발견된다. 개개의 문장에 의해 문학적 의미를 창조하기보다는 사건과 전체 구조에 의해 의미를 생성한다. 이 경우에도 작가의 사상과 감정을 각개의 문장에서 배제하고 전체 구조와 이야기를 통해서 인식하게 한다. 따라서 사건의 진상과 전말은 남고, 작가의 주관적 감정과 논리는 인연의 구조 속에 내포된다. 그리고 두 사람의 소박하고 아름다운 인연이 어떻게 집단담론의 폭력에 의해 파괴될 수 있는가를 폭로한다. 이를 위해 작가는 오히려 목소리를 낮춘다. 실제로 작가는 전쟁담론에 대한 언급을 세 번째 만남 장면에서만 조용하고 간결하게 서술한다.

그러니까 이 작품은 적어도 두 사람의 인연담론과 일본이라는 거대 국가집단이 일으킨 전쟁담론을 교차시켜 당대의 비극을 고발한다. 겉층에는 비극적 인연담론이 흐르게 하고, 속층에는 전쟁담론에 대한 고발과 폭로구조를 상징적으로 작동시키는 이중구조 전략을 쓴다. 이런 구조적 특성을 인식한 독자들은 지금까지 평자들이 주장한 낭만적인 인연 담론에서 푸코식의 역사성을 함유한 교차적 집단담론 속으로 이행하는 새로움과 만난다.

4. '인연' 크로노토프의 진실

〈인연〉은 피천득이 63세가 되던 1973년 11월에 발표한 작품이다.

그는 한국이 일본으로부터 합방의 수모를 당한 1910년에 태어나 3·1운동과 2차 세계대전, 8·15해방, 6·25사변과 4·19의거, 5·16군사혁명, 5·18광주민주화운동 등을 두루 목격한 뒤 2007년 5월 세상을 떠났다. 그가 〈인연〉의 주인공인 아사꼬를 처음 만난 것은 한국에 대한 일제 식민통치가 한창이던 1927년 봄 17세 때의 일이다. 그 후, 44세가 되던 1954년 세 번째 방문을 끝으로 그녀와의 인연을 접은 뒤, 19년 동안 가슴에 묻어두었던 아사꼬와의 추억을 1973년 11월 한 편의 수필로 완성한다.

작가는 아사꼬와의 아름다운 인연이 짝사랑의 연정戀情으로 남을 수밖에 없었던 이유를 분명히 밝히고 있다. 그는 작중에서 "그동안 제2차 세계대전이 있었고 우리나라가 해방이 되고 또 한국 전쟁이 있었다."라고 언급함으로써 일본 제국주의의 침략전쟁을 그 원인으로 지목한다. 작가는 또한 세 번째 방문에서 그녀의 결혼사실을 확인하고는, 그녀의 집 앞에서 어린 아사꼬가 던진 옛말을 떠올리며 다음과 같이 아쉬움을 토한다.

> "십 년쯤 미리 전쟁이 나고 그만큼 일찍 한국이 독립되었더라면 아사 꼬의 말대로 우리는 같은 집에서 살 수 있게 되었을지도 모른다."

이런 고백 속에는 돌이킬 수 없는 역사현실에 대한 작가의 탄식이 들어있다. 역사란 가정이 불가능하다는 점에서 이것은 두 사람을 떼어놓은 숙명적 인연에 대한 넋두리이다. 그러므로 작가는 여기서 이 세 역사적 사건의 주동자와 동기 제공자가 바로 일본이었다는 점을 암시함으로써 일제의 침략전쟁에 특별한 크로노토프적 의미를 부여한다. 이를테면, 피천득과 아사꼬의 실연失戀의 비극은 일본 제국주의의 침략전쟁과 무관하지 않다는 뜻이다. 그들이 벌인 침략전쟁의 역사적, 사회적 소용돌이가 두 사람의 인연을 가로막았기 때문이다.

따라서 이 작품 속에는 이중적인 상징구조가 내재한다. 표층에는 작가가 청소년기부터 중년기까지 약 27여 년의 시공간 속에서 펼쳤던 아사꼬와의 인연담이 담겨 있다. 그리고 심층에는 결코 가까워질 수 없는 한국과 일본의 숙명적인 관계성을 알레고리 형식으로 숨겨놓고 있다. 마치 작가와 아사꼬의 인연이 이루어질 수 없었던 것처럼, 한국과 일본의 관계 또한 숙명적인 관계임을 상징적으로 암시한다.

더욱 중요한 것은 일본의 침략전쟁이 두 사람의 인연을 숙명적인 비극으로 받아들이게 했다는 점이다. 개인으로서는 불가항력적인 전쟁을 유발하여 마치 그들의 이별이 숙명인 것처럼 인식하게 했다. 이것은 분명 전쟁담론이 뒤집어씌운 허구적 기만술이다. 그들의 이별 인연은 선험적으로 결정된 것이 아니라, 일본이 일으킨 전쟁으로 피해를 입은 것이기 때문이다.

작가는 작품의 이러한 이중 구조적 특성을 '시침떼기' 전략에 실어 '낯설게 하기' 효과를 능숙하게 활용한다. 그래서 일반 독자들은 표층의 이야기에만 매달리기 십상이지만, 작가는 이상李箱의 〈날개〉처럼 표층과 심층의 이중구조를 설정하여 두 사람의 인연을 불행으로 이끈 일제의 부도덕과 반 인도주의를 격조 있게 고발한다.

이제 망원경을 통해서 반세기의 시공간 속에서 펼쳐졌던 이별의 인연을 조망하고, 그 안타까운 상황을 현미경과 프리즘의 렌즈 속으로 끌어들여 성찰함으로써 인연담의 본질에 다가가려고 한다.

5. 이중액자 구조와 패턴의 힘

한 작품의 서사구조가 독자를 설득하기 위해서는 감동적인 플롯이 존재해야 한다. 이 수필은 이중 액자구조 속에 세 번의 만남과 이별 이야기를 패턴에 실어 배치하고, 그 사이에 '생각하기 패턴'을 삽입하여 인연담의 논리성을 확보한다.

이 작품의 이야기 구조를 추상하기 위해서 핵심사건을 기능적으로 요약하면 다음과 같다. ①지난 4월에 못간 춘천 성심여자대학에 가고 싶다 ②나에게는 그럴만한 사연이 있다 ③17세가 되던 해 봄, 처음으로 동경을 방문했다 ④미우라 선생 댁에서 스위트피꽃을 닮은 귀여운 아사꼬를 만났다 ⑤소학교 1학년인 그녀는 교실에서 하얀 운동화를 보여주었다 ⑥그녀는 이별 선물로 볼 키스와 손수건, 작은 반지를 주었다 ⑦10년 후쯤 좋은 상대가 될 거라는 선생 부인의 말에 얼굴이 붉어졌다 ⑧나는 이별선물로 안델센 동화책을 주었다 ⑨그동안 예쁜 여자 아이를 보면 아사꼬를 생각했다. ⑩13,4년이 지난 4월, 미우라 댁을 두 번째 찾았다 ⑪영문과생인 그녀는 목련꽃 같은 청순하고 세련된 숙녀가 되어 있었다. ⑫산책길에 신발장 이야기를 묻자 기억하지 못했다 ⑬그녀 연두색 우산을 본 뒤, 나는 영화〈쉘부르의 우산〉을 몹시 좋아한다 ⑭밤늦게까지 문학과 버지니아 울프의 〈세월〉을 이야기했다 ⑮10여 년 동안 그녀를 많이 걱정했다. ⑯1954년 미국행 길에 세 번째 찾아갔다 ⑰아사꼬는 진주군인 일본인 2세와 결혼하여 살고 있다 ⑱아사꼬의 결혼소식이 마음에 걸렸다 ⑲그녀의 집을 보자 함께 살자던 옛 이야기가 되살아났다 ⑳십 년쯤 전쟁이 미리 나고, 독립되었다면 함께 살 수 있었을지도 모른다 ㉑아사꼬 얼굴은 백합같이 시들어가고 있었다 ㉒그녀의 결혼한 것을 아쉬워하며 악수도 없이 헤어졌다 ㉓세 번째 만남은 만나지 않았어야 좋았을 것이다 ㉔주말엔 춘천에 다녀오려고 한다.

전체구조의 차원에서 〈인연〉의 이야기는 〈도입액자(①~②)+내부이야기(③~㉒)+종결액자(㉓~㉔)〉의 전형적인 이중 액자구조를 사용한다. 도입액자 속에서는 춘천방문 소망을 생각하기 패턴에 실어 주제를 암시하고, 내부이야기에서는 세 차례의 만남과 작별의 전말을 방문 패턴으로 들려준다. 종결액자에서는 생각하기 패턴과 춘천 방문소망을 묶어 주제로 수렴한다. 그러므로 이 수필은 〈도입액자(춘천방문 소망-생각하기 패턴)〉+〈내부이야기(1차 방문+생각하기 패턴-2차 방문+생각하기 패턴-3차 방문)+〈종결액자(생각하기 패턴-춘천방문 다짐)〉의 구조에 의해 형상화된다.

이 작품의 도입부분과 종결부분을 이끄는 이중액자와 내부이야기를 전달하는 방문 패턴, 그리고 전체 이야기 속에서 발견되는 생각하기 패턴은 인연담의 핵심구조를 구축하는 지배적인 기법들이다. 수필의 액자는 소설서사와는 달리, 작가의 체험을 다시 한 번 강조함으로써 사실성의 순도를 높이는 데 크게 기여한다.

먼저 '생각하기 패턴'은 도입액자와 내부이야기, 종결액자 속에서 각기 다른 기능을 수행한다. 도입액자 속(①)에서는 아사꼬가 다니던 학교와 동명의 대학인 춘천 성심여자대학을 방문하여 46년 동안 가슴속에서 키워온 짝사랑의 그리움을 추억하게 충동질한다. 내부이야기 속(⑨,⑬, ⑮)에서는 작가에게 두 번째 동경 방문과 세 번째 방문을 유도하고, 아사꼬에 대한 짝사랑을 환기하는 동기부여의 기능을 수행한다. 그리고 종결액자 속(㉓,㉔)에서는 지난 세 번째 만남에 대한 반성과 춘천 성심여자대학의 방문을 다짐한다. 이렇게 볼 때, '생각하기 패턴'은 내부이야기에서는 아사꼬 방문 욕구와 짝사랑을 심화시키는 동기부여로, 액자에서는 46년의 인연에서 생성되는 그리움과 연민을 다스리는 절제의 심미적 메커니즘으로 작용한다.

'방문 패턴'은 작가가 세 차례에 걸쳐 동경의 아사꼬를 찾아가는 만남과 이별의 반복적 이야기를 가리킨다. 1차 방문(③~⑧: 호감과 친밀감 생성)→2차 방문(⑨~⑭: 짝사랑의 연정으로 발전)→3차 방문(⑮~㉒: 인연단절 확인과 연민 생성)의 형태로 반복되면서 패턴화한다. 이러한 방문 패턴은 주로 만남과 헤어짐의 반복행위를 통해서 두 사람 사이에 생성된 인연의 전말을 보여주고, 작중인물의 성격창조와 주제의 형상화에도 기여한다. 이러한 내부이야기의 인연담은 인과적 차원에서 보면 액자 이야기의 원인에 해당된다.

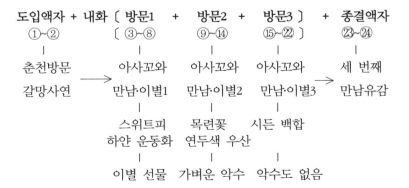

작가는 이 작품 속에서 객관적상관물도 다채롭게 활용한다. 세 번의 만남과 이별 이야기 속에서 작가의 마음에 비친 아사꼬의 이미지는 꽃과 색깔로 비유된다. 첫 번째 방문에서 만난 아사꼬는 스위트피꽃과 하얀 운동화로 상징된다. 어리고 귀여운 꽃으로 표현된 스위트피와 고귀, 순결의 이미지인 하얀색은 아사꼬에 대한 첫 번째 인상이다. 두 사람이 헤어지면서 주고받는 선물도 친밀감을 안겨주기에 족하다. 아사꼬는 소학교 1학년 어린이답게 볼키스와 제가 쓰던 손수건, 작은 반지를 건네고, 17세의 피천득은 안델센 동화책을 준다. 아사꼬의 이별 선물과 키스는 10살 때 어머니와 사별한 작가에게 친밀감과 호감을 안겨주기에 충분하다. 한편, 작가가 건넨 동화책은 아사꼬가 잘 자라주기를 바라는 기대심리가 내재해 있다.

두 번째 만난 아사꼬는 청순하고 세련된 목련꽃과 연두색 이미지로 비유된다. 영문과 3학년생으로 성장한 아사꼬는 기품과 우아, 고귀의 상징인 목련꽃과 안식, 지성, 온정, 희망 등을 상징하는 연두색으로 비유된다. 밤늦게까지 문학 이야기와 버지니아 울프의 소설 〈세월〉에 대해 이야기를 주고받는 것도 의미심장하다. 1차 방문 후, 비슷한 또래 아이를 볼 때마다 아사꼬 생각을 하는 것은 그녀에 대한 친밀감과 호감이 그리움으로 생성되었다는 증거이다. 이러한 호감과 그리움은 짝사랑의 연정으로 발전한다.

세 번째 방문에서 아사꼬는 싱싱해야 할 젊은 나이에 시든 백합꽃으로 비유된다. 이것은 환희, 순결, 청초의 이미지로부터 추함과 절망의 모습으로 바뀌면서 연민을 자아내게 한다. 아사꼬의 시든 모습을 보고 돌아온 그는 19년 후, 그 세 번째 만남을 몹시 후회한다. 차라리 마지막 만남을 남겨둠으로써 스위트피나 목련꽃, 하얀색이나 연두색의 이미지로 기억하고 싶었을 것이다. 이렇게 객관적 상관물을 적절하게 활용한 것은 피천득이 영문학자이자 시인으로서 풍부한 경험을 적절하게 활용한 결과로 보인다.

6. 이별의 인사법과 심리적 거리

아사꼬가 세 번에 걸친 이별시에 보여준 인사법은 두 사람 간의 심리적 거리를 함축적으로 보여준다. 첫 번째 이별시에는 아사꼬가 볼키스와 쓰던 손수건과 작은 반지를 주고, 작가는 안델센 동화책으로 화답한다. 이러한 그녀의 행동 뒤에는 오빠처럼 따르던 작가에 대한 호감과 친밀감이 자리 잡고 있다. 그가 준 동화책 또한 그녀가 동화의 주인공처럼 잘 자라서 좋은 인연이 되어주기를 바라는 마음의 표현이다. 이들의 행동을 지켜본 아사꼬 어머니가 "한 십 년 지나면 좋은 상대가 될 거예요."라고 긍정적 메시지를 전한 것도 그들의 인연에 대한 기대심리를 반영한 것이다.

두 번째 이별 인사법에는 다소의 심리적 거리감이 감지된다. 아사꼬는 10여 년 전 첫 만남 시에 자신이 들려준 신발장 이야기를 까맣게 잊고 있다. 이것은 13,4년 만이라는 시간적 거리 속에서 피천득에 대한 아사꼬의 호감과 친밀감이 소멸했거나 약화되어있다는 증거이다. 이러한 거리감은 작가가 숙녀로 성장한 아사꼬와 마당에 피어있는 목련꽃을 동일시하고, 그녀가 교실에서 가지고 나온 우산의 연두색을 잊지 못해 영화 〈쉘부르의 우산〉을 몹시 좋아하게 된 심리적 배경과는 사뭇 다르다.

두 사람이 보여주는 이러한 심리적 거리는 무심함과 연정의 발생이라는 감정적 거리와 일치한다. 아사꼬가 10여 년의 세월 속에서 그에 대한 친밀감과 호감을 상실한 것과는 대조적으로 그녀에 대한 작가의 호감과 친밀감은 오히려 짝사랑의 연정으로 발전한다. 그러므로 작가가 밤늦게까지 아사꼬와 함께 문학 이야기와 버지니아 울프의 〈세월〉에 대해 이야기를 나누는 것은 그녀의 스러진 호감에 다시 불을 붙이기 위한 연정의 표현이다. 이에 비해, 아사꼬가 그와 가벼운 악수를 하고 헤어진 것은 호감의 약화 현상으로 볼 수 있다. 우연의 일치로 보이지만, 그녀의 객관적 상관물로 제시된 목련의 꽃말이 사모, 혹은 숭고한 정신이나 이루어질 수 없는 사랑이란 점도 암시적이다.

세 번째 작별 인사법은 그들의 인연이 단절의 상황에 처해 있음을 시사한다. "절을 몇 번씩 하고 악수도 없이 헤어졌다."는 고백이 그 증거이다. 그것은 아사꼬의 결혼과 관계가 있다. 그녀의 결혼은 그동안 지속해온 작가와의 인연의 단절을 의미하는데, 그것은 그녀의 이미지를 '시들어가는 백합'에 비유하는 데서 확인할 수 있다. 순결과 순수의 이미지로 상징되던 백합의 추한 모습을 통해서 그녀에 대한 호감은 연민으로 바뀐다.

이러한 비극의 원인遠因을 작가는 냉정한 어조로 언급한다. 그것은 세 번째 방문의 지연 동기로 설명한 제2차 세계대전과 우리나라의 해방, 그리고 한국전쟁 등이다. 이러한 역사적 사건들은 두 사람의 만남을 방해하여 그들의 인연을 단절시켜 놓은 직접원인이다. 그래서 작가는 "십 년쯤 미리 전쟁이 나고 그만큼 일찍 한국이 독립되었더라면 아사꼬의 말대로 우리는 같은 집에서 살 수 있게 되었을지도 모른다."고 고백한다.

7. '인연'의 메커니즘과 운명관

이 수필에 내재된 작가의 인연관은 전통적인 것과는 거리가 있다. 작가는 두 사람 사이에 생성되던 아름다운 인연의 단절 동기를 미지의 절대자의 힘이나 우주적 운명에서 찾지 않는다. 이것은 피천득이 아사꼬와의 비극적 인연의 동기를 절대적인 운명의 힘에서 찾지 않고, 인재人災로서의 집단담론에서 찾고 있음을 뜻한다.

작가의 시선은 개인 간의 소박한 인연이 국가라는 거대 집단담론이 일으킨 전쟁의 횡포에 무참히 파괴되는 점에 주목한다. 그리고 작가는 그러한 침략전쟁의 주체로서 일본을 암시적으로 지목한다. 이 대목에서 작가는 조용하지만 결코 묵과하지 않는 냉엄한 고발의 어조를 보여준다. 한 국가의 이기적인 전쟁에 아름답고 순결한 두 사람의 인연이 무참히 짓밟힌 것이기 때문이다.

내부이야기 속에서 인연의 생성과 소멸과정은 3단계로 전개된다. 1차 방문(③~⑧)은 아사꼬에 대한 작가의 호감과 친밀감 생성 단계로, 2차 방문(⑨~⑭)은 그녀에 대한 연정이 짝사랑으로 발전하는 단계로, 그리고 3차 방문(⑮~㉒)은 인연 단절의 확인과 연민 생성의 단계로 명명할 수 있다. 방문 패턴은 주로 만남과 이별의 반복을 통해서 인연생성의 전말을 보여주는 외에도, 작중인물의 성격창조와 주제의 형상화에 기여한다. 이러한 내부이야기의 인연담은 인과적으로 보면 액자 이야기의 원인에 해당된다.

따라서 내부이야기는 1차 만남과 2차 만남을 통해서 인연의 생성조짐을 보여주고, 3차 만남의 직전에 인연 단절의 숙명적 동기를 삽입함으로써 3차 만남의 인연 단절이 일본의 전쟁담론에서 야기된 것임을 시사한다. 이렇게 하여, 인연 메커니즘은 〈인연담 암시-인연의 생성과 단절의 전말(인연생성 조짐+인연단절 동기+인연단절)-인연 신비 자각〉의 구조로 형상화된다.

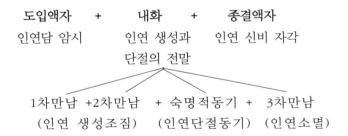

작가는 이러한 인연담의 비극성을 극대화하기 위해 내부이야기의 앞 뒤에는 액자를 설치한다. 그리고 일제가 벌인 전쟁이 그들의 인연을 단절시킨 원인이었음을 조용히 내보임으로써 오히려 그 비애를 극대화한

다. 그 결과 인연 메커니즘은 미적 울림이 큰 이중 액자구조 속에서 두 사람의 인연담론이 전쟁담론에 의해 희생되었음을 고발하게 된다.

작가는 종결액자에 이르러 인연에 대한 두 가지 중대한 깨달음을 획득한다. 첫째, 인연이란 보이지 않는 절대자의 힘이 아니라, 인간의 이기적 욕구에 의해 파괴된다는 점이다. 둘째, 인연은 지혜롭게 다스려야 한다는 점이다. 작가는 종결액자에서 인연과 만남의 신비를 3가지로 유형화한다. 첫 번째는 그리워하는데도 한 번 만나고 못 만나게 되는 경우로서, 그리움을 극대화시켜 가슴에 안고 사는 유형이다. 두 번째는 일생을 못 잊으면서도 만나지 않고 사는 경우로서, 초월적 절제력으로 그리움을 절대화시키는 유형이다. 세 번째는 자신의 경우로서, 세 번 만나고 나서 마지막 만남을 후회와 연민으로 돌려받고 안타까워하며 사는 유형이다.

그런 아픔과 아쉬움 때문에 인연이 발생한 지 46년이 흐른 1973년 가을, 춘천 성심여자대학을 방문하고자 한다. 작가에게 세 번째 만남은 단절된 인연에 대한 슬픈 확인과정이라는 점에서 차라리 만나지 않은 것만 못한 결과를 낳았던 것이다.

한국문학의 전통 속에서 인연은 흔히 삶 속에 운명을 끌어들이는 힘으로 작용한다. 한국인들은 대체로 운명이란 선험적으로 주어지고, 그 힘에 의해 생의 인연이 이끌린다는 믿음을 갖고 산다. 하지만 피천득은 운명의 힘에 의해 인연이 발생한다 하더라도, 그것은 삶은 지혜를 발휘하여 다스려야 할 대상으로 본다.

따라서 그는 아사꼬와의 만남 인연을 지혜롭게 다스리지 못한 것을 후회한다. 시간적으로도 그녀가 결혼했을 것임을 예측했으면서도 미국 방문길에 세 번째 방문을 한다. 그 결과 아사꼬에게서 얻은 귀여운 스위트피와 청순하고 세련된 목련의 이미지를 잃게 된다. 작가는 그 세 번째 만남을 남겨두지 못한 것을 두고두고 아쉬워한다.

피천득은 예지적 운명관의 소유자라고 할 만하다. 그는 운명이 맺어준 인연도 지혜롭게 다스리며 살아야 할 변증법적 실천의 대상으로 인식하고 있기 때문이다.

8. 정의 심리분석과 승화의 미학

인간관계에서 호감이나 친밀감은 기본적으로 인정人情을 발생시키고, 인정은 보다 구체적인 질적 관계로 발전하여 사랑을 생성한다. 이러한 정 또는 인정人情의 사전적 의미는 "세상 사람의 다사로운 마음"이다. 인정은 사람으로서 주고받을 수 있는 보편적인 인간애로서 폭넓은 윤리적 공감대를 갖는다. 인정이 타인과의 관계 속에서 헌신과 봉사, 염려와 기원, 보호와 합일 등의 감정으로 발전할 때 사랑의 감정으로 고양된다.

정과 사랑의 심리적 발전과정을 살펴보기 위해서는 만남에 내재된 욕구와 정서를 시공간 지표와 함께 살필 필요가 있다. 욕망은 행동을 낳고, 행동은 욕망의 한 표현이라는 점에서 심리 분석의 중요한 자료가 된다.

행동	연도	피천득	아사꼬	시간차(누적)
만남1	1927년	17세	8세	
만남2	1941년(?)	31세	22세	14년
만남3	1954년	44세	35세	13년(27년)
수필창작	1973년	63세	54세	19년(46년)

이 도표가 제시하는 것처럼, 수필 〈인연〉에서는 세 차례의 만남과 이별이 이루어진다. 1차 만남에서는 여덟 살의 아사꼬와 열일곱 살의 피천득이 서로 인정 수준의 호감을 보이면서 친밀감을 주고받는 정도이다. 아홉 살의 나이차를 넘어, 서로 부담 없이 주고받는 작별 선물에서도 그러한 심리가 발견된다.

2차 만남은 1차 만남이 끝난 뒤 "그 후 십 년이 지나고 삼사 년이 더 지났다."라는 시간지표가 있으나 애매하다. 따라서 시간지표가 1954년으로 명확히 제시된 3차 만남으로부터 역산逆算하면, 1차 만남 후 14년이 지난 1941년쯤으로 계산되지만 역시 불명확하다. 2차 만남에서 작가는 목련꽃처럼 청순하고 세련되게 대학생으로 성장한 아사꼬에게 연정의 맹아萌芽 조짐을 보인다.

여기서 작가의 연정은 우정 수준을 넘어 짝사랑의 감정으로 발전한다. 그 근거로는 두 번째 만남 시 밤늦게까지 문학 이야기를 나누고, 버지니아 울프의 〈세월〉을 이야기 하다 헤어지는 장면과 산책길에 교실에서 가지고 온 연두색 우산에 반하여, 영화 〈쉘부르의 우산〉을 몹시 좋아하게 되었다는 고백 등을 들 수 있다.

이에 비하여, 아사꼬는 십여 년 전 자신이 들려준 신발장 이야기를 망각하고 있고, "밤늦게까지 문학 이야기를 하다가 가벼운 악수를 하고" 헤어진다. 이는 그녀가 20대 초반의 여성으로서 상대방에 대한 어떤 특별한 감정보다는 십여 년마다 찾아오는 지인에게 보여주는 우정이나 친밀감을 느끼는 정도이다.

우리는 피천득의 심리적 행동에 주목할 필요가 있다. 그는 전시戰時에 일본까지 아사꼬를 찾아갔음에도 여전히 열정을 보여주거나 정표를 내보이지 않는다. 물론 전쟁 중에 찾아간 것만으로도 일종의 프러포즈의 의미를 띨 수 있으나 그는 속마음을 숨기고 있다. 그런 점에서 피천득이 이 무렵에 보여준 아사꼬에 대한 연정의 빛깔은 그가 〈맛과 멋〉에서도 언급한 플라토닉 러브의 수준으로 읽는 것이 개연성이 있다.

그가 두 번째 만남에서 왜 열정과 정표를 보이지 않았는지에 대해서는 궁금하기 짝이 없다. 피천득이 그리워하면서도 갈 수 없는 상황 속에서 속수무책으로 기다리다 2차 세계대전이 발발한 1939년 결혼을 한 것인지, 아니면 결혼을 하고서도 짝사랑을 한 것인지에 대해서는 독자들의 상상력에 맡겨진 부분이다. 중요한 것은 그 두 번째 만남을 계기로 연정(戀情;짝사랑)의 이미지가 발견된다는 사실이다.

3차 만남은 끔찍한 전쟁이 두 사람의 해후를 가로막고 있다가, 1954년에 이루어진다는 점에서 특별한 의미를 지닌다. 이를테면, 2차 만남으로부터 13년의 시간이 경과함으로써 두 사람의 상대에 대한 감정은 큰 변화를 보인다. 큰 변화란 전쟁으로 고통스런 시간이 적잖이 흘렀다는 점, 그리고 두 사람 모두 결혼을 했다는 점과 무관하지 않다. 따라서 아사꼬는 세월 속에서 '싱싱해야 할 젊은 나이에 백합같이 시들어가는 얼굴이 되었고', '절을 몇 번씩 하고 악수도 없이 헤어지는 관계'가 된다.

그러나 문제는 이러한 심리적 반전상황이 곧 연정의 종결을 의미하는 것은 아니라는 사실이다. 그 후 19년 동안 만남 행위를 종결했으면서도 연민 어린 작품으로 쏟아놓았다는 점이 그 반증이다. 또한 가슴 아픈 세 번째 만남을 후회하면서, 주말에 춘천 성심여자대학을 방문하여 추억을 다스리고자 한다는 점이다. 이것은 작가가 여전히 짝사랑의 미련을 연민의 감정으로 간직하고 있다는 증거이다.

결국, 피천득에게 아사꼬와의 긴 인연은 플라토닉 러브의 범주 속에서 맴돌며 환기된다. 그 낭만적 기억을 이순을 넘긴 나이(63세)에 작품으로 고백했다는 점에서 슬프지만 아름답다. 이것은 작가의 입장에서 일생 동안 가슴에 담아두었던 여인에 대한 예의이자 가장 격조 있는 또 하나의 해후 방식이다.

9. 인연으로 빚어낸 미의식과 멋

이제, 작품에 내재된 미의식을 읽어낼 차례이다. 모든 문학작품이 기본적으로 미적 대상임을 전제할 때, 수필작품 속에서 생성된 미의식을 음미하는 것은 작품 해석의 최종적인 단계에 해당된다. 그것은 곧 작가가 주제로 형상화해낸 정서의 빛깔이자, 심오한 성찰 속에서 획득되는 철학적 울림의 멋과 힘이다.

이 수필의 미의식은 패턴형식으로 주어진 두 사람의 만남과 이별의 감정 속에서 창조된다. 그것은 아사꼬의 행동에 대한 작가의 반응이 만들어 내는 정서적 결과물이다. 1차 만남에서 작가 느끼는 미의식은 소학교 일 학년인 아사꼬의 순결하고 순수한 천진난만함 속에서 발견된다. 집 뜰에서 스위트피를 따다가 꽃병에 담아주고, 교실에서 하얀 운동화를 보여주며, 제가 쓰던 물건들을 볼키스와 함께 이별 선물로 주던 아사꼬의 행동 속에 담긴 미의식은 순수미이다. 그리고 그런 아사꼬의 청순한 행동에 작가가 화답형식으로 준 안델센 동화책의 이미지 또한 순수미이다.

2차 만남에서 영문학과 3학년 대학생으로 성장한 아사꼬의 객관적 상관물에 비친 미의식은 청순, 세련, 성숙의 이미지가 만들어 내는 우아미이다. 이런 미의식은 작품 속에서 우아함으로 상징되는 목련꽃과 고운 연두색 우산으로 암시된다. 세 번째 만남이 주는 미의식은 전후에 일본인 2세와 결혼하고, 그 혹독한 세월 속에서 시들어 가는 아사꼬의 백합 이미지로 주어진다. 이러한 인식 충격은 작가에게 미의식의 반전(peripeteia) 상황을 제공한다. 그것은 그녀를 만난 후 27년간 가슴속에 고이 간직해 온 순결과 우아함의 상실을 뜻한다. 그러한 충격적 상실감 속에서 만나는 미의식은 비극적 연민이다.

세 번의 만남과 이별의 행동 속에서 생성된 미의식은 종결액자에 이르러 하나의 통일된 정서적 빛깔로 수렴된다. 운명적인 인연의 힘에 종속되기보다는 지혜로운 인연의 다스림에 비중을 두는 작가의 인연철학은 세속의 차원에서 다소 비껴서있다. "세 번째는 아니 만났어야 좋았을 것이다."라는 자기 평가의 언어는 소중한 인연을 그리움의 대상으로 남겨두지 못한 자신의 실수를 자책하게 한다. 예컨대, 인연은 운명처럼 다가오는 것이지만, 세월의 흐름 속에서 지혜롭게 다스려야 할 대상임을 뒤늦게 깨달은 자의 탄식이다. 이것은 그가 46년의 세월 속에서 깨달은 비극미의 정수이다.

이러한 비극적 정서는 선비풍의 높은 격조와 자기성찰적 절제의 미덕을 내포하면서 보다 고양된 품격미로 고양된다. 이처럼 절제된 품격미 속에는 한국 선비의 낭만적 전통을 계승하고 있는 승화된 작가정신이 내재한다. 그러한 충만성은 이상과 현실의 갈등구조 속에서 고뇌하는 자의 낭만적 아이러니를 생성한다. 그 속에 의리와 인연을 소중히 여기는 작가의 순결한 인연철학이 숨을 쉰다.

종결액자가 수렴해낸 총체적 미의식은 단순한 비극적 이미지를 초월한다. 그것은 낭만적 기다림 속에서 반세기 동안 인연을 갈무리해온 장인적 미의식으로 승화된다. "오는 주말에는 춘천에 갔다 오려 한다. 소양강 가을 경치가 아름다울 것이다."란 마지막 문장 속에는 열일곱 살에 만난 아사꼬와의 인연을 결코 잊지 못하는 작가의 우정과 연정 속에 잠재된 비장한 낭만적 슬픔이 묻어난다.

비장미, 이것은 피천득이 27년 동안의 만남과 그에 대한 19년 동안의 발효와 숙성기간을 거쳐 46년 만에 완성시킨 인연철학의 빛깔이다. 그가 행복해 보이는 것은 그런 슬프고도 아름다운 연정을 일생 동안 껴안고 산 작가였기 때문이다.

10. 교차담론의 전복과 주제 울림

끝으로, 주제의 울림을 살펴볼 차례이다. 수필에서 인물은 작가 자신이거나 작가가 관찰하는 대상이다. 〈인연〉에서는 작가와 아사꼬가 분석의 대상이다. 모든 작품 속에는 인물의 욕망체계가 작동되는데, 그것은 흔히 변증법적 논리 속에서 바람직한 인간상이나 깨달음의 세계를 지향한다.

〈인연〉은 단순한 짝사랑의 이야기가 아니다. 문학사회학적 관점에서 보면, 이 수필은 국가담론이 개인담론을 어떻게 파괴하는가를 보여주는 교차담론의 텍스트이다. 피천득은 27년 동안 아사꼬를 대상으로 세 번의 만남을 통하여 짝사랑의 인연을 키워왔다면, 아사꼬는 작가의 연정을 인식하기도 전에 긴 전쟁의 세월에 쫓겨 인연의 끈을 상실하고 만다. 그 배경에는 그들의 사랑을 가로 막은 일본 제국주의의 침략전쟁이 존재한다.

이때, 비극적 아이러니가 발생한다. 국민의 행복을 위해 존재해야 할 국가의 힘이 집단 이념을 앞세워 그 국가의 주체인 국민의 행복을 파괴하기 때문이다. 아사꼬의 인연은 바로 그런 국가폭력의 아이러니적 희생물이다. 그러기에 작가는 "십 년쯤 미리 전쟁이 나고 그만큼 일찍 한국이 독립되었더라면 아사꼬의 말대로 우리는 같은 집에서 살 수 있게 되었을 지도 모른다."라고 생각한다. 작가가 그런 생각을 부질없는 것으로 간주하는 것은 역사란 결코 되돌릴 수 없는 것이기 때문이다.

〈인연〉은 액자식 이중구조를 통해서 그러한 모순 구조를 알레고리적으로 폭로 고발한다. 이미 언급한 것처럼, 겉층에는 피천득과 아사꼬의 비극적 인연담을 배치하고, 속층에는 한국과 일본이라는 두 국가가 일제의 침략적 소행으로 국가 간의 인연이 깨어진 사실을 환기시킨다. 그러니까 피천득과 아사꼬의 인연담이 보조관념이라면, 한국과 일본 관계가 보여주는 국가담론은 원관념으로 숨겨놓은 형국이다.

한 국가의 전쟁담론이 갖는 문제점은 그것이 개인담론에 비해 우월하며, 우선한다고 보는 파시스트적 발상에서 나온다. 작가는 그런 국가 이데올로기의 메커니즘을 두 사람의 소박한 개인적 인연담론을 통하여 고발한다. 이러한 작가의 의도는 두 가지 목적을 지닌다. 첫째는 오랜 역사 속에서 일본 제국주의 전쟁담론이 일으킨 문제의식을 풍자하는 데 있다. 둘째는 그러한 풍자의 토대 위에서, 개인담론과 국가담론을 등가적으로 위치시키거나 기존의 관념을 전복시키는 데 있다. 이러한 담론주체의 전복이야말로 개별담론을 파괴하고 억압하는 전쟁담론에 대한 대항적 의미를 지닌다는 데 윤리적 가치가 있다.

하지만 이 작품은 여전히 이념적 담론차원을 뛰어넘지 못함으로써 인연의 궁극적 본성이나 본질에 접근하지 못한다. 예컨대, 그 인연의 본질을 우주 법칙에 의한 우주적 만남이나 본질세계와의 교통으로 인식할 수 있었다면, 이 작품의 울림통은 보다 큰 세계를 지향하게 되었을 것이다. 그런 철학적 인식보다는 현상세계에서 벌어지는 인정人情의 심미작용을 구조화하고 있다는 점에서 이 작품은 그 나름의 한계를 갖는다.

작가의 인연철학은 이 수필의 종결액자 속에 압축적으로 수렴되어 있다. "그리워하는데도 한 번 만나고는 못 만나게 되기도 하고, 일생을 못 잊으면서도 아니 만나고 살기도 한다."라는 명문 속에 내재한다. 전자의 인연이 운명의 힘에 의해 이끌린다면, 후자는 인연을 영원히 간직하며 사는 방식이라는 점에서 차이가 난다. 작가는 후자의 관점에서 세 번째 만남을 깊이 후회한다. "세 번째는 아니 만났어야 좋았을 것이다."라는 자책 속에는 아름다운 인연의 아껴둠, 혹은 남겨둠의 미학이 깔려있다.

그러므로 이 작품은 전쟁담론으로 파괴된 인연담론을 주체화한다. 그리고 아름다운 인연을 두고두고 그리워하며 사는 것이 바로 한국적 정情의 미학임을 깨닫게 한다. 그런 의미에서 수필 〈인연〉에서 펼쳐 보인 절제와 격조는 그의 수필론이 도달한 멋의 미학의 한 차원을 열고 있다. 수필 쓰기가 자기체험에 대한 변증법적, 혹은 자기 성찰적 깨달음의 과정이라면, 그 깨달음 속에서 되찾은 한국적 정情의 미학은 이 작품을 명작의 반열에 올려놓게 한다.

피천득의 〈인연〉은 한국 현대수필의 미학적 위상을 보여준 상징적 텍스트이다.

〈참고문헌〉

게리 솔 모슨, 캐릴 에머슨. 《바흐친의 산문학》. 오문석 외 공역. 책세상, 2006.
미하일 바프찐. 《장편소설과 민중언어》. 전승희 외 공역. 창작과비평사, 1988.
쉬클로프스키 외 공저. 《러시아 형식주의 문학이론》. 월인재, 1980.

05
한흑구의 〈보리〉

1. 시적 수필을 찾아서

흑구黑鷗 한세광은 독자적인 시적詩的 수필관을 펼쳐보인 작가이다. 그에 따르면, "수필隨筆은 하나의 산문시적散文詩的인 정신으로써 창작創作되어야 할 것이며, 줄이면 한 편의 시가 되어야 할 것이다."라고 역설한 바 있다. 그리고 수필이 문학작품으로 탄생되기 위해서는 예술적인 문학형식으로 하나의 주제를 형상화해야 한다고 주장한다.

이를 위해 수필은 다음과 같은 몇 가지 요소를 함유할 것을 요구한다. 첫째, 수필은 주관적인 직관력으로 사색적인 인생철학을 산문시의 정신으로 담아내야 한다. 둘째, 수필의 내용은 철학적이어야 하고, 문장은 문학적이어야 한다. 셋째, 수필은 예술적인 구상構想과 문학적 스타일을 갖추어야 한다. 넷째, 수필은 작가의 성격과 품격으로 구현되는 예술적인 형식으로 창조해야 한다. 수필작품이 이런 조건을 갖추지 못하면 신변록身邊錄, 잡상雜想, 잡문雜文 따위의 글이 되어 결코 문학도 수필도 될

수 없다고 주장한다.[1]

그런 점에서, 그의 대표작 〈보리〉는 독자들의 관심을 끌기에 충분하다. 이 작품은 2인칭 수필로서 현행 고등학교 교과서에 수록되었을 뿐만 아니라, 그의 수필론을 모범적으로 적용한 작품이라는 점에서도 가치가 있다. 이제, 이 작품과의 치밀한 비평적 조우를 통해서 한흑구 수필의 정체와 문학적 울림의 메커니즘에 접근해 보고자 한다. 이러한 작업은 그의 수필작품에 대한 미학적 평가 외에도 한국 현대 수필론의 바른 정립을 위해서도 의미 있는 일이다.

2. 분석 텍스트의 선정

이 작품은 한흑구(1909~1979)가 46세 때인 1955년 동아일보에 발표한 작품이다.

〈보리〉

1

보리.

너는 차가운 땅 속에서 온 겨울을 자라왔다.

이미 한 해도 저물어, 벼도 아무런 곡식도 남김없이 다 거두어들인 뒤에, 해도 짧은 늦은 가을날, 농부는 밭을 갈고, 논을 잘 손질하여서, 너를 차디찬 땅 속에 깊이 묻어 놓았었다.

차가움에 응결된 흙덩이들을, 호미와 고무래로 낱낱이 부숴 가며, 농부는 너를 추위에 얼지 않도록 주의해서 굳고 차가운 땅 속에 깊이 심어 놓았었다.

---

1) 韓黑鷗, ≪東海散文≫(一志社, 1978), 202쪽.

"씨도 제 키의 열 길이 넘도록 심어지면, 움이 나오기 힘이 든다."

옛 늙은이의 가르침을 잊지 않으며, 농부는 너를 정성껏 땅 속에 묻어 놓고, 이에 늦은 가을의 짧은 해도 서산을 넘은 지 오래고, 날개를 자주 저어 까마귀들이 깃을 찾아간 지도 오랜, 어두운 들길을 걸어서, 농부는 희망의 봄을 머릿속에 간직하며, 굳어진 허리도 잊으면서 집으로 돌아오곤 했다.

2

온갖 벌레들도, 부지런한 꿀벌들과 개미들도, 다 제 구멍 속으로 들어가고, 몇 마리의 산새들만이 나지막하게 울고 있던 무덤가에는, 온 여름 동안 키만 자랐던 억새풀 더미가, 갈대꽃 같은 솜꽃만을 싸늘한 하늘에 날리고 있었다.

물도 흐르지 않고, 다 말라 버린 갯강변 밭둑 위에는 앙상한 가시덤불 밑에 늦게 핀 들국화들이 찬 서리를 맞고 고개를 숙이고 있었다.

논둑 위에 깔렸던 잔디들도 푸른빛을 잃어버리고, 그 맑고 높던 하늘도 검푸른 구름을 지니고 찌푸리고 있는데, 너, 보리만은 차가운 대기大氣 속에서도 솔잎과 같은 새파란 머리를 들고, 하늘을 향하여 솟아오르고만 있었다.

이제, 모든 화초는 지심地心 속에 따스함을 찾아서 다 잠자고 있을 때, 너, 보리만은 그 억센 팔들을 내뻗치고, 새말간 얼굴로 생명의 보금 자리를 깊이 뿌리박고 자라 왔다.

날이 갈수록 해는 빛을 잃고, 따스함을 잃었어도, 너는 꿈쩍도 아니하고, 그 푸른 얼굴을 잃지 않고 자라왔다.

칼날같이 매서운 바람이 너의 등을 밀고, 얼음같이 차디찬 눈이 너의 온몸을 덮어 엎눌러도, 너는 너의 푸른 생명을 잃지 않았었다.

지금, 어둡고 찬 눈 밑에서도, 너, 보리는 장미꽃 향내를 풍겨 오는 그윽한 유월의 훈풍薰風과, 노고지리 우짖는 새파란 하늘과, 산 밑을 훤히 비추어 주는 태양을 꿈꾸면서, 오로지 기다림과 희망 속에서 아무 말이 없이 참고 견디어 왔으며, 오월의 맑은 하늘 아래서 아직도 쌀쌀한 바람에 자라고 있었다.

3

춥고 어두운 겨울이 오랜 것은 아니었다.

어느덧 남향 언덕 위에 누렇던 잔디가 파아란 속잎을 날리고, 들판마다 민들레가 웃음을 웃을 때면, 너, 보리는 논과 밭과 산등성이까지, 이미 푸른 바다의 물결로써 온 누리를 뒤덮는다.

낮은 논에도, 높은 밭에도, 산등성이 위에도 보리다.

푸른 보리다. 푸른 봄이다.

아지랑이를 몰고 가는 봄바람과 함께 온 누리는 푸른 봄의 물결을 이고, 들에도, 언덕 위에도, 산등성이 위에도, 봄의 춤이 벌어진다.

푸르른 생명의 춤, 새말간 봄의 춤이 흘러 넘친다.

이윽고 봄은 너의 얼굴에서, 또한 너의 춤 속에서 노래하고 또한 자라난다.

아침 이슬을 머금고, 너의 푸른 얼굴들이 새날과 함께 빛날 때에는, 노고지리들이 쌍쌍이 짝을 지어 너의 머리 위에서 봄의 노래를 자지러지게 불러 대고, 또한 너의 깊고 아늑한 품속에 깃을 들이고, 사랑의 보금자리를 틀어 놓는다.

4

어느덧 갯가에 서 있는 수양버들이 그의 그늘을 시내 속에 깊게 드리우고, 나비들과 꿀벌들이 들과 산 위를 넘나들고, 뜰 안에 장미들이 그 무르익은 향기를 솜같이 부드러운 바람에 풍겨 보낼 때면, 너, 보리는 고요히 머리를 숙이기 시작한다.

온 겨울의 어둠과 추위를 다 이겨 내고, 봄의 아지랑이와, 따뜻한 햇볕과 무르익은 장미의 그윽한 향기를 온몸에 지니면서, 너, 보리는 이제 모든 고초(苦楚)와 비명悲鳴을 다 마친 듯이 고요히 머리를 숙이고, 성자 聖者인 양 기도를 드린다.

5

이마 위에는 땀방울을 흘리면서, 농부는 기쁜 얼굴로 너를 한아름 덥석 안아서, 낫으로 스르릉스르릉 너를 거둔다.

너, 보리는 그 순박하고, 억세고, 참을성 많은 농부들과 함께 자라나고, 또한 농부들은 너를 심고, 너를 키우고, 너를 사랑하면서 살아간다.

6

보리, 너는 항상 순박하고, 억세고, 참을성 많은 농부들과 함께, 이 땅에서 영원히 사라지지 않을 것이다.

3. 〈보리〉 크로노토프와 시대정신

〈보리〉를 창작한 문학적 동기와 배경을 이해하기 위해서는 작가의 이력과 작품발표 당시의 시대적, 역사적 상황에 대한 인식이 필요하다. 특히, 수필은 작가가 체험한 소재를 대상으로 심오한 통찰을 통해서 획득한 심미적이고 철학적인 깨달음의 고백이라는 점에서 그러하다.

한흑구의 국내 문단활동은 20대 초반의 미국 유학기에 시작된다. 일제 침략기인 1929년 미국 시카고 노스파크 대학에 유학하면서, 1931년 22세의 나이로 ≪동광≫지에 단편소설 〈황혼의 비가〉를 발표하면서 문단에 나온다. 그 후, 2년 뒤인 1933년 필라델피아 템플 대학 신문학과로 전학하면서 ≪동광≫지에 수필 〈젊은 시절〉과 〈북미대륙방랑시편〉을 발표하면서 적극적으로 문단활동에 나선다. 이듬해인 1934년 모친 위독으로 귀국한 뒤 월간잡지 ≪대평양大平壤≫과 순수문예지 ≪백광白光≫을 창간하여 주재한다.

그는 고향인 평양에 뿌리를 내렸으나 1939년 '흥사단' 일원으로 독립운동을 하다가 1년간 옥고를 치른다. 평소 입신양명에 무심한 탓에 작품집 한 권도 출판하지 않고, 일제의 끈질긴 억압과 회유에도 결코 친일작품을 쓰지 않는다. 그래서 임종국은 "단 한 편의 친일 문장도 남기지 않은 영광된 작가"로 헌사를 바친 바 있다.

해방 후, 그는 1945년 10월 조만식 선생의 권유와 도움으로 월남하지만, 서울을 떠나 1948년부터 포항에 자리를 잡은 뒤, 포항수산대학교에서 후학 양성과 다양한 장르를 넘나들며 창작에 전념한다. 그는 평소 진리탐구를 좌우명으로 삼고, 안빈낙도의 노장철학적 은둔생활과 고매한 문학적 이상을 앞세워 현실과 거리를 둔 초연한 삶을 산다.[2]

한흑구가 1955년에 수필 〈보리〉를 발표한 것은 이런 그의 철학과 무관하지 않다. 이 해는 일제의 36년에 걸친 침략과 압박으로부터 해방된 지 10년째가 되는 해인 동시에, 육이오 동족상잔이 휴전협정으로 수습된 지 2년 후가 된다. 그는 이 작품으로 40여 년의 외침과 전란 속에서 핍박을 받아온 이 땅의 민초民草들이 인고와 자유에의 지향의식으로 조국을 어떻게 지켜왔는지를 예찬禮讚 형식으로 증언한다.

이러한 예찬 뒤에는 3가지 유기적인 힘에 대한 통찰이 숨어있다. 즉,

---

2) 한흑구, ≪탄생 100주년 기념 한흑구문학선집≫(아시아, 2009), 13~17쪽.

보리처럼 극한의 환경과 싸우면서 고귀한 생명과 이 땅을 지켜온 민초들의 인내와 투지 외에도, 그들을 사랑으로 지켜온 성자적인 품성과 순박하고 억세며 참을성 많은 민족혼(National Soul)과 민족정신, 그리고 그런 한계 상황 속에서도 보리처럼 삶의 뿌리를 굳건히 내리게 한 조국의 유기적 상호작용에 주목한다. 따라서 이 작품에서의 예찬은 보리만을 대상으로 한 것이 아니다. 오히려, 보리의 사계四季를 가능케 한 구성요소들(보리, 농부, 땅 등)의 상호작용을 구조적으로 예찬하고 있다고 보아야 한다.

작가는 그 예찬의 시점을 1955년으로 잡는다. 여기서 작가의 예찬은 수필 〈보리〉를 보조관념으로 일제의 억압과 육이오 전쟁으로 입은 민족의 비극적인 상처를 치유하기 위한 심미적 기능과 연결시킨다. 이를테면, 〈보리〉의 창작은 오랜 침략과 전란으로 피폐해진 이 땅의 민초들에게 다시 민족혼을 일깨우고 민족정신을 되살려주고 싶은 작가적 욕망의 표출이다. 따라서 작가는 민초들의 흔들리는 민족혼과 생의 욕망을 깨우기 위한 사명감에서, 보리의 사계를 객관적 상관물로 설정하여 증언담의 형식으로 창작한다.

이 작품의 어조語調가 예찬 형식인 것도 이러한 논리를 뒷받침한다. 보리의 끈질긴 삶의 방식과 인고의 미덕에 대한 예찬은 곧 우리 민족에 대한 예찬이자 용기와 희망을 불어넣는 길이기 때문이다. 게다가 알레고리의 표층구조 속에 보리의 사계를 내재시킴으로써, 보리 이야기는 민초들의 이야기로 확대지칭되어 민초들의 예찬으로 전이轉移된다. 따라서 이 예찬형 수필은 당대의 역사적 상황과 시대 환경에 대한 작가의 깨달음을 문학적으로 구현한 결과로 볼 수 있다.

그런 점에서 〈보리〉는 일제 식민통치와 동족상잔의 상처를 끈질기게 극복해낸 이 땅의 민초들에 대한 알레고리적 격문檄文이자 문학적 고백이다. 작중에서 보리가 차가운 눈과 추운 겨울 날씨와 대결하면서 보여준 고난극복의 방법은 크게 세 가지이다. 첫째, 고통스런 외적 환경을 이겨내는 보리의 내적 자생능력. 둘째, 그런 보리를 심고 키우며 살아가는 농부들의 사랑. 셋째, 보리와 농부의 영적 교통과 합일적 대응력 등이다. 이러한 보리의 삶의 방법은 일제 식민통치와 육이오의 전쟁 상처를 이겨낸 우리 민족과 민초들의 이야기인 원관념을 불러내어 하나로 통합된다.

4. 알레고리의 구조와 기법

1) 이야기의 기본구조

〈보리〉의 이야기는 연결법으로 조직된 순차적인 배열구조를 보여준다. 늦가을-겨울-초봄-늦봄-여름으로 이어지는 계절의 흐름 속에서, 보리는 '파종-착근과 성장-번식-성숙-수확-영속적 존재'의 순환체계를 보여준다.

이러한 보리의 일생은 이 수필의 스토리 구성방식과 일치한다. 일반적으로 모든 문학작품의 구성방식은 주제의 형상화와 작가의 설득전략과 연결되어 있다. 따라서 〈보리〉의 계절적 순환성은 거시적이고 통시적인 관점에서는 외침에 시달려온 우리 민족의 삶 전체를 암시하고, 미시적이고 공시적인 관점에서는 일제 식민통치와 육이오의 전란 속에서도 살아남은 우리 민족의 끈질긴 생존성을 상징한다.

이것을 노드롭 프라이의 미토스 유형론에 적용시켜 보면, 이 수필은 바람직하지 않은 시공간에서 이야기가 시작되어 바람직한 시공간에서 마무리되는 특성을 보인다. 즉, 보리는 늦가을 추위 속에서 파종을 하여 싹이 튼 뒤 겨울을 거쳐, 바람직한 초봄과 늦봄, 수확의 계절인 여름으로 순환하면서 일생을 마친다. 이러한 보리의 일생은 다시 후대로 이어져 파종과 성장, 번식, 성숙, 수확의 사이클을 보여주면서 영존永存의 패턴을 보여준다.

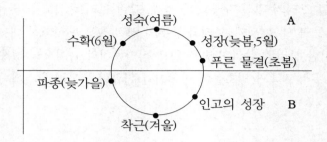

위 그림에서 A는 바람직한 차원을, B는 바람직하지 못한 차원을 가리킨다. 보리 이야기는 바람직하지 못한 차원에서 파종하여 겨울의 착근기를 거치고 인고의 성장기를 지나 푸른 보리물결을 이루는 초봄을 맞는다. 그 후 보리는 늦봄의 성장기와 여름의 성숙기를 통과하여 수확의 계절에 이른다. 이러한 보리의 순환 사이클은 5장과 6장에서 확인된다. 즉, "너, 보리는 순박하고 억세고, 참을성 많은 농부들과 함께 자라나고, 농부는 너를 키우고 사랑하며 살아간다." 그리고 "보리, 너는 농부들과 함께 이 땅에서 영원히 사라지지 않을 것이다."에서 영원한 순환성을 암시함으로써 보리가 역경과 시련에 결코 좌절하지 않고 성장함을 보여준다.

그러므로 이 작품은 비극과 희극이 하나의 원으로 이어져 순환하는 구조를 보여준다. 늦가을 파종기에서 겨울의 투쟁기를 거쳐 인고의 성장을 지속하는 과정은 비극의 계절이다. 그 후, 초봄을 지나 늦봄의 성장기와 여름의 성숙기 및 수확기까지는 희극적 계절이다. 비극은 이야기가 바람직한 차원(A)에서 바람직하지 않은 차원(B)으로 하강하거나 전락하는 유형을 보여준다면, 희극은 바람직하지 않은 차원에서 바람직한 차원으로 상승하는 유형을 보여준다.

특히, 이 작품은 바람직한 차원과 바람직하지 않은 차원의 경계쯤에서 이야기가 시작되어 전락하다가, 바람직한 차원으로 상승하여 끝난다는 점에서 비희극(Tragicomedy)의 구조를 보여준다. 이는 늦가을에 파종하여 겨우내 추운 땅 속에서 자란 뒤 봄, 여름을 거쳐 수확기를 맞는 보리의 사계四季를 이르는 말이다. 이러한 보리의 사계는 매년 동일한 패턴으로 반복되어 우리 민족과 운명을 함께해 왔다는 점에서 영존성을 띤다.

2) 알레고리의 구조를 찾아서

이 수필은 알레고리(allegory) 구조로 의미를 생성한다. 알레고리는 보조관념이 원관념을 명료하게 지시하는 특성을 갖는다. 이를테면, 이솝 우화에서 겉 이야기 뒤에 숨겨놓은 속 이야기의 교훈적 의미를 아이들이 쉽게 알아차리는 것도 이런 특성 때문이다.

일반적으로 문학적 상징은 소재인 보조관념(vehicle)을 반복적으로 환기시켜 주는 방식으로 숨겨놓은 원관념(tenor)을 암시한다. 이때 일반적 상징은 원관념과 보조관념의 대응관계를 多대 1의 관계로 설정하고, 보조관념이 반복적으로 암시하는 원관념은 심원한 본질세계나 무한한 관념세계를 지시한다. 이에 비해 알레고리는 양자 관계를 1대 1로 설정함으로써 상징의 주관적 애매성으로부터 벗어나게 한다. 그것은 또한 미적 가치보다는 당대의 삶의 문제에 가치를 둠으로써, 교훈적이고 윤리적인 교시적 기능을 전달하는 데 주로 활용된다.[3]

〈보리〉는 알레고리의 이중구조 속에 주제를 숨기고 있다. 이 작품의 표층에 배열된 중요한 보조관념은 보리와 추운 겨울, 땅, 그리고 농부 등이다. 작가는 이 네 가지 보조관념 뒤에 원관념을 일대 일로 숨김으로써 이중구조가 만들어 내는 의미의 메커니즘을 구축한다. 보리는 늦가을에 파종되어 차가운 땅 속에서 싹을 틔우고, 겨우내 추위 속에서 성장한다. 이듬해 봄을 맞아 왕성한 번식과 성장을 거듭하다가 6월 훈풍이 불어오면 수확기에 접어든다. 수확한 보리는 곡식으로 사용되거나 다시

---

3)金埈五, ≪詩論(제4판)≫(三知院, 1997), 203~205쪽.

늦가을 파종 시에 종자로 쓰여 농부들과 함께 이 땅을 지키는 영원한 생명력을 보여준다.

여기서 보리는 이 땅을 지키는 민초들의 상징소로 해석되고, 그것이 겪는 역사의 질곡은 두 가지 의미를 지닌다. 공시적 관점에서는 당대의 고난을, 통시적 관점에서는 모든 민족적 고난을 지시한다. 그러한 고난과의 투쟁에서 자신의 생명과 민족을 지켜야 하는 것이 민초들의 삶이자 국가가 그들에게 부여한 사명이다. 같은 논리로, 차가운 겨울은 민족이 처한 역사적 질곡의 상황을 뜻하고, 땅은 조국의 지리적 공간을, 농부는 민족정신이나 민족혼(National Soul)을 암시한다.

따라서 보리는 민초들을 가리키고, 땅은 조국의 영토를, 추위는 외세의 침략과 억압상황을, 농부는 민족혼을 가리키게 된다. "너, 보리는 ……했다." 식의 예찬禮讚형 어조를 패턴화하는 것도 개인적 삶보다는 숭고한 민족사적 삶의 방식을 몽타주 형식으로 강조하려는 데 목적이 있다. 그래서 이 작품은 일제와 육이오 전쟁으로부터의 해방과 자유를 보리의 사계四季를 빌려 우화寓話화하고 있다는 해석이 가능해진다.

5. 2인칭 서술과 시점미학

이제, 2인칭 서술시점에 대하여 언급할 차례이다. 〈보리〉는 2인칭 수필의 전형을 보여준다는 점에서도 문학사적 의미가 크다. 수필에서 1인칭 주인물시점과 관찰자시점을 즐겨 사용하는 것은 그것이 작가의 체험을 고백하는 문학이라는 점과 관련이 있다. 수필에서 1인칭 주인물시점은 작가가 자신의 체험을 직접 진술하는 형태이고, 1인칭 관찰자시점은 작가가 관찰자가 되어 주인물의 행동을 객관적으로 서술하는 방식이다.

2인칭 시점은 1인칭 관찰자시점과 유사한 기능을 갖는다. 수필에서는 작가가 부인물로 참여하여 관찰자가 된다는 공통점을 보이지만, 관찰의 질과 양에 분명한 차이를 보인다. 2인칭 서술자는 1인칭 관찰자처럼 단순한 객관적 관찰에 머무는 것이 아니다. 그것은 원론적으로 주인물과 같은 공간에 머물렀거나 어떤 사건을 공동체험을 했을 때 가능한 시점이라는 점에서, 2인칭 서술자는 주인물에 대한 목격자나 증언자의 처지에서 서술하는 특성을 보인다. 따라서 2인칭 서술은 1인칭 관찰자서술에 비해 보다 객관적으로 증언하는 형식으로 진실성의 순도를 높일 수 있다. 물론 화자도 자신에 관한 서술은 거의 배제한 채, 객관적으로 목격한 정보만을 집중적으로 서술하는 특성을 보인다.

수필에서 2인칭 시점은 이런 서술상의 특이성으로 인해서 독특한 어조와 분위기를 창조한다. 물론, 서술자의 목격담은 증언 형식에 머물기 때문에 일방적일 수밖에 없지만, 주인물은 서술자의 증언 내용과 목소리를 조용히 경청하고 있는 듯한 상황을 연출한다. 이 점에서 2인칭 서술은 미하일 바흐친이 제창한 이야기의 구성요소 간에 벌이는 특별한 대화적 상황을 연출한다. 서술화자는 혼자 말하고, 주인물은 그 화자의 말을 침묵 속에서 경청하는 독특한 구조와 분위기를 생성한다. 그러므로 2인칭 수필은 1인칭 화자의 이야기에서 맛볼 수 없는 독특한 소통체계 속으로 독자를 이끈다.

〈보리〉의 독특한 대화적 상황은 2인칭 서술형식과 알레고리 구조가 결합하면서 이야기의 객관성과 진실성의 순도를 높이는 데 기여한다. 그리고 표층에 배열된 보리에 대한 미덕 예찬은 심층에 숨겨놓은 이 땅의 민초들이 보여준 민족 차원의 예찬을 등가적 의미로 환기한다. 그런 뜻에서 보리 예찬은 단순한 예찬이 아니다. 그것은 오랫동안 억압해왔던 비극적인 역사적 상황을 바람직하게 극복하여 해방과 자유를 획득한 민족 전체에 대한 위로와 긍지의 언어이다.

이렇게 볼 때, 한흑구가 1955년 〈보리〉를 통해 선보인 2인칭 수필은 당시로서는 새로운 서술형식에 대한 실험적 도전으로 보인다. 그는 20대 초에 미국에 유학한 작가답게 당시로서는 선구적인 2인칭 서술미학에 눈뜨고 있음이 분명하다. 이 작품 속에서 2인칭 화자는 동토凍土의 환경 속에서 보리가 순박하고 참을성 많은 농부와 함께 역경을 극복해가는 삶의 방식을 의인화하여 구조화함으로써, 그것이 곧 민족의 삶의 방식에 대한 예찬임을 깨닫게 한다.

따라서 이 작품은 작가 한흑구가 가깝게는 일제 침략과 육이오 사변의 국난과 멀게는 유구한 역사 속에서 반복되어온 외세 침입을 맞아, 보리처럼 그 역경을 이겨낸 이 땅의 모든 민초들의 국난극복 의지와 그 결과를 통시적 관점에서 예찬하는 이야기로 읽을 수 있다. 이 수필이 이상화의 〈빼앗긴 들에도 봄은 오는가〉(1926)와 육사의 〈광야〉(1946), 윤동주의 〈서시〉(1948), 김수영의 〈풀〉(1968) 등과 함께 민족문학사적 전통과 계보를 잇는 상호텍스트적 대화성을 지니는 것도 그 때문이다.

6. 환유의 수사전략과 패턴

〈보리〉에 내재된 다양한 비유법들은 궁극적으로 환유의 기능을 중심으로 구조화된다. 환유는 '한 실재물의 이름을 인접한 다른 실재물을 지칭하는 데 사용하는 것'으로 정의한다.[4] 이러한 환유의 핵심기능은 지시물에 대한 지칭기능과 인접성에 바탕을 두고 있다.

이 작품은 환유의 기능을 활용하기 위해서 비유의 창조 단계를 3단계로 구조화 한다. 1단계는 알레고리 구조를 통해서 환유의 비유적 토양을 마련한다. 여기서 비유적 토양이란 환유의 메커니즘을 장치하기 위해서 작품의 이야기 구조를 표층과 심층의 2중구조로 창조하는 것을 말한다. 그 결과, 표층구조에는 보리 이야기가 보조관념으로 자리 잡고, 심층구조에는 인간 이야기가 원관념으로 상정된다.

알레고리 구조가 설정된 후에는 보조관념과 원관념을 일대 일로 연결

---

4) 임지룡, ≪인지의미론≫(탑출판사, 1999), 190~191쪽.

시키기 위한 의인화의 단계에 들어간다. 의인법은 인간이 아닌 동식물이나 자연물에게 인간의 속성을 부여하는 것으로서 동화나 우화, 전설 등에 많이 쓰인다. 그 결과 보리 이야기는 인간의 이야기로 전이轉移되어 3단계의 비유화 단계로 이행하게 된다. 의인화 단계에서 작가는 인간 이야기로 전이된 표층의 보리 이야기가 환유와 제유의 기능을 발휘할 수 있도록 이야기의 구성요소를 기능적으로 배열한다. 이렇게 하면, 표층에 배열된 보리 이야기의 구성요소인 '농부', '보리', '땅', '겨울(추위)' 간의 상호관계는 심층 이야기의 추상적 구조요소와 일대 일의 대응관계를 환기하도록 구조화 된다.5)

따라서 보리 이야기의 보리, 농부, 땅, 겨울(추위)은 확대지칭의 환유 원리에 의해 민족 전체 이야기의 구성요소인 민초들, 민족혼, 조국, 외침 상황 등을 암시하게 된다. 여기서 보리 이야기의 구성요소들은 보리의 삶과 사계四季를 구조화하는 요소들로서, 각기 민족의 삶의 방법과 구조를 지칭한다는 점에서 제유적 성격을 띠기도 한다.

이러한 〈보리〉의 환유구조 속에서 작품 속의 비유적 어구들은 이제 객관적 해석의 근거를 획득하게 된다. 이를테면, "옛 늙은이의 가르침"은 조상이 내려준 전통과 민족성을 암시하고, "칼날같이 매서운 바람"과 "얼음같이 차디찬 눈", "모든 고초와 비명"은 일본의 침략과 북한의 전쟁이 가져온 박해와 속박 등을 가리킨다. "유월의 훈풍", "노고지리 우짖는 새파란 하늘", "산 밑을 훤히 비추어 주는 태양"은 외환外患을 극복하고 맞게 되는 해방과 자유의 회복 등을 시사한다. 그리고 "고요히 머리를 숙이고, 성자聖者인 양 기도를 드린다."는 우리 민족의 성숙성과 민초들의 성자와 같은 포용과 용서의 마음을 지시한다. 또한 "항상 순박하고, 억세고, 참을성 많은 농부들과 함께, 이 땅에서 영원히 사라지지 않을 것이다." 등의 의미도 우리 민족의 영존성永存性을 상징한다.

작가는 이러한 환유구조를 매 연마다 반복적으로 서술하는데, 여기에

5) 김욱동, 《은유와 환유》(민음사, 1999), 218쪽.

는 두 가지 수사적 기능이 숨어있다. 먼저, 보리의 특성과 삶의 방식을 패턴 형식으로 모아 전형적 성격으로 보여주고자 한다. 전형성이란 어떤 인물의 성격과 특성이 그가 속해 있는 집단이나 계층, 신분, 직업 등을 대표하는 것을 말한다. 보리의 전형화는 알레고리의 원관념인 우리의 민족성을 보편화하여 환기시키기 위한 전략이다. 또한 환유 패턴은 불행한 역사 속에서도 결코 좌절하지 않고 소생하는 우리 민족의 강한 생명력을 예찬하는 데 주어진다. 이러한 전략을 통해서 작가는 한민족의 에토스적 특성을 순박성, 인내성, 지향성, 강인성, 생명성, 영존성 등으로 전형화한다. 숭고성으로 합일되어 성자성聖者性을 나타내는 보리의 에토스적 성격은 용서와 포용성을 지닌 우리 민족의 정체성을 환기시켜 준다.

작중에서 보리 예찬은 통사구조 패턴과 호격 패턴, 예찬 패턴 등으로 구체화 된다. 의미 있는 사건과 행동을 반복 제시하는 패턴은 주제의 형상화는 물론 인물의 성격을 효율적으로 창조하는 데 활용된다. 먼저, 통사구조 패턴은 "너, 보리는~"을 주어로 갖는 복문이나 중문에서 〈열악한 환경(조건)+너, 보리는(호격)+어찌 어찌 하였다.〉의 서술 구조를 보여준다. 이는 보리가 열악한 환경 속에서도 끈질기게 자라고 성숙하여, 이 땅에서 영원히 사라지지 않을 것임을 반복적으로 보여줌으로써 보리의 성격을 보편화, 전형화한다.

둘째, 2인칭 호격 패턴과 예찬 패턴 또한 보리의 품성과 성격을 전형화하는 데 활용된다. 호격 패턴은 모두 10회에 걸쳐 사용되는데 두 가지 유형으로 분류된다. 도입부 1장과 종결부 6장에서는 "보리, 너는~"의 유형(A)이, 중간부분인 2장부터 5장까지는 "너, 보리는~"의 유형(B)이 사용된다. A형은 호격조사를 생략한 동격의 주어를 사용하여 보리를 강조하는데, 이는 본래 호격조사가 "~해라체"를 쓸 상대에게만 사용한다는 문법규칙에 따른 것이다. '보리'는 개인이 아닌 '민초들' 전체를 지시하고 있기 때문에 해라체의 호격조사 '~아'와 '~야'를 쓸 수 없는 것이다. B형의 경우는 '보리'와 동격인 인칭대명사 '너'를 앞세워 보리를 의인화하여 강조함으로써, 그것이 바로 '민초들'이 원관념임을 환기하는 전략이다. 이때 특수조사 '~는'은 다른 식물에 비해 보리의 성격이 순박하고 억세며 참을성이 많음을 강조하기 위한 서술기법이다.

그리고 2인칭 호격 패턴을 사용한 것은 화자의 서술이 목격자와 증언자적 어조를 사용하는 것이 설득력과 호소력을 얻는 데 유리하기 때문이다. 특히, 2장에서는 특수조사 '만'을 사용하여 "너, 보리+만은~"을 쓰고 있는데, 이 또한 '보리'를 선택적으로 대비시켜 강조하기 위한 전략이다. 이 수법은 보리가 암시하고 있는 이 땅의 민초들의 삶의 자세와 방법 등을 알레고리적 상징으로 자리 잡게 하고, 예찬의 근거 진술에 독자의 시선을 집중시키기 위한 전략이다. 그러므로 이러한 패턴들은 보리의 알레고리적 원관념을 특성화하고 전형화 하는 데 기여한다.

셋째, 계절의 순환 패턴도 의미심장하다. 이는 5장의 "너, 보리는 그 순박하고, 억세고, 참을성 많은 농부들과 함께 자라나고, 또한 농부들은 너를 심고, 너를 키우고, 너를 사랑하며 살아간다."와 6장의 "보리, 너는 항상 순박하고, 억세고, 참을성 많은 농부들과 함께, 이 땅에서 영원히 사라지지 않을 것이다."란 마지막 문장에서 발견된다. 예컨대 순환적인 보리의 사계는 우리 민족의 영원성을 상징하기 위해 도입한 패턴이다. 여기서 추위가 찾아오는 늦가을과 겨울은 민족의 수난기를 상징하고, 봄과 여름은 외세의 침략과 억압으로부터 해방되어 그 본래의 미덕과 정체성을 회복하는 시절이다.

넷째, 다양한 패턴들을 시간 몽타주(montage)의 형식으로 모아 들려주고 있다는 점도 시사적이다. 시간 몽타주는 동일한 공간에서 다양한 시간대에 발생한 사건을 모아 제시하는 기법이라는 점에서 우리 민족의 고난극복의 삶을 통시적으로 보여주기 위한 미적 장치라고 할 수 있다. 그런 기법을 통해서 작가는 보리로 상징되는 한민족의 끈질긴 삶의 방식을 강조하여 예찬한다.

7. 인물의 성격과 전형성

이미 앞에서 언급한 것처럼, 이 작품은 알레고리 구조로 조직되어 있어서 보리와 농부, 땅, 추위 등은 등장인물로서의 중요한 기능을 수행한다. 이제 작중에 내재된 인물들의 전형적 성격을 살펴볼 차례이다.

먼저, 이 땅은 보리들이 묻혀 있는 "차가운 땅 속"이지만, 농부들에게는 보리를 심고 가꾸면서 희망을 키우는 곳인 동시에, 보리에게는 깊이 뿌리박고 자라는 "생명의 보금자리"로 표현된다. 따라서 농부가 '갈고 손질하는' '밭과 논'은 다름 아닌 작가의 조국이 된다. 그 곳은 늦가을부터 초봄, 늦은 봄, 여름을 거쳐 다시 늦가을 파종의 시기까지 보리가 "그 순박하고, 억세고, 참을성 많은 농부들과 함께 자라나고, 그 농부들이 보리를 심고, 키우고 사랑하면서 살아가는 조국의 대지이다.

늦가을의 추위와 칼날같이 매서운 바람, 얼음같이 차디찬 눈으로 상징되는 환경은 그것이 외부에서 다가오는 기류의 흐름이라는 점에서 일제 식민통치나 육이오 전쟁을 원관념으로 갖는 알레고리적 의미소이다. 그런 외적 환경이 이 땅에 들어와 보리로 상징되는 민초들을 "고초苦楚와 비명悲鳴" 속에서 살게 한다. 하지만 보리들은 "어둡고 찬 눈 밑에서도" "장미꽃 향내를 풍겨오는 그윽한 유월의 훈풍薰風과, 노고지리 우짖는 새파란 하늘과, 산 밑을 훤히 비추어 주는 태양을 꿈꾸면서, 오로지 기다림과 희망 속에서 아무 말이 없이 참고" 견디며 자란다. 그런 의미에서 새파란 하늘과 태양은 우리 민족이 갈망하는 해방과 전쟁이 주는 공포로부터의 자유를 암시하게 된다.

농부의 전형적 성격은 늦가을 "밭을 갈고, 논을 잘 손질하여서" 차가운 땅 속에 보리를 묻어 놓고, "차가움에 응결된 흙덩이들을, 호미와 고무래로 낱낱이 부쉬 가며", 보리가 "추위에 얼지 않도록 주의해서 굳고 차가운 땅 속에 깊이" 심어 놓고, "어두운 들길을 걸어서", "희망의 봄을 머릿속에 간직하며 굳어진 허리도 잊으면서 집으로 돌아오곤" 했다는 서술 속에서 발견된다. 그리고 '항상 순박하고, 억세고, 참을성 많은' 존재로서 보리를 심고, 키우고 사랑하며 살아가는, "이 땅에서 영원히 사라지지 않을" 보리의 동반자로 묘사됨으로써 농부는 민족혼과 민족정신의 원관념으로 환기된다.

마지막으로 '보리'는 이 수필의 주인물이다. 보리는 농부가 '차가움에 응결된 흙덩이들을, 호미와 고무래로 낱낱이 부숴 가며, 추위에 얼지 않도록 주의해서 굳고 차가운 땅 속에 깊이 심어 놓고', '옛 늙은이의 가르침을 잊지 않으며, 희망의 봄을 머릿속에 간직하며 정성껏' 길러온 존재였다. 여기서 "옛 늙은이의 가르침을 잊지 않으며"는 농부들이 보리를 조상의 전통적인 재배법에 따라 경작해왔음을 의미한다. 그러기에, "칼날같이 매서운 바람이 너의 등을 밀고, 얼음같이 차디찬 눈이 너의 온몸을 덮어 엎눌러도, 너는 너의 푸른 생명을 잃지 않았었다.", "지금, 어둡고 찬 눈 밑에서도, 너, 보리는 장미꽃 향내를 풍겨 오는 그윽한 유월의 훈풍薫風과, 노고지리 우짖는 새파란 하늘과, 산 밑을 훤히 비추어 주는 태양을 꿈꾸면서, 오로지 기다림과 희망 속에서 아무 말이 없이 참고 견디어 왔으며", "온 겨울의 어둠과 추위를 다 이겨내고, (중략) 너, 보리는 이제 모든 고초苦楚와 비명悲鳴을 다 마친 듯이 고요히 머리를 숙이고, 성자聖者인 양 기도를 드린다."고 예찬한다. 그리고 확신에 찬 어조로 "보리, 너는 항상 순박하고, 억세고, 참을성 많은 농부들과 함께, 이 땅에서 영원히 사라지지 않을 것이다."라고 예찬하는 것이다.

이렇게 볼 때, 농부는 보리를 정성껏 파종한 뒤 사랑으로 경작한다. 이에 보리는 새파란 하늘과 태양을 꿈꾸면서 모든 고난을 초극한 성자의 모습으로 살아간다. 성자의 이미지는 온갖 고난 속에서도 광복과 자유를 꿈꾸며 시련을 극복해온 이 땅의 모든 민초들의 모습을 환기한다. 이를 위해, 작가는 보리와 농부의 영원한 동반자 관계를 환유의 메커니즘 속에 끌어들여 민초들과 민족혼의 영속적인 삶을 지칭하도록 구조화한다. 보리로 상징된 민초들의 역경과 고난의 삶을 함께 지켜온 것은 바로 민족혼, 혹은 민족정신이기 때문이다. 이런 알레고리적 상징구조 속에서 보리와 겨울, 땅, 농부는 각기 당대의 민초들과 역사적 시련, 조국, 민족혼의 원관념으로 환기되면서 전형성을 획득한다.

8. 호소구조와 그 작동방식

알레고리가 만들어 내는 〈보리〉의 구조 속에는 파토스, 에토스, 로고스, 영성 등이 상호작용하는 미적 울림공간이 내재한다. 먼저, 파토스적 울림은 공감각을 동원한 묘사적 문장 속에서 발견된다. '차갑고 어두운 땅속'은 촉각과 시각, '산새들만 나지막하게 울고 있던 무덤가와 억새풀 더미가 갈대꽃 같은 솜꽃을 싸늘한 하늘에 날리는 장면'에서는 시각과 청각을 동원한다. 보리가 '억센 팔들을 내뻗치고 깊이 뿌리박고 자라는 장면'에서는 근육감각을, '장미꽃 향내를 풍겨오는 그윽한 유월의 훈풍과, 노고지리 우짖는 새파란 하늘과 쌀쌀한 바람'에서는 후각과 촉각, 청각, 기관감각 등 공감각을 사용하여 독자의 풍부한 정서를 촉발한다.

둘째, 에토스적 울림은 이 수필 속에 풍성하게 깔려있는 보리의 삶의 방식과 성격 등에서 생성된다. 즉 "칼날같이 매서운 바람이 너의 등을 밀고, 얼음같이 차디찬 눈이 너의 온몸을 덮어 엎눌러도, 너는 너의 푸른 생명을 잃지 않았었다.", "지금, 어둡고 찬 눈 밑에서도, 너, 보리는 장미꽃 향내를 풍겨 오는 그윽한 유월의 훈풍薰風과, 노고지리 우짖는 새파란 하늘과, 산 밑을 훤히 비추어 주는 태양을 꿈꾸면서, 오로지 기다림과 희망 속에서 아무 말이 없이 참고 견디어 왔으며"라는 대목 등에서 발견된다. 이는 극한 상황 속에서도 생명을 잃지 않고 모든 고초와 비명을 이겨내는 보리의 인내와 투쟁 의지 속에서 확인된다. 이는 곧 결코 소망을 버리지 않는 이 땅의 민초들의 성격과 낙관적 지향의식으로 환기되면서 더 큰 울림을 창조한다.

셋째, 로고스적 울림은 이 작품의 알레고리적 논리와 패턴이 만들어내는 의미작용 속에서 인지된다. 알레고리의 설득 논리는 이 수필의 이중 구조적 의미작용을 작동시킨다. 표층의 보리와 땅, 겨울, 농부 등의 보조관념이 엮어내는 이야기 구조는 심층의 민초와 조국, 역사적 시련, 민족혼 등을 원관념을 환기하면서 의미론적으로 구조화된다. 이러한 이중구조의 의미작용은 표층과 심층을 울림통으로 통합하여 명료한 환기작용과 함께 교훈성을 효과적으로 전달한다. 그뿐만 아니라, 이 수필 속에는 보리의 삶의 순환구조를 비희극의 논리에 실어 들려줌으로써 그것을 민족의 이야기로 전이시켜 울림을 창조한다.

넷째, 영적 울림은 세 가지 수사적 근거 속에서 읽어낼 수 있다. 먼저, '모든 고초와 비명을 다 마친 듯이 고요히 머리를 숙이고, 성자聖者인 양 기도를 드리는 보리의 모습' 속에서 영성이 감지된다. 보리가 고통스런 추위와 싸워야 하는 과정에서 겪는 모든 고초와 비명을 극복하는 모습은 초월성과 숭고성 그 자체이다. 그래서 작가는 보리를 '성자聖者인 양 기도를 드리는' 모습으로 비유하고 있다. 성자의 삶은 세속적 삶과 고통으로부터의 초월성에서 찾을 수 있고, 성자는 그러한 초월성을 통해서 우주적 본질세계와 교통하면서 하나로 합일된다. 이러한 성자의 존재는 진선미의 합일적 실천자로서 숭고성을 미의식으로 현현시킨다는 점에서 존경의 대상이 된다.

"항상 순박하고, 억세며, 참을성 많은 농부들과 함께, 이 땅에서 영원히 사라지지 않을 것이다."라는 언급 속에서 발견되는 영성은 바로 보리의 영속적인 존재성을 강조하는 데 사용된다. 반복되는 시련 속에서도 죽지 않고 푸른 생명을 보이는 보리의 영속적인 삶과 존재방식을 영원성과 연결시키고 있다는 점에서 영성의 한 차원으로 읽을 수 있다.

그리고 "옛 늙은이의 가르침을 잊지 않으며"의 문장에서는 그것이 바로 민족혼과 민족정신에 내재된 전통과 얼을 지시한다는 점에서 영성의 상징소로 인식된다. 민족혼은 혈연적 공동체 집단 속에서 개개인의 사상을 공동의 이념으로 수렴시킨 집단 영혼이란 점에서 영적인 힘을 갖는다. 그런 영적인 차원의 투쟁력과 초월성 때문에 작가는 보리가 "영원히 사라지지 않을 것이다."라고 확언하고 있는 것이다.

그러나 문제는 이러한 호소구조의 울림통들이 유기적으로 얽혀 상호작용하면서도 효율적인 양질의 울림을 만들어내지 못한다는 점에 있다. 이런 문제점은 이야기의 기본구조와 수사적 장치들이 만들어 내는 빈약한 호소구조에 가장 큰 원인이 있다. 그뿐만 아니라, 지나치게 선명한 예찬 형식의 수사적 패턴과 문장 등이 만들어 내는 강한 교훈성도 미적 울림을 방해하는 요인으로 작용한다.

9. 저항담론의 기호학적 해석

이제, 주제의 세계를 탐색할 차례이다. 이 수필의 주제는 알레고리의 이중구조에 의해 창조된다. 표층에는 보리의 사계가 형상화 되어 있고, 심층에는 역사적 국난기에 민초들의 삶의 방식이 원관념으로 암시되어 있다. 여기서 보리는 이 땅의 민초들을 상징하고, 추위는 그들을 억압하는 역사적 환경을, 그리고 보리를 기르는 농부는 민족혼을 상징한다. 아래 그림은 보리의 사계를 중심으로 의미작용의 기본구조를 표상한 것이다.

먼저, 상부구조인 '영원한 생존'과 '생존 투쟁', 하부구조인 '농부들 사랑'과 '추운 겨울'은 대립관계를 형성한다. 긍정적 축의 상부구조인 '영원한 생존'과 부정적 축의 하부구조인 '추운 겨울', 부정적 축의 상부구조인 '생존 투쟁'과 긍정적 축의 하부구조인 '농부들 사랑'은 각기 서로 모순관계를 구축한다. 그리고 '영원한 생존'에 대한 '농부들 사랑'과 '생존 투쟁'에 대한 '추운 겨울'은 각기 내포관계를 형성한다.

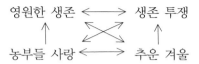

이 도표에서 보리는 '추운 겨울'이라는 악조건 하에서 생존 투쟁과 성장을 지속한다. 보리의 성장과 생존을 위한 투쟁 환경은 "차가운 대기 속에서도", "날이 갈수록 해는 빛을 잃고, 따스함을 잃었어도", "칼날같이 매서운 바람", "얼음같이 차디찬 눈" 등의 서술 속에서 인지된다. 보리의 이러한 생존조건은 농부들의 사랑에 힘입어서 영원한 생존의 순환성을 획득하게 된다. 여기서 농부들의 헌신적인 사랑은 5장의 두 번째 단락인 "너, 보리는 순박하고 억세고, 참을성 많은 농부들과 함께 자라나고, 농부는 너를 키우고 사랑하며 살아간다."와 6장의 "보리, 너는 항상 순박하고, 억세고, 참을성 많은 농부들과 함께 이 땅에서 영원히 사라지지 않을 것이다."라는 문장 속에서 만난다. 그리고 이러한 환경 조건 속에서 보리가 획득한 투쟁결과는 영원한 생존이다.

그러므로 의미작용의 기본구조에 알레고리 구조를 대입해보면, 이 작품의 갈등상황이 어떤 변증법적 논리에 의해 주제로 형상화되는가를 확인할 수 있다. 부정적인 축의 하부구조인 '추운 겨울'은 일제의 식민통치를 비롯한 육이오 전쟁에 의한 민족의 '역사적 시련'으로, 그 상부구조인 '생존 투쟁'은 시련을 맞은 '민족의 투쟁'을, 긍정적인 축의 하부구조인 '농부들 사랑'은 '민족혼의 사랑'으로, 그 상부구조인 '영원한 생존'은 '민족의 영원성'으로 유추된다.

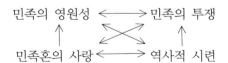

이렇게 볼 때, 이 작품은 단순한 보리의 사계 이야기를 뛰어 넘는다. 오히려 그 이면에 민족의 저항담론이 숨어있음을 확인하게 된다. 이것을 해석하면, 우리 민족은 갖가지 역사적 시련 속에서 생존투쟁을 벌여 왔으나(부정적 상황), 민족혼과 민족정신의 사랑에 힘입어 민족의 영원성을 지켜나간다(긍정적 상황)는 논리가 성립한다. 그러므로 통시적 관점에서 확인되는 민족혼의 민초 사랑과 역사적 시련을 투쟁을 통해서 극복하는 민족정신의 끈질긴 전통은 우리 민족을 지키는 집단적 정체성 (National Identity)으로 인식된다.

10. 예찬형 수필과 문제점들

끝으로, 이 수필의 몇 가지 문제점에 대하여 살펴보려고 한다. 우선, 이 수필은 산문시의 기법을 활용하여 이야기의 문학성을 창조한다. 이러한 구조미학은 작가가 〈수필의 형식과 정신〉에서 밝힌 "수필은 하나의 산문시적인 정신으로써 창작되어야 할 것이며, 줄이면 한 편의 시가 되어야 할 것이다."[6]라는 논리에 바탕을 두고 있다.

그럼에도 독자적인 수필이론을 작품으로 형상화하는 과정에서 몇 가지 문제점을 노출시키고 있다. 전체 6장으로 구성된 작품 속에서 장별 이야기의 분량에 현저한 차를 둠으로써 구조상의 부조화를 낳는다. 이것은 시 구성에서는 가능한 일이지만, 산문형식의 수필에서는 이야기 분량의 불균형성이 그 구조와 의미작용에 영향을 주는 것이 사실이다.

두 번째로 언급할 것은 영탄조의 2인칭 호격呼格 사용 문제이다. 거의 모든 장에서 언급되고 있는 "너, 보리만은", 혹은 "너, 보리는"은 너와 보리를 동격으로 의인화하여 사용함으로써 보리를 강조하는 효과를 거둔다. 이러한 호격의 노림수 뒤에는 보리가 알레고리의 상징소(보조관념)

---

6) 한흑구, 앞의 책, 202쪽.

로 쓰이고 있다는 것을 암시한다. 또 그만큼 중요한 의미가 숨어있기에 패턴을 사용하여 원관념을 반복적으로 강조한다.

하지만 영탄적 호격, 혹은 돈호법頓呼法이 갖는 의미는 소박하고 평이하며, 담백한 문장을 본질로 하는 수필문장의 전통에서 다소 벗어나 있다. 영탄적 호격 패턴은 어조와 의미를 지나치게 강조함으로써, 감정 절제를 중시하는 수필 문장의 전통과 충돌한다. 이러한 표현기법은 국난기에 강인한 삶을 이끄는 민족혼을 드러내는 데는 성공하고 있으나, 잦은 강조가 오히려 문학적 울림을 상쇄시키는 역효과를 낳게 한다.

세 번째는 군데군데에서 발견되는 비문非文의 사용이다. 1장의 두 번째 문장인 "너는 차가운 땅 속에서 온 겨울을 자라왔다."에서 "온 겨울을"은 "겨우내"로 쓰는 것이 바른 표현이다. 이 문장을 작품의 서두에 올려놓은 것도 부담스럽다. 서두는 보리의 파종에 대한 이야기의 공간이기 때문이다. 2장의 "이제, 모든 화초는 지심地心 속에 따스함을 찾아서 다 잠자고 있을 때, 너, 보리만은 그 억센 팔들을 내뻗치고, 새말간 얼굴로 생명의 보금자리를 깊이 뿌리박고 자라 왔다."에서도, "보금자리를 깊이 뿌리박고 자라 왔다."는 비문이다. 보금자리는 공간개념으로서 무엇인가가 뿌리박을 대상이지, 그 스스로 뿌리박을 수는 없다.

이러한 비문들은 산문시의 차원에서는 '시적 허용'의 관습에 따라 얼마든지 성립될 수 있다. 하지만 이 텍스트는 수필작품이라는 점에서 논란의 대상이 된다. 수필의 어휘와 문장은 담백성과 평이성을 미덕과 본성으로 갖는다. 바로 이 점에서 한흑구는 산문시적 수필이라는 새로운 형식 실험을 기도하고 있으나, 그 실험의 긍정적 효과에도 불구하고 지나친 시화詩化에 경도됨으로써 혼란에 빠진 것으로 볼 수 있다.

이렇게 볼 때, 한흑구의 수필 〈보리〉는 견인주의자의 삶을 유지해온 이 땅의 민초들에 대한 예찬을 통해서 숭고미의 한 차원을 열고 있다. 하지만 예찬의 목소리보다 미의식의 울림이 크지 않은 것은 이 작품의 미학적 한계로 작용한다. 이 수필이 독자를 깊이 있게 흔들지 못하는 것은 바로 지나친 예찬과 극단적인 시 형식의 도입에서 그 원인을 찾을 수 있다. 특히 2인칭을 활용한 예찬형 수필은 그 창의성에도 불구하고, 강한 주제의 형상화에는 성공했으나 상대적으로 미적 울림은 약화시키는 결과를 초래하였다.

그럼에도 한흑구의 〈보리〉는 한국 현대수필사에 2인칭 서술미학을 도입한 알레고리 수필로서의 역사적 가치와 의미를 갖는다.

〈참고문헌〉

김준오. ≪시론≫. 삼지원, 1997.
김천혜. ≪소설 구조의 이론≫. 문학과지성사, 1990.
오규원. ≪현대시작법≫. 문학과지성사, 1990.
자크 뒤부아 외. ≪일반 수사학≫. 용경식 옮김. 한길사, 1989.
John MacQueen. ≪알레고리≫. 송낙헌 역. 서울대학교출판부, 1980.

06
김태길의 〈대열〉

1. 수필의 구조미학을 찾아서

한국 현대수필에 편재遍在된 불만 중의 하나는 작품구조에 대한 무관심이다. 여기서 구조란 작품을 구축하는 구성요소 상호간의 유기적 관련방식을 일컫는 말이다. 흔히는 플롯과 구조를 동일시하는 경향이 있으나 서로 구별되는 개념이다. 플롯이 이야기의 미적 배열방식이라고한다면, 구조는 단어와 문장을 비롯한 인물, 사건, 시공간, 플롯 등의모든 구성요소들의 상호 관련방식을 총칭한다.

모든 문학작품의 의미는 그 구조에서 나온다. 독자를 감정이입의 세계로 인도하는 미적 울림도 기본적으로 작품구조가 만들어 내는 예술적인 공감의 힘이다. 이러한 구조의 힘은 평면적 층에서는 단어와 문장들의 결합방식에서 창조되지만, 입체적으로는 이야기 요소들의 예술적 결합에 의해 생성된다. 따라서 작가가 작품의 미적구조에 대하여 무관심할 경우, 수필작품은 허약한 울림구조 속에 갇히게 된다.

특히, 작품의 소재(스토리)를 미적구조로 전환하는 핵심원리인 플롯에 대해 무관심할 경우, 텍스트는 작가의 미적 창작의도가 배제된 단순한 줄거리의 순차적 배열에 불과하게 된다. 플롯은 예술성이 약한 스토리를 감동이 큰 미적 이야기로 전환시키는 배열원리라는 점에서 작가들에겐 중요한 탐구 대상이다. 게다가, 수필은 짧은 분량으로 독자를 설득하는 산문 장르라는 점에서 더욱 정교한 플롯과 구조미학이 필요한 것이 사실이다.

그럼에도 한국 현대수필 작가들은 플롯이 소설의 전유물인 양 관심을 보이지 않는다. 그것이 곧 작가의 미적 창작의도임을 인정하고 깊이 있게 탐구하여 작품화할 때, 한국 수필의 미학적 발전을 기대할 수 있을 것으로 본다. 이러한 기본적인 과제를 해결하지 않고, 문장력과 말맛에만 의존하거나 특이한 소재만을 찾아 나설 때, 한국 수필의 미래는 밝지 않다. 이제는 더 이상 수필을 붓 가는 대로 쓰는 글이라든지, 무형식의 형식이라는 선배들의 자찬自讚적이고 과장적인 수사학을 곧이곧대로 받아들여서는 곤란하다.

텍스트의 구조미학에 대한 자각과 탐구가 없는 한, 한국수필은 시와 소설의 주변문학이라는 오명을 벗어나기 쉽지 않을 것이다. 작품의 미적구조와 그 예술적 울림으로 경쟁하고, 삶의 철학을 창의적 형식미학으로 형상화하는 전략의 축적 없이 수필 장르의 발전은 기대하기 어렵다. 헨리 제임스가 소설에는 백만 개의 창窓이 있다고 주장한 것도 기실은 이야기의 다양한 구성미학을 강조한 말이다. 이제, 김태길의 〈대열〉을 텍스트로 하여 수필 텍스트의 구조미학과 플롯의 중요성을 살펴보게 될 것이다.

2. 분석 텍스트의 선정

수필 〈대열〉의 분석 텍스트를 선정하기 위해 두 작품에 대한 검토가 필요했다. 한 편은 윤재천이 엮은 ≪나의 수필쓰기-한국대표 수필가 72인 이론과 실제≫(문학관, 2002)에 실린 것이며, 다른 한 편은 샘터사에서 발간한 ≪초대≫에 수록된 작품이다. 전자는 편저자가 이미 8년 전에 출간한 ≪隨筆作法論−63인人의 理論과 實際)≫(세손, 1994)을 수정 보완한 것으로서, '작법'과 함께 '대표작'으로 수록되어 있고, 말미에는 '창작노트'까지 실려 있어서 선정대상으로 뽑았다.

이에 비해, 샘터사 본은 세손 본을 부분 개작한 것으로서 세 가지 측면에서 구조와 내용상의 변화를 보였다. 첫째는 이야기의 분량을 3.2매쯤 줄였다. 둘째는 두 번째 꿈 이야기를 삭제한 뒤 그 자리에 꿈 이야기의 창작배경과 동기를 수록하였다. 셋째는 꿈 이야기의 줄거리와 문장을 간결하게 다듬었다. 그러나 샘터사 본은 적지 않은 분량을 개작했음에도 몇 가지 문제를 노출시키고, 오히려 문학성을 약화시키는 결과를 낳았다. 따라서 필자는 출판 연도도 가장 늦고, 예술성도 풍부하며, 무엇보다도 작가 자신이 대표작으로 뽑고 창작노트까지 제시한 문학관 본을 분석 텍스트로 선정하였다.

〈대열〉

2층 유리창 아래는 바로 큰 한길이다. 길은 동서로 뚫려 있다. 이미 많은 대열隊列이 지나갔고 지금도 행진은 계속되고 있다. 서쪽에서 동쪽으로 행진하는 사람들과 동쪽에서 서쪽으로 행진하는 사람들이 아우성을 치며 서로 엇갈린다. 동쪽으로 가는 사람들은 제각기의 평복으로 차린 군중이다. 그들은 도보로 걸어가고 있다. 서쪽으로 가는 사람들은 군복 차림의 장정들이다. 그들은 군용 트럭 또는 장갑자동차를 나누어 타고 호기롭게 행진하고 있다.

대열에 끼여 행진하는 사람들은 모두 한결같이 분노와 흥분에 가득 차 있다. 그들은 분명히 서로 미워하고 있음에 틀림이 없다. 그들은 서로 고함을 치며 나무란다. 그러나 차분한 이야기를 나누지는 않는다.

나는 2층에서 그 행렬을 바라보고 있었다. 2층에도 많은 사람들이 모여들었다. 그들도 모두 상당히 긴장한 표정이다. 이 구석 저 구석에서 수군대는 소리가 들린다. 도대체 무슨 행렬인지 궁금하다는 것이다. 그리고 왜 저렇게 서로 미워하며 맞서는 것인지 모르겠다고 묻는 사람도 있다.

"저 사람들은 말이지요……." 하고 약간 큰 목소리가 설명하기 시작했다. 여러 사람들의 궁금증을 풀어 주려는 어떤 친절한 마음이 발동한 모양이다. 모두들 그 목소리 쪽으로 귀를 기울인다. 목소리의 주인공은 약간 유식해 보이는 그런 풍모의 인물이었다.

그 유식한 사람의 설명에 따르면 저 대열의 사람들은 본래 모두 같은 편이다. 동쪽으로 가는 사람들과 서쪽으로 가는 사람들이 서로 같은 편일 뿐 아니라 그들은 모두 우리 2층의 구경꾼들과도 본래 한편이라고 그는 가르쳤다. 행렬 속의 사람들이나 대열 밖에서 바라보는 사람들이나 모두 다 같이 남북으로 뚫린 길을 걸어 같은 목적지로 가야 할 형편이라는 것이다.

"같은 편이면 왜 저렇게 서로 반대합니까?" 하고 어떤 깐깐한 목소리가 물었다.

"거기에는 두 가지 이유가 있을 것입니다." 하고 유식해 보이는 사람이 대답을 한다. 그 두 가지 이유의 하나는 목적지에 도달하는 방법에 대한 견해의 차이라고 한다. 즉, 한편에서는 동쪽으로 가야 빠르다 하고 다른 편에서는 서쪽으로 가야 빠르다고 우긴다는 것이다.

그 이유의 또 하나는 약간 은밀하다. 두 대열의 적어도 한편은 자기네의 사사로운 이익을 크게 고려하고 있다는 것이다. 동쪽 또는 서쪽 길을 택하여 가는 도중에서 얻는 이익이 서로 다른 까닭에 그럴듯한 명분을 내세워 자기네의 행로를 고집한다는 것이다. "어쩌면 쌍방에 모두 사심이 있을지도 모르지 않느냐"고 누가 낮은 목소리로 물었다. 그러나 유식한 사람은 이 물음을 묵살해 버렸고 청중들도 그 물음을 별로 탐탁히 여기지 않는 기색이었다.

유식한 사람에게 귀를 기울이던 사람들이 갑자기 창가로 와 몰려갔다. 노상의 두 행렬 사이에 실랑이가 벌어진 것이다. 한편에서는 돌을 던지고 다른 한편에서는 이름 모를 기구를 사용하여 연기 같은 것을 뿜어댄다. 한길은 금방 수라장이 되었고 흥분의 여파는 2층에까지 밀려온 듯하였다. 이때, 2층의 출입문이 열리며 몇 사람의 젊은이들이 뛰어들었다. "여러분들은 이렇게 구경만 하시깁니까." 동쪽으로 가는 대열에 속하는 것으로 보이는 그들은 마구 소리를 지른다. "자, 우리와 행동을 같이 하십시다. 양심이 있는 분이라면 우리 대열에 들어오십시오."

몇 사람이나 되는지는 모르나 2층에서 구경하던 군중의 일부가 그들을 따라 나섰다. 나 자신도 뭔가 어떻게 해야 할 것 같은 생각이 들었다. '양심'이라는 말이 소심한 나에게는 꽤 큰 자극이 되었는가 보다. 그러나 어느 길이 과연 옳은 것인지 아직 확신이 서지 않아 머뭇머뭇하고 있을 때 이번에는 군복 차림의 건장한 사람들이 문을 박차고 들어선다.

"당신네는 뭐하는 사람들이기에 이렇게 방관만 하는 거요. 당신네는 이 나라 국민이 아니란 말이요. 우리는 회색분자를 가장 미워하오."

서슬이 퍼런 그들의 꾸지람에 2층 사람들은 크게 위축을 당한 분위기였다. 모두들 꿀 먹은 벙어리처럼 묵묵히 서 있다. 이때 "자, 우리도 같이 나갑시다." 하고 누군가가 소리를 쳤다. 이 소리에 이끌리듯 또 몇 사람이 그 뒤를 따라 거리로 뛰쳐나갔다.

내게도 이 이상 더 우물쭈물할 수는 없을 듯한 강박관념이 엄습해 왔다. 그러나 이왕에 늦은 길이니 확실한 것을 알고 태도를 결정해야 하겠다는 생각이 들어 슬그머니 옥상으로 올라갔다. 옥상에서 내려다보면 상황 전체를 좀 더 정확하게 파악할 수 있을 것 같은 느낌이 앞선 것이다.

하늘은 맑게 개어 있었다. 옥상에서 바라보니 상당히 먼 곳에까지 시선이 미친다. 그 유식한 사람들이 말한 '남북으로 뚫린 길'이 어디에 있는가 하고 나는 사방을 두루 살폈다. 과연 저 먼 곳에 그 비슷한 것이 보인다. 그러나 워낙 먼 거리에 떨어져 있으므로 동쪽으로 가는 것이 가까울지 그 반대 방향으로 가야 가까울지 좀처럼 판단이 서지 않는다.

아물아물한 시력을 다시 조정할 생각으로 나는 두 눈을 감았다. 감았던 눈을 뜨고 다시 응시한다. 먼 곳의 안개가 걷히는 듯, 눈앞이 약간 밝아오는 듯한 느낌이다. 마침내 내 나름의 판단이 섰다.

바로 거리의 대열에 뛰어들까 하다가 2층 그 방에 잠깐 들렀다. 내가 옳다고 믿는 판단을 그 곳 군중에게 전하고 행동을 같이함이 마땅하다고 생각했기 때문이다. 그러나 2층에는 아무도 없었다. 벌써 각자의 생각에 따라 거리의 대열 속에 참가한 모양이다. 거리의 인파는 훨씬 더 불어나 있었다.

갑자기 초조한 생각이 휘몰아친다. 빨리 내려가려고 서두른다. 그러나 어찌된 셈일까. 발에 신이 없이 맨발로 서 있는 것이 아닌가. 어디에 벗어 놓았는지 기억이 없다. 마침 책상 밑에 헌 운동화가 한 켤레 보였다. 아무거나 대신 신으려 했으나 발에 맞지 않는다. 되는 대로 끼고 문으로 달려간다. 그러나 문은 밖으로 잠긴 듯 아무리 밀어도 열리지 않는다. 뒷문으로 달려가 보았으나 역시 마찬가지다. 생각다 못해 창문으로 달려갔다. 마침 유리창 하나가 열려 있다. 나는 앞뒤를 헤아릴 여유도 없이 그 창밖으로 뛰어 내렸다. 눈앞이 아찔하며 잠이 깨었다.

늦잠이 들었던 모양이다. 동창이 훤히 밝아 있다. 날씨가 봄날처럼 푹한 탓인가, 뜰에서는 아이들의 떠드는 소리가 요란하다. 창문을 열고 내다보니, 이웃 아이들까지 와서 줄넘기가 한창이다. 뒤숭숭하던 꿈자리의 머리도 식힐 겸 옷을 갈아입고 뜰로 나섰다. 어린이들은 나에게 아침 인사를 한다. 그리곤 "아저씨도 줄넘기 같이하셔요." 하는 것이었다. 잠시 동심으로 돌아가는 것도 좋을 법하기에 혼연히 초대에 응하였다.

두 아이가 줄 양단兩端을 잡고 열심히 돌린다. 벌써 몇 어린이가 돌아가는 줄 사이로 뛰어들어 사뿐사뿐 뛰고 있다. 나보고도 빨리 들어오라고 재촉한다. 그러나 어찌된 셈인지 들어가지지 않는다. 나도 어렸을 때는 제법 잘했는데 도무지 박자를 맞출 수가 없다. 줄 밑으로 뛰어든 아이들의 수가 부쩍 늘었다. 줄은 점점 빨리 돌아간다. 나도 꼭 들어가야 체면이 설 것 같다. 그러나 언제 어떻게 뛰어들어야 될지 몸이 말을 듣지 않는다.

나는 크게 심호흡을 세 번 거듭했다. 그리고 운명을 하늘에 맡기는 기분으로 무작정 돌아가는 줄 밑으로 뛰어들었다. 줄이 발목에 걸리며 몸이 '시멘트' 바닥에 나뒹굴었다. 그 순간 또 잠이 놀라 깨었다.

등에는 식은땀이 흘러 있었다. 다시는 잠이 오지 않는다. 1974년도 이제 다 갔다는 생각이 나를 더욱 슬프게 한다. 정말 고개를 들 수 없는 한 해였다. 꿈에서도 그랬듯이, 어떻게 해야 할지조차 모르고 어물어물 지내온 한 해였다.

3. 〈대열〉 크로노토프와 작가의 길

수필은 시대와 무관한 개인적인 미적 체험의 기록일 수 있다. 다른 한 편으로는 시대가 작가에게 작품을 쓰도록 예술적 동기를 부여하기도 한다. 전자는 수필이 작가의 개인사를 반영한다면, 후자는 당대의 사회 역사적 환경이 작품을 잉태시킨다. 미하일 바흐친에 의하면, 전자든 후자든 크로노토프는 이야기를 구성하는 기본적인 사건 조직의 중심원리로서, 구체적인 재현의 중심이자 이야기 전체에 실체를 부여하는 힘이다.

이 수필은 1974년도에 발표된 작품이다. 군사정권이 유신체제를 선언한 지 1년쯤 뒤에 창작되었다는 점에서 크로노토프적 의미는 강렬하다. 그 무렵은 역사적으로는 군사독재가 정치적 억압을 시작하고 대학생들은 열렬한 항거의 몸짓을 보여주었던 시절이다. 작가는 당시 국립대학교의 철학교수이자 양심적 지성을 가진 윤리학자로서, 또는 삶의 진실을 고백하는 수필가로서의 삶을 살고 있었다.

이 작품은 그런 시대상황 속에서 전개된 개인과 사회의 관계에 대한 문학적 고백이다. 이를테면, 정부와 대학생들의 첨예한 갈등 속에서, 당대의 지성인이 양심과 윤리 차원에서 겪어야 했던 자신의 삶의 철학과 행동양식에 대한 번민의 기록이다. 김태길이 '창작노트'에서 밝힌 것처럼[1], 군사정부는 학생들의 데모를 막아달라는 부탁을 하고, 학생들은 자기들과의 동조를 원하는 분위기 속에서 작가는 고뇌한다. 대부분의 교수들은 학생들 편이었으나, 그들이 좌익 색채를 띠기 시작하고 정부가 북한의 도발 조짐을 선전하면서 갈등과 고뇌는 깊어져만 갔다.

작가는 어느 날 두 대열의 갈등을 노골적으로 반영한 꿈을 꾸었다. 그 꿈의 내용을 그대로 기록한 것이 이 작품이었다는 진술을 통해서 〈대열〉은 당대의 거울로서의 상징성을 띤다. S. 프로이트의 주장처럼, 꿈이 현실에서 달성될 수 없는 소망충족의 무의식적 표현양식이라면, 꿈으로 이끈 현실의 억압 또한 짐작이 간다. 그런 점에서, 이 작품은 진리를 탐구하는 철학자로서의 양심과 정의를 추구하는 윤리학자로서의 도덕성, 그리고 삶의 진실을 고백하는 수필작가로서의 삼중 고뇌가 잉태시킨 결과물이라고 할 수 있다. 작가는 이 작품으로 뼈아픈 트라우마를 안겨준 수치심의 출처를 용기 있게 고백한다.

그러나 당대의 역사현장을 방관한 문학적 고백을 어떻게 평가해야 하는가? 여기서 작가의 처지는 이청준의 〈병신과 머저리〉에 등장하는 주인물을 닮았다. 그는 육이오의 전선에서 후퇴하던 중, 동굴 속에서 김이병의 총살을 방관한 죄의식 때문에 생성된 트라우마로 괴로워하는 인물이다. 정찬의 소설 〈슬픔의 노래〉에서 폴란드 작곡가 헨릭 구레츠키가 던진 역사의 강을 건너는 두 가지 방법에 대한 명언도 작가의 처지를 안타깝게 되묻는다. 이 세 작품이 공유한 상호텍스트적 주제 속에 그 답이 내재한다.

4. 이야기 구조와 꿈의 메커니즘

1) 이야기의 기본구조

이 수필의 기본구조는 인과적으로 짜여있다. 작가는 두 개의 연속된

---

1) 윤재천 엮음, ≪나의 수필쓰기≫(문학관,2002), 178~179쪽.

꿈 이야기를 원인으로 1974년도의 삶을 되돌아보고 그 결과로서 부끄러움을 돌려받는다. 물론 인과적인 꿈 이야기의 앞에는 부끄러운 삶이 전제되어 있으나 작품 속에서는 생략되어 있다.

1972년 10월부터 시작된 유신체제하에서 군사정부와 대학생들의 이념적 갈등은 심각한 상황으로 치닫고 있었다. 그때 작가는 어느 대열에도 참여하지 못한 채 방관자적 태도를 보였다. 그 시절의 삶이 얼마나 고통스런 것이었는지는 작품과 창작노트에도 소상히 밝혀져 있다. 그 무렵, 국가의 혼란기에 사회적 현실참여에 무관심했던 작가의 윤리적 부끄러움은 심각한 정신적 트라우마를 생성시켰다. 작품에 등장하는 두 편의 꿈 이야기는 바로 그런 자기반성적 통찰과 무의식 세계의 기록이다.

작품의 구조를 지탱하고 있는 두 개의 꿈은 동일한 주제를 함유하고 있다. 그것은 두 대열의 동조 요구에 지혜롭게 대응하지 못하여 소외되고 만 작가의 행동양식이 몰고 온 부끄러움이다. 국가 발전을 명분으로 내건 역사적인 투쟁현장에서 현실참여에 대한 망설임은 무의식적 억압이 되어 마침내 두 개의 꿈으로 현몽現夢한다. 아래 그림은 수필 〈대열〉의 이야기 구조를 도형화 한 것이다.

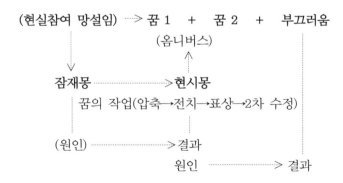

실제 현실 속에서 이루어진 현실참여에 대한 망설임은 꿈 1과 2의 현

몽 원인으로 작용한다. 꿈 1과 2는 그 망설임의 결과로서 생성된 무의식의 산물이며, 두 개의 꿈은 부끄러움이라는 트라우마를 재인식하게 만든다. 이렇게 볼 때, 이 수필은 인과성의 논리로 이야기를 배열한다. 즉, 1974년 정부와 대학생들 간의 치열한 정치적 대결 상황에서 작가의 소극적인 현실 대응방법에 대한 자책을 원인과 결과의 틀로 보여주고 있다는 말이다.

두 개의 꿈을 옴니버스 구조에 담은 것도 이채롭다. 동일한 주제를 서로 다른 꿈 이야기로 들려주는 옴니버스의 미적 기능은 꿈의 생성원인을 강조하는 데 있다. 하루 저녁에 두 개의 꿈을 꾸게 한 현몽의 직접 동기는, 두 대열의 첨예한 갈등구조 상황에서 현실참여의 기회를 놓친 것에 대한 양심의 가책과 부끄러움이다. 무의식 속에서 투사된 심리적 스트레스가 너무 커서 동일한 주제의 꿈을 꾸게 했다는 사실에 강음부가 실려 있다.

2) 꿈의 메커니즘과 양심고백

두 개 꿈 중에서 꿈 1은 현실 속의 체험이 그대로 반영된 현시몽現時夢이다. 작가는 꿈속에서 대학생들과 정부군이 충돌하는 장면을 2층에서 내려다본다. 함께 2층에 있던 사람들은 군중심리에 휩쓸려 대열에 참여하지만, 소심한 성격의 작가는 보다 객관적인 판단을 얻기 위해 망설이다가 실기失機한다. 뒤늦게 초조감에 허겁지겁 창문으로 뛰어내리던 중 아찔함 속에서 잠을 깨는 이야기이다. 이어지는 꿈 2에서는 늦잠을 자다가 아이들의 줄넘기 놀이에 초대를 받는다. 하지만 몸이 말을 듣지 않고 박자를 맞출 수 없어서 무작정 뛰어들다 줄에 걸려 나뒹구는 이야기이다.

이 두 꿈 이야기는 동일한 주제를 갖고 있다는 공통점을 지니고 있다. 꿈 1은 현실상황을 생생하게 반영한 것이라면, 꿈 2는 꿈 1을 다른 이야기로 바꾸어 투사한 것에 불과하다. 두 편의 꿈속에서 작가는 현실참여에 대한 지나치게 신중한 판단을 꾀하다가 실기失機하여 낭패를 당하는 이야기이기 때문이다. 따라서 꿈 2는 꿈 1과 내용은 다르지만 동일한 주제를 다시 한 번 전치轉置시켜 강조하는 기능을 수행한다. 이러한 전치 기능은 작가의 무의식 속에 각인된 트라우마가 심각한 수준이었음을 암시한다. 작가의 무의식적 원망이 잠재몽潛在夢의 형태로 숨어 있다가 '꿈의 작업'을 통하여 꿈 1의 현시몽으로 나타났고, 잠시 후 그 트라우마가 다시 모습을 바꿔 꿈 2로 현몽하는 구조를 보여준다. 이것은 단순한 반복이 아니라, 특별한 무의식적 원망의 강조적 투사이다.

일반적으로 프로이트가 주장한 꿈의 메커니즘은 〈무의식적 사고나 원망→잠재몽→꿈의 검열→꿈의 작업(압축→전치→표상→2차 수정2))→현시몽〉의 과정을 거치게 된다. 문제는 꿈 2의 주제가 꿈 1과 동일한 것이라면, 왜 왜곡(검열)과정과 전치과정을 거쳐 어린이의 줄넘기 놀이로 현몽했는가 하는 점이다. S. 프로이트는 ≪정신분석 입문≫에서 어린이의 꿈의 특성에 대해 밝힌 바 있다. "우리가 구하고 있는 왜곡되지 않은 꿈은 어린아이에게서 발견할 수 있다." "이들 꿈에는 왜곡도 없었고, 그러므로 해석의 필요도 없었다. 왜냐하면 현시몽과 잠재몽이 일치하고 있었다." "어린아이의 꿈은 분노·동경·원망 등이 충족되지 않은 전날의 경험에 대한 반응이다. 이 원망은 꿈속에서 직접적으로 그대로 채워진다."3)고 말한다.

이렇게 볼 때, 꿈 2의 '줄넘기 놀이'는 작가가 현실 속에서 현실참여의 기회를 놓침으로써 낭패를 당한 부끄러움에 대한 원망이 다시 한 번 투사된 것으로 볼 수 있다. 그러기에 줄넘기라는 어린아이들의 집단놀이로 현몽한 것이 아니겠는가. 그리고 그 줄넘기 놀이에서 박자도 맞추지 못하고, 몸이 말을 듣지 않는 것도 그가 망설이다가 기회를 잃었음을 상징한다. 작가의 정신적 부담과 심리적 트라우마는 두 번의 꿈으로 그

---

2) 리처드 윌하임, ≪프로이트≫, 이종인 옮김(시공사, 2002), 132~136쪽.
3) 위의 책, 118~120쪽.

치지 않는다. 그러한 무의식적 원망은 수필창작으로까지 이어짐으로써 원망충족의 패턴을 형성한다. 따라서 작가의 원망충족 욕구는 그런 필연성 때문에 무의식 속에서 꿈의 재료들로 선택된다. 프로이트에 따르면, 꿈의 원천이 되는 재료는 '최근에 벌어진 사소한 일이나 어릴 적 경험, 신체적 욕구, 유형적인 꿈' 등이다. 이 중에서도 '최근에 벌어진 일'은 이 작품의 꿈의 원천을 설명하는 단서가 된다.

특히, 구조의 관점에서 1974년도에 보여준 작가의 부끄러운 행동을 노골적으로 표상한 꿈 1과 그것을 다시 전치시켜 보여준 꿈 2, 그리고 꿈 이야기를 수필로 고백하는 트라우마의 3단계 해소과정은 이 수필의 백미를 이룬다. 그럼에도 불구하고, 그 트라우마가 결코 해소되지 않는다는 점에 이 작가가 겪는 고통의 실체가 숨어있다.

5. 철학도의 이상과 현실의 딜레마

이 작품은 철학교수이자 윤리학자인 작가가 당대의 정치현실을 방관했다가, 그 결과로 얻은 정신적 트라우마 때문에 괴로워하는 이야기이다. 작가를 '어물어물하게' 만든 현실참여의 딜레마는 몇 가지로 추정된다. 먼저, 철학교수이자 윤리학자로서 양심과 윤리를 지키며 살아야 하는 부담감이다. 철학도가 꿈꾸는 유토피아란 현실에 존재하지 않을 수도 있다는 점에서 이해가 된다. 둘째는 국립대학 교수의 신분도 그의 선택을 어렵게 만들었을 수도 있다. 국가가 위기에 처해있을 때 정부의 부름에 순응하는 것은 당연하지만, 군사정부의 폭력과 좌파이념에 물들어가는 학생집단 사이에서 어떤 선택을 해야 하는가의 문제는 그에게 딜레마를 안겨주기에 충분하다.

셋째는 정치 이데올로기에 대한 회의도 한 원인이 되었을 법하다. 모든 이데올로기가 속성상 철학적인 한계성을 지니고 있는 한 어느 한쪽에 가담하기는 힘들었을 것이다. 최선이 어려우면 차선을 선택하는 것이 현실의 논리이지만, 양쪽 모두 결정적인 문제를 안고 있다면 현실참여는 어려울 수도 있을 것이다. 넷째는 작가의 소심한 성격도 한 원인으로 지목된다. 작가는 작중에서 자신의 소심하고 꼼꼼한 성격을 몇 군데에서 언급한다. "아직 확신이 서지 않아 머뭇머뭇하고 있을 때"나, "이왕 늦은 길이니 확실한 것을 알고 태도를 결정해야 하겠다는 생각이 들어" 등의 표현이 이를 반증한다.

이와 같은 몇 가지 원인들이 동기가 되어 그의 현실참여를 어렵게 만들었고, 결과적으로 그의 불행을 낳게 했다. 지나치게 신중하고, 계산적인 행동으로 현실참여의 시기를 놓쳐버림으로써 철학교수로서, 윤리학도로서, 수필작가로서 느끼는 부끄러움이 정신적 트라우마로 돌아오게 했다. 그 부담감이 두 번씩이나 동일한 주제의 꿈을 꾸게 했고, 등에는 식은땀이 흐르고, 잠 못 이루게 하며, "1974년도 이제 다 갔다는 생각이 나를 더욱 슬프게 한다. 정말 고개를 들 수 없는 한 해였다."라는 절망감을 토해내게 한다.

작가의 행동은 궁극적으로 그의 철학이나 성격에서 나오는 것이지만, 그런 상황을 뒤늦게나마 수필작품으로 고백하는 것도 쉬운 일은 아니라는 점에서 그의 지성과 품격을 돌아보게 한다. 트라우마는 그에게 지울 수 없는 상처로 남아있지만, 그 수치심의 근원을 용기 있게 밝힘으로써 잃었던 지성의 균형을 되찾는 수필가의 여유와 격조를 보게 된다. 이 수필이 당대의 침묵하던 수많은 지식인들에게 부끄러움을 안겨주고, 그들의 자화상이 될 수 있는 것도 이런 이유 때문이다.

6. 삼중화자의 원근법과 프럭시믹스

이 수필의 화자는 특이하게 설정되어 있다. 작품 속에는 두 명의 "나"

가 등장하지만, 구조적으로는 세 명의 "나"가 존재한다. 먼저, 작품에서는 생략되었으나 실제 현장에서의 체험주체이자 원元초점화자인 "나"이다. 다음으로 꿈속에서의 "나"는 원초점화자의 무의식적 자아로서 두 번째 초점화자라고 할 수 있다. 꿈속에서는 그 두 번째 "나"가 체험주체로 등장하기 때문이다. 그리고 꿈 이야기와 현실담을 하나의 텍스트로 묶어 들려주는 화자는 이 작품의 서술자이다. 이것을 그림으로 그리면 다음과 같다.

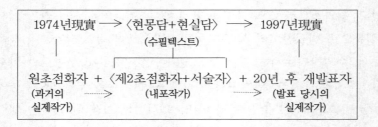

그런데, 이 작품 속에는 두 명의 초점화자와 1명의 서술자 외에도 1명의 발표자가 존재한다. 이야기(소재)의 원元체험주체는 과거 1974년도의 작가자신이고, 그 현실이 꿈으로 현몽할 때 꿈속의 체험주체는 제2초점화자가 되며, 그것을 수필로 꾸며 들려주는 자는 서술자가 된다. 텍스트의 서술자는 결말에서 이 수필이 1974년도 말에 쓴 것임을 밝히고 있으나, 20년 후 이 텍스트를 자신의 대표작으로 뽑고, 수필작법과 창작노트를 붙여 ≪수필작법론≫[4] 에 수록한 것은 1994년도의 실제작가이다.

원작 발표 후, 20년 만에 실제작가를 독자들 앞에 내세우고 창작노트까지 덧붙인 데는 그만한 이유가 있다. 일차적으로는 편저자의 출판 요구에 따른 것이겠지만 그 외에도 한두 가지 답변이 가능하다.

___
4) 윤재천. 앞의 책, 3쪽.

하나는 문학성의 측면이고, 다른 하나는 트라우마와 관련된다. 먼저, 문학성의 측면에서는 '꿈을 꾸게 만든 전前 현실'과 '꿈을 꾼 뒤의 후後 현실' 사이에 현몽담을 삽입하여, 두 현실과 무의식적 환상이라는 삼중 공간에서 들려오는 울림을 예술적으로 형상화하기 위한 전략이 숨어있다. 다른 하나는 20년이 흐른 뒤에도 지워지지 않는 트라우마를 다시 털어놓음으로써 수치심을 재인하는 모습을 보여준다. 이것은 그의 트라우마가 심각한 수준이었으며, 작가의 양심과 체면이 20년 동안 내면적인 싸움을 벌여왔다는 증거가 된다. 여기서 작가의 진정성과 만나게 된다.

두 번째 서술자의 특이성은 현몽담의 1인칭 서술자가 한길 옆 건물 2층에서 두 대립적인 행진대열을 지켜보고 있는 점이다. 2층은 시점자의 위치가 높아서 조망眺望 기능이 뛰어나고, 한길에서 벌어지는 사건을 원근법적으로 바라볼 수 있는 이점이 있다. 이러한 서술자의 공간적 위치는 대상에 대한 객관적 관찰을 가능하게 한다는 점에서 의미가 크다. 따라서 작가는 2층 유리창 아래에서 벌어지고 있는 두 대열의 폭력적인 대결과 그 대열을 함께 지켜보고 있는 2층 군중들의 반응까지도 살필 수 있는 처지에 있다.

그러나 작가의 객관적 관찰을 어렵게 만드는 요인이 등장한다. 양 대열에서 올라온 자들의 선동이 그것이다. 그들은 의도적으로 '양심'과 '회색분자', '방관' 등의 어휘를 사용하여 사람들의 군중심리를 자극한다. 그 결과 군중들은 잠시 후 동조자가 되어 거리로 뛰쳐나가고, 홀로 남아 있던 작가도 강박관념에 사로잡혀 상황 전체를 조망하기 위해 옥상에 올라가 먼 곳까지 응시한다. 마침내 판단이 서자 2층에 들러 동조자를 구하러 갔으나 아무도 없다. 초조한 생각에 무작정 창밖으로 뛰어내리다 잠이 깬다. 이러한 꿈속의 상황은 작가의 소심하고 치밀한 성격과 소외된 상황을 상징적으로 고발한다.

세 번째 서술 특성은 관계공간 혹은 관계거리의 개념인 프럭시믹스(Proxemics)를 활용하여 작가의 심리를 보여주고 있는 점이다. 인간이 개인적 삶과 사회적 삶을 영위하기 위해서는 타인과의 사이에 적절한 공간과 환경이 필요하다. 헤디거는 새나 동물들도 영역을 지키기 위해 도피거리, 임계거리, 개체거리, 사회거리가 필요함을 역설하였다.

이에 대해, 에드워드 T. 홀은 인간의 사회환경 속에서는 친밀거리, 개체거리, 사회거리, 공공거리 4가지만으로도 충분하다고 주장한다.[5] 밀접거리는 상호간의 감각 에너지의 입력이 높기 때문에 다른 사람의 존재가 뚜렷해지며 때로는 위압을 받게 된다. 개체거리는 비접촉적 집단의 구성원이 항상 갖고 있는 작은 방어영역으로서 생물이 자기와 타인 사이에 유지하는 눈에 보이지 않는 가상적인 영역이다. 사회거리는 공동체 내의 지배와 간섭의 거리이다. 공공거리는 서로간의 간섭 범위 밖에 있는 거리를 뜻한다.

이런 논리에서 볼 때, 작가가 창밖으로 뛰어내리기 전까지는 두 대열과 공공거리를 유지하고 있었다고 할 수 있다. 그때까지는 주위로부터 간섭을 받지 않은 비간섭의 범위에서 살았음을 의미한다. 2층에서 두 대열의 행진을 방관자적인 태도로 응시할 수 있었던 것도 공공거리에서 지켜보고 있었기 때문에 가능한 일이다. 이러한 공공거리 속에서는 실존공간인 개체거리가 보호받을 수 있지만, 관계성을 중시하는 사회거리 속에서는 실존공간을 보호해주는 개체거리가 집단의 이익이나 명분에 의해 지배당하게 된다. 작가가 꿈 1에서 두 대열의 행진과 폭력시위를 지켜보다가 양심, 방관, 회색분자 같은 민감한 용어에 자극받고 강박관념에 휘둘리기 시작하는 것도 그런 이유 때문이다.

사회거리 속에서 양심의 가책을 느낀 작가는 군중 속으로 무작정 뛰어들려다가 실패하자, 자신의 허약한 윤리의식을 자책한다. 이는 작가가 1970년대 중반의 혼란스런 정치현실 속에서 개체거리와 공공거리 속

---

5) 에드워드 T. 홀, ≪보이지 않는 次元≫, 김광문·박종평 역(세진사, 1991), 154~171쪽.

에 숨어살다가, 그 날의 폭력시위 현장을 목격한 뒤 사회거리 속으로 들어오게 되었음을 의미한다.

꿈 2는 작가가 역시 사회적 거리에서 아이들의 줄넘기 놀이 초대에 응하려고 노력하였으나, 도무지 박자를 맞추지 못하고 무작정 뛰어들다가 줄에 걸려 나뒹굴고 마는 이야기이다. 이 역시 개체거리와 공공거리에서만 존재하다가 사회적 거리로 들어왔으나 현실에 적응하지 못하는 자신의 행동을 고발하는 장면이다.

따라서 작가의 수필 쓰기는 사회거리 속에서의 모순된 삶의 방식에 대한 자기비판적 고백인 동시에 트라우마로부터 해방되기 위한 몸부림이라고 할 수 있다. 하지만 그의 트라우마는 1974년 수필을 발표한 뒤에도 치유되지 않는 양상을 보인다. 이런 증거는 그가 1974년 원작 발표 이후 2000년에 상당 분량의 개작을 단행한 뒤, 다시 2002년도에 창작노트까지 덧붙여 자신의 대표작으로 발표하는 애착을 보인 점에서도 확인된다.

7. 햄릿형 성격과 인간적 고뇌

작가의 외적 자아와 무의식 속의 트라우마와의 싸움은 수필창작 후에도 20년 이상 지속된다. 어쩌면 작가는 88년의 생애 동안 그 수치심을 안고 살았을지도 모른다. 이러한 비극과 불행은 어디에서 연유한 것일까?

W. 셰익스피어의 비극론을 언급할 필요도 없이, 인간의 행동은 성격과 불가분의 관계를 맺고, 또 자기철학이나 신념과 연결되어 있다는 점에서 그 트라우마의 뿌리를 짐작게 한다. 그러한 근거는 이 작품의 결말부와 '창작노트'6)만으로 충분하다. 당시의 대학교수들은 데모를 막아달라는 정부의 요청과 대학생들의 동조 요청 사이에서 번민하지 않을 수

---

6) 윤재천, 앞의 책, 178~179쪽.

없었다. '대부분의 교수들은 학생들 편이었지만, 학생운동이 좌익 색채를 띠기 시작했다고 느낀 뒤부터는 더욱 심각한 망설임에 빠지지 않을 수 없었다.'라고 실토한 바 있다.

이러한 고백적인 문장들 속에 작가의 현실참여를 망설이게 한 직접 원인이 들어있다. 그의 현실참여에의 망설임이 낳은 트라우마는 무의식 속에 간직되어 잠재몽 상태로 있다가 두 번의 꿈으로 현몽하여 작가를 괴롭힌다. 당대의 대표적인 철학자이자 윤리학자로서 명망이 높던 작가에게 사회 현실과 유신정부에 대한 비판적 성찰이 없을 리가 없다.

하지만 작가는 작품 속에서 자신의 소심한 성격을 지목한다. 물론 사회참여에 대한 용기가 약했을 수도 있고, 현실참여가 이념 교육에 중립적이어야 하는 교육자로서는 부적절하다고 판단했을 수도 있다. 또는 국립대학의 교수 신분도 현실참여를 망설이게 했을지도 모른다. 설사 학생들의 주장이 옳다고 해도 그들의 주장에 동조하는 것은 바로 정부에 반기를 든 형국이므로, 신중한 성격의 작가에게는 그 책임을 걱정하지 않을 수 없었을 것이다.

그러나 역사는 연습이 없는 일회적 삶의 기록이라는 점에서, 작가의 실수는 지워지지 않을 부끄러움의 상처로 남게 된다. 폴란드 작곡가 헨릭 구레츠키의 말처럼, 역사의 강을 건너는 방식에는 두 가지가 있다. 하나는 손쉽게 배를 타고 건너는 방식이요, 다른 하나는 강 자체가 되는 길이다.[7] 예컨대, 전자는 슬픔의 강이 흐르는 역사 현장에서는 방관자처럼 행동하고, 시간이 흐른 뒤 글쓰기를 통해서 그 죄의식에서 벗어나려고 노력하는 방식이다. 후자는 직접 역사 속에서 흐르는 강이 되어 슬픈 현실에 당당히 맞서고 참여하는 태도를 가리킨다. 이러한 사실을 모를 리 없는 작가이기에 그 부끄러움이 일생 동안 그 자신을 괴롭힌 것이라고 할 수 있다.

---

7) 정찬, <슬픔의 노래>, 제26회 동인문학상수상작품집(조선일보사, 1995), 74쪽.

그런 점에서, 작가는 햄릿의 성격과 유사성을 보인다. 햄릿은 아버지의 살해범이자 왕위 찬탈자로서 그의 어머니까지 아내로 삼으려는 숙부의 부도덕한 행동을 인지하지만, 확실한 실증을 찾기 위해 망설이다가 모두 죽는 참극을 맞는다. 여기서 햄릿은 그 신중성에도 불구하고 지나치게 소심하고 우유부단하여 기회를 놓치고 마는 지성인상의 전형을 보여준다. 작가 또한 객관적인 판단을 기다리다가 현실참여의 기회를 놓쳤다는 점에서 햄릿과 유사한 행동 유형을 보여준다. 햄릿은 신중한 판단을 위해 망설이다가 불행을 자초하는 지식인의 전형이라는 점에서 이 작품의 작가와 상호텍스트성을 공유한다.

8. 꿈의 기호학과 호소구조 분석

이제, 두 개의 꿈 이야기와 결말부의 현실 이야기가 만들어내는 의미구조의 메커니즘 속에서 주제를 해석할 차례이다. 이미 언급한 것처럼, 이 수필의 구조 속에는 생략된 현실 이야기가 숨어있다. 꿈 이야기는 작가가 보여준 1974년도의 부끄러운 행동이 변증법적 인식과정을 거쳐 현몽한 것이다. 여기서 작가의 꿈은 자신의 과거행동에 대한 모순을 다시 한 번 비판적으로 성찰하게 하는 동기로 작용한다.

작가에게 꿈의 소재를 제공한 과거의 바람직하지 못한 현실의 원망은 꿈1 속에서 실현된다. 이어지는 꿈 2는 치환과정을 거쳐 다시 한 번 꿈1과 동일한 주제를 반복적으로 암시한다. 꿈1이 꿈2의 형태로 전치된 것은 그만큼 꿈 1을 생성시킨 과거 현실의 고통이 심각한 것이었음을 뜻한다. 이러한 꿈의 메커니즘을 통해서 작가의 실수는 1974년도 한 해의 삶과 방식에 대한 가장 슬픈 자책의 대상이 된다. 여기서 작가가 겪는 자책은 현실참여에 대한 실기로 인하여 받게 된 지식인으로서의 양심의 가책과 그 수치심이다.

이제 기호학의 사각형으로 작가가 보여준 수치심의 논리를 분석해
보자.

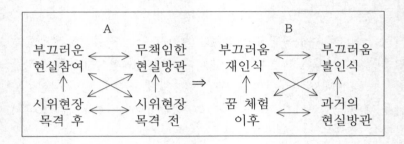

먼저, 그림 A는 꿈 1의 이야기를 의미작용의 기본구조로 표현한 것이
다. 시위현장을 목격하기 전에는 현실에 대한 방관적 태도를 보였으나,
시위현장 목격 후에는 부끄러움을 자각하고 뒤늦게 현실참여적 태도를
보인다. 이러한 변증법적 의식변화는 꿈 1의 결말부에서 초조함을 불러
오고 무작정 창밖으로 뛰어내리다 꿈을 깨는 이야기로 암시된다. 꿈속
에서 작가의 우유부단한 태도는 지나치게 소심한 성격이 빚어낸 것이
다. 그의 부끄러움은 자신의 행동을 양심이라는 심리적 거울에 비춰본
결과이다. 그래서 결말부에 이르러 작가는 하기 어려운 고백을 털어놓
게 된다. 예컨대, "등에는 식은땀이 흘러 있었다. 다시는 잠이 오지 않는
다. 1974년도 이제 다 갔다는 생각이 나를 슬프게 한다. 정말 고개를 들
수 없는 한 해였다."라고 실토한다.

그림 B는 전체 이야기 속에서 의미작용의 기본구조를 추상해 낸 것
이다. 과거의 현실 방관시에는 부끄러움을 크게 인식하지 못하다가, 꿈
체험 이후 부끄러움을 다시 한 번 인식하고 가슴 아파하는 모습을 보여
준다. 여기서 꿈은 과거 사실을 바탕(원인)으로 현몽한 것이라는 점에
서 과거의 원망을 노골적으로 드러낸 현재몽이 된다. 이러한 꿈의 구조
는 작가의 체험과 일치되고, 작품구조와 동일성을 보여줌으로써 두 기

호학의 사각형은 하나로 통합된다. 따라서 이 수필은 1974년도라는 정치적 혼란기에 자신의 성격 탓으로 현실참여의 기회를 놓치고 나서, 그 자책과 수치심을 트라우마로 껴안게 된 이야기가 된다. 이러한 주제의 형상화 과정은 작가가 과거의 현실 이야기(정)를 꿈 1과 2의 성찰구조에 담아 보여줌으로써(반), 과거 행동에 대한 부끄러움을 깨달음으로 돌려준다(합).

하지만 호소呼訴구조의 관점에서 볼 때, 이 작품은 인성(에토스)과 논리(로고스)에 의존하는 특성을 보인다. 독자의 파토스(감정)를 깨워 설득하는 부분은 군중심리를 자극하고 선동하는 장면에서 발견된다. 양심과 회색분자, 방관 등의 감각적 용어도 독자의 감정이입과 동일시를 유발시키는데 한몫한다. 에토스적 호소력은 작가의 성격이나 윤리의식 속에서 생성된다. 작가는 그가 지니고 있는 소심한 성격과 사회적 기대치로 작용하고 있는 그의 직업과 신분 등을 자신의 행동과 연결시킴으로써 독자의 설득력을 높인다. 국가가 요구하는 국립대학 교수로서의 책무와 진리를 탐구하는 철학교수이자 윤리학자로서의 교육적 역할, 삶의 진실을 고백해야 하는 수필가의 처지 등이 작가의 변증법적 깨달음에 대한 공감력을 높인다.

한편, 작가는 논리적 호소력을 높이기 위해서 이야기 구조차원에서 인과성과 귀납법, 변증법적 인식의 논리 등을 활용한다. 작가는 두 대열이 각기 다른 행동방식을 갖고 있지만 목표가 동일하다는 이념적 논리를 내세워 자신의 방관적인 태도를 비판한다. "저 대열의 사람들은 본래 모두 같은 편이다." "그들은 모두 우리 2층의 구경꾼들과도 본래 한 편이라고 가르쳤다." "모두 다 같이 남북으로 뚫린 길을 걸어 같은 목적지로 가야 할 형편이라는 것이다." "목적지에 도달하는 방법에 대한 견해의 차이라고 한다." 등의 담론이 작가의 방관적 태도를 비판하는 논리이다.

서술과 수사의 관점에서 아쉬운 것은 영적 호소력(Spirituality)의 부재이다. 이것이 작가의 깨달음을 보다 높은 철학적 성찰의 세계로 승화시키지 못하는 원인이 된다. 이러한 한계는 두 대열이 벌이는 이념투쟁의 지향적 가치를 로고스의 차원에서 중지함으로써, 미적 울림의 궁극성을 근본적인 본질세계까지 연결시키지 못하는 결과를 낳는다.

9. 구조와 문학성의 경계에서

모든 예술작품의 평가에서 최종적인 문제는 예술성과 그 울림의 유무에 쏠리게 된다. 아무리 이야기 구조가 견고해도 미적 울림이 제 기능을 다하지 못하면 작품의 예술성은 떨어지기 마련이다.

먼저, 작가 자신도 현실담을 거의 들려주지 않은 채, 두 개의 현몽담만으로 의미구조를 구축한 것에 대한 불만을 개작을 통해서 보여주었다. 현실 이야기는 결말부에 배열되어 있는 다섯 개의 문장이 고작이다. 그렇다면, 환상적인 꿈 이야기만으로 수필이 성립할 수 있는가라는 질문이 가능해진다. 두 편의 꿈은 실제 체험의 일부라는 점에서 수필 제재로서의 가치를 인정받을 수 있지만, 그보다 더 중요한 문제점은 이야기의 서술 분량에서 발견된다.

이 수필은 전체 이야기 18.5매 중 꿈 이야기 2편이 17.8매를 차지한다. 게다가, 꿈 1은 14.8매, 꿈 2는 3매로 배분되어 있어서 구조적인 균형을 잃게 한다. 이러한 서술상의 불균형은 작품이 지나치게 꿈 이야기에 집중되어 사실성과 진실성의 순도를 의심받게 한다. 그뿐만 아니라, 두 꿈 이야기를 옴니버스로 묶은 당초의 미적 의도 또한 약화된다. 꿈 1이 전체 이야기의 80%를 차지하고, 꿈 2가 16%를 차지하는 구조 속에서는 의미상의 강음부가 꿈 1에 놓이게 되어, 꿈 2는 본래의 기능을 발휘하지 못하게 된다. 꿈 2는 꿈 1이 '줄넘기 이야기'로 전치轉置된 것으로서, 주제를 반복 서술하는 역할 외에도 문학성을 강화하는 기능도 수행한다. 하지만 꿈

2의 분량을 과도하게 줄임으로써 문학성은 상대적으로 약화된다.

두 번째로 현몽담과 현실담을 97% 대 3%(0.7매)로 배분한 것 역시 미학적 문제를 낳고 있다. 이러한 서술 분량의 불균형성은 꿈의 생성 동기와 수필창작의 동기를 제공하는 꿈 2를 약화시킴으로써 이야기의 단조로움과 함께 전체 이야기의 구조적 역동성을 무력화시키는 결과를 가져다 준다. 이러한 문제점은 한국 현대 수필작가들에게서 흔히 발견되는 구성의 미숙성이나 무관심과 연결되어 있다. 수필작품도 엄연한 문학예술이라는 점에서 작가의 의도를 효율적으로 전달할 수 있는 미적 구성이나 구조화에 대한 주문은 당연하다. 작품의 구조는 문학적 울림을 결정하는 핵심요소라는 점에서도 중요한 연구대상이다.

〈대열〉이 안고 있는 이야기 배분의 문제점도 바로 이런 구조적 결함을 낳게 하여 작품의 예술적 울림을 반감시키는 주원인이 되고 있다. 이러한 구성상의 단조로움에서 벗어나기 위해서는 이중액자의 사용이 바람직할 것이다. 꿈을 꾸게 한 과거의 현실과 꿈 뒤의 깨달음의 현실상황을 이중액자로 설정하여 이야기의 서두와 결말부에 배치하는 방식이다. 그리고 그 사이에 꿈 이야기를 옴니버스 형태로 삽입하면 구조적 안정감은 물론, 미적 울림의 측면에서도 보다 세련된 미적 효과를 거둘 수 있을 것이다.

서술방법의 문제도 심도 있게 짚어볼 일이다. 꿈 1의 이야기는 필요 이상의 묘사와 대화 등의 장면제시를 활용하여 치밀하게 서술함으로써 분량의 불균형을 낳게 한 원인이 되었다. 이러한 문제를 해결하기 위해서 샘터사 본에서는 문장을 다듬고 함축적인 문장을 사용하여 이야기의 밀도와 분량을 줄이고 꿈 2를 삭제하지만 오히려 역효과를 거둔다. 이유 없이 서술시제를 혼용한 것도 문제로 지적되어야 한다. 한 문장 걸러 현재와 과거를 섞어 쓴 것도 서술상의 일관성을 해치고 있음이 분명하다.

창작과정에서 작품의 예술적 울림을 높이기 위한 전략은 모든 수필가들에게 주어진 필수적인 과제이다. 이를 위해서는 문학성을 생성하는 모든 구성요소들과 이야기 구조와의 상호관계를 창작에 반영하는 미학적 안목과 연구가 필요하다.

10. 부분개작의 문제점들

끝으로, 이 작품의 개작 문제에 관하여 언급해 두려고 한다. 앞서 살펴본 것처럼, 수필 〈대열〉에 드러난 가장 큰 아쉬움은 구성과 구조화의 문제이다. 작가 자신도 그 사실을 알기에 2000년도의 개작을 통해서 꿈 1의 분량을 3매쯤 줄이고, 꿈 2를 삭제한다.

일견, 개작 본은 간결하고 함축적인 서술을 통해서 문장의 밀도를 높이는 데는 성공하고 있지만, 구성과 구조의 측면에서는 초간본보다 미학성을 더욱 약화시켰다. 이야기의 구성과 구조화 문제는 한국의 현대 수필작품에서 흔히 발견되는 보편적인 취약점으로서 작가들에게 주어진 중요한 연구 대상이다. 한흑구의 주장처럼, 작가들이 치열한 장인정신으로 수필작품의 미학성을 높이기 위한 기법과 전략을 탐구하지 않는다면, 수필이 어떻게 다른 장르와 미학성을 견줄 수 있겠는가.

그러나 이 수필은 작가의 속내를 보여준 흔치 않은 작품이다. 그것은 그동안 쌓아온 철학교수이자 윤리학자로서, 수필가로서의 체면과 자존심을 내려놓은 일에 해당되기 때문이다. 그것도 20여 년 전에 자신의 수치심을 다룬 작품을 개작하여 대표작으로 다시 수록한 것은 작가의 내면풍경을 보여주기에 충분하다. 20년 넘게 작가의 양심 세계를 짓눌러온 심리적 트라우마를 솔직하게 털어놓은 탈속脫俗의 용기 속에서 지성인의 품격과 작가로서의 진정성도 빛을 발한다.

이제야 김태길이 수필 〈대열〉을 자신의 창작론과 함께 대표작으로 선정하여 발표하고 창작노트를 덧붙인 이유를 알 것 같다. 그는 이 작품을 통해서 미흡하지만, 수필가로서의 양심과 자존심을 되찾는 데 성공했다고 본다. 부디 작가의 삶과 수필쓰기가 후학들에게 하나의 전범으로 기억되기를 기대한다.

〈참고문헌〉

김태길. ≪초대≫. 샘터사, 2000.
월하임 리처드. ≪프로이트≫. 이종인 옮김. 시공사, 2002.
윤재천 엮음. ≪나의 수필쓰기≫. 문학관, 2002.
정찬. 〈슬픔의 노래〉. 제26회 동인문학상 수상작품집. 조선일보사, 1995.
홀. 에드워드 T. ≪보이지 않는 次元≫. 김광문박종평 역. 세진사, 1991.

07
수필작법의 서사시학적 탐구[*]

1. 수필작법의 보편문법을 찾아서

수필은 하나의 이야기 문학이다. 그것이 서사적이든 서정적이든 수필은 이야기 없이는 존재할 수 없다. 이야기 문학으로서의 수필은 글감을 작가의 체험에서 가져오고, 그것에 대한 깨달음을 자신의 목소리로 들려주는 것을 본질로 한다.

수필창작의 현장에서 이러한 정체성을 충분히 반영하기 위해서는 크게 세 가지 문제에 대한 심층적인 탐구가 전제되어야 한다. 첫째는 제재題材에 대한 심오한 철학적 통찰洞察이다. 제재에 대한 심층적 의미 탐구는 수필작품의 깊이와 무게를 결정짓는 필요조건이라는 사실이 이런 주장을 뒷받침한다. 둘째는 제재의 통찰 결과를 감동적인 미적 이야기로 구조화構造化하는 일이다. 이야기의 구조화는 주제를 효율적으로 형상화

---

* 이 글은 ≪에세이문학≫ 2011년 겨울호와 ≪백록수필≫ 제12호에 실린 것을 전면 개작한 것이다.

하기 위한 객관적인 틀 짜기 전략이다. 이야기의 틀은 작품의 의미와 미적 감동을 생성하는 객관적인 구조라는 점에서 작가들에게는 필수적인 작업이다. 셋째는 이야기의 서술敍述과 수사修辭 전략에 대한 탐구이다. 아무리 잘 짜인 이야기 구조도 서술에 실패하면 제 기능을 발휘할 수 없기 때문이다.

따라서 소재의 철학적 통찰과 이야기의 미적 구조화, 그리고 호소력 있는 수사법의 탐구는 작품의 미학성과 철학성을 결정짓는 창작의 핵심과제라고 할 수 있다. 그럼에도 한국의 많은 수필작가들은 이러한 미학적이고 철학적인 창작의 조건과 메커니즘을 경시하거나 탐구하지 않는 경향이 있다. 그러한 결과는 고스란히 작품에 반영되어 철학적 깊이와 미학적 울림이 약하다는 이유로 고질적인 비판의 대상이 되어 왔다.

바람직한 수필작법의 객관적상관물로는 성덕대왕신종聖德大王神鐘이 제격이다. 철학성과 미학성을 현상과 법칙, 본질의 차원에서 완벽하게 통일시켜 탄생시킨 명종名鐘이기 때문이다. 이 범종은 구조미학적인 세 가지 특성을 유기적으로 활용하여 세계 유일의, 세계 최고의 음향학적 울림을 창조하였다. 첫째는 신의 음성을 담기 위한 재료의 연금술적 합금술이다. 둘째는 천상의 말씀을 울림으로 창조하기 위한 음향과 진동, 파동의 공학적 설계와 구조화이다. 셋째는 최적의 울림을 만들어 내는 타종시스템과 그 구조가 만들어 내는 맥놀이 현상 등이다. 이러한 음향공학적 성공은 신의 음성을 담고자 한 제조자들의 투철한 종교적 이념(철학성)과 그것을 실현시키기 위해 과학적으로 설계한 구조미학, 그리고 탁월한 음향 미학적 연구결과의 산물이라고 할 수 있다.

그러므로 이 글은 수필창작 과정에서 성덕대왕신종의 울림 같은 철학성과 미학성이 잘 어우러진 작품의 창작 방안을 모색하는데 목표를 둔다. 이를 위해, 필자는 모든 이야기 문학에 보편문법으로 통하는 서사시학敍事詩學의 원리를 수필창작의 논리와 접맥시키는 방법을 강구하고자 한다. 그리하여 보편적인 이야기의 창작조건을 충족시키면서도 수필의 정체성을 보다 적극적으로 발현시킬 수 있는 방법을 제시하려고 한다. 이러한 작업은 수필창작에 필요한 기본 논리와 미학적 체계를 강화하는 데도 기여하리라 믿는다.

2. 서사시학과 수필작법의 접점 찾기

1) 수필시학의 개념과 창작과정

(1) 서사시학과 수필시학의 관계

수필 창작에 절대적인 공식이나 왕도가 있는 것은 아니다. 하지만 수많은 명작들은 어떤 보편적인 창작원리가 존재함을 보여준 근거들이다. 그런 원리와 기법들이 새로운 명작을 잉태하고, 장르의 정체성을 발전시키는 역할을 해왔다고 할 수 있다.

그런 점에서 모든 문학창조의 기법과 원리는 비평가나 학자들의 것이 아니라 작가의 발명품이다. 그것은 작가들의 작품을 명작으로 끌어올리는 내적 논리이자 역동성을 창조하는 미적 원리이다. 그 미적 창조원리에 보편적인 논리성과 체계성을 부여할 때 이른바 시학詩學이 탄생한다. 예컨대, 모더니즘 소설기법의 보고寶庫인 ≪율리시즈≫는 제임스 조이스가 발명한 창작방법과 원리들이 구축한 미학적 구조물이다. 그러므로 작가에게 창작원리와 기법들은 텍스트의 미학성을 증진시키고, 효율적인 형상화를 돕는 가치 있는 도구가 된다.

여기서 필자는 수필의 보편적인 창작원리와 법칙들에 대한 탐구를 수필시학隨筆詩學의 목표로 삼는다. 고대 그리스의 아리스토텔레스가 '시학(Poetics)'의 개념을 최초로 사용한 이래, 그것은 문학의 보편적인 창조원리로 통한다. 현대에 와서는 츠베탕 토도로브가 시학을 "각각의 작품의 탄생을 주재하는 일반적인 법칙을 알아냄을 목적으로 한다."[1]고 규정함으로써, 수필시학의 탐구도 이미 논리적 당위성을 획득한다. 필자가 이야기 문학의 보편적인 창조원리인 서사시학에서 수필작법의 접점을 찾으려는 노력도 이와 무관하지 않다.

수필이 자유로운 형식을 허용한다고 해서 수필창작에 보편적인 방법과 논리가 없는 것은 아니다. 장구한 역사 속에서 추출한 이야기의 창조기법을 수필작법과 연결시켜 탐색하는 것은 보다 탄탄한 창작의 논리를 확보하는데 도움을 줄 수 있다. 서사시학에서 제공하는 창작의 법칙들은 이미 그 논리성이 입증되었을 뿐만 아니라, 수필을 포함한 모든 이야기 문학의 창작원리로 통용되고 있다는 사실로부터 접목의 가능성을 확보한다.

특히, 구조시학자들이 제기한 이야기의 중층重層 구조론은 수필창작의 원리를 설명하는 기본 틀로 삼을 만하다. 그에 따르면, 수필 텍스트는 심층과 표층, 담론층이 유기적으로 생성하는 입체구조로 설명된다. 여기서 각 층위의 기본적인 기능과 창작기법을 연결시켜 정리하면 어떤 보편적인 법칙을 얻을 수 있다. 이를테면, 심층구조에서는 제재의 철학적 통찰과 주제의식의 선정 문제를, 표층구조에서는 이야기의 미적 구조화를, 그리고 담론층에서는 서술과 수사의 방법들을 활용하는 단계로 규정된다.

이제, 심층→표층→담론층으로 이행하며 유기적으로 생성되는 수필 텍스트의 창조과정을 표로 보이면 다음과 같다.

---

1) 츠베탕 토도로브, ≪構造詩學≫, 곽광수 역(문학과지성사, 1977), 19쪽.

```
                        신(진리)
                          ⇩
                         우주
                          ⇩
Ⅰ. 개별성 범주←〈제재 선택·통찰〉→보편성 범주
                          ⇩
       Ⅱ. 〈단계적 인식/직관적 인식〉
          현상인식－감각지각－감성
          법칙인식－물리터득－이성
          본질인식－영적각성－영성
                          ⇩
            Ⅲ. 주제의식 선정
                          ⇩
          Ⅳ. 이야기의 미적 구조화
                          ⇩
          Ⅴ. 서술(문장, 수사 전략)
                          ⇩
        Ⅵ. 수필 텍스트(특수성 범주)
      (개별성과 보편성의 변증법적 통일)2)
```

    먼저, 심층차원에서 수행해야 할 창작의 첫 번째 과제는 소재들 중에서 제재를 확정하는 일이다. 제재는 작품의 주제를 형상화하는데 필요한 핵심 글감으로서 작가에게 어떤 특별한 깨달음을 안겨주게 될 철학적 통찰의 대상이라는 점에서 중요하다. 심층차원의 두 번째 단계는 제재에 대한 깊이 있는 통찰을 수행하는 과정이다. 이 과정에서는 작가의 대상인식 능력에 따라 단계적 인식방식이나 직관적 인식방법이 선택된다. 전자는 현상인식과 법칙인식 단계를 차례로 거치면서 궁극적인 본질인식의 단계에 이르는 방식을 취한다. 후자는 현상인식 단계에서 중간단계를 뛰어넘어 본질인식 단계로 직접 나가는 방식을 쓴다. 일반적

---

2) 이 그림은 필자가 ≪에세이문학≫ 2011겨울(통권116호) 80쪽에서 제시한 것을 수정 보완한 것이다.

으로 대상에 대한 몰입 능력이 좋은 작가는 후자의 방식을 쓰지만, 대개는 단계적인 인식방법을 활용하여 통찰한다.

제재 통찰이 끝나면 작가는 주제의식의 선정 작업에 들어간다. 주제의식을 먼저 확정한 뒤에 제재 선정에 들어갈 수도 있지만, 대체로 제재에 대한 심층적인 통찰 결과를 바탕으로 주제의식을 확정하게 된다. 주제의식은 제재선택 과정부터 집필이 끝나는 단계까지 작가가 형상화하고자 하는 문제의식이나 지향의식을 가리킨다. 이에 비해서 주제는 완성된 텍스트의 독서를 통해서 확인되는 작품의 핵심적인 사상이나 내용이다.

제재 통찰의 결과로 주제의식이 선정되면, 이야기의 표층을 이루는 미적 구조화 단계에 들어간다. 이 과정은 앞 단계에서 선정한 주제의식을 감동적인 이야기로 형상화하기 위해 제재의 통찰 결과를 미학적으로 배열하는 과정이다. 이를테면, 소재로서의 이야기를 미적 질서로 변형시키고 구조화하는 단계라고 할 수 있다. 이야기의 구조화를 위해서는 다양한 조직기법이 동원되는데, 시학 연구자들은 그 이야기 조직기법을 해체하여 재구성하는 방식으로 텍스트의 미학성을 점검하고 평가하는 단서를 찾아낸다.

이야기의 구조화 작업이 완료되면 담론층의 서술과정에 들어간다. 이 단계에서는 다양한 서술방법과 수사법을 활용하여 텍스트의 의미작용을 극대화하고, 독자의 감정이입과 감동력을 높이기 위한 서술전략이 동원된다. 아무리 좋은 제재를 선택하여 가치 있는 통찰 결과를 구조화한다 해도, 그것을 설득력 있고 감동적인 이야기로 들려주는 서술 전략이 뒷받침 되지 않으면 무용지물이 된다. 그래서 작가들은 적절한 서술 시점과 시간착오기법을 동원하여 전달력을 높이는데 최선을 다하게 된다. 루카치에 따르면, 이런 과정을 거쳐 완성된 수필 텍스트는 제재가 내포한 개별성과 보편성을 변증법적으로 통합하여 창조한 새로운 작품 세계를 내보이게 된다.

(2) 언어의 한계성과 수필시학

창작과정에서 작가가 감당해야 할 가장 큰 어려움은 언어와의 싸움이다. 인간의 언어는 대상을 의미로 인식하게 도와주는 유일한 도구지만, 그 대상의 본질과 전모를 완전무결하게 의미로 대치하거나 표현할 수 없는 한계성을 본성으로 갖는다. 그러므로 인간은 실존적 한계성 외에도 언어의 한계성과 싸우며 살아야 하는 숙명적인 존재가 된다.

언어철학적 관점에서 언어의 숙명적 한계성은 '논리적 거리(Logical Distance)'[3]로 표현된다. 불가에서는 그것을 언어도단言語道斷이나 교외별전敎外別傳으로, 노장철학에서는 도가도비상도道可道非常道라는 명제로 회자되고 있다. 이러한 사실은 모든 인간에게 언어의 '논리적 거리'가 피할 수 없는 숙명적 투쟁의 대상임을 암시한다. 문학자들이 수사학을 끊임없이 연구하고, 작가들이 일생 동안 다양한 작품을 쓰는 것도 기실은 언어의 한계성으로 인해 대상의 진리를 완벽하게 탐구할 수 없는 데서 비롯된다.

수필 창작과정에서도 언어의 한계성과의 싸움은 치열하게 전개된다. 우선, 심층구조 차원에서는 대상 통찰의 불완전성 때문에 다양한 방법을 동원하지만 섣불리 창작과정에 이입하지 못한다. 감성을 이용하는 현상인식과 이성의 힘에 의해 수행되는 법칙인식의 차원까지는 웬만큼 성과를 쉽게 낼 수 있으나, 영적인 힘의 도움을 받아야 하는 본질인식의 차원에서는 언어도단적 단절의 상황을 맞을 수밖에 없다. 이러한 대상인식의 수준은 작가의 철학적 인식능력이나 수행능력에서 나오고, 그 능력의 수준이 곧 작품의 깊이와 넓이를 말해준다는 점에서 작가들에게는 중요한 탐구거리이다.

수필 텍스트의 표층구조 차원에서도 언어의 한계성과 작가의 실존적 한계상황을 뛰어넘기 위한 노력은 지속된다. 체험 속에서 건져 올린 제재를 미적 질서로 바꾸는 것도 그것만으로는 독자들에게 미적 진실과

---

3) 박이문, ≪시와 과학≫(일조각, 1975), 118~121쪽.

대상의 진실을 완벽하게 보여줄 수 없기 때문이다. 물론, 작가가 재구성한 플롯도 완전할 수는 없으나, 원소재인 스토리보다는 한층 진실하고 진리의 세계에 가깝게 변형되어 있다고 할 수 있다. 바로 여기에 스토리를 플롯으로 변형시켜 독자에게 들려주는 미적 이유가 숨어있다.

담론층에서도 언어의 한계 및 작가의 실존적 한계를 극복하기 위한 투쟁이 계속된다. 최적의 시점을 찾아 적정 거리에서 대상을 관찰하고 인식하려는 노력과 시간착오기법을 활용하여 다양한 서술 방법을 동원하거나, 파토스, 에토스, 로고스, 영성 등의 공명共鳴구조를 설정하여 독자를 공감시키려는 노력도 동일한 맥락에서 설명할 수 있다.

수필작법에 서사시학의 원리를 접목하려는 것도 근원적으로는 보편적으로 입증된 이야기 창조의 논리 위에 작가의 독창성과 개성을 더하여 언어의 인식 및 표현 한계성과 작가의 실존적 한계성을 뛰어넘기 위한 전략이다. 이런 노력을 통해서 수필시학이 정립될 때, 작가들은 시행착오를 줄이고 새로운 발견의 세계로 나아갈 수 있는 것이다.

이제 수필 텍스트의 중층구조 속에서 어떤 창작원리와 기법이 수필 이야기의 창조를 위해 어떻게 활용되는지를 구체적으로 설명할 차례이다.

2) 수필의 중층구조와 창작원리

(1) 심층차원과 제재 통찰법

심층은 창작과정에서 가장 먼저 준비되는 텍스트의 내적 공간이다. 그 곳은 제재선택과 통찰을 통해서 이야기의 씨앗을 틔워 주제의식으로 선정하는 임무가 주어진다. 그 중에서도 가장 중요한 과제는 제재를 선택한 뒤, 시간을 두고 대상을 치밀하고 깊이 있게 통찰하는 발효醱酵와 숙성熟成의 임무이다. 제재에 대한 발효와 숙성은 집필 전까지 모든 작가가 수행해야 할 심층차원의 필수과제로서 글감에 대한 철학적이고 미학적인 성찰省察행위를 이르는 말이다.

이때, 제재의 통찰 결과는 대상에 대한 철학적 인식의 깊이는 물론 작품의 깊이까지도 한정한다. 작가는 자신의 심미안으로 대상세계를 인식한 깊이만큼만 독자에게 들려주고 보여줄 수 있기 때문이다. 작가가 전인적 지식을 총동원하여 수행하는 제재 통찰은 작품의 성패를 결정하는 첫 번째 관문이자 철학적 깊이를 결정하는 기본단계라는 점에서 의미가 크다. 이 과정에서 충분한 숙성과 발효가 이루어지지 않으면, 수필 작품은 철학적 깊이가 없는 신변잡기로 전락하게 된다.

작가가 효율적인 통찰을 수행하기 위해서는 특별한 심미적 정신공간으로의 이입이 요구된다. 이른바 진정성(authenticity)의 공간 속으로 자아를 끌어들이고, 몰입(flow)의 상황 속에서 제재를 통찰하는 것이 바람직하다. 진정성眞正性의 공간이란 통찰자인 작가가 누구의 간섭이나 방해도 받지 않고 참다운 자아와 만날 수 있는 내면적 정신공간을 일컫는다. 그 진정성의 공간에서 작가를 대상의 본질세계로 이입하게 도와주는 것이 몰입의 힘이다. 몰입의 상황 속에서 자아는 세속적 욕망을 내려놓고 주객일체主客一體와 물아일체物我一體의 경지에서 대상과 하나되는 체험을 한다. 몰입 속에서 통찰자가 우주와 하나될 때, 대상의 본질세계를 암시하는 깨달음의 언어를 듣게 된다.

제재 통찰은 현상계와 법칙계, 본질계로 나아가면서 인과적이며 철학적인 질문을 던지는 방식으로 진행된다. 그것은 만물이 현상과 법칙, 본질의 유기적 상호작용 속에서 존재하기 때문이다. 모든 현상은 법칙의 지배를 받고, 그것들은 다시 본질세계의 지배를 받는다는 논리에서 유기적인 통합의 구조로 인식된다. 이러한 제재 통찰작업은 깊으면 깊을수록 대상의 심층세계에서 들리는 깨달음의 메시지를 보다 진실하게 포착할 가능성이 높다는 점에서, 아무리 강조해도 지나치지 않다.

제재에 대한 본격적인 첫 번째 통찰 작업은 현상인식에 주어진다. 이것은 감성感性에 뿌리를 둔 모든 감각기관을 동원하여 대상의 외적 특성을 인식하는데 모아진다. 이 단계에서는 인식의 초점이 제재의 외적 특성을 치밀하고 체계적으로 관찰하는데 주어지므로 통찰자는 주로 제재에 대한 생물학적 존재양상에 대한 질문을 던진다. 따라서 현상인식은 제재의 물리적이고 형태적인 특성에 대한 정보가 감각인식의 결과로써 수집된다. 현상인식은 감성의 힘으로 대상의 감각적 특성 지각에 목표를 두므로, 작가는 오관을 동원하여 그 특성 파악에 주력하게 된다. 이러한 현상인식의 결과로써 포착된 제재의 특성은 상위의 보편 법칙의 지배를 받으므로 다음 통찰단계로의 이행이 불가피하다.

심층의 두 번째 통찰대상인 법칙의 세계는 현상을 창조한, 그리고 그 현상을 지배하고 조절하는 인간과 자연의 질서를 가리킨다. 그 법칙의 작용결과로 현상의 존재방법과 양상이 결정되므로 양자의 관계는 일종의 인과적이고 유기적인 상관성을 지닌다. 대상의 현상세계를 지배하는 법칙인식의 단계에서는 이성의 힘으로 그것의 물리적 이치를 찾는데 목표를 둔다. 따라서 작가의 법칙인식은 주로 제재의 물리物理나 이치理致를 터득하는데 맞춰지게 된다. 모든 현상세계의 생성소멸은 자연과 우주의 법칙과 이치의 작용으로 발생하기 때문이다. 그런데 이러한 현상계와 법칙계의 존재는 보다 상위의 지배체계인 우주의 본질로부터 나오므로 다음 통찰 단계로의 이행을 요구하게 된다.

심층의 세 번째 통찰대상인 본질세계는 현상계와 법칙계를 작동시키는 최고 원인으로서 존재한다. 이 세계에 대한 깊은 성찰이 이루어지지 않는 한 대상의 현상과 법칙을 작동시키는 궁극세계에 대한 본질적 인식은 불가능하다. '철학하기'로서의 궁극적인 통찰의 지향점은 늘 대상의 본질세계에 대한 질문과 연결되어 있다. 그것은 만물과 상호 교통하는 보편적 진리의 세계인 동시에, 유신론적으로는 신神의 세계라고 할 수 있다. 그러한 궁극의 세계는 작가에게는 본질에 대한 깨달음을 안겨주고, 독자에게는 우주적 울림으로 다가온다. 작가가 통찰의 결과로써 제재의 현상적 특성과 자연법칙, 그리고 본질세계로부터 들려오는 심원한 깨달음을 획득하려고 노력해야 하는 이유가 바로 여기에 있다.

이 세 번째 통찰과정에서 작가의 고민은 이런 본질적 깨달음의 세계로 이입하기가 쉽지 않다는 데 있다. 여기서 작가는 몰입에서 나오는 에너지를 활용하여 자신의 영혼을 대상의 본질세계로 끌어올리는 힘을 필요로 하는데, 그 힘이 바로 영성(spirituality)이다. 영성靈性은 작가의 고도한 내공과 수행능력에서 나오는 대상의 본질세계와 교통하는 힘이다. 그것은 대상을 진정성의 공간으로 끌어들이고, 몰입의 힘으로 작가와 대상과 우주를 하나로 합일시킨다. 영성을 활용한 본질인식은 대상의 궁극적 세계에 대한 영적 각성의 형태로 다가온다는 점에서 현상인식이나 법칙인식과는 차원을 달리한다. 현상인식과 법칙인식이 보편적인 감성과 이성의 힘으로 달성할 수 있는 것이라면, 본질인식은 감성과 이성을 뛰어넘는 영적인 힘에 의해 가능하기 때문이다.

흔히, 3류 작가들이 감각적인 현상계의 이야기에만 매달리는 이유도 이러한 심오한 세계에 대한 통찰능력이 없기 때문이다. 현상계에 사로잡힌 이야기는 시공을 초월하는 힘과 작가의 영혼을 본질의 세계로 끌어 올려주는 승화력이 약한 것이 특징이다. 그런 작품 속에서는 영적 승화력이 없는 감각적 울림만이 들릴 뿐이다. 그러므로 아무리 좋은 소재라 해도 제재 통찰이 심도 있게 이루어지지 않으면, 수박 겉핥기식의 이야기로 전락할 수밖에 없다. 제재 통찰력은 작가의 전인적 교양과 총체적 인식능력에서 나오는 힘이라는 점에서 작가의 폭넓은 교양과 꾸준한 작가수업이 요구된다.

수필작가는 심층차원의 통찰결과를 바탕으로 주제의식의 형상화 전략을 짜게 마련이다. 작가의 제재통찰 결과는 작가의 대상인식 능력을 보여주는 척도가 될 뿐만 아니라, 작가가 그 작품을 통하여 보여줄 수 있는 상상력의 궁극성과 높이를 보여준다. 이렇게 포착된 주제의식은 작가의 제재 통찰력이 도달한 시간과 공간의 범주를 작품세계로 포용한다. 이 단계에서 만나게 되는 작가의 깨달음은 변증법적 인식논리에 따라 제재에 관한 비非자각의 상태에서 자각의 상태로 발전하는 이항대립의 형태로 추상화된다. 이러한 추상적인 주제의식이 명료한 주제로 구체화되기 위해서는 다음 단계인 표층차원의 이야기 구조화 작업이 필수적이다.

(2) 표층차원과 이야기 구조화

표층차원에서 작가가 수행해야 할 과제는 심층차원에서 획득한 제재의 성찰결과를 감동적인 이야기 질서로 구조화하는 일이다. 한국의 현대 수필작품에서 가장 많이 발견되는 문제는 바로 제재의 통찰결과를 미적인 이야기로 구조화하는 이야기 배열작업에 대한 무관심이다. 심층차원에서 뽑아낸 이야기의 철학적 의미와 미학성을 어떻게 조직하여 독자에게 들려주느냐 하는 것은 작가에게 주어진 창조적 특권이다. 이 단계에서 작가는 제재의 창조적 배열을 통해서 텍스트의 주제와 의미를 개성 있게 구축한다.

앞서의 지적처럼, 이야기의 미적 구조화에 대한 경시 결과는 곧 작품의 미학성을 떨어뜨리는 결정적 요인으로 작용한다는 점에서 작가들의 인식전환이 필요하다. 이야기의 미적 배열은 독자를 감동의 세계로 이끄는 의미구조의 생성원리일 뿐만 아니라, 주제를 형상화하는 미적 원리라는 점에서 창작의 핵심부분을 차지한다. 특히, 수필은 짧은 산문형식의 이야기이기 때문에 전략적으로 더욱 효율적인 이야기 배열방식이 필요하다. 그것은 곧 짧은 이야기를 경제적으로 배열하여 예술성을 효율적으로 생성하기 위한 전략이다. 더욱이, 작품구조의 조직방식에 따라 미적 울림통의 규모와 기능이 달라진다는 점도 기억해야 한다.

그동안 이야기 문학을 연구하는 서사학자들이 찾아낸 보편적인 조직원리에는 연결법과 병렬법, 삽입법 등이 있다. 먼저, 연결법連結法은 마치 하나의 줄에 구슬을 꿰듯 모든 제재의 이야기를 하나의 주제로 수렴하는 방식이다. 미하일 바흐친에 따르면, 연결법은 하나의 강력한 주제를 생성시켜 주는 단성單聲적이고 중앙집권적인 이야기 조직방식이다. 병렬법竝列法은 동등한 가치와 비중을 지닌 둘 이상의 이야기를 교차交

又, 또는 교착交錯시키는 방식으로 이야기를 조직한다. 이는 다성多聲적
이고 입체적인 구조로 이야기를 배열함으로써 지방분권식의 울림통을
만든다. 병렬법의 특수한 예인 대위법對位法은 서로 다른 세 개 이상의
이야기를 화성악처럼 동시적으로, 동일면상에 배열하여 입체적 울림을
강화하는 방식이다. 삽입법揷入法은 액자기법을 말하는데, 하나의 기본
이야기 속에 하나 이상의 이야기를 삽입하여 목격담이나 증언담의 형식
으로 사실성과 구조의 미학성을 강화하는 이야기 배열 방식이다.

이 세 가지 기본 방식에 다양한 변형을 가할 경우 무한한 이야기의
조직원리가 나올 수 있다. 이야기의 내부에 작품의 주제와 감동을 창조
해내는 객관적인 구조가 존재하지 않는다면, 독자들이 공감할 수 있는
보편적인 주제 또한 생성되기 어렵다. 따라서 작가의 미적 창작의도를
반영한 이야기 메커니즘의 구축이야말로 작가가 표층차원에서 고려해
야 할 핵심과제라고 할 수 있다. 작품의 문학적 의미와 미적 울림의 질
또한 이야기의 구조에서 나온다는 사실을 고려하면, 작가의 이야기 배
열법에 대한 탐구는 아무리 강조해도 지나침이 없다.

이야기의 메커니즘을 구축해주는 미적 배열의 핵심원리는 스토리를
플롯으로 변형시키는 방법에서 찾을 수 있다. 이때 스토리(Story)는 작가
가 자신의 체험 속에서 선택한 글감으로써 아직 미적으로 변형되지 않은
원元소재를 가리킨다. 이 원소재를 미적 이야기로 변형하여 재창조한 것
이 바로 플롯(Plot)이다. 그러므로 스토리를 플롯으로 전환시키는 작업이
야말로 이야기의 구조적 미학성을 창조하는 핵심원리라고 할 수 있다.

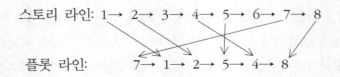

위 그림에서 작가는 스토리 라인에 배열되어 있는 8개의 이야기들을

모두 플롯 라인으로 재배열하는 것은 아니다. 작가는 작품의 주제와 의미의 효율적인 형상화를 위해서 필요한 이야기만을 자유롭게 취사선택하여 이야기의 구조를 만들게 된다. 이야기의 배열방식은 곧 감동을 창조하는 울림통을 만드는 작업이므로 정밀하게 디자인하는 것이 바람직하다. 스토리 라인에 배열된 8개의 제재를 가지고도 무한한 이야기의 창조가 가능한 것은 제재의 배열방식에 따라 서로 다른 의미와 주제가 생성될 수 있기 때문이다.

물론, 수필 텍스트에서의 이야기 배열 전략은 시나 소설 같은 허구적 장르와는 차별성을 갖는다. 시와 소설은 기본적으로 허구적으로 꾸며낸 이야기이므로 제재 자체의 선택에서부터 구성은 물론, 이야기의 메커니즘까지도 자유롭게 꾸며내는 것이 가능하다. 이에 비해, 수필은 반드시 이야기 재료를 과거의 체험적 사실에서 가져온 뒤, 그것을 미적으로 배열하여 재구성한다는 점에서 구별된다. 이러한 차이는 본질적인 것으로서 장르적 정체성을 이루는 핵심요소로써 수필을 수필답게 만드는 속성이기도 하다.

작품의 문학성과 예술성은 여러 가지 구성요소의 총체적이고 유기적인 상호작용에서 생성되는 것이지만, 가장 핵심적인 기능은 역시 작품의 미적 배열 전략인 스토리를 플롯으로 변형시키는 과정에 의해 결정된다. 그래서 미학성이 약한 스토리를 감동적인 플롯으로 전환하는 작품의 미적 변형원리 속에 작가의 재능과 창조능력이 숨어있다고도 볼 수 있다. 그것은 작품의 미학적 울림을 결정하는 객관적인 틀인 동시에, 작품의 주제와 의미를 결정하는 핵심원리이기 때문이다.

그래서 스토리는 이야기의 예술적 메커니즘을 구축하는 재료에 해당된다면, 플롯은 스토리를 변형시켜 창조한 미적 울림통이 된다. 스토리와 플롯은 혈연관계처럼 유전인자를 공유하면서 다양한 이야기를 창조해내는 이야기소(素)를 내재하고 있다는 점에서 작가의 무한한 탐구대상이 된다. 일부 작가들이 소재 자체가 지닌 독특성에만 기대어 소재주의에 빠지거나 문장의 말맛에만 의존하는 작품을 쓰는 것은 결과적으로 이런 수필미학에 대한 편협한 인식이나 미학적 무지에서 온 것으로 볼 수 있다.

(3) 담론차원과 서술 전략들

스토리(제재)를 미적 질서로 변형하여 재구성한 뒤에는 그 이야기를 생생한 문장과 적절한 수사법에 실어 감동적인 이야기로 들려주는 과제가 주어진다. 여기서 담론이란 작가가 가치 있는 문학적 메시지를 서술을 통하여 독자에게 전달하는 공명전략을 총칭하는 말이다. 아무리 훌륭한 이야기 구조(틀)를 만들어 놓았다 해도 그것을 효율적인 문장과 서술방법에 실어 전달하는 수사 전략이 미흡할 때는 무용지물이 된다.

담론차원에서 작가가 탐구해야 할 가장 중요한 과제는 시점의 유형과 서술자의 위치와 거리, 그리고 시간착오를 비롯한 다양한 서술기법과 그 효율적인 전략 등이다.

① 수필작법과 시점 활용
〈시점의 유형〉

우선, 수필 텍스트의 서술차원에서 주어지는 첫 번째 과제는 시점視點 문제이다. 시점은 서술자가 이야기를 전달하는 시각과 거리, 위치, 관점 등을 총칭하는 개념이다. 시점 전략은 대체로 4가지 관점에서 고려된다. 첫째는 시점 유형이다. 일반적으로 서사문학에서는 1인칭(주인물, 부인물 시점)과 2인칭, 3인칭(관찰자, 전지, 제한적 전지시점) 등이 폭넓게 활용되는 것이 현실이다.

이에 비해, 수필 텍스트에서는 '1인칭시점'과 '1인칭관찰자시점'이 주로 쓰인다. 작가가 자신의 이야기를 직접 들려줄 때는 1인칭(주인물)시점을 쓰고, 타인의 이야기를 간접적으로 중계할 때는 1인칭관찰자시점을 쓰는 것이 상식이다. 수필은 본성적으로 작가의 직접체험과 간접체험을 자신의 관점에서 들려주므로 1인칭과 2인칭 시점이 제격이다. 특히, 2인 칭은 한흑구의 〈보리〉처럼 작가가 주인물과 한 공간에 머물렀거나 체험의 공유자일 때, 목격자나 증언자의 어조로 상대의 행동과 존재방식을 서술한다.

수필에서도 '3인칭시점'을 쓸 수는 있지만, 작가가 아닌 제3자를 내세워 소설식으로 서술한다는 점에서 꾸며낸 이야기라는 느낌을 준다. 이럴 경우, 자기체험을 고백하는 수필문학에서는 독자들이 이야기의 진실성과 사실성을 의심하게 됨으로서 설득력을 약화시키는 단점이 있다. 작가가 자신의 목소리로 자기 체험을 들려주는 것은 비허구문학으로서의 수필의 정체성을 보여주는 중요한 본질에 속한다.

하지만, 3인칭을 굳이 쓰고자 하는 사람들에게 방법이 없는 것은 아니다. 3인칭을 전면적으로 사용하는 것은 그것이 객관적인 어조를 보여준다고 해도, 기본적으로는 이야기를 허구적으로 구조화하는 기법이라는 점에서 바람직하지 않다. 따라서 이런 상황에서는 1인칭 이야기를 주主 스토리로 바탕에 깔고, 그 사이 사이에 3인칭 이야기를 부副스토리로 패턴화 하여 교차交叉배열하는 방식이 있다. 이렇게 하면, 1인칭시점으로 이야기를 끌고 가면서 이따금 3인칭으로 타자화 시켜 객관적으로 들려주는 효과를 낼 수 있다.

모든 문학은 인간의 삶과 존재방식에 대한 진실성의 탐구에 목표를 둔다. 이를 위해서 허구문학은 가능한 현실 속에서 제한 없이 진리를 탐구하는 자유가 주어져 있다면, 비허구문학은 사실적인 삶의 역사 속에서 진실을 탐구하는 속성을 정체성으로 갖는다. 이러한 특장은 수필문학이 역사적 사실에서 깨달은 진실을 1인칭으로 고백하는 방식으로 진실을 이중으로 강조하는 효과를 누리게 한다. 이것이 바로 수필문학이 순도 높은 삶의 진실을 들려주는 방식이다.

이렇게 볼 때, 허구문학과 비허구문학은 존재의 온전한 삶과 진실을 총체적으로 구명하기 위해 상호 보완적인 관계에 놓여있다. 따라서 시와 소설을 주류문학으로, 수필을 주변문학으로 보는 것은 옳지 않다.

〈서술자의 위치와 각도〉

서술의 측면에서 서술자의 위치와 각도 문제 또한 중요한 미학적 논란거리를 제공한다. 서술자의 위치와 각도는 소설에서는 민감하게 활용하지 않지만, 영화에서는 그 위치와 각도가 예술성을 창조하는 중요한 요소가 된다. 어깨너머로 살피는 관찰 시점도 있고, 작은 문구멍으로 훔쳐보는 엿보기 시점도 있다. 또한 높은 곳에서 내려다보며 서술할 수도 있고, 눈을 감고 잠자는 척하면서 상대의 이야기를 들을 수도 있다. 정면에서 대상을 노려볼 수도 있지만, 측면이나 뒤쪽에서 대상을 서술할 수도 있다.

이에 비해, 한국의 현대수필 속에서는 이런 서술의 각도와 위치를 미학적으로 활용한 예를 찾기가 쉽지 않다. 수필문학은 길이가 짧기 때문에 독특한 서술자의 위치와 각도가 미적 효용성과 전달력을 높일 수 있는 방법임에도 불구하고, 두루뭉술하게 서술자의 인칭에만 관심을 쏟는다. 이럴 경우, 수필작가들은 시점자의 위치와 거리가 제공할 수 있는 서술 효과와 미학성의 도움을 받지 못한다. 이러한 현상은 아직까지 수필미학과 수필시학이 깊이 있게 탐구되지 않은 데도 원인이 있지만, 작가들의 미학적 무관심도 한 몫 했다고 본다.

수필창작 과정에서 시점자의 위치와 각도 설정 문제는 작품의 독창성과 예술성을 드높이는데 매우 중요한 기능을 수행한다. 대상이나 피사체를 어떤 위치와 어떤 각도에서 관찰하고 바라보느냐에 따라 그 인식 내용과 표현효과 또한 상당한 차이를 보일 수 있다. 특히, 수필형식에서는 짧은 이야기 속에서 사실성과 진실성을 보여주어야 하기 때문에 시점자의 위치와 각도의 문제는 중요한 연구거리로 남는다.

수필작가는 시점자의 유형보다 그가 관찰과 인식행위를 수행한 특수한 시공간적 위치와 각도를 문학적 의미생성과 미학성을 높이는데 활용하는 것이 바람직하다. 소설식의 서술자 유형론에서 벗어나 수필 특유의 서술방법을 보여줄 수 있는 전략을 탐구할 때 수필의 서술 미학적 가치는 한층 드높여 질 것이다.

〈서술자와 대상의 거리〉

수필작가들은 서술자와 서술대상과의 거리에도 무관심한 편이다. 서술자와 대상과의 거리는 곧 대상인식의 질적 내용과 관련되어 있다는 점에서 중요한 미학적 연구대상이다. 서술자가 부리는 인식과 관찰의 거리는 흔히 외부시점과 내부시점으로 구별한다. 외부시점은 1인칭관찰자시점처럼 대상의 외적 현상에 대한 감각적 관찰내용만을 들려주고, 내부시점은 1인칭(주인물)시점처럼 대상의 내면세계까지 침투하여 보여준다.

문제는 수필작가들이 이러한 서술자의 인식과 관찰의 거리를 전략적으로 활용하지 못한다는 데 있다. 객관적인 거리에서 대상을 보는 경우와 주관적인 정신세계까지 침투하여 독자에게 보여주는 것은 큰 차이가 있다. 그 인식과 관찰의 심리적 거리를 대상인식의 원리로 활용한다면, 수필의 미학적 특성을 보여주는 데 유리하다. 수필은 작가가 직접 자신의 내면세계를 보여주고, 외적 대상에 관한 관찰결과를 들려주는 장르적 속성 때문에 시나 소설과는 확연히 구별된다. 한국의 현대 수필작가들이 개성 있는 독특한 미적거리와 시점의 위치를 다양하게 활용할 때 수필미학도 한 차원 발전하게 될 것이다.

앞에서 언급한 것처럼, 수필은 비非허구문학으로서 시와 소설 등의 허구문학이 탐구할 수 없는 실제세계의 진실을 탐구하는 문학이라는 점에서 자긍심을 가질만하다. 1인칭 주인물시점이나 관찰자시점만 하더라도, 시점 거리의 활용 양상은 무한하다. 그럼에도 수필의 고유한 시점과 본성에 대한 깊이 있는 탐구는 하지 않고, 굳이 소설 냄새가 나는 허구적 시점을 불러다 쓰는 작가들의 미학적 이유가 궁금하다.

② 서술과 시간착오기법

담론차원에서 수필작가가 기꺼이 탐구해야 할 서술전략에 시간착오기법(anachronism)이 있다. 이때 착오錯誤란 오류의 뜻이 아니라, 스토리의 발생시간을 변형變形하는 것을 말한다. 여기서 작가가 미적 감동을 창조하기 위해 변형시켜야 할 대상은 사건을 발생순서대로 늘어놓은 원소재인 스토리의 배열순서이다.

작가가 서술자를 내세워 들려주는 텍스트의 모든 담화는 미학적 설득과 감동적인 형상화를 위해 치밀하고 정교하게 변형된 것이다. 이러한 서술의 변형 양상에는 크게 순서(order)와 빈도(frequency), 지속(duration) 등의 기법이 있다. 긴 분량의 서사장르에서 연구되기 시작한 이 기법은 담화의 순서를 바꾸고, 내용을 늘이거나 줄이고 조여 주며, 이야기를 생략하거나 반복하는 다채로운 방식으로 서술의 효과와 설득력을 높인다.

이 기법은 길이가 짧은 산문문학에서 그 효과를 더욱 극대화시킬 수 있다는 측면에서 수필의 서술전략으로 활용가치가 높다. 적은 분량으로 최대의 의미를 함축하고 미적 설득력을 거두기 위해서는 필연적으로 서술 전략이 요청된다. 그럼에도 불구하고, 한국 현대수필 작가들에게 관심도가 낮은 것은 바람직한 현상이 아니다. 200자 원고지 15매 안팎의 분량으로 독자에게 격조와 깨달음을 안겨주는 수필문학에서는 더욱 정교한 서술 전략이 필요하기 때문이다.

먼저, 순서順序의 시간착오는 스토리상에서의 사건과 행동의 발생 순서를 미적으로 변형시켜 담화 상에 배열하는 것을 말한다. 이것은 스토리에서 순차적으로 발생한 이야기를 담화에서 역전逆轉기법을 활용하여 재배열함으로써 이야기의 구조에 역동성과 설득력을 높이는데 필수적인 기법이다. 하위 유형에는 소급제시遡及提示와 사전제시事前提示가 있다. 전자는 현재의 이야기를 서술하다가 과거의 사건을 삽입하는 것을 말하고, 후자는 앞으로 발생할 사건을 미리 끌어와 제시하는 예시像示기법을 가리킨다. 이러한 순서의 시간착오는 스토리를 플롯으로 변형시키는 기본원리로도 사용된다.

빈도頻度의 시간착오는 어떤 사건이 스토리에서 발생한 횟수를 변형시켜 담화 속에서 서술하는 것을 말한다. 그 유형에는 단회적 서술과 다회적 서술, 다회반복 서술, 다회요약 서술 등이 있다. 단회單回적 서술은 스토리에서 한 번 발생한 사건을 담화에서도 한 번 언급하는 것을 가리키며, 다회多回적 서술은 스토리에서 여러 번 발생한 사건을 담화에서도 여러 번 언급하는 것을 말한다. 다회반복 서술은 스토리에서 한 번 발생한 것을 담화에서 여러 번 언급하는 것을 뜻하고, 다회요약 서술은 스토리에서 여러 차례 발생한 사건을 담화에서 한 번 서술하는 것을 말한다. 이러한 서술상의 빈도 조절은 함축과 묘사, 반복과 강조 등의 수사적 의미를 생성하는데 중요한 기능을 수행한다.

지속持續의 시간착오는 스토리에서 사건이 발생하는데 걸린 시간과 담화 상에서 사건을 서술하는데 걸린 시간차를 활용하는 기법이다. 이 때 시간차를 측정하는 도구로는 가속加速과 감속減速의 개념이 쓰인다. 가속기법은 스토리 시간보다 담화시간을 빠르고 짧게 서술하는 것을 말하는데 요약과 생략이 이에 속한다. 감속기법은 스토리 시간보다 담화 시간을 느리고 길게 서술하는 것을 말하며, 묘사를 위한 휴지나 성찰, 꿈, 연장 등이 이에 속한다. 대등對等한 지속은 스토리 시간과 담화 시간이 비슷하게 흐르는 것으로서, 대화, 장면제시, 내적독백 등이 이에 해당된다. 이러한 지속은 이야기의 속도조절과 함께 문학적 의미 생성과 미적 형상화를 돕는 매우 효과적인 기법이다.

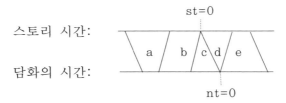

스토리 시간:

담화의 시간:

위 그림은 스토리에서 사건이 발생하는데 걸린 시간과 담화 상에서 그것을 서술하는데 걸린 시간의 차이를 보여주는 그림이다. 〈a〉는 요약 要約의 서술기법으로서 실제 스토리상에서 사건이 발생하는데 걸린 시간보다 담화시간이 짧게 서술됨을 뜻한다. 〈b〉는 스토리 시간과 담화시간이 비슷한 속도로 진행됨을 뜻하므로 대등한 지속의 양상이다. 〈c〉는 스토리 시간을 정지시켜 놓고(st=0) 담화시간을 길게 서술했으므로 묘사를 위한 휴지休止가 된다. 〈d〉는 긴 스토리 시간을 담화에서 서술하지 않으므로(nt=0) 생략기법이다. 끝으로 〈e〉는 스토리 시간보다 담화시간이 길게 늘어났으므로 연장延長의 기법이라고 할 수 있다.

수필작품에서도 이러한 서술기법이 체계적으로 정교하게 활용될 때, 서술미학과 서술시학의 발전은 물론 작품의 미학성을 증진시키는데 크게 기여할 수 있다. 한국 현대수필 작가들에게서 발견되는 서술 전략의 부재와 미흡성은 하루 빨리 보완되어야 할 과제로 보인다. 수필 텍스트의 심층과 표층이 아무리 훌륭하게 구축되어도, 담론층이 부실하면 수필미학은 제 기능을 발휘할 수 없는 것이 사실이다.

3) 미의식의 형상화와 공명전략

(1) 미의식과 울림의 형상화

작가가 종합적인 울림차원에서 챙겨야 할 미의식과 격조에 대해 언급할 차례이다. 수필도 문학작품이므로 궁극적으로는 미의식으로 독자를 설득해야 한다. 수필작품은 철학적 인식의 대상이면서 미적 향수享受의 대상이다. 오히려 미학적으로는 전자와 후자가 조화롭게 융화될 때 바람직하게 기능한다는 점에서 미의식의 강조는 당연한 논리이다.

그러므로 수필작가에게는 미의식을 격조 높게 형상화해야 하는 절대적인 과제가 주어진다. 수필문학은 단순한 이야기의 예술이 아니라, 미의식이라는 프리즘을 통해서 인간과 자연, 우주의 이야기를 통찰하는 미적 사유의 예술이라는 점을 인식해야 한다. 이러한 미의식은 텍스트의 총체적 구성요소들의 합일과 통합에 의해 유기적으로 생성되는 보편적인 미감이다. 예술철학적 관점에서 제기한 미의식은 막스 데소와르의 유형론이 자주 언급된다.

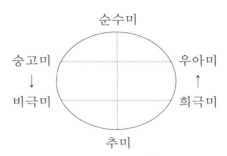

순수미

숭고미 ——————— 우아미
↓   ↑
비극미   희극미

추미

위 그림에서 순수미와 추미, 숭고미와 우아미, 비극미와 희극미는 상호 대립감정들이다. 숭고미와 우아미는 그 양적 스케일로 평가하는 양量감정이라면, 비극미와 희극미는 극한 상황 속에서 함께 발생하는 혼합混습감정이다. 비극미는 숭고미에서, 우아미는 희극미에서 파생된 것으로 본다. 물론 각 유형과 유형 사이에는 중간형과 혼합형이 존재할 수도 있으나 데소와르는 언급하지 않았다. 특히 한국적 전통과 의식구조 하에서는 데소와르의 유형론으로 설명되지 않는 독특한 미 유형이 존재할 수도 있다는 사실을 인식할 필요가 있다.

게다가, 한국의 수필문학은 실천적 차원에서 진실고백과 언행일치의 품격을 존중한다는 의미에서 우리나라의 풍류風流정신을 계승한 장르로도 평가된다. 진정한 삶의 가치와 품격을 언행일치의 문학에서 누리고자 했던 옛 선비들의 예술정신은 현대의 수필작가들이 되살려야 할 미적 가치이자 전통이다. 여기서 풍류란 언행일치의 자연합일적 삶 속에서 예술적으로 격조 있게 사는 것을 의미한다. 그런 점에서도 현대 수필작가들은 자긍심을 가질 만하다. 소설과 시문학은 허구적 상상력을 동원하여 가능한 세계에서 개연적인 진리를 탐구한다면, 수필문학은 과거의 역사 속에 실재했던 삶 속에서 체험적 진리를 찾아 나선다는 논리에서 보다 진실성의 순도가 높다.

지금까지 인간이 문학을 통해서 추구한 진리탐구 방식은 이 두 가지이다. 인간세계와 우주는 이 두 가지 방식을 통해서 보다 포괄적이고 총체적인 모습을 보여줄 수 있기 때문이다. 그런 논리가 옳다면, 시와 소설을 문학의 중심장르로, 수필을 주변장르로 인식하는 것은 옳지 않다. 오히려, 실재하는 역사적 삶 속에서 진리를 탐구하는 수필문학을 주체로 보고, 가능성의 삶 속에서 개연적 진리를 탐구하는 소설이나 시문학을 보완적 예술양식으로 보는 것이 타당할 수도 있다.

작품 속에서 미의식은 이야기 속에서 형상화 되는 인물과 사건, 주제, 구조, 철학, 서술방식 등의 모든 구성요소들이 총체적으로 만들어 내는 유기적 창조물이다. 이미 언급한 것처럼, 아무리 주제와 구조가 튼실해도, 예술적 울림을 생성하도록 형상화하지 못하면 작품은 생명력을 잃는다. 문학적 울림은 이야기의 감동을 구조화하는 방법과 그러한 이야기 구조를 효율적으로 전달하는 서술전략이 긴밀한 상호관계 속에서 작동한다.

(2) 수사학의 4가지 공명전략

담론층에서 작가가 고려해야 할 두 번째 과제는 독자를 설득하기 위한 공명共鳴전략을 점검하는 일이다. 텍스트의 공명전략은 표층의 구조화 단계에서 설계하고, 담론의 서술과정에서 전략적으로 실현시켜야 한다. 그리고 전체 이야기의 마지막 교정과정에서 그 결과를 다시 한 번 점검할 필요가 있다. 이를테면, 작가는 텍스트의 어느 부분에서 어떻게 독자의 감성과 작가의 인성, 텍스트의 이야기 논리, 작가의 영성 등을 활용하여 공감을 획득하고 있는지를 자문하고 확인해야 한다. 부족하다면 유기적 관점에서 치밀하게 보완해야 한다는 뜻이다.

담론층에서는 표층의 설계에 따라 서술된 4가지 공명전략을 실현시키고 보완하는 기능이 주어진다. 여기서의 공명전략은 이야기 구조와 유기적인 역학관계 속에서 진행되기 때문에 서술 효과를 극대화할 수 있는 이점이 있다. 이러한 공명전략은 전체 이야기의 구조와 흐름 속에서 부분과의 유기성을 고려하면서 실현시키는 것이 좋다. 이를 위해서는 텍스트를 향해 다음과 같은 4가지 질문을 던져보는 것이 필수적이다. 첫째, 독자의 감정과 감각(Pathos)를 깨워줄 부분은 어디인가? 둘째, 작가의 성격과 윤리(Ethos)를 보여줄 부분은 어디인가? 셋째, 독자를 설득하는 이야기의 논리(Logos)는 존재하는가? 넷째, 작가의 영성(Spirituality)은 내재되어 있는가? 등이다.

　이 네 가지 수사학적 질문은 독자를 설득할 구체적인 서술전략과 연결되어 있다. 질문을 통해서 공명효과가 미미할 때는 반복적으로 자문하면서 보완해야 한다. 여기서 제시하는 공명전략은 아리스토텔레스가 제시한 파토스와 에토스, 로고스 외에 필자가 추가한 영성靈性이 추가된다. 아리스토텔레스가 세 가지 호소전략만을 언급한 것은 연설과 웅변을 위한 수사 전략에 초점이 맞춰져 있었기 때문이다. 하지만 철학적 사유와 깨달음을 담는 수필 텍스트는 그것만으로는 부족하다. 수필작가는 대상과의 영적 교통을 통해서 우주의 법칙과 본질세계에서 들려오는 심오한 깨달음을 들려주어야 한다. 수필을 철학하기로서의 미적 통찰과 고백으로 부르는 이유도 여기에 있다.

　위 그림에서 ① 파토스는 독자의 감성과 정서에 호소하는 힘이다. 작

가는 텍스트 구조의 어느 부분에서 독자의 감성을 깨워줄 것인지를 계획하고, 감각적이고 서정적인 서술방법을 효율적으로 동원해야 한다. ② 에토스는 작가의 윤리와 성격 등을 보여주는 방식으로 독자의 공감과 감정이입을 유도하는 힘이다. 작가가 진솔한 행동과 사건을 통해서 자신의 성격과 윤리의식을 보여줄 때 독자의 공감력은 한층 높아진다. ③ 로고스는 주제를 효과적으로 형상화하고, 독자를 논리적으로 설득하기 위해 사용하는 이야기의 전개 논리를 말한다. 흔히, 연역법과 귀납법, 변증법, 인과법 등이 도입되지만 그 외에도 작가의 독특한 철학이 설득의 논리로 도입되기도 한다. 마지막으로 ④ 영성은 대상이 숨기고 있는 본질세계와의 교통을 깨달음의 형태로 안겨주는 작가가 지닌 영적인 힘이다. 진리나 본질세계는 본성적으로 파토스나 에토스, 로고스로는 설명하기 어려운 초월적 대상이다. 그래서 유능한 수필작가는 제재에 대한 철학적 통찰을 통해서 우주나 본질세계와 교통하게 되고, 그 결과를 깨달음의 형식으로 들려준다.

이 네 가지 공명전략이 조화롭게 담론화 되어 소통될 때 작품의 미학성이 향상된 만큼 감동적 울림 또한 증진된다. 수필작가가 창작의 구조화 과정과 담론의 서술과정에서 이 네 가지 공명전략을 자문하면서 성실하게 보완해야 해는 이유가 바로 여기에 있다.

3. 한국 현대수필의 과제와 전망

이제 한국 수필작가들이 해결해야 할 과제가 무엇인지 분명해졌다. 그것은 창작과정의 심화를 통해서 미학성을 고양시키는 일이다. 이를 위해, 필자는 서사시학의 보편적인 이야기 문법을 수필창작의 원리와 접목하는 시도를 하였다. 특히, 제재에 대한 심오한 철학적 통찰과 그 결과를 감동적인 메커니즘에 담아 들려주는 구조화 전략, 그리고 구조에 담긴 이야기를 효율적으로 전달하는 서술기법과 담화전략을 집중적으로 논의하였다.

이러한 논의 배경에는 한국 현대 수필작품들의 괄목할 만한 양적 성장에도 불구하고, 질적 차원에서의 심각한 문제점을 안고 있다는 비판이 깔려있다. 그것은 한 마디로 철학성과 미학성의 빈곤과 안이한 창작과정, 그리고 작가수업의 부실 등에서 그 원인을 찾았다. 이 점과 관련하여 수필작가들은 시인 고은과 소설가 이문열의 고백을 상기할 필요가 있다. 고은은 "수필은 늦가을 남아 있는 익은 감이다. (중략) 수필은 철이 들어야 써지는 영혼의 내신內信이기도 하다면, 나는 아직도 철부지인 것이다."라고 썼다.[4] 이문열은 "시와 소설은 수필만큼 깊이 천착하지 않아도 조금 훈련하면 되나, 수필은 끝없는 내적 수련 없이 한 줄도 쓸 수 없다."[5]라고 고백한다. 이러한 천명들은 수필이 결코 붓 가는 대로 쓸 수 있는 글이 아니며, 시와 소설로는 들려줄 수 없는 특수한 범주의 이야기임을 암시한다.

여기서 우리는 신라 혜공惠恭왕 7년 서기 771년에 제작된 성덕대왕신종聖德大王神鐘을 환기할 필요가 있다. 세계의 범종 전문가들이 "이 세상에서 겨룰 만한 것이 없는 가장 아름다운 명종名鐘"이라고 극찬했던 국보 제29호인 일명 에밀레종의 주조원리와 방법은 수필작법의 객관적상관물로서 적격이다. 청동합금과 금속을 섞은 주조공학적 기술과 음향·진동학적 설계, 그리고 불교미술학적 문양과 조각 등을 거의 황금비에 가까운 1:1.414의 비율로 구조화한 결과물이라는 점에서 놀라울 뿐이다.[6] 신의 말씀을 깨달음의 종소리로 담고자 했던 종교철학적 이념과 아름다운 구조미학의 합일 속에서 창조되는 울림은 곧, 철학성과 미학성의 완벽한 통일로 볼 수 있다.

---

4) 고은, <내가 수필을 쓰지 못한다>, ≪에세이문학≫ 2004년 봄호(통권85호), 22~28쪽.
5) 김용자, <수필이 문학이 아니라구요?>, ≪에세이문학≫ 2007가을호(통권99호), 203~205쪽.
6) 함인영, ≪신라 과학기술의 비밀≫(삶과꿈, 1998), 43~66쪽.

성덕대왕신종이 주는 수필작법과의 상관성은 크게 3가지 점에서 발견된다. 첫째는 범종의 제작자들이 신의 가르침을 깨달음으로 들려주기 위한 재료의 연금술적 합금술이다. 둘째는 신의 울림을 담을 수 있는 종의 구조적 특성이다. 셋째는 최적의 타점인 당좌撞座를 쳐서 명동鳴洞과 음관흡管, 종신鐘身에 새겨진 비천왕상, 명문 등을 울려 만들어 내는 맥놀이의 소리 공학적 음향이다. 따라서 에밀레종의 첫 번째 특성은 수필창작과정에서 제재의 현상과 법칙, 본질세계를 두루 성찰하는 제재통찰 과정에 해당된다. 그리고, 두 번째 범종의 주조설계와 구조는 수필의 이야기 구조화 과정에, 세 번째 특성인 최적의 울림을 만들어 내는 타종시스템은 수필의 서술과 공명전략에 연결된다. 이러한 특성들은 한마디로 철학성과 미학성의 유기적 통일을 지향하는 수필작법과 다르지 않다.

풍요 속의 빈곤. 이것은 한국 수필문학의 현주소를 가리키는 말이다. 앞으로도 작가들이 수필 창작과정에서 철학성과 미학성이라는 두 축에 대한 진지한 탐구를 외면하는 한, 수필문학은 여전히 시와 소설의 주변문학으로서 평가절하의 수모를 당할 수밖에 없을 것이다. 한국 수필은 지금, 밀란 쿤데라의 명언처럼 '참을 수 없는 존재의 가벼움' 속에서 철저히 외면당하고 있다.

이제 한국 현대수필이 21세기 탈장르시대를 맞아 한국문학을 선도하는 제4의 문학장르로 발돋움하기 위해서라도, 한국 현대 수필문학에 대한 종합적인 진단과 미학적 반성이 필요하다. 수필미학과 수필시학의 체계적 연구를 위해서 문예학자와 비평가들의 참여를 유도하는 노력도 시급한 과제로 떠오른다. 그런 치열한 자구적 노력 속에서 한국 수필문학은 새로운 발전 가능성과 희망의 싹을 틔우게 될 것이다.

현대의 세련된 수필 독자들은 영혼을 울리는 성덕대왕신종과 같은 종소리를 원한다.

〈참고문헌〉

김용자. 〈수필이 문학이 아니라구요?〉. ≪에세이문학≫. 2007년 가을호.
미하이 친센트미하이. ≪몰입－미치도록 행복한 나를 만나다≫. 최인수 역. 한
　　　울림, 2004.
밀란 쿤데라. ≪참을 수 없는 존재의 가벼움≫. 송동준 옮김. 민음사, 1988.
박이문. ≪시와 과학≫. 일조각, 1975.
백기수. ≪예술의 사색≫. 서울대학교출판사, 1985.
시모어 채트먼. ≪영화와 소설의 서사구조≫. 김경수 역. 민음사, 1990.
유협. ≪문심조룡≫. 김민나 역. 살림, 2005.
이상우. ≪동양미학론≫. 시공사, 1999.
조요한. ≪예술철학≫. 경문사, 1973.
존 화이트 편저. ≪깨달음이란 무엇인가≫. 김정우 역. 정신세계사, 1991.
찰스 귀논. ≪진정성에 대하여≫. 강혜원역. 동문선, 2005.
함인영. ≪신라 과학기술의 비밀≫. 삶과 꿈, 1998.
John Welwood. ≪깨달음의 심리학≫. 김명권 · 주혜명 공역. 학지사, 2008.

08
서정범의 〈나비 이야기〉

1. 현실과 환상의 경계에서

〈나비 이야기〉는 독자를 현실과 환상의 세계로 초대한다. 현실세계와 환상세계를 잇는 경계선 위에서 신비로운 환생담을 들려주고, 그것이 고대와 현대의 시공을 초월하여 후대에 계승되는 과정을 보여준다.

일반적으로, 전통적인 독자들은 객관적인 체험이 불가능한 환생모티프가 수필의 소재로 사용되는 것에 의구심을 품는다. 이러한 사실은 작품 전체에 대한 불신감을 안겨주고 독자의 공감을 막는 장애요인으로 기능할 수 있기 때문이다. 작가는 이런 사실을 알고 있었기에 작품을 탈고하면서 적잖은 불안감을 고백한 바 있다. 이 작품의 말미에 덧붙인 '창작노트'가 바로 그 증거이다.

〈나비 이야기〉를 쓰고서는 마음이 놓이지 않아 아내에게 원고를 읽히고 소감을 묻기도 했다. (중략) 다시 내가 근무하는 학교의 수위에게

원고를 보이기도 했다.// 그래도 불안해서 보낼까 말까 하다가 원고 마
감날 하루 지나서야 우편통에 넣었다.// 원고를 보내고서도 괜히 보냈구
나 하는 생각이 자꾸 나를 뒤따랐다. // (중략) 그만큼 자신이 없었던
것이다.[1]

　여기서 작가의 불안감은 사실성이 약한 신비적인 환생모티프를 소재
로 취해온 데 따른 부담감이다. 전통수필론의 관점에서, 사실성이 약한
허구적인 글감은 수필의 정체성에 위배되어 신뢰성을 상실한다. 그럼에
도 불구하고, 이 작품의 소재는 대립적 양가성兩價性을 내포함으로써 이
중적 평가의 대상이 된다. 하나는 소재의 비사실성에서 오는 부정적 이
미지이며, 다른 하나는 소재의 범주 확대에서 오는 긍정적 가치이다.
특히, 환상적 소재의 도입은 소재 선택의 범주에 대한 전통적인 고정관
념을 깨뜨림으로써 수필의 영역을 확대한 것으로 인식된다.
　수필작가에게 체험은 현실공간에서 이루어진 사실체험과 상상체험을
두루 포괄한다. 작가의 무의식적인 꿈과 현실 속에서 체험한 상상이나
몽상이 수필의 소재가 될 수 있는 것도 같은 논리이다. 결국 〈나비 이야
기〉는 한국 현대 수필사에서 작가의 체험영역을 환상세계로까지 확대
한 역사적 의미를 갖는다. 또한 고대 설화로부터 계승된 전승傳承 모티
프를 자기체험과 연결시켜 원형의 이미지로 해석해낸 것도 높이 평가할
만하다.
　하지만 작품의 형상화 과정에서 적잖은 문제점이 발견된다. 작가의
체험 속에서 찾아낸 환생모티프를 고대설화와 연결시킨 독창적인 안목
에도 불구하고, 이 작품은 몇 가지 미학적 문제를 내포하고 있다. 첫째는
환상적 제재의 선택 문제, 둘째는 이야기의 구조화, 셋째는 미적 울림의
문제 등이다. 이제, 이러한 문제에 대한 심층적인 분석을 통해서, 이 작
품이 개성 있는 제재를 다루면서도 미적 울림이 약한 이유를 작법 차원

---

1) 윤재천 편, ≪수필작법론-63인의 이론과 실제≫(세손, 1994), 251쪽.

에서 확인하게 될 것이다.

2. 분석 텍스트의 선정

이 작품은 작가가 생전에 발행한 단행본 ≪물사발에 앉은 나비≫에도 수록되었으나, 앞서 나온 ≪수필작법론≫[2]에 실린 것을 텍스트로 삼았다. 후자가 먼저 출판되었을 뿐만 아니라, 작가가 대표작으로 뽑은 이 작품의 앞뒤에 '작법'과 '창작노트'까지 붙여놓았기 때문이다. 이 두 텍스트의 차이는 많지 않다. 전자가 열대어를 '부르그람'으로 바꾼 데 비하여, 후자는 '불그람'으로 부른 점 등이 눈에 띌 뿐이다.

〈나비 이야기〉

옛날에 한 나이 어린 아가씨가 흰 가마를 타고 시집을 갔다. 흰 가마는 신랑이 죽고 없을 때 타는 가마다. 약혼을 한 후 결혼식을 올리기 전 신랑이 죽은 것이다. 과부살이를 하러 흰 가마를 타고 가는 것이다. 시집에 가서는 보지도 못한 남편의 무덤가에 가서 밤낮으로 흐느껴 울었다. 그래야만 열녀가 된다.

아씨가 흐느껴 울고 있는 밤중에 신기하게 무덤이 갈라지더니 아씨가 무덤 속으로 끌려 들어가는 것이었다. 친정에서 함께 따라온 하녀가 이 광경을 보고 달려가 아씨의 저고리 섶을 잡고 늘어졌다. 옷섶이 세모꼴로 찢어지며 아씨는 무덤 속 깊숙이 빠져들어 갔다. 이윽고 갈라진 무덤이 합쳐졌다. 아씨를 잃은 하녀의 손에는 세모꼴로 찢어진 저고리 섶만이 남았다. 그런데 신기하게도 이 찢어진 저고리 섶이 흰 나비가 되어 하늘로 올라가는 것이었다.

---

2) 위의 책, 246~251쪽.

아내가 지난 6월에 열대어를 사놓았다. 금붕어가 자주 죽어서 열대어로 바꿔 놓은 것이다.

고기 이름도 생소한 엔젤, 불그람, 블랙 데뜨라, 네온 데뜨라, 키씽, 스마뜨라, 산따마리아, 구삐 등 열한 가지의 고기고, 어항도 넉 자짜리 길쭉하고 네모진 것으로 바꾸고 산소 공급기, 형광등으로 조명장치까지 하니 한결 마루방이 환해지고 아이들도 퍽 기뻐하였다.

사온 지 이틀 만에 세 치 가량 되는 하늘색 불그람이 좁쌀알만 한 흰 거품을 만드는 것이었다. 열대어 장사 설명에 의하면 암놈이 발정이 되면 하늘빛 색깔이 진하게 변했다 연해졌다 한다. 수놈이 진한 빛깔로 변한 채 거품을 수면에 수북이 만들어 놓았다. 암놈은 수놈의 등을 다정스럽게 쫀다. 그러면 수놈이 진한 색깔로 변해서는 온몸으로 암놈의 배를 감싸주면서 알을 짜내는데 이때 수정이 되는 것이다.

몇 차례에 걸쳐 암놈의 배를 감싸서 약 8백 개 가량의 알을 낳았다.

그런데 이상스러운 것은 암놈은 자기가 낳은 알을 집어먹는다. 그러자 수놈이 암놈에게 달려가 어항 구석으로 쪼아서 몰아 넣는다. 암놈이 조금만 얼씬거리면 달려가서 쫀다.

다른 고기들이 날쌔게 달려와서 알을 집어먹는다. 구삐란 놈은 알을 하나 먹고 수놈한테 쪼여 빌빌한다. 그래서 알을 다른 어항으로 옮기려고 손을 집어넣었더니 수놈이 와서 쪼는데 깜짝 놀랐다. 전신이 전기에 감전되는 것과 같이 찌르르하였다. 불그람으로서는 약탈자에 대한 결사적인 방어이었을 게다. 숟갈로 떠내는데도 숟갈을 쪼아 감전을 느낀다. 결사적인 공격이었다. 그래서 먼저 수놈을 잡아서 알을 옮기는 어항으로 알을 옮겼다.

흐트러져 떠 있는 알을 본 수놈은 알을 모조리 입안으로 잡아넣는다. 수놈이 화가 나서 잡아먹는 줄 알았는데 흩어져 있는 알을 물어다가 모아 놓는다.

그리고 계속 거품을 만들어 알을 숨겨두는 것이다. 알을 낳은 지 24시간이 되니까 알에서 새끼가 나오기 시작한다. 알이 뱅그르르 돌다가는 새까만 점이 톡 튀어나오는데 바로 새까만 점이 새끼인 것이다. 사람이 얼씬거리자 수놈은 안절부절 흥분해서 공격태세를 취하고 있다.

그러더니 새끼들을 잡아먹는 게 아닌가. 사람들이 얼씬거리니 화가 나서 잡아먹는 줄 알았다. 보아하니 새끼들을 물어다가는 거품 속이나 풀 밑으로 숨겨두는 것이다.

암놈은 알만을 낳고 다른 어항에서 먹이를 먹고 있는데 수놈은 알을 낳기 전부터 먹이를 통 입에 대지 않고 새끼들의 보호를 위해 초긴장 상태에 있는 것이다.

암놈은 알을 낳은 지 일주일만 되면 다시 알을 낳는다. 배가 부르고 발정을 해서 색깔이 진하게 된다.

수놈을 암놈 있는 곳으로 옮겨다 놓았더니 곧 거품을 만들기 시작하는 것이다. 이렇게 암놈은 알만 낳으면 수놈은 조금도 쉴 없이 돌보는 것이다.

세 배째 깠을 때다. 수놈이 먹지를 못해 마르고 피로했으니 좀 쉬게 하자고 플라스틱 판으로 막고 혼자 따로이 격리시켜 놓았다. 그런데 아침에 일어나 보니 수놈이 새끼들 있는 쪽을 향해 머리를 박고 죽어 있는 것이 아닌가. 한 달이나 가까이 먹이를 안 먹고 피로에 겹친데다가 새끼들과 떨어져 혼자 있으니까 안타까워 죽은 것 같다.

휴식을 준다는 게 도리어 죽음을 준 셈이 되었다.

아이들도 고기 아빠가 죽었다고 울상이다. 고기를 묻으려고 코스모스가 자란 밑을 꽃삽으로 팠다. 아이들이 고기 눈에 흙이 들어가니 눈을 가려서 묻자는 것이다. 아이들이 색종이를 내다가 예쁘게 싸서 묻었다. 아내나 아이들이 무척 섭섭해 하였다.

암놈은 수놈의 죽음을 아랑곳없이 다시 배가 부르기 시작하고 색깔이 진하기 시작한다. 열대어 장사에게 부탁해서 다른 수놈을 구해 왔다. 그의 말에 의하면 불그람은 낯을 가리지 않아 아무 것이나 불그람이면

짝이 된다는 것이다. 엔젤 같은 열대어는 암, 수라 할지라도 짝을 맞추기가 무척 힘들다는 것이다.

새로 온 수놈이 암놈의 배가 부른 것을 보더니 흰 거품을 만들기 시작한다. 잔뜩 거품을 만들고 수놈이 암놈에게 다가가자 암놈은 피하는 것이다. 받자를 하지 않는다. 그러나 애가 닳은 수놈은 암놈을 더욱 쫓아다니며 암놈의 배를 자꾸 쪼는 것이다. 수놈이 암놈에게 너무 성화를 붙이니까 아내는 암놈을 따로이 떼어놓았다. 다음날 아침 일어나 보니 암놈은 혼자서 알을 하얗게 슬었다. 수놈의 도움 없이 알을 낳았으니까 새끼가 될 수 없는 무정란이다. 열대어 장수는 열대어를 기른 지 10여 년이 되지만 불그람 암놈 혼자서 알을 낳은 것을 보기는 처음이라고 한다. 사랑이 없는 수놈의 새끼를 깔 바에야 그냥 무정란으로 낳고 만 것이다. 미물인 고기이지만 죽은 수놈을 그리워함인지 죽음을 애도하기 위해서인지 새로운 수놈에게는 받자를 않는다.

아내는 수놈과 암놈만을 떼어서 다른 어항에 넣었다. 둘만 되었는데도 암놈은 수놈을 피한다. 수놈은 암놈을 따라다니며 암놈의 배 언저리를 자꾸 쫀다. 이래서는 안 되겠다고 수놈을 격리시켰다. 자세히 보니 암놈은 수놈이 쪼아 지느러미가 갈라지고 뜯기우고 배 언저리가 상처투성이가 되었다. 암놈은 너무 아파서 지느러미를 움직이지 못하고 몸으로 데뚱데뚱 밀고 헤엄쳐 나가는 것이다. 보기에도 애처롭다. 헤엄치는 자세는 꼿꼿한 몸으로 결사적으로 밀고 나가는 것이다. 만약 헤엄을 치는 연습을 하지 않으면 그대로 빳빳이 죽을 것 같은 비장한 각오로 헤엄치는 것이다. 목숨을 건 헤엄이었다.

집안 식구들이 모두 걱정이 되어 암놈이 속히 낫기를 바랐다. 그런데 아침에 일어나 보니 산소공급기에 머리를 거꾸로 박고 있는 게 아닌가. 산소를 호흡하느라고 거꾸로 박혀 있는 줄 알았더니 빳빳이 죽은 것이다. 얼마나 아프고 괴로워 물방울이 올라오는 산소공급기에 머리를 박고 죽었을까. 새로운 수놈에게 받자를 안 하니까 그놈에게 쪼이고 물어

뜯기어 죽은 것이다. 목숨을 걸고 절개를 지켰다. 하나의 작은 고기의 죽음이지만 아내나 아이들도 침통한 표정이었다.

아이들이 아빠 고기 묻은 데 함께 묻자고 한다. 색종이에 싸서 묻은 수놈과 함께 나란히 묻었다. 묻고 나서 여섯 살인 딸애가 눈을 깜박거리더니 흙속에 묻은 고기는 어떻게 되느냐고 묻는 것이다. 그냥 썩어서 흙이 된다고 하기에는 어린이의 꿈을 깨는 것 같아 언뜻 나비가 된다고 했다. 그러나 네 살짜리 끝의 딸애가 정말 나비가 되느냐고 다그쳐 묻는다. 어린이에게 거짓말을 한 게 좀 찔렸지만 우물쭈물 그렇게 넘겨 버렸다.

그 후 불그람의 암놈이 죽은 지 보름 가량이 지났다. 나는 아시아 야구 선수권 대회의 실황을 텔레비전으로 보고 있었다. 지금 막 한국팀이 홈런을 날려 역전승을 하고 있을 때였다. 네 살짜리 끝에 꼬마가 들어오더니

"아빠, 이리 와 바!"

하고 손을 이끄는 것이다.

"무언데 말해봐!"

내 말을 듣는 둥 마는 둥 꼬마는 나를 끌고 밖으로 나간다.

"아빠, 저 나비 봐, 죽은 불그람 왔잖아!"

불그람을 묻은 코스모스 꽃에는 두 마리의 흰 나비가 날아와서 앉아 있었다.

3. 환생모티프와 영적 통과의례

수필의 소재나 제재가 현실성과 사실성이 약할 경우 작가의 부담은 늘어난다. 그것은 수필이 작가의 체험에 바탕을 둔 진실의 고백이어야 하기 때문이다. 여기서 두 가지 문제가 제기되는데 소재의 체험성과 진실성이 그것이다. 소재의 체험성이 실제 현실과 사실에 바탕을 두어야 한다는 조건이라면, 진실성은 그것이 참다운 고백이어야 한다는 요청이

다. 이 두 가지 조건은 전자가 '있다 혹은 없다'에 의해, 그리고 후자는 '옳다 혹은 그르다'의 기준에 의해 평가한다는 점에서 구별된다.

이런 소재의 사실성과 진실성의 판단 조건을 〈나비 이야기〉에 대입할 경우, 고대의 환생설화와 현대판 불그람의 나비환생 사건은 첫 번째 사실성의 논리에서 벗어난다. 두 번째 조건인 진실성의 범주에서도 작가가 주관적인 체험론을 내세울 경우 받아들일 수는 있으나, 독자들이 객관성의 차원에서 거부할 경우 감동의 힘은 약화될 수밖에 없다. 하지만, 현실과 환상을 통합한 소재라는 관점에서 기존의 관습적 범주를 뛰어넘는다. 그것은 수필의 취재 범주를 확장하고 철학성을 강화시킨다는 의미에서 가치 있는 설정이다.

〈나비 이야기〉는 크게 두 부분의 이야기가 구조적으로 합성된 형태를 보여준다. 도입부에 고대 설화說話를 끌어들여 환생還生(Reincarnation)의 법칙을 상징적으로 제기하고, 본문에서는 작가의 직접 체험담 속에서 현대판 환생의 가능성을 암시한다. 도입부에서 작가는 나비 환생설화를 끌어들여 독자들이 영적 세계의 문턱을 넘어서게 한다. 이를테면, 흰 가마를 타고 시집간 아씨가 남편의 무덤가에서 밤낮으로 흐느껴 울다 무덤 속으로 빨려들어 간다. 이때 하녀의 손에 잡혀 찢어진 옷섶이 흰 나비로 환생하여 승천한다. 이는 죽은 아씨의 영혼이 나비라는 숙주宿主를 만나 다시 태어나는 영적 환생과정을 보여준다. 따라서 작가는 가시적인 현실세계와 불가시적인 환상세계를 하나의 총체성의 세계로 통합하여 제시함으로써 현실의 범주를 확장하게 된다. 이러한 사실은 현실과 환상을 하나로 보는 그의 일원론적 세계관과 무관하지 않은 것처럼 보인다.

두 번째 불그람의 나비 환생담 또한 동일한 문제에 직면한다. 알과 새끼를 위해 헌신하다가 죽은 수 불그람과 절개節槪를 지키다 죽은 암 불그람을 묻은 자리에 한 쌍의 흰 나비가 날아온 것을 환생의 이미지로 동일시하는 어린 딸과 작가의 태도에 대한 평가가 필요하다. 즉, 작가가

"언뜻" 들려준 이야기를 믿고 있는 어린 딸과 그것을 무의식적으로 전파한 작가의 내면에는 환생모티프가 전승되고 있다는 뜻에서 사실성과 진실성이 내포된다. 이것은 작가가 어린 두 딸에게 전승시킨 상상적 현실이자 실제 체험의 일부라는 관점에서 소재로서의 확장성과 심미성을 지닌다.

이러한 환생모티프는 다음 네 가지 측면에서 상상력의 확장과 심화를 가져다준다. 첫째, 물질적이고 가시적인 현상세계에서 발생하는 환생의 메커니즘이 불가시적인 영혼의 차원과 어떻게 연결되어 작동하는가를 보여준다. 둘째, 현상계에 갇혀 사는 독자들에게 영적 환생세계를 보여줌으로써 상상력과 생의 우주를 넓혀준다. 셋째, 주제 차원에서 생의 본질과 바람직한 삶의 방식에 대한 교훈적 깨달음을 인식시켜 준다. 그리고 마지막으로는 인간과 미물이 영적 세계에서는 동일하게 환생할 수 있다는 초월의식을 심어준다.

따라서 이 수필작품은 육체가 죽은 뒤 다음 세계로 이행하는 영적 통과의례(Spiritual Initiation)의 한 과정을 보여주는 특이한 소재를 다루고 있다고 할 수 있다. 그것도 고대와 현대라는 이질적 시공간 속에서 발생한 두 환생담을 하나의 담론구조로 연결하여 들려준다는 점에서 나비 환생모티프는 신비로운 전승력傳承力을 획득한다. 하지만, 영적이니시에이션은 나비의 환생 문턱을 넘어서는 장면만을 암시해 줌으로써 환생 후의 이야기는 논의의 대상에서 벗어난다.

여기서 중요한 사실은 그 미물의 환생과정을 작가의 어린 두 딸(네 살, 여섯 살)이 직접 목격하여 심미적 감동으로 각인시켰다는 점에 있다. 작가는 딸아이가 흙속에 묻은 고기는 어떻게 되느냐는 물음에 무의식적으로 언뜻 나비가 된다고 대답한다. 어린 두 딸은 신뢰성이 높은 아빠의 입을 통해서 전해지는 환생의 진실을 믿게 되므로 강한 문화적 전승의 힘을 수용하게 된다. 유년시절에 각인된 문화적 믿음은 그들의 인생관과 세계관의 형성에 지대한 영향을 준다는 논리에서도 전승의 교육적 힘은 중요한 의미를 갖는다. 특히, 환생의 목격자인 두 딸은 발달심리학에서 말하는 결정적 시기(Critical Period, 4~6세)를 살고 있다는 논리에서도 의미심장하다.

그러므로 이 수필의 제재통찰은 현상인식과 법칙인식의 과정을 거쳐 본질인식의 문턱까지 이루어졌다고 할 만하다. 고대의 나비 환생설화와 현대의 불그람의 죽음과 환생모티프는 모두 주체의 헌신적 삶과 윤리적 죽음에 대한 대가로서 환생이라는 초월적 보상이 주어진다는 공통성을 지닌다. 그런 의미에서 이 수필은 현실과 영혼, 사실과 상상세계를 보다 큰 삶의 범주로 통합한 총체성의 세계를 작품화한다.

4. 전승의 구조와 환생의 논리

이제, 이야기 구조의 심층차원에서 성찰한 제재통찰의 결과들이 어떻게 미적 이야기로 조직되었는가를 살펴볼 차례이다. 모든 수필 텍스트의 구조 속에는 문학적 의미와 미적 울림을 창조하는 핵심 메커니즘이 들어있다. 그것은 단순한 소재에 불과한 이야기들을 감동적인 문학적 질서로 바꿔주는 낯설게하기의 핵심원리로서 기능한다.

〈나비 이야기〉는 네 개의 시퀀스로 조직되어 있다. 도입부에서는 〈아씨의 나비 환생〉(Ⅰ)시퀀스가 자리 잡고 있다. 본문부에서는 열대어 불그람의 죽음을 다룬 두 개의 시퀀스가 모아져 있다. 즉, 〈수 불그람의 죽음과 매장〉(Ⅱ)시퀀스와 〈암 불그람의 죽음과 환생모티프의 전승〉(Ⅲ)시퀀스가 이어져 있다. 마지막 결말부에서는 15일쯤 뒤로 시간지표가 바뀌면서, 〈죽은 불그람의 나비환생 목격〉(Ⅳ)시퀀스로 마무리 된다.

그러므로 이 수필은 N. 프리드만의 플롯 유형에 따라 죽음패턴과 환생패턴을 통합한 '교육 플롯'으로 명명할 수 있다. 나비 환생모티프는 Ⅰ에서 설화로 암시된 뒤, Ⅱ와 Ⅲ에서 암, 수 불그람의 죽음과 매장을 통해 동기화動機化되어 아이들에게 전승된다. 이 과정에서 아버지와 딸이 나누는 대화의 기능에 주목할 필요가 있다. 딸이 질문을 던지고 아빠가 대답을 하는 상황 속에서 환생담이 자연스럽게 전승된다. 예컨대, 호기심 많은 여섯 살짜리 딸애가 "흙 속에 묻은 고기는 어떻게 되느냐."고 묻자, 아빠는 "언뜻 나비가 된다."라고 말한다. 이들의 대화 속에는 환생이라는 설화소가 세 가지 방법으로 전승된다. 첫째, 고대 설화는 현실과 환상을 구분하지 못하는 아이들에게 자연스럽게 수용된다. 둘째, 설화는 신뢰성이 강한 어른의 말을 통해서 효과적으로 전승된다. 셋째, 전승시킨 내용 속에는 윤리성을 강조하는 교육기능이 숨어있다는 점 등이다. 그런 전승의 결과로 Ⅳ에서 네 살짜리 딸아이는 죽은 암, 수 불그람이 흰 나비로 환생했다고 믿게 된다.

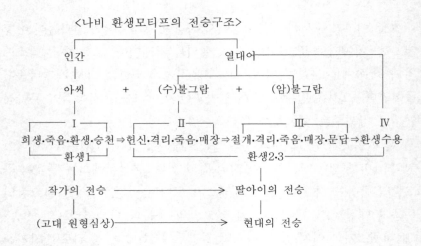

＜나비 환생모티프의 전승구조＞

I 의 나비 환생설화는 작중화자인 작가가 윗세대로부터 이어받은 모티프이다. 그것은 작가의 무의식 속에 원형이미지로 내면화되어 있다가,

Ⅱ와 Ⅲ에서 두 불그람을 매장하면서 딸이 무심코 던지는 질문에 "언뜻 나비가 된다."라고 대답하게 만든다. 여기서 "언뜻"이란 부사의 기능에도 중요한 전승의 원리가 숨어있다. 그것은 잠재의식 속에 숨어있던 기억이 자연스럽게 떠올랐음을 뜻한다. 따라서 이 수필이 보여주는 설화의 전승구조는 〈작가의 나비설화 전승 ⇒ 딸아이에게 무의식적 원형적 심상 제공 ⇒ 딸아이의 원형적 이미지 수용〉의 형식으로 구조화된다.

이러한 나비설화의 전승구조는 도입부의 고대 설화와 현대의 작가 체험담을 통해서 패턴 형태로 반복된다. 나비 환생설화의 발생구조는 4개의 설화소로 전승된다. ① 과부살이를 간 아씨는 무덤가에서 밤낮으로 울다 열녀가 됨. ② 밤중에 신기하게 무덤이 갈라지고 아씨가 무덤 속으로 빠져 들어감. ③ 하녀가 잡은 아씨의 저고리 섶이 세모꼴로 찢어짐. ④ 저고리 섶이 흰 나비가 되어 하늘로 올라감 등의 5단계를 보여준다. 이것을 다시 핵심 의미기능으로 요약하면, 〈희생-죽음-환생-승천〉이 된다.

현대판 나비의 환생이미지를 보여주는 수 불그람의 죽음과 매장, 환생의 이야기 또한 고대 설화와 거의 동일한 패턴구조를 보여준다. 즉, '수놈은 한 달 가량 먹이를 끊은 채 새끼를 돌봄(헌신)-지친 수놈을 보호할 요량으로 격리시킴(격리)-새끼들이 있는 쪽을 향해 머리를 박고 죽어있음(죽음)-코스모스의 자리에 묻어줌(매장)'의 순서로 전개된다. 암 불그람의 이야기도 동일한 환생패턴으로 진행된다. '수놈이 죽자 다른 수놈을 구해옴-새 수놈에게 받자를 하지 않음(절개)-상처투성이가 된 암놈을 격리시킴(격리)-산소공급기에 머리를 박고 죽어있음(죽음)-아빠 고기 옆에 묻어줌(매장)-딸애가 고기의 사후를 물음(질문)-언뜻 나비가 된다고 말함(환생모티프 전승)'으로써, 고대판 나비환생 설화와 구조적 동일성을 보여준다.

네 번째 시퀀스인 Ⅳ장의 이야기는 나비의 환생담이 다음 세대인 네 살배기 딸에게 수용되어 전승구조를 완결한다. 즉, '암 불그람이 죽은

지 보름쯤 뒤였음─네 살짜리 딸애가 나를 밖으로 끌고 나감─죽은 불
그람이 왔다고 외침─두 마리 흰 나비가 앉아있음'으로써 현대판 나비의
환생담이 완성된다. 작가는 고대의 환상담과 현대의 사실적인 체험담을
하나의 구조로 통합하여 총체성의 세계로 형상화한다. 이는 세계를 삶
과 죽음의 단절된 이중구조로 보는 독자들에게 현실과 환상의 통합적
질서를 제시함으로써, 낯설게하기의 효과와 더불어 실험수필로서의 새
로운 체험 영역을 보여준다.

이러한 독특한 제재에도 불구하고, 이 작품의 문학적 울림이 약한 것
은 다음과 같은 몇 가지 구조적 요인과 관련된 것으로 판단된다. 첫째는
제재 속성의 환상성이다. 도입부에 제시된 환생모티프는 설화라는 측면
에서 현실성이 약하고, 본문부의 환생모티프 또한 실현 불가능한 사건
이라는 점에서 사실성이 약하다. 둘째는 작품 구성상의 단조로움이다.
순차적인 이야기 배열법은 서술의 도움을 받지 못할 경우 강한 미적 울
림을 기대하기 어렵다. 셋째는 서술 전략상의 문제이다. 불그람의 죽음
과정과 그 이유를 너무 담담하게 서술하여 독자의 파토스를 자극하지
못하고, 작가의 에토스 또한 지나치게 절제함으로써 미적 울림을 막는
장애요소로 작용한다.

5. 낯설게하기의 기법과 의미

이 작품은 여타의 수필들과는 다른 낯선 세계를 형상화한다. 이 수필은
집단무의식이 어떻게 개인에게 전승되는가를 보여주는 작품이라는 점에
서 '낯설게하기'로서의 텍스트성이 강하다. 낯설게하기(Defamiliarization)
는 쉬클로프스키와 토마체프스키 등의 러시아 형식주의자들이 내건 문
학원리이다. 이 이론은 일상 속에서 자동화되고 상투화되어 인식과 감
동의 충격을 상실한 언어와 기법, 장치, 구조 등을 껄끄럽고 낯설게 만들

어 독자에게 지각과 인식의 시간을 늘려주고, 그 결과로서 감동의 충격과 미적 효과를 증진시키는 데 목표를 둔다. 오에 겐자부로에 따르면, 낯설게하기는 창작과 비평 두 분야에서 적극적으로 활용해야 할 최고의 창조 전략이다. 그에게 플롯이란 스토리를 예술적으로 낯설게 만드는 가장 효율적인 창작방식이며, 작품에 도입된 모든 언어와 구조, 기법, 장치 등은 낯설게하기 전략의 한 차원으로 볼 수 있다.

이 작품에서 가장 인상적인 낯설게하기 전략은 구조차원과 환생패턴에서 발견된다. 구조차원에서 이 수필은 한국인의 전통 속에서 전해 내려오는 환생설화가 집단무의식으로 전승되는 과정을 이채롭게 들려준다. 이러한 집단무의식(Collective Unconscious) 속에는 시대를 초월하는 신화적 원형이미지(archetype)가 내재되어 있다. 그것은 전통문화를 공유한 집단에서, 개인의 무의식속에 내재된 문화적 원형으로서 오래전 세대로부터 물려받은 정신적 유산이다.

그뿐만 아니라, 도입부에서 사실성이 떨어지는 옛 설화를 도입하고, 그것의 보편적 이미지를 현대의 삶과 연결시켜 보여준 것도 낯설기 짝이 없다. 그리고 인간의 나비 환생모티프와 열대어의 나비 환생모티프를 동일성의 논리로 연결한 것도 신비스럽게 다가온다. 인간과 열대어가 동일한 구조로 환생한다는 환상성 또한 낯설게하기의 한 차원을 연다. 독자들은 환생담 자체에 강한 의구심을 갖고 있기 때문에, 작가에게는 그것을 어떻게 구조화하느냐라는 난해한 미학적 과제가 주어진 셈이다.

패턴기법을 도입하여 인간의 나비 환생구조와 열대어의 나비 환생구조를 등가적 구조로 처리한 것도 낯설게하기 충분한 효과를 거둔다. 작가는 인간과 미물의 환생법칙을 영적 이미지로 끌어올리고 동일구조로 패턴화하여 들려줌으로써 불가의 종교적 윤회사상을 떠올리게 한다. 이러한 영적 변신모티프는 그 자체만으로도 충분히 낯설음을 함유한다.

이러한 낯설게하기 전략은 낭만주의 작가들이 세계와 우주를 주관과 객관, 관념과 현실, 유한성과 무한성의 모순과 갈등구조로 인식하던 이

원적 논리로부터 해방시켜 주기도 한다. 즉, 세계에는 가시적인 현실세계 외에도 불가시적인 환상세계가 존재한다는 것을 충격적인 낯설게하기의 논리를 통해서 암시한다. 이러한 논리는 우주를 현실과 환상의 통합에 의해 총체적으로 설명하는 작가의 세계관의 일부로 인식된다.

6. 집단무의식의 계승과 초월성

이 작품의 특이성은 환생모티프를 어린 딸에게 전승시켜 주는 방식에서 발견된다. 작가인 아빠가 전승모티프의 중간 발신자라면, 어린 딸은 수신자가 되어 나비의 환생모티프를 계승한다. 이때 발신자는 수신자에게 믿음을 주는 관계일 때 수용과정에서 장애가 발생하지 않는다. 다행히 딸은 여섯 살과 네 살짜리이므로 아빠의 말을 의심하지 않고 받아들이는 상황이다. 이렇게 유년기에 수용한 집단무의식은 자연스럽게 개인의 무의식 속에 축적되어 일생 동안 동일한 이미지로 환기된다.

나비 환생모티프의 전승과정은 외적구조와 내적구조의 통합에 의해 이루어진다. 외적구조는 고대 설화에 대한 간접체험과 현대의 직접체험의 결합으로 나타난다. 허구적이고 상상적인 이미지가 강한 고대의 나비 환생모티프는 작가의 무의식 속에 오랫동안 저장되어 있다가 불그람의 죽음사건과 연결되어 일종의 트라우마처럼 자연스럽게 환기된다.

문제는 설화 전승의 내부구조에 있다. 이것은 T. S. 엘리어트가 〈전통과 개인의 재능〉에서 밝힌 것처럼, 역사의식이 전통으로 계승되는 법칙을 닮아있다. '전통은 역사의식을 내포하는데, 과거의 과거성에 대한 인식뿐만 아니라 과거의 현재성에 대한 인식도 포함한다.'[3] 이를테면, 전통이란 가치 있는 어떤 과거사를 과거적 의미와 현재적 의미로 통찰하는 역사의식에 의해 계승된다는 말이다. 같은 논리로, 고대 설화에서

---

3) T. S. 엘리어트, "전통과 개인의 재능", ≪문예비평론≫, 최종수 역(박영사, 1974), 13쪽.

열녀로 죽은 아씨가 흰 나비로 환생되는 사건은 현대의 불그람이 흰 나비로 환생되는 유사사건을 통해서 동일한 모티프로 환기되어 전승된다는 뜻이다.

이 수필에서 주체들이 보여준 열녀烈女와 열부烈夫로서의 삶은 전승의 전제조건이다. 그리고 그들은 헌신적이고 윤리적인 삶과 죽음의 대가로서 환생의 기회가 주어진다. 이 과정에서 독자들은 작중에서는 언급하지 않은 "신기한 힘"으로 암시되는 초월적인 존재를 연상하게 된다. 주체들에게 주어진 환생還生과 승천昇天은 숨은 초월자가 제공한 마법 같은 보상이다. 이때, 그들에게는 헌신적이고 윤리적인 삶을 산 대가로서 현실세계에서 환상세계로 이행할 수 있는 길이 주어진다.

따라서 윤리적 헌신성은 모든 시대와 사회를 관통하여 환생에 이르게 하는 보편적 삶의 법칙으로 암시된다. 이러한 전승 모티프의 초월성은 시공간을 뛰어넘는 보편적 이념이나 사상처럼 윤리적인 가치와 희생적인 삶의 방식에서 나오는 공감의 힘이다. 불그람의 죽음은 헌신적인 새끼 사랑에 목숨을 바친 수놈과 끝내 절개를 지키다 목숨을 잃은 암놈의 미덕에 대한 인과적 보상이다. 이는 도입부의 설화에서 아씨가 보여준 열녀적 삶의 방식이나 결과와도 구조적으로 일치한다.

이러한 상황 속에서 작가는 세치 크기의 미물사회에서 발견된 헌신적이고 윤리적인 삶으로부터 인간사회를 보호하고 발전시키기 위한 바람직한 가치를 체득한다. 그러기에 작가는 인간사회와 동물사회를 병치시켜 통합하는 방식으로 전승의 모티프로 형상화한다.

7. 환상과 현실의 통합과 충돌

이 작품은 현실과 환상의 통합과 충돌의 모순 속에서 문학적 의미를 생성한다. 한편으로는 환상세계를 현실 속에 끌어들여 소재의 범주를 확충하는 데는 성공하고 있으나, 다른 한편으로는 두 세계의 이질성으로 인하여 미적 울림을 약화시키고 작위적 이미지를 낳게 하는 요인으로 작용한다.

이러한 이미지의 충돌 현상은 환상과 사실, 고대와 현대의 거리가 만들어 내는 부조화인데, 이것이 바로 이 수필의 작위성과 도식성을 생성하여 예술성을 떨어뜨리는 원인이 된다. 〈나비 이야기〉의 작위적 느낌은 수필의 본령이 비 허구적 장르로서 순도 높은 삶의 진실을 들려준다는 핵심 논리를 위반함으로써 생성된 이미지이다.

〈나비 이야기〉는 적어도 다음과 같은 세 가지 구체적인 요인들로부터 작위성과 도식성이 유발된다. 첫째는 환생담이다. 도입부의 옛 설화는 낯설게하기 기법으로서의 미적 기능을 발휘하지만, 사실성이 떨어지는 옛이야기라는 점에서 현실과의 거리를 두게 한다. 또한 그것을 수필의 도입부에 올려놓음으로써 진솔성을 지향하는 수필문학의 정체성에 의구심을 갖게 한다. 게다가, 핵심 제재인 불그람의 환생담 역시 주관적 상상이나 우연한 일치로 읽을 수 있다는 관점에서 작위성을 야기한다.

둘째는 비현실적 환생담의 구조적 동일성이다. 도입부에서 아씨를 주인물로 한 '나비 환생담'과 본이야기에서 불그람을 주인물로 한 '나비 환생담'은 그 발생구조가 거의 일치한다. 일반적으로, 환생은 "한 영혼이 새 몸을 입어 다시 이 땅에 태어난다."라는 함의를 내포함으로써, "한 생명체가 현세의 삶으로 종결되지 않고 죽음을 통과한 뒤, 새로운 육신을 입어 다시 이 땅에 태어난다는 종교적 믿음의 체계"와도 연결된다.[4] 이런 환생의 논리 속에는 지상의 존재들과 그 삶을 관장하는 미지의 신성성과의 영적 관계성 속에서 보다 바람직한 삶으로 이끌기 위한 교훈성이 내재된다.

그럼에도 첨단과학 시대를 사는 독자들은 사람과 동물이 흰 나비로 환생하는 이야기에 강한 의혹을 갖는다. 게다가, 도입부의 환생설화에

---

4) 차정식, ≪신약성서의 환생 모티프와 그 신학적 변용≫(한들출판사, 2007), 28~29쪽.

서는 흰 나비가 승천하는 모습까지 보여줌으로써 신비성이 극대화된다. 이렇게 되면, 독자의 상상력은 현실성이 없는 환상세계에 사로잡힘으로써 사실성은 약화되고 도식성은 더욱 강화된다. 또한 인간과 미물의 환생과정과 결과가 동일성을 보여줄 수 있는가 하는 점도 현실성이 약하다.

따라서 현대의 독자들은 이 수필이 실제 체험담에 허구적 상상을 정교하게 덧붙여 창조한 이야기로 오해할 가능성이 크다. 그러한 도식적이고 작위적인 이야기 틀은 학문이나 종교의 이론에서 충분히 빌려올 수도 있다는 점에서 그 가능이 인정된다. 물론, 작가가 불그람의 사건 발생 당시에 실제로 그런 생각을 했다면 그 역시 상상적 체험으로 인정할 수는 있다. 하지만 불그람의 환생 이야기가 현실과는 동떨어진 설화로 느껴지고, 현실에서 증명할 수 없는 모티프라는 점을 수용할 때 이야기의 작위성은 여전히 남는다.

셋째는 환생담이 신비에 가득 찬 전설이나 영적 세계의 이야기라는 측면에서도 현실성이 떨어진다. 신비로운 옛날이야기나 종교 이야기 속에서나 종종 듣는 이야기를 현실과 연결시켜 놓은 것도 작위성을 인정하게 하는 요인이다. 영적 세계란 지극히 개인적이고 주관적인 체험세계로서 신비주의적 이미지를 벗어나기 힘들다. 이러한 신비스러운 환생담에 작위성이 실리는 것은 설화가 지닌 특성으로부터도 기인한다.

설화는 본질적으로 '세계와 자아의 갈등을 다룬다. 자아는 세계의 억압에 거의 무력하지만, 기이奇異한 힘의 도움으로 갈등을 해소한다.'[5] 〈나비 이야기〉의 도입부 설화에서도 아씨는 세계(운명의 힘)와 대결하지만, 윤리적이고 헌신적인 죽음의 대가로서 그 기이한 힘으로부터 환생과 승천을 보상 받는다. 그리고 본문부의 불그람도 그들의 생태법칙을 파괴한 세계(작가의 가족=인간)와 대립하다 죽게 되지만, 그들의 윤리적 헌신에 대한 보상으로서 나비로 환생하는 이미지를 얻게 된다. 두 사건

---

5) 오탁번 · 이남호, ≪서사문학의 이해≫(고려대학교출판부, 1999), 11쪽.

속에서 인간과 미물의 환생을 가능케 한 미지의 힘 역시 상상 속의 산물이거나 실현가능성이 약하다는 측면에서 작위성과 도식성의 근원이 된다.

8. 이동시점과 수사적 공명전략

이 수필에서는 이동시점이 활용된다. 도입부의 고대 설화에서는 3인 칭관찰자시점이 쓰이고, 본문부의 불그람 이야기에서는 1인칭(주인물)시점으로 서술한다. 여기서 이동移動시점은 설화의 전승원리와 그 과정을 실감 있게 들려주기 위한 미적 장치이다.

전승된 고대 설화는 직접체험이 아닌 옛날부터 전해지는 이야기이기 때문에 3인칭관찰자시점으로 들려준다. 이런 설화 속에 내재된 원형적 모티프가 다시 후대에게 자연스럽게 계승되기 위해서는 다음 세대의 전승 주체들이 구조적으로 유사類似한 체험을 만날 때 가능하다. 이 수필 속에 주어진 내재한 유사체험은 불그람의 죽음과 환생이야기이다.

고대 설화의 현대적 전승과정(본문부)에서 시점을 이동하여 1인칭주인물시점을 사용한 것은 체험자의 사실체험을 진실하게 증언하기 위한 전략과 관련된다. 작가는 신뢰도가 높은 1인칭주인물 체험자의 고백과 증언형식을 빌려 사건내용을 전달함으로써 사실감과 진실성을 강화하기 위한 서술전략을 도입한다. 이러한 3인칭관찰자와 1인칭주인물시점 사이에는 기본적으로 객관화와 주관적 인식이라는 서술상의 거리 차가 발생한다.

작가는 그러한 서술상의 거리 차를 활용하여 3인칭관찰자보다 가까운 거리에서 작가 자신의 내면의식 속에 내재한 주관적인 정신적 반응까지도 들려주고자 한다. 그리고 도입부에서 객관화시켜 들려준 보편적 설화소가 어떻게 시공간을 초월하여 개인의 체험세계로 이입되어 전승되는가를 생생하게 보여주기 위해 1인칭주인물 서술자를 내세운다. 그 결과 작가는 환생설화의 전승과정과 방법을 구체적으로 들려주는 데 성공한다.

작가는 이러한 시점 사용 외에도 수사적 견지에서 파토스와 에토스, 로고스와 영성까지도 풍부하게 활용하여 독자를 설득한다. 먼저, 파토스적 공명을 위해서 작가는 불그람의 자기희생적이고 헌신적인 죽음 광경을 장황하게 묘사하여 독자의 감성을 예리하게 자극한다. 목숨 걸고 한 달 동안이나 굶으면서 새끼를 지키는 수놈의 사랑과 수놈이 죽은 뒤, 새로 들여온 수놈에게 받자를 하지 않는 암놈의 절개節概 또한 인간의 윤리와 도덕을 능가한다.

에토스적 공명 전략은 열대어에 대한 인간주의적 모순행동을 고발하는 대목에서 발견된다. 자연의 생태법칙에 무지한 작가가 어리석은 인간적 발상으로 열대어를 보호하려다가 죽음에 이르게 한다. 작가는 이 대목에서 자신의 무지에 대한 뼈아픈 성찰을 숨겨놓고 있다. "휴식을 준다는 게 도리어 죽음을 준 셈이 되었다." "얼마나 아프고 괴로웠으면 물방울이 올라오는 산소공급기에 머리를 박고 죽었을까." 작가는 비교적 절제된 감정을 보여주고 있지만, 그것은 오히려 자신의 반자연주의적인 행동과 인간중심적 윤리를 냉철하게 고발하기 위한 아이러니의 기법을 쓴 것으로 보인다.

로고스를 통한 공명 전략은 나비의 환생논리에서 발견된다. 그것은 이 수필이 이끄는 설득의 핵심논리가 환생의 패턴에 주어져 있음을 뜻한다. 세계나 운명과의 대결에서 주체의 헌신적인 삶은 죽음을 부르고 그러한 희생의 대가로서 환생이 주어진다. 이 과정에서 환생은 주체가 지배이념의 윤리적 가치에 부응하며 희생성을 보여줄 때 그 대가로서 주어진다는 점에서 인과적이다. 따라서 환생은 운명적으로 주어지는 것이 아니라, 윤리적이고 헌신적인 삶을 원인으로 주어진다고 할 수 있다. 〈나비 이야기〉에 내재된 이러한 설득의 논리는 고대의 환생설화나 불그람의 죽음 이야기에 공통소로 내재한다.

마지막으로, 영성에 의한 공명 전략은 도입부와 결말부의 환생모티프에서 발견된다. 환생은 기본적으로 어떤 생명체의 사후死後에 불가시적인 미지의 힘에 의해 주어지는 재생이야기라는 관점에서 풍부한 영적 논리를 내포한다. 비록 그것이 과학적으로 증명된 사실은 아닐지라도, 이 우주에 존재하는 또 다른 힘의 존재를 통해서 억압된 현실과 현세로부터 탈출시키는 유토피아로서의 상징성도 지니게 된다.

이렇게 볼 때, 이 수필은 파토스와 에토스, 로고스와 영성 등을 두루 활용한 작품으로 평가할 만하다. 그럼에도 이 작품이 신비스런 의미작용을 함유하고 있으면서도 바람직한 미적 울림을 생성하지 못한다는 점은 여전히 작품의 한계로 작용한다.

9. 주제의 변증법적 형상화

이제, 주제의 세계에 접근할 차례이다. 문학작품의 주제 해석과정에서 효율적으로 활용되는 '의미작용의 기본구조'는 변증법적 의미작용을 읽어내는 데 탁월한 기능을 발휘한다. 이러한 변증의 논리 속에서 〈나비 이야기〉는 정확한 이항대립적 욕망과 갈등의 구조를 보여준다.

이미 전술한 바와 같이, 세계와의 갈등과 억압 속에서 죽음을 맞은 주체들은 기이한 힘의 도움을 받아 환생하거나 승천의 보상을 누린다. 여기서 주체가 벌이는 세계와의 갈등과 억압은 모든 설화가 제공하는 변증법적인 기본 상황이다. 주인물은 운명의 힘에 의해 자기 의지와는 무관하게 불행한 상황에 빠지거나, 억압적 환경의 힘에 밀려 죽음의 상황을 맞게 된다. 이런 상황 속에서 주인물은 당대가 요구하는 지배 이데올로기나 윤리관에 헌신적으로 순응함으로써 미지의 힘으로부터 환생이나 승천의 혜택을 입게 된다.

이러한 논리에 입각하여 〈나비 이야기〉의 주제가 형상화되는 의미작용의 기본구조를 그림으로 표상하면 다음과 같다.

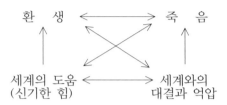

먼저, 고대 설화 속에서 주인물과 벌이는 억압과 대결의 대상은 운명의 힘이다. 결혼 전에 신랑이 죽자 흰 가마를 타고 시집살이를 가서 밤낮으로 묘 앞에서 통곡을 하게 만든 상황이 곧 비극적인 운명의 힘이다. 그런 운명의 힘이 아씨의 죽음을 낳게 하였고, 열녀로서 살다 간 그녀의 헌신적인 죽음을 지켜본 어떤 미지의 힘이 그를 환생의 세계로 이끈다.

본문의 불그람 환생 이야기에서도 동일한 의미작용의 기본도가 적용된다. 여기서 불그람에게 대결과 억압의 상황을 제공하는 대상은 작가와 그 가족이다. 열대어의 생태법칙을 모른 채 인간적인 판단만으로 수놈 불그람과 암놈 불그람을 죽음에 이르게 한 것은 다름 아닌 작가의 무지가 낳은 파괴행위이다. 이와는 달리, 새끼들을 위해 목숨을 바친 수놈 열대어의 헌신적인 행동과 새로운 수놈에게 받자를 거부한 암놈의 절개 역시 환생이라는 보상의 대상이 된다.

따라서 아씨와 두 불그람은 동일한 행동양식을 통해서 환생의 논리를 구조화한다. 이 세 주체의 행동양식 속에는 절개를 지키는 윤리성과 목숨을 바치는 헌신성을 내재한다는 점에서 교훈성을 함축한다. 결국, 비극적인 운명을 강요하는 세계와의 대결에서 윤리성을 지키면서 헌신적으로 행동하면, 반드시 미지의 힘의 도움으로 환생할 수 있다는 구원의 이념을 형상화한다고 해석할 수 있다.

10. 작가와 작품의 미적 거리

작가와 작품 간의 거리는 피할 수 없는 창작의 신비이자 그 메커니즘의 소산이다. 어느 작가도 자신의 창작의도를 완벽하게 형상화할 수는 없기 때문이다. 이런 논리는 작가의 실존적 한계 외에도, 언어가 지닌 논리적 거리로 인하여 발생하기 마련이다.

〈나비 이야기〉는 서정범이 '作法'과 '창작노트'를 함께 달아놓은 그의 대표작이다. 그는 이 '작법'에서 자신의 수필관을 여덟 가지로 설명하였다. 즉, ① 재미있는 글, ② 소설과 시를 조화시킨 글, ③ 내용을 쉽게 예측할 수 없는 제목, ④ 재미있고 전달력 있는 플롯, ⑤ 주제가 있는 글, ⑥ 결말부분의 중요성, ⑦ 실패담과 인간적 약점을 거리낌 없이 토로한 글, ⑧ 수필을 쓸 때마다 철이 든다는 주장 등이다.

그러나 〈나비 이야기〉는 위 작법에서 제시한 ②, ④, ⑤와 다소의 미적 거리를 생성한다. 먼저, ②에서 소설과 시를 조화시킨 글이란 수필작품 속에 산문정신과 시적 감성이 조화롭게 깔려있는 것을 뜻한다. 전자는 진실하면서도 흥미로운 줄거리를 내포해야 함을 가리키고, 후자는 시적 감수성과 문장의 리듬성 등을 요구하는 말이다. 간결하고 담백한 문장으로 짧은 수필작품 속에 이런 산문정신과 시적 감성을 조화롭게 내포시키기란 쉽지 않다. 게다가, 이 수필은 실현 불가능한 환상성을 현실 속에서 전승하는 이야기를 그려냄으로써 사실성보다는 허구적 느낌을 강하게 풍긴다.

두 번째로 ④에서 언급한 '수필작품에도 재미있고 전달력 있는 플롯이 필요하다.'는 주장은 당연하다. 피천득이 수필로 쓴 수필론인 〈수필〉에서 "수필은 플롯이나 클라이맥스를 필요로 하지 않는다."라는 주장 속에는 지나치게 감상적인 논리가 내재한다. 그의 플롯 무용론은 피천득 수필의 한계와 미학적 약점으로 작용하고 있음은 잘 알려진 사실이다. 이와는 달리, 서정범은 〈나비 이야기〉를 통해서 플롯의 필요성을 역설하고 있으나, 정작 작품의 구조 속에서는 플롯이 주는 미학성을 챙기지 못한 허점을 안고 있다. 이 작품 속에서 고대의 환생설화와 현대의 환생 체험담을 순차적으로 배열함으로써 사실성과 진실성을 약화시킨다. 그런 느슨한 플롯 설계만으로는 환생설화가 갖는 허구성과 사실성과의 거리를 좁힐 수 없다.

주어진 소재로 이러한 허구적인 느낌을 미적 감동으로 돌려주기 위해서는 이중액자 기법이 어울릴 듯하다. 먼저, 현실에서 목격한 불그람의 나비 환생모티프를 이야기의 앞뒤에 배치하고, 두 불그람의 죽음 이야기를 그 사이에 삽입하는 방식이다. 그리고 두 번째 주검인 암 불그람을 매장하고 나서 열대어의 사후를 묻는 여섯 살짜리와의 문답 뒤에 고대 설화를 삽입하였더라면, 그 미적 울림은 4중 구조 속에서 배가되었을 것이다. 그뿐만 아니라, 고대로부터 이어져 온 환생모티프가 개인에게 전승되는 과정과 메커니즘을 보다 완벽하게 보여주는 이야기 구조로 바뀌었을 것이다.

세 번째로 ⑤에서 주제가 내재해야 된다는 주장 또한 당연하다. 작가는 〈나비 이야기〉의 '창작노트'에서 "〈미리내〉나 〈나비 이야기〉의 공통된 것은 모두 동심의 세계를 그렸다는 것이다."라고 고백한다.[6] 하지만 〈나비 이야기〉가 동심의 세계를 일부 보여준 것은 사실이지만, 그것이 이 작품 전체를 지배하는 주제는 아니다. 이 작품은 단순히 동심을 보여주기 보다는 나비 환생모티프 같은 고대의 집단무의식이 어떻게 현대사회에 전승되는가를 보여주는 데 강음부가 놓여있기 때문이다.

작가의 창작의도와 작품의 실제 사이의 미적 거리는 피할 수 없는 숙명적 과제이다. 하지만 〈나비 이야기〉의 분석에서 드러난 강한 허구적 소재의 선택과 울림이 약한 느슨한 플롯, 그리고 창작의도와 주제와의 거리를 좁히지 못한 것 등은 작가에게 주어진 영원한 미학적 과제로 남는다. 문학적 이야기의 구조화와 미학적 울림의 형상화 문제는 한국의

6) 윤재천 편저, 앞의 책, 252쪽.

현대 수필작품들에서 두루 발견되는 약점이라는 점에서 타산지석으로
삼을 만하다.

〈참고문헌〉

서정범. ≪물사발에 앉은 나비≫. 교음사, 2000.
엘리어트, T.S. ≪문예비평론≫. 최종수 역. 박영사, 1974.
오탁번 · 이남호. ≪서사문학의 이해≫. 고려대학교출판부, 1999.
윤재천 편. ≪수필작법론-63인의 이론과 실제≫. 세손, 1994.
차정식. ≪신약성서의 환생 모티프와 그 신학적 변용≫. 한들출판사, 2007.

09

장돈식의 〈5월의 산방〉

1. 수필창작의 핵심원리

수필 텍스트의 의미구조 속에서는 심층, 표층, 담론층이 유기적인 상호작용을 한다. 이 세 층들은 서로 기능적으로 얽혀있어서 어느 한 층이 부실하면, 텍스트의 전체 구조가 역동성을 잃고 의미생성의 장애를 일으키며, 나아가 미적 울림을 약화시키는 원인으로 작용한다. 심층에서는 제재통찰이, 표층에서는 이야기의 미적 구조화가, 그리고 담론층에서는 서술전략 등이 핵심 원리로 떠오른다.

따라서 작가에게는 이 세 가지 층위들을 유기적으로 구조화하여 감동적인 울림을 창조해야 하는 임무가 주어진다. 제재 통찰의 층위에서는 제재에 대한 철학적 인식의 깊이와 수준이 요구된다. 이것은 작가가 텍스트의 심층에서 무엇을 이야기할 것인가를 결정짓는 철학적 인식과정이라는 점에서 중요한 의미를 갖는다. 이야기의 미적 구조화 층위는 제재 통찰의 결과를 독특한 미적 감동의 이야기로 재구성하는 단계이다.

여기서 이야기의 구조화란 소재를 철학적으로 숙성시켜서 얻은 이야기 재료들을 미적 감동의 질서로 설계하는 과정을 이르는 말이다. 담론층은 텍스트의 미적 틀에 담긴 이야기에 문장과 수사修辭의 옷을 입히는 과정이다. 아무리 잘 짜인 구조를 가진 텍스트라 하더라도 적절한 문장의 도움을 받지 못하면 울림이 약한 작품으로 전락하는 것도 이 때문이다.

한국의 현대 수필가들 중에는 이런 구조미학적 창작논리에 무관심한 경우가 적지 않다. 장돈식의 〈5월의 산방〉은 그런 의미에서 흥미로운 분석 텍스트가 될 수 있다. 이 수필은 이야기의 구조화를 위해 세 가지 기법을 중층적으로 활용한다. 먼저, 핵심 제재를 공간몽타주로 묶어 다양성을 취한 뒤, 그 속에서 공통의 이미지를 뽑아 올려 옴니버스의 구조로 통합한다. 그리고 최종적으로는 그 다양성과 통일성을 화성악의 형식으로 들려주는 대위법을 사용한다. 이러한 다성체계로 형상화한 세계는 그가 산방 주변에서 체험한 지상낙원의 이미지와 풍경들이다.[1]

그러나 〈5월의 산방〉은 이런 흥미로운 구조를 지닌 텍스트임에도 불구하고, 미적 울림이 약한 구조상의 허점을 보인다. 여기서 독자들은 두 가지 의문을 제기할 수 있다. 이야기를 왜 이렇게 조직하였는가라는 물음과 함께 그것의 울림이 빈약한 원인에 대한 질문이다. 작가는 높은 내공으로 나무와 영적靈的인 대화를 하고, 미물인 새들의 행동과 마음을 읽어내는 독심술까지 보여주지만 텍스트의 미적 울림은 의외로 미미하다. 바로 이런 궁금증이 이 수필에 대한 비평적 분석을 요구한다.

2. 분석 텍스트의 선정

이 텍스트는 좋은수필사에서 간행한 '현대수필가 100인선' 중 장돈식(1920~2009)의 ≪딱새네 경사≫에서 취하였다. 장돈식은 미국의 초월주

---

1) 이 글에서는 낙원과 유토피아를 동일개념으로 혼용한다.

의 철학자인 헨리 데이빗 소로우를 연상시킬 만큼 이 작품을 통하여 치악산 방그러니 계곡에서 체험한 특별한 삶을 낙원수필로 형상화하였다.

〈5월의 산방〉

계절의 여왕이라고 하는 5월도 하순이다. 중순경 기다리던 산목련이 꽃망울을 내밀더니 만개했다. 이 꽃의 사전적 이름은 '함박꽃나무'다. 하지만 이곳 사람들은 '개목련' 또는 '산목련'이라고 한다. '개목련'의 개 자가 정원에서 가꾸는 '목련'을 좋아하는 사람들이 비하卑下해서 부르는 이름 같아, 나는 이 지방 사람들처럼 '산목련'이라고 부른다.

목련은 꽃이 화려하고 꽃이 귀한 이른 봄, 잎도 돋기 전에 성급하게 피는 꽃이다. 잎도 없이 꽃만 덕지덕지 달고, 나 보란 듯이 나대다가 지는 모습이 좀 추하다는 생각은 한다. 거기에 비해 산목련은 느긋하게 계절을 기다려서 윤택한 잎이 다 퍼진 후에 꽃을 피운다. 흰 무궁화를 닮아 속으로 연연히 붉은 꽃을 가지 끝마다 한 송이씩만을 달고 피어난다. 아침에 서재의 뜰에 서면 방그러니 골 안에 향기가 진동한다.

어제는 느릅나무 가지를 하나 잘랐다. 사진작가 토마스 후버는 나무 사진을 찍기 전에 나무 둘레를 돌면서 나무가 동의해 주기를 기다린다고 했다. 때로는 나무를 설득하는데 이틀씩이나 걸리기도 한다고 했다. 나무가 허락을 할 때에만 좋은 사진이 나온다는 것이다. 나도 산방에서 남쪽 하늘을 바라볼 때, 시야를 많이 가리는 꽤 큰 느릅나무가 있다. 잔디도 이 나무 그늘 때문에 햇빛이 모자란다고 졸았다.

집 뒤, 비탈에 뿌리를 내리고 20여 년, 자란 이 느릅나무는 큰 세 가지로 자랐는데 그 우듬지는 서재와 정자 사이의 잔디밭 위를 그늘로 덮고 있다. 지난해부터 나무에게 3가지 중, 밑으로 늘어진 한 가지를 자르기를 바라건만 나무는 아니라고 했다. 나무를 대할 적마다 "한 가지만 자르자."고 보채던 중, 이달 초에 "좋다."는 응답이 왔다. 이상한 얘기로 들릴지 몰라도 나무도 생명체이고 나무 나름의 생각이 있을 것이고, 같은 터전에 사는 이웃이다.

5월 한 달은 비가 잦았다. 산방 앞, 개울에 어른의 허리만 한 물줄기가 쉼없이 흘러든다. 교실 넓이의 웅덩이에는 언제나 청렬淸冽한 물이 넘실거려 바라볼 적마다 눈이 시원하다. 그뿐만이 아니다. 이 웅덩이가 낙원인 이웃도 있다. 열 마리의 '베이징 덕'과 수를 헤아릴 수 없는 이 물의 주인공인 '줄몰개'들이다.

정말 이 녀석들에게는 세상에서 여기보다 더 살기 좋은 곳은 없는 것처럼 즐겁다. 오리들은 병아리 적에 여기 물에 들어와서 큰 오리가 된 지금까지 한발짝도 뭍으로 올라와 내가 애써 만들어 준 집에서 자본 적이 없다. 밤이면 웅덩이 한 가운데로 모여, 물에 떠서 잔다. 개울 기슭은 산이고, 거기에는 오리를 노려 해코지를 하고픈 오소리, 너구리, 삵 따위가 있다.

그러나 이놈들은 모두 물을 싫어하는 줄을 녀석들은 알고 있다. 오리는 뭍에 올라오면 뒤뚱거리며 움직임이 둔하나 물에서라면 매우 민첩하다. 그래서 '물오리'라는 이름이 잘 어울린다. 이 녀석들이 하는 일이란 먹고 사랑하는 일이다. 그리고 온 종일 지치지도 않고 꼬리 위쪽의 깃에 숨겨 있는 기름샘에 머리 문질러 기름을 듬뿍 묻혀서는 온몸에다 고루 발라주는 몸치장이 전부다. "그 삶, 우리 사회의 유한有閑마담을 닮았군요." 하는 사람도 있다.

참사慘事도 있었다. 정자 위쪽 숲에 둥지를 틀고, 올해의 자식농사를 시작하는 찌르레기 한 쌍의 가정사다. 지난 월요일 이른 아침에 우리 집 툇마루 탁자 밑에 놓아둔 먹이를 먹고 갔다. 조금 후 내가 거실에서 차를 마시며 창밖을 보니 그 암놈이 쏜살같이 서재로 날아온다. 그 뒤에는 수컷이 따라 붙었다. '앗~!' '탕', 서재 유리창에 암컷이 부딪치는 소리와 함께 툇마루에 떨어졌고 당황한 내가 나가서 살펴보니 죽었다.

사건의 시말은 이럴 것이다. 아침끼니를 하고 돌아가서 암컷이 알 낳을 깃들이기를 하는데 수컷이 사랑을 하자고 조른다. "여보, 참아요, 집이 다 돼 가잖아요. 기다려요." "알아요. 그러니 사랑부터 해요." 수컷을 피해 "할아버지! 얘 봐요!" 나에게로 날아오다가 거실 유리를 보지 못하고 충돌한 것이다. 이튿날 아침, 수놈 혼자서 날아와 마누라가 떨어진 언저리를 돌아보다가 가고는 다시 나타나지 않는다. 그 수컷은 재혼을 하겠지만 냉동고에 있는 그 암컷을 보노라면 슬프다.

3. 나선형의 중층구조와 기능

수필의 구성법은 소설과는 사뭇 다르다. 상상력으로 꾸며내는 소설은 소재 선정에서부터 구성과 담화진술의 마지막 순간까지 모든 것을 자유롭게 창조하거나 바꿀 수도 있다. 이에 비하여, 수필은 소재를 작가의 비허구적인 직·간접체험에서 가져오므로, 이야기의 배열 순서를 조정하여 미적으로 재구성하는 수준에서 멈춘다. 수필에서는 관습적으로 발생하지 않았던 일이나 사건을 허구적으로 꾸며내거나 삽입하지 않는다. 이것은 매우 큰 차이로서 수필의 구성이나 구조화 방식이 소설 등의 허구문학과 다른 이유이기도 하다.

따라서 수필작가는 실제 삶 속에서 구해온 소재를 어떻게 배열하여 미적 감동을 극대화할 수 있을까에 대하여 심사숙고해야 한다. 그렇지 않을 경우, 수필의 미학성은 소재 자체가 지닌 1차적인 감동의 힘과 작가의 문장력에 전적으로 의존할 수밖에 없다. 특히 수필의 이야기 구성과 구조화 전략은 작가의 미학적 창작의도를 가장 효율적으로 반영할 수 있는 2차적인 창조전략이라는 관점에서 작가의 탐구가 필요하다.

〈5월의 산방〉은 시간적으로는 5월 하순의 이야기를 다룬다. 공간적으로는 치악산 방그러니 계곡의 '백운산방' 주변에서 체험한 네 가지 이야기들을 모아서 들려준다. 산목련 삽화는 격조 있는 삶을 보여주고, 느릅나무 삽화는 인간과 자연의 영적 소통의 삶을, 물오리 삽화는 우주의 자연법칙에 순응하는 삶을, 그리고 찌르레기 삽화는 운명과 본능에 순응하는 삶을 암시한다. 따라서 이 수필은 인간인 작가가 우주의 자연법칙과 그 질서에 순응하며 살아가는 식물과 동물들의 낙원에서 체득한 동거 이야기가 된다.

　이 수필은 네 단계로 발전하는 나선형螺旋形의 상승구조 속에서 주제를 형상화한다. 겉으로 보면, 이 작품은 네 가지 핵심 제재들(산목련, 느릅나무, 물오리, 찌르레기)이 보여주는 숲 속에서의 삶을 삽화 형태로 들려주는 단순구조처럼 보인다. 하지만, 꼼꼼히 뜯어보면 몽타주의 기본 구조 안에서 이 네 가지 제재들은 복잡 미묘한 의미의 상승작용(synergy effect)을 일으킨다. 이러한 의미의 시너지 효과는 옴니버스, 대위법, 총체성 등의 도움으로 의미의 승화작용을 촉발한다. 그 중층구조들이 만들어 내는 역동적인 나선형의 전체 구조 속에서 낙원의 총체적 의미가 형상화된다.

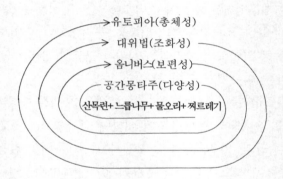

　이 작품의 구조미학적 묘미는 공간몽타주 속에서 은밀하게 생성되는 의미작용의 역동적인 시너지 효과에 있다. 작가는 의도적으로 낙원의 속성들을 함유한 서로 다른 제재들을 한 자리에 모아 놓았을 뿐인데, 그 네 가지 제재들이 뿜어내는 낙원의 의미소들이 서로 역동적인 상승작용을 일으킨다. 첫 번째 층위에서 작가는 네 가지 제재들이 보여준 삶의 방식들을 공간몽타주(Space-montage)로 묶어 다양한 낙원 이미지로 제시한다. 흔히, 공간몽타주는 동일한 시간대에 다양한 공간에서 발생한 사건이나 행동을 동시적으로 모아 제시하는 방식이다. 이 수필 속에서 네 가지 삽화가 발생하는 시간대는 5월로 한정되어 있고, 사건들이 발생하는 공간은 삽화별로 달리한다. 즉, 산목련 삽화는 서재의 뜰로, 느릅나무 삽화는 집 뒤 비탈, 물오리 삽화는 산방 앞 개울웅덩이, 그리고 찌르레기 삽화는 정자 위쪽 숲과 서재 주변이다. 그러므로 공간몽타주로 묶어놓은 격조 높은 삶과 자연과 인간의 영적소통의 삶, 자연법칙에 순응하는 삶, 그리고 운명과 본능에 순응하는 삶 등은 낙원이 보여주는 다양한 삶의 양상들이 된다.

두 번째 층위에서 의미작용의 시너지 효과는 옴니버스(Omnibus) 기법이 이끈다. 이 단계에서는 공간몽타주로 모아놓은 낙원의 상징성 속에서 보편적인 의미를 추출하는 기능이 주어진다. 이러한 옴니버스는 몽타주의 다양성 속에서 낙원의 보편적 이미지를 뽑아 올려 환기시켜주는 역할을 한다. 그것은 다름 아닌 자연과 인간이 영적 소통을 하면서 우주의 법칙에 순응하여 살아가는 삶이다. 옴니버스는 주제가 동일한 이야기들을 모아놓는 방식으로 낙원의 보편적 이미지를 형상화하는 데 기여한다.

세 번째 층위에서 작동되는 시너지 효과는 대위법이 이끈다. 몽타주로 얻은 의미의 다양성과 옴니버스로 수렴한 통일성을 다시 다성악(Polyphonic)의 형태로 종합하여, 그 두 가지 속성을 화성악처럼 들려준다. 마지막으로 네 번째의 시너지 효과는 앞의 세 층위에서 생성된 의미와 이미지들을 총체성으로 모아 낙원의 이미지로 종합하는 기능이다. 몽타주가 제재의 개별적 속성을 모으는 방식이라면, 옴니버스는 제재의 보편성을, 대위법은 제재의 조화성을, 그리고 총체성은 이들의 속성들을 하나로 모아 낙원의 의미로 창조한다. 이처럼 산목련, 느릅나무, 물오리, 찌르레기 등의 독립적인 제재들은 4단계의 유기적인 중층구조로 확장·발전되면서 각 층위가 만들어낸 의미의 다양성과 통일성, 조화성 등을 총체성으로 포용하여 낙원 이미지로 형상화한다.

이러한 내부구조의 다층적인 시너지 효과를 감지하지 못한 독자들은 이 작품을 극히 평범하게 볼 수 있으나, 주제의 수렴 장치 없이 몽타주의 단순구조로 표상한 데는 작가 나름의 특별한 의도가 숨어있다. 노년에 이르러 자연친화적인 삶을 지향한 작가에게는 순수한 낙원 이미지에 세속의 생각을 덧붙이는 것이 오히려, 무위자연無爲自然의 이치나 격格에 맞지 않는다고 생각할 수도 있기 때문이다.

이러한 구조적 의미작용의 설명에도 불구하고, 텍스트의 미미한 울림에 대한 궁금증은 여전히 남는다.

4. 삽화의 철학과 몽타주 미학

이 작품의 구성기법 중에서 가장 흥미로운 것은 몽타주에서 찾을 수 있다. 몽타주는 동일한 시공간에서 발생한 사건과 행동들을 모아 제시하는 기법으로서 다양성과 입체성을 보여주는 구성의 하위 유형이다. 그 중에서도 이 수필 속에는 공간 몽타주가 사용된 것에 주목할 필요가 있다. "5월 하순"이라는 동일한 시간대에 치악산 방그러니 계곡에서 발생한 사건과 체험담을 한데 모아 보여주기 때문이다.

〈5월의 산방〉에는 산목련과 드릅나무라는 두 종류의 식물과 물오리와 찌르레기라는 동물이 등장한다. 이 네 개의 서로 다른 제재가 독립된 삽화 형식으로 배열되어 몽타주의 세계를 구축한다. 이것들은 각기 유사성이 없는 넉 장의 삽화에 불과하지만, 작가는 이들을 활용하여 방그러니 계곡에 낙원의 의미를 부여하고자 한다. 그러므로 몽타주로 묶은 네 개의 삽화들은 주체성을 잃지 않고 각기 독립적인 삶의 방식을 보여주되, 전체적으로는 그들이 조화로운 세계의 구성요소로 참여한다. 여기서 전체 구조가 만들어 내는 하모니는 각각의 삽화들이 보여주는 삶의 독자성과 그들이 생성해내는 절묘한 총체적 어울림이다. 여기서 몽타주는 네 가지 삽화를 하나로 모아서 개별성과 보편성의 세계를 이중적으로 암시하여 유토피아를 형상화한다.

첫 번째 삽화인 '산목련'은 정원에서 가꾸는 '목련'과 대비적 관점에서 높은 격조와 화격花格을 지닌 존재로 제시된다. 산목련의 느긋한 여유와 윤택함, 그리고 강한 향기는 이른 봄 잎도 돋기 전에 성급하게 피는 정원의 목련과는 그 격조와 품격을 달리한다. 그러므로 격조와 화격은 작가가 제시한 첫 번째 낙원의 이미지가 된다.

두 번째 삽화인 느릅나무는 작가와 영적 소통을 하는 사이로 제시된다. 토마스 후버가 "나무 사진을 찍기 전에 나무 둘레를 돌면서 나무가 동의해 주기를 기다린다."는 인용은 작가 자신이 느릅나무와 주고받는 영적 소통이 실현가능한 진실임을 고백하는데 있다. '지난해부터 "한 가지만 자르자."고 보채던 중 이달 초에 "좋다."는 응답이 왔다'는 작가가 영성을 발휘하여 느릅나무와 영적 소통을 하는 관계임을 보여준다. 따라서 작가는 이 장면에서도 방그러니 계곡의 낙원에서 체험한 인간과 사물간의 소통의 상황을 증언한다.

세 번째 삽화는 물오리가 주인공이다. 작가는 어른 허리만한 물줄기가 쉼 없이 흘러들어 청렬한 물이 넘실거리는 웅덩이가 오리들의 낙원이라고 증언한다. 오리들은 해코지를 당하지 않기 위해 병아리 적에 물에 들어와 작가가 만들어준 집에서 자본 적이 없다. 그리고 온종일 먹고, 사랑하며 몸치장하는 것이 일과이다. 이것은 자연법칙과 본능에 따라 사는 오리의 생태와 그 환경을 낙원 이미지로 환기하려는 데 목적이 있다.

네 번째 삽화는 찌르레기의 참사를 역시 영성의 힘으로 들려준다. 이 삽화는 월요일 아침, 툇마루 밑에 놓아둔 먹이를 먹고 간 찌르레기 암컷이 사랑을 하자고 조르는 수컷을 피해 작가에게 날아오다가 거실 유리에 충돌하여 죽는 사건과 그 시말에 대한 유추類推이다. 그리고 '이튿날 아침, 수놈이 날아와 암놈이 떨어진 언저리를 돌아보다가 가고는 다시 나타나지 않는다'는 증언도 들려준다. 이 또한 본능과 자연법칙에 따라 살면서 주어진 운명에 순응하는 찌르레기의 낙원풍경이다.

그러므로 작가는 이 네 가지 삽화를 내세워 방그러니 계곡의 낙원 이미지를 형상화하고자 한다. 산목련 삽화가 보여주는 기품 있는 삶, 느릅나무 삽화가 들려주는 인간과 자연간의 영적 소통의 삶, 물오리가 보여주는 자연법칙과 본능에 따라 사는 삶, 찌르레기의 본능과 운명에 순응하며 사는 삶이 그것이다. 다시 말해서, 방그러니 계곡이 보여주는 넉장의 삽화는 그가 지상에서 찾은 낙원의 풍경이자 상징이다.

그럼에도 한두 가지 구조상의 문제가 남아있다. 왜, 네 개의 삽화를 몽타주 형식에 담아 단순하게 제시하는 방법을 썼는가 하는 점이다. 여기에 낙원, 즉 이상세계에 대한 표현불가능성의 문제가 숨어있다고 본다. 전통적인 유토피아 개념은 지상에 존재하지 않는 곳으로서 참 진리와 참 자유, 참 평화가 실현되는 시공간이다. 작가의 처지에서 방그러니 계곡은 지상에 존재하지만, 그 곳은 우주의 진리가 실현되는 낙원의 상징이라는 의미에서 언어로는 완전한 인식과 표현이 불가능할 수 있다. 그런 의미에서 작가는 방그러니의 낙원 풍경을 보완적 설명 없이 객관화시켜 보여주는 방법을 택한 것으로 읽을 수 있다. 그것이 작가에게는 겸손한 낙원의 제시 방식이자 차선책일 수 있기 때문이다.

5. 인간과 자연의 영적 소통

작가는 이 수필 속에서 특별한 소통 능력을 보여준다. 그것은 자연과 소통하는 작가의 영성(Spirituality)을 이르는 말이다. 영성이란 소재를 통해서 그것의 본질과 교통할 수 있는 영적 능력이다. 모든 만물은 가시적인 현상으로 존재하지만, 그러한 현상들은 불가시적인 본질세계로부터 인과因果된다는 점에서 영성을 활용한 본질 탐구는 불가피하다.

일반적으로, 영성은 소재의 현상과 본질을 직관적으로 연결시켜 줌으로써 그것에 대한 총체적인 정보를 획득하게 도와준다. 작가의 영성은 개체간의 영적 소통은 물론 개체와 우주(진리, 신), 작가와 우주간의 소통 또한 가능하게 열어준다. 이러한 영성은 소재 통찰과정에서 작가를 진정성眞正性 속의 몰입沒入 상황으로 이끈다. A. H. 매슬로의 주장처럼, 작가는 이러한 절정체험(Peak Experience)의 상황 속에서 소재에 대한 심오한 철학적인 질문을 던지는데, 이때 본질에 대한 깨달음이 각성覺醒의 상태로 주어진다.

인간이 자연과 소통하고자 하는 욕망은 시인들의 작품 속에서도 자주 발견된다. 셸 실버스타인의 〈사라져 버린 언어〉는 그 모델이 될 만하다. "전에 나는 꽃의 언어로 이야기했었고/ 애벌레들이 말하는 걸 이해할 수 있었다./ 찌르레기의 중얼거림을 알아들을 수 있었고/ 파리에게 잠자리에 대해 물어 보기도 했었다./ (중략)/ 그런데 그 모든 것이 어떻게 된 걸까./ 나는 통 그것들을 말할 수 없으니."[2] 이러한 영적 소통의 욕망은 이시영의 〈어느 석양〉에서도 발견된다. "동백꽃 꽃숲에 참새들이 떼지어 앉아/ 무어라 무어라 지저귀고 있었습니다/ 동백꽃 송이들이 알았다 알았다 알았다고 하면서/ 무더기로 져내리고 있었습니다."[3]

〈5월의 산방〉에서도 영적인 소통 장면이 발견된다. 두 번째 에피소드로 태연스럽게 들려주는 느릅나무의 전정(剪定) 이야기가 그것이다. 작가는 자신의 이야기를 들려주기에 앞서 한 사진작가의 에피소드를 소개한다. "토마스 후버는 나무 사진을 찍기 전에 나무 둘레를 돌면서 나무가 동의해 주기를 기다린다고 한다. 때로는 나무를 설득하는 데 이틀씩이나 걸리기도 했다. 나무가 허락을 할 때에만 좋은 사진이 나온다는 것이다." 이러한 언급은 후버가 영적 소통을 통해서 피사체의 본질과 만날 수 있었음을 암시한다.

---

2) 류시화 엮음, 《민들레를 사랑하는 법》(나무심는사람, 1999), 33쪽.
3) 이시영, 《무늬》(문학과지성사, 1994), 22쪽.

인간과 식물 사이에서 의사소통이 가능한가에 대해서는 이미 과학자들의 수많은 연구가 이를 뒷받침해주고 있다. 식물과 감정을 교환하고, 식물과 언어를 주고받으며, 그들에게도 정신세계가 존재함을 증언하는 학자들도 적지 않다. 러시아의 사진작가 키를리안이 발명한 사진술이나 피터 톰킨스와 크리스토퍼 버드가 1972년에 공저한 ≪The Secret Life of Plants≫[4]등도 이러한 근거로서 충분하다. 동일한 품종의 식물을 동일한 물리적 조건에서 키우지만, 긍정적인 언어와 부정적인 언어로 키운 두 화분이 보여준 상반된 실험 결과도 이런 사실을 증언해주는 결과들이다.

작가 장돈식 또한 이 작품 속에서 식물과의 영적 소통능력을 증언한다. "잔디도 이 나무 그늘 때문에 햇빛이 모자란다고 졸랐다."와 '지난해부터 나무에게 (중략) "한 가지만 자르자."고 보채던 중, 이달 초에 "좋다."는 응답이 왔다. 이상한 얘기로 들릴지 몰라도 나무도 생명체이고 나무 나름의 생각이 있을 것이고, 같은 터전에 사는 이웃이다."라는 언급 등이 그 예가 된다. 작가가 잔디의 이야기를 들을 수 있고, 느릅나무에게 일 년 넘게 전정을 요구하여 응답을 받았다는 고백은 그의 내공이 영성에 이르렀음을 보여준다.

네 번째 삽화에서 암컷 찌르레기의 참사參事의 시말을 들려주는 장면에서도 이런 신비한 능력이 엿보인다. 알집을 짓고 있던 암컷 찌르레기가 수컷의 사랑을 거부하다가 참사를 당하는 과정을 대화체로 들려준 것("여보 참아요. 집이 다 돼 가잖아요. 기다려요." "알아요. 그러니 사랑부터 해요.")은 새들의 대화 장면을 영적 언어로 엿들었음을 보여주는 장면으로 해석할 수 있다.

---

4) 피터 톰킨스 · 크리스토퍼 버드, ≪식물의 정신세계≫, 황금용 황정민 옮김(정신세계사, 1994). 이 책의 "식물도 생각한다", "인간의 마음을 읽는 식물", "식물과의 의사소통", "우주와 교신하는 식물들의 초감각적 지각", "한 송이 꽃에 깃들인 신의 세계", "클래식 음악을 즐기는 식물들" 등의 글이 그런 증거들이다.

6. 지상낙원의 속성과 풍경들

장돈식이 방그러니 계곡에서 체험한 낙원 풍경들은 분명 도심에서는
볼 수 없는 신비로운 것들이다. 그는 〈5월의 산방〉에서 지상에 존재하지
않는 이상적인 낙원을 찾기보다는 현실공간에서 실천가능한 낙원을 제
시한다. 이것은 작가가 낙원의 개념을 허구적인 이상향으로부터 속세에
서도 실현 가능한 지상낙원으로 끌어내렸음을 의미한다. 이러한 주장은
그의 〈실락원〉에서 충분히 뒷받침되고 있다.

작가가 치악산 방그러니 계곡에서 목격한 제재들 즉, 산목련, 느릅나
무, 물오리, 찌르레기는 몇 가지 낙원의 속성과 풍경을 함유하고 있다.
첫 번째 낙원 풍경은 산목련 이야기를 통해서 보여준다. "느긋하게 계절
을 기다려서 윤택한 잎이 다 퍼진 후에 꽃을 피운다. 흰 무궁화를 닮아
속으로 연연히 붉은 꽃을 가지 끝마다 한 송이씩만을 달고 피어난다.
아침에 서재의 뜰에 서면 방그러니 골 안에 향기가 진동한다." 작가는
이러한 산목련을 정원에서 기르는 목련과 대비한다. 목련은 꽃이 화려
하지만 성질이 급하고, 욕심이 많으며, 과시적인데다 지는 모습 또한 추
하다. 이에 비해, 산목련이 보여준 낙원 이미지는 여유와 기다림, 조화와
우아함, 격조 등으로 상징된다.

두 번째 낙원 풍경은 작가와 느릅나무의 영적靈的 소통방식에 초점을
맞춘다. 이를테면, '잔디도 이 나무 그늘 때문에 햇빛이 모자란다고 졸았
다. 지난해부터 나무에게 밑으로 늘어진 한 가지를 자르기를 바라건만
나무는 아니라고 했다. 나무를 대할 적마다 "한 가지만 자르자."고 보채
던 중, 이달 초에 "좋다."는 응답이 왔다.' 등의 언급이 그 증거이다. 여기
서 작가는 그러한 사실을 믿지 않을 독자들을 염려하여, '이상한 얘기로
들릴지 몰라도 나무도 생명체이고 나무 나름의 생각이 있을 것이고, 같
은 터전에 사는 이웃이다.'라고 첨언한다. 식물과 인간이 소통하는 사회
야말로 진정한 낙원의 전형이다.

세 번째 낙원 풍경은 웅덩이에 살고 있는 물오리가 주인공이다. '오리들은 병아리 적에 물에 들어와서 내가 만들어 준 집에서 자 본 적이 없다. 밤이면 웅덩이 한 가운데로 모여 물에 떠서 잔다. 오리는 뭍에 올라오면 뒤뚱거리며 움직임이 둔하나 물에서라면 매우 민첩하다. 이 녀석들이 하는 일이란 먹고 사랑하며, 온 종일 몸치장하는 것이 전부다.' 이러한 서술은 오리들이 자연 법칙과 본능에 순응하며 산다는 점을 보여준다. 이처럼 작가는 자연법칙에 순응하며 사는 것을 낙원의 속성으로 환기한다.

네 번째 낙원 풍경은 찌르레기 부부의 삶이다. '내가 거실에서 창밖을 보니 암놈이 쏜살같이 서재로 날아온다. 그 뒤에는 수컷이 따라 붙었다. 서재 유리창에 암컷이 부딪치는 소리에 나가서 살펴보니 죽었다. 이튿날 아침, 수놈 혼자서 날아와 그 언저리를 돌아보다가 가고는 다시 나타나지 않는다.' 이것은 본능법칙과 운명에 순응하며 사는 찌르레기의 삶의 풍경을 보여준다. 이러한 특성 또한 그가 찾은 지상낙원의 한 속성이다.

그러므로 작가는 방그러니 계곡의 낙원 이미지를 4가지 풍경으로 제시하고 있다고 볼 수 있다. 즉, 존재들의 격조 있는 삶과 인간과 자연의 영적 소통, 자연법칙에 순응하는 삶, 그리고 본능과 운명에 순응하며 사는 삶 등이다. 이러한 속성들을 체험하면서 작가는 그곳이 지상낙원임을 확신한다.

7. 구조와 문장의 상호작용

이미 서론에서 언급한 것처럼, 명작은 제재에 대한 심오한 철학적 통찰과 그 결과의 감동적인 미적 배열, 그리고 설득력을 지닌 개성 있는 수사전략 등의 상호작용에서 탄생된다. 이 중 어느 것 하나라도 제 기능을 발휘하지 못할 경우 작품은 감동의 울림이 약한 악기樂器로 전락할 가능성이 크다. 여기서 울림이란 철학성과 미학성의 조화 속에서 생성되는 미적 감동의 힘이다.

　문제는 예술적 울림이다. 텍스트가 아무리 훌륭한 제재와 이야기 구조를 지니고 있다 해도, 감동을 주지 못할 경우 예술성을 획득하는데 실패하기 마련이다. 이미 언급한 것처럼, 〈5월의 산방〉은 앞서 제기한 두 가지 축에 문제가 있는 것으로 보인다. 즉, 제재통찰 결과를 울림이 큰 미적 이야기로 변형시키는 구조화의 문제와 다시 그것을 감성적인 문장에 담아 전달하는 서술 전략상의 문제이다.

　먼저, 〈5월의 산방〉은 내화의 전달구조에서 문제가 발견된다. 즉, 내부 이야기는 네 개의 삽화를 공간 몽타주로 모은 뒤, 옴니버스와 대위법에 연결하여 낙원 이미지를 형상화 하는 데는 성공하지만, 그것을 독자에게 전달하는 수렴구조가 부재한 것이 문제로 보인다. 작가는 달랑 네 개의 삽화만을 단순 몽타주 형식으로 담아냄으로써 그것이 만들어 내는 울림을 독자에게 전달해주지 못한다. 다시 말해서 이 작품은 내화를 담아 전달하는 외적 구조의 부재가 울림을 막는 요인으로 작용한다는 뜻이다. 만일 몽타주의 앞과 뒤 혹은 그 어느 쪽에라도 그 울림을 담아 전달하는 구조적 장치가 있었다면, 울림과 공명작용은 현저히 달라졌을 것이다.

　다음은 문장과 서술전략의 층에서도 울림을 방해하는 요인을 찾을 수 있다. 첫째, 딱딱한 사실 진술의 문장을 사용하여 작가의 감정을 배제시킨 것도 하나의 원인이다. 그 결과, 작가는 치악산에서 체험한 지상낙원의 이미지를 어느 곳에서도 감성적 울림으로 들려주지 못한다. 둘째, 적재적소에 호소구조를 장치하고, 파토스와 에토스 등의 기능을 집중력 있게 발휘하지 못한 것도 미적 울림을 약화시킨다. 문학작품에서 파토스(Pathos)는 문장으로 독자의 감성을 자극하여 감동을 생성하는 수사 전략이라면, 에토스(Ethos)는 작가가 자신의 인성(성격과 윤리 등)을 솔직하게 내보임으로써 독자를 설득하는 전략이다. 하지만, 이 작품의 어느 부분에도 독자의 파토스와 작가의 에토스를 적절히 활성화 하는 장면은 발견되지 않는다.

네 번째 삽화에서 찌르레기 암컷이 작가의 산방 거실 유리창에 부딪쳐 죽는 장면에서도 그의 서술은 하드보일드 문체를 방불케 한다. "참사도 있었다." "당황한 내가 나가서 살펴보니 죽었다." "거실 유리를 보고 충돌한 것이다." "냉동고에 있는 그 암컷을 보노라면 슬프다."가 서술어의 전부이다. 어찌 보면, 암컷 찌르레기의 죽음은 작가에게도 윤리적인 책임이 있다. 그는 찌르레기들의 낙원에 침입하여 인공 건물을 짓고, 그 유리창에 새가 부딪쳐 죽게 했기 때문이다. 그러나 작가는 이 장면에서도 일체의 연민이나 동정을 삼간다. 이러한 호소전략은 텍스트의 미적 울림을 약화시키는 결정적 원인으로 작용한다.

호소전략 중 로고스(논리)와 영성을 활용하는 측면은 앞서의 언급처럼 상당부분 실효를 거두고 있다. 이야기의 구조를 위해 공간 몽타주와 옴니버스, 그리고 대위법 등의 논리를 3중으로 연결하여 다층적 울림을 기도한 것은 높이 평가할 만하다. 작가가 두 번째 삽화에서 영적인 힘을 사용하여 작가의 내공을 보여준 것도 신비감을 자아내게 한다. 두 번째 삽화에서 잔디나 느릅나무와의 영적 소통 장면과 네 번째 삽화에서 암컷 찌르레기가 유리창에 부딪쳐 죽기까지의 전말을 유추하는 것도 작가가 새들의 언어를 영적으로 엿들었다고 볼 수 있다. 하지만 이러한 영적 소통상황을 객관적 사실 전달에만 치중함으로써 낙원의 신비성은 사라지고 울림은 상대적으로 줄어든다.

셋째는 작가의 윤리의식에 대한 침묵도 울림을 막는 요인으로 작용한다. 작가는 찌르레기의 낙원에 들어가 암컷의 죽음을 야기했음에도 불구하고 일체의 인성적이고 윤리적인 성찰과 언급을 자제한다. 적어도 자연철학을 존중하고, 숲 속의 낙원 풍경을 즐기는 작가라면, 다소의 유감이나 연민의 감정을 내보이는 것이 자연스럽다. 지상에서는 미물인 찌르레기의 죽음도 우주적 관점에서 보면 하나의 특별한 사건일 수도 있다. 이러한 비극적 상황에 대하여 작가가 외면함으로써 감정이입은 쉽게 일어나지 않는다.

8. 작가의 욕망과 주제수렴

수필 〈5월의 산방〉이 궁극적으로 들려주고자 하는 세계는 치악산 방그러니 계곡에 위치한 지상낙원의 풍경이다. 그것은 작가가 자연과 하나 되어 함께 살아가는 자연친화적이고, 자연 합일적인 사상으로 귀일된다. 이러한 작가의 창작의도는 '욕망의 삼각형' 논리를 빌려 객관적으로 설명할 수 있다.

르네 지라르의 욕망도식은 본시 현대인의 욕망의 간접화 현상을 폭로하고 고발하기 위한 분석의 틀이었다. 그에 따르면, 인간은 자신의 욕망 목표를 스스로 찾지도 못하고, 중개자의 행동을 모방하는 간접화된 방식으로 자신의 욕망을 달성한다고 주장한다. 이때 주체와 중개자 사이에는 모방관계가 성립되고, 중개자는 주체의 모방대상이 된다.

이 수필의 주체인 작가 또한 지상낙원을 스스로 찾은 것이 아니다. 지상에는 존재하지 않는다고 믿었던 낙원을 그는 방그러니 계곡에 살면서 체험한다. 방그러니 계곡은 작가가 욕망을 추구하는 과정에서 중개자로 기능한다. 그에게 방그러니 계곡은 지상낙원을 상징한다면, 그 계곡에서 모은 제재들은 낙원 이미지를 암시하는 모방대상이 된다. 산목련, 느릅나무, 물오리, 찌르네기 등의 제재들은 각각의 특성을 지니고 있으면서도, 보편적인 낙원의 상징소들을 함유함으로써 주체인 작가에게는 모방대상이자 중개자로서의 기능을 수행한다.

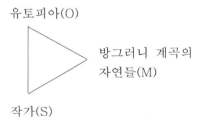

유토피아(O)

방그러니 계곡의
자연들(M)

작가(S)

따라서 이 수필은 디스토피아에 살던 작가가 방그러니 계곡의 자연세계를 중개자로 하여 발견한 지상낙원에서 함께 살아가는 이야기를 기본 구조로 삼고 있다. 여기서 작가는 방그러니 계곡의 지상낙원에서, 그들과 함께 살아가는 한 구성원으로서 인간과 자연이 공존공생하는 모습을 보여준다. 이럴 경우, 작가는 지상낙원의 이미지를 자연의 품속에서 자연의 법칙과 운명에 순응하며 살아가는 존재들로부터 목격하게 된다.

이러한 논리를 〈5월의 산방〉에 적용해보면 작가는 인간세계, 즉 디스토피아에서 살고 있는 독자들에게 방그러니 계곡에서 체험한 삶을 보여줌으로써 낙원이 지상에도 존재함을 역설한다. 작가가 차용한 공간 몽타주 기법과 옴니버스, 대위법 등은 낙원의 이미지를 모으기 위한 전략과 관련된다.

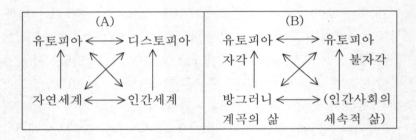

이러한 낙원 이미지는 제재들이 함유하고 있는 개별적인 속성들과 그들이 공유하고 있는 보편적 이미지의 총합으로 제시된다. 그리고 그런 이미지를 통해서 작가는 지상에 존재하는 낙원의 한 모델을 증언한다.

작가의 철학적 안목은 바로 이 지점에서 빛난다. 그는 동서양의 전통적인 낙원 개념인 미래나 내세의 이상세계보다는 현실공간 속에서의 지상낙원을 형상화한다. 그에게 지상낙원은 자연과 인간이 공생하면서 영적 소통을 나누며 자연의 법칙과 운명에 순응하며 사는 곳이라고 할 수 있다. 그리고 그러한 지상낙원에서는 자연친화적이고 자연합일적인 삶을 통해서, 인간이 자연의 일부로 돌아가는 길임을 경건하게 보여준다.

9. 낙원수필과의 조우遭遇

이 수필은 방그러니 계곡의 낙원 이야기이다. 낙원에 대한 이야기이면서도 전통적인 동서양의 낙원 이미지와는 다른 풍경을 보여준다. 그것은 16세기에 영국의 토마스 모어(Thomas More)가 소설 ≪유토피아(Utopia)≫를 통해서 창안한 '지상에 존재하지 않는 곳'과도 거리를 두고, 동양의 '무릉도원武陵桃源'이나 '삼신산三神山', '대동사회大同社會', '선경仙境'과도 구별된다.

일반적으로 동서양이 공유하고 있는 유토피아는 크게 세 가지 특징을 함유한다. 첫째, 유토피아는 반드시 일정한 공간을 바탕으로 성립된다. 둘째, 유토피아는 인간의 보편적인 이상, 꿈, 소망을 중심 주제로 갖는다. 셋째, 모든 유토피아는 현실태가 아닌 상상력에 의해 구성된 픽션으로서의 성격을 지닌다. 따라서 유토피아란 이상적인 공간에 대한 인간의 소망과 꿈을 문학적으로 표현한 것으로 정의된다.[5]

장돈식의 낙원은 이들과 사뭇 다르다. 그는 수필 〈실락원〉[6]에서 자신의 낙원 조건을 서너 가지로 들려준다. "방그러니 계곡은 나의 파라다이스, 이 무릉도원은 한창 물이 올랐다."로 시작되는 이 작품 속에는 자생의 화초와 식물들이 피고 지는 자연 공간, 위기에 처한 식물들을 구해다 심고 가꾸는 공생의 공간, 그리고 병든 아내를 구해주고 심신이 지친 작가에게 새 삶을 안겨준 치유의 공간이다.

작가는 자신의 낙원관을 수필 〈실낙원〉에서 알기 쉽게 설명했다면, 〈5월의 산방〉에서는 몇 가지 창조기법을 활용하여 입체적으로 암시하

---

5) 정재서, ≪도교와 문학 그리고 상상력≫(푸른숲, 2001), 272~273쪽.
6) 장돈식, ≪빈산엔 노랑꽃≫(학고재, 2001), 283~287쪽.

는 방식을 사용한다. 후자에서 보여준 낙원은 세속적 삶에 지친 자들의 육체적, 정신적 회복공간이다. 그러므로 그의 낙원은 환상성에 바탕을 둔 허구적 이상공간이 아니라, 자연의 일부로서 세속적 욕망과 거리를 둔 치유와 공생의 공간이다.

작가가 〈5월의 산방〉에서 재현한 낙원 풍경은 독특하다. 여기서 작가는 전통적인 유토피아의 관념을 뛰어넘어 그 나름의 독자적인 낙원관을 펼친다. 첫째, 그의 낙원은 세속적 도시공간에서 벗어난 자연 공간(숲)에서 실현된다. 둘째, 그의 낙원은 존재의 여유와 기품, 인간과 사물 간의 영적 소통, 자연법칙과 본능에 순응하는 삶, 주어진 운명에 따른 삶 등을 속성으로 갖는다. 셋째, 그의 낙원은 인간과 자연이 함께 거주하는 자연친화적이고 자연합일적인 공존공생의 원리를 실현하는 공간이다. 넷째, 그의 낙원은 현실적인 삶의 공간에서 실현되므로 환상성과 허구성을 사실성과 진실성으로 대치한다.

하지만 입체적이고 다층적인 구조에도 불구하고 그의 낙원 이야기는 독특한 미적 울림을 생성하지 못한다. 구조미학의 관점에서, 그의 낙원 이야기는 제재 통찰과 구조화 과정에서는 독창성을 보이고 있으나, 담화와 수사 전략의 차원에서는 감성적 울림을 지나치게 억제한다. 그래서 작가는 의도적으로 감정을 배제시킨 채 때 묻지 않은 낙원 풍경에 초점을 맞추고, 객관적 사실진술의 방법만을 고집한다. 그 결과 숲 속에서 체험한 네 가지 제재들 속에 내재된 신비성과 영성 등의 제시에 한계를 보인다. 그러한 신비한 속성들을 적절한 서술로 살렸을 경우, 그가 살고 있는 지상낙원의 독특한 분위기를 보다 생생한 울림으로 들려주었을 것이다.

그런 아쉬움 속에서도 이 작품은 전통적인 동서양의 낙원관에서 벗어나 자신만의 독특한 세계를 보여주는데 성공한다. 바로 여기에 이 작품을 현대적 의미의 낙원수필로 평가할 수 있는 근거가 존재한다.

〈참고문헌〉

류시화 엮음. ≪민들레를 사랑하는 법≫. 나무심는사람, 1999.

이시영. ≪무늬≫. 문학과지성사, 1994.

장돈식. ≪딱새네 경사≫. 좋은수필사, 2007.

장돈식. ≪빈산엔 노랑꽃≫. 학고재, 2001.

정재서. ≪도교와 문학 그리고 상상력≫. 2001.

톰킨스 피터·버드 크리스토퍼. ≪식물의 정신세계≫. 황금용·황정민역. 정신
　　　세계사, 1994.

10
허세욱의 〈움직이는 고향〉

1. 작가의 숙명과 고향 탐구

고향은 그 의미와 상징성이 무한하여 동서고금의 많은 작가들에게 끊임없는 창작의 모티프가 되어왔다. 그만큼 고향은 의미의 스펙트럼이 다양하고 심오하여 작가들의 영원한 탐구 목표가 된 지 오래이다.

고향은 인간이 세상에 태어나 인간적 기초를 배운 태생지로서의 의미를 갖는다. 그곳은 인간으로서 살아갈 수 있는 기본 윤리와 언어를 배운 역사적인 공간이자, 인생의 꿈과 욕망을 실현시켜 준 곳으로도 회자된다. 철학적 측면에서 고향은 인간이 세상에 태어나 살다가 언젠가는 돌아갈 영원한 본질세계로도 상징된다.

이렇게 볼 때, 고향은 인간의 물리적, 정신적, 영적 뿌리로서의 상징성이 강하고, 각각의 탄생 크로노토프 속에서 생성되는 역사성과 철학성을 갖는다. 따라서 고향은 모든 인간에게 이니시에이션적 의미를 제공하고, 일생 동안 끊임없이 환기되면서 언젠가는 돌아가야 할 원형적 심상으로 자리 잡는다. 그런 까닭에 그것은 삶의 순간순간에 원심력과 구심력으로 작용하면서 인간의 생을 이끌어주는 영혼의 나침반처럼 기능한다.

작가는 그리움을 안고 영원한 고향을 찾아가는 방랑자이다. 작가는 자신의 고향 이야기를 통해서 독자들의 고향을 일깨워주는 자들이다. 인간의 고향은 흔히 3단계로 이동한다. 출생지로서의 공간을 암시하는 고향마을에서, 심리적 정신 공간을 거쳐 영원한 유토피아로서의 철학적 본향으로 이행한다. 고향은 이러한 공간적, 심리적, 형이상학적 문제의식으로부터 생성되어 작가들마다 특별한 고향의 공간학과 심리학, 철학을 함유한다.

수필작품 속에는 작가의 다양한 고향 찾기와 연결된 삶의 고뇌와 성찰들이 고백의 형식으로 담겨있다. 작가의 고향 이야기는 다른 작가들이 들려주지 않은 방식으로 개성 있게 들려줄 때 빛을 발한다. 그리고 그 고향 속에 내재한 철학적 의미와 심미적 울림을 통해서 작가의 향수는 보편적인 울림을 획득한다. 작가에게 고향 이야기는 단순히 돌아가야 할 귀향적 크로노토프가 아니라, 찾아가거나 회복해야 할 인간적 가치라는 점에서 철학적 의미를 갖는다. 그것은 인간들이 세속에 살면서 잃어버린 인간적 순수성과 우주적 모성애를 회복시켜 주는 영원한 행위로도 인식된다.

이제 수필가 허세욱의 고향이 궁금해진다. 그가 〈움직이는 고향〉 속에 묻어놓은 고향 이야기를 통해서 독자는 작가와 동행하는 귀향길의 도반이 되어야 한다.

2. 분석 텍스트의 선정

이 작품은 〈좋은수필사〉에서 발간한 허세욱 수필선 ≪서적굴 디딜방아≫(2007)에서 취하였다. 이것은 다른 몇몇 텍스트와 다소의 문장 차이를 보이지만, 이야기의 흐름에는 변화가 없고, 작가가 생전에 묶어낸 마지막 작품선집이라는 데 가치를 두었다.

〈움직이는 고향〉

어머님이 홀로 되신 지 어언 2년이 다가온다. 그러니까 내 마음의 포근한 고향도 때마다 봇짐을 싸듯이 자리를 옮기기 2년이 가까워온다.

고향이 고향으로 불리는 내력은 많다. 누구는 자기가 출생한 곳을, 누구는 선영이 있는 곳을, 누구는 친족의 집단취락을 말하지만, 나에겐 부모가 계신 곳, 어머니가 계신 곳을 말한다. 어머니가 담그신 청국장 시루가 아랫목에 좌정한, 그런 발효된 메주 냄새에 밴 어머니의 퀴퀴한 안방이어야 한다.

칠십 평생을 시골 지주 며느리요, 4대 봉사奉祀의 종부宗婦였던 어머님이 아버님을 여읜 뒤 홀연 정착을 마다하시고 무거운 노구를 이끌고 여기저기 자식 집을 찾아 때 아닌 유랑을 했다. 실향민도 피난민도 아니면서, 자그마한 비닐 가방을 드시고, 그것도 겨우 천 원짜리 거무죽죽한 가방을.

내 집에 오시자마자, 까치집처럼 반공半空에 매달려 창을 열면 현기증을 느끼신다는 아파트가 싫어서, 남도 칠백 리 막둥이 자식집에 가시겠다고 당장 가실 채비를 하신다. 이른 아침 어머님이 거처하시는 방으로 건너가면 어느새 방을 치우시고 동그마니 앉아 계신다. 들고 오셨던 가방은 옷매무새나 하듯이 단정하게 금방이라도 들고 나설 수 있게 꾸리셨다. 그렇게 깔끔하게 정돈된 가방에서 나는 죄책과 슬픔을 느꼈다. 행여 역마벽으로 아침저녁 들락거리는 나의 소홀 때문인가? 아니면 여기도 저기도 정착할 곳이 못 된다는 황혼기의 적막이나 초조 때문일까?

어쩌다가 나는 그 보퉁이의 내역이 궁금해서 어머니 몰래 가방을 풀어보았다. 치마저고리 한두 벌에 속옷 몇 벌, 그리고 언젠가 내가 구해

드린 강위산強胃酸 약병, 눈에 익은 귤과 사과, 부스러기 된 과자, 껌, 사탕, 땟국이 절반쯤 밴 수건에 빗과 손거울이 한쪽으로 구겨져 있었다. 젊은이 같으면 큰 자개장에다 걸어둘 옷이 여기에 뭉쳐 있고, 울긋불긋 경대에 즐비할 세면도구가 여기에 끼어 있고, 분합에나 넣어야 할 상용약들이 여기서 구르고 있는 것이다. 더구나 간식으로 드린 과일과 과자를 여기에 모아 두신 것을 보았을 때 갑자기 축축해지는 눈언저리가 무겁다.

그리고 가장자리 주머니엔 언젠가 해드린 금비녀가 헝겊 조각에 말리어 있고, 새 며느리가 지어드렸을 새 버선이 셀로판 종이에 싼 채로 있고, 똘똘 말아둔 몇 장의 지폐도 보였다. 말하자면 옷장도 경대도 분합도 모두 여기 다목적 가방에 담겨 있는 셈이다. 어쩌면 어머님의 동산動産 전부가 아닐까?

일흔 하고도 삼 년이나 살다 얻은 동산이란 게 기껏해야 우리가 잠시 동안 외국 나들이할 때 한 손에 추거든 트렁크의 몇 분의 일밖에 되지 않았다. 연륜과 함께 불어야 할 목록이거늘, 우리 어머니의 경우엔 헌신짝 하나라도 붙기는커녕, 갈수록 얄팍해지고 있다. 점차 적자赤字로 환원되는 과정이기에 정녕 무거운 것이 싫어서일까?

기실 그 비닐 가방 속 동산의 용처는 꼭 어머님을 위한 것만은 아니다. 귤 · 껌 · 사탕 따위는 각지에 흩어져 사는 손자 손녀들에게 줄 선물로 충용될 것이 뻔했다. 말이 났으니 말이지 어머님은 상부喪夫한 뒤 이 집의 대가모大家母에서 손자들의 보모로 전업된 셈이다. 일은 훨씬 번거롭고 정은 보다 분산되어야 했다. 갈 곳은 많아도 마음은 늘 공허했고, 한가한 시간은 많아도 늘 초조했다. 그때마다 어머님은 저 봇짐을 싸들고 피곤한 여로에 훌쩍 오르셨으리라. 그렇다면 거기 비닐 가방에 포개진 두어 벌 치마저고리엔 주름마다 무거운 고적孤寂이 접혀 있는 거다.

더러 아버님 산소를 찾을라치면 어머님께선 못 견디게 흐느끼시느라 몸을 가누지 못했다. 2년 전 같으면 정말 낯설기만한 산기슭에서 지금은 고향집 안방보다 편안한 마음으로 심중에 쌓인 설움을 털어놓고 계셨다. 어머님의 심경에도 모든 것을 호소할 수 있는 고향이 옮겨지고 있는 걸까? 언젠가 정말로 돌아갈 수 있는 곳이 고향이라면, 아버님 곁을 자기 고향으로 내심 짐작했고 또 벌써부터 다정하게 어루만지고 있는 걸까? 거기 돋아나는 쑥내음이나 향긋한 흙내음을 메주 냄새처럼 맡고 있는 걸까? 우리가 시종始終과 사생死生을 한 가지로 본다면 더욱 그럴 수 있다. 어머님 내심 속엔 이미 고향이 옮겨가고 있었다.

어제 아침 전주 막내동생 집으로 떠나는 어머님은 여느 때처럼 그 비닐 가방을 들고 떠나셨다. 말이야 서울이 갑갑해서 견딜 수 없다지만 기실 백일이 갓 넘은 손녀의 재롱을 보고 싶어서였고, 그보다는 선산 가까운 데서 축축한 진흙을 밟고 싶어서가 아닐까?

오늘따라 새봄이 깊어갔다. 라디오에선 〈고향의 봄〉이 물결치지만 왠지 내가 뛰놀던 복숭아꽃, 살구꽃, 아기 진달래가 한창일 고향집에 대한 절실한 그리움은 잃어가고 있는 거다. 가만히 생각하면, 지금 그곳엔 백양목 흰 두루마기 아버님도 세상을 뜨셨고, 메주를 끓이시던 어머님도 고향 아닌 타관에 계시기 때문이다.

이런 생각은 지난 가을에도 그러했었다. 어머님이 둘째아우를 따라 대구에 계셨을 때였다. 그 가을이 저무는 어느 날 나는 고향에 간다는 마음으로 기차를 탔는데 낯선 추풍령을 향하고 있었다.

때로는 전주가, 때로는 대구가, 때로는 태생지胎生地가 고향으로 여겨진다. 그런데도 막상 어머님이 내 집에 계실 때면 서울이 고향으로 받아들여지지 않는 것은 또 무슨 모순일까?

이십 년 전만 해도 우리 몸을 감싸고 있는 의류들이 거의 어머님의 손때 묻은 목면질木綿質 그런 것이었다. 적어도 우리 알몸에 닿는 내의만이라도, 지금 우리 몸뚱이에 걸쳐진 의류 한 오라기의 실도 어머님이 주신 것은 없었다. 지금 온 몸뚱이에 어머님의 손때가 무용해지듯이, 고향도 저만큼 먼 거리에서 때로는 그립고 때로는 아예 잊혀지고 만다.

그래도 나에겐 고향이 있다. 그런데 어머님 내심에 움직이고 있는 고향의 소재所在처럼, 나도 고향의 소재가 안개처럼 몽롱해지고 더러는 어머님의 소재를 따라 옮겨지고 있다. 어머님의 꾀죄죄한 봇짐을 따라 나의 목마른 향수는.

고향을 그리는 마음은 어머니를 그리는 마음. 안산案山처럼 내 곁에 앉아 있어도 꼬까옷 동년童年을 재현시켜주던 어머님이 자꾸만 먼 길을 떠나시니 고향은 더구나 아물아물 멀어지고 여기저기로 움직인다.

3. 이중액자와 울림의 기법들

이 수필은 이중액자 구조에 어머니와 작가의 움직이는 고향이야기를 담아 들려준다. 17개의 단락으로 요약된 이야기들은 '도입액자+내부이야기+종결액자'의 구조 속에 기능적으로 배열된다. 이중액자 속에는 '나의 고향 이동사유'가 담겨있고, 내부이야기 속에는 어머니의 유랑동기와 그에 따른 나의 죄책감과 슬픔, 그리고 어머니의 고향 이동사유와 나의 고향 이동사유 등이 삽입되어 있다.

분석의 편의를 위해 텍스트의 의미망을 요약 제시하면 다음과 같다. 〈도입액자〉(Ⅰ.이동하는 내 고향): ①어머님이 홀로 된 2년 동안 내 고향도 자리를 옮긴다. ②내 고향은 부모가 계신 곳, 어머니가 계신 곳이다.) 〈내부이야기〉(Ⅱ~Ⅳ)(Ⅱ.어머님 유랑 동기와 내 슬픔): ③어머님은 아버님 사후死後 자식 집을 유랑한다. ④오자마자 떠날 차비를 하는 어머님께 죄책감을 느낀다. ⑤어머니가 가방에 모아둔 것을 보면 눈물이 난다. ⑥가방 속에 들어있는 것이 어머님 동산動産의 전부다. ⑦73년 간 얻은 어머님 동산이 갈수록 얄팍해진다. ⑧어머님은 상부喪夫후 공허를 느낄 때마다 여로에 오른다.) (Ⅲ.어머님 고향이 이동하는 사유): ⑨어머님은 아버님 산소에서 심중의 설움을 털어놓는다. ⑩어머님은 아버님 곁을 고향으로 이미 옮겨가고 있었다. ⑪손녀 재롱과 선산 흙이 그리워

막내네로 떠났을 것이다. (Ⅳ.내 고향의 이동사유): (⑫고향집의 동경을 잃어가는 것은 부모님이 안 계시기 때문이다. ⑬지난 가을, 고향행 기차를 탔으나 추풍령을 향하고 있었다. ⑭어머님이 가 계신 지방과 태생지가 고향으로 여겨진다. ⑮어머님 손때가 무용해지듯 고향도 때로는 아예 잊혀진다.〈종결액자〉(Ⅴ.이동하는 내 고향): ⑯나의 목마른 향수는 어머님을 따라 옮겨지고 있다. ⑰어머님이 자꾸만 떠나시니 고향은 여기저기로 움직인다.

이상의 요약 내용은 다시 다섯 개의 시퀀스로 묶을 수 있다. 도입액자에는 '이동하는 내 고향' 이야기인 단락①,②가 배열되어있다. 내부이야기 속에는 '어머님 유랑 동기와 내 슬픔', '어머님 고향 이동사유', '내 고향 이동사유' 등을 담은 단락③~⑮가 삽입되어 있다. 그리고 종결액자 속에는 '움직이는 내 고향' 이야기인 단락⑯,⑰을 담고 있다. 이것을 도형화하여 플롯체계도로 보여주면 다음과 같다. 도입액자는 주제를 암시해주고, 내부이야기에서는 고향 이동내력을 서술해 준 뒤, 종결액자에서는 주제로 수렴하는 폐쇄액자 구조를 보여준다. 그러므로 이 수필은 내부이야기를 원인으로 하여 발생한 액자 이야기를 결과로 끌어안는 전형적인 인과因果구조를 형성한다.

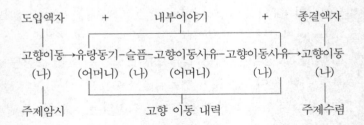

이 수필은 남편 사후 2년 동안 어머니의 행적 관찰과 그에 따른 작가

의 심리적 행동 고백이 주를 이룬다. 여기서 어머니와 아들 두 인물이 보여주는 행동 형식은 패턴이다. 의미 있는 행동을 반복적으로 보여주는 것을 패턴(pattern)이라고 할 때, 어머니는 고향 탐색의 패턴을, 아들인 작가는 고향 추적追跡의 패턴을 보여준다. 상부喪夫 후, 어느 곳에도 정착하지 못하고 노구를 이끌고 자식 집을 전전하는 어머니의 행동은 새로운 고향을 찾아 떠도는 유랑 패턴이다. 이에 비해, 어머니를 고향으로 생각하는 작가의 행동은 움직이는 고향을 추적하는 고향이동 패턴으로 명명할 수 있다. 그리고 이 두 인물은 새로운 고향 탐색과 움직이는 고향 추적을 위해 여기저기를 떠돈다는 의미에서 순환패턴을 공유한다. 어머니는 새로운 고향을 찾기 위해서 아들네 집들을 돌고 돌았고, 작가 또한 어머니의 소재所在를 뒤따르는 행동양식을 보여준다. 이러한 패턴들은 액자구조의 내부이야기 속에서 움직이는 고향이라는 주제를 형상화하는 데 기여하고, 인물들의 성격을 창조하는 데도 도움을 준다.

공간몽타주 기법 또한 흥미롭다. 어머니가 순환적인 공간 이동을 통하여 아버지의 산소와 태생지, 자식들의 집 등을 유랑하는 행동을 보여주는 데는 그럴 만한 이유가 있다. 남편과 사별 후에 찾아온 공허감과 초조감도 문제이지만, 더 큰 요인으로는 고향처럼 여기며 살았던 남편을 잃은 충격과 불안감이다. 남편 생시에는 4대 봉사의 대가모大家母로서 집안을 통솔했으나, 상부 후에는 손주들의 보모로 지위가 전락한 것도 어머니를 유랑의 길로 이끈 동기가 된다. 무엇보다도 어머니의 유랑 심리 속에는 "고향집 안방보다 편안한 마음으로 심중에 쌓인 설움을 털어놓고", "모든 것을 호소할 수 있는", 그리고 "언젠가 정말로 돌아갈 수 있는 고향"을 찾아 나서려는 욕망이 내재해 있다. 따라서 공간몽타주는 자식들의 집을 전전하면서도 안정된 고향이 존재하지 않음을 논증하는 기법으로 활용된다.

객관적상관물의 도입도 이야기의 설득력을 높이는 데 일조한다. 어머니의 전 재산을 담은 유일한 소지품인 '천 원짜리 거무죽죽한 비닐가방'

은 작가에게 죄책감과 슬픔을 안겨주는 객관적상관물로서 빛을 발한다. "실향민도 피난민도 아니면서, 자그마한 비닐 가방을 드시고," "들고 오셨던 가방은 옷매무새나 하듯이 단정하게 금방이라도 들고 나설 수 있게 꾸리셨다.", "옷장도 경대도 분합도 모두 여기 다목적 가방에 담겨 있는 셈이다. 어쩌면 어머님의 동산動産 전부가 아닐까?", "기실 그 비닐 가방 속 동산의 용처는 꼭 어머님을 위한 것만은 아니다.", "거기 비닐 가방에 포개진 두어 벌 치마저고리엔 주름마다 무거운 고적孤寂이 접혀 있는 거다." 등의 묘사는 작가에게 안타까움과 연민, 죄책감 등을 슬픔의 정서로 환기시켜 준다. 작가는 이처럼 초라하고 꾀죄죄한 싸구려 비닐 가방을 들고, 새로운 고향 찾기에 나선 일흔셋의 노모로부터 느끼는 강렬한 향수를 슬픔이란 단어로 압축한다.

그러므로 이 수필은 새로운 고향을 찾아 유랑하는 어머니와 그 뒤를 좇는 작가의 심리적 고향관에 대한 물음이 주제를 형성한다. 이제, 어머니와 작가의 고향 찾기 담론 속에 내재한 두 인물의 고향관에 대해 살펴볼 차례이다.

4. 고향철학과 그 이념적 특성

이 작품 속에는 고향을 찾는 두 인물이 등장한다. 하나는 어머니이며, 다른 하나는 아들인 작가 자신이다. 어머니의 행동은 아들의 고향 이동을 유발하는 원인으로 작용하고, 아들은 그 어머니의 소재를 따라다니면서 고향을 바꾼다. 이러한 인과적 행동 속에서 발견되는 공통소는 고향 찾기이다. 어머니는 새로운 고향을 찾는 데 유랑 형식을 사용하고, 아들은 자신의 고향인 어머니를 뒤따르면서 향수를 달랜다. 그렇다면 이 두 인물에게 고향이란 무엇인가를 묻지 않을 수 없다.

대체로 19세기 이후 철학자와 문학가들에 의해 탐구되기 시작한 고향

연구에 따르면, 현대인은 실향자, 혹은 귀향자로 명명된다. 인간이 공동체 생활에서 전통적인 생활공간을 파괴당하거나 잃어버릴 때, 고향은 실향失鄕이나 이향離鄕의 개념을 낳는다. 이때 인간은 공간적이고 지정학적인 고향상실 뿐만 아니라, 근원적인 삶의 공간으로서의 자기 동질성과 존재 근원성의 파괴와 상실을 경험하게 된다.[1]

고향에 대한 관심은 1970년대 후반 이후, 유럽 학계와 독일 철학계를 중심으로 활발한 논의로 이어졌다. 그중에서도 생철학과 현상학, 실존철학 등에서 심층적인 철학적 통찰을 시도하였다. 생철학生哲學에서 고향은 "자연과 문화 간의 경계가 없는, 그것이 합일된 근원적인 삶의 현상으로서 문화적이고 역사적인 것"으로 파악한다. 현상학現象學자인 후설(E. Husserl)은 고향의 유동성에 주목한다. 즉, "고향의 유동성은 그것의 가변성에서 기인하고, 그것은 곧 고향의 타향화他鄕化를 의미한다."

현상학자들은 유동적인 사회구조와 문화, 시간의 흐름, 인간의식과 삶의 형태 등의 변화로 인해 고향도 자기 정체성을 잃어버릴 수 있음을 강조한다. 실존주의자인 하이데거는 "철학은 본질적으로 향수병鄕愁病"이라는 노발리스의 주장을 차용하면서, "인간 현존은 그 본래성이 비본래성에 의해 은폐되어 그 본래성을 잃은 상태에 있다고 보고 이런 상태를 고향 상실로 표현한다. 그리고 고향인 본래성의 회복이야말로 철학자의 과제이고 또 인간의 근본적인 지향목표"라고 주장한다. 한편, 블로흐(E. Bloch)는 ≪유토피아의 정신≫(1918)에서 "이 세계는 참된 것이 아니다. 그러나 인간과 진리를 통하여 그것은 귀향歸鄕에 성공할 것이다."라고 전제한 뒤, 그는 고향을 "아직 전적으로 도착하지 않은 실재 형태"이면서 "지금 여기의 추구 내용"으로 규정한 바 있다.[2] 이처럼, 철학적이고 형이상학적 관점에서의 고향은 모든 인간이 궁극적으로 돌아가야 할 귀

---

1) 전광식, "고향故鄕에 대한 철학적 반성", 대한철학회 논문집, ≪철학연구≫ 제67집(98. 8), 253~256쪽.
2) 위의 책, 256~276쪽.

향의 대상으로서 본향本鄕(이상향)을 지시한다. 유토피아로서의 철학적 본향은 현실세계에서는 도달 불가능한 초월적 이상세계로 상징되거나, 진리탐구나 종교적 수행의 목표로 주어진다.

이 작품에서 작가는 고향의 범주를 세 가지로 전제한 뒤 자신의 고향관을 피력한다. 즉, "누구는 자기가 출생한 곳을, 누구는 선영이 있는 곳을, 누구는 친족의 집단취락을 말하지만", "나에겐 부모가 계신 곳, 어머니가 계신 곳"으로 규정된다. 작가의 이와 같은 고향관은 결말부의 종결액자 부분에 이르러, "고향을 그리는 마음은 어머니를 그리는 마음." 으로 은유된다. 그래서 "어머님이 자꾸만 먼 길을 떠나시니 고향은 더구나 아물 아물 멀어지고 여기저기로 움직인다."는 탄식이 가능해진다.

이 작품의 독특성은 작가의 고향이 곧 어머니라는 주장에 있다. 그에게 고향은 자신의 생명을 잉태해준 모성에 대한 원초적 은혜와 향수의 모태이자, 하늘이 맺어준 혈연관계의 뿌리로서 윤리적 의미가 강하다. 이러한 논리는 작가 허세욱이 유학적 전통을 삶의 철학으로 실천해온 종가의 자손이라는 점과도 관련된다. 그러므로 그의 고향관은 현세적이고 현실주의적인 유학적 전통이나 사상과 맥락을 같이한다.

현세주의적이고 현실주의적인 고향관은 작가의 어머니가 추구하는 고향의식 속에서도 발견된다. 어머니는 남편을 고향으로 알고 살다가, 남편 사후에는 새로운 고향을 찾아 방랑하는 이야기 속에서 확인된다. 추정컨대, 작가의 어머니는 혼전에는 부모님이 계신 곳을 고향으로 알고 살다가, 결혼 후에는 남편으로 고향을 옮겼다가, 상부 후에는 다시 아들네 집을 전전하면서 새로운 고향을 찾아 유랑한다. 어머니가 찾고 있는 유랑의 최종 목적지는 "고향집 안방보다 편안한 마음으로 심중에 쌓인 설움을 털어놓고", "모든 것을 호소할 수 있는", 그리고 "정말로 돌아갈 수 있는 곳이 고향"이라는 현실주의적 관념 속에서 발견된다. 이런 현세적인 고향의식으로 작가의 어머니는 아버지의 산소 곁을 사후의 고향으로 정하고 옮겨가고 있는 것이라고 볼 수 있다.

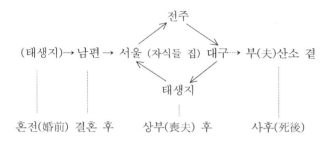

어머니가 남편과 사별한 뒤 고향집을 버린 것은 후설이 말한 고향의 타향화 현상으로도 읽을 수 있다. 고향을 한곳에 정하지 못하고 이곳저곳으로 옮기게 된 데는 크게 두 가지 연유가 내재한다. 첫째는 지극히 현실적인 이유이다. 상부喪夫한 뒤 대가모였던 어머니가 손자들의 보모로 전락한 점, 심중에 쌓인 설움을 털어놓을 수 있는 곳의 부재, 백일이 갓 넘은 손녀의 재롱을 보고 싶은 마음, 선산 가까운 데서 축축한 흙을 밟고 싶음 등이다. 둘째는 일생을 유교적 전통 속에서 살아온 종가집 종부로서 유학사상에서 배우고 익힌 현세주의적이고 현실적인 고향관 때문이다.

어머니의 유랑이 갖는 의미는 작가의 고향을 움직이게 하는 원인으로 작용하는 데 있다. 작가 허세욱의 고향관이 갖는 개성적 의미는 일반적인 한국인들처럼, 고향이란 자신의 태胎를 묻은 곳이 아니라 바로 어머니가 계신 곳이라는 고향의식에 있다. 이러한 작가의 고향관 속에는 유교가 가르친 자신을 낳아준 부모에 대한 윤리적 효심이 뿌리를 내리고 있다. 그것은 현존하는 인간적 생명의 원천에 대한 외경심과 인仁이 곧 사람을 사랑하는 것[愛人][3]이라는 가르침, 그리고 부모님을 잘 공양하고 공경하는 것이 효孝[4]라는 유학사상에 바탕을 둔 것으로 보인다.

---

3) ≪논어≫ 제12편 안연顏淵, 22장 "樊遲 問仁 子曰 愛人."
4) ≪논어≫ 제2편 위정爲政, 7장 "子游 問孝 子曰 今之孝者 是謂能養~不敬 何以別乎."

고향이 작가들의 영원한 탐구 대상이 되는 것도 이런 철학적 문제의식과 무관하지 않다. 모든 작가에게 고향은 매력적인 주제로서 심오한 상징성을 획득한다. 특히, 한국인의 고향관에 대해서는 소설가 이문열이 ≪그대 다시는 고향에 가지 못하리≫에서 선보인 적이 있다. 그는 이 소설 속에서 고향을 유교적 전통에 뿌리를 둔 '문중門中의식'으로 규정한다. 이 소설과 동명의 작품인 미국의 토마스 울프(Thomas Wolfe)의 소설 ≪You Can't Go Home Again≫도 미국인의 보편적 고향관을 형상화한다. 이 작품 속에서 작가는 경제공황으로 파괴된 과거의 고향을 버려야만 바람직한 미래의 고향을 찾을 수 있다고 주장한다. 그에게 바람직한 고향이란 과거에 있는 것이 아니라 미래에 완성된다. 여기서 이문열과 울프의 고향관은 두 나라의 역사와 문화적 정체성만큼이나 다른 차이를 보인다. 전자가 과거지향적인 구심적求心的 향수鄕愁구조를 보인다면, 후자는 진취적이고 낙관적이며 미래지향적인 원심적遠心的 탐향探鄕구조를 보인다.

이들에 비해서, 허세욱의 고향은 "부모가 계신 곳, 어머니가 계신 곳"으로서 어머니의 소재를 따라 옮겨지고 있다. 이러한 고향관은 자신을 낳아준 어머니를 진정한 고향으로 인식한다는 점에서 모성적 고향관으로 명명할 수 있다.

5. 고향의 조건과 심리적 거리

여기서 잠시, 두 인물이 지니고 있는 고향의 조건에 대해 살펴볼 필요가 있다.

먼저, 두 인물의 고향관념 속에는 〈공간+인간〉이 만들어 내는 복합심리가 작용한다. 이 점은 어머니와 작가 모두에게 공통소로 작용한다. 예컨대, 어머니는 아버지와 함께 살던 태생지를 고향으로 여기다가, 상부 후에는 고향을 버리고 새로운 고향을 찾아 나선다. 이러한 사실은 남편이 없는 공간으로서의 태생지는 고향으로서의 의미를 잃는다는 뜻이다. 어머니에게는 〈남편과 거주하는 공간+남편의 현존現存〉이라는 두 가지 요소를 충족시킬 때만 고향으로서의 의미가 성립된다. 그래서 남편이 죽자 그와 함께 살던 고향집을 버리고 자식들의 집을 찾아 서울, 대구, 전주 등을 떠돌지만, 역시 고향으로 받아들이지 못한다.

이러한 고향의식은 아들인 작가에게도 동일하게 나타난다. 작가에게 고향은 〈부모님이 살고 계신 공간+어머니의 현존〉이라는 공식을 충족시킬 때만 수용될 뿐이다. 따라서 "라디오에선 〈고향의 봄〉이 물결치지만, (중략) 지금 그곳엔 백양목 흰 두루마기 아버님도 세상을 뜨셨고, 메주를 끓이시던 어머님도 고향 아닌 타관에 계시기 때문이다."라는 고백이 나오는 것이다. 이 대목 역시 〈부모님이 살고 계신 공간+아버님, 혹은 어머님의 현존〉이라는 공식이 고향의 필요충분조건임을 보여준다. 그래서 작가는 자신의 고향을 "나에겐 부모가 계신 곳, 어머니가 계신 곳"으로 한정한다. "때로는 전주가, 때로는 대구가, 때로는 태상지가 고향으로 여겨진다."고 토로하는 것도 이런 논리에서 나온다.

이렇게 볼 때, 이 두 인물들에게 고향이란 〈공간+인간〉이 만들어 내는 복합심리적 사랑의 현존공간이라고 할 수 있다. 이러한 작가의 고향의식 속에서는 어머님이 살고 있지 않은 "고향집"은 의미가 없다. 다시 말해서, 작가의 고향은 부모님이 '살아-계신 곳'이라는 심리철학적 의미 속에서만 성립한다. 아버지의 죽음은 어머니의 고향이 타향화되었음을 뜻하고, 고향의 두 가지 요소 중 인적 요소가 파괴되어 고향의 정체성이 훼손되었음을 지시한다.

이러한 어머니의 심리 속에는 절대주의적인 고향관이 상대적이고 현실적인 고향관으로 바뀌었음을 보여준다. 어머니의 고향상실 모티프는 두 가지 심리적 기제와 연결되어 있다. 어머니가 아버지를 자신의 고향으로 여기며 산 것은 동화(assimilation)의 심리로서, 남편을 자기의 마음

속에 끌어들여 고향과 동일시(identification)한 결과이다. 생전의 남편 또한 아내가 자신과 고향을 동일시 할 만큼 사랑과 믿음을 주었던 것으로 추정할 수 있다. 즉, 두 사람 사이에 오고간 부부간의 신뢰와 사랑이 '남편=고향'이라는 동일시의 결과로 나타난 것으로 보인다.

두 인물이 보여주는 고향관의 심리적 거리는 인적 요소에서 발생한다. 어머니는 고향의 인적 필요조건을 아버지로 국한시키고 있는 데 반해, 작가는 아버지와 어머니를 모두 포함시킨다. 이러한 차이는 두 인물이 갖고 있는 고향철학의 윤리적이고 심리적 거리에서 발생한다. 어머니는 자식들이 아버지의 자리를 대신할 수 없다는 믿음을 갖고 있는데 반해, 작가는 아버지 생존 시에는 부모님을, 아버지 사후에는 어머니를 모두 고향의 인적 요소로 지정한다. 이러한 차이는 결코 좁혀질 수 없는 윤리적 거리를 내포한다. 유학사상이 깃든 어머니에게 부부는 일심동체의 무촌無寸 간이지만, 부자관계는 일촌 간이라는 윤리적 거리가 중시된다.

6. 추적의 시점미학과 수사학

이 수필의 핵심제재는 어머니의 고향 찾기와 나의 고향이동이다. 어머니의 이야기는 1인칭 관찰자시점으로 서술하고, 나의 이야기는 1인칭 주인물시점으로 서술함으로써 주체와 객체 사이의 심리적 거리를 발생시킨다.

이런 경우, 작가는 양자 사이에 간극을 만들어 놓고 객관적 관찰 결과만을 들려주는 방식으로 독자의 상상력과 연상력을 자극한다. 이때 어머니의 심리와 생각은 철저하게 숨겨져 있어서 독자들의 추측의 대상이 되고, 거기서 야기되는 긴장감과 상상의 내용들은 독자들의 흥미를 돋우고 독서 욕구를 충동질하는 데 이바지한다.

작가는 자식들 집을 떠도는 어머니의 마음과 행동이 궁금해서 몰래 싸구려 비닐 가방을 풀어보지만, 어머니의 숨은 욕망과 심리를 알아보는 데는 실패한다. 따라서 어머니의 숨은 심리는 여전히 추측의 대상으로 남아있다. 작가는 이렇게 어머니를 1인칭관찰자 시점으로 서술하고, 자신은 1인칭주인물 시점으로 서술하게 함으로써 애달픔과 연민의 정서를 풍부하게 창조하는 데 성공한다. 그리고 그런 어머니의 소재지를 따라가면서 뒤쫓는 작가의 연민과 향수를 극대화한다. 이 수필의 시점을 추적追跡의 시점으로 명명하는 이유도 여기에 있다.

이와 같은 서술시점의 설정은 상부 후 실향한 어머니가 4대 봉사의 종부직을 내려놓고, 손주들의 보모가 되어 공허감과 초조감 속에서 새로운 고향을 찾아 유랑하는 비극적 정서를 보여주는 데 제격이다. 어머니가 작가의 집에서 멀어질수록 그의 어머니를 향한 향수는 반비례적으로 증폭된다. 특히, 어머니가 작가의 서울 집에 머물 때는 고향으로 받아들여지지 않지만, 전주나 대구, 태생지 등으로 옮길 때는 그곳들이 고향으로 여겨지는 데는 두 가지 심리적 요인이 내재한다. 첫째는 공간적 거리가 만들어 내는 그리움의 정서 때문이다. 서울 작가 집에 어머니가 함께 있을 때는 그리움의 거리가 생성되지 않으므로 향수가 발생하지 않지만, 서울에서 멀어질수록 그리움은 증폭되기 마련이다. 둘째는 작가의 태생지가 시골인 점과 무관하지 않다. 작가에게 시골은 그가 살았던 고향과 유사한 정서가 스며있는 까닭이다.

이 작품은 수사적 측면에서도 적잖은 미적 고려가 내재해 있다. 어머니의 행동과 나의 심리적 반응은 인과적으로 연결되어 있다. 어머니는 곧 작가의 고향이라는 등식 속에서 전개되는 이 작품은 어머니의 행동을 원인과 동기로 하여 나의 심리적 반응을 야기한다. 따라서 작가의 심리와 시선은 어머니의 행동을 뒤따르면서 추적하는 행동양식을 취하게 된다. 이럴 경우, 추적자인 작가의 심리 속에는 4대 봉사奉祀의 종부였던 어머니가 손주들의 보모로 전락한 데 따른 인간적 연민과 죄책감이 인다. 특히, 하드보일드에 가까운 문장으로 감정을 절제하여 서술한 이면에는 작가의 치밀한 서술전략이 숨어있다. 그것은 다름 아닌 연민의 증폭과 슬픔의 심화에 있다. 절제된 감정 표현은 오히려 과장적인 서술이나 구체적인 묘사보다 더욱 큰 슬픔을 생성한다는 논리가 이를 뒷받침한다.

호소呼訴 구조의 활용에도 작가의 숨은 전략이 돋보인다. 독자의 정서를 일깨우는 파토스는 적극적으로 억제하여 서술한다. 이는 앞서 언급한 절제된 슬픔과 연민을 증폭시키려는 서술전략과 연결되어 있다. 작가의 성격과 윤리를 보여주는 에토스는 적극적으로 표출되고 있으나 역시 감정의 절제라는 전체적인 서술전략의 틀 안에서 작동시킨다. 이 또한 담담한 어조를 유지시켜 줌으로써 노모에 대한 작가의 연민과 슬픔을 역으로 증폭시키려는 전략이다. 로고스의 측면에서는 향수의 증폭논리를 사용함으로써 작가가 어머니의 유랑 이유를 모르는 정도에 반비례하여 그리움은 증대된다. 다시 말해서 어머니가 자식들 집에 정착하지 않고 왜 유랑하는지에 대한 정보가 적을수록, 그리고 작가의 거주지와 어머니의 소재지가 멀어질수록 향수는 증가한다.

그러나 영성의 힘을 활용한 근거는 발견되지 않는다. 이것은 어머니와 작가가 모두 유가적 전통 속에서 살고 있다는 점과 관련된다. 유가에서는 영혼이나 내세의 구원 등과 같은 초월적 세계나 영적 존재를 인정하지 않고, 오히려 현세주의적이고 현실적인 살아있는 인간의 관계철학과 윤리를 더 존중하기 때문이다.

7. 유랑의 변증법과 고향 찾기

어머니와 작가의 욕망추구 방식을 살펴보는 것은 주제의 형상화 방식을 이해하는 키를 제공한다. 모든 주체적 인물은 각기 삶의 목표를 소유한다는 점에서 그 나름의 욕망의 구조를 지닌다. 주체로서의 인물은 어떤 수단이나 도구를 중개자로 활용하여 자신의 욕망 목표를 달성하고자 노력한다.

이 수필 또한 어머니와 작가의 고향 찾기 욕망에 대한 정밀한 분석이 필요하다. 그 결과 어머니는 정착을 마다하고 무거운 노구를 이끌고 전주, 대구, 서울 등의 자식들 집과 남편의 산소, 태생지 등을 떠돈다. 작가는 어머니가 2년 동안 유랑을 계속하면서 내심으로는 이미 아버지 산소 곁으로 고향을 옮겨가고 있었다고 추측한다. 그 근거로서 어머니가 아버지 산소를 찾을 때마다, 그곳을 "고향집 안방보다 편안한 마음으로 심중에 쌓인 설움을 털어놓고", "모든 것을 호소할 수 있는 고향"으로 여기고 있으며, "언제가 정말로 돌아갈 수 있는 곳"을 고향으로 믿고 있다는 점을 제시한다.

아래 그림은 실향한 어머니가 상부 후 2년 동안 새로운 고향을 찾아 유랑하는 과정을 보여주는 욕망추구 도식이다. 어머니는 남편 상부 후에 수십 년 동안 살아온 고향집을 버리고(①), 자식들 집의 유랑을 거쳐(②), 남편의 무덤 곁을 새로운 고향(③)으로 낙점한다. 이러한 어머니의 선택은 새로운 고향 찾기의 결과이다. 그곳은 남편의 육신이 묻힌 곳일 뿐만 아니라, '편안한 마음으로 심중에 쌓인 설움을 털어놓을 수 있는 곳'이라는 점에서 어머니가 사후의 고향으로 선택한 공간이다. 그림 ②와 ③사이에 양쪽 화살표가 그려진 것은 어머니가 자식들 집을 돌다가 아버지 산소를 거쳐 다시 자식들 집과 태생지 등을 떠돈다는 것을 암시한다. ③은 어머니가 사후에 돌아갈 고향으로 남편의 산소 곁을 선택했다는 점을 보여준다.

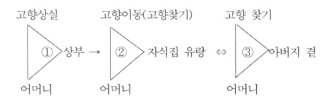

하지만, 이 작품의 비극성은 고향을 찾아 유랑하는 어머니를 따라 작가의 고향도 움직인다는 사실에 있다. 작가는 "부모가 계신 곳, 어머니가 계신 곳"이 곧 고향이라는 〈공간적+인적〉 고향관을 소유하고 있기 때문에 작가의 고향은 어머니를 따라 옮겨지게 된다. 작가의 목마른 향수가 어머님의 꾀죄죄한 봇짐을 따라 이동하는 까닭도 여기에 있다.

작가 허세욱의 고향은 대다수 한국인들의 전형적 고향관과 일치한다. 그러한 작가의 고향의식 속에는 유교철학적 효심과 윤리적 사랑이 그리움으로 내재한다. 작가의 고향의식 속에는 '고향을 그리는 마음이 어머니를 그리는 마음'으로 구조화되어 있다면, 어머니의 고향의식 속에는 '고향을 그리는 마음이 남편을 그리는 마음'으로 구조화된다. 이렇게 볼 때, 두 인물의 욕망구조는 유교사상에 바탕을 둔 사랑의 철학과 변역變易의 철학이 깔려있다고 할 수 있다.

따라서 이 작품의 주제 형상화 과정은 다음과 같은 이항대립적 구도를 통해서 설명할 수 있다. 어머니는 남편의 사후, 종부로서의 자리에서 물러나 손자들의 보모로 전락하면서 고향상실을 느낀다. 이러한 상실감은 어머니가 남편과 사별함으로써 고향의 정체성이 파괴되었음을 뜻한다. 고향을 잃은 어머니는 유랑을 통하여 고향 찾기에 나선다. 이 과정에서 어머니의 유랑으로 고향이 멀어질수록 그 뒤를 좇는 작가의 향수는 증대된다.

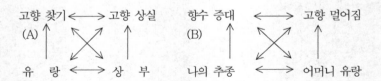

위 그림에서 (A)는 어머니가 남편 사후에 '새로운 고향 찾기'라는 욕망목표를 수행하기 위해 유랑을 일삼는 과정을 변증법적으로 설명한 것이

다. 어머니는 아버지의 사후에 고향을 잃었고, 그 결과 유랑이라는 반복적 패턴을 활용하여 새로운 고향 찾기에 나선다. 그림 (B)는 유랑을 통해서 고향 찾기에 나서고 있는 어머니의 욕망추구 행위가 어떻게 작가의 고향 추종追從 심리와 연결되어 있는가를 보여준다. 어머니의 상부는 어머니의 유랑을 불러왔고, 어머니가 자꾸 먼 길을 떠나니 작가의 고향도 멀어진다. 따라서 어머니(고향)의 소재를 따라 움직이는 작가의 향수는 이중적으로 증대된다. 작가는 어머니의 실향의 슬픔과 함께 어머니를 따라 이동하면서 생성되는 죄책감을 동시에 받아들이고 있기 때문이다.

8. 유교적 인간상과 고향관

인간에게 주어진 숙명적인 과제의 하나는 영원한 고향을 찾아가는 일이다. 인류가 추구하는 학문이든 예술이든 모든 탐구행위의 궁극적 귀결점은 본질로서의 고향 찾기로 암시된다. 또 그런 의미에서 작가의 일생 또한 귀향歸鄕 혹은 탐향探鄕의 과정에 서 있다고 말할 수 있다.

작가 허세욱은 유교적 전통의 종가에서 자랐으므로 유교적 인간관의 소유자일 것이 분명하다. 어머니가 곧 고향이라는 작가의 언급은 철저하게 유교적 인간관에 기초를 두고 있음을 천명한 것이나 다름없다. 일반적으로 유학에서는 인간을 역사적 인간, 도덕적 인간, 이상적 인간 등 세 가지 관점에서 설명한다.5) 이 중에서도 허세욱의 수필에서 발견되는 인간관은 도덕적 인간과 이상적 인간에 접근해 있다.

먼저, 도덕적 인간관은 그의 효심에서 발견된다. 부모가 자식을 아끼는 마음을 사랑이라고 한다면, 자식이 부모를 공경하는 마음은 효심이라고 할 수 있다. 전자가 하향식 사랑인데 비해, 후자는 상향식 사랑이

---

5) 성균관대학교 유학과 교재편찬위원회, 《유학사상》(성균관대학교 출판부, 1998), 13~16쪽.

다. 효는 부모에게 자식의 도리를 다하는 것을 뜻한다는 점에서 인仁을 실현하기 위한 존재 근거가 되고, 인은 효의 인식 근거가 된다. 예컨대, 효의 전제 없이는 인의 실현이 불가능하다는 뜻이다.[6] 이 작품 속에서 작가가 고향을 어머니와 등가적 의미로 인식하고 있는 것은 바로 그의 효심의 수준과 깊이를 보여주는 대목이다. 효심이 깊기 때문에 작가는 어머니를 자신의 고향으로 인식한다는 의미이다. 그것이 곧 유교가 가르쳐준 하늘의 이치이자 사람의 도리이기 때문이다.

일반적으로 유학의 근본사상은 사랑과 변화의 철학으로 요약된다. 사랑의 철학은 인仁에 바탕을 둔 사람 간의 관계와 질서를 중시하는 윤리와 도덕을 낳고, 변화의 철학은 역易의 철학에 뿌리를 둔 변역變易, 불역不易, 이간易簡의 원리를 낳는다. 인간은 삼라만상처럼 끊임없이 변하기 마련이지만, 변하지 않는 원리가 있는데 이런 원리는 의외로 쉽고 간단하다는 것이다.[7] 이런 유학의 논리는 이 수필에서 어머니의 실향과 탐향의 논리를 제공할 뿐만 아니라, 어머니를 따라 움직이는 작가의 고향 논리와도 통한다.

작가의 어머니에게 남편의 죽음은 곧 실향을 뜻한다. 어머니는 상부喪夫를 통해서 변역의 원리가 피할 수 없는 삶의 이치임을 깨달았다고 볼 수 있다. 그래서 어머니는 남편의 죽음을 자연의 순리로 인식하고 새로운 고향을 찾아 나서게 된다. 작가에게도 이런 변역의 철학이 움직이는 고향의 철학을 만들어 내게 한다. 어머니의 마음의 변화가 고향을 움직이게 만들고, 작가는 그 움직이는 고향을 쫓는 자가 된다. 이러한 사실은 그의 효행의 근본을 이루는 사랑의 철학에 뿌리를 두고 있으나, 그러한 변화를 수용하는 것은 역시 현세주의적인 유교의 변역變易 철학 덕분이라고 할 수 있다.

따라서 작가의 고향관은 유교의 변역과 사랑의 철학에 근간을 두고

---

6) 위의 책, 119~120쪽.
7) 위의 책, 38~44쪽.

있다고 할 수 있다. 그러한 고향관을 이끄는 인간관 역시 효에 바탕을 둔 사랑의 철학이다. 이러한 사실은 앞서 후설이 언급한 고향관과도 연결될 수 있는 요소를 내포하고 있다. 고향의 유동성과 가변성을 주장한 그는 고향의 타향화와 그 원인을 유동적인 사회구조와 세월의 흐름, 인간 의식과 삶의 형태의 변화 속에서 찾았다. 그런 점에서, 고향을 잃고 새로운 고향을 찾아 나선 어머니의 행동과 그런 어머니의 처소를 따라 다니는 작가의 향수 어린 행동 또한 유가적 고향관의 한 양상으로 인식된다.

9. 몇 가지 시학상의 문제들

끝으로 몇 가지 작법상의 문제점을 살펴볼 차례이다. 지금까지의 분석과 서술결과를 토대로 드러난 시학상의 문제를 지적하는 것은 의미 있는 일이다. 그것은 독자들에게도 타산지석으로 삼을 수 있는 이론적 근거를 제공하기 때문이다.

모든 작가는 개성을 지니고 있다. 그것이 긍정적이든 부정적이든, 효율적이든 비효율적이든 작가는 그 나름의 독특한 어법이나 이야기 구조, 혹은 수사전략 등에 어떤 특성을 내보이기 마련이다. 그것들은 작품의 질적 향상과 미적 울림의 창조에 유기적으로 기여할 때 제 기능을 발휘할 수 있다. 수필 〈움직이는 고향〉에서는 감정의 절제라는 문장론적인 전략을 인정한다 해도 아쉬운 점들이 눈에 띈다.

우선, 지나치게 많은 의문문을 사용한 것이 눈에 거슬린다. 단락 ④의 "행여 역마벽으로 아침저녁 들락거리는 나의 소홀 때문인가? 아니면 여기도 저기도 정착할 곳이 못 된다는 황혼기의 적막이나 초조 때문일까?" 단락 ⑥의 "어쩌면 어머님의 동산動産 전부가 아닐까?" 단락 ⑦의 "점차 적자赤字로 환원되는 과정이기에 정녕 무거운 것이 싫어서일까?" 단락

⑩의 "어머님의 심경에도 모든 것을 호소할 수 있는 고향이 옮겨지고 있는 걸까? 거기 돋아나는 쑥내음이나 향긋한 흙내음을 메주 냄새처럼 맡고 있는 걸까?" 단락 ⑪의 "그 보다는 선산 가까운데서 축축한 진흙을 밟고 싶어서가 아닐까?" 단락 ⑭의 "그런데도 막상 어머님이 내 집에 계실 때면 서울이 고향으로 받아들여지지 않는 것은 또 무슨 모순일까?" 등 모두 6개 단락에서 8개의 의문문 문장을 사용한다. 이는 작중인물의 행동이나 사건에 대한 사실성을 떨어뜨리고 울림을 약화시키는 요인으로 작용한다. 지나치게 많은 의문문으로 독자들에게 그 진의를 묻는 것은 오히려, 사건과 독자와의 인식상의 간극을 만들어 줌으로써 답답함과 함께 사실성을 약화시키는 결과를 낳게 한다.

둘째, 전체 작품 속에서 문장의 밀도와 속도를 거의 일정한 간격과 속도로 끌고 가는 것도 문제이다. 이는 감정의 절제전략과 관계가 있는지 모르지만, 묘사나 극적 장면 없이 거의 설명에 의존하고 있다는 말도 된다. 서술과정에서 사건의 선택과 집중을 통해서 서술상의 밀도를 조절하지 않고 사건의 진술에만 신경을 쓸 경우, 이야기의 감동력은 현저히 줄어들기 마련이다.

셋째, 이중 존칭의 문장도 리듬을 끊어놓고 서술결과에 주관적 이미지를 심어줌으로써 사실성을 약화시키는 요인으로 작용한다. 예컨대, 단락 ④의 '내 집에 오시자마자, ~느끼신다는, ~가시겠다고 ~채비를 하신다.'와 '이른 아침 어머님이 거처하시는 ~치우시고 ~계신다', '들고 오셨던 ~꾸리셨다.' 단락 ⑫의 '메주를 끓이시던 어머님도 ~타관에 계시기 때문이다.' 등이 이런 주장의 예들이다.

넷째, 미완성 문장이 종결액자 속에 끼어 있는 것도 거슬린다. "어머님의 꾀죄죄한 봇짐을 따라 나의 목마른 향수는."이란 문장은 여운을 안겨주기 위해 삽입한 문장처럼 보이지만, 어색하기 짝이 없다. 초간본을 확인하지 못한 관계로 정확한 상황은 알 수 없으나, 이것이 초간본의 문장과 동일하다면 미완성의 문장으로 지적할 만하다.

다섯째, 지칭의 문제이다. '어머님'과 '어머니'를 혼용하고 있다. 작품 속에서는 생존해 있는 것으로 서술되어 있으므로 '어머님'보다는 '어머니'로 표기하는 것이 바른 표현이다. "~님"은 타인에 대한 존칭의 표시라는 점에서 혈연간에는 쓰지 않는 것이 옳다. 작중의 아버지는 이미 고인이 되었으므로 '아버님'의 사용을 허용하는 것이 격식에 맞는다.

여섯째, 이중액자 구조 속의 내화의 배열방식에도 문제가 보인다. 미학적 울림과 객관적 공명이라는 관점에서도 내화의 이야기 배열은 무질서하고 안이하게 배열되어 있다. 어머니의 유랑 이유와 그 과정을 선명하게 보여줄 수 있게 배열하는 것이 미적 울림을 만들어 내는데 효과적이기 때문이다. 여러 가지 가능한 배열방식 중에서 한 가지를 들라면 요약번호 ⑪⑫⑬⑭를 ③과 ④ 사이에 삽입하고, ⑮를 ⑯과 ⑰사이로 옮기는 것만으로도 울림을 창조하는 데 보다 기능적이리라 믿는다. 아울러, 내부이야기를 공간몽타주를 활용하여 배열하는 것도 한 방식이 될 것이다.

일곱째, 대상 인식의 깊이에도 문제점이 발견된다. 이것은 기본적으로 제재에 대한 깊이 있는 통찰이 이루어지지 않았음을 의미한다. 어머니의 유랑을 불러온 고향 상실과 고향의 본질에 대한 심층심리학적, 혹은 철학적 탐색이 미흡하다. 어머니의 유랑생활의 동기를 제공한 아버지의 죽음과 부부애에 관한 깊이 있는 탐색도 아쉬움으로 남는다. 작품의 울림은 기본적으로 제재에 대한 철학적 통찰의 깊이에서 나오는 힘이라는 점에서 타산지석으로 삼을 만하다.

여덟째, 호소구조의 활용력도 떨어진다. 독자들의 파토스를 자극하는 힘도, 작가 자신의 인성 고백을 에토스로 보여주는 힘도, 어머니의 움직이는 고향을 따라 이동하는 작가의 고향철학을 특유의 논리로 보여주는 힘도, 영성을 활용하여 어머니의 고향의 본질을 해명하는 데 크게 신경쓰지 않는 것도 이 작품의 울림을 약화시킨 요인으로 작용한다.

작가의 지나친 감정절제의 모습은 작가의 유교적 삶의 태도나 자세에서 올 수도 있으나, 그보다는 작가의 문장과 문체상의 특성에서 기인된 것으로 판단된다. 중요한 사건과 행동, 인물의 특이한 심리작용을 구성과 연결시켜 그 중요도에 따라 사건과 문장의 밀도를 조절했더라면 하는 아쉬움이 남는다.

　수필은 짧은 분량의 산문이기에 그만큼 미적 울림을 정교하게 생성할 수 있도록 구조화하는 노력이 필요하다. 이미 여러 작품분석에서 언급했듯이, 명품은 작품의 소재에 대한 깊이 있는 통찰과 그것을 미적으로 배열하는 구조화 방법, 그리고 담화에 생기를 불어넣는 개성 있는 수사 전략을 통해서 탄생된다는 것을 명심할 필요가 있다.

〈참고문헌〉

성균관대학교 유학과 교재편찬위원회. ≪유학사상≫. 성균관대학교 출판부,
　　　1998.
안성수. ≪소설의 상호텍스트성 연구≫. 현대소설연구 제24호, 한국현대소설
　　　학회, 2004.
이문열. ≪그대 다시는 고향에 가지 못하리≫. 맑은소리, 2003.
허세욱. ≪서적굴 디딜방아≫. 좋은수필사, 2007.
Wolfe, Thomas. ≪You can't go home again≫. Harper Perennial, 1998.

11
유병석의 〈어디서 무엇이 되어 다시 만나랴〉

1. 예정설과 연기설의 통섭

한국의 현대수필 중에서 이만한 울림통을 지닌 작품은 흔치 않다. 그것은 현세에서의 필연적 만남과 소멸의 비애를 내세의 윤회적 재회 소망과 연결시켜 다룬 작품이 많지 않기 때문이다. 인간의 삶을 만남과 소멸 그리고 윤회의 필연적인 우주법칙으로 설명하고자 할 때, 텍스트의 상상력은 장엄한 생의 본질세계를 투영한다.

작가는 이러한 현세와 내세의 경계에서 현실과 초현실의 시공간을 통합적인 미적 울림통으로 구축하기 위해 음악의 작곡기법을 동원한다. 이른바 소나타 형식을 미적 구조로 원용하고 인간의 만남과 이별 그리고 재회의 꿈을 총체적으로 형상화하는 과정에서 그 사상적 배경에는 기독교와 불교적 상상력이 혼재한다.

하지만 작가의 꿈은 그 구조의 참신함과 큰 스케일에도 불구하고, 이질적인 종교철학을 작품사상으로 융합하는 과정에서 난해성을 불러일으킨다. 한편으로는 기독교의 예정설에 기대어 우주적 만남의 인연을 논하면서도, 다른 한편으로는 현세에서의 만남과 소멸의 운명을 내세의 윤회사상과 연결시키려는 불교적 상상력을 활용한다.

그런 점에서, 이 작품은 주제의 형상화 과정에서 거대한 이질 종교 간의 통섭의 세계를 열어 보이지만, 극단적인 종교철학적 이질성으로 말미암아 독자들을 다소 혼란에 빠뜨린다. 그 결과 소나타 형식의 구조화라는 한국 현대수필사상 초유의 설계도를 구안했음에도 불구하고, 이 작품은 현세와 내세를 우주적 울림으로 통합하려는 형상화 전략에 문제점을 드러낸다. 이러한 아쉬움 속에서도 이 작품은 그 심오한 문제의식과 주제의식으로 한국 문학사의 한 자리를 굳게 차지하리라 믿는다.

이제, 작품구조를 해체시켜 미적 울림의 생성과정과 공명현상을 확인해보고, 예정설과 윤회설의 문학적 통섭 현장과 그 통합의 메커니즘을 살펴보기로 하겠다.

2. 분석 텍스트의 선정

작가 유병석이 이 수필을 발표한 것은 1978년 9월 ≪강원대신문≫을 통해서이다. 이 작품이 수록된 단행본으로는 한양대학교 출판부에서 펴낸≪왕빠깝빠≫(1996)와 ≪어디서 무엇이 되어 다시 만나랴≫(2010) 등이 있으나 특별한 개작의 흔적은 보이지 않는다.

〈어디서 무엇이 되어 다시 만나랴〉

저렇게 많은 중에서
별 하나가 나를 내려다
본다

이렇게 많은 사람 중에서
그 별 하나를 쳐다 본다

밤이 깊을수록
별은 밝음 속에 사라지고
나는 어둠 속에 사라진다

이렇게 정다운
너 하나 나 하나는
어디서 무엇이 되어
다시 만나랴

몇 년 전부터 가끔 읊조려 보는 고뇌의 시인 이산 김광섭 선생의 〈저녁에〉라는 만년의 소곡이다.

소년기 이래 장년에 이르기까지 망국의 지성인으로서 준열하게 일제에 항거했으며 광복 이후에는 나라의 중추임을 자부하며 동분서주하였으나 만년에 이르러 병고와 싸우느라 심신이 노쇠해짐을 느낀 이후의 이산 선생의 관달한 심경을 직접 대하는 것 같은 친근감이 든다.

밤이 어두워짐에 따라 별들은 더욱 초롱초롱 빛나고 '나는' 그에 반비례하여 어둠 속에 사라지는 것이다. 소멸하는 모든 것은 아름다운 것인가. 아름다운 모든 것은 쉬이 소멸하는 것인가.

"어디서 무엇이 되어 다시 만나랴" 하는 결구가 그렇게 가슴을 파고들 수가 없다. 별만이 나와 헤어지는 것이 아니다. 나와 인연이 맺어졌던 모든 것들, 내 주위의 모든 것들, 그들과 나는 헤어지는 것이다. 헤어지는 모든 것은 슬픈 것인가. 슬픔은 모든 헤어짐에서 오는 것인가.

사랑했건 증오했건 무덤덤했건 간에 나와 관계지어진 모든 사람들을 나는 여기서 이렇게 만나게 된 것이며 그리고 회자정리라 언젠가 헤어지게 되는 것이다. "어디서 무엇이 되어 다시 만나랴!"야말로 절창의 가구다. 그러기에 수화 김환기 화백이 만년에 이역에서 그린 회심의 대작에 이것으로 표제를 달았고 젊은 작가 최인훈은 연극 작품 이름으로 삼았을 것이다. 이산과 수화, 다 같이 가난한 이 나라의 어려운 시대를 살았던 예도의 진인들, 두 분 모두 이미 고인이 되었구나. 어디서 무엇이 되어 두 분은 다시 만나고 있을까. 만남이란 무엇일까. 그저 우연이겠지.

내가 낳았다는 애들 3형제를 볼 때 그 애들이 내 소생이라는 사실을 믿을 수 없을 때가 있다. 소위 과학적·생물학적 인과율을 모르는 바 아니요, 병원으로부터 강보에 싸서 안고 온 사실을 잊은 바 아니로되 어떻게 내가 그들을 생성했는가 싶어진다. 아득한 몇 억 광년의 광대무변한 허공에서 까마득한 몇 억 겁의 시간 동안 헤매던 수많은 알맹이들 중 어느 하나가 어쩌다가 내 아내의 몸속으로 들어와 호흡을 얻게 된 것이 아닐까. 우주가 생성되던 태초의 성운 속에 이 알맹이는 이미 존재하였을 것이다. 이러한 알맹이들은 해변의 모래보다 많고 대양의 포말보다 무수하며 태산의 티끌보다 많았을 것이다. 그중에서 어느 하나가 나와 인연을 맺은 것은 아닐까.

우단같이 보드라운 큰아이의 머리칼, 우유같이 투명한 둘째의 살결, 인형같이 기다란 막내아이의 속눈썹, 이것들을 어찌 우리 부부의 능력과 피와 살로 조성했단 말인가. 바람둥이 탕아 아들을 둔 김유신 어머니의 아픈 마음을 같이 아파하는 큰아이의 마음, 제비처럼 날아가는 공을 토끼같이 팔짝 뛰어 고사리 같은 손으로 잽싸게 잡아내는 둘째아이의 순발력, 간혹 엄마와 아빠 사이에 한갓된 감정의 분출로 일어난 어색해진 분위기를 눈치 채면 괜스레 너스레를 떨어 무마시키려 애쓰는 막내아이의 작위. 이런 것들을 어찌 우리 부부의 능력과 욕심으로 가르쳤다 할 수 있는가. 그들과 나와는 생명을 따로 가진 다른 알맹이, 여기서 부자 되어 잠깐 만나고 있는 것을.

벌써 몇 해 전인가. 천지창조 이래 사람의 발길이 몇 번 스치지 않았을 것 같은 깊은 산속을 아내와 단둘이서 어두운 밤중을 걸은 적이 있다. 조그만 바위에 걸터앉아 짐승의 울음소리와 물소리를 들으며 우리는 지친 다리를 쉬고 있었다. 깊은 산속에 오롯이 둘이 앉아 잠시 아무 말도 없었던 순간, 천지에 미만한 적막이 주위를 휩싸는 진공의 순간, 발 밑 1m쯤 앞에 반짝이는 별 하나가 떨어져 있었다. 어린애 발자국만 한 웅덩이에 고인 물에 별이 비쳤던 것이다. 유독 빛나는 별 하나 도대체 몇 광년 밖의 허공에 뜬 별이 이 순간, 울창한 나뭇가지 사이를 뚫고 바로 요 손바닥만 한 물거울에 비쳐 있을까. 여기 앉아 쉬지 않았더라면, 아니 아내와 자리만 바꾸어 앉았더라면 이 별은 나의 눈에 들어오지 않았을 것. 별 하나 나 하나, 별 둘 나 둘이었다.

몇 천 년 혹은 몇 만 년에 한번 이곳을 지날지 모르는 별의 운행과 일생에 단 한 번밖에는 지나치지 아니할 나의 자리, 또 거기에 내 눈과 그런 각도로 존재하는 물거울, 이 3자의 인연을 도시 무엇으로 설명할 수 있단 말인가.

지금 곁에 앉아 있는 이 여인은 또 어찌하여 나의 아내가 되어 있는가. 젊음의 고뇌와 암담한 시대와 헛된 욕망으로 이지러졌던 어느 날 우연히 종로 거리를 나갈 일이 없었더라면, 그 다음 초여름 어느 날 저녁 광화문 거리를 그나 나 둘 중 하나라도 지나지 않았더라면, 아니 한 번 다이얼을 돌렸을 때 그쪽 전화기가 통화중이기만 하였더라도 나는 이 여자와 아무 관계 없이 혹은 상면 한번 하는 일 없이 내 인생은 궤도를 그대로 굴러갔을 텐데.

어찌하여 나의 가장 소중한 것들을 이 사람과 공유하는 것이며 나는 그의 반쪽, 그는 나의 반쪽이 되어 있는 것일까. 어찌하여 나의 기쁨이 그의 기쁨이며 나의 아픔이 그의 아픔이 되어 있는 것일까.

선인들의 지혜로도 설명할 길이 없어 운명이라 연분이라 인연이라 일렀던 것은 아닐까. 나에게 와서 잠시 호흡을 빌렸던 세 아이들, 나와 소중한 모든 것을 공유하는 아내, 그리고 가난하고 유순한 우리 이웃들.

우리는 어디서 무엇이 되어 다시 만날까.

> 별을 노래하는 마음으로
> 모든 죽어가는 것을 사랑해야지.
> 그리고 나에게 주어진 길을
> 걸어가야겠다.

> 오늘 밤에도 별이 바람에 스치운다.

윤동주의 시구를 뇌어본다. 우리 모두 어디서 무엇이 되어 다시 만날까. 우리 모두 어디선가 다시 만날 때 우리에게 주어진 길을 제대로 걸어와서 만나고 있을까.

3. 소나타 형식의 구조와 원리

이 작품의 의미 생성체계와 미적 구조를 확인하기 위해서는 패러프레이즈부터 시작하는 것이 효율적이다. 문학작품의 의미와 미적 울림은 본질적으로 이야기 구조로부터 나온다는 점에서 텍스트의 해체와 재구성 과정은 필수적이다.

이 수필은 모두 12개의 단락으로 분절하여 요약할 수 있다. ① 필연적 만남 인연의 소멸의 아쉬움에 내세 재회를 소망한다. ② 망국의 지성인으로 산 이산의 심경에 친근감이 인다. ③ 모든 존재의 소멸과 아름다움의 상관원리가 궁금하다. ④ 모든 인연과의 헤어짐과 슬픔의 상관원리가 궁금하다. ⑤ 내세 재회의 꿈을 탐구했던 예도 진인들의 사후 만남이 궁금하다. ⑥ 내가 삼형제를 낳은 것은 태초에 예정된 것은 아닐까. ⑦ 세 아이의 외양과 능력은 천부적 소산이다. ⑧ 몇 광년 밖의 별이 산속 물거울에 비친 것은 우주적 필연이다. ⑨ 나와 아내의 부부인연은 필연이다. ⑩ 운명적으로 만난 가족과 이웃들의 내생 재회가 궁금하다. ⑪ 역경 속에서도 꿈을 안고 주어진 길을 가겠다. ⑫ 내세 재회 시 주어진 길을 제대로 걸어와서 만나고 있을지 궁금하다.

이러한 의미망 속에서 발견되는 구조적 특성은 음악의 소나타형식이다. 소나타곡의 1악장에 쓰이는 소나타 형식은 두 개의 중심 선율이 서주부와 제시부, 전개부, 재현부, 종결부로 이어지면서 대조와 결합의 방식으로 주제를 이끈다. 이 수필 속에서도 필연적 만남과 소멸 뒤에 내세의 재회를 소망하는 두 개의 의미 축이 문학적 울림의 메커니즘을 구축한다. 줄거리를 중심으로 핵심 의미구조와 그 전개과정을 재구성하여 표상하면 다음과 같다.

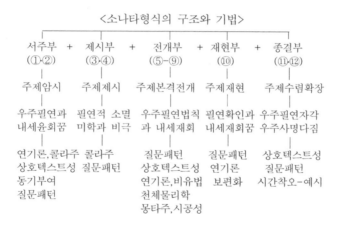

<소나타형식의 구조와 기법>

소나타 형식의 서주부(introduction)는 곡의 시작부분으로 제시부의 모티프(동기)를 암시한다. 단락①, ②가 이에 해당되는데 주로 주제의식을 암시하는 기능을 수행한다. 소나타 형식에서 서로 대비되는 두 개의 주제를 전개시키는 것처럼, 이 수필에서도 김광섭의 〈저녁에〉를 콜라주하

여 주제의식을 상징적으로 투사한다. 여기서 두 개의 주제란 필연적인 만남과 소멸이라는 현세現世 인연과 사후 내세來世에서의 윤회 소망이다.

소나타 형식의 제시부(exposition)는 주제의식을 내보이는 단계인데, 이 수필에서는 단락 ③, ④가 해당된다. 제1 주제의식인 현세에서의 필연적 만남과 소멸 현상은 "어디서 무엇이 되어 다시 만나랴."라는 제2 주제의식을 필연적으로 제기한다.[1] 필연법칙이 낳은 만남은 소멸을 불러오고, 그것은 다시 윤회의 동기가 된다는 점에서 운명적이다.

전개부(development)는 주제의식을 본격적으로 발전시켜 나가는 단계로서 단락 ⑤~⑨에 해당된다. 작가는 두 가지 주제의식을 함유한 5가지 삽화를 콜라주 형식으로 모아 들려준다. 단락 ⑤에서는 상호텍스트성을 활용하여 보편적 의미를 생성한다. 동일한 주제("어디서 무엇이 되어 다시 만나랴.")를 탐구했던 예술가들의 작품활동을 추억하면서, 이산과 수화의 내세 재회결과를 궁금해 한다. 단락 ⑥은 불교 연기설과 기독교 예정설의 관점에서 작가와 자식들 간의 필연적 만남 인연과 신비를 들려준다. 단락 ⑦ 역시 자식들의 외형과 내적 재능이 필연에 의해 천부적으로 주어진 것임을 고백하는 장면이다. 단락 ⑧은 깊은 산속의 물거울에 비친 몇 광년 밖의 허공에 뜬 별빛을 통해서 만남의 필연을 인식한다. 단락 ⑨는 작가가 부부인연을 맺게 된 필연의 삽화를 들려주고, 그 신비에 궁금증을 갖는다.

재현부(recapitulation)는 전개부에서 흩어놓았던 주제의식들을 다시 명료하게 정리하여 재현하는 단계로서 단락 ⑩에 해당된다. 단락 ⑩은 앞 단계에서 예증했던 만남과 소멸의 필연법칙과 사후의 윤회 소망을 연분의 보편법칙으로 정리한 뒤, 세 아이들과 아내, 이웃들과의 사후 재회 소망을 궁금해 한다.

종결부(coda)는 곡의 마무리 부분으로서, 제시부의 주제의식을 반복하

---

1) 필자는 주제의식과 주제를 구별한다. 작가는 작중에서 소재에 함유된 주제의식을 주제로 형상화한다.

거나, 새로운 주제의식을 꺼내어 마지막 분위기를 고조시킨다. 이 수필에서는 단락 ⑪, ⑫가 이에 해당된다. 단락 ⑪은 윤동주의 〈서시〉를 콜라주하여 암울한 상황 속에서도 꿈을 잃지 않고 주어진 길을 걸어가야겠다는 의지를 표현한다. 단락 ⑫는 제2 주제인 "어디서 무엇이 되어 다시 만나랴."라는 사후의 재회 소망의 실현을 위한 바람직한 삶의 조건을 자각하는 대목이다. 그것은 곧 주어진 필연의 길을 제대로 감당하며 사는 것이다.

이제, 이러한 소나타 형식의 구조와 함께 도입된 기법들에 대해 살펴볼 차례이다.

4. 기법의 발견과 그 메커니즘

작가는 텍스트의 구조와 다양한 기법들의 도움을 받아 문학적 의미와 주제를 형상화한다. 독자는 작가가 텍스트에 숨겨놓은 미적 기법들을 찾아내고 그것들이 전체 구조 속에서 어떤 기능을 어떻게 수행하는지를 확인해야 한다.

우선, 서주부에서는 이산怡山의 시 〈저녁에〉를 콜라주하여 상호텍스트성의 도움을 받는다. 작가는 시적 이미지를 활용하여 작품의 주제의식을 암시한다. 이 시 자체는 수필 전체에 주제의식을 투사하는 객관적 상관물이다. 3연으로 구성된 이 시는 〈별과 나의 필연적 만남 인연(1연) – 별과 나의 필연적 소멸 운명(2연) – 별과 나의 내세 윤회와 재회소망(3연)〉의 의미 흐름을 보여준다. 결국, 모든 존재는 만남과 소멸, 그리고 재회의 구조 속에서 필연적 인연을 전개한다는 뜻이다. 별과 나 사이에는 수직적 교응(correspondence)의 에너지를 주고받는데, 그것은 우주적 만남의 필연성이다. 작가는 우주적 울림이 강한 상호텍스트성을 끌어들임으로써 주제의 보편적 형상화와 미적 울림을 강화한다.

제시부에서는 질문 패턴이 도입된다. 단락 ③의 "소멸하는 모든 것은 아름다운 것인가." "아름다운 모든 것은 쉬이 소멸하는 것인가."와 단락 ④의 "헤어지는 모든 것은 슬픈 것인가." "슬픔은 모든 헤어짐에서 오는 것인가."가 그 예다. 전자는 소멸의 미학을, 후자는 이별의 비애에 대한 발생론적 본질을 묻는 질문이다. 이러한 질문들은 궁극적으로 "어디서 무엇이 되어 다시 만나랴"는 질문을 낳게 하는 종교철학적 동기로 작용한다. 이러한 질문들은 근본적으로 현세에서 맺은 필연적 인연의 소멸 운명에 대한 아쉬움에서 기인한다. 특히, 서주부 시 결말에서 인용된 "어디서 무엇이 되어 다시 만나랴"는 작품 속에서 다섯 번이나 환기되면서 주제의식과 미적 울림을 축적하는 동력으로 활용된다.

전개부에서는 만남(생성)과 소멸의 필연법칙이 실현된 다양한 현장을 상호텍스트성과 몽타주의 형태로 모아서 들려준다. 단락 ⑤에서는 상호텍스트성을 활용하여 "어디서 무엇이 되어 다시 만나랴"의 질문패턴을 예도의 진인들의 작품 표제 속에서 찾아내고, 고인이 된 이산과 수화의 저승에서의 재회 유무와 만남의 본질적 의미를 묻는다. 이러한 상호텍스트성의 도입은 주제의식을 보편화 하는 효과를 거두게 한다.

단락 ⑥에서는 인과율과 천체물리학, 연기론, 예정설 등이 상호텍스트적으로 활용된다. 이러한 기법들은 작가가 세 자녀들과 맺은 인연의 필연성을 강조하는데 주어진다. 여기서 작가는 자식과 맺은 만남의 신기성과 필연성을 초종교적 차원에서 수용하려는 의도를 내보인다. 단락 ⑦도 세 자녀의 외적 특성과 내적 재능을 역시 기독교와 불교사상으로 환기시켜주는 데 활용된다.

단락 ⑧에서 작가는 아내와 숲 속 물거울에 비친 별빛과의 필연적 만남 이야기를 시공간 몽타주로 들려준다. 단락 ⑨에서는 작가가 아내와 맺게 된 부부인연을 "~더라면"이라는 조건절과 "어찌하여"라는 부사를 내세워 그 만남의 필연성을 강조한다. 특히 전개부인 단락 ⑥~⑨에서 펼쳐 보이는 필연적 인연체험의 몽타주는 작가의 세계관을 입증하는 자료들이다. 이 장면에서도 작가의 인연생성 삽화는 그가 종교적 차원에서 만남의 인연을 필연적으로 통찰하고 있음을 보여준다.

재현부(⑩)에서는 필연적 운명으로 만난 세 아이들과 아내, 가난하고 유순한 이웃들과의 만남을 역시 운명의 보편구조로 통합하고 질문패턴을 빌려 내세 재회를 강조한다. 제목에서부터 반복적으로 환기되는 질문패턴은 주제의식을 강조하는 외에도 현세와 내세를 하나의 울림통으로 이어주는 우주적 울림의 창조에 크게 기여한다.

종결부인 단락 ⑪에서는 윤동주의 〈서시〉를 콜라주 한다. 이러한 상호텍스트적 모티프는 바람직한 내세를 준비하기 위한 작가의 우주적 사명인식의 한 방법론으로 주어진다. 단락 ⑫에서는 다시 한 번 라이트모티프를 질문패턴으로 환기하고, 내세의 바람직한 윤회를 준비하기 위해 "우리에게 주어진 길을 제대로" 걸어가야 함을 다짐한다.

5. 인연 크로노토프와 재회 소망

크로노토프는 사건과 행동의 의미를 시간과 공간의 유기성 속에서 설명하는 개념이다. 이 작품의 크로노토프 해석을 위해서는 '지금 여기'(혹은 '그때 거기')와 '미래 어디'의 교차점에서 발생한(하는) 사건과 행동의 의미를 추적할 필요가 있다. 시간이 공간의 존재조건이라면, 공간은 시간의 존재조건이라는 점에서 크로노토프는 이야기와 기본적인 사건들을 조직하는 중심이다. 미하일 바흐친에 의하면, 그것은 구체적인 재현의 중심이자 이야기 전체에 실체를 부여하는 힘이다.

이 수필은 기본적으로 현세에서의 필연적인 만남 인연이 소멸로 이어지는 것에 대한 안타까움과 탄식의 정서가 강음부로 실려있다. 그것이 내세 재회에 대한 갈망을 갖게 한다. 현세 이야기 속에는 창작 당시의 '지금 여기' 크로노토프와 과거 경험의 '그때 거기'의 크로노토프가 포함

되어 있고, 내세 이야기 속에는 '미래 어디' 크로노토프가 내재한다. 따라서 이 두 크로노토프는 작품의 주제의식을 이루는 이야기의 두 축을 이룬다. 전자가 필연적 만남과 소멸의 인연을 담고 있다면, 후자는 내세의 윤회적 재생에 대한 간절한 욕망을 함유한다.

'지금 여기'의 현세 크로노토프가 중요한 것은 이 작품을 쓴 것이 1978년 9월이라는 시공성으로부터 나온다. 그것은 유신독재가 정점을 달리던 무렵, 한 교수 수필가에 씌어졌다는 사실과 관련된다. 민족시인인 김광섭과 윤동주의 시를 상호텍스트성으로 도입한 것도 그들이 국난의 위기 속에서 내세에의 재회를 꿈꾸었던 예도藝道의 진인眞人들이기 때문이다. 작가 또한 당시의 정치적 억압으로 인해 필연으로 맺어진 가족과 이웃들로부터 사라질 수도 있다는 분위기 속에서 내세에서의 재회를 염려하고 있는 것이다. 그로부터 2년 뒤 작가는 신군부에 의해 해직교수에 몰려 4년 동안 대학을 떠나게 된다.

서주부와 제시부에 해당하는 단락 ①~④까지에서는 현세의 필연적인 만남-소멸의 크로노토프로 인해 내세의 윤회-재회 갈망 크로노토프가 운명적으로 발생함을 암시한다. 전개부와 재현부인 단락 ⑤~⑩의 크로노토프는 두 가지이다. 하나는 상호텍스트성을 활용한 선배작가들의 '그때 거기'의 크로노토프이며, 다른 하나는 자식들과 숲 속의 별빛, 그리고 아내 등과의 필연적 만남과 내세의 윤회를 궁금해 하는 '미래 어디'의 크로노토프이다.

종결부인 단락 ⑪, ⑫는 윤동주의 〈서시〉를 상호텍스트성으로 하는 어두운 현실 속에서도 "주어진 길을 걸어가겠다"고 다짐하는 국난기의 저항 크로노토프를 보여준다. 이러한 저항 크로노토프는 지식인으로서 "주어진 길을 제대로" 걸어가야 한다는 당위적인 양심의 표현이다. 이러한 분석 결과는 현세에서의 필연적 만남과 소멸 크로노토프가 처한 위기의 정도에 비례하여, 내세 재회 갈망 크로노토프의 강도가 결정된다는 생의 법칙을 보여준다. 따라서 작가가 현세적 만남의 필연성과 소멸의 아쉬움에 가치를 자각할수록 내세에서의 만남을 더욱 간절하게 소망하게 된다. 이는 작가가 창작 당시에 처해 있던 실존적 위기 상황을 상징적으로 짐작게 하는 대목이다.

그러나 이 수필은 작가가 처한 당대의 역사적 상황이나 정치적 갈등에 대한 언급은 철저히 피하고 있다. 다만, 민족시인 김광섭과 윤동주의 시, 그리고 이 나라의 어려운 시대를 살았던 예도의 진인들(이산과 수화)의 이야기를 상호텍스트성으로 끌어와 배경을 조성할 뿐이다. 작가 또한 그러한 연장선상에서 내세 재회의 꿈을 비유적으로 읊조리고 있는 것이다. 다시 말해서, 작가 유병석은 현세의 만남과 소멸 인연 크로노토프를 통해서 내세 재회의 갈망 크로노토프를 보여주지만, 그것의 구체적인 동기와 원인에 대해서는 침묵한다. 이러한 침묵은 당대의 정치상황과 대결하고 있던 작가에게는 검열로부터의 거리 두기의 전략으로 인식된다.

6. 질문패턴의 힘과 공명전략

이 수필 속에는 22개의 의문문이 사용되어 주제의 울림을 창조하는데 기여한다. 특히 의문형 종결어미와 수사적의문문, 그리고 설명의문문 등은 문학적 울림의 깊이와 질을 형상화하는 데 일조한다. 작가는 이러한 의문문을 패턴형식으로 반복함으로써 현세와 내세의 양 차원을 상상력으로 이어주고, 존재의 메커니즘으로 통합하는 효과를 거둔다. 의문문 앞에 붙인 숫자는 단락 속에서 쓰인 문장 순서와 회수를 가리킨다. 먼저, 의문형 문장들을 모아 그 기능을 요약 제시하면 다음과 같다.

단락 ①-1.어디서 무엇이 되어 다시 만나랴.(내세 재회) 단락 ③-1.소멸하는 모든 것은 아름다운 것인가.(소멸의 미학) 단락 ③-2.아름다운 모든 것은 쉬이 소멸하는 것인가.(소멸의 미학) 단락 ④-1.어디서 무엇이 되어 다시 만나라(내세 재회) 단락 ④-2.헤어지는 모든 것은 슬픈 것인가.(이별의 비애) 단락 ④-3.슬픔은 모든 헤어짐에서 오는 것인가.(이별의 비애) 단락 ⑤-1.어디서 무엇이 되어 다시 만나라.(내세 재회) 단락 ⑤-2.어디서 무엇이 되어 두 분은 다시 만나고 있을까.(내세 재회) 단락 ⑤-3.만남이란 무엇일까(내세 재회) 단락 ⑤-4.그저 우연이겠지(내세 재회) 단락 ⑥-1.아득한 몇 억 광년의 광대무변한 허공에서 까마득한 몇 억 겁의 시간 동안 헤매던 수많은 알맹이들 중 어느 하나가 어쩌다가 내 아내의 몸속으로 들어와 호흡을 얻게 된 것이 아닐까.(인연생성-연기설) 단락 ⑥-2.우주가 생성되던 태초의 성운 속에 이 알맹이는 존재하였을 것이다. 이러한 알맹이들은 (중략) 태산의 티끌보다 많았을 것이다. 그 중에서 어느 하나가 나와 인연을 맺은 것은 아닐까.(인연생성-예정설) 단락 ⑦-1.이것들을 어찌 우리 부부의 능력과 피와 살로 조성했단 말인가.(자식 외적 특성 창조능력-예정설) 단락 ⑦-2.이런 것들을 어찌 우리 부부의 능력과 욕심으로 가르쳤다 할 수 있는가(자식 내적 능력 창조능력-예정설) 단락⑧-1.유독 빛나는 별 하나 도대체 몇 광년 밖의 허공에 뜬 별이 이 순간, 울창한 나뭇가지 사이를 뚫고 비로 요 손바닥만 한 물거울에 비쳐 있을까.(만남의 우주적 필연성) 단락 ⑧-2.몇 천 년 혹은 만 년에 한번 이곳을 지날지 모르는 별의 운행과 일생에 단 한 번밖에는 지나치지 아니할 나의 자리, 또 거기에 내 눈과 그런 각도로 존재하는 물거울, 이 3자의 인연을 도시 무엇으로 설명할 수 있단 말인가.(만남의 우주적 필연성) 단락 ⑨-1.지금 곁에 앉아 있는 이 여인은 또 어찌하여 나의 아내가 되어 있는가. (부부인연 생성이유) 단락 ⑨-2.어찌하여 나의 가장 소중한 것들을 이 사람과 공유하는 것이며 나는 그의 반쪽, 그는 나의 반쪽이 되어 있는 것일까. 어찌하여 나의 기쁨이 그의 기쁨이며 나의 아픔이 그의 아픔이 되어 있는 것일까.(운명의 공유이유) 단락 ⑩-1.선인들의 지혜로도 설명할 길이 없어 운명이라 연분이라 인연이라 일렀던 것은 아닐까.(운명적 만남 명명사유) 단락 ⑩-2.나에게 와서 잠시 호흡을 빌렸던 세 아이들, 우리는 어디서 무엇이 되어 다시 만날까.(내세 재회 결과) 단락 ⑫-1.우리 모두 어디서 무엇이 되어 다시 만날까.(내세 재회 결과) 단락 ⑫-2.우리 모두 어디선가 다시 만날 때 우리에게 주어진 길을 제대로 걸어와서 만나고 있을까.(내세 재회를 위한 사명 다짐) 등이다.

이상의 질문을 묶어보면, 제목에서부터 종결부에 이르기까지 6단계로 정리할 수 있다. 22개의 질문들은 패턴형식을 취하면서 그 의미가 누적되고 강조되는 효과를 생성한다. 먼저, 제목의 "어디서 무엇이 되어 다시 만나랴"는 작품 내용 전체를 주제로 수렴한다. 질문 1단계인 서주부 시 결말의 "어디서 무엇이 되어 다시 만나랴"는 현세에서의 필연적 만남에 이은 소멸의 비극과 아쉬움에 내세 재회 소망을 의문형으로 표현한 것이다.

질문 2단계는 단락 ③의 소멸의 미학과 단락 ④의 이별의 비애를 포함한다. 여기서의 의문문 역시 현세에서의 존재와의 만남과 소멸에 대한 아쉬움과 탄식에서 나오는 물음이다. 질문 3단계는 단락 ⑤에 주어져 있다. 작가는 상호텍스트성을 활용하여 동일한 화두를 탐구했던 두 예술가들(김광섭, 김환기)의 사후死後 윤회적 재회 여부를 묻는다. 이것은 생전에 필연적 만남과 소멸의 안타까움을 예술로 탐구했던 두 사람의 내세 윤회 여부에 대한 궁금증을 표현한 것이다. 그리고 그 뒤에 낯설게 붙어있는 "만남이란 무엇일까. 그저 우연이겠지."라는 의문문은 반전어법으로서의 기능성이 약하다.

질문 4단계는 단락 ⑥~⑨까지를 포함한다. 단락 ⑥에서는 자식 잉태의 신비를 불교의 연기설과 기독교의 예정설에 기대어 질문한다. 단락 ⑦의 의문문은 설의법으로 자녀의 외적 특성과 내적 재능을 천부天賦적 산물로 인식한다. 단락 ⑧의 질문은 숲 속 물거울에서 만난 별빛과의 조우처럼 삼라만상과의 모든 만남은 우주적 필연임을 암시한다. 단락 ⑨에서의 질문은 아내와 맺게 된 부부인연의 동기를 반복적인 조건절에 담아 만남의 필연성을 암시한다. 그 후반부에서는 부사어 '어찌하여'를 사용하여 인연생성의 동기를 물음으로써 만남의 우주적 필연성을 강조하는 기능을 수행한다.

질문 5단계는 단락 ⑩에서 우주법칙에 의한 생성된 인연과 운명, 연분의 명명 논리를 반추한 뒤, 필연적 인연으로 만난 가족과 이웃들의 내세 윤회결과를 궁금해 한다. 질문 6단계는 결말부로서 도입부에서 제기된 보편적 질문("어디서 무엇이 되어 다시 만나랴")에 대한 답변으로서 내세의 바람직한 윤회를 실천하기 위한 다짐이 주어진다. 다만, 도입부의 질문에 '우리 모두'가 주어로 덧붙고 '만나랴'의 종결어미를 '만날까'로 바꾸어, '주어진 길을 제대로 걸어와야' 할 것이라는 필연적인 인연 수행의지를 다짐한다.

이 작품에서 관심을 끄는 것은 설명의문문과 수사의문문이다.[2] 먼저, "어디서 무엇이 되어 다시 만나랴"는 의문사 '어디'와 '무엇'에 대한 구체적인 정보를 요구한다는 점에서 설명의문문이다. 이 유형은 제목을 포함하여 내용에서 5회나 쓰였고, 그것을 다소 변형시킨 의문문도 4회나 발견된다. 이처럼 동일한 문장을 반복적으로 사용한 것은 기법적으로는 상호텍스트성과 콜라주, 패턴 등의 도움을 받아 주제를 강조하는 외에도, 반복 서술을 통해서 주제의식에 대한 질적 울림을 확대시키는데 목적이 있다. 이때 울림의 범주는 시인이 사는 현세의 경계를 초월한 내세의 우주공간으로 확대 된다.

두 번째는 수사(修辭)의문문이다. 이른바 화자의 강한 긍정적 진술을 함유함으로써 형태는 의문문이지만 의미상으로는 설의법의 기능을 수행한다. 단락 ⑦("이것들을 어찌 우리 부부의 능력과 피와 살로 조성했단 말인가." "이런 것들을 어찌 우리 부부의 능력과 욕심으로 가르쳤다 할 수 있는가.")와 ⑧("이 3자의 인연을 도시 무엇으로 설명할 수 있단 말인가.")에서 발견되는 설의법은 우주의 필연을 강하게 긍정하는 효과를 거둔다.

---

2) 남기심/고영근, 《표준국어문법론》(탑출판사, 1998), 349쪽.

제목과 설명의문문에서 사용한 종결어미의 활용도 흥미롭다. 예컨대, "무엇이 되어 다시 만나랴"에서 '-랴'는 사전적으로는 "받침 없는 동사 어간에 붙어서 장차 자기가 할 일에 대하여 상대자의 뜻을 묻는 종결어미"이다. 이 수필에서는 작가를 포함한 독자에 대한 질문일 수 있으나 그 결과만을 묻는 것이 아니다. 오히려, 우주가 필연법칙을 통해 현세에서 이루어준 아름다운 만남의 인연을 내세에서 재현하기 위해 어떻게 살아야 하는가에 대한 물음이 숨어있다.

　　그런 뜻에서 이 작품은 많은 질문을 반복적으로 다양하게 사용하여 특별한 의미와 우주적 울림을 생성한 작품으로서 한국 현대수필사에 남을 것으로 보인다. 그것은 곧, 내세 재회나 윤회의 결과 못지않게 어려운 현실 속에서 어떻게 살아야 하는가를 묻고 있기 때문이다. 이것이 도입부와 결말부에서 동일한 질문을 던지는 진정한 의미라고 본다.

7. 작가의 욕망과 초월적 세계관

　　이 수필 속에서 작가의 욕망은 서주부와 내부 이야기(제시부+전개부+재현부), 그리고 종결부로 진행되는 소나타 형식의 구조 속에서 형상화된다. 서주부에서는 김광섭의 명시 〈저녁에〉를 중개자로 도입하여 필연적인 만남의 법칙을 끌어들인다. 여기서 우주법칙이란 모든 현세에서의 만남은 우주적 만남으로서 필연적 사건이라는 뜻이다.

　　그러나 모든 만남은 소멸(이별)의 법칙을 수반한다는데 비극성을 내포한다. 생명의 유한성에서 오는 이러한 운명의 법칙은 그 안타까움으로 인해 내세에서의 재회를 갈망하게 한다. 즉, '필연적 만남과 필연적 소멸'은 "어디서 무엇이 되어 다시 만나랴"라는 탄식을 낳는다. 따라서 작가는 이 시를 중개자로 삼아 지상에서의 소중한 만남과 소멸의 운명, 그리고 재회 갈망의 욕망을 주제로 암시한다.

이러한 만남의 우주적 필연성은 내부 이야기 속에서 사실적인 몽타주 형식으로 예증된다. 작가는 삶 속에서 만난 구체적인 체험들을 중개자로 삼아, 지상에서의 만남을 우주적 필연의 결과로 인식한다. 단락 ⑤에서 회상하는 예도 진인들의 삽화가 만남의 필연적 논리에 보편성을 실어주기 위한 예증이라면, 단락 ⑥~⑨의 삽화는 작가 자신이 직접체험을 통해서 제시하는 필연적 만남의 예증들이다.

종결부에서 작가는 윤동주의 명시 〈서시〉의 후반부를 콜라주하여 들려준다. 이것은 내세에서의 바람직한 재회의 조건과 전략을 제시한 것이다. "별을 노래하는 마음으로"는 어려운 현실 속에서도 꿈과 이상을 추구함을 뜻하고, "모든 죽어가는 것을 사랑해야지./ 나에게 주어진 길을/ 걸어가야겠다."는 죽음을 두려워하지 않고 주어진 운명의 길을 가겠다고 다짐하는 욕망의 표현이다. 마지막 장면은 내세에서의 소중한 만남을 위해 필연적인 인연의 길을 제대로 걸어가야 함을 시간착오의 예시기법으로 암시한다.

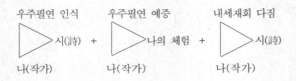

이러한 작가의 욕망을 수렴시킬 경우 주제의 형상화과정에 대한 설명이 가능해진다. 즉, 작가가 우주법칙인 만남과 소멸의 필연성을 인식하기 전에는 현세에서 어떻게 살아야 하는가를 알지 못했으나, 그것을 인식한 후에는 우주의 사명을 자각하여 어떻게 살아야 하는가를 깨닫게 되었음을 보여준다. 작가가 인식하는 우주의 사명이란 두 가지로 생각된다. 첫째, 현세에서의 만남과 이별이 우주가 맺어준 필연적 인연임을 자각하며 사는 일이다. 둘째 필연적 만남 뒤에는 필연적 소멸을 맞게 되다는 회자정리의 운명을 깨닫고 바람직한 내세 재회를 위한 삶을 사는 것이다. 그것은 곧 "주어진 길을 제대로" 걸어가는 것이다. 하지만 현세에서의 소중한 필연적 인연들이 내세에서는 어디서 무엇이 되어 다시 만날지는 알 수 없기에 작가의 연민과 안타까움이 큰 것이다.

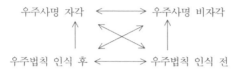

이러한 논리에도 불구하고, 작가의 욕망의 뿌리인 사상적 근원을 체계적으로 해명하기에는 어려움이 잔존한다. 앞서의 설명처럼, 이 작품이 기독교의 예정설과 자유의지론, 불교의 연기설과 윤회사상 등을 혼재시키고 있기 때문에 작가의 문학철학이나 사상적 바탕을 설명하기가 쉽지 않다. 게다가 이승에서 필연적 인연으로 만나 살다가 내세에는 다시 무엇이 되어 만날 수 있을까라고 근심하는 작가의 마음속엔 만나지 못할 수도 있다는 우려가 내재해 있다. 이 장면의 해석에서도 종교적 논리가 충돌하는데, 그것은 두 종교에서 내세운 내세 재회의 길이 다른데 원인이 있다. 불교에서는 오히려 인연의 집착을 끊는 길이 윤회의 악업에서 벗어나는 길이지만, 기독교에서는 신의 예정을 믿고 순종하는 것이 내세 재회(부활)에 이르는 이상적인 길이다. 종교사상의 혼재에서 야기된 이러한 충돌과 괴리는 주제의 통일성을 약화시키는 요인으로 작용한다.

8. 두 종교사상의 혼재와 충돌

이 작품의 해석에 가장 큰 어려움은 불교적 상상력과 기독교적 상상력의 혼재로 인해 발생한다. 이럴 경우, 두 사상의 괴리와 충돌로 인해서 주제 인식에 어려움이 뒤따른다. 왜 이질 종교사상을 뒤섞어 놓았는가 라는 의문은 이 작품의 해석을 위한 최대 난관이다.

기독교에서는 인간의 삶과 존재를 우주의 창조주인 하나님이 예정했다는 논리를 편다. 이것은 창세 이전에 구원받을 자들을 미리 예정하여 구원한다는 논리이다. 이 사상과 2천 년 동안 논쟁해왔던 자유의지론은 신이 인간의 자유의지에 따라 자신의 행동을 선택하도록 허용하고 있다는 논리이다. 이 두 논리는 모두 성경에 근거해 있다.

이러한 기독교의 논리 중에서 존재와 행위의 필연성은 예정설로부터 나온다. 인간을 비롯한 삼라만상의 창조의 역사가 신의 예정에 의해 전개된다고 주장한다. 라이프니츠는 "사물의 필연성은 그것들의 본질이 아니라, 신의 의지에서 기원한다고 말할 수 있다. 왜냐하면 주어진 신의 결정으로부터 모든 것은 필연적이기 때문이다."라고 설파한다.[3] 신은 가장 완전한 것을 선택하기를 원하며, 이유 없이는 어떤 것도 존재할 수 없다는 점에서 신의 선택은 검증할 수 없는 필연성과 충족이유율을 지닌다는 것이다.[4]

이 작품 속에는 기독교의 예정설과 연결시켜 해석할 수 있는 장면이 풍부하게 깔려있다. 도입부의 시 〈저녁에〉의 1연과 2연을 비롯하여 단락 ⑥, ⑦, ⑧, ⑨ 등에서 발견된다. 자유의지론을 함유하고 있는 부분은 단락 ⑪, ⑫이다. 먼저, 우주의 수많은 별 중에서 나를 내려다보는 특별한 별 하나와 그 별을 쳐다보는 수많은 사람들 중의 나는 특별히 선택된 우주적 만남의 존재들이라는 점에서 필연성을 지닌다. 라이프니츠의 주

---

3) G.W. 라이프니츠, ≪자유와 운명에 관한 대화 외≫, 이상명 역(책세상, 2011), 46쪽.
4) 위의 책, 139쪽.

장처럼, "피조물의 선택은 본질적으로 신의 예정을 포함하는 행위이고 신의 예정 없이 그 선택은 행해질 수 없기 때문이다."[5]

단락 ⑥에서 "우주가 생성되던 태초의 성운 속에 이 알맹이는 이미 존재하였을 것이다."라는 언급은 창세전에 하나님께서 구원받을 자들을 예정하셨다(엡1:4,5와 11, 롬8:28~30 등)는 성서의 말씀을 상기시킨다. 이처럼, 예정설은 우주의 모든 일이 하나님의 설계도에 따라 필연적으로 이루어진다는 주장이다. 단락 ⑦에서의 저마다 개성 있는 자녀들의 외형적 특성과 내적 능력들, 단락 ⑧에서의 몇 광년 밖 허공에 뜬 별이 숲속 산책 시에 손바닥만 한 물거울에 비친 순간, 그리고 단락 ⑨에서 아내와 부부인연을 맺어주었던 우연 같던 기이한 조건들은 하나님의 예정된 설계도에 따라 일어난 필연적 사건들임을 암시한다.

자유의지론은 윤동주의 〈서시〉를 인용한 "별을 노래하는 마음으로/ 모든 죽어가는 것을 사랑해야지./ 그리고 나에게 주어진 길을 /걸어가야 겠다."와 "우리 모두 어디선가 다시 만날 때 우리에게 주어진 길을 제대로 걸어와서 만나고 있을까."라는 결말에 함축되어 있다. 라이프니츠의 주장처럼, 신의 예정은 강제성을 띤 것이 아니다. 오히려 개인의 자유의지에 따라 어떤 행위를 결정하고 선택할 수 있게 하는 경향성과 가능한 원인으로 작용한다는 점에서 창세기의 아담과 이브처럼 책임과 처벌, 보상이 따른다. 그래서 작가는 내세의 아름다운 재회를 위해 우주적 사명의 수행을 다짐하는 것이다.

불교의 연기緣起사상 또한 작품 전체에 깔려있다. 연기는 불가에서 말하는 우주만물의 생성법칙으로서 일체 현상은 무수한 원인과 조건이 인연이 되어 생성된다는 법칙이다. 따라서 우주에 절대적 실체는 존재하지 않고, 다양한 인연들의 이합집산에 의해 창조행위와 파괴행위가 일어날 뿐이다. 인간도 이러한 연기법에 의해 태어나 업業을 쌓으며 살아간다. 업(karma)이란 인간이 이 세상에 살면서 쌓은 선업과 악업이

---

5) 위의 책, 72쪽.

사후세계의 존재를 결정한다는 의지적 행위에 대한 응보 사상이다. 곧, 자기가 쌓은 업은 과거나 전생으로부터 그 세력이 상속되어 현세나 내세의 자기존재를 규정하는 윤회의 원인이 된다. 업은 선천적이거나 숙명적인 것은 아니어서 수행의 중요성이 강조된다. 윤회는 불교의 근본 진리를 자각하지 못하여 그가 지은 업보에서 기인한다고 주장한다. 그러므로 불가에서는 자신이 지은 업보가 내세의 삶을 결정하는 필연성을 낳는다.

이 작품 속에는 불교사상도 전체 이야기 속에 광범하게 산재해 있다. 제목을 비롯한 도입 시의 결구와 단락 ④, ⑤, ⑩, ⑫ 등에서 패턴형식으로 반복적으로 환기되는 "어디서 무엇이 되어 다시 만나랴"는 라이트모티프로서 윤회성을 함유하고 있다. '어디서'는 내세의 윤회 공간을, '무엇이 되어'는 윤회대상의 존재론의 위상을, '다시 만나랴'는 윤회의 시공성을 함유한다. 그 외에도 겁, 인연, 연분, 운명, 등과 같은 불교 상징어와 단락 ⑥의 "아득한 몇 억 광년의 광대무변한 허공에서 까마득한 몇 억 겁의 시간 동안 헤매던 수많은 알맹이들 중 어느 하나가 어쩌다가 내 아내의 몸속으로 들어와 호흡을 얻게 된 것이 아닐까."에 내재된 것도 불교의 연기사상이다.

따라서 독자는 왜 불교와 기독교 사상을 혼용하여 이야기를 창조하였는가라는 물음을 던질 수밖에 없다. 이에 대한 답변은 두 가지 중 하나가 될 것이다. 첫째는 인생의 보편적인 만남-소멸-재회(윤회)의 문제들을 모든 종교를 초월한 차원에서 바라보고 싶은 의도일 수 있다. 그것은 모든 종교의 관심사이기도 하므로. 둘째는 두 종교사상이 무의식중에 혼재되었을 가능성이다. 이는 한국의 종교적 풍토와 관련되어 있다. 한국인들에게는 이질 종교 간의 갈등이 없어서 접근하기도 용이할 뿐만 아니라, 특히, 상식차원에서 두 종교에 관한 지식이 자연스레 습합되거나 혼재되었을 가능성이 있기 때문이다.

9. 몇 가지 시학상의 문제들

이제 끝으로, 몇 가지 작법 상에 드러난 문제점에 관하여 설명할 차례이다.

첫째, 도입 시에서 기술상의 오류가 발견된다. 1연이 "저렇게 많은 중에서/ 별 하나가 나를 내려다/ 본다"라고 기술되어 있다. "내려다 본다"가 되어야 할 것을 "내려다"와 "본다"로 행을 바꿔 기술한 것은 시작의 논리에도 맞지 않는다. 시어와 시행의 배열에서 원작을 변형시킬 경우, 의미 생성의 메커니즘이 달라진다는 것은 정론으로 통한다.

둘째, 서주부와 코다에 도입한 두 시는 마치 이중액자와 같은 기능을 수행하고 있으나, 이질 종교의 사생관死生觀이 혼재하고 있다는 점에서 제시부의 주제의식과 사상성을 내부이야기와 코다에서 이어받아 통합하기에는 무리가 따른다. 겉보기에는 무난한 것 같지만, 두 종교의 사생관이 충돌함으로써 주제의 형상화에 장애를 일으킨다.

셋째, 내부이야기에서 필연적인 현세적 만남과 소멸의 이야기를 내세적 윤회의 꿈으로 연결시키려는 의도도 기독교적 상상력과 불교적 상상력이 혼재함으로써 자연스럽지 못하다. 게다가, 필연성에 의한 만남이 어떻게 소멸에 이르는가를 보여주지 않고 만남의 인연 이야기에만 집중함으로써, 인과성이 약해지고 내세 재회의 갈망 역시 상징적인 질문으로만 던져진다.

넷째, 낯설고 생경한 언어들의 사용도 눈에 띈다. 적확성이 떨어지거나 부자연스런 단어는 이야기의 리듬을 깨고 의미의 흐름을 막는다. 이를테면, 단락 ③의 "반비례하여"와 단락 ⑥의 "생성", 단락 ⑦의 "조성" 등의 단어는 과학적인 용어처럼 딱딱하게 들리거나 상투적이어서 문학적 상상력과 이미지를 억누르는 부정적 효과를 가져다준다.

다섯째, 단락 ⑤에서 "그저 우연이겠지."라는 문장의 기능도 애매하다. 난세에 예도의 진인들로 살다가 고인이 된 김광섭과 김환기가 지금은(내세에서는) "어디서 무엇이 되어 두 분은 다시 만나고 있을까."란 질문을 던진 뒤에, "만남이란 무엇일까. 그저 우연이겠지."라고 덧붙인 자문자답은 어색하고 애매하다. 만남의 필연성이 이미 강렬하게 암시된 상황에서 다시 만남의 본질을 되묻는 질문과 "그저 우연이겠지." 하는 유추적 답변은 혼란만을 야기한다는 점에서 군더더기로 생각된다.

여섯째, 소나타 형식의 차원에서 볼 때, 이 작품은 제1 주제(현세인연)와 제2 주제(내세인연)의 상호작용이 애매하게 처리되어 있다. 이를테면, 현세인연과 내세인연이 어떤 상관성을 통해서 이어지는지에 대한 통찰과 언급이 전무하면서 내세인연에 대한 질문만을 던지고 있다는 점도 설득력과 울림을 약화시킨다.

그럼에도 불구하고, 이 작품이 갖는 수필문학사적 의미는 적지 않다. 적어도 이 수필은 음악의 소나타 형식을 구조적으로 활용하고 있다는 점에서 높이 평가할 만하다. 작가가 창작 당시에 소나타 형식을 의식하고 썼는지는 알 수 없으나, 전체 이야기의 구조 속에 소나타 형식이 숨어 있다는 것은 놀라운 일이다. 이것은 작가가 이야기의 예술적 전개와 감동적인 구조를 형상화하기 위한 전략을 치열하게 탐구했다는 반증이라는 점에서 그 가치를 인정해야 한다. 작가가 고인이 된 뒤에 작품으로 해후하게 된 것이 안타까울 뿐이다.

그는 지금 어디서 무엇을 하고 있을까?

〈참고문헌〉

고우. ≪연기법과 불의 생활화≫. 효림, 2005.
김은섭. ≪예정론과 자유의지론의 조화≫. 겨자씨, 2011.
라이프니츠. ≪G.W. 자유와 운명에 관한 대화 외≫. 이상명 옮김. 책세상, 2011.
모노 자크. ≪우연과 필연≫. 조현수. 궁리, 2010.

유병석. ≪왕빠깝빠≫. 한양대학교출판부, 1996.

유병석. ≪어디서 무엇이 되어 다시 만나랴≫. 좋은수필사, 2010.

조수동. ≪불교철학의 본질≫. 이문출판사, 1996.

혜국. ≪인연법과 마음공부≫. 효림, 2004.

Leichtentritt, Hugo. ≪음악의 형식≫. 대학음악저작연구회 역. 삼호출판, 1989.

12

이영도의 〈애정은 기도처럼〉

1. 구도수필을 찾아서

수필작가는 창작과정에서 흔히 두 단계의 핵심과정을 거치게 된다. 첫째는 제재에 대한 철학적 인식과정이며, 둘째는 그 인식결과를 문학적으로 형상화하는 과정이다. 이 과정에서 작가가 제재의 심오한 본질 인식을 위해 끈질긴 투쟁정신과 장인적 몰입태도를 보여줄 때, 문학적 글쓰기는 구도자적 수행의 양상을 띠게 된다.

철학적 관점에서, 모든 학문과 예술은 절대자나 진리, 본질세계 등의 탐구를 지향한다는 점에서 일종의 구도 행위와 무관하지 않다. 수필문학 또한 예외가 아니다. 특히, 구도수필은 제재 통찰과정에서 초월적인 영성靈性을 인식과 체험의 도구로 사용한다는 점에서 작가의 내공과 수행능력을 필요로 한다.

수필작가에게 영성이란 제재의 통찰과 형상화 과정에서 그 본질세계와 교통하는 영적인 힘을 가리킨다. 따라서 작가는 영성을 도구로 소재의 현상 뒤에 숨은 본질세계의 존재 양상과 그 작동방식을 문학적으로 형상화하여 전달한다. 특히, 수필작가는 자신의 체험에서 가져온 제재에 대한 치열한 영적 인식의 과정과 결과를 밀도 있게 들려줌으로써 구도자적 자세를 견지한다.

이러한 구도求道수필은 우주의식(cosmic mind)으로 절대자나 본질세계와의 영적 소통을 기도한다는 점에서 독자들의 문학적 상상력을 초월세계로 이끄는 심오함을 보여준다. 작가는 소재의 물리현상과 그것을 작동시키는 법칙세계를 뛰어넘어 우주의 본질작용을 통찰하는 철학적 체험의 구경究竟을 열어 보인다.

한국 현대 수필계에 영성수필, 혹은 구도수필이 자주 눈에 띄지 않는 것은 안타까운 일이다. 이는 한국의 현대 수필작가들이 제재가 보여주는 현상과 본질의 우주적 상호작용보다는 현상세계의 이야기에만 치중하고 있다는 의미도 된다. 동서고금을 통해서 작가와 소재, 우주를 하나로 통합시켜 보려는 학자들과 예술가들은 부지기수로 많았다. 서양의 상징주의 시인인 보들레르가 만물조응(correspondences)[1]의 창작원리를 설파한 것이나, 동양의 장자가 "제물론齊物論"에서 땅의 소리, 사람의 소리, 하늘의 소리를 우주적 관점에서 일원론적으로 성찰할 것을 요구한 것도 같은 맥락이다.

그런 점에서 이영도(1916~1976)의 〈애정은 기도처럼〉은 구도수필의 한 전형으로 삼을 만하다. 그는 영적 소재 통찰력과 우주의식으로 초월적인 절대자와의 소통을 갈망하는 구도과정을 문학적으로 형상화함으로써 구도수필의 한 차원을 연다. 이제 텍스트를 해체하여 재구성하는 과정을 통해서 그의 문학적 구도행위와 영적 울림의 정체와 만나게 될 것이다.

---

1) 물질세계와 영혼세계, 현상세계와 본질세계가 서로 화답하며 영적일체, 혼연일체를 이룬다는 교응의 시학이다.

2. 분석 텍스트의 선정

분석을 위해 텍스트를 읽어볼 차례이다. 이 작품은 범우사에서 1976년 3월에 문고본으로 간행한 ≪애정은 기도처럼≫과 문학세계사에서 1986년 4월에 간행한 ≪그리운 이 있어 내 마음 밝아라≫ 등에 실려 있다.

이 두 텍스트는 단락 나누기와 한두 문장에서 서술의 차이를 보인다. 범우사 본은 통 시퀀스로 서술한데 비해, 세계사 본은 모두 세 개의 시퀀스로 나누어 서술하였다. 또한 두 텍스트는 16번째 문장에서 서술의 차이를 보인다. 전자에서는 "아득한 생각 속에 잠겨 있는 것이다."로 표현한 것을 후자는 "아득한 생각 속에 잠차 있는 것이다."로 수정하였으나 오히려 생경하고 어색하다.

마지막 17번째 문장에서도 서술의 차이가 발견된다. 범우사 본은 "지금 멍멍히 인경 소리가 먼 절간에서 울려온다."로 마무리 한 데 비해, 문학세계사 본에서는 "지금 멍멍히 인경 소리가 울려 들어온다."라고 서술하였다. 따라서 필자는 문장 표현이 평이하고 리듬이 자연스러운 범우사 본을 텍스트로 취하였다.

〈애정은 기도처럼〉

초저녁 잠이 짙은 내 버릇은 첫새벽만 되면 잠이 깨인다.

어둠이 산악처럼 둘러에운 장지 안에 혼자 등燈을 가까이 일어앉으면 오붓하기 한량없는 나의 시간! 그리움도 슬픔도 티 없이 밝아지는 기도일 수밖에 없다.

나는 이 그지없는 고요의 시간에 시를 생각하고, 사랑을 느끼고, 신의 음성을 듣는 것이다.

나는 내가 무언가를 알고 싶어진다. 이렇게 새벽마다, 더구나 요즘 같은 긴긴 가을밤 미명未明의 시간을 책도 가까이 하지 않고 골똘해지는 이 생각의 빛과 모양과 소리가 알고 싶어진다.

멍멍하고 아득한 것, 눈물겹도록 그리운 것, 그리고 뜨겁게 슬픈 것, 이 멀고도 가깝게, 맑고도 짙게 내 감정을 윤색潤色하는 목숨의 빛깔을 나는 어떤 채색으로도 표현할 수가 없다.

책을 읽다가도 문득 떠오르는 모습! 어느 사물, 어느 자연 하나에도 그 너머로 겹쳐 떠오르지 않는 곳이 없는 먼 표정! 그리고 거기 묻어 들려오는 음성 하나, 이 간절한 빛과 모양과 음성이 바로 나의 본연이요 애정이요 문학인지 모른다.

나는 이 내 본연과 애정을 풀이하기 위하여 시를 쓰고 수를 놓고 그 애정을 채색하기 위하여 꽃을 가꾸고 산수山水를 찾는지 모른다.

또 애정을 달래기 위해 신을 불러 무릎을 꿇고 눈물짓는 것인지 모른다.

슬픈 기도도, 알뜰한 솜씨도, 간절한 시도 그 애정을 통해서만이 있는 나의 하늘은 투명한 9만 리! 그의 애가哀歌의 숨결 따라 내 성좌星座는 밤마다 명암하고, 아쉬움은 먼 무지개로 꿈을 잇는 것이 아니겠는가?

지금도 나는 멍멍한 새벽 시간을 혼자 일어앉았다.

영창 밖으로 청정淸淨히 밝혀 뜬 그의 별빛들이 무수한 질문을 내게 퍼붓는데, 어느 절도絕島처럼 차단된 지점에서 나는 대답할 말도, 몸짓도, 인생조차도, 걷잡을 수 없는 아득한 생각 속에 잠겨 있는 것이다.

눈물처럼 괴는 간절한 생각 속을 지금 멍멍히 인경소리가 먼 절간에서 울려온다.

3. 이중액자 구조와 상징패턴

모든 문학적 이야기는 독자적인 의미세계를 구축한다. 그 의미는 작가가 심미적으로 동원한 수많은 단어와 문장들을 질서 있게 배열하여 구축한 텍스트의 구조가 만들어 내는 형상화의 결과이다. 따라서 텍스트를 해체하여 이야기의 배열방식을 탐구하는 것은 작품의 유기적인 의미생성 과정과 방식을 입체적으로 읽어내는 과학적인 방법이 된다.

이 작품은 구도수필답게 2백자 원고지 5~6매 분량의 짧은 수필이다. 그만큼 이 작품은 함축성이 큰 수사적 비유와 상징 등을 동원하여 밀도 있는 언어의 질감과 내밀한 의미세계를 형상화한다. 12개의 단락으로 구축된 텍스트를 요약하면 다음과 같다.

① 나는 첫새벽만 되면 잠이 깬다.(새벽기상 습관) ② 새벽명상 시간, 그리움과 슬픔은 티 없이 밝아진다.(본연탐구 조짐) ③ 이 고요의 시간에 시와 사랑과 신의 음성을 만난다.(명상효과) ④ 긴 가을밤 미명에 나의 본연의 빛과 모양과 소리가 알고 싶다.(본연탐구 욕망) ⑤ 내 감정을 윤색하는 본연의 빛깔을 표현할 수 없다.(본연표현 불가능성) ⑥ 모든 대상 너머의 빛과 모양, 음성이 나의 본연과 애정, 문학이다.(본연 정체인식) ⑦ 나의 본연과 애정 탐구를 위해 시와 수, 꽃과 산수를 찾는다.(본연탐구 방법) ⑧ 나는 애정을 달래기 위해 신을 부르며 눈물짓는다.(신의 도움갈망) ⑨ 구만리 밖 나의 하늘은 별과 무지개로 꿈을 잇는다.(본연탐구 거리와 소망) ⑩ 지금도 나는 새벽명상을 위해 앉아있다.(새벽명상 열의) ⑪ 그의 별빛들의 무수한 질문에 대답할 말과 몸짓을 찾지 못한다.(본연표상 한계) ⑫ 눈물처럼 괴는 간절한 생각 속에 인경소리가 들려온다.(본연탐구 비애와 한계)

이상의 요약내용을 중심으로 의미생성 구조를 추상해보면 이중액자 구조의 형태로 떠오른다. ①~④는 도입액자의 역할을, ⑤~⑨는 내부이야기, ⑩~⑫는 종결액자의 기능을 수행한다. 흔히, 액자구조가 그러하듯 도입액자에서는 주제 암시와 함께 내부이야기를 들려주게 된 동기를 서술하고, 내부이야기 속에는 주제를 생성하는 핵심이야기가 담겨있다. 그리고 종결액자에서는 내부이야기의 행동과 의미를 주제로 수렴한다.

따라서 이 수필의 액자구조와 주제의 형상화 과정을 통합하여 그림으로 표상하면 다음과 같다. 도입액자에서는 구도 목표가 제시되고, 내부

이야기에서는 구도의 방법과 소망을 들려주고, 종결액자에서는 구도의 한계와 비애를 보여준다.

도입액자   +   내부이야기   +   종결액자
   | | |
구도 목표 → 구도의 방법과 소망 → 구도 한계
(본연 탐구   (본연의 정체와   (본연 탐구의
대상과 욕망   탐구양상)   한계와 비애)
(①~④)   (⑤~⑨)   (⑩~⑫)

이렇게 볼 때, 이 작품은 구도수필의 성격을 분명하게 드러낸다. 도입액자에서는 구도의 목표인 본연 탐구의 과제가 제시되고, 내부이야기에서는 작가가 궁극적으로 이르고자 하는 본연의 정체와 그 탐구 양상을 들려준다. 그리고 종결액자에서는 구도의 한계인 본연 탐구의 어려움과 비애를 압축적 문장으로 간결하게 서술한다. 본시 구도행위는 본질세계에 대한 깨달음을 궁극적인 목표로 설정하지만, 그러한 깨달음은 언어로는 완벽한 인식과 표현이 불가능하다는 점에서 암시성과 상징성이 짙은 함축적 문장을 사용하기 마련이다. 따라서 이 수필은 독자들에게 상징성이 큰 난해한 이야기로 전달된다.

이 수필의 이중액자 구조 속에는 작가가 간절하게 소망하는 절대자의 본질세계가 패턴형식으로 반복 환기된다. 상징이란 불가시적인 관념세계를 가시적인 보조관념을 활용하여 암시하는 수사법이다. 형이상학적인 원관념의 정체를 형이하학적인 보조관념을 빌려 반복적으로 들려줌으로써 상징의 원관념은 구체적인 이미지로 암시된다.

이영도의 텍스트 속에서도 절대자의 본질세계를 상징하는 "빛과 모양과 음성"이 3회 이상 반복 서술된다. 작가의 본질탐구 열망을 지시하는 "애정"이란 어휘를 5회 이상 쓴 것도 본질세계를 암시하기 위한 의도가

숨어있다. 명상과 기도의 모습을 반복적으로 환기시켜 주는 것도 작가가 절대자, 또는 본질세계와의 만남을 위해 몰입의 방편을 쓰고 있다는 증거이다.

4. 영성의 빛과 통과제의

1) 수필과 영성의 관계

서론에서 언급한 것처럼, 작가가 수필을 통해 보여주고자 하는 궁극적 인식의 경지는 영성의 세계이다. 그것은 본질적으로 제재의 본질세계에 대한 작가의 개인적 통찰능력에 의해 도달 가능한 것이어서, 모든 작가의 작품에서 발견할 수 있는 것은 아니다.

수필작가가 다루는 모든 제재들은 현상과 본질의 양면성을 가지면서도 통합의 구조로서 존재한다. 현상이 불가시적인 본질 작용을 가시적으로 현현하는 물리적인 대상세계라면, 본질은 그러한 현상세계를 하나로 통합하여 작동시키는 우주의 원리이다. 문제는 현상의 작동원리인 본질작용을 작가의 특별한 인식의 힘을 통해서만 체험할 수 있다는 점에 있다.

현상세계가 작가의 감성과 이성의 힘을 통하여 인식할 수 있다면, 본질세계는 감성과 이성의 힘만으로는 체득이 불가능한 초월적 범주 속에 숨어있다. 작가가 이러한 현상과 본질의 상호작용을 유기적으로 인식하기 위해서는 몰입의 힘을 사용하여 진정성의 심미공간 속으로 제재를 끌어들이는 노력이 필요하다. 예컨대, 본질세계는 감성과 이성만으로는 체득되지 않는 우주적 초월세계라는 점에서 작가의 영적 인식력을 요구한다.

작가의 영적 인식력인 영성은 우주의 본질세계로부터 들려오는 진리의 소리나 절대자의 음성을 수신할 수 있는 우주적 인식능력을 가리킨다. 이영도가 〈애정은 기도처럼〉에서 고백한 것처럼, "책을 읽다가도 문득 떠오르는 모습! 어느 사물, 어느 자연 하나에도 그 너머로 겹쳐 떠오르지 않는 곳이 없는 먼 표정! 그리고 거기 묻어 들려오는 음성 하나, 이 간절한 빛과 모양과 음성"이 바로 본질세계의 모습이다.

우주의 본질세계는 3단계의 인식과정을 요구한다. 1단계는 오감과 감성으로 인식하는 물리적 현상세계이다. 2단계는 이성과 지성의 힘으로 인식하는 현상세계를 작동시키는 물리(이치)법칙의 세계이다. 그리고 3단계는 감각적인 현상세계와 물리법칙을 유기적으로 이끄는 본질세계의 메커니즘이다. 1단계와 2단계는 감각과 이성만으로 가능하지만, 3단계는 그것을 뛰어넘는 초월적인 힘인 영성을 필요로 한다.

작가는 영성의 힘을 빌려 우주로부터 들려오는 신의 음성이나 본질의 메시지를 들을 수 있다. 하지만 그것은 진정성의 심미공간에서 몰입적 명상이나 기도를 통해서만 접근할 수 있는 특별한 초월적 체험상황이라는데 어려움이 있다. 그래서 〈애정은 기도처럼〉에서 작가는 "나는 이 그지없는 고요의 시간에 시를 생각하고, 사랑을 느끼고, 신의 음성을 듣는 것이다."라고 털어놓는 것이 아니겠는가.

2) 본질탐구의 영적 고뇌

작가는 〈애정은 기도처럼〉에서 새벽녘 그지없는 고요의 시간에 기도처럼 이루어지는 심오한 명상을 통하여 우주의 절대자, 혹은 본질세계와의 교통을 시도한다. 그래서 "이렇게 새벽마다, 더구나 요즘 같은 긴긴 가을밤 미명未明의 시간을 책도 가까이 하지 않고 골똘해지는 이 생각의 빛과 모양과 소리가 알고 싶어진다."며 눈물짓는다. 여기서 빛과 모양과 소리로 상징되는 주체는 우주 창조주로서 기독교의 절대자를 암시한다.

하지만, 작가는 본질탐구의 명상이 쉽지 않음을 고백한다. "내 감정을 윤색하는 목숨의 빛깔을 나는 어떤 채색으로도 표현할 수가 없다." "나는 이 내 본연과 애정을 풀이하기 위하여 시를 쓰고 수를 놓고 그 애정을 채색하기 위하여 꽃을 가꾸고 산수를 찾는지 모른다."고 실토한다. 여기에는 다음과 같은 몇 가지 이유가 있는 듯하다.

첫째는 진정성(authenticity)의 심미공간에서의 몰입의 어려움이다. 진정성은 참자아의 실존공간으로서 몰입을 실현시켜주는 본질과의 교통공간이다. "멍멍하고 아득한 것, 눈물겹도록 그리운 것, 그리고 뜨겁게 슬픈 것, 이 멀고도 가깝게, 맑고도 짙게 내 감정을 윤색하는 목숨의 빛깔"이란 서술 속에서 그가 겪고 있는 몰입의 고뇌가 감지된다.

둘째는 본질인식의 어려움이다. "그의 별빛들이 무수한 질문을 내게 퍼붓는데, 어느 절도絶島처럼 차단된 지점에서 나는 대답할 말도, 몸짓도, 인생조차도, 걷잡을 수 없는 아득한 생각 속에 잠겨 있는 것이다."라는 고백이 그런 예이다. 이것은 작가가 본질인식의 도구로 활용하는 언어의 한계성에서 숙명적으로 제기되는 어려움이다. 이러한 언어도단言語道斷의 한계상황을 뛰어넘는 초월적 인식의 힘이 바로 영성이다.

셋째는 문학적 표현과 형상화의 어려움이다. "슬픈 기도도, 알뜰한 솜씨도, 간절한 시도 그 애정을 통해서만이 있는 나의 하늘은 투명한 9만 리!"라는 서술이 그 방증이다. 이 역시 작가의 실존적 한계와 언어의 한계가 낳은 결과들이다. 노자가 ≪도덕경≫에서 '도가도비상도道可道非常道'를 선언한 것도 이런 숙명성을 인지했기 때문이리라.

작가는 본질탐구의 고뇌를 "그의 애가의 숨결 따라 내 성좌는 밤마다 명암하고, 아쉬움은 먼 무지개로 꿈을 잇는 것이 아니겠는가?", "눈물처럼 괴는 간절한 생각" 등으로 그리고 있다. 이는 분석철학자 비트겐슈타인의 '신비한 것에 대해서는 침묵을 지키라.'는 언급을 떠올리게 한다. 이와 같은 어려움은 궁극적으로 인간 언어의 불완전성에서 기인된다는 점에서 작가들에게는 피할 수 없는 숙명적 투쟁의 대상이 된다.

그래서 작가의 본질탐구 열망은 첫새벽의 간절한 명상과 기도 패턴으로 나타난다.

3) 영성 수준과 초월체험

작가가 제재를 어느 수준까지 통찰하고, 그 결과를 독자에게 어떻게 들려주는가는 매우 중요하다. 이런 점에서도 수필작가의 창작행위는 철학하기로서의 글쓰기라는 수사가 가능해진다. 제재에 대한 작가의 통찰 수준이 의미 있는 것은 그것이 일차적으로 작품의 사상이나 철학적 깊이와 수준을 결정짓는 잣대가 되기 때문이다.

그러므로 제재에 대한 작가의 철학적 인식의 깊이는 곧 작품의 사상적 깊이에 비례한다. 작가의 통찰이 현상세계의 관찰과 법칙세계의 터득 수준을 초월하여 본질세계의 각성에 이입할 경우, 독자에게는 우주의 특별한 신비를 경험할 수 있는 행운이 주어진다. 따라서 작가가 본질세계와 교통한다는 것은 특별한 내공과 수행을 통한 초월세계의 체험이라는 점에서 통과제의적 의미를 갖는다. 그것은 인간의 인식능력이 절대의 세계를 넘나들 수 있는 고차원적 각성의 경지를 보여준다는 의미에서 가치 있는 체험이다.

이러한 초월체험의 단계에 대한 측정방식으로는 모르데카이 마르쿠스가 제안한 '이니시에이션' 유형론을 원용하는 것이 효과적이다. 예컨대, 시험적(tentative) 이니시에이션, 미완적(uncompleted) 이니시에이션, 결정적(decisive) 이니시에이션이 그것이다. 시험적 이니시에이션은 작중인물이 성숙과 각성의 문턱까지만 도달해 있을 뿐, 그 문지방은 넘지 못한 상황이다. 미완적 이니시에이션은 성숙과 각성의 문턱을 넘어서지만 어떤 확신을 얻으려고 애쓰는 상황이다. 결정적 이니시에이션은 완전한 성숙과 각성에 이르거나 성숙에 이르는 결정적 진로를 획득한 상황을 가리킨다.[2]

이 작품에서 작가는 미완적 이니시에이션의 상황에 머물고 있는 것으로 해석된다. 작가는 성숙과 각성의 문턱을 넘어서고는 있으나, 아직

---

2) 모르데카이 마르쿠스, "이니시에이션 소설이란 무엇인가?", 김병욱 편, ≪현대소설의 이론≫. 최상규 역(대방출판사, 1983), 464쪽.

본연세계에 대한 확신에는 이르지 못한 것으로 보인다. 그러기에 다음과 같은 본연 탐구의 아쉬움과 어려움을 고백하는 내용들이 텍스트의 대부분을 차지한다.

"나는 이 내 본연과 애정을 풀이하기 위하여 시를 쓰고 수를 놓고 그 애정을 채색하기 위하여 꽃을 가꾸고 산수山水를 찾는지 모른다." "영창 밖으로 청정淸淨히 밝혀 뜬 그의 별빛들이 무수한 질문을 내게 퍼붓는데, 어느 절도絶島처럼 차단된 지점에서 나는 대답할 말도, 몸짓도, 인생조차 도, 걷잡을 수 없는 아득한 생각 속에 잠겨 있는 것이다.

눈물처럼 괴는 간절한 생각 속을 지금 멍멍히 인경소리가 울려 들어 온다."

영적체험의 세계를 보여주는 수필작품에서 작가가 어느 수준까지 본 질탐구에 참여하고 있는가를 알아보는 일은 의미 있는 작업이다. 그것 은 작가 자신의 대상 통찰력과 수준을 보여줄 뿐만 아니라, 본질과의 소통능력을 가리키는 지표가 된다. 〈애정은 기도처럼〉은 한국 현대수필 에서 흔치 않은 구도수필의 한 전형을 보여준다. 그것은 작가가 절대자 와 교통하기 위해 아침마다 수행하는 간절한 명상과 기도수행 과정 속 에서 확인된다.

5. 절대세계의 탐구전략과 방편

1) 탐구의 목표와 한계

이영도가 이 수필을 통해서 갈망하는 탐구세계는 두 가지 고백으로 암시된다. 첫째는 "이 그지없는 고요의 시간에 시를 생각하고, 사랑을 느끼고, 신의 음성을 듣는 것"이며, 둘째는 "내가 무언가를 알고 싶어진 다."는 언급이다.

그러나 이 두 가지 탐구대상은 별개의 것이 아니라, 우주 본질공간에서는 영적 일체감으로 교응交應하고 혼연일체가 되는 형이상학적 문제들이다. 그것은 삼라만상 너머로 '겹쳐 떠오르지 않는 곳이 없고, 거기 묻어 들려오는 간절한 빛과 모양과 음성'으로 상징된다. 여기서 빛과 모양과 음성은 작가가 합일을 꿈꾸는 우주본질을 뜻한다.

따라서 그러한 절대자로서의 본질세계는 "나의 본연이요 애정이요 문학"이라는 작가의 우주의식으로 인식된다. 예컨대, 나의 본연本然으로서의 본질세계와 그로부터 나오는 신의 사랑, 그리고 그와의 실존적 가치와 관계성을 탐구하는 문학은 절대자의 세계와 무관하지 않다. 그래서 작가는 "이 내 본연과 애정을 풀이하기 위해 시를 쓰고 수를 놓고 그 애정을 채색하기 위하여 꽃을 가꾸고 산수山水를 찾는지 모른다."라고 말한다. 우주의 절대자를 향한 작가의 본질탐구의 열정과 애정은 "신을 불러 무릎을 꿇고 눈물짓는" 행동으로, 또는 "눈물처럼 괴는 간절한 생각 속"을 방황하게 한다.

이처럼 작가가 오매불망 그리워하는 본연의 세계는 하나의 어휘로는 결코 포괄할 수 없는 다양성과 대립성, 이중성 등을 속성으로 갖는다. 그가 본질의 세계를 "멍멍하고 아득한 것, 눈물겹도록 그리운 것, 그리고 뜨겁게 슬픈 것, 이 멀고도 가깝게, 맑고도 짙게 내 감정을 윤색하는 목숨의 빛깔"이나, "어느 사물, 어느 자연 하나에도 그 너머로 겹쳐 떠오르지 않는 곳이 없는 먼 표정!"으로 묘사하는 것도 이런 연유 때문이다.

작가의 슬픔은 바로 그런 본연의 모습을 제대로 인식하고 제대로 그려내지 못하는 데 있다. "나는 어떤 채색으로도 표현할 수가 없다.", "그의 별빛들이 무수한 질문을 내게 퍼붓는데, 어느 절도絶島처럼 차단된 지점에서 나는 대답할 말도, 몸짓도, 인생조차도, 걷잡을 수 없는 아득한 생각 속에 잠겨 있는 것이다."라며 눈물짓는다. 이러한 작가의 탄식 원인은 세 가지로 유추할 수 있다. 첫째는 본연세계에 대한 탐구부족, 둘째는 언어의 인식 한계성, 셋째는 작가의 미숙한 영성 수준 탓 등이다.

이와 같은 인식과 표현의 한계성은 언어의 숙명성과 작가의 실존적 한계라는 양면성이 낳은 인간적 비애이다. "나는 내 본연과 애정을 풀이하기 위하여 시를 쓰고 수를 놓고 그 애정을 채색하기 위하여 꽃을 가꾸고 산수山水를 찾는지 모른다."라는 고백이 이런 상황을 반증한다. 결국, 작가에게는 언어도단言語道斷의 숙명성을 초극하기 위한 보다 강력한 초월적인 영적 방편이 필요한 것이다.

2) 절대세계의 탐구 전략과 방편

작가는 우주 절대자의 본질세계에 대한 탐구를 위해 방편方便을 사용한다. 그것은 명상과 기도이다. 진실한 명상과 기도는 주객합일을 가능케 하는 몰입의 상황 속에서 실현된다. 몰입沒入은 인간의 세속적 욕망을 초월하여 우주의 본질세계와 교통하면서, 절대자의 음성을 들을 수 있는 영적 소통의 길을 열어준다는 점에서 방편으로서의 가치를 지닌다.

작가가 이 작품 속에서 명상과 기도를 절대자와의 소통수단으로 활용하고 있다는 근거는 명백하다. 이를 테면, "어둠이 산악처럼 둘러에운 장지 안에 혼자 등을 가까이 일어앉으면 오붓하기 한량없는 나의 시간, 그리움도 슬픔도 티 없이 밝아지는 기도일 수밖에 없다.// 나는 이 그지없는 고요의 시간에 시를 생각하고, 사랑을 느끼고, 신의 음성을 듣는 것이다.", "요즘 같은 긴긴 가을밤 미명未明의 시간을 책도 가까이 하지 않고 골똘해지는" 이라는 표현 등이 그 증거들이다.

기도와 명상의 본질은 작가가 성찰의 대상을 진정성眞正性의 공간 속에 끌어들여 참자유와 참평화의 영적 세례를 받는 데 있다. 이러한 영적 세례는 진정성의 심미 공간 속으로 성찰 대상을 이입시키는 몰입능력에 의해 그 성패가 좌우된다. 따라서 작가는 우주의 본질세계로부터 오는 영적 깨달음을 얻기 위해 몰입능력을 향상시켜야 하는 과제를 안게 된다. 그런 의미에서 작가의 몰입능력은 영적 통찰의 전제조건이라고 할 수 있다.

작가에게 본질탐구의 목표는 문학의 고유 기능의 한 측면에 가깝다. 칸트의 주장처럼, 문학과 예술은 자기 자신을 위한 내재적 존재이유와 목적 속에 그러한 탐구목표를 지니고 있기 때문이다. "이 간절한 빛과 모양과 음성이 바로 나의 본연이요 애정이요 문학인지 모른다."라는 표현은 절대자의 빛과 모양과 음성이 곧 작가 자신의 본연과 연결되어 있을 뿐만 아니라, 문학적 탐구 대상임을 뜻한다.

하지만, 이영도에게 문학을 통한 본질탐구의 과제는 아직 불확실한 탐구대상으로 남아있다. 마지막 행에서 "눈물처럼 괴는 간절한 생각 속을 지금 멍멍히 인경소리가 절간에서 울려온다."라는 표현은 이를 암시한다.

6. 욕망과 갈등의 메커니즘

1) 작가의 욕망과 갈등

수필작품에서 분석자가 관심을 가져야 할 일은 인물의 욕망과 갈등의 질적 변화과정이다. 모든 문학적 이야기는 바람직한 인간상을 지향하는 이행경로를 보여주는데 수필 또한 예외가 아니다. 흔히는 비非바람직한 인식과 깨달음의 상태에서 바람직한 인식과 깨달음의 상태로 이행하는 양상을 보이기 마련이다. 수필의 주제해석 시에는 그 인식과 깨달음의 과정에서 작가의 정신적, 영적 변화를 해석해내는 것이 관건이다.

이 작품에서 작가의 욕망과 갈등 양상은 세 가지 관점에서 살필 수 있다. 첫째는 작가가 새벽 명상(기도)을 중개자로 하여 본연本然 탐구에 나서는 구조 속에서이다. 여기서 작가의 본연 탐구 근거는 "나는 내가 무언가를 알고 싶어진다."는 고백과 "요즘 같은 긴긴 가을밤 미명未明의 시간을 책도 가까이 하지 않고 골똘해지는 이 생각의 빛과 모양과 소리가 알고 싶어진다.", 혹은 "이 간절한 빛과 모양과 음성이 바로 나의 본연이요 애정이요 문학인지 모른다."는 언급 속에서 발견된다. 이러한 동어반복의 문맥 속에서 작가의 욕망은 절대자의 본질탐구 열망으로 수렴되지만 달성되지는 않는다.

둘째는 작가가 시 쓰기와 수繡 놓기, 꽃 가꾸기와 산수山水 찾기를 중개자로 하여 본연탐구의 한계와 그 표현 불가능성을 인식하는 욕망구조 속에서 발견된다. 작가가 시를 쓰고 수를 놓으며, 꽃을 가꾸고 산수를 찾는 것도 궁극적으로는 절대자의 본질세계를 탐구하는 데 목적을 둔다는 점에서 공통성을 갖는다. 하지만, 이 욕망추구의 과정에서도 작가의 욕망은 결코 달성되지 않는다.

셋째는 눈물 어린 몰입적 기도를 통해서 신의 도움을 갈망하는 욕망구조 속에서 추상된다. 그러한 흔적은 "어둠이 산악처럼 둘러에운 장지 안에 혼자 등燈을 가까이 일어앉으면 오붓하기 한량없는 나의 시간!", "이 그지없는 고요의 시간에", "애정을 달래기 위해 신을 불러 무릎을 꿇고 눈물짓는", "나는 지금도 멍멍한 새벽 시간을 혼자 일어앉았다." "눈물처럼 괴는 간절한 생각 속"이라는 표현 등에서 찾아볼 수 있다.

하지만, 작가의 욕망추구 결과 또한 실패를 거듭한다. 그 이유는 기본적으로 인간의 실존적 한계와 언어도구의 기능적 한계에서 오는 것이지만, 더욱 중요한 근거는 작가가 명상의 방편으로 사용하는 영성의 힘이 아직 절대세계의 한복판에 이입하지 못했다는 점에서 찾을 수 있다. 필자가 앞에서 작가의 초월체험의 이니시에이션이 미완적 수준에 머물러 있다고 지적한 것도 이를 두고 한 말이다. 이처럼 작가의 욕망탐구는 삼중 장애물로 인하여 탄식의 어조를 띠게 된다. 이상의 설명을 그림으로 표상하면 다음과 같다.

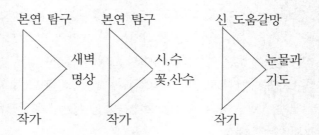

이렇게 볼 때, 이 작품 속에서 작가의 욕망목표는 본연세계에 대한 철학적 인식과 문학적 형상화(표현)에 맞춰져 있다. 여기서 작가가 찾는 본연세계는 주체인 나와 탐구대상인 우주를 하나로 통합하는 절대자의 본질세계를 지시한다. 이러한 사실은 그가 폐결핵을 앓은 이후, 30대 초반부터 독실한 기독교인으로 살았다는 전기적 사실이 이를 뒷받침한다. 작가에게 "애정"은 절대자의 본질세계에 대한 그의 탐구 열망을, 그리고 "문학"은 그러한 절대자의 궁극적 탐구목표가 문학창작을 통해서 실현됨을 의미한다.

그러나 작가는 아직 절대세계에 대한 완전한 깨달음에 이르지 못한 것이 분명하다. 그에게 절대자의 본질세계는 버릴 수도 피할 수도 없는 숙명적인 탐구목표라는 점에서, 작가는 그 애정을 달래기 위해 "신을 불러 무릎을 꿇고 눈물짓는" 것이리라.

2) 문제의식과의 숙명적 대결

이제, 주제수렴을 위해 작가의 욕망과 갈등의 의미를 전체 구조와 부분구조의 유기적 상호작용 속에서 해석해보기로 하자. 이를 위해서는 먼저, 수필작품 속에서 제기된 세 가지 문제의식에 대한 성찰을 요구한다. 문제의식은 바로 작품의 테마를 형성하는 요소들로 작용하기 때문이다.

첫째는 명료한 본연 인식의 어려움이다. 둘째는 본연 표상의 불가능성이다. 셋째는 본연 탐구와 표상의 어려움에서 오는 비애이다. 첫 번째 본연 인식의 어려움은 대상에 대한 철학적 인식의 한계성에서 온다. 그러한 근거는 "나는 내가 무언가를 알고 싶어진다.", "골똘해지는 이 생각의 빛과 모양과 소리가 알고 싶어진다.", "영창 밖으로 청정淸淨히 밝혀 뜬 그의 별빛들이 무수한 질문을 내게 퍼붓는데, 어느 절도絶島처럼 차단된 지점에서 나는 대답할 말도, 몸짓도, 인생조차도, 걷잡을 수 없는 아득한 생각 속에 잠겨 있는 것이다." 등의 고백으로 확인된다.

이러한 결과는 본질적으로 인간의 실존적 한계와 언어 인식의 한계에서 오는 것이지만, 문제는 작가 스스로 그런 언어표현의 숙명적 한계를 뛰어넘는 확실한 방편을 획득하지 못했다는 점에 있다. 그렇다면 작가에게 필요한 방편은 무엇일까. 그것은 절대세계의 빛과 모양과 음성의 정체를 확연하게 각성시켜주는 깨달음이지만, 작가의 명상은 아직 거기에 미달해 있다.

　두 번째 본연 표상의 불가능성 역시 언어의 숙명성에서 온다. 작가가 대상의 인식과정에서 언어도단의 한계를 뛰어넘기도 지난한 일이지만, 설령 깨달음을 획득하여 본질세계를 체험했다고 해도 그 결과를 다시 문학적으로 형상화하는 과정에서 또 하나의 한계가 기다리고 있다. "멍멍하고 아득한 것, 눈물겹도록 그리운 것, 그리고 뜨겁게 슬픈 것, 이 멀고도 가깝게, 맑고도 짙게 내 감정을 윤색潤色하는 목숨의 빛깔을 나는 어떤 채색으로도 표현할 수가 없다.", "슬픈 기도도, 알뜰한 솜씨도, 간절한 시도 그 애정을 통해서만이 있는 나의 하늘은 투명한 9만 리!" 등의 처절한 고백이 이를 반증한다.

　세 번째, 본질세계에 대한 철학적 인식의 한계와 문학적 표상의 한계에서 오는 비애는 지극히 인간적인 탄식이다. "그의 애가哀歌의 숨결 따라 내 성좌星座는 밤마다 명암하고, 아쉬움은 먼 무지개로 꿈을 잇는 것이 아니겠는가?"라는 탄식과 그 "애정을 달래기 위해 신을 불러 무릎을 꿇고 눈물짓는 것인지 모른다.", "그의 별빛들이 무수한 질문을 내게 퍼붓는데, 어느 절도絶島처럼 차단된 지점에서 나는 대답할 말도, 몸짓도, 인생조차도, 걷잡을 수 없는 아득한 생각 속에 잠겨 있는 것이다.// 눈물처럼 괴는 간절한 생각 속을 지금 멍멍히 인경소리가 울려 들어온다." 등에서 그의 고뇌가 확인된다.

　이처럼, 작가의 비애가 숙명적인 인간적 슬픔으로 다가오는 것은 절대세계에 대한 이중의 한계성을 뛰어넘을 수도 없고, 결코 피할 수도 없는 탐구의 절박성 때문이다. 그러한 문제의식에 대한 의미론적 수렴

결과는 이 작품의 종합적 주제 해석을 가능케 한다.

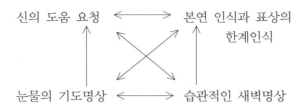

이 그림은 작가의 숙명성, 혹은 보편적인 인간의 숙명적 조건을 암시하는 데까지 그 의미작용이 미친다. 작가는 매일 아침 반복적으로 새벽명상을 시도하지만 본연 탐구의 한계에 부딪치곤 한다. 따라서 그는 본질탐구의 애정을 달래기 위해 "신을 불러 무릎을 꿇고 눈물짓는" 행동을 반복하고, "절도絕島처럼 차단된 지점에서" 대답할 말과 몸짓을 찾지 못한 채 "눈물처럼 괴는" "아득한 생각 속에 잠겨 있는 것이다."

이러한 갈등상황 속에서 작가가 바랄 수 있는 것은 더욱 몰입적인 수행자세로 기도와 명상의 질을 높이거나 신의 도움을 요청하는 길뿐이다. 그리고 작가의 소망은 작중에서는 밝히지 않았지만, 부다가 가섭존자에게 보여준 염화미소 같은 어떤 구체적이고 초월적인 깨달음의 체험이나 확신일 것이다.

7. 수사적 울림의 장치들

1) 비유, 상징, 리듬의 하모니

이 수필은 비유와 상징, 패턴, 리듬 등이 만들어 내는 독특한 문학적 의미와 울림으로 가득하다. 그 힘은 작품세계는 물론 작가의 사상과 철학, 그리고 문학의 본성 등을 효율적으로 형상화 하는 데 기여한다. 이

제, 이 작품의 수사修辭 원리를 더듬어 볼 차례이다.

이 수필은 한 마디로 산문시를 방불케 한다. 작품의 절반 가까이에 깔아놓은 난해한 은유의 문장들과 심오한 주제세계를 암시하고 있는 상징의 힘, 그리고 작품을 몰입적인 분위기 속으로 몰고 가는 리듬과 패턴의 힘은 이 작품만의 고유한 미덕들이다. 이 수필 속에서 작가의식의 깊이와 독특한 영적 아우라, 그리고 숭고한 미적 울림 등을 입체적으로 체험할 수 있는 것도 이 때문이다.

우선, 제목의 수사에서는 낯설게하기의 효과가 강렬하다. "애정은 기도처럼"이라는 어구 속에서는 원관념인 "애정"의 의미 속에 또 하나의 원관념이 깊이 숨겨져 있어서, 보조관념인 "기도처럼"과 유사성의 원리3)로 연결하기가 쉽지 않다. 여기서 "애정"은 세속적인 것이 아니라, 작가가 아침마다 시도하는 본질(본연)탐구의 열정을 지시한다는 점에서 그 함축된 의미해석이 쉽지 않다. 이러한 제목의 난해성과 '낯설게하기' 수사전략은 독자를 작품세계로 끌어들이는 데 강력한 힘으로 작용한다.

둘째로, 이 작품 속에는 명사적 은유 외에도 형용사적 은유, 부사적 은유, 동사적 은유 등이 풍부하게 깔려있다. 직유가 유사성의 유추類推 원리를 동원하여 원관념과 보조관념을 동시에 제시한다면, 은유는 동일성의 원리로 존재의 전환을 기도한다. 오랜 생명력을 지니고 있는 세계적 명언과 명문들이 은유형식을 띠는 것은 신선한 보조관념을 통해서 새롭게 명명하는 창의적 해석이나 독창적 의미부여가 가능하기 때문이다.

작중에서 몇 가지 예들을 찾아 제시하면 다음과 같다. "그리움도 슬픔도 티 없이 밝아지는 기도"나 "이 간절한 빛과 모양과 음성이 바로 나의 본연이요 애정이요 문학"이라는 표현, "나의 하늘은 투명한 9만 리" 등에는 문장 전체적으로는 명사적 은유가 쓰였지만, "티 없이 밝아지는 기도"나 "간절한 빛", "투명한 9만 리" 등의 부분적인 구문 속에는 형용사적

---

3) 직유는 원관념과 보조관념을 의미의 유사성으로 연결하는 비유법이다.

은유들이 내포되어 있다.

"나는 이 내 본연과 애정을 풀이하기 위하여 시를 쓰고 수를 놓고 그 애정을 채색하기 위하여 꽃을 가꾸고 산수를 찾는지도 모른다."와 "또 애정을 달래기 위해 신을 불러 무릎을 꿇고 눈물짓는 것인지도 모른다." 등에서는 부사적 은유가, "멍멍하고 아득한 것, 눈물겹도록 그리운 것, 그리고 뜨겁게 슬픈 것, 이 멀고도 가깝게, 맑고도 짙게 내 감정을 윤색하는 목숨의 빛깔을"에서는 형용사적 은유가 숨어있다.

"내 성좌는 밤마다 명암하고, 아쉬움은 먼 무지개로 꿈을 잇는 것이 아니겠는가."와 "나는 대답할 말도 몸짓도, 인생조차도, 걷잡을 수 없는 아득한 생각 속에 잠겨 있는 것이다.", "지금 멍멍히 인경소리가 울려 들어온다." 등에는 동사적 은유가 보인다.

문제는 이런 다채로운 은유 문장 속에 난해한 상징이 숨어있다는 점이다. 본시 상징은 원관념을 숨긴 채 사물인 보조관념만을 반복적으로 제시하여 원관념을 암시하는 수사기법이다. 이 수필 속에는 원관념을 찾아 아침마다 명상과 기도 수행을 하는 작가의 반복된 일상이 그려져 있다는 점에서, 원관념의 정체는 곧 주제를 인식하는 키워드가 된다.

이를테면, "나는 이 그지없는 고요의 시간에 시를 생각하고, 사랑을 느끼고, 신의 음성을 듣는 것이다.", "골똘해지는 이 생각의 빛과 모양과 소리" "멍멍하고 아득한 것, 눈물겹도록 그리운 것, 그리고 뜨겁게 슬픈 것, 이 멀고도 가깝게 맑고도 짙게 내 감정을 윤색하는 목숨의 빛깔", "이 간절한 빛과 모양과 음성" 등이 그 예이다.

이 작품 속에 일관되게 내포된 상징의 원관념은 절대자로서의 신이거나 우주의 본질세계를 지시한다. 따라서 아침마다 명상으로 작가가 만나기를 갈망하는 기도의 대상은 그의 종교였던 기독교의 하나님이 된다. "이 간절한 빛과 모양과 음성이 바로 나의 본연이요 애정이요 문학"이 되는 것은 작가가 자신의 종교적 절대자를 찾는 본질탐구의 열망(애정)을 본연 찾기에 두고 있을 뿐만 아니라, 그가 추구하는 문학의 본성 또한 동일한 목적을 지향하기 때문이다.

작가는 이처럼 난해한 원관념의 정체를 울림이 큰 상징과 비유의 패턴에 실어 반복 환기하는 수법으로 문학적 울림을 창조하는 외에도, 독특한 리듬을 활용하여 주제의 형상화를 이끈다. 이 작품 속에서 리듬은 반복적인 패턴 형식으로 열거법을 사용함으로써 생성된다. 이 수필 속에서 발견되는 리듬은 대체로 두 가지로 실현된다.

하나는 열거법을 활용한 리듬 창조방식이다. 예컨대, "골똘해지는 이 생각의 빛과 모양과 소리가 알고 싶어진다.", "멍멍하고 아득한 것, 눈물겹도록 그리운 것, 그리고 뜨겁게 슬픈 것, 이 멀고도 가깝게, 맑고도 짙게 내 감정을 윤색하는 목숨의 빛깔을", "책을 읽다가도 문득 떠오르는 모습! ~ 그 너머로 겹쳐 떠오르지 않는 곳이 없는 먼 표정! 그리고 거기 묻어 들려오는 음성 하나, 이 간절한 빛과 모양과 음성이 바로 나의 본연이요 애정이요 문학", 그리고 "이 내 본연과 애정을 풀이하기 위하여 시를 쓰고 수를 놓고 그 애정을 채색하기 위하여 꽃을 가꾸고 산수를 찾는지도 모른다.", "나는 대답할 말도, 몸짓도, 인생조차도, 걷잡을 수 없는 아득한 생각 속에" 등의 표현 속에서 열거에 의한 리듬이 발견된다.

또 하나의 리듬 창조방식은 동일성의 환기 방식에 의해 제시되는 상징과 은유의 패턴이다. 이 작품 속에서 은유는 동일한 원관념을 다양한 보조관념의 창의적 제시를 통해서, 그리고 상징은 절대자의 본질세계를 보조관념을 반복 암시하는 수법으로 원관념을 리드미컬하게 상기시킨다.

이러한 독특한 리듬 창조방식은 작가가 시조시인이라는 사실과 무관하지 않은 듯하다. 그래서 전형적인 산문의 리듬을 타다가도 중간 중간에 운문식의 리듬을 반복적으로 환기시켜줌으로써, 작품 속의 이야기는 날줄과 씨줄의 얽힘처럼 작가의 정서를 이완과 응축의 절묘한 방식으로 조절한다. 그 결과 텍스트 속에 내재된 주제의식은 중앙집권식의 강력한 지향성을 따라 모아지면서 풍부한 신비감을 창조하는 데 성공한다.

2) 수사법의 4차원

이제, 수사학의 관점에서 작가의 서술전략을 점검할 차례이다. 놀랍게도 이영도는 이 작품의 거의 전 문장에서 파토스와 에토스, 로고스와 영성을 복합적으로 사용한다. 이러한 능력은 그가 시조와 시를 전문적으로 창작하는 과정에서 획득된 문장 능력뿐만 아니라, 작가의 타고난 예술적 감성과 함축적 언어사용 능력 등이 축적된 결과로 인식된다.

파토스(pathos)는 감각과 정서를 활용하여 독자를 감동의 세계로 이끄는 힘이다. 에토스(ethos)는 작가의 인성과 윤리, 성격 등을 보여줌으로써 독자를 설득하는 힘이다. 로고스(logos)는 작품의 구성 논리 외에도 주제를 형상화하고 독자를 감동적으로 설득하는 내적 논리이다. 마지막으로 영성(spirituality)은 본질로부터 주어지는 깨달음의 발생과정과 내용을 포착하여 독자에게 들려주는 영적 교통의 힘이다.

단락①,②,⑩은 파토스와 에토스, 영성을 활용하고, 단락③,④,⑤,⑥,⑦,⑧,⑨,⑪,⑫는 네 가지 수사적 요소를 모두 동원한다. 이러한 사실은 수필 〈애정은 기도처럼〉이 풍부하고 깊이 있는 수사전략에 의해 서술되었음을 의미한다. 그만큼 이 작품은 작가의 감성과 윤리(성격), 논리와 영성 등을 다채롭고 풍부하게 활용하여 문학성과 철학성을 고양시키고 있으나, 다른 한편으로는 그런 전략이 작품의 난해성을 생성하는 동기로 작용한다.

이 수필의 난해성을 발생시키는 요인은 두 가지로 설명할 수 있다. 첫째는 수사적 표현의 심오성과 다양성에서 오는 낯설게하기(defamiliarization) 효과이다. 전술한 것처럼, 파토스와 에토스, 로고스와 영성 등을 혼합적으로 사용하여 내포성을 다양화, 심층화했을 뿐만 아니라, 고도로 함축된 다채로운 시적 은유의 활용도 난해성을 부채질한다. 두 번째로 난해성의 요인은 작가가 영성을 발휘하여 본연세계를 탐구하는 방식에서 찾을 수 있다. 그가 매일 아침 명상패턴을 통해서 들려주는 주제의식의 세계는 자아의 철학적 본연탐구를 지향한다는 점에서 난해할 수밖에 없다.

하지만, 작가가 어떤 수준의 영성을 활용하는가에 대해서는 그의 눈물과 탄식의 어조를 통해서 확인된다. 앞서 통과제의의 관점에서 살펴본 것처럼 그의 영성은 3단계 중 2단계에 해당하는 미완적 이니시에이션의 속성을 보여주기 때문이다. 작가는 이 작품을 통해서 영적 초월세계의 문턱을 넘어서긴 했지만, 어떤 확신이나 각성의 수준까지는 도달하지 못한 것으로 생각된다. 그래서 작품 속에서 작가의 본연탐구 열정은 간절함 속에서 절실하게 차오르는 기도와 눈물을 생성한다.

8. 남는 문제들

이 수필은 구도수필, 혹은 명상수필로서의 진면목을 보여준 작품이다. 작가가 세상을 떠난 지 40여 년이 흘렀으나, 이 작품으로 독자들은 그의 작가적 역량과 문학세계의 깊이를 측정하는 데 무리가 없다. 원고지 5-6매의 분량에도 불구하고 철학적 깊이와 문학적 울림의 스케일을 보여준 것은 작가가 명상을 통한 본연 탐구의 과정을 성공적으로 형상화한 덕분이다.

그럼에도 이 수필을 꼼꼼하게 읽다보면 몇 가지 아쉬움을 갖게 한다. 첫째는 과도한 시적 함축과 관념적 표현이다. 예컨대, "생각의 빛과 모양과 소리"를 비롯하여 "내 감정을 윤색하는 목숨의 빛깔", "이 간절한 빛과 모양과 음성이 바로 나의 본연이요 애정이요 문학"이라는 문장처럼, 산문시를 연상할 정도로 지나치게 함축성이 큰 다양한 은유와 상징을 활용한다. 이럴 경우, 상징의 원관념은 강화되지만 반대로 사실성은 약화되어 이야기의 전달력은 떨어지기 마련이다. 여기서 성찬경 시인의 충고에 귀 기울일 필요가 있다. 즉, '시는 의미의 밀도가 높을수록 시다운 시가 되지만, 산문에서는 의미의 밀도가 높을수록 그대로 시가 되어버린다.'[4]

4) 성찬경, "의미의 밀도를 높이는 시도", ≪유심≫, 57호, 2013. 1월호(만해사상실천선양회), 27쪽.

둘째는 난해성의 문제이다. 수필의 난해성 역시 문장의 리듬을 약화시키고 의미의 소통력을 떨어뜨리는 약점으로 작용한다. 수필 문장론에서 평이성과 소박성, 담백성 등을 미덕으로 내세우는 것도 이런 논리에서이다. 수사 전략과 무관하게 발견되는 난해성은 주관적인 생경한 표현과 과도한 시적 표현에서 기인된다. 이를테면, "애정은 기도처럼"이라는 제목에서도 난해한 직유가 생경함과 난해함을 몰고 온다. "이 간절한 빛과 모양과 음성이 바로 나의 본연이요 애정이요 문학인지 모른다."라는 표현 속에서도 과도한 은유가 난해한 시적 세계를 방불케 한다.

특히, 요약번호③,⑥,⑦,⑧,⑨등에서 반복적으로 사용한 "사랑"과 "애정"이란 어휘는 두 가지 점에서 수필의 문장논리와 충돌한다. 하나는 동어반복을 기피하는 수필 문장론의 관점에서, 다른 하나는 이 어휘들이 반복표현을 통해서 시적 어휘처럼 상징화된다는 점에서이다. 그 결과 수필은 사실성을 약화시키고 관념화되는 약점을 내보인다. 그리고 작품의 핵심사상을 내포한 "간절한 빛", "모양", "음성"과 "나의 본연", "애정", "문학" 간의 의미상의 유추작용과 철학적 논리도 너무 감추어져 있어서 이해가 쉽지 않다.

"애정을 풀이하기 위해", "애정을 채색하기 위해", "애정을 달래기 위해", "그 애정을 통해서만이 있는" 등에서도 작가의 철학적 인식의 세계를 지나치게 반복형식으로 상징화함으로써 오히려 난해성에 빠지게 한다. 이러한 낯설고 난해한 표현들은 작가가 시인이라는 사실과 무관하지 않은 것으로 보인다. 시 창작과정에서 습관이 되어버린 주관적 표현 방식이 수필의 언어로 자연스럽게 흘러나온 것으로 간주된다.

한국 문단에서 흔치 않은 영성의 작가를 생전에 만나지 못한 아쉬움이 크다. 그가 남긴 작품을 중개자로 하여 영적인 대화를 나누면서, 작품에서처럼 무릎 꿇고 기도하는 모습을 상상해보는 것도 가슴 찡한 일이다. 지금쯤은 그의 기도와 명상이 하늘에 상달되어 그 간절한 빛과 모양과 음성과 해후했으리라 믿는다.

〈참고문헌〉

김욱동. ≪수사학이란 무엇인가≫. 민음사, 2002.

만해사상실천위원회. ≪유심≫ 57호. 2013.

이영도. ≪애정은 기도처럼≫. 범우사, 1976.

이영도. ≪그리운 이 있어 내 마음 밝아라≫. 문학세계사, 1986.

자크 뒤부아 외. ≪일반수사학≫. 용경식 옮김. 한길사, 1989.

13

김용준의 〈두꺼비 연적을 산 이야기〉

1. 블랙유머 수필을 찾아서

김용준의 〈두꺼비 연적을 산 이야기〉는 신비로운 작품이다. 수필의 정석을 지키면서도 그 정석을 뛰어넘는 다양한 기법과 미덕들은 결코 현란하지 않으면서도 능숙하다. 원고지 12매 분량에 담아낸 이 귀한 작법들은 60여 년이 지난 오늘날에도 한국 현대수필의 전범으로서의 가치를 지닌다.

이러한 사실은 현대의 수필작가들에게도 시사하는 바가 크다. 수필의 소중한 미덕과 장점을 탐구해보지도 않고, 관성적으로 창작에 매달리는 요즘의 일부 작가들에게는 귀감이 되고도 남는다. 선배 작가들이 지켜온 수필의 전통을 공부하지도 않고, 수필 문장의 참맛과 투철한 작가정신을 체득하지도 못한 채, 타 장르의 모방에만 전념하는 일부 신진 작가들! 그들에게 하나의 모델을 보여주기 위해서라도 이 작품은 탐구의 가치가 있다. 특히, 우화적 알레고리와 아이러니가 결합된 중층구조 속에 블랙유머를 담아내는 심오한 미의식과 주제의 형상화 전략은 작품의 품격과 예술성을 드높인다.

김용준은 이름난 화가 겸 미술평론가로서 대학에서 후학을 가르치던 지식인 수필가였다는 점에서 이런 고도의 창작기법의 작품화가 가능했다고 본다. 그는 미술에서 배우고 터득한 기법들을 수필창작 도입하여 감칠맛 나는 작품으로 형상화하였다. 그뿐만 아니라, 못생기고 우스꽝스런 두꺼비 연적을 소재로 구성한 텍스트 속에 역사적 담론을 비롯한 다양한 교차담론들을 함축시켜 다중적인 의미의 층을 축조한다.

특히, 김용준은 이 작품을 통해서 외세에 짓밟혀온 식민통치기와 해방 전후기의 착잡한 조선의 현실과 지식인의 고뇌를 블랙유머에 실어 들려준다. 밤마다 "자다 말고 불을 버쩍 켜고, 멍텅구리 두꺼비가 우두커니 앉아 있는가를 살핀 뒤에야 다시 눈을 붙이는" 작가의 심리 속에는 바보처럼 살아온 조선 사람들의 비애가 연민의 정서로 흐른다.

이런 담대한 스케일과 꿈을 지닌 작가가 6·25전쟁 중에 월북한 것은 한국 현대 수필문학사와 미술사에 큰 손실로 기억될 만하다. 작가는 갔으나 작품은 남는 것. 이제 작품의 미적 구조를 해체하여 치밀하게 재구성하는 과정을 통해서, 텍스트의 창작원리와 그 울림의 메커니즘을 살펴보게 될 것이다.

2. 분석 텍스트의 선정

김용준(1904-1967)의 〈두꺼비 연적을 산 이야기〉는 1948년 을유문화사에서 간행된 ≪近園隨筆≫에 실려 있다. 그 후 작가의 월북으로 잊고 있다가, 1987년 범우사에서 다시 ≪近園隨筆≫을 발간한 뒤, 1988년 을유문화사가 40년 만에 ≪近園隨筆≫에 실렸던 작품과 초판에 수록하지 못했던 작품들을 ≪학풍≫, ≪조광≫, ≪문장≫ 등에서 찾아내어 ≪풍

진 세월 예술에 살며≫를 발간하였다. 여기서는 을유문화사 본을 취하
였다.

〈두꺼비 연적을 산 이야기〉

골동집 출입을 경원한 내가 근간에는 학교에 다니는 길 옆에 꽤 진실
성 있는 상인 하나가 가게를 차리고 있기로 가다 오다 심심하면 들러서
한참씩 한담閑談을 하고 오는 버릇이 생겼다.

하루는 집으로 돌아오는 길에 또 이 가게에 들렀더니 주인이 누릇한
두꺼비 한 놈을 내놓으면서 "꽤 재미나게 됐지요." 한다.

황갈색으로 검누른 유약을 내려 씌운 두꺼비 연적硯滴인데 연적으로
서는 희한한 놈이다.

4, 50년래로 만든 사기砂器로서 흔히 부엌에서 고추장, 간장, 기름 항
아리로 쓰는 그릇 중에 이따위 검누른 약을 바른 사기를 보았을 뿐 연적
으로서 만든 이 종류의 사기는 초대면이다.

두꺼비로 치고 만든 모양이나 완전한 두꺼비도 아니요 또 개구리는
물론 아니다.

툭 튀어나온 눈깔과 떡 버티고 앉은 사지四肢며 아무런 굴곡이 없는
몸뚱어리―그리고 그 입은 바보처럼 '헤―' 하는 표정으로 벌린 데다가,
입 속에는 파리도 아니요 벌레도 아닌 무언지 알지 못할 구멍 뚫린 물건
을 물렸다.

콧구멍은 금방이라도 벌름벌름할 것처럼 못나게 뚫어졌고, 등허리는
꽁무니에 이르기까지 석 줄로 두드러기가 솟은 듯 쭉 내려 얽게 만들었다.

그리고 유약을 갖은 재주를 다 부려 가면서 얼룩얼룩하게 내려 부었
는데 그것도 가슴 편에는 다소 희멀끔한 효과를 내게 해서 구석구석이
교巧하다느니보다 못난 놈의 재주를 부릴 대로 부린 것이 한층 더 사랑
스럽다.

요즈음 골동가들이 본다면 그저 준대도 안 가져갈 민속품이다. 그러

나 나는 값을 물을 것도 없이 덮어놓고 사기로 하여 가지고 돌아왔다. 이날 밤에 우리 내외간에는 한바탕 싸움이 벌어졌다.

쌀 한 되 살 돈이 없는 판에 그놈의 두꺼비가 우리를 먹여 살리느냐는 아내의 바가지다.

이런 종류의 말다툼이 우리 집에는 한두 번이 아닌지라 종래는 내가 또 화를 벌컥 내면서 "두꺼비 산 돈은 이놈의 두꺼비가 갚아 줄 테니 걱정 말아."라고 소리를 쳤다. 그러한 연유로 나는 이 잡문을 또 쓰게 된 것이다.

잠꼬대 같은 이 한 편의 글값이 행여 두꺼비값이 될는지 모르겠으나, 내 책상머리에 두꺼비를 두고 이 글을 쓸 때 네가 감정을 가진 물건이라면 필시 너도 슬퍼할 것이다.

너는 어째 그리도 못생겼느냐. 눈알은 왜 저렇게 튀어나오고 콧구멍은 왜 그리 넓으며 입은 무얼 하자고 그리도 컸느냐. 웃을 듯 울 듯한 네 표정! 곧 무슨 말이나 할 것 같아서 기다리고 있는 나에게 왜 아무런 말이 없느냐. 가장 호사스럽게 치레를 한다고 네 몸은 얼쑹덜쑹하다마는 조금도 화려해 보이지는 않는다. 흡사히 시골 색시가 능라주속綾羅紬屬을 멋없이 감은 것처럼 어색해만 보인다.

앞으로 앉히고 보아도 어리석고 못나고 바보 같고…….

모로 앉히고 보아도 그대로 못나고 어리석고 멍텅하기만 하구나.

내 방에 전등이 휘황하면 할수록 너는 점점 더 못나게만 보이니, 누가 너를 일부러 심사를 부려서까지 이렇게 만들었단 말이냐.

네 입에 문 것은 그게 또 무어냐.

필시 장난꾼 아이녀석들이 던져 준 것을 파리인 줄 속아서 받아 물었으리라.

그러나 뱉어 버릴 줄도 모르고.

준 대로 물린 대로 엉거주춤 앉아서 울 것처럼 웃을 것처럼 도무지 네 심정을 알 길이 없구나.

너를 만들어서 무슨 인연으로 나에게 보내주었는지 너의 주인이 보고 싶다.

나는 너를 만든 너의 주인이 조선 사람이란 것을 잘 안다.

네 눈과, 네 입과, 네 코와, 네 발과, 네 몸과, 이러한 모든 것이 그것을 증명한다. 너를 만든 솜씨를 보아 너의 주인은 필시 너와 같이 어리석고 못나고 속기 잘하는 호인好人일 것이리라.

그리고 너의 주인도 너처럼 웃어야 할지 울어야 할지 모르는 성격을 가진 사람일 것이리라.

내가 너를 왜 사랑하는 줄 아느냐.

그 못생긴 눈, 그 못생긴 코, 그리고 그 못생긴 입이며, 다리며, 몸뚱어리들을 보고 무슨 이유로 너를 사랑하는지를 아느냐.

거기에는 오직 하나의 커다란 이유가 있다.

나는 고독한 사람이기 때문이다!

나의 고독함은 너 같은 성격이 아니고서는 위로해줄 수 없기 때문이다.

두꺼비는 밤마다 내 문갑 위에서 혼자서 잔다.

나는 가끔 자다 말고 버쩍 불을 켜고, 나의 사랑하는 멍텅구리 같은 두꺼비가 그 큰 눈을 희멀건히 뜨고서 우두커니 앉아 있는가를 살핀 뒤에야 다시 눈을 붙이는 것이 일쑤다.

3. 우화적 반어구조와 블랙유머

이 수필의 이야기 구조를 치밀하게 탐색하기 위해 먼저 텍스트의 패러프레이즈부터 시작해보자. 이야기 줄거리를 요약하는 것은 작가가 원소재(스토리)를 어떻게 변형시켜 문학적 이야기(플롯)로 재구성했는가를 밝혀내기 위한 조처이다. 수필은 허구적인 이야기와는 달리, 삶 속에서 실존했던 이야기들을 미적으로 재구성하는 특성을 보이기 때문이다. 따라서 수필은 허구적 창조가 아니라, 비허구적 재구성이기에 이야기의 미적 변형방식과 재배열 방식이 구성과 구조화의 핵심원리가 된다.

　이 작품은 모두 19개의 단락으로 요약할 수 있다. ① 나는 골동집 가게를 들르는 버릇이 생겼다. ② 주인이 귀갓길에 두꺼비를 내 놓으며 유혹한다. ③ 검누른 황갈색의 두꺼비 연적은 처음 본 희한한 놈이다. ④ 두꺼비도 개구리도 아닌 것이 표정까지 바보 같다. ⑤ 못난 놈에 재주를 부려 유약을 바른 것이 더 사랑스럽다. ⑥ 이날 밤, 덮어놓고 사가지고 와 아내와 싸움이 벌어졌다. ⑦ 쌀 한 되 살 돈 없는 처지를 모른 행동이 화근이었다. ⑧ 버릇처럼 큰 소리를 친 연유로 이 잡문을 쓰게 되었다. ⑨ 너도 감정을 가진 동물이라면 필시 슬퍼할 것이다. ⑩ 웃을 듯 울 듯한 못생긴 표정에 치장한 것이 어색하다. ⑪ 어느 모로 보아도 어리석고 못나고 바보 같다. ⑫ 누가 심사를 부려 이렇게 못나게 만들었단 말이냐. ⑬ 웃을 듯 울 듯 한 표정을 짓는 네 심정을 모르겠다. ⑭ 너를 만들어 나에게 보내준 네 주인이 보고 싶다. ⑮ 네 주인도 어리석고 못나고 잘 속는 조선 사람일 것이다. ⑯ 네 주인도 너처럼 애매한 표정 짓는 성격일 것이다. ⑰ 너를 사랑한 이유는 내가 고독한 사람이기 때문이다. ⑱ 나의 고독은 너 같은 성격만이 위로해줄 수 있다. ⑲ 나는 문갑 위에서 혼자 자는 너를 보며 연민을 느낀다.

　이상의 요약을 중간 시퀀스로 묶으면 8개의 시퀀스로 정리된다. 1. 두꺼비 연적 구입 동기(①, ②), 2. 못생긴 외양(애착 원인−③, ④, ⑤), 3. 부부싸움(⑥, ⑦), 4. 잡문 집필동기(⑧, ⑨), 5. 못생긴 외양(애착 원인−⑩, ⑪, ⑫, ⑬), 6. 심리적 동일시(애착 원인−⑭, ⑮, ⑯), 7. 성격의 동일시(⑰, ⑱), 8. 연민과 기대(⑲)〉의 순서로 전개된다.

　단락 ①은 작가가 골동품을 수집하는 버릇이 있음을 암시한다. ②의 "꽤 재미나게 됐지요."란 표현 속에는 대화의 당사자들이 골동품을 감식할 수 있는 심미안의 소유자들임을 시사한다. ③은 이 연적이 처음 보는 희한한 물건으로써 의미 있는 상징성을 내포하고 있음을 보여준다. ④는 두꺼비의 바보 같은 표정과 행동 등을 희화戱畵하여 조선 사람의 등가적 이미지로 환기시킨다. ⑤는 졸렬한 솜씨로 유약을 바른 두꺼비의 모습에 더 사랑스러움을 느끼는 장면이다. 이는 작가가 못생긴 두꺼비로부터 특유의 심미적 동일성을 느끼고 있음을 뜻한다. ⑥, ⑦은 무가치한 두꺼비 연적을 덮어놓고 사가지고 와 아내와 싸우는 장면으로, 작가의 예술품에 대한 높은 안목을 보여주는 곳이다. ⑧, ⑨는 말다툼 대가로 잡문을 쓰며 비애에 잠기는 대목이다. ⑩, ⑪, ⑫는 두꺼비의 못생긴 생김새와 표정에 탄식하는 부분이다. 여기서 작가의 어조는 그것이 조선 사람의 보편적 이미지를 상징하는 복선의 기능을 수행한다. ⑬은 두꺼비가 장난꾼 아이녀석들에 속아 무엇인가를 받아 물고, 울 것처럼 웃을 것처럼 엉거주춤한 표정을 짓고 있는 대목이다. 여기서는 두꺼비의 원관념인 조선 사람들이 외세에 바보처럼 속아 울 수도 웃을 수도 없는 상황임을 암시한다. ⑭, ⑮, ⑯은 두꺼비의 생김새를 통해서 그 제작자가 바로 조선 사람인 점을 증명하고, 두꺼비와 유사한 성격의 소유자임을 보여준다. 따라서 이 장면은 두꺼비와 조선 사람 간의 등가적 이미지를 암시하는 정보기능이 숨어있다. 작가는 이런 등가적, 혹은 동일시 이미지를 사용하여 두꺼비를 한국인들의 자화상으로 상징화한다. ⑰, ⑱은 작가가 두꺼비를 사랑하는 이유를 밝힌 장면이다. 그것은 두꺼비가 고독한 지식인의 실존적 비애를 위로해줄 수 있는 성격의 소유자임을 내보인다. 이러한 고백은 작가가 외세에 의해 오랫동안 짓밟혀온 역사적, 민족적 상황에 대하여 슬픔을 느끼고 있음을 시사한다. 단락 ⑲는 문갑 위에서 홀로 잠자는 두꺼비에 대한 연민과 기대심리를 밝힌 대목이다.

이상의 의미망 요약을 통해서 드러난 이야기 배열방식은 연결법이다. 연결법은 중앙집권식 이야기 구조로서 모든 소재들을 하나의 주제나 인물에 수렴시키는 방법이다. 연결법은 미하일 바흐친의 주장처럼 외적으로는 전형적인 단성적 이야기를 구축한다. 이제, 이야기의 구조를 그림으로 표상하기 위해 8개의 시퀀스를 다시 압축하면, 텍스트의 의미망은 〈구입동기(1, 2)＋구입대가(3, 4)＋애착이유(5, 6, 7)＋연민(8)〉의 상부구조로 떠오른다.

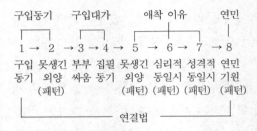

구입동기　　구입대가　　　애착 이유　　　연민

　1 → 2　→ 3 → 4 →　5 →　6 → 7　→ 8
구입 못생긴 부부 집필 못생긴 심리적 성격적 연민
동기 외양 싸움 동기 외양 동일시 동일시 기원
　(패턴)　　　　　(패턴)(패턴)(패턴)(패턴)
└─────── 연결법 ───────┘

　　그러나 이 수필은 외형적으로는 단성單聲적인 이야기로 보이지만, 의
미구조상으로는 특수한 3중 의미생성 체계를 갖는다. 작가는 그러한 중
층구조를 구축하기 위해 단성적인 이야기 속에 우화적 알레고리와 반어,
블랙유머 등의 기법들을 장치한다. 작가는 이 기법들을 사용하여 단성
적인 이야기 틀 속에 복잡다기한 예술적 울림통을 만든다.
　　알레고리(allegory, 諷諭, 寓諭)는 축어적인 보조관념과 비유적인 원관념
을 1대 1로 설정한 뒤, 원관념을 숨겨놓고 의인법이나 의동물법擬動物法
으로 보조관념을 암시하는 확장된 비유방식이다. 이러한 알레고리는 어
떤 추상물이나 관념 등을 인간이나 인간적 속성을 가진 존재로 그림으
로써, 겉이야기는 그 배후에 정신적, 도덕적, 역사적, 정치적 의미 등을
내포한 추상적인 속이야기를 암시하게 구조화한다.
　　한편, 우화寓話, fable는 인간의 행위를 동물, 신, 사물들 사이의 이야기
로 의인화하여 들려주는 짧은 이야기로서, 인간의 보편적 속성과 전형
적 우행愚行을 교훈적 관점에서 풍자하거나 고발한다. 이처럼 우화는 도
덕적 명제나 인간 행위의 보편적 원리를 풍자적이고 교훈적인 관점에서
들려준다는 점에서 알레고리의 한 특수한 유형으로 볼 수 있다.[1] 이런
점에서 김용준의 〈두꺼비 연적을 산 이야기〉는 두꺼비 이야기를 보조관

─────────
1) 이상섭과 권택영 · 최동호는 각기의 ≪문학비평용어사전≫에서 우화를 알레고리의 특수
　유형으로 설명한다.

념으로 하여 조선 사람들의 비애와 연민의 정을 원관념으로 형상화한다는 점에서 우화적 알레고리로 볼 수 있다.

아이러니(irony, 反語)는 겉으로 표현된 말이나 문장과 그 속의 의미 사이의 괴리와 상충을 의미한다. 철학적으로는 "'아이러니란' 경험에 있어서, 그들 중 어느 한 가지도 단순히 옳다고 할 수 없는, 여러 가지의 해석이 가능하며, 불일치의 공존共存이 생존 구조의 한 부분이라는 것을 인정하는 인생관을 말한다."[2] 뮈케는 근본적으로 인간과 우주, 삶과 죽음, 정신적인 것과 물질적인 것들 사이의 근본적인 부조화 속에 아이러니가 존재한다고 주장한다. 따라서 아이러니는 몇 가지 기본 특질을 함유한다. 즉, 순진 혹은 자신에 찬 무지, 현실과 외관의 대조, 우스꽝스런 요소, 거리의 요소, 그리고 최고의 효과를 자아내는 미적 요소 등이다.[3]

〈두꺼비 연적을 산 이야기〉의 겉층에는 두꺼비 연적의 해학적 이야기를, 속층에는 조선 사람의 비애와 연민 이야기를 연결한다. 이러한 반어적 논리는 두꺼비와 그를 만든 주인의 성격과 생김새의 유사성을 언급하는 가운데 잘 드러난다. 즉, "너의 주인은 필시 너와 같이 어리석고 못나고 속기 잘하는 호인일 것", "너의 주인은 너처럼 웃어야 할지 울어야 할지 모르는 성격을 가진 사람일 것", 내가 너를 사랑하는 이유는 "나의 고독함은 나 같은 성격이 아니고서는 위로해 줄 수 없기 때문"이라는 고백 속에서 발견된다.

세 번째로 블랙유머(black humor)는 이 수필이 원관념 속에 숨겨놓은 궁극적인 의미와 정서이다. 블랙유머 속에서는 악몽 같은 현대 세계에 살고 있는 적의가 있거나 어리석은 인물들이 희극적인 동시에 잔혹하며 공포감을 주면서도 부조리한 비극적 소극笑劇 속에서 자신의 역할을 수행한다.[4] 블랙유머는 겉으로는 웃음을 유발하면서도 그 밑바탕에는 인

---

2) D.C. Muecke, 《아이러니》, 문상득 역(서울대학교 출판부,1980), 41쪽.
3) 위의 책, 79쪽.
4) 권택영 · 최동호, 《문학비평용어사전》(새문사, 1985), 112쪽.

간 본성이나 사회에 대한 섬뜩하고 잔혹한 반어와 풍자 등을 담고 있는 유머이다. 〈두꺼비 연적을 산 이야기〉에서는 알레고리와 아이러니 구조를 이중으로 설치하고 그 원관념 속에 블랙유머를 숨긴다.

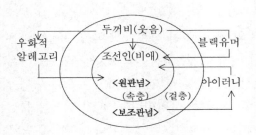

이제, 이 3가지 기법들을 활용하여 문학적 의미와 예술적 울림을 어떻게 만들어 내는가를 구조의 관점에서 살펴볼 차례이다. 1단계에서는 우화적 알레고리가 환기하는 이중구조를 사용하여 원관념의 존재를 암시한다. 2단계에서는 다시 아이러니의 의미 전복顚覆논리를 활용하여 알레고리 구조가 만들어 놓은 원관념을 강조한다. 이때, 패턴을 통해서 반복적으로 환기되는 보조관념의 해학성은 아이러니의 의미 전복과정을 거쳐 비애의 이미지로 자리 잡는다. 3단계에서는 다시 블랙유머를 도입하여, 우스꽝스런 두꺼비의 해학적 모습의 배면에 숨겨놓은 원관념을 환기시킨다. 그것은 역사 속에서 바보처럼 외세 침탈을 강요받아온 조선 사람의 비애와 고독한 삶이다. 이러한 3중 입체구조 속에서 이 수필은 조선 사람의 역사적 실존환경을 블랙 유머로 함축시켜 알레고리와 아이러니가 만들어 내는 중층구조의 울림을 창조한다.

작가 김용준이 이 작품의 심층구조 속에 숨겨놓은 비애와 연민은 1948년에 발간된 ≪근원수필≫의 발문에서 밝힌 바 있다. 〈"남에게 해만은 끼치지 않을 테니 나를 자유스럽게 해달라."/ 밤낮으로 기원하는 것이 이것이었건만 이 조그만 자유조차 나에게는 부여되어 있지 않다./ 언제나 철책에 갇힌 동물처럼 답답하고 역증이 나서 내 자유의 고향이 그리워 고함을 쳐 보고 발버둥질을 하다 보니 그것이 이따위 글이 되고 말았다.)[5]

이와 같은 복잡다기한 구조화 능력은 김용준이 당대의 화가이자 미술평론가라는 사실과 무관하지 않은 듯하다. 그러한 삼중구조가 만들어 내는 울림의 메커니즘은 거의 완벽하게 유기적으로 얽혀 있어서 문예수필로서의 전범으로 자리 잡게 한다. 이 절묘한 중층구조를 통해서 이 수필은 풍부한 예술적 울림과 함께 조선 선비의 품격과 문자향서권기의 전통까지 물려받게 한다.

이 수필의 원관념 속에는 근경近景과 원경遠景이 숨어있다. 가깝게는 일제의 침략과 압제에 바보처럼 당하며 살아야만 했던 직전의 역사적 사실이 숨어있고, 멀게는 빈번한 외세 침략에 의해 고통스런 삶을 살아야 했던 조선 사람들의 굴욕적이고 수치스런 역사가 깔려 있다. 이와 같은 민족사의 배면에 흐르는 굴욕과 수치의 본질은 "어리석고 못나고 바보" 같은 두꺼비의 외적 이미지로 상징된다.

4. 내적 독백과 체험화법의 힘

이 수필의 서술기법 속에는 특별한 서술 장치가 들어있다. 먼저, 1인칭(주인물)화자에게 서술을 맡기되, 중반 이후의 내적독백 부분에서는 2인칭 서술방법을 도입한다. 이럴 경우, 내적독백은 투정과 심문의 어조가 되어 비판과 조롱의 의미를 강화시켜 주는 해학 효과를 낳는다. 일반적으로, 내적독백은 1인칭 서술자가 자신의 무의식적 욕망과 내면의식을 미발설의 문장 형식으로 중얼거리는데 유용한 기법이다.

이 작품이 암시하는 내적독백의 내용은 세 가지이다. 이를테면, 두꺼비 연적의 생김새와 성격에 대한 궁금증, 두꺼비 제작자의 민족정체성

---

5) 김용준, ≪근원수필≫(범우사, 1987), 147쪽.

과 성격에 대한 유추, 그리고 작가가 못생긴 두꺼비를 사랑하는 이유가 그의 실존적 고독을 위로해줄 수 있는 두꺼비의 성격에 있음을 고백하는 내용이다.

작가는 보조관념인 두꺼비로부터 세 가지 속성을 추출하여 원관념인 조선 사람의 이미지를 구축한다. 생김새와 표정, 그리고 성격이 그것이다. 즉, 바보 같은 생김새와 무엇인가를 속아서 물고 있는 멍텅구리 같은 표정과 고독한 사람을 품어줄 수 있는 성격이다. 이러한 이미지는 대립성을 내포하는데, 전자가 우스꽝스런 못생긴 외적 생김새와 관련된다면, 후자는 "나의 고독함"을 위로해줄 수 있을 것 같은 속 깊은 성격을 지시한다. 결국, 이 작품의 절반 가량을 차지하는 내적독백은 우화적 알레고리의 원관념 속에 숨긴 조선 사람의 보편적 속성을 입체적으로 형상화하기 위한 전략이다.

내적독백의 두 번째 특성은 1인칭과 2인칭을 사용한 대화형식에 있다. 일반적인 2인칭 서술자와는 달리, 여기서는 보조관념인 두꺼비와의 내적대화를 통해서 원관념인 조선 사람의 보편적 속성을 반어적으로 보여주는데 목적이 있다. 본래, 2인칭은 동일한 공간에 함께 머물렀거나 체험을 공유한 사이에서 쓰는 시점이라는 점에서 상대의 특성을 고발하는데 유리하다. 이 작품에서 2인칭 서술자는 "나"가 "너"에 관한 관찰 결과를 심문하듯이 들려주는 시점이라는 점에서 "너"의 인성적 특성을 형상화하는데 유리하다.

따라서 그것은 곧 작중인물이 잘 알고 있는 두꺼비의 생김새와 행동, 성격 등을 주인물 자신과 동일시하여 조선 사람 전체의 보편적 이미지로 전형화 한다. 두꺼비는 조선 사람들이 전통적으로 숭배해온 민속 상징물로서 겉으로는 바보 같지만, 속으로는 행운을 상징하는 신화적 영물이라는 점에서 그 상징성이 크다. 이러한 의도는 "나는 너를 만든 너의 주인이 조선 사람인 것을 잘 안다."라는 고백 속에 암시되어 있다.

세 번째 서술전략은 체험화법에서 찾을 수 있다. 이 서술방법은 "독자는 말하는 사람의 생각 속으로 들어가서 그 사람이 가진 생각과 느끼는 회의, 의문 등을 알게 되는 '체험적' 효과를 얻게 된다."[6] 예컨대, 작중인물의 관점에서 그 상대에 대한 의구심이나 생각, 질문 등을 함께 체험하고 느끼게 해주는 전략이다. 이것은 주인물인 "나"가 두꺼비에 대해서 느끼는 의문과 질문을 독자와의 동일시 효과를 유도하여 함께 체험하려는 의도로 보인다. 물론 이 경우에도 '느끼는 주체와 서술된 객체가 동일한 인물이지만 서술하는 사람은 다르다고 할 수 있다.'[7] 그러므로 이 체험화법 또한 두꺼비의 상징성 속에서 조선 사람의 보편적 전형과 자화상을 이끌어 내기 위한 서술 전략이다. 결국, 작품 속에서 두꺼비는 작가의 자화상이자 조선 사람의 보편적 전형으로 형상화된다.

5. 두꺼비의 원형상징과 패턴

이 수필의 중심제재는 황갈색의 두꺼비 연적이다. 못생기고 우스꽝스런 두꺼비 연적을 보조관념으로 앞세운 뒤, 조선 사람의 보편적 품성을 원관념으로 설정하여 배면에 숨긴다. 그러한 상징구조 속에서 작가의 의도는 보조관념인 두꺼비의 생김새로부터 반어적 연상 작용을 작동시켜 조선 사람의 품성과 성격을 암시하는데 맞춰져 있다.

이러한 상징적 의미를 형상화하기 위해서 작가는 두꺼비의 생김새(모습)와 표정, 성격 등을 패턴(pattern)에 실어 반복적으로 보여준다. 패턴이란 의미 있는 사건과 행동을 반복적으로 보여주는 플롯의 공간화 기법의 하나이다. 반복되는 의미 있는 사건과 이미지, 행동 등은 주제의 형성과 인물의 성격 발전을 이끄는 동기를 제공한다. 전자를 논리적 패턴이라고 한다면 후자는 심리적 패턴으로 불린다.

---

6) 이지은, ≪소설의 분석과 이해≫(연세대학교 출판부, 2010), 84~86쪽.
7) 위의 책, 84쪽.

이 작품 속에서 발견되는 패턴 유형은 심리적인 것들로서 거의 전 편에 깔려있다. 요약번호 ②, ④, ⑤, ⑥, ⑩, ⑪, ⑫, ⑬, ⑮, ⑰, ⑲에서 발견되는 심리적 패턴의 기능은 "어리석고, 못나고, 바보 같고"라는 서술 속에 집약된다. 그것은 두꺼비라는 보조관념의 못난 생김새와 바보 같은 표정, 그리고 고독한 성격의 서술을 통하여 원관념의 바보 같은 성격과 행동을 환기하려는 데 목적이 있다. 생김새가 타고난 외양이나 모습을 가리킨다면, 표정은 마음속의 생각이나 감정, 정서 등의 심리상태가 얼굴에 나타난 모양이다. 이에 비해서, 성격은 말과 행동, 표정 등을 발현시키는 인성적 뿌리이다. 그러니까 작가는 두꺼비 연적으로 암시되는 속성들을 조선 사람의 인성적 속성과 연결시켜 등가화하고자 한다.

그렇다면, 작가는 왜 가난한 살림살이에도 두꺼비 연적을 사가지고 와 문갑 위에 올려놓고 애착을 보이는 것일까? 이를 이해하기 위해서는 두꺼비가 한국문화 속에서 어떤 집단무의식을 형성하고 있는가를 살펴볼 필요가 있다. 조선 신화에서 두꺼비는 예지의 상징이며, 무속이나 민속에서는 집지킴과 재복을 상징한다. 따라서 조선 사람들에게 두꺼비는 "재산이 번창하고, 부귀영화가 떠나지 않도록 지켜 주는 업業이라는 영물靈物"로 숭배된다. 한편, 한국인의 풍습에서 "두꺼비를 기르는 마음은, 참고 기다리며 자기를 희생하는 인고가 뒷받침 되는, 동양적 영웅의 조용한 자기 개혁의 정신"으로 회자된다. 또 "못생긴 두꺼비를 멸시하거나 징그러워하지 않고 받아들인다는 것은, 본능적 충동을 혐오감 없이 수용하며 분화시키는 작업의 중요성을 시사한다."8)

뿐만 아니라, 두꺼비는 추함과 조절, 저장, 독毒의 상징으로서 "어눌스러움, 뚱뚱한 모습, 고집스러움" 등을 표현하는 속담 속에 많이 들어있다. 특히, "두꺼비 모양을 한 연적硯滴은 두꺼비와 물과의 관계를 연상시킨다. 신령스런 힘의 저장처, 장생의 능력으로서의 두꺼비와 관련이 있다."9) 두꺼비에 대한 이러한 복합적 의미는 이 작품을 해석하는데 의미

---

8) 한국문화상징사전편찬위원회, ≪한국문화상징사전≫(동아출판사, 1992), 236쪽.

있는 문화상징적 근거와 원형적 심상을 제공한다. 보조관념으로 동원되는 두꺼비는 작가의 애착과 연민의 대상이라는 점에서 겉으로 묘사된 어리석음, 못남, 바보 같음의 이미지에도 불구하고 어떤 중요한 의미를 숨기고 있다. 업이나 영물로서의 두꺼비 이미지는 연적의 기능을 통해서 상징화되어 작가의 마음을 사로잡는데, 그것은 미래에 조선 사람들의 고독을 해소시켜 주는 일이다. 작가는 조선 사람들이 두꺼비를 닮았을 뿐만 아니라, 두꺼비처럼 신령스런 힘과 장생의 능력을 보여주기를 소망한다고 볼 수 있다.

비록, 이 작품의 정확한 집필연대는 알 수 없으나 해방 전에 쓰인 작품이라는 점에서 그러한 유추를 가능케 한다. 그것은 작가가 조선 사람으로서 일제의 잔혹한 침탈과 외세에 속수무책으로 짓밟혀 왔지만, 인고의 삶 속에서 장생의 힘과 신령스런 힘을 보여줄 수 있는 동양적 영웅의 조용한 자기 개혁을 기대하고 있기 때문이다. 이러한 두꺼비의 집단무의식은 작품 속에서 우화적 알레고리와 아이러니 구조를 만나면서 이중적 의미를 생성한다. 예컨대, 겉으로는 우스꽝스럽게 생겼으나 속으로는 집과 재물을 지키는 영물로서 조선 사람을 위로해주는 대상이 된다.

6. 유머철학의 격조와 문자향

이 작품은 수필의 전통과 미덕들을 적잖이 내포하고 있다. 작품의 격조와 품격을 중시하는 창작태도와 풍류의식, 철학과 미의식, 예술적 안목 등에서 전통의 맥을 확인하게 된다. 그것은 한 마디로 조선 지식인의 글쓰기 전통과 맥을 환기시켜 주는 요소들이다.

첫째, 그림과 수필을 다루는 종합예술가로서의 품격과 작품의 예술적 격조가 두드러진다. 수필에서 작가의 품격은 자연스럽게 작품의 품격으

9) 위의 책.

로 나타나는데, 그것은 작가가 당대의 유명한 화가 겸 미술평론가로 활동했다는 사실이 이런 주장을 뒷받침한다. 먼저, 못생긴 두꺼비 연적의 우스꽝스런 모습을 반어적으로 전도시켜 조선 사람의 이미지와 실존적 비애를 포착해내는 감수성은 높은 예술적 격조와 품격의 상징이다. 이러한 미적 격조는 골동집 주인과 나누는 대화 장면과 우스꽝스런 두꺼비 연적에서 예술성을 식별해내는 안목, 그리고 두꺼비와의 내적독백 장면 등에서도 인식된다. 그밖에도 두꺼비로부터 제작자의 성격과 조선 사람의 상징적 등가성을 읽어내고, 밤마다 고독하게 잠드는 두꺼비에게 연민과 기대심리를 보이는 장면 등에서도 높은 격조를 확인할 수 있다. 이런 품격과 격조의 힘은 작품 속에 육화되어 특유의 문자향서권기文字 香書卷氣를 생성한다.

둘째, 독특한 개성과 풍류인의 기질도 멋스럽다. 탈속적이고 철학적인 예술적 삶과 놀이를 풍류로 이해할 때, "나는 값을 물을 것도 없이 덮어놓고 사기로 하여 가지고 돌아왔다." "내가 화를 벌컥 내면서 '두꺼비 산 돈은 이 놈의 두꺼비가 갚아 줄 테니 걱정 말아.'라고 소리를 쳤다. 그러한 연유로 나는 이 잡문을 쓰게 된 것이다." 등의 장면에서 작가의 풍류적 기질이 산견된다. "내가 너를 왜 사랑하는 줄 아느냐. (중략)/ 나는 고독한 사람이기 때문이다. 나의 고독함은 너 같은 성격이 아니고서는 위로해 줄 수 없기 때문이다."에서는 자신의 실존적 고독과 투쟁하는 지식인의 면모를 개성 있게 보여준다. "나는 가끔 자다 말고 버쩍 불을 켜고, 나의 사랑하는 멍텅구리 같은 두꺼비가 그 큰 눈을 희멀건히 뜨고서 우두커니 앉아 있는가를 살핀 뒤에야 다시 눈을 붙이는 것이 일쑤다." 에서는 작가의 풍류적 기질과 개성 있는 삶을 확인시켜 준다.

셋째는 작가의 유머철학 또한 돋보인다. 작가는 해학적인 두꺼비 연적 이야기를 보조관념으로 빌려와 반어기법을 도입하여 조선 사람들의 역사적 실존상황을 블랙유머로 형상화한다. 이것은 작가가 아이러니의 본질에 유머를 섞어 자신의 유머철학을 선보인 것으로 해석된다. 아이러니가 대립적인 것들의 불일치와 공존이 생존 구조의 한 부분임을 인정하는 인생관의 표현이라면, 진정한 삶의 유머는 희喜와 비悲의 아이러니적 전도현상 속에서 체험할 수 있는 것임을 보여준 것은 아닐까 싶다.

넷째는 회화적 안목을 수필쓰기와 연결시킨 상호텍스트적 식견도 일품이다. 화가 겸 수필가로서 미술 골동품의 상징성을 읽어내는 깊은 미의식과 그것을 문학적 의미로 형상화하는 작가의 능력은 예술적 격조를 달리한다. 쌀 한 되 살 돈이 없는 경제사정을 고려하지 않고 못생긴 두꺼비 연적에 반해 덮어놓고 사가지고 돌아와 말다툼을 벌이면서까지 완상하는 작가의 고집스런 기질과 수집벽 또한 격조 높은 예술 사랑으로 나타난다. 이러한 상호 텍스트적 글쓰기의 태도 또한 작가의 심오한 예술정신의 높이와 깊이를 인식시켜 주는 근거가 된다.

7. 주제의 생성과 수사적 울림

로만 야콥슨의 시학이론에 따르면, 작가는 등가적 의미를 계열체의 축에서 결합체의 축으로 투영하여 주제를 형상화한다. 이때 작가에게는 등가적 의미를 함유한 계열체(은유축)로부터 선택한 단어와 문장들을 결합체(환유축)에 개성 있게 배열하는 미적 특권이 주어진다. 그리고 핵심적인 작품의 의미와 예술성은 이 선택과 배열과정에서 결정된다.

따라서 독자는 주제와 연결되어 있는 중심제재의 의미와 이미지들이 어떻게 배열되는가를 살필 필요가 있다. 작가는 〈두꺼비 연적을 산 이야기〉에서 화가 출신의 수필가답게 두꺼비의 상징성을 이중구조로 형상화하는데 독창성과 구성력을 발휘한다. 즉, 아래 그림에서 기호ⓐ는 두꺼비 구입동기를, ⓑ는 두꺼비 구입대가를, ⓒ는 두꺼비 애착사유, ⓓ는 두꺼비에 대한 연민과 기대심리를 보여주는 시퀀스의 요약이다. 이 그림에서 작가는 동일한 주제소를 활용하여 겉으로는 두꺼비 이야기를 희화화(戲畵化하고 있으나, 속으로는 조선 사람의 비애와 기대심리를 우화의 구조로 의미화 한다.

이를테면, 이야기의 담론층(겉층)에는 바보스런 두꺼비의 우스꽝스런 이야기를 배열하고, 심층(속층)에는 조선 사람의 비애를 주제로 형상화하여 들려준다. 물론, 심층의 소재 배열순서에 미적 변형을 가하고, 담론층의 텍스트 질서로 전환시키는 것은 표층에서 구상한 이야기의 미적 변형전략과 방법에 따른 것이다.

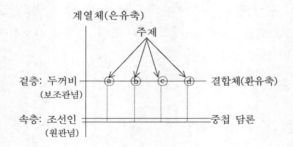

위 그림에서 결합축이 거리를 두고 이중으로 그려져 있는 것은 하나의 텍스트를 중심으로 다양한 담론층이 중첩적으로 생성되어 교차되고 있음을 뜻한다. 이럴 경우, 다음 장에서 보는 것처럼 텍스트의 해석은 복수의 여러 담론 형태로 읽히게 된다.

텍스트 속에서 작가는 두꺼비의 '어리석고 못나고 바보 같은' 행동과 성격, 생김새 등을 보조관념으로 하여 그를 닮은 조선 사람들의 기질과 성격 등을 희화화한다. 그리고 다른 한편으로는 우화적 알레고리 구조와 아이러니 구조를 복합적으로 사용하여 두꺼비의 원관념을 작가 자신을 포함한 조선 사람으로 설정하고, 두꺼비의 외모에서 풍기는 해학성을 반어적으로 뒤집어 조선 사람들의 비애와 기대심리를 형상화한다. 이러한 전복(顚覆)의 논리는 우화가 원관념으로 숨기고 있는 것과 반어의 원관념이 지시하는 것이 일치한다는 점에서 확인된다. 그러므로 작가는 담론의 외층에서는 두꺼비 이야기로 위장하여 웃음을 유발하지만, 심층에서는 두꺼비처럼 바보 같이 산 조선인의 비애에 고독을 절감하면서 영물의 힘을 빌려 조선의 번창과 혁신을 기원한다.

이런 해석이 가능하다면, 이 작품은 일제말기의 삼엄한 검열의 분위기 속에서 쓰인 작품으로 추정되기도 한다. 따라서 이 수필은 철저하게 겉과 속이 대립성을 보이는 반어적 우화구조에 의해 주제가 형상화된다고 할 수 있다. 이상의 내용을 의미작용의 기본구조와 연결시켜 설명하면, 주제의 세계는 보다 명료하게 떠오른다.

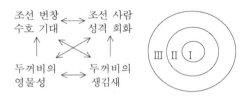

위 그림 중 왼쪽의 주제 생성의 기본체계도는 겉의 표상과 속의 상징소가 서로 다름을 보여주는 그림이다. 이것은 겉이야기를 빌려서 속이야기를 강조하는 반어구조임을 보여준다. 그러한 형상화의 논리와 구조는 이 수필이 우화적 알레고리 수필임을 살피는 과정에서 일차적으로 확인되었다. 겉으로는 두꺼비의 멍텅구리 같은 행동과 생김새를 조롱하고 있으나, 속으로는 그를 닮은 조선 사람들의 행동 특성과 비유적 유사성을 원관념으로 환기한다. 예컨대, 작가는 겉으로는 바보 같은 두꺼비의 외형과 잘 속는 성격을 보조관념으로 삼아 조선 사람의 유사한 성격과 행동 양식을 희화하지만, 속으로는 두꺼비가 신화적 영물성을 발휘하여 조선의 번창과 민족의 수호능력을 원관념으로 소망한다.

오른쪽의 원다이아그램은 이 수필의 주제 형성의 다층적 구조를 설명하기 위한 것이다. Ⅰ은 심층(스토리층)을 가리키고, Ⅱ는 표층(플롯층)을,

그리고 Ⅲ은 담론층을 가리킨다. 심층에는 외세에 비극적으로 휘둘리며 살아온 조선 사람에 대한 연민과 함께 미래의 번창과 수호심리를 원관념으로 숨겨놓고 있다. 담론층에는 보조관념인 두꺼비 연적의 이야기를 의인화함으로써 그것이 인간의 담론을 숨기고 있음을 암시한다. 그리고 표층에서는 우화적 알레고리와 아이러니 구조를 중층적으로 활용하여 담론층의 희화적 유머를 심층에서 블랙유머로 전복顚覆시키는 메커니즘을 완성한다.

이와 같은 텍스트의 의미 생성체계는 다양한 서술과 수사의 도움을 받아 미적 감동의 울림을 강화한다. 감각과 정서에 의존하는 파토스(pathos)적 울림은 주로 두꺼비 연적의 어리석고, 못나고 바보 같은 해학적 생김새를 패턴기법으로 반복 서술하여 담론층에서의 웃음을 유발하고, 심층에서는 반어의 논리로 조선 민족의 무거운 비애를 절감하게 이끈다. 그리고 연적의 구입비를 벌기 위해 잡문을 쓰는 슬픈 심정을 토로하는 장면("내 책상머리에 두꺼비를 두고 이 글을 쓸 때 네가 감정을 가진 물건이라면 필시 너도 슬퍼할 것이다.")과 두꺼비로부터 조선인의 연민과 비애를 느끼는 결말에서도 확인된다.

성격과 윤리의 서술에 의해 창조되는 에토스(ethos)적 울림은 작가의 성격과 기질적 특성을 보여주는 두꺼비 연적의 구입 동기("황갈색으로 검누른 유약을 내려씌운 두꺼비 연적인데, 연적으로서는 희한한 놈이다.")와 그 과정("나는 값을 물을 것도 없이 덮어놓고 사기로 하여 가지고 돌아왔다."), 그리고 아내와 말다툼하는 장면과 두꺼비로부터 실존적 고독과 연민을 느끼는 장면("나는 고독한 사람이기 때문이다."), 두꺼비를 통해서 조선의 번창과 기대심리 등을 표출하는 대목에서 감지된다.

이야기의 설득 논리에 의해 생성되는 로고스적 울림은 이 작품의 구조미학적 백미를 보여준다. 앞서의 언급처럼, 우화적 알레고리 구조를 활용하여 원관념인 주제를 숨기고, 다시 아이러니 구조를 통해서 그 원관념의 주제를 강조한 뒤, 블랙유머의 기법으로 두꺼비의 이야기를 조선 사람의 비애와 기원 이야기로 형상화하는 중첩구조의 논리가 독자를 로고스적 울림의 세계로 인도한다.

마지막으로, 작가의 깨달음에 의존하는 영적 울림은 두꺼비의 신화적 영물성에 기대는 장면에서 희미하게나마 읽어낼 수 있다. 텍스트의 결말 부분에서 "나는 가끔 자다 말고 나의 사랑하는 멍텅구리 같은 두꺼비가 그 큰 눈을 희멀건히 뜨고서 우두커니 앉아있는가를 살핀 뒤에야 다시 눈을 붙이는 것이 일쑤"라는 작가의 고백 속에서 암시되지만, 그 힘은 미약하다. 따라서 이 수필은 파토스, 에토스, 로고스의 울림을 주로 활용하여 미적 감동을 창조하는 것으로 분석된다.

8. 중첩담론의 다성성과 역사성

무릇, 명작의 텍스트 속에는 다양한 담론들이 교차되거나 중첩되어 내재한다. 이때 텍스트는 풍부한 독서 가능성을 함유한 교차점이 된다. 이 텍스트 속에서도 민족정체성 담론, 정치적 담론(혹은 전쟁담론)과 신화민속적 담론, 심리적 담론, 역사적 담론 등이 중첩되어 형상화 된다. 이와 같은 담론의 중첩 현상은 텍스트가 다성성多聲性이나 다의성을 함유하고 있음을 뜻한다.

먼저, 민족정체성 담론은 다음과 같은 본문 속에서 그 근거를 찾을 수 있다. 즉, "나는 너를 만든 너의 주인이 조선 사람이란 것을 잘 안다.// 네 눈과, 네 입과, 네 코와, 네 발과, 네 몸과, 이러한 모든 것이 그것을 증명한다.(중략) 그리고 너의 주인도 너처럼 웃어야 할지 울어야 할지 모르는 성격을 가진 사람일 것이리라.// 내가 너를 왜 사랑하는 줄 아느냐.(중략)// 나는 고독한 사람이기 때문이다!// 나의 고독함은 너 같은 성격이 아니고서는 위로해줄 수 없기 때문이다." 여기서 이러한 서술 목적은 두꺼비의 제작가가 조선 사람이라는 것을 증명하여 민족정체성을 환기시키는 데 있다. 생김새와 성격의 보편적 유사성뿐만 아니라, '나의 고독함은 너 같은 성격이 아니고서는 위로해줄 수 없다'는 고백 속에서 발견되는 심리적 공감성은 동일 민족끼리 주고받을 수 있는 동병상련의 마음이다.

둘째는 신화민속적 담론 차원에서도 읽을 수 있다. 두꺼비는 조선 사람들에게 집지킴과 재복의 상징물이다. 흔히, 금두꺼비는 조선 사람들에게 한 집안이나 어떤 장소를 지키는 신령한 동물로서 집안수호신의 상징물로 전해내려 온다는 점에서 일종의 업業으로서의 상징성을 갖는다. 조선의 풍습에서도 두꺼비는 "참고 기다리며 자기를 희생하는 인고忍苦가 뒷받침되는 동양적 영웅의 조용한 자기 개혁의 정신"의 상징적 영물이다. 이러한 사실은 작가가 두꺼비라는 전통적인 영물상징을 빌려 조선의 지킴과 인고의 희생 뒤에 찾아올 내일을 기원하는 담론으로도 읽게 한다.

셋째는 역사적 담론으로도 읽을 수 있다. 두꺼비의 외양이 주는 '어리석고 못나고 바보 같다'는 수사는 얼핏 보아 생김새와 표정을 설명하는 말 같지만, 그 속에는 어리석고 못나고 바보 같은 행동, 기질, 성격 등을 풍자하거나 고발하는 의미가 숨어있다. 겉으로는 두꺼비를 말하고 있으나, 속으로는 그를 닮은 조선 사람을 지칭하는 알레고리임을 앞에서 이미 밝힌 바 있다.

작가의 이런 풍자적 고발은 조선 민족의 역사적 아픔과도 관련되어 있다. 이를테면, 일제 침략으로 36년간의 억압을 당해오다 가까스로 외세의 도움으로 해방은 되었으나, "웃어야 할지 울어야 할지 모르는 성격을 가진 사람"처럼 앞날에 대한 불안의식으로 애매한 표정을 짓고 있다. 그리고 고독을 씹으며 밤마다 영물인 두꺼비의 신화적인 힘에 조국의 앞날을 기원하는 지식인의 허무를 연민의 정서에 담아 한 폭의 민화民話처럼 그려내고 있다. 작가는 그런 연민의식 뒤에 언젠가는 자기 개혁정신을 실천해 주기를 바라는 소망을 숨기고 있다.

넷째는 정치적 담론으로도 읽을 수 있다. 조선 민족이 잦은 외침에 시달려야 했던 것은 다름 아닌 위정자들의 정치적 역량부족이나 정치적 무능과도 연결되어있다. 정치적 무능의 결과는 외침을 낳게 하고, 그로 인한 백성들의 억압적 삶은 두꺼비의 못생긴 외양과 행동을 통한 비유적인 조롱과 비판의 대상이 된다. 위정자들의 어리석고, 못나고, 바보 같은 행동과 성격이 백성들의 불행과 아픔을 낳게 했기 때문이다.

작가는 두꺼비의 영물스런 힘을 믿고 싶어 한다. 그래서 작가는 밤마다 문갑 위에 올려놓고 "자다 말고 버쩍 불을 켜고, 나의 사랑하는 멍텅구리 같은 두꺼비"를 살핀 뒤에야 잠자리에 드는 것이다.

9. 남는 미학적 문제들

세상에 완벽한 작품이란 존재하지 않는다. 게다가 수필은 짧은 산문이어서 간결하고 함축적인 문장 속에 인생의 의미심장함과 흥미로움을 담아 격조 있게 들려주는 것이 쉽지 않다. 이 작품을 읽으면서 발견된 몇 가지 문제점을 짚어보면 다음과 같다.

첫째, 도입부의 늘어진 긴 문장이 문장의 리듬성과 흡입력을 약화시킨다. 도입부에서 발견되는 이런 만연체 문장은 독자의 호기심을 유발시키지 못하고, 이야기 속으로의 빠른 이입을 막는다. 도입부 문장은 간결하고 차분하게 독자의 감각을 깨울 필요가 있다.

둘째, "내 책상머리에 두꺼비를 두고 이 글을 쓸 때 네가 감정을 가진 물건이라면 필시 너도 슬퍼할 것이다."란 문장에서 갑자기 3인칭으로 쓴 "두꺼비를 두고"는 2인칭인 "너를 두고"로 바꿔 쓰는 것이 옳다. 1인칭 서술을 2인칭으로 바꾸면서 내적독백과 체험화법을 도입하게 되는데, 갑자기 3인칭을 사용함으로써 갑자기 허구성의 개입을 의심받게 한다. 물론 이런 흠집이 작품 전체에 미치는 영향은 크지 않다.

셋째, 두꺼비의 상징적 의미가 지나치게 난해하게 숨겨져 있다는 것도 비판의 대상이다. 비록, 조선 사람들은 두꺼비를 영물로 믿고 살지만, 보조관념 속에 상징적으로 암시된 영물의 힘을 독자들이 객관적으로 꺼내 읽기에는 다소의 어려움이 있다. 그것은 두꺼비의 신화적, 민속학적 의미를 전혀 암시하지 않은 데서 비롯된다.

넷째, 불필요한 쉼표의 사용도 눈에 띤다. "네 눈과, 네 입과, 네 코와, 네 발과, 네 몸과, 이러한 모든 것이 그것을 증명한다."에서 쉼표들이 리듬을 차단한다. 물론 두꺼비의 신체적 조건들을 하나하나 강조하여 웃음을 자아내게 한다 해도, 쉼표를 삭제하는 것이 오히려 리듬을 살리는데 효과적이다.

다섯째, "툭 튀어나온 눈깔"에서도 "눈깔"은 속된 표현이므로 "눈알"로 바꾸고, "이 가게에를 들렀더니"도 "이 가게에 들렀더니"로 하는 것이 자연스럽다. "못난 놈의 재주를 부릴 대로 부린 것이"에서는 "못난 놈의"를 "못난 놈에게"로 표현하는 것이 옳다.

마지막으로, 영적 울림 장치의 부재를 들 수 있다. 두꺼비의 신화소를 모티프로 활용하여 시대를 관통하는 두꺼비의 영적 이미지를 형상화하지 않은 것도 아쉬움으로 남는다.

그럼에도 불구하고, 이 작품이 지닌 최대의 미덕은 중층구조의 복잡성 속에서 시너지 효과를 발휘하며 작동되는 격조와 멋에 있다. 끝까지 상징의 원관념을 노출시키지 않고 암시만 하는 절제된 서술전략도 작품의 격을 높여주고 있다. 뿐만 아니라, 이 작품의 고도의 예술적 가치는 우화적 알레고리와 아이러니 구조 속에 블랙유머를 장치하여 민족적 비애미를 내뿜게 한 미적 설계도에 있다. 이러한 세련된 디자인과 미의식은 작가가 바로 당대의 최고 지식인이자 미대 교수일 뿐만 아니라, 화가 겸 미술비평가로 활동했다는 사실과도 무관하지 않은 듯하다.

역사의 소용돌이 속에서, 외세의 억압에 울 수도 웃을 수도 없던 한 지식인의 실존적 고뇌를 두꺼비 연적을 객관적 상관물로 내세워 수필화한 것도 놀라울 뿐이다. 이런 탁월한 미의식을 지닌 능력 있는 작가가 월북하여 명작 생산을 중단한 것은 한국 현대수필사의 큰 손실이자 비극으로 남는다.

작가의 짧은 작품 활동에도 불구하고, 그의 〈두꺼비 연적을 산 이야기〉가 보여주는 수필 미학적 가치는 한국 현대수필사의 한 고지를 차지하고도 남는다.

〈참고문헌〉

권택영·최동호. ≪문학비평용어사전≫. 새문사, 1985.

김용준. ≪근원수필≫. 범우사, 1987.

김용준. ≪풍진 세월 예술에 살며≫. 을유문화사, 1988.

이상섭. ≪문학비평용어사전≫. 민음사, 1976.

이지은. ≪소설의 분석과 이해≫. 연세대학교 출판부, 2010.

한국문화상징사전편찬위원회. ≪한국문화상징사전≫. 동아출판사, 1992.

Muecke, D.C. ≪아이러니≫. 문상득 역. 서울대출판부, 1980.

14
최명희의 〈둥그런 바람〉

1. 부채풍수를 찾아서

"언어는 정신의 지문指紋이다." 이 말은 ≪혼불≫의 작가 최명희가 남긴 말이다. 모든 언어나 작품에는 그 언어를 사용한 사람의 정신적 흔적이 담겨있음을 뜻하는 말이다. 마찬가지로 모든 도구 또한 그 도구를 만든 이의 정신적 자국이 찍혀있기 마련이다.

최명희의 수필 〈둥그런 바람〉에는 어떤 지문이 찍혀있을까? 이런 질문 속에는 바로 이 작품을 텍스트로 선택하게 한 동기가 숨어있다. 이 수필은 우리 선조들이 수백 년 동안 즐겨온 부채철학과 부채풍수의 이야기를 지문으로 담고 있다. 부채를 만든 장인들의 형이상학적 이념을 부채철학이라고 부른다면, 삶의 현장에서 부채가 주는 물리적, 정신적, 심리적, 영적, 예술적 에너지는 부채풍수 효과로 부를 수 있다. 이 작품 속의 부채 이야기는 역사적, 문화적, 철학적 담론뿐만 아니라, 예술적 담론까지 포괄하는 힘을 보여준다는 점에서 부채풍수는 곧 예술풍수의 한 차원으로 유형화된다.

본시, 예술풍수藝術風水라는 용어는 딩시위안丁義元이 예술작품에 풍수론을 도입하면서 쓴 용어이다. '예술에는 그 자체에 이미 풍수가 담겨있을 뿐만 아니라, 예술 바깥의 풍수와도 늘 적응의 몸짓을 한다.' 예술풍수에서는 작품에 내재된 '기氣'의 움직임을 다루는데, 그 근본 목적은 "인간과 자연의 조화이자 융화"를 지향한다.[1]

부채의 풍수 논리 또한 동양철학의 핵심인 기론氣論에서 시작된다. 우주 삼라만상과 그 존재 기능 속에는 만물의 본질인 기氣가 내재한다. 기는 끊임없이 움직이면서 우주만물의 생성소멸과 변전을 주관한다. 딩시위안은 이러한 기의 흐름과 이동으로 생성된 에너지를 풍風으로, 그런 기들이 응집하여 형체를 이룬 것을 수水라고 부른다. 그러므로 풍수는 우주의 본질적 에너지인 기의 작용효과를 총체적으로 이르는 말이 된다. 필자는 딩시위안이 밝힌 예술풍수의 개념 중에서, 첫 번째 의미인 "예술품 본연에 내재된 풍수"효과에 주목한다.

그에게 풍수 효과란 "예술품 자체에 기의 형태인 기국氣局을 비롯하여 기의 구조, 성분, 배열, 내재된 생명의 유동성, 감정의 전이, 형식, 공간미, 내부적 변화의 추이"[2] 등이 만들어 내는 일체의 변증법적 인식과 미적 작용을 총칭하는 말이다. 이런 기의 작용을 문학작품 속에서 체험할 때 예술풍수가 성립한다. 이를 테면, 수필작가는 제재 속에 함유되어 있는 특수한 기의 존재(의미와 상징)와 그 작용을 언어구조로 조직하여 미적 텍스트로 창조한다. 반면에 독자는 텍스트의 의미구조를 해체하여 기호화된 주제와 예술성을 감동의 에너지(기)로 경험한다. 따라서 독자는 텍스트의 분석과 해석을 통해서 만나는 일체의 역동적인 의미작용과 감정이입, 카타르시스와 승화작용 등의 형식으로 예술풍수를 체험하게 된다.

---

1) 딩시위안, 《예술풍수》, 이화진옮김 (일빛, 2010), 5~8쪽.
2) 위의 책, 7쪽.

그런 의미에서 모든 수필작품은 제재로부터 찾아낸 기의 작용을 특수한 언어와 이야기 구조에 담아 전달하는 예술풍수의 한 실현태이다. 이제, 최명희의 〈둥그런 바람〉을 텍스트로 하여, 그가 부채철학과 부채풍수의 이야기를 어떻게 예술적으로 구축하여 독자와 소통하는가를 확인하게 될 것이다.

2. 분석 텍스트의 선정

최명희(1947~1998)가 수필 〈둥그런 바람〉을 처음으로 발표한 것은 동아일보 1984년 8월 9일자 지면(納涼 에세이－盛夏의 窓)이다. 그 후, 이 작품은 강석경 등 9명이 엮은 ≪무슨 꽃으로 문지른 가슴이기에 나는 이다지도 살고 싶은가≫(민예사, 1994)에 실린다. 하지만, 최명희는 초간본을 끊임없이 손질하여 재수록하는 작가라는 점을 고려하여 ≪동아일보≫본을 버리고 〈민예사〉본을 텍스트로 선정하였다.

최명희가 문학적 재능을 선보인 것은 고등학교 3학년 때 쓴 수필 〈우체부〉가 전국남녀고교문예콩쿠르에서 장원으로 뽑혀, 고등학교 작문교과서에 실리면서부터이다. 그는 대학 재학시절에도 수필을 썼으나 소설가로 등단한 이후의 작품을 성숙기의 작품으로 평가하여 〈둥그런 바람〉을 텍스트로 선정하였다. 특히, 이 수필은 그가 한참 〈혼불〉을 집필하던 무렵에 쓴 작품이라는 점에서 궁금증이 배가 된다. 적어도 대작의 집필 무렵에 창작되었으므로 그의 웅혼한 작가정신의 한 측면이 담겨있을 것으로 기대하기 때문이다.

〈둥그런 바람〉

달님이야 계절을 가리리오.

청옥같이 차고 맑은 얼굴이 반공에 둥두렷이 떠오르면, 우러러 바라보는 이의 마음에 푸른 물빛이 스미어든다.

꽃기운 자욱하여 애달픈 봄밤의 달이나, 가슴 속 핏줄의 골짜기까지도 시리게 비추는 가을의 상월霜月, 얼음보다 투명하여 그 명징이 오히려 두려운 빙천氷川의 달, 그리고 은하수로 너울을 두르고 냇가의 달맞이꽃과 희롱하며 검푸른 밤바다를 건너가는 여름의 달, 이 달을 따 손에 들면, 한낮의 폭염 복판에서도 서늘한 바람이 인다. 둥글부채 단선團扇.

살대에 갑사甲紗나 비단, 종이 등을 곱게 발라서 만든 둥그런 이 부채는 모양도 다채롭고 이름도 갖가지다.

태극무늬 선명한 태극선太極扇은 그 여염麗艶한 자태의 곡선과 단순하면서도 휘황한 빛깔로 사람의 마음을 사로잡고 마는데, 더위를 쫓는 다른 도구가 따로 있다 할지라도 태극선 한 자루만은 머리맡에 놓아두고 싶은 것은, 그 모양의 아리따움 때문이리라. 더욱이 이 광대무변한 우주의 본체라 하는 태극의 저 오묘하고 신령스러운 기운을 동그랗게 부채로 만들어 손에 쥐고 아끼었던 옛사람들의 앙징스럽고 낙천적인 심성이라니.

"그러닝게 우리 선조들이 아조 대단헌 멋쟁이들이었지요. 부채 한 자루도 그냥 맨들지를 안 허고, 그것을 즐길 줄 알았거든요. 풍류의 운치가 있었응게요."

물어 물어 뙤약볕에 일부러 찾아간 전주의 한쪽 모퉁이 동네 파밭 너머 부채촌에서 오직 부채를 만들며 살고 있는 선장扇匠은 그렇게 말했었다.

태극선 말고도 부채는 형형색색 이름도 많았다.

오동잎 모양의 오엽선梧葉扇이 선선하게 일으키는 바람을 받으면서는 상서로운 봉황이 가슴에 깃드는 것을 꿈꾸었고, 연잎 모양의 연엽선蓮葉扇을 들고 앉아서는 연꽃 향기 지극한 정토의 기슭을 아득하게 그리었으며, 파초잎 모양의 초엽선蕉葉扇을 바라보면서는 너그럽고 의연한 군자의 기상을 가다듬었을 것이니, 그것이 어찌 단순히 더위를 쫓는 도구에 불과한 것이겠는가. 어쩌면 그 부채들은 형상을 빌려 마음을 담아낸 그릇이 아니었을까.

왕골이나 갯버들 또는 죽순 껍질로 넉넉하게 짜서 만들었던 팔덕선八德扇에 이르면, 각박한 이 도회인도 저절로 마음을 풀어놓지 않을 수가 없게 된다.

"그 부채는 왜 이름이 팔덕선인가 허먼요, 여덟 가지 덕을 두루 갖추고 있다 해서 그렇게 불렀답니다. 그것은 주로 서민층 부녀자들이 지녔던 것인디요. 첫째로 값이 싸고, 둘째로 망가져도 아깝지도 않고 그 다음에 오다 가다 앉을 일이 있으면 방석으로 쓰고요, 불을 피울 때는 바람을 일으키고, 그리고 남의 사람허고 내외헐 때는 얼굴을 가리고, 한낮에는 머리를 덮어 햇볕을 가리고요, 훨렁훨렁 부치면 시원허고, 땀이 흐르면 베적삼을 걷어 올려 그 속에 넣어서 등거리 대신 썼으닝게 그런 이름이 붙을만 허지요. 참 순박헌 부채지요. 사람의 덕이 어디 그만헐 수 있간디요?"

부채 한 자루가 지닌 덕을 따르지 못할 '사람'은 냉수 한 대접을 주인장에게 청하고는 타오르는 마당을 내다보았다.

허름한 울타리 아래 붉은 접시꽃이 요요하게 피어 있고 어디서 얻어다 심었는지 옥잠화 작약이 한 포기씩 무심한 듯 자리 잡고 있는데, 원추리, 나리, 창포는 그 뒷줄에 나란히 섰다. 그리고 그 옆에 수줍은 연지 분홍이 어우러져 피어난 족두리꽃, 그 꽃의 구슬 같은 수술.

이만한 한적함 한 떼기가 어찌 아직 애틋하게 남아 있는가.

"요새는 누가 부채를 부치간디요? 모다 성질들이 모질고 급해서 빠르고 자극적이어야 허닝게 이까짓 부채 바람 가지고는 양이 안 차지요. 허나 사람 몸이고, 성질이고, 세상 사는 일이고 간에 자연을 거슬려서는 못쓰는 법이지요. 서로 기운을 달래고 북돋우고 어우러짐서, 다스리기도 허고 이겨내기도 허는 것이 순리 조화지요. 안 그러면 어디가 상傷해도 상헙니다. 허기야 기계들이 하도 많이 발달을 해놔서요. 한번 그 맛이 들어 놓으면 인이 백혀서 자꾸 더 기계 속으로 빠지게 되는 것 같습니다. 그렇게 인제는 부채들도 점점 더 없어지고. 옛날에는 '전주 부채' 허면 임금님한테 진상허던 명품이었는디요."

멀고 먼 국경을 넘어 중국의 천자에까지 바쳐져 그 절묘한 기품으로 찬탄을 받았다는 합죽선合竹扇도, 이제는 부채촌에 남은 단 몇 사람의 선장扇匠 손에 아쉽게 접히고 있을 뿐인데.

"평생 부채나 맨들고 살아온 사람이지만 내 생각에는 과학이 마약이 다 싶습디다. 그것이 발달헌다고 꼭 그렇게 좋은 것잉가 어쩐 것잉가."

냉수를 마시고 내려놓는 흰 사발에 둥그런 바람이 들어와 고인다. 사발은 달님이 되어 말갛게 떠오른다. 그리고 달님은 선장扇匠이 들어올리는 날렵한 부채 속으로 그 몸을 숨긴다.

어질고 넉넉하게.

3. 부채철학과 풍수의 체득구조

대체로, 수필작가는 창작과정에서 네 단계의 집필과정을 거친다. 소재 차원에서 감동적인 제재를 모으고 그에 대한 심오한 통찰과 관조과정을 거친 뒤, 그 결과를 미학적으로 재배열하여 구조화하여 독자에게 전달하는 서술과정을 거친다. 따라서 수필 텍스트는 작가가 미적 감동을 목표로 재배열한 특수한 이야기가 된다.

모든 문학 텍스트의 구성요소들과 구성방식들은 독자적이고 독창적인 인식과 감동의 생성체로서 전략적 의미를 갖는다. 기학氣學의 관점에서, 독자가 텍스트를 읽는 과정이나 독서 후에 만나는 모든 물리적, 정신적, 영적 차원의 변화는 기의 미적 작용이다. 그중에서도 텍스트의 이야기 구조가 만들어 내는 기의 작용은 문학적 의미와 예술적 울림을 만드는 창조작업이라는 점에서 중요한 탐구대상이다. 작가는 제재의 이야기 속에 내포된 기의 작용을 작품구조에 담아 독자에게 의미와 감동의 에너지로 전달하는 자이다.

　이제, 텍스트의 구조와 미적 울림통의 전모를 파악하기 위해 텍스트를 해체시켜, 단락의 기능에 대한 설명을 덧붙여 보기로 한다. 핵심적인 사건을 분절단위로 삼아 패러프레이즈 하면, 17개의 단락으로 조직된 텍스트의 의미망이 떠오른다.

　　1. 달님은 계절을 가리지 않고 달빛서정을 안겨준다.(달빛풍수) 2. 사계의 달을 그린 단선부채를 들면, 폭염 속에서도 서늘한 바람이 인다.(부채풍수) 3. 다양한 재료로 만든 이 부채는 모양도 이름도 갖가지다.(단선의 종류) 4. 태극선의 매력은 여염한 미와 오묘한 태극의 기운에 있다.(태극선의 매력과 철학) 5. 선조들은 부채를 만들어 풍류를 즐긴 멋쟁이었다.(대화1-부채 풍류) 6. 단선들은 그 형상을 빌려 마음을 담아낸 그릇이다.(단선의 철학) 7. 팔덕선은 도회인의 마음을 저절로 풀어놓게 한다.(팔덕선의 기) 8. 사람은 팔덕선의 미덕을 따를 수 없다.(대화2-팔덕선의 풍수) 9. 부덕한 나는 냉수를 청하고는 선장네 마당을 내다본다.(선장 삶 환경) 10. 울타리 아래 다양한 꽃들이 조화로움을 연출하고 있다.(자연의 풍수) 11-1. 요즘 사람들은 조급해서 부채바람에 불만족해 한다.(대화3-현대인 성정 비판) 11-2. 사람이 자연의 순리와 조화를 따르지 않으면 상상(傷)한다.(대화3-자연풍수 철학 역설) 11-3. 사람들이 기계에 빠져 명품 부채들이 사라진다.(대화3-부채 소멸조짐) 14. 중국 천자에게 찬탄 받던 합죽선도 겨우 명맥을 잇고 있다.(부채소멸위기) 15. 부채 장인의 판단에 과학은 마약이다.(대화4-과학문명비판) 16. 빈 냉수사발에 바람이 고이자 사발은 달이 되어 떠올라 선장의 부채와 합일된다.(풍수와 풍류체험) 17. 어질고 넉넉하게.(깨달음)

　단락1은 삶 속에서 달빛풍수를 경험하는 장면이다. 관상자가 늘 달님에게서 "푸른 물빛"이 스며드는 서정의 기운(氣運-에너지)을 느끼는 것이 바로 달빛풍수의 효과이다. 단락2는 사계四季의 달이 그려진 부채로부터 폭염을 이기는 서늘한 바람의 기운을 느끼는 부채풍수의 체험 장면이다. 단락3은 둥글부채團扇에 대한 정보(재료, 모양, 이름)가 다양함을 시사한다. 단락4에서는 태극선의 매력의 정체를 설명한다. 그것은 "여염한 자태"와 "휘황한 빛깔", "신령스러운 기운" 등으로 요약된다. 첫째와 둘째가 태극선의 외양이 주는 매력이라면, 셋째는 태극의 내적 힘이 주는 매력이다. 그러므로 이 단락에는 태극선의 부채철학에 대한 정보가 감춰져 있다. 단락5에서는 우리 선조들이 즐긴 부채풍류를 증언한다. 부채풍류는 부채풍수가 주는 예술적 효과의 다른 이름이다. 단락6은 단선들이 함유한 부채철학의 형이상학적 근거("형상을 빌려 마음을 담아낸 그릇")에 대한 언급이다. 따라서 선장의 제작정신은 부채형식을 통해 부채철학을 담는 예술가의 창조성을 지닌다. 단락7은 팔덕선의 덕목에 대한 암시이다. 단락8은 팔덕선이 인간에게 주는 풍수효과가 사람의 덕을 능가함을 설명한다. 단락9는 부덕한 작가가 선장에게 냉수 한 대접을 청하고, 그의 마당을 내다보는 장면이다. 단락10은 울타리 아래 심은 꽃들로부터 자연과의 조화를 좇는 장인의 태극 지향적 삶을 확인하는 곳이다. 단락11은 3개의 하위단락을 담고 있다. 즉, 11−1단락에서는 현대인들이 부채바람보다 기계바람을 즐기는 현상을 비판한다. 11−2는 사람들이 자연의 순리와 조화를 따르지 않으면 상傷할 수 있음을 조언한다. 이 단락에는 부채철학의 회복의 필요성을 역설하는 기능이 숨어있다. 11−3은 기계문명에 빠진 현대인들로 인해 명품 부채가 사라질 위기에 있음을 고발한다. 단락14는 명품 합죽선도 몇몇 선장들에게만 보존되고 있는 현실을 탄식함으로써 부채문화의 위기를 증언한다. 단락15는 부채장인의 관점에서 과학이 마약임을 비판한다. 단락16에서는 작가가 부채풍수의 진수와 풍류를 체험하는 상황이다. 냉수사발에 고인 우주의 기운(바람)이 사발과 부채의 그림 속의 달과 합일시키는 태극풍수 체험을 연출한다. 이는 부채를 중개자로 태극의 기운을 만끽하려는 부채풍수의 한 체험과정이자, 그것을 예술적으로 즐기는 풍류의 상황이다. 단락17

은 부채풍수가 가져다 준 깨달음의 은유적 암시이다.

이러한 패러프레이즈에 의해 드러난 의미망의 실체는 크게 세 의미단위의 결합으로 구조화된다. 도입부에서 자연과 인공풍수의 모습을 비교 암시하고, 중간부에서 작가와 선장이 내적독백과 대화형식으로 부채철학과 부채풍수의 논리를 증언을 한 뒤, 결말에 이르러 부채풍수를 풍류의 상황 속에서 체험하고 깨달음을 얻는 방식으로 구조화된다. 따라서 텍스트의 의미망을 구축하는 전체 구조는 교차법과 교착법의 병렬연합으로 설명된다.

다시 말해서, 도입부에서는 자연풍수와 부채풍수를 비교 열거하고, 중간부에서는 부채철학과 부채풍수의 이야기를 교차법交叉法으로 배열한다. 그리고 종결부분에서는 중간부의 단순 교차방식을 중첩 교착시키는 방법交錯法으로 마무리한다. 이는 중간부에서 부채철학과 풍수의 중요성을 선장의 증언과 작가의 독백을 합쳐 논증한 뒤, 결말에서 극적인 깨달음의 상황을 통해서 부채풍수와 풍류를 직접 체험케 하려는 의도이다. 그 결과, 독자는 부채문화에 대한 논증(교차법)에 부채풍수의 극적 체험(교착법)을 인과적으로 연결하여, 변증법적으로 주제를 인식하게 된다.

작가가 교차법과 교착법을 극적으로 연결하여 반전효과처럼 충격요법을 쓴 데는 중요한 전략이 숨어있다. 그것은 부채철학의 실현태가 곧 부채풍수임을 보여주고, 이러한 부채풍수의 예술적 실현이 곧 부채풍류임을 효과적으로 제시하기 위한 의도이다. 부채철학-부채풍수-부채풍류로 이어지는 부채문화의 합일적 체험은 결과적으로 작가의 독백과 선장의 증언에 사실성과 진실성을 더해주고, 부채문화의 문화유산적 가치를 격조 있게 강조한다. 여기서 격조란 선조들이 수백 년 동안 지켜온 부채풍수와 풍류문화에 대한 계승의식과 깨달음에서 오는 절제된 지성의 멋과 울림이다.

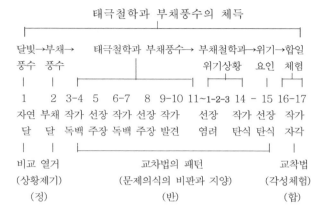

태극철학과 부채풍수의 체득

달빛→부채→	태극철학과 부채풍수 →	부채철학과→위기→합일
풍수 풍수		위기상황 요인 체험
1 2 3-4 5	6-7 8 9-10 11~1-2-3	14 - 15 16-17
자연 부채 작가 선장 작가 선장 작가	선장	작가 선장 작가
달 달 독백 주장 독백 주장 발견	염려	탄식 탄식 자각
비교 열거	교차법의 패턴	교착법
(상황제기)	(문제의식의 비판과 지양)	(각성체험)
(정)	(반)	(합)

　또한 이 작품 속에는 의미구조와 주제의 형상화를 돕는 몇 개의 중요한 기법과 장치들이 숨어있다. 먼저, 도입부의 단락1,2와 결말부의 16-7 단락에서 발견되는 수미상관법도 나름대로 의미가 있다. 도입부에서 열거하는 자연풍수와 부채풍수이 이야기가 문제제기의 기능을 수행한다면, 마지막 단락인 16,17은 그 해결방법의 체험적 제시에 해당된다. 이를 테면, 작가는 부채를 중개자로 삼아, 우주 대자연의 기氣의 흐름인 바람을 일게 하여 인간이 태극의 에너지와 하나 되는 주객일체의 신비스러운 장면을 체험적으로 묘사한다. 이것이 이른바 부채풍수를 통하여 자연과 인공, 우주와 인간이 조화로운 모습으로 합일되는 태극철학을 부채풍류로 즐기는 장면이다.

　단락2에서 사계의 부채 그림에 나타난 다양한 달 기운을 묘사한 부문에서는 시간몽타주와 열거법이 발견된다. 이것은 신비롭고 오묘한 우주의 태극풍수 작용을 집중력 있게 보여주는데 기여한다. 단선들의 제작 목적을 기의 작용과 연결시켜 묘사한 단락6과 팔덕선의 미덕들을 설명한 단락8에서는 열거법과 몽타주 기법을 원용하여 부채의 기氣작용과 풍수의 힘을 집중력 있게 드러낸다. 이러한 기법들의 사용은 짧은 분량의 텍스트 속에서 부채의 철학과 덕목 등을 기능적으로 보여주는 데 효율성을 발휘한다.

이 수필의 중간부에서 가장 두드러지게 사용한 기법은 패턴이다. 의미 있는 사건과 행동의 반복적 표현으로 정의되는 패턴은 텍스트의 플롯을 공간적으로 보여주는 외에도, 주제를 형성하는 논리적 기능과 인물의 성격을 형상화 하는 심리적 기능을 수행하기도 한다. 부채철학과 부채풍수에 관한 이야기를 반복 제시하는 패턴기법은 주제를 깊이 있게 전경화하여 형상화하는 데 도움을 준다. 그리고 작가의 내적독백과 선장의 비판적 증언을 패턴 형식으로 교차 배열한 것은 인물의 성격창조와 부채철학의 문화적 가치를 강조하는 이중 효과를 거둔다. 예컨대, 작가의 내면의식과 선장의 대화를 반복 서술함으로써 작가는 내향적 성격으로, 선장은 외향적 성격으로 이미지화된다.

4. 태극철학과 부채풍수의 미학

단선의 일종인 태극선 속에는 심오한 부채철학이 내재한다. 그것은 작가의 말처럼 ① "그 여염麗艶한 자태의 곡선과 단순하면서도 휘황한 빛깔의 아리따움", 그리고 "② 이 광대무변한 우주의 본체라 하는 태극의 저 오묘하고 신령스러운 기운을 ③ 동그랗게 부채로 만들어 손에 쥐고 아끼었던 옛사람들의 앙증스럽고 낙천적인 심성" 속에 숨어있다.

①은 겉으로는 태극선의 외양을 묘사한 것이지만, 속으로는 태극의 오묘한 신비를 색깔과 모양으로 이미지화한 것이다. ②는 태극사상에 대한 풍수철학적 언급이다. 그것은 우주 본체인 태극으로부터 오묘하고 신령스러운 기운이 나와 삼라만상의 생성소멸과 변전을 주재한다는 뜻이 암시되어 있다. ③은 태극의 기운을 받으며 살고자 한 옛 선조들의 풍수욕망과 풍류정신을 암시한다. 이는 광대무변한 우주 본체인 태극을

앙증스러운 부채로 만들어 그 기운을 불러들이고자 하는 풍수정신과 그것을 낙천적으로 즐기며 사는 풍류의식을 함유한다.

　선장들이 부채에 태극太極을 그려 넣는 것은 특별한 의미가 숨어있다. 그것은 궁극적으로 우주의 최고 원리인 신령스러운 태극의 기운을 끌어들여 자연과의 조화를 누리며 살고 싶은 유토피아의 욕망 때문이다. 선사시대부터 추구해온 한민족의 풍수적 사고가 지향하는 바를 한국적 유토피아(무릉도원)로 본 최창조의 주장처럼3), 그러한 풍수정신의 핵심은 인간과 자연의 조화와 합일적 삶의 시도이다.

　문제는 태극에서 나오는 양기陽氣와 음기陰氣의 조화를 통해서 이상적 삶을 구현하고자 한 선조들의 전통적인 의식구조에 있다. 그런 의식 속에서 태극선의 부채철학이 나왔고, 그 실천의지가 부채의 발명과 부채풍수와 부채풍류를 낳게 했다는 뜻이다. ≪周易≫의 〈계사전(상)〉에서 비롯된 태극과 기의 상관작용에 대해서는 학자들의 이견이 분분하지만, 모든 기의 생성작용이 태극의 우주원리에서 나온다는 점은 일치된 의견이다. 일예로 조선조의 장현광(張顯光, 1554~1637)은 태극의 특성을 포괄적으로 정의한다. 그는 주희의 태극개념을 지양止揚하여, '만유萬有를 생生하고, 만휘萬彙를 주관主管하며, 만선萬善을 내며, 만화萬化를 주재主宰하며, 만변萬變을 총괄總括'하는 개념으로 인식한다.4)

　최명희도 수필 속에서 태극의 본질을 "이 광대무변한 우주의 본체"로서 인식하고, 그 작용을 "오묘하고도 신령스런 기운"으로 설명한다. 작가는 이러한 태극원리를 다시 선장의 입을 빌려 전한다. "사람 몸이고, 성질이고, 세상 사는 일이고 간에 자연을 거슬려서는 못쓰는 법이지요. 서로 기운을 달래고 북돋우고 어우러짐서, 다스리기도 허고 이겨내기도 허는 것이 순리 조화지요. 안 그러면 어디가 상상傷해도 상헙니다." 그의 이런 주장은 인간의 육체와 정신, 삶의 원리가 우주의 태극 원리와 무관

---

3) 최창조, ≪최창조의 새로운 풍수이론≫(민음사, 2009), 191~200쪽.
4) 金吉煥, ≪朝鮮朝儒學思想硏究≫(一志社, 1986), 356~363쪽.

한 것이 아님을 강조한다.

또한 선조들이 부채를 만들어 풍류風流의 운치를 즐기며 살았다는 선장의 증언은 부채문화의 미학적 위상과 효용성에 대한 언급이다. 부채철학을 생활 속에 끌어들여 부채를 만들고, 부채를 통하여 이상적인 삶의 실천방법으로 부채풍수를 고안한 뒤, 그것을 예술철학적 유희의 경지까지 승화시킨 풍류정신에 관한 언급은 부채문화에 대한 자긍심을 환기시키는데 목적이 있다. 이러한 사실은 부채를 단순히 더위를 물리치는 도구라는 차원을 뛰어 넘어 부채풍수를 통한 태극과의 합일이라고 할 만하다. 이것은 선조들이 태극선이 만들어 내는 물리적 바람 외에도 우주적 깨달음을 체득하며 살았다는 반증이다.

텍스트 속에서 선장의 풍류 전통에 대한 평가는 최명희가 이 수필을 쓰게 한 직접 동기로 작용한다. 물론, 그 근거는 단락5에서 제공된 부채장인의 증언과 단락11에서의 부채풍수의 철학, 그리고 마지막 단락16에서 인간과 자연이 하나로 합일되어 부채풍수를 체험하는 장면에서 발견된다. 곧, "냉수를 마시고 내려놓는 흰 사발에 둥그런 바람이 들어와 고인다. 사발은 달님이 되어 말갛게 떠오른다. 그리고 달님은 선장扇匠이 들어올리는 날렵한 부채 속으로 그 몸을 숨긴다."는 작가의 환상적인 내적 독백이 그것이다. 이러한 결말은 인간이 우주 본체의 기운을 부채로 불러들여 태극의 에너지와 합일되고 싶어 하는 풍수적 욕망의 소유자임을 시사한다.

작가는 그런 선조들의 우주적 풍수사상과 풍류의식을 "앙징스럽고 낙천적인 심성"으로 평가한다. 따라서 부채철학과 부채풍수, 그리고 부채풍류는 궁극적으로 동일한 개념으로서 태극의 우주기운을 생활 속에 이입시켜 이상적인 삶을 추구하려는 선조들의 낙원의식과 연결되어 있다. 이를 테면, 태극과의 합일을 갈망하는 욕망이 부채철학을 낳게 했고, 부채철학의 실천전략으로 부채풍수를 낳게 했으며, 그러한 부채풍수의 진수를 삶의 현장에서 격조 있게 즐기며 깨달음에 이르게 하는 것이 바로 풍류가 아닐까 싶다. 마지막 문장인 "어질고 넉넉하게."는 작가가 부채 풍수의 힘을 빌려 풍류적 분위기 속에서 획득한 우주적 깨달음의 상징적 표현이다.

5. 팔덕선과 합죽선의 형이상학

〈둥그런 바람〉의 이야기 속에는 태극선과 오엽선, 연엽선, 초엽선 외에도 팔덕선과 합죽선이 등장한다. 이처럼 다양한 부채를 등장시킨 이면에는 특별한 이유가 내재한다. 그것은 사라져 가는 부채의 미덕들을 문화유산적 차원에서 그 의미를 반추시키는 데 있다.

먼저, 오엽선梧葉扇의 바람을 받으면서는 "상서로운 봉황이 가슴에 깃드는 꿈을 꾸었고", "연엽선蓮葉扇을 들고 앉아서는 연꽃 향기 지극한 정토의 기슭을 아득하게 그리었으며", "초엽선蕉葉扇을 바라보면서는 너그럽고 의연한 군자의 기상을 가다듬었을 것이니," "그 부채들은 단순히 더위를 쫓는 도구"가 아니라 "형상을 빌려 마음을 담아낸 그릇"으로 인식한다. 작가의 이런 인식태도는 선조들의 부채 제작과 사용 목적이 윤리적이고 종교적이며 철학적인 꿈과 연결되어 있음을 시사한다. 그것은 곧 태극사상으로 귀일되는 이상적인 삶의 목표로서의 진선미 의식에 연결되어 있다.

이러한 선조들의 꿈은 팔덕선과 합죽선을 예로 보다 치밀하게 암시된다. 여기서 부채풍수의 특성을 생각해 볼 수 있다. 첫째, 부채는 자연 소재로 만들어 우주의 에너지인 바람(기)을 불러일으킨다는 관점에서 친자연적이다. 둘째, 부채 바람은 살아있는 우주의 기를 불러들인다는 측면에서도 친자연적이다. 셋째, 부채는 우주의 기를 불러들여 인간과 우주를 하나로 합일시킨다는 점에서도 이상적이다. 그래서 부채를 매체로 한 부채철학과 부채풍수, 부채풍류는 중요한 부채문화로서의 전통적 가치를 지니게 된다.

딩시위안의 다음과 같은 언급은 부채풍수의 논리를 적절히 뒷받침한다. "'기'의 이동으로 생성된 것이 '풍風'이요, '기'가 응집하여 형체를 이룬 것이 '수水'이다. 풍수는 곧바로 '기'다. 기운氣運, 기세氣勢, 기운氣韻(기의 운치)은 모두 살아있는 생명, 생기, 생명력인 것이다. 예술풍수는 역시 바로 '기'이며, 시간과 공간 속에서 표현된다. '기'는 그림 속에서 운행되는 형세다."5) 수필작품 속에도 음(부정적 의식이나 비자각)과 양(긍정적 의식이나 자각)의 에너지가 있고, 그들의 상관작용이 생성해내는 모든 감각적, 정서적, 정신적, 영적 의미(힘)와 변화는 예술풍수의 한 차원을 연다. 이러한 사실은 단락11~2에서 "서로 기운을 달래고 북돋우고 어우러짐서, 다스리기도 허고 이겨내기도 허는 것이 순리 조화지요."라고 서술한 부분에서도 감지된다.

작가는 전주 부채골 선장의 입을 빌려 팔덕선八德扇의 미덕들을 직접 인용 하는 방식으로 그 풍수효과를 증언한다. 여덟 가지 덕이란 부채가 그 사용자에게 안겨주는 실용적 풍수효과를 일컫는 말이다. 이처럼 풍수란 물리적 차원에서 영적 차원에 이르기까지 유무형의 우주적 에너지를 흐르게 하여 인간 에너지의 변전을 도모한다. 이러한 변전의 결과가 바로 각박한 도회인들의 마음을 풀어놓게 하는 부채풍수의 작용이다.

작가는 합죽선合竹扇의 우수성에 대해서도 역사적 증언을 덧붙인다. "멀고 먼 국경을 넘어 중국의 천자에까지 바쳐져 그 절묘한 기품으로 찬탄"을 받던 합죽선은 고려시대에 발명되어 중국과 일본에 전해진 우리의 문화유산이다. 중국 부채는 단선뿐이었으나, 북송 때 고려로부터 접선이 전해진 뒤 일반화되었다는 육당 최남선의 언급은 그것이 우리의 고유 문화유산이었음을 증명한다. 특히 접선의 대명사로 불리는 합죽선은 예술적 그림과 글씨를 넣어 미적 가치와 군자의 기상을 환기시켜주고, 호신용이나 예도를 지키는 도구로도 사용하였다고 전한다.

---

5) 딩시위안, 앞의 책, 16쪽.

구조의 차원에서 부채는 자연(우주) 속의 기(바람)를 불러들여 가시적인 현상차원의 문제를 불가시적인 본질차원(태극)의 기로 조절하고 치유한다. 그림에서 사북을 중심으로 연결된 본질부분에 해당되는 군안부분과 목살 및 부채 얼굴이 유기적으로 연결되어 있는데, 이는 부채의 본질이 동시적으로 바람이라는 현상으로 작동되는 것을 의미한다.

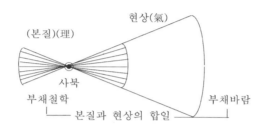

작가는 이러한 부채의 철학과 미덕을 깨닫지 못하고, 기계문명에 병들어 부채를 멀리하는 현대인들의 상황을 선장의 목소리를 빌려 고발한다. "요새는 누가 부채를 부치간디요? 모다 성질들이 모질고 급해서 빠르고 자극적이어야 허닝게 이까짓 부채 바람 가지고는 양이 안 차지요." "허기야 기계들이 하도 많이 발달을 해놔서요. 한번 그 맛이 들어 놓으면 인이 백혀서 자꾸 더 기계 속으로 빠지게 되는 것 같습니다."

선장의 이런 진술은 과학문명의 폐해가 현대인들의 성정을 모질고 급하며 자극적으로 바꾸어놓았음을 비판하는 데 맞춰져 있다. 그 결과로 나타난 하나의 징표가 부채문화의 소멸 현상이다. "인제는 부채들도 점점 더 없어지고", "옛날에는 '전주 부채' 허먼 임금님한테 진상허던 명품이었는디요."라는 증언을 통해서 그것이 역사적 가치를 지닌 전통문화임을 암시한다. 그래서 선장은 부채문화의 위기를 초래한 과학을 마약으로 규정한다.

6. 작중인물의 욕망과 추구양상

이제, 작가와 선장의 욕망추구 과정을 확인할 차례이다. 작가는 주제를 이끌어 가는 이야기 주체로서 등장하고, 선장은 작가의 욕망과 깨달음의 각성을 돕는 보조 인물이다.

르네 지라르(Ren Girard)에 따르면, 현대인은 자신의 욕망을 스스로 발견하지도 못한다. 이를테면, 현대인들은 자신의 욕망대상을 직접 찾아내는 것이 아니라, 주변의 성공한 모델들을 통하여 감지할 뿐이다. 동키호테가 전설 속에서 아마디스라는 이상적인 기사도상을 떠올리고, 성서에서 기독교인들이 예수를 중개자로 구원이라는 욕망의 목표를 간접적으로 추구하는 것과 같은 이치이다.

이러한 현대인들의 비극은 자신의 욕망 목표를 스스로 찾지 못하고, 타인들의 삶을 모방한다는 점에 있다. 말하자면, 모델인 중개자들의 행동을 간접적으로 좇는 방식으로 욕망을 달성하고자 한다. 또 하나의 문제는 욕망의 주체와 중개자 사이에 경쟁관계가 성립될 수도 있다는 것이다. 여기서 양자 사이에 경쟁관계가 성립될 때는 내면적 간접화로, 경쟁관계가 없을 때는 외면적 간접화로 명명한다.

이제, 두 작중인물의 욕망추구 방식을 그림으로 보이면 아래와 같다.

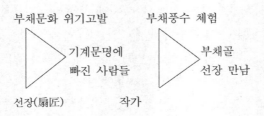

먼저, 선장은 기계문명에 빠진 현대인들을 중개자로 하여 부채문화 위기를 고발한다. 이러한 욕망목표는 부채를 일생 동안 만들어 온 장인

으로서 부채철학과 그 전통적 가치를 지키기 위한 방법이다. 이때, 장인의 욕망목표는 부채를 멀리하는 현대인들의 삶의 방식에 의해 깨달은 바라는 점에서 간접적이다. 장인의 부채철학과 전통 계승의지는 작가의 생각과 거의 동일성을 보여줌으로써 경쟁관계가 없는 외면적 간접화를 보여준다. 따라서 부채를 싫어하는 현대인의 삶의 방식을 고발하고자 했던 선장의 욕망은 동조자인 작가를 만남으로써 더욱 강화된 것으로 해석할 수 있다.

작가의 욕망은 부채의 전통을 지켜 나가는 한 장인과의 만남(대화)을 통하여 형상화된다. 그의 욕망체계도는 부채문화의 위기 속에서 부채철학과 부채풍수의 진수를 체험하는 과정에서 완성된다. 이때, 작가의 욕망목표인 부채풍수 체험은 스스로 찾거나 달성한 것이 아니라, 선장의 도움으로 이루어진다는 의미에서 간접화의 형식을 띤다. 하지만, 선장과는 부채철학의 가치를 공유함으로써 외면적 간접화를 지향한다. 그 결과 작가의 욕망은 달성된 것으로 볼 수 있다.

그러므로 작가가 보여준 욕망추구의 강음부는 단절 위기에 있는 부채철학의 논리 자체에 있는 것이 아니라, 오히려 서늘한 깨달음을 안겨준 부채풍수의 체험에 주어진다. 여기서 작가는 부채문화의 고귀한 역사성과 부채철학의 오묘한 인식에서 출발하여 조용하면서도 격조 있는 풍류체험으로까지 나아간다.

7. 반영자적 서술과 낯설게 하기

여기서 잠시 수필의 서술 전통과 관습에 대한 이해가 필요하다. 일반적으로 현대소설론에서는 1인칭 회상의 이야기에서조차 초점화자와 서술자가 상이한 존재임을 주장한다. 그러한 주장 속에는 양자 사이의 시간적 간극間隙 논리가 들어있다.

이와는 달리, 수필에서 1인칭 서술자를 작가 자신으로 보려는 노력은 오래된 전통이자 관습이다. 그것은 작가가 제재를 깊이 있게 통찰하여 관조의 경지에 이르게 하기 위한 장르차원의 약속이다. 전통적으로, 수필문학에서는 이야기의 사실성과 진실성을 높이기 위한 다중 장치를 활용한다. 첫째는 소재를 사실적인 자기 체험에서 가져오게 한다. 둘째는 체험주체와 서술자간의 물리적 간극을 뛰어넘어 통찰의 연속성과 관조성을 요구한다. 셋째는 제재에 대한 궁극적인 본질인식과 깨달음을 요구한다.

이 작품의 서술시점은 매우 독특하고 낯설다. 겉으로는 1인칭 시점이지만, 1인칭 화자의 모습은 보이지 않는다. 이는 서술자가 자신의 존재를 드러내거나 서술의 흔적을 보이지 않음으로써 독자들을 "낯설게 하기"의 상황에 빠뜨린다. 이 경우, 화자는 '등장인물의 의식을 반영하기 위해 인물의 의식 속으로 사라짐으로써 등장인물만 있고 서술자는 존재하지 않는 느낌'을 받게 한다. 따라서 독자들은 서술자의 부재 속에서 작중인물의 의식과 생각을 현장에서 직접 보고 있다는 인상을 갖지만, 등장인물의 한정된 시각과 의식에 갇힐 수 있는 약점도 있다.[6]

단락9에서 "사람"이라는 애매한 지시어를 단 한번 사용한 것에 대해서도 두 가지 해석이 가능하다. 첫째, 그것은 1인칭 화자인 "나는"을 반영자 시점으로 전환하면서 생긴 결과이다. 둘째, 그것은 작중 설명처럼, "부채 한 자루가 지닌 덕"을 따르지 못하는 현대인들의 인성을 객관화시켜 비판하기 위한 일반화의 수법이다. 그렇다면, 이 수필은 '낯설게 하기' 전략을 의도적으로 사용하고 있다고 볼 수 있다. 그만큼 독자들은 낯선 서술자와의 만남으로 작가의 내면심리를 근접하여 파악하는 기회를 얻는다.

수사학의 차원에서, 미적 울림의 생성전략에 대하여 살펴볼 필요가 있다. 먼저, 파토스적인 서정의 울림을 만들기 위한 노력은 단락1, 2,

---

6) 이지은, 앞의 책, 53~55쪽.

4, 10, 16 등에서 발견된다. 단락1은 자연 속의 달이 계절을 초월하여 관상자의 마음에 안겨주는 달빛서정을 묘사하는 대목이다. 단락2는 계절마다 부채에 그려진 달 그림에 대한 서정적 묘사와 바람 이미지가, 단락4에서는 태극선이 사람들의 마음을 사로잡는 심미적 특성이 감각적으로 그려져 있다. 단락10은 선장네 허름한 울타리 아래 조화롭게 피어 있는 꽃동산을 묘사한 대목이며, 단락16은 빈 냉수사발에 고인 둥그런 바람과 사발에 떠오른 달님 이미지가 선장의 부채 그림과 합일을 이루는 심미철학적 체험 광경의 묘사부분이다. 이러한 감각적이고 서정적인 서술이 독자들의 파토스를 자극한다.

에토스적 울림은 단락4, 5, 6, 8, 11−1, 11−2, 11−3, 14 등에서 발견된다. 단락4는 우주 본체인 태극의 신령스러운 기운을 부채에 담아 즐겼던 선조들의 낙천적 심성을 그린다. 단락5는 부채 한 자루에도 우주와 합일하며 살려고 노력한 풍류지향의 성격을, 단락6은 부채의 그림에 마음을 담아낸 옛사람들의 미덕들이 서술되어 있다. 단락8은 팔덕선의 실용적이고 희생적인 겸손의 윤리를, 단락11~13은 현대인들의 심성을 달래줄 수 있는 부채철학의 소멸을, 단락14에서는 명품으로서의 역사적 전통을 간직해온 합죽선의 소멸 위기를 기계문명의 속성적 폐해로 설명한다.

로고스적 울림은 부채철학을 부채풍수나 풍류 효과와 합일시켜 극적으로 보여주는 인과적 논리와 변증법적 깨달음의 논리에서 발견된다. 중반부까지는 부채풍수에 대한 작가의 내적독백(4,6~7, 10, 14, 16, 17)과 부채철학에 대한 선장의 주장과 증언(5, 8, 11, 12, 13, 15)을 단순교차 배열하는 병렬의 논리를 보여주다가, 결말부에 이르러 교착법으로 통합한다. 즉, 중반까지의 이야기는 작가에게 극적인 깨달음을 안겨준 풍수체험의 원인으로, 그리고 결말의 이야기는 그 결과로 활용한다. 부채철학의 중요성과 부채문화의 위기 상황에 대하여 고민하던 인물들의 심리적 갈등은 결말에 이르러, 부채풍수와 부채풍류의 체험적 깨달음을 통해 변증법적으로 통합되어 해소된다.

영적 울림의 근거는 단락4, 5, 11－2, 16, 17에서 발견된다. 단락4에서는 우주의 본체인 태극의 "오묘하고 신령스러운 기운"을 부채에 담고자한 선인들의 영적 의지를 보여주고, 단락5는 부채에 태극을 그려 격조높은 풍류의 운치를 즐겼던 선인들의 삶에 대한 증언이다. 단락11은 인간의 바람직한 삶이 자연의 순리에 따른 영적 조화의 삶임을 보여주고, 마지막 단락16~7은 부채바람으로 인간과 자연이 합일되는 부채풍수를 풍류의 차원에서 체험하고 깨달음을 얻는 장면이다. "어질고 넉넉하게"라는 두 단어로 압축된 깨달음은 인간과 자연의 합일이 주는 진선미의기쁨이다.

부채풍수의 합일체험으로 체득되는 깨달음은 태극의 본성에서 나오는 진선미眞善美의 삶과 윤리로서 인간의 영원한 유토피아 의식과 연결되어 있다. 진眞의 철학은 만물을 창조하는 태극의 기운에서, 선善의 철학은 부채처럼 겸허하고 희생적인 미덕에서, 그리고 미美의 철학은 그런윤리적인 삶을 통해서 자연과의 조화로운 삶을 지향하는 격조 있는 풍류철학의 실천 속에서 확인된다. 부채철학이 태극의 이념을 담고 있다면, 부채풍수와 풍류는 곧 부채철학의 실천적 측면이다.

8. 주제의 기호론적 해석과 인생관

수필문학이 허구문학에 비해 보다 더 철학적일 수 있는 것은 비非자각의 상황에서 자각의 상황으로 이끄는 자기성찰 과정을 거치기 때문이다. 이 수필은 소멸 위기에 놓인 부채문화에 대한 호기심으로 선장을찾아갔던 작가가 큰 깨달음을 얻는 이야기이다.

선장은 부채문화의 위기를 마약과 같은 기계문명에 빠진 사람들의 탓으로 돌린다. 현대인들은 과학의 편리성에 인이 박혀 '성질들이 모질고급하며 빠르고 자극적'으로 바뀌었고, 급기야는 부채 바람에 양이 차지 않는 처지가 되었다. 평생 부채를 만들어온 장인은 그 안타까움을 부채의 미덕과 역사적 가치, 그리고 부채철학에 기대어 탄식한다.

작가는 평소 속으로 간직해온 부채철학과 부채풍수에의 향수(단락1)를 선장과의 해후를 통해 신비롭고 오묘한 깨달음(단락17)으로 체득한다. 그의 부채철학은 태극사상에서 나온 것으로, 전통적인 부채문화(철학, 풍수, 풍류)의 계승을 역설하는데 모아진다. 그러므로 이 수필은 작가가 관념적으로 지니고 있던 부채철학의 진수를 풍수사상으로 체험하고 각성에 이르는 이야기가 된다. 작가에게 뜻밖의 깨달음으로 주어진 풍수체험의 효과는 "어질고 넉넉하게."라는 상징의 언어로 함축된다.

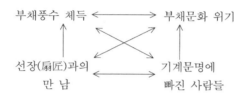

위 그림에서 부채문화의 위기와 부채풍수 체득, 선장과의 만남과 기계문명에 빠진 사람들은 서로 대립관계를 이룬다. 부채문화 위기와 기계문명에 빠진 사람들, 부채풍수 체득과 선장과의 만남은 각기 내포관계를 형성한다. 그리고 부채문화 위기와 선장과의 만남, 부채풍수 체득과 기계문명에 빠진 사람들 사이에는 모순관계가 성립한다.

기계문명에 빠진 사람들은 부채문화의 소멸 위기를 초래하는 원인이다. 하지만 부채철학과 부채풍류의 전통적 가치를 중시하던 작가는 부채문화 위기를 역설하는 선장과의 만남을 계기로 신비로운 부채풍수의 진수를 체득한다. 여기서 작가의 체험적 각성은 부채풍수를 풍류의 차원으로 이끄는 에너지가 된다.

이와 같은 해석을 바탕으로, 두 인물의 인생관이나 세계관에 대한 논의도 가능해진다. 선장은 자연과의 합일적 삶을 지향하는 인물이다. 그러한 철학은 평생 부채를 제작하면서 터득해온 삶의 논리이다. "자연을 거슬려서는 못쓰는 법이지요. (중략) 안 그러면 어디가 상傷해도 상협니다."라는 고백과 "과학이 마약이다 싶습니다."라는 비판 속에서 그의 무위자연無爲自然식 자연철학이 빛을 발한다.

작가의 인간상 또한 선장과 크게 다를 바 없다. 도입부의 달빛풍수 이야기나 부채풍수의 묘사, 단락4에서 태극선의 부채철학을 태극의 논리로 설명하는 장면, 그리고 단락6에서 둥글부채들의 부채철학을 묘사하는 장면, 단락10의 선장네 꽃밭에서 조화의 미를 예찬하는 대목, 단락15에서 단절 위기에 있는 합죽선의 기품과 우수성을 안타까워하는 마음, 끝으로 단락 16과 17에서 부채풍수의 진수를 체득하고 깨달음을 얻는 장면 등에 그의 인간상과 세계관이 숨어있다. 그의 세계관 또한 태극사상에 뿌리를 둔 무위자연식 자연합일 사상에 바탕을 두고 있다. 그가 전주의 한쪽 모퉁이 동네 파밭 너머에 있는 부채촌을 "물어 물어 뙤약볕에 일부러 찾아간" 것이나, 부채철학의 기본정신을 "형상을 빌려 마음을 담아낸 그릇"으로 인식하고, 팔덕선의 미덕을 예찬하고 합죽선의 소멸 위기를 탄식하는 장면 등에서 그는 부채문화의 열렬한 계승자임이 밝혀진다.

9. 득음과 절향의 시학을 찾아서

수필은 비교적 짧은 산문이어서 오히려 정선된 언어와 치밀한 구조를 요구한다. 그렇지 못할 경우, 소재주의나 문장력에만 의존하는 작품이 될 가능성이 많다. 그동안 타 장르의 작가들과 학자들이 수필미학이나 시학을 폄하해온 이유도 이와 무관하지 않다.

수필 창작의 어려움은 크게 네 가지 차원과 관련된다. 즉, 자신의 체험 속에서 가치 있는 제재 찾아내기, 찾아낸 제재를 관조와 명상으로 통찰하기, 통찰 결과를 미적 구조로 재배열하기, 그리고 효율적인 담론기법과 서술전략 찾기의 어려움 등이다. 이러한 네 가지 창작과정을 다시 두 단계로 압축하면 득음得音과 절향絕響의 시학으로 정리된다.

득음이란 제재 통찰과 인식이 본질의 소리를 듣는 경지까지 수행되어야 함을 뜻한다. 득음의 경지에서 궁극적으로 듣는 통찰 내용이란 다름 아닌 우주 본질세계로부터 들려오는 깨달음이다. 절향이란 절정의 울림을 뜻하는 말로서, 제재 통찰결과를 최적最適의 이야기 구조와 최적의 서술전략을 강구하여 창조적으로 들려주라는 말이다. 따라서 수필작가에게는 소재로부터 득음得音의 수준까지 통찰洞察할 수 있는 영적 몰입의 힘과 거기서 획득한 깨달음을 절정絕頂의 울림으로 들려줄 수 있는 절향絕響의 수사학을 탐구해야 하는 과제가 주어진다.

수필작가는 이런 지난한 작업을 창작 때마다 새롭게 수행해야 한다는 점에서, 수필쓰기는 곧 철학적이고 미학적인 수행과정으로 인식되기도 한다. 언젠가 소설가 이문열이 "시와 소설은 수필만큼 깊이 천착하지 않아도 조금 훈련하면 글이 되나, 수필은 끝없는 내적 수련 없이 한 줄도 쓸 수 없다."고 털어놓고, 시인 고은이 "수필은 늦가을 남아 있는 익은 감이다. (중략) 그래서 아직껏 수필에 손대지 못한다. 수필은 철이 들어야 써지는 영혼의 내신內信이기도 하다면, 나는 아직도 철부지인 것이다."라고 고백7)한 것도 이런 어려움을 표현한 것이다.

끝으로, 〈둥그런 바람〉에 나타난 몇 가지 시학상의 문제를 살펴보기로 하자. 첫째, 작가는 수필작품이 미적 감동을 생성할 수 있도록 이야기를 예술적으로 구조화하는 일에 다소 무관심한 듯하다. 이런 결과는 3장에서 수행한 텍스트의 구조분석 결과로 확인된다. 예컨대, 마지막 단락의 풍수체험 장면을 늘여서 그 앞부분은 분절하여 도입부에 삽입시키고, 뒷부분을 결말부에 위치시켰더라면 그 울림의 기세氣勢와 여운 또한 달

---

7) 김용자, "수필이 문학이 아니라구요?", ≪에세이문학≫, 2007가을, 202~205쪽.

라졌으리라 믿는다. 수필작품에 대한 미학적 편견을 불식시키기 위해서라도, 작가들의 미적구조에 대한 심층적 탐구는 절실하다.

다행히, 이 작품 속에는 구조적 단조로움을 보완할 수 있는 풍부한 교차담론들이 존재한다. 이를테면, 역사담론과 철학담론, 윤리담론, 문화담론, 예술담론 등이 다중적으로 끼어들면서 주제의 범주를 넓혀주고 있다. 하지만, 그러한 담론들이 텍스트의 구조 속에 유기적으로 통합되지 못함으로써 울림의 역동성을 생성하는 데까지는 미치지 못한다.

둘째, 부채철학과 미덕을 증언하는 방식에서도 아쉬움이 남는다. 작가의 내적독백과 선장의 증언을 교차배열 하는 과정에서 두 사람의 어조가 이질성을 내보인다. 이를테면, 작가의 내적독백들이 지나치게 정적이며 소극적인 어조를 취하는 데 비해, 선장의 어조는 톤이 높고 동적이며 비판적이기까지 하다. 이럴 경우, 두 사람의 의견은 동일성을 지향하면서도 어조의 충돌로 인해서 시너지 효과를 생성하는 데 한계로 작용한다.

셋째, 이 작품의 서술시점은 1인칭 주인물시점이면서도 1인칭 주어를 한 번도 쓰지 않는 반영자적 서술기법을 활용한다. 단락9에서 유일하게 사용한 '사람'이란 애매한 3인칭 지시어가 이런 사실을 뒷받침한다. 서술자의 정체를 숨기고 인물의 의식을 직접 반영하기 위한 목적으로 사용되고 있으나, 작품에서는 뚜렷한 심미적 효과를 거두지 못한다. 차라리 1인칭 시점을 드러내놓고 썼더라면 설득력과 집중력이 한결 높아졌을 것이다.

넷째, 다양한 부채들을 예로 들어 부채철학을 논하기보다는 태극선과 합죽선을 중심으로 이야기를 조직했더라면 보다 깊이 있는 이야기가 되었을 것이다. 이야기가 다소 산만하게 읽히는 까닭도 여기에 있다. 우주 만물의 생성소멸과 변전을 주관하는 태극 원리를 태극선과 합죽선의 구조에 담아 형상화했다면, 태극철학을 보다 심도 있게 보여주고 부채풍수 효과를 예술적 울림으로 들려주는데도 한결 효율적이었을 것이다.

다섯째, 선장이 쓰는 전라도 방언도 정서적인 효과를 발휘하지 못한다. 이런 결과는 두 가지 원인에서 나온다. 하나는 작가의 정적인 독백과 선장의 동적인 대화가 어조 상의 조화를 맞추지 못하고, 다른 하나는 두 인물의 말하기 방식이 형식상의 이질성으로 인해 호응력을 잃기 때문이다. 두 사람이 동일한 언어형식을 사용했더라면, 전라도 방언의 말맛과 분위기가 한층 더 살아났을 것으로 생각된다.

　　수필 〈둥그런 바람〉은 부채문화라는 독특한 소재를 격조 있게 작품화한 가치를 지닌다. 예리한 감성이 실린 말맛의 활용도 일품이다. 도입부에서 달을 관상하는 모습과 결말부에서 부채풍수를 극적으로 체험하는 장면, 그리고 제목의 형용사적 은유와 결말의 깨달음 상황에 대한 부사적 은유는 독창적이다. 예컨대, '둥그런 바람'이란 제목 속에 태극사상을 함축시켜 얻어낸 언어적 이미지와 "어질고 넉넉하게"라는 깨달음의 언어가 보여준 영적 인식의 높이는 탁월하다.

　　작가의 요절은 큰 아쉬움으로 남는다. ≪혼불≫에서 불태웠던 뜨거운 작가 혼魂이 이 작품 속에서는 분위기와 격조만으로 지문指紋을 남기고 있다. 하지만 관념속의 부채철학을 영적인 풍수체험으로 보여준 것만으로도 한국수필의 위상을 한 단계 높인 것은 아닐까 싶다. 그가 체험했던 인간과 우주의 문門을 너무 빨리 닫아버린 안타까움이 크다.

(텍스트를 제공해준 전주 〈최명희문학관〉과 ≪수필과비평사≫에 감사한다.)

〈참고문헌〉

김교빈 외. ≪기학의 모험 1≫. 들녘, 2004.
김길환. ≪조선조유학사상연구≫. 일지사, 1986.

강석경 외. ≪무슨 꽃으로 문지른 가슴이기에 나는 이다지도 살고 싶은가≫.
　　　　민예사, 1994.
맹난자. ≪주역에게 길을 묻다≫. 연암서가, 2012.
張立文 주편. ≪기의 철학≫. 김교빈 외 옮김. 예문서원, 2004.
崔明姬. "둥그런 바람". 동아일보, 1984년 8월 9일자 〈納涼에세이 盛夏의 窓〉
崔完植 譯解. ≪周易≫. 惠園出版社, 1998.
최창조. ≪새로운 풍수이론≫. 민음사, 2010.

15

임선희의 〈그해 여름, 수국이 피었다〉

1. 예술수필의 조건

수필이 예술(문학)이 되기 위한 조건은 무엇일까? 한 발 더 나아가, 장르의 경계선이 해체되어 가는 포스트모더니즘의 흐름 속에서 수필이 문학적 진화를 지속하면서도 제 고유의 정체성을 잃지 않고 발전하기 위한 전략은 무엇일까?

새삼스럽게 이 난해한 과제를 다시 들고 나오는 것은 그것이 요즘 발표되는 한국 현대수필의 공통분모처럼 인식되기 때문이다. 이에 대한 한 가지 해답은 풍부한 예술성과 철학성을 함유한 수필 텍스트를 창조하는 일이다. 이를 위해, 작가는 심층과 표층, 담론층이 유기적으로 만들어 내는 의미생성의 시스템을 구조화해야 한다. 심층에서는 자기 체험(소재)에 대한 심오한 철학적 통찰이 이루어지고, 표층에서는 그 통찰 결과를 미적으로 조직하는 구조화 작업이, 그리고 담론층에서는 그것을 예술적으로 전달하는 서술전략이 창작의 핵심 과제로 떠오른다.

먼저, 심층에서는 작가에게 두 가지 과제가 주어진다. 첫째는 원관념을 철학적으로 깊이 있게 통찰하는 일이며, 둘째는 그것과 유사성이나 등가적 의미를 지닌 비유적 소재(보조관념)를 선정하는 일이다. 원관념에 대한 철학적 통찰은 깊이 있는 인식과 주제의 세계를 열어준다면, 보조관념에 대한 통찰은 유추작용을 통해서 원관념의 세계를 풍부하게 활성화시켜 준다. 이 단계는 작가가 소재세계를 얼마나 깊이 있게 보여줄 수 있는가를 결정하는 과정이라는 점에서 중요한 가치를 지닌다.

표층에서는 심층에서 탐구한 소재세계를 미적 이야기로 변형하여 재구성하는 플롯 창조의 임무가 주어진다. 글감에 대한 철학적 인식내용이 아무리 훌륭해도 그것을 예술적으로 구조화하여 독자에게 들려주는 방법(전략)이 비예술적일 경우, 텍스트의 울림이나 미학성은 약화되기 마련이다. 수필의 원原소재를 훼손시키지 않으면서도 거기에 예술성을 더하여 미적 이야기로 전환하는 플롯화 작업이야 말로 작가에게 주어진 예술적 창조의 핵심원리가 된다.

담론층은 서술과 수사 전략을 활용하여 이야기를 독자에게 전달하는 과정이다. 작가가 적절한 서술초점과 수사 전략을 적재적소에 배치하여 이야기를 예술적으로 전달하는 서술 시스템을 만드는 일이야 말로 창작과정의 최종적인 과제이다. 작가는 유기적인 관점에서 이러한 소재 통찰과 미적 구조화의 결과를 문학담론으로 완성한다.

결국, 이러한 작업은 소재를 깊이 있게 탐구하고 구조화하여 예술적 울림을 만들어 내는 예술수필의 창조과정에 다름 아니다. 그것이 작가에게는 효율적인 창작의 길이요, 비평가에게는 텍스트를 감상하고 평가하는 과학적 준거가 된다. 이제, 임선희의 〈그해 여름, 수국이 피었다〉를 텍스트로 하여, 이 세 가지 중층구조의 유기적 상호작용과 그 미적 울림의 창조과정을 정치하게 탐구하면서 예술수필의 조건을 점검하게 될 것이다.

2. 분석 텍스트의 선정

분석 텍스트는 작가가 남긴 마지막 작품집인 ≪이 시대의 귀족이고
싶은 그대≫(문학관, 2006)에서 뽑았다. 이 수필집에는 그의 문하생인 최
민자가 증언한 것처럼 생전에 작가 자신이 즐겨 언급했던 일곱 편의 대
표작품이 수록되어 있다. 〈3분 30초에 건다〉, 〈그해 여름, 수국이 피었
다〉, 〈바닷가의 사상〉, 〈내 안의 세 개의 땅〉, 〈등으로 운다〉, 〈애월단
상〉, 〈모국어〉가 그것이다. 필자는 이 중에서 예술성이 가장 잘 형상화
된 〈그해 여름, 수국이 피었다〉를 비평 텍스트로 삼았다.

〈그해 여름, 수국이 피었다〉

처음으로 수국 화분이 하나 생겼다. 며칠 전, 방문객이 들고 온 것이
다. 예상치 않던 반가운 선물로, 그날 밤은 혼자서 조금 들떠 있었다.

올봄의 망령기 서린 날씨에도 수국은 실하게 자라서 가지 끝마다 소
담스레 꽃을 달았다. 담홍색으로 활짝 열린 큼직한 송이가 다섯 개, 아
직 덜 피어서 파르스름한 흰 빛깔의 작은 것이 열 송이쯤, 베란다에 내
놓았더니 그 일대가 갑자기 환해졌다. 화원에서 실려 올 때보다 한결
생기를 얻은 듯, 진초록의 이파리에서 윤기가 흐른다.

수국은 여름 꽃이다. 6월과 7월, 그 뜨거운 날에 화려하게, 화려하게
피어나서, 흰색은 이윽고 분홍으로, 파랑은 남빛으로 바뀌어간다. 꽃잎
위에 또 무수한 꽃잎이 포개지면서 현란絢爛하고도 우아한 자태로 주위를
압도한다. 그런 수국을 바라볼 때면 내 속에선 느닷없이 어떤 분노가 솟
구쳐 오른다. 피가 술렁인다는 것은 이런 심정을 가리켜서 하는 말일까.

1987년 7월 8일, 나는 대전 교도소로 달려갔다. 그 안에 둘째아들이
갇혀 있다. 국가보안법 위반으로 실형 2년, 자격정지 2년의 선고를 받은
기결수이다. 대학 4년생이던 '86년 10월에 붙잡혔다. 성동구치소와 영등

포교도소의 미결수 시절을 거쳐 대전으로 이송된 지는 두 달째였다.

7월 8일은 시국사범의 대규모 석방을 예고한 날. 6·29선언이 있은 후, 이른바 민주화를 향한 정치적 결단의 첫 번째 시도였다. 나는 아들의 석방을 거의 확신하고 있었다. 일주일 전에 이미 출소할 때 입을 옷을 넣어 주었다. 그 안에서 읽던 백여 권의 책은 서둘러 찾아서 집에 갖다 둔 터였다.

한데 아들은 그날 감옥에서 나오지 못했다. 가석방자 명단 속에 구철회란 이름은 없었다. 대전에서만 76명의 대학생이 한꺼번에 쏟아져 나왔는데, 거기에 들지 않고 석방에서 제외된 9명 중에 끼었던 것이다.

나는 입술을 깨물고 묵묵히 서 있었다. 발밑의 땅이 흔들흔들하면서 흙살이 부서진다. 푸석푸석 무너져 내리는 땅에 발목을 박고 서서 나타날 리 없는 아들을 기다렸다. 76번째의 마지막 학생이 나온 다음에도 그냥 그렇게 장승처럼 서있었다. 돌연히 아들이 내게로 뛰어오는 일은 없을 것인가. "어머니, 여기 계셨군요." 그러나 그 꿈같은 일은 끝내 일어나지 않았다.

나는 전신을 던져 무엇이든 박살내고 싶었다. 태양은 아직 기울지 않고 잔인하도록 햇빛이 밝다. 하늘을 쳐다보려는 순간, 저만치서 눈길을 잡는 한 떨기의 꽃! 수국이었다. 실로 묘한 일이다. 누가 이 형무소의 척박한 토지에 꽃나무를 심은 것일까. 어쩌면 꽃집에서 사온 황분이었는지 모르겠다. 그 기억은 분명치 않다. 어쨌거나 꽃은 현기증 나도록 아름다웠다. 15척 콘크리트 담장의 침묵을 깨뜨리고 선명한 청자색으로 의연히 솟아있는 꽃. 죄수도 간수도 면회 오는 가족도 결코 눈여겨보지 않는 꽃. 이건 다만 이 시대 이 땅의, 그리고 오늘 나의 분노를 증언하려고 피어난 꽃이라고 나는 속으로 외쳤다. 한겨울 흰 눈 속의 붉은 동백이, 혹은 늦가을 찬서리에 젖은 들국화가 아름다운 것은 그 비극성 때문이다. 그리고 들판도 아니고 계곡도 아닌 이 대전 형무소의 박토薄土에서 이글거리는 태양을 머리에 이고 피어난 수국이 황홀한 것은, 분노의 상징성 때문이었다.

나는 출감한 학생들을 찾아 정문 밖으로 나갔다. 그들은 말없이 버스에 오르는 중이었다. 이제부터 그들이 어디로 가는지 나는 알고 있었다. 대전역 광장에 모여서 '양심수 전원 석방'을 외치러 가는 길이다. 그들의 뒷모습은 기묘하게도 50년의 한국전쟁을 연상시켰다. 총대도 메지 않은 채 학교 정문을 나서던 학도병의 광경이 떠오른다. 고향으로부터, 애인으로부터, 부모형제로부터 멀리 떨어진 어느 전선, 어느 고지에서 죽어간 청년들, 나는 감옥의 0.7평 독방에서 방금 풀려난 청년들을 지켜보며 좀처럼 그 자리를 뜰 수가 없었다. 그들 중 몇 명은 ㅡ누가 아는가ㅡ 정부경찰에 잡혀서 또다시 투옥될지도 모른다. 아니면 또 누구들처럼 억하고 쓰러져서 영영 돌아오지 못할지도 모르잖은가. 그런데도 나는 저들 대열에 가담하지 못하고 저들의 희생을 막지도 못한다. 예전에는 학생을 싸움터로 보내고, 지금은 학생을 두들겨 패는 권력에 대해서 전혀 무력할 수밖에 없는 것이다. 이제껏 방관자로 살아왔고, 결국은 방관자로 끝나고 말 인간. 이 얼마나 초라하고 얼마나 무기력한 일인가. 그때 나는 암담한 가슴 속으로 타오르는 분노를 느끼고 있었다. 나의 무지, 나의 무성의에 대해서 그리고 민족과 동포라는 이름의 비정한 타인들에 대해서. 천고千古의 뒤에 초인으로 하여금 이 광야에서 목 놓아 부르게 하겠다고 이육사는 절규했다. 그가 말하는 초인이란 의인義人이 아니겠는가. 그리고 의인이란 정의가 유린되었을 때 분노할 줄 아는 사람이다.

사람은 분노하면 정확한 판단을 못하는 법이라고들 말한다. 옳은 해석일 것이다. 그렇다고 해도 분노하는 인간은 분노를 나타내지 않고 증오만 하는 인간보다는 항상 용서되어야 한다고 나는 믿는다. 만약 어떠한 상황에서 우리가 꼭 삼가야 할 것이 있다면 그건 증오일 뿐, 분노는 아니다.

경찰을 피해서 집 밖을 돌고 돌던 아들이 부평의 지하실에서 새벽 한 시에 수갑에 채워 끌려간 그 날로부터 10년이 흘렀다. 나의 감성은 세월보다 먼저 빛이 바래고, 나의 몸은 세월보다 먼저 늙어버렸다. 한밤중에 이가 쑤셔 문득문득 눈을 뜨곤 하던 나날들. 잠자는 사이에도 어금니를 악물고 있었는지 턱 언저리가 언제나 욱신거렸다. 그 칼 같은 분노의 기억도 이제는 주춤주춤 멀어져 가는 것인지…….

6월로 들어서자 기온은 30도 위로 치솟았다. 여름은 생명의 계절이다. 여름은 잔혹하다. 그것을 감당할 만한 젊음과 건강을 요구하기 때문이다. 나는 피로를 느끼는 것이 마치 살아있는 일의 증거나 되는 것처럼 하루하루를 지쳐서 보낸다. 맥없는 주인과는 상관없이 우리 집 화초들은 강렬한 생명력을 한껏 뿜어내고 있다.

나는 이따금씩 수국을 바라보며 대전교도소에서 만난 그 해 여름의 수국을 생각한다. 그날의 분노를 상기한다. 그리하여 자꾸만 흐리터분해지는 자신을 질타한다.

3. 이중액자 속에 상감된 수국

먼저, 문학적 이야기의 의미생성 과정을 살피기 위해 이야기를 패러프레이즈 하여 플롯라인을 추출해보기로 하자. 문학적 의미는 소재를 예술적으로 재구성한 텍스트의 구조로부터 나온다. 요약을 통해서 드러난 플롯라인을 사건의 발생순서로 환원하여 대비할 경우, 작가의 미적 변형의도는 그 정체를 드러낸다.

따라서 모든 문학적 의미는 텍스트의 구조로부터 나오고, 그 구조는 예술적 감동을 생성하는 문학적 의미와 미적 울림을 결정한다는 점에서 의미분석의 기준이 된다. 작가가 이야기 구조의 창조에 심혈을 기울이고, 비평가 또한 그 정체 구명에 신경을 쓰는 이유도 바로 여기에 있다. 비록 동일한 소재로 이야기를 창조해도 각기 다른 텍스트가 창조되는 것은 이 때문이다.

임선희의 〈그해 여름, 수국이 피었다〉는 삽입법의 하나인 액자구조를 사용하여 문학적 의미와 미적 감동을 창조한다. 이제, 패러프레이즈를 통해서 액자의 실체를 확인해보자.

① 나는 처음으로 수국 화분을 선물로 받았다.(수국 선물) ② 수국은 잘 자라 소담스레 꽃을 피웠다.(수국 개화) ③ 뜨거운 여름, 화려하게 피는 수국을 보면 어떤 분노가 솟구친다.(분노 분출) ④ 나는 둘째아들이 갇혀있는 대전 교도소로 달려갔다.(석방 기대) ⑤ 아들의 석방을 확신했으나 실패하자 크게 낙심하였다.(낙심) ⑥ 나는 분노에 떨다가 형무소 담장가에 핀 황홀한 수국을 본다.(수국 발견) ⑦ 나는 속으로 그 꽃이 이 시대의 비극성과 나의 분노를 증언하려고 피어난 것이라고 외친다.(분노 증언) ⑧ 나는 출감한 학생들에게서 한국전쟁시의 학도병을 떠올린다.(의인 연상) ⑨ 나는 폭력적 권력에 무기력한 자신과 타인들에게 분노를 느꼈다.(분노 생성) ⑩ 분노하는 인간은 증오만 하는 인간보다 용서될 가치가 있다.(분노 철학) ⑪ 10년이 흐르자, 그 분노의 기억도 멀어져 간다.(분노 약화) ⑫ 주인과는 달리 화초들은 왕성한 생명력을 뿜어낸다.(비애 탄식) ⑬ 수국을 바라보며 그해 여름의 분노를 상기하고 자신을 질타한다.(자신 질타)

이상의 요약 속에서 확인되는 이야기 조직원리는 이중액자 구조이다. 단락 ①, ②, ③에는 도입액자의 기능이, ⑪, ⑫, ⑬에는 종결액자의 임무가 주어져 있다. 이들은 텍스트 속에서 내부이야기의 앞뒤에 분리 삽입되어 있으나, 플롯으로 변형되기 전의 원재료 속에서는 하나의 연속된 이야기이다. 단락 ④~⑭는 도입액자와 종결액자 사이에 삽입된 내부이야기이다. 이것을 그림으로 표상하면 다음과 같다.

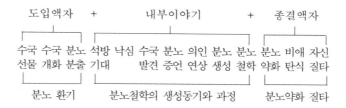

일반적으로, 이중액자는 텍스트의 울림을 구조화하는데 탁월한 기능성을 보인다. 도입액자의 화자는 본시 내부이야기의 목격자나 증언자 위치에서 이야기를 서술하는 초점화자로서의 기능이 주어진다. 내부이야기에서는 구체적인 사건과 체험내용을 생생하게 증언함으로써 사실성과 진실성을 높인다. 그리고 종결액자에서는 내부이야기의 핵심적 의미를 주제로 수렴하는 역할이 주어진다.

　위 작품 속에서 도입액자는 수국을 바라볼 때마다 늘 환기되는 분노의 감정에 어떤 끔찍한 동기가 내재해 있음을 암시한다. 그래서 작가에게는 트라우마처럼 수국을 바라볼 때마다 강력한 분노가 솟구쳐 오르곤한다. 이러한 심리적 상황을 작가는 "피가 술렁인다는 것은 이런 심정을 가리켜서 하는 말일까."라고 술회한다. 내부이야기에서는 그러한 분노를 야기하는 10년 전에 발생한 비극적 사건의 전말과 분노의 대상, 그리고 그 과정에서 깨닫게 된 분노의 철학을 격앙된 어조로 증언한다. 종결액자에서는 내부이야기에서 보여준 그 아픈 분노의 기억을 점점 망각해 가는 노쇠한 지식인의 탄식과 양심고백이 강력한 주제로 수렴되면서 여운을 형성한다.

　특히, 이 작품의 이중액자에는 특이한 상징기능이 주어져 있다. 그것은 수국의 상징성을 주제의식과 연결시켜 강렬한 울림으로 전달하는 외에도, 내부이야기를 앞뒤로 막는 폐쇄구조를 통하여 교도소의 감금(監禁) 형식을 상징적으로 보여준다. 그래서 현기증 나게 아름다운 수국이 교도소를 에워싸고 있는 담장에 피어서 폭력적인 권력에 포위되어 외롭게 투쟁하는 대학생들의 정의로운 행동을 역설적인 비극의 울림으로 증폭시켜 준다.

　그뿐만 아니라, 이 작품의 미적구조 속에는 예술수필의 미적 울림을 돕는 독특한 장치들이 숨어있다. 그것은 텍스트 속에서 자주 발견되는 패턴과 역설, 상호텍스트성 등의 기법이다. 현재의 수국 이미지를 모티브로 10년 전에 만난 교도소의 수국의 이미지를 떠올리고, 다시 그것을 모티브로 현재의 수국을 바라보며 그날의 분노를 상기하며 자신을 질타하는 모습에서 패턴의 역할이 감지된다. 그뿐만 아니라, 수국에 대한 11회의 반복적 표현을 통하여 분노의 정서가 역설적으로 함축되어 극대화된다.

상호텍스트적 의미와 울림을 창조하는 모티프들의 도움도 의미심장하다. 민주화의 상징인 1987년 "6·29선언"과 "50년의 한국전쟁을 연상"시키는 학도병 이미지, "학생을 두들겨 패는 권력"이나 "정부경찰"과 군사독재 정권을 환기하는 모티프들, 그리고 "천고千古의 뒤에 초인으로 하여금 이 광야에서 목 놓아 부르게 하겠다."고 절규한 이육사의 시도 상호텍스트적 울림을 유도한다. 이런 상호텍스트적 인용들은 의인義人이나 초인, 정의正義 등의 개념과 연결되면서 대전교도소의 콘크리트 담장에 핀 수국의 상징성을 분노의 정서로 증폭시킨다.

4. 수국의 상징성과 그 메커니즘

도입부와 결말부에서 환기되는 수국의 이미지는 이 수필 속에서 주제의식을 이끌어 가는 데 중요한 역할을 한다. 이러한 수국의 이미지를 효과적으로 읽어내기 위해서는 두 가지 측면에 초점을 모아야 한다. 첫째는 수국에 대한 묘사나 설명부분을 관찰하는 일이다. 둘째는 수국에 대한 작가의 정서적 반응을 해석하는 일이다.

수국에 관한 정보는 비교적 풍부하다. "올봄의 망령기 서린 날씨에도 수국은 실하게 자라서 가지 끝마다 소담스레 꽃을 달았다." "진초록의 이파리에서 윤기가 흐른다."(단락 ②) "6월과 7월, 그 뜨거운 날에 화려하게, 하려하게 피어나서, 흰색은 이윽고 분홍으로, 파랑은 남빛으로 바뀌어 간다."(단락 ③) "태양은 아직 기울지 않고 잔인하도록 햇빛이 밝다. (중략) 저만치서 눈길을 잡는 한 떨기의 꽃!" "꽃은 현기증 나도록 아름다웠다."(단락 ⑥) "15척 콘크리트 담장의 침묵을 깨뜨리고 선명한 청자색으로 의연히 솟아있는 꽃. 죄수도 간수도 면회 오는 가족도 결코 눈여겨보지 않는 꽃."(단락 ⑦) 등이 그것이다.

이상의 서술들은 수국의 상징성을 외연과 내포의 이중구조 속에 숨겨놓고 있다. 외연의 보조관념은 어려운 환경 속에서도 의연히 피어 있는 수국을 지시하고, 내포의 원관념은 폭력적인 권력과 시대에 저항하는 정의로운 학생들을 상징한다. 그런 점에서 그들이 갇혀있는 교도소의 콘크리트 담장에 풍성하게 핀 수국을 객관적 상관물로 포착하여 역설적인 상징성을 부여한 것은 탁견이다.

수국을 바라볼 때마다 솟구쳐 오르는 작가의 분노 감정도 수국의 상징성을 암시하는 열쇠이다. "그런 수국을 바라볼 때면 내 속에선 느닷없이 어떤 분노가 솟구쳐 오른다."(단락 ③) "이건 다만 이 시대 이 땅의, 그리고 오늘 나의 분노를 증언하려고 피어난 꽃이라고 나는 속으로 외쳤다."(단락 ⑦) "이 대전 형무소의 박토薄土에서 이글거리는 태양을 머리에 이고 피어난 수국이 황홀한 것은, 분노의 상징성 때문이었다."(단락 ⑦) "나는 이따금씩 수국을 바라보며 (중략) 그해 여름의 수국을 생각한다. 그날의 분노를 상기한다. 그리하여 자꾸만 흐리터분해지는 자신을 질타한다."(단락 ⑬)

수국을 바라볼 때마다 작가에게 뜨거운 분노가 치솟는 것은 그에게 특별한 정서를 유발하는 두 가지 분노의 메커니즘이 작동되기 때문이다. 하나는 집단의 차원에서, 다른 하나는 개인의 차원에서이다. 먼저 집단차원에서의 분노 생성의 구조를 그림으로 표상하면 다음과 같다.

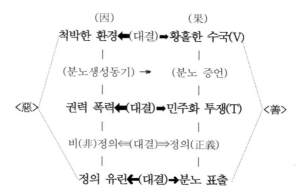

이 수필에서 분노가 생성되는 과정은 수국이야기를 보조관념(V)으로, 대학생들의 민주화 투쟁을 원관념(T)으로 환기하는 구조 속에서 설명된다. 따라서 보조관념인 수국 이야기는 척박한 환경과 황홀한 수국 간의 대결적 상황 속에서 전개된다. 여기서 척박한 환경은 수국의 생장을 억압하는 비非정의적인 권력의 폭력으로, 그런 억압의 상황 속에서 황홀하게 핀 수국은 민주화 운동이라는 정의적인 투쟁을 암시하는 분노의 꽃으로 상징된다. 그것은 곧 정의를 유린하는 집단에 대한 분노의 표출로서의 의미를 갖는다.

또한 척박한 환경과 황홀한 수국 간에는 인과적 대결구조가 성립한다. 수국이 국가의 폭력에 항거하는 "분노의 상징"으로서, "분노를 증언하려고 피어난 꽃"이라면, 그 꽃은 폭력을 원인으로 한 결과에 해당된다. 국가 폭력과 민주화 투쟁 간의 대립관계도 같은 논리로 설명할 수 있다. 그러므로 이 작품은 수국 이야기를 보조관념으로 대학생들의 민주화 투쟁 이야기를 원관념으로 암시하고, 비정의적 상황(정의 유린)을 원인으로 정의적 상황(분노 표출)이 유발되는 대결적 인과구조를 보여준다.

개인적 차원에서의 분노 메커니즘은 정의를 유린하는 국가폭력에 대한 작가 자신의 행동양식과 민족 동포라는 비정한 타인들의 반응양식을 고발하는데 활용된다. 먼저, 작가의 의롭지 못한 행동양식은 "저들 대열에 가담하지도 못하고 저들의 희생을 막지도 못한다."는 탄식과 "학생을 두들겨 패는 권력에 대해서 전혀 무력할 수밖에 없는", 그리고 "이제껏 방관자"로 살아온 자신의 행동양식에 대한 자책적 고백 속에서 발견된다. 민족과 동포들의 비정한 반응양식도 작가 자신의 행동양식과 거의 동일한 특성을 보인다. 여기서 작가가 자책의 심리 속에서 떠올린 정의의 행동양식이 곧 분노이다.

5. 분노 심리와 정의의 형이상학

이 장에서는 분노의 발생과정과 그 양상, 그리고 그러한 분노 심리를 통해서 역설적으로 고발하고자 한 작가의 정의론에 대한 이해가 필요하다. 작가는 본문 속에서 분노의 발생심리를 다섯 가지로 제시한다. 첫째는 억압적인 환경과의 대립성이 주는 비극성 속에서 분노가 생성된다. 둘째는 국가의 폭력에 대항하여 투쟁하는 대학생들의 희생성 속에서 생성된다. 셋째는 폭력적인 권력에 무기력한 방관자로 살아온 자신과 민족이라는 타인들이 보여준 무지 속에서 생성된다. 그리고 넷째는 세월 속에서 자꾸만 흐리터분해지는 분노의식의 약화 속에서 생성된다. 다섯째는 수국을 바라볼 때마다 어떤 분노가 솟구쳐 오르는 트라우마적 심리 속에서 발생한다.

첫 번째의 분노 발생심리는 10년 전 대전교도소에서 만난 수국 이야기 속에서 확인된다. 1987년 6 · 29선언으로 아들의 가석방을 맞으러 찾아간 교도소의 콘크리트 담장에 핀 수국을 보면서 일기 시작한다. 석방을 확신했던 아들이 감옥에서 나오지 못하자 장승처럼 서서 "전신을 던져 무엇이든 박살내고" 싶은 마음으로 "하늘을 쳐다보려는 순간, 저만치서 눈길을 잡는 한 떨기의 꽃!"을 발견한다. 작가는 그 순간, "이건 다만

이 시대 이 땅의, 그리고 오늘 나의 분노를 증언하려고 피어난 꽃"이라고 속으로 외친다.

그러므로 작가의 분노는 비극적 상황과의 대립성에서 오는 감정이다. 이를테면, "15척 콘크리트 담장의 침묵"과 그것을 깨고 "선명한 청자색으로 의연히 솟아있는 꽃"사이에서, 그리고 "죄수도 간수도 면회 오는 가족"과 "결코 눈여겨보지 않는 꽃"사이에서 발견되는 비극성이 작가의 분노를 촉발한다. 이런 논리는 "한겨울 속의 붉은 동백이, 혹은 늦가을 찬 서리에 젖은 들국화가 아름다운 것은 그 비극성 때문이다."라는 문장에 의해 충분히 뒷받침된다.

두 번째 분노 발생심리는 교도소에서 가석방된 학생들이 '양심수 석방'을 외치러 가는 뒷모습 속에서 인식된다. 작가는 그들의 모습에서 50년의 한국전쟁 당시 "총대도 메지 않은 채 학교 정문을 나서던 학도병의 광경"을 떠올린다. 그래서 작가는 "고향으로부터, 부모형제로부터, 멀리 떨어진 어느 전선, 어느 고지에서 죽어간 청년들"의 희생성과 "감옥의 0.7평 독방에서 방금 풀려난 청년들"의 투쟁을 등가적으로 인식한다. 이런 인식 속에는 국가의 위기에 의인義人으로 동참하는 정의가 공통분모로 자리 잡고 있다. 작가의 말처럼 의인은 "정의가 유린되었을 때 분노할 줄 아는 사람"이다.

세 번째 분노 발생심리는 학생들의 대열에 가담하지도, 희생을 막지도 못하는 방관자적 태도에 대한 자책감 속에서 생성된다. 작가는 "분노하는 인간은 분노를 나타내지 않고 증오만 하는 인간보다는 항상 용서되어야 한다."라는 언급을 빌려 분노의 철학을 제시한다. 그는 분노와 증오를 구별한다. 전자가 비정의적 상황에 대한 투쟁적 행동을 지시한다면, 후자는 분노를 나타내지 않는 관념적 인식을 뜻한다. 그러므로 방관자적 태도는 "투쟁적 행동－분노 표현－관념적 증오"로 이어지는 행동의 양상 속에서 소극적인 비행동으로 볼 수 있다. 그러기에 투쟁에 나서지 못하는 자신의 방관자적 무성의에 대하여 "암담한 가슴속으로 타오르는 분노"를 느끼는 것이다.

네 번째는 과거의 분노를 점점 망각해가는 자신의 노쇠한 감성과 육체 속에서 생성된다. 이런 분노감정의 망각현상은 선물로 받은 수국을 이따금 바라보며 반복적으로 상기하는 장면과 자신의 약화된 분노를 질타하는 상황 속에서 확인된다. 이것은 노쇠현상으로 점차 감성과 기억력이 쇠잔해 가는 것을 탄식하는 양심 고백에 다름 아니다.

다섯 번째는 현란하게 피어있는 수국을 바라볼 때마다 작가의 마음속에서 솟구쳐 오르는 분노의 심리이다. 단락 ③에서 "그런 수국을 바라볼 때면 내 속에선 느닷없이 어떤 분노가 솟구쳐 오른다. 피가 술렁인다는 것은 이런 심정을 가리켜서 하는 말일까."라는 고백이 이를 증명한다. 도입액자의 끝부분에서 발견되는 분노는 패턴 형식으로 빈발한다. 이것은 분노심리가 이미 질병처럼 트라우마의 형태로 잠재되어 있음을 의미한다.

이런 분노들은 대학생들의 투쟁을 의로운 행동으로 인식하는 작가의식 속에서 발생한다는 공통점이 있다. 따라서 분노의 진정한 지향성은 국가라는 집단공동체의 정의 회복이나 보존에 맞춰져 있다. 여기서 정의에 대한 형이상학적 논의가 불가피한 것은 그것의 본질을 인식할 때, 그를 위한 투쟁의 필연성과 불가피성이 이해될 수 있기 때문이다.

마이클 센델은 ≪정의란 무엇인가≫에서 정의를 보는 관점을 '행복의 극대화, 자유 존중, 미덕 추구' 등의 세 가지로 제시한다. 이 세 가지 요소들은 공동체나 개인적 삶의 측면에서 바람직하게 지켜질 때 정의로운 사회가 될 수 있다는 점에서 수긍이 된다. 이에 비해, 동양철학에서는 유학의 사단칠정론에서 정의의 요체를 찾을 수 있다. 이를테면, 인仁에서 나온 측은지심惻隱之心, 의義에서 나온 수오지심羞惡之心, 예禮에서 나온 사양지심辭讓之心, 지智에서 나오는 시비지심是非之心 등을 실천하며 사는 것이 개인과 사회의 행복과 자유를 지켜줄 수 있는 길이기 때문이다.

이러한 유교적 정의의 관점을 이 수필과 연결시킬 경우, 작가의 분노는 수오지심과 시비지심에 그 뿌리를 두고 있다. "불의를 부끄러워하고 남의 착하지 못함을 미워하는 마음"인 수오지심은 민주화를 외치는 사람들을 의인으로, 국가 폭력에 대항하다 희생되는 이 땅의 많은 타인들은 방관자로 평가한다. "옳고 그름을 가릴 줄 아는 마음"인 시비지심 또한 국가의 폭력과 동포들의 방관자적 삶을 고발하는 비판정신의 뿌리가 된다. 이렇게 볼 때, 수오지심과 시비지심은 작가의 분노를 야기하는 형이상학적 출처로 인식된다.

한편, 작가는 "정의가 유린되었을 때 분노할 줄 아는 사람"을 의인으로 정의함으로써, 정의와 분노, 의인을 관계적 상황맥락 속에서 설명한다. 인의예지가 공동체와 개인의 삶을 지키는 정의의 실천목표라고 한다면, 그것을 지키기 위해 행동(분노)은 의인義人이 보여주어야 할 바람직한 삶의 양식이다.

6. 텍스트의 미적 서술전략

중층 구조론에서 서술전략은 담론층의 핵심기능으로 이해된다. 여기서는 주로 초점화자와 서술시점 분석을 시작으로, 시간착오기법에 국한하여 살피게 될 것이다. 이 수필의 초점화자는 10년 전 1987년 7월 8일 아들의 가석방을 기대하며 대전 교도소로 달려갔던 작가 자신이다. 그는 실망감에 하늘을 쳐다보다가 형무소의 담장에 핀 수국을 보며 치솟는 분노를 느끼던 체험주체이다. 이처럼 초점화자는 체험주체가 곧 과거의 작가 자신이었음을 보여줌으로써 소재에 대한 사실성과 진실성을 높이는 데 기여한다.

초점화자가 목격한 그해 여름 수국의 이야기는 1인칭 주인물화자를 통하여 전달된다. 과학적 견지에서 보면, 세월이 흐른 만큼 작가 인식도 바뀌었을 것이다. 그렇다면 구조시학자들의 주장처럼 과거의 초점화자와 현재의 서술자는 동일인물로 보기 어렵다. 하지만, 수필은 본성적으로 소재로 선택된 자신의 삶을 일관되게 성찰하는 특성을 보인다는 점에서 초점화자와 서술자를 동일자로 인정하는 관습을 지닌다. 1인칭 허구문학에서조차 인정하는 이 양자 간의 불일치 현상을 수필문학에서 거부하는 것은 수필 소재가 작가의 실제 삶의 일부로서 첨가되거나 변형될 수 없는 특성을 지닌다는 점과도 관련된다.

시간착오(anachronism)의 양상을 분석하는 것은 작가가 선택한 정교한 서술전략을 확인하는 첩경이다. 이것은 순서와 지속, 빈도의 사용법을 살피는 방식으로 진행된다. 순서(order)의 시간착오는 이중액자 소설구조에서 간단히 확인된다. 단락 ①~③과 ⑪~⑬는 현재의 이야기로서 연속된 이야기이다. 이에 비해서, 단락 ④~⑩은 과거 사건으로서 회상된 이야기이다. 그러므로 작가가 이야기를 변형시키기 이전의 원전 스토리는 ④, ⑤, ⑥, ⑦, ⑧, ⑨, ⑩, ①, ②, ③, ⑪, ⑫, ⑬의 순서가 된다. 이것에 예술적 감동과 울림의 증폭을 위해 작가는 ①, ②, ③, ④, ⑤, ⑥, ⑦, ⑧, ⑨, ⑩, ⑪, ⑫, ⑬의 순서로 변형시켜 플롯라인을 만든 것이다.

둘째로 지속(duration)의 시간착오에서는 가속의 기법과 감속의 기법으로 나누어 살필 필요가 있다. 가속의 시간착오는 스토리 시간보다 서술 시간을 빨리(짧게) 서술하는 전략을 쓴다. 요약과 생략(최대 감속) 등이 이에 속한다. 감속의 기법에는 스토리 시간보다 서술 시간을 느리게 서술하는 장면, 묘사, 성찰, 연장 등이 있다. 그밖에도 스토리 시간과 서술 시간이 비슷하게 보여주는 대등한 지속 등이 존재한다.

요약 내용을 중심으로 중요한 지속의 기법을 이중액자 구조와 연결시켜 살펴보면 다음과 같다. 즉, 단락 ①-요약, ②-묘사, ③-성찰, (생략), ④-요약, ⑤-요약+장면, ⑥-묘사, ⑦-성찰, ⑧-장면, ⑨-성찰, ⑩-성찰, (생략), ⑪-요약, ⑫-성찰, ⑬-장면 등의 지속기법이 확인된다. 도입액자에서는 요약기법으로 시작하여 묘사와 성찰의 방식으로, 선물 받은 수국화분이 10년 전의 분노를 어떻게 환기시켜 주는가를 보여준다. 내부이야기에서는 서술목적에 따라 서술방식이 선택된다. 즉, 사건의 전말을 개괄하는 곳에서는 요약이, 분노 상황을 사실적으로 제시하는 부분에서는 장면을, 분노의 감정이 생성되는 과정에서는 성찰의 기법을 섞어 쓰는 방식으로 서술전략을 활용한다. 종결액자에서도 다양한 서술기법이 동원된다. 세월의 흐름을 보여주는 곳에서는 요약이, 작가의 현재 상황을 보여주는 곳에서는 성찰을, 마지막 결말부에서는 분노 감정의 환기작용과 여운의 창조를 위해 장면기법을 동원한다. 그리고 도입액자와 내부이야기 사이, 내부이야기와 종결액자 사이에서는 10년이라는 시간의 흐름을 뛰어넘기 위해 최대가속 전략인 생략의 기법을 도입하여 담론의 밀도와 시간을 조절한다.

셋째로 빈도(frequency)의 시간착오는 단회적 서술, 다회적 서술, 다회 반복 서술, 유추반복 서술 등으로 나누어 살핀다. 이것은 텍스트 내 주요 사건들이 스토리에서 발생한 횟수와 담론에서 언급된 횟수를 비교함으로써 반복서술의 전략적 의미와 미적 효용성을 살피는 데 목적을 둔다. 우선, 라이트모티프인 수국에 대해서는 두 가지 전략을 사용한다. 현재의 수국을 바라보며 과거의 분노를 환기하는 부분에서는 다회적(중첩반복) 서술(nN/nS)을, 10년 전 수국을 발견하는 상황에서는 성찰을 통해 분노의 생성과정을 치밀하게 보여주기 위해 다회반복서술(nN/1S)을 쓴다. 또한 텍스트의 전체구조 속에서는 분노의 발생심리와 분노철학을 밀도 있게 보여주기 위해서 "분노"라는 단어를 11회나 반복 사용하는 특성 (11N/1S)을 보인다. 이러한 특정 단어의 동어반복은 수필의 전통적 서술 전략에 위배될 수도 있으나, 분노의 형식과 분노철학을 형상화하기 위한 서술전략이라는 점에서 보면 수긍이 간다.

여기서 한 가지 구조미학적 궁금증에 대한 설명이 필요하다. 이처럼 치밀한 서술전략으로 그해 여름의 수국과 그로부터 생성되는 심리적 분노의 감정을 이중액자 구조에 삽입하여 재현했음에도 불구하고, 그 미적 울림이 그리 크지 않은 것은 무슨 까닭일까? 이에 대한 설명은 여러 측면에서 원인을 살필 수 있으나, 가장 핵심적인 요인으로는 한 마디로 수국의 상징성을 에토스적인 인성 차원에서만 통찰하는 데 그치고 있기 때문이다. 예컨대, 수국의 상징성을 인간의 본성차원과 연결시키고, 정의의 철학을 형이상학적 수준까지 연결하여 통찰하였더라면 상황은 크게 달라졌을 것이다.

바로 이 점에서 한국 현대 수필작품에서 자주 발견되는 보편적 약점이 드러난다. 그것은 소재세계를 감각 인식이나 법칙 터득의 수준까지만 통찰하고, 영적 각성의 수준까지 탐구하지 않는 소재통찰의 형이상학적 인식의 한계에서 오는 약점이다.

7. 주제 해석의 다원적 논리

주제란 작품을 통일시키는 핵심내용이나 사상으로서, 전체 작품구조에 의해 형상화되는 지배적인 의미이다. 이것을 찾아내는 전략으로는 몇 가지 방식이 고려될 수 있다. 그중에서도 이번엔 노먼 프리드만의 다원적 분석법을 활용하는 것이 좋을 성싶다.

프리드만은 텍스트의 주제를 입체적으로 다원적 각도에서 해석할 것을 주장한다. 예컨대, 작품 자체층위와 작가 비전층위, 역사적 배경층위가 그것이다. 여기서 프리드만은 각 층위를 유기적으로 해석할 것을 권고하였다. 먼저, 작품 자체층위를 해석한 뒤, 그 결과를 바탕으로 작가 비전층위를 해석하고, 첫 번째와 두 번째 층위의 해석 결과를 유기적으로 고려하면서 창작 당시의 시대적 배경층위와 연결하여 해석할 것을 주장하였다.

당연한 말이다. 주제세계를 다양한 관점에서 입체적으로 볼 때, 심층적으로 다양하게 읽어낼 수 있는 가능성이 열리기 때문이다. 또한 이러한 접근법은 한 텍스트에서 다양한 교차담론을 만날 수 있는 길을 제시한다는 점에서도 가치 있는 방법이다. 이제 주제의 다양한 층위를 그림으로 보여주면서 설명하기로 하자.

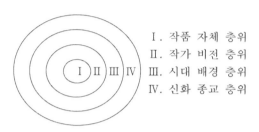

Ⅰ. 작품 자체 층위
Ⅱ. 작가 비전 층위
Ⅲ. 시대 배경 층위
Ⅳ. 신화 종교 층위

위 그림에서 '작품 자체의 층위'에서의 해석이란 텍스트 자체를 순수한 언어구조물로 보고 형식주의와 구조주의적으로 해석하는 방식이다. 이 경우에는 작품창작에 영향을 제공한 일체의 역사적 심리적 배경에 대한 정보는 배제된다. 단지 텍스트의 의미는 언어들의 구조적 결합과 배열방식에 의해 생성된다고 믿는다. 모든 텍스트는 작가가 언어와 구조로 형상화시킨 결과만을 읽을 수 있다는 점에서 이런 해석법은 영향의 오류에서 자유로울 수 있다.

작품 자체의 층위에서 볼 때, 이 작품은 수국의 역설적 이미지를 통해서 형상화된 분노의 미학쯤으로 해석할 수 있다. 국가폭력에 의해 민주화 투사들의 의인적 행동이 억압받는 상황에서 정의롭지 못한 폭력에 대한 분노는 수국의 의연성과 황홀한 아름다움을 통해서 역설적으로 고발된다. 그래서 10년 전 대전교도소에서 만난 수국은 "15척 콘크리트 담장의 침묵을 깨뜨리고 선명한 청자색으로 의연히 솟아있는 꽃"으로 묘사된다. 이때 수국의 황홀한 아름다움과 의연성은 그만큼의 비극성과 아픔을 환기한다는 측면에서 역설적으로 예술성을 증폭시킨다. 이러한 수사 효과는 수국의 황홀한 아름다움을 보조관념으로 삼아 억압받는 대학생 민주투사들의 의로운 행동을 원관념으로 환기하는 비극성의 비유구조가 만들어 내는 힘이다.

　작가 비전층위에서, 이 작품은 작가의 현실주의적 문학관이 낳은 결과로 보인다. 작가의 비전은 흔히, 그의 예술관(문학관)이나 세계관, 인생관, 우주관 속에 내재되어 드러나기 마련이다. 임선희의 수필관은 그의 〈인간과 언어의 만남을 위하여〉와 〈이 시대의 귀족이고 싶은 그대〉에서 한두 가지 챙길 수 있다. 그는 자신의 언어관을 수필로 고백한 앞의 글에서 "비수를 찌르듯이 사람 가슴을 단숨에 찌르는 예리한 말을 써봤으면 했다. (중략) 그러나 보다 진실하게 언어는 약이어야만 한다. 수많은 가슴의 상처를 위로해서 밝히고 쓰러지다가 또다시 일어나게 하는 약이어야만 할 것이다." 이는 그가 치유적 기능을 발휘하는 효용론적 언어관의 소유자임을 보여준다. 또는 "때때로 말은 지구 전체의 무게와도 맞먹으면서 (중략). 가지각색의 인습과 갈등, 인간을 획일화 시켜 버리는 권력, 이런 것들에 대결해서 싸워야 하는 현실에서 내 편에 서 있다가 내 마지막 순간에 기도祈禱가 되어서 무덤까지 함께 따라가 주는 게 아닐까?"라는 언급 속에도 나타나 있다. 이런 주장 속에는 현실의 모순과 대결하는 투쟁의 언어관이 내재한다. 따라서 그의 두 가지 언어관인 효용론적 언어관과 투쟁적인 언어관은 한 마디로 실용적 언어관이라고 할 수 있다. 〈그해 여름, 수국이 피었다〉가 역사 안의 정치적 모순과 대결하는 현실주의적 경향을 보여주는 것도 이와 무관하지 않다.

　〈이 시대의 귀족이고 싶은 그대〉에서도 그의 수필관의 한 특성을 확인할 수 있다. 그는 이 작품에서 "정가의 무법자와 아스팔트의 점령군과 온갖 나부랭이가 세탁기 속의 빨랫감처럼 뒤엉켜서 돌아가는 땅"에서, "수필을 쓰고 귀족이 된다."라고 말한다. 여기서 작가는 "자신감과 자존심을 분간하는 지성. 열을 알면서 일곱을 드러내는 절제. 사흘을 굶어도 담을 넘지 않는 지조. 평등이란 기회의 균등일 뿐 결과의 균등이 아님을 자각하는 양식. 잘난 사람을 인정하는 자신감" 등의 품격을 지닌 지혜로운 교양인을 내세운다. 그에게 귀족이 되는 길은 "지적으로 도덕적으로 상류가 확실한 정신의 귀족을 동경하고 스스로에게 기대하는" 삶이다. 수필가에게는 이런 의무를 감당할 역사적 유전자와 지금보다 나은 세상을 물려줄 의무와 자격이 주어져 있다고 말한다. 그의 작품 속에서 형이상학적 울림이 빈약한 것도 이런 현실주의적 수필관에 경도되었기 때문이다.

작품의 역사적 배경 층위에서, 이 작품은 1987년 6·29선언으로 민주화 운동에 가담했던 아들의 가석방을 기대하며 대전 교도소에 갔다가, 형무소의 콘크리트 담장에 핀 수국을 보고 분노를 느꼈던 실제 경험을 10년 뒤에 쓴 글이다. 그러므로 수국은 작가에게는 당대의 분노를 증언하려고 피어난 역사의식과 정의를 환기하는 상징성을 띤다. 그것은 불의의 정치권력에 대항하여 민주화 운동에 동참했다는 이유로 형무소에 수감된 의인들의 비극성을 비유적으로 보여준다. 수국이 황홀한 아름다움으로 느껴지는 만큼 정의를 억압하는 폭력적인 국가권력에 대한 분노는 반비례적으로 상승한다. 바로 여기에 국가폭력에 대항하는 역설의 분노미학이 자리 잡는다.

네 번째 층위는 신화·종교적 층위이다. 이 층위에 대한 논리는 노만 프리드만의 것이 아니다. 예컨대, 궁극적인 원초적 본질세계와 연결시켜 주제를 해석하기 위해서는 이런 관점의 추가는 필연적이다. 유신론적 입장에서 보면, 모든 존재와 삶은 신과의 관련성을 맺고 있다. 그러나 이 작품은 작가의 예술관이 암시하듯이 현실주의적 문학관을 보여줌으로써 소재에 대한 형이상학적 탐구의 흔적은 보이지 않는다. 이점은 이 작가의 거의 모든 작품에서 발견되는 한계이자 특성으로 읽을 수 있다.

따라서 그의 작품은 작품 자체층위와 작가 비전층위, 그리고 당대의 역사적 층위에서는 강한 울림을 만들어 내고 있으나 형이상학적 본질세계로 인도하는 이른바 역사 밖의 신화·종교층위에서는 침묵한다.

8. 미의식의 유형과 실현 양상

이제, 텍스트가 함유한 미의식에 관하여 살펴볼 차례이다. 〈그해 여름, 수국이 피었다〉속에는 다양한 미의식이 입체적으로 깔려 중층적 울림을 만들어 낸다. 이러한 미의식과 그 울림은 다음의 다섯 가지 상황으로부터 포착된다. 첫째는 도입부의 선물받은 수국으로부터 환기되는 미의식, 둘째는 형무소 콘크리트 담장의 침묵을 깨뜨리고 의연히 솟아있는 수국이 주는 미의식, 셋째는 출감되자마자 양심수 석방을 외치러 가는 대학생들의 뒷모습이 주는 미의식, 넷째는 그들의 희생을 보고도 방관자적 삶을 사는 사람들에게서 보이는 미의식, 그리고 마지막으로 세월의 흐름 속에서 그해 여름의 분노를 망각해가는 작가자신에게서 느껴지는 미의식 등이 그것이다.

첫째, 선물받은 수국으로부터 환기되는 미의식은 비극미이다. 그것은 10년 전의 불행한 비극적 사건을 떠올리게 할 뿐만 아니라, 당시 작가자신이 보여준 방관자적 삶에 분노와 부끄러움을 느끼게 한다. 더욱이 늙어버린 육신과 감성 탓에 과거의 아픔과 분노를 점점 망각해가고 있는 자신의 실존적 현실이 주는 비애감이 그를 분노하게 만든다. 작가는 그 수국을 바라보며 과거의 분노를 상기하고, 자꾸만 흐리터분해지는 자신의 처지를 질타한다.

둘째, 그해 여름, 형무소 담장에서 발견한 수국이 주는 미의식은 비장미이다. 비장미는 비극미에 숭고성이 결합된 미의식으로서 장엄한 비극성을 느끼게 한다. 작가가 10년 전 대전 교도소 담장에서 발견한 수국은 척박한 교도소 환경과 투쟁하는 수감된 대학생들의 뜨거운 결기와 정의감만큼이나 의연하게 피어있다. "현기증 나도록 아름다웠다."는 표현이나, "콘크리트 담장의 침묵을 깨뜨리고 선명한 청자색으로 의연히 솟아있는 꽃"으로 묘사된 수국의 상징성 속에는 비장미가 번뜩인다. 이는 꽃의 화려함 속에 숨어있는 비극성을 역설적으로 내보임으로써 비장한

결기를 강조하는 효과를 창조한다.

셋째, 가석방된 대학생들의 뒷모습에 투영된 미의식 역시 비장미이다. 그 날, 6·29선언으로 풀려난 민주화 운동의 가담자들은 6·25전쟁 당시, "총대도 메지 않은 채 학교 정문을 나서던 학도병"의 이미지와 등가적으로 환기되면서, 고향과 애인과 부모형제와 멀리 떨어진 어느 전선, 어느 고지에서 죽어간 청년들을 연상시킨다. 그리고 "정부경찰에 잡혀서 또다시 투옥될 지도"모르는 처지에서도 정의를 유린하는 권력의 폭력에 맞선다. 이러한 의인적 행동 속에서 발견되는 희생성과 담대한 결기가 바로 비장미를 야기한다.

넷째, 당대의 역사적 상황 속에서 방관자적 삶을 사는 사람들에게 투영된 미의식은 풍자미이다. 작중에서 보여준 분노의 범주는 폭력을 휘두르는 권력과 그를 방관하는 작가 자신을 포함한 동포들, 그리고 10년 전 그 의로운 투쟁과 분노를 점점 망각해가는 노쇠한 작가 자신의 실존 상황 등에 맞춰져 있다. "저들의 대열에 가담하지 못하고 저들의 희생을 막지도 못한다."는 고백이나, "이 얼마나 초라하고 얼마나 무기력한 일인가."라는 질타, 그리고 10년 뒤, "그 해 여름의 수국을 생각한다. 그날의 분노를 상기한다. 그리하여 자꾸만 흐리터분해지는 자신을 질타한다." 는 자조적 언급 속에서 풍자의 칼날이 날카롭다.

이렇게 볼 때, 이 작품은 비극미와 비장미, 풍자미 등이 유기적인 상호작용을 하면서 무겁고 침울한 미적 울림을 만들어 낸다고 할 수 있다. 그러한 다중적 미의식이 만들어 내는 울림은 전체적으로는 비극미와 풍자미가 지배적이다. 문제는 의인들의 행동으로부터 분출되는 비장미를 불의에 바탕을 둔 비극미와 풍자미가 억압하거나 짓누르는 상황을 보여준다는데 있다. 다시 말해서, 불의에 기반한 비극적 현실이 정의를 지키기 위해 희생하는 비장한 행동들을 유린하고 억압하는 현실 속에 비극성의 본질이 숨어있다.

9. 수필 시학적 문제들

앞에서 본 것처럼, 이 수필이 함축하고 있는 감성의 세계는 탁월하다. 겉으로 보이는 화려하고 소담스런 수국의 이미지를 역설적으로 뒤집어, 비극적인 분노의 이미지로 구조화 하여 역사 안의 울림으로 형상화한 것은 이 작품만의 개성의 영역을 구축한다.

그러나 이 수필은 수국의 화려한 이미지를 권력의 폭력을 의연하게 증언하는 분노의 이미지로 의미화 함으로써 깊이에의 한계를 보인다. 구조적으로는 이중액자를 도입하여 사실성을 강화하고 미적 울림을 증폭시키는 전략을 쓰고 있으나, 초월적인 힘을 획득하는 데는 실패한다. 이는 수국의 상징성을 역사 안의 불의와 싸우는 양심의 꽃으로 인식하여, 정의의 인식범주를 세속의 세계, 역사 안의 세계로 한정하여 형상화한 결과이다.

수국에 대한 이러한 인식태도는 소재의 의미를 현상차원과 인성차원에 국한시켜서 이야기의 울림을 역사 안의 시공간 속으로 제한하는 약점으로 작용한다. 작가의 이러한 현실주의적인 태도는 초인과 정의의 세계를 인간의 본성이나 본질과 연결시키지 않고 현실세계에 가두어 버리는 결과를 낳게 한다.

이러한 문제의식은 기본적으로 작가의 현실주의적 수필관이나 언어관과도 무관하지 않다. 그는 〈인간과 언어의 만남을 위하여〉라는 수필에서 "비수를 찌르듯이 사람 가슴을 단숨에 찌르는 예리한 말을 써봤으면 했다." "한마디의 말이 가슴에 와서 부딪칠 때 우리는 일상의 생활에서 잊혀지지 않는 하나의 의미와 매력을 발견하게 되는 것"으로 표현된 실용적 언어관을 내보인다. 그만큼 작가는 현실세계의 범주 안에서 인성의 법칙이나 삶의 법칙을 탐구해왔다고 볼 수 있다.

시학적인 견지에서, '분노'라는 단어의 반복 사용도 눈에 거슬린다. 물론 분노의 철학과 분노의 형식을 형상화하기 위한 특수전략이라고 해도 지나친 감이 있다. 11회나 사용한 '분노'라는 어휘를 2~3회로 줄이고 암시하는 수사법을 썼더라면, 감정 절제의 미덕이 한층 빛났을 것이다. 그런 수사 전략은 오히려 독자들의 정서를 더욱 강렬하게 불러일으키고 파토스적 울림을 낳게 하는데 기여했을 것이다. 이와는 반대로 분노라는 강한 감정의 어휘를 전경前景에 내세워 반복 강조함으로써, 텍스트의 상징공간을 현실적인 감정의 세계로 한정하고 수필이 지향하는 여유와 여운을 놓치게 한다.

척박한 교도소의 환경과 대립성을 보이는 풍성한 수국의 이미지를 라이트모티프로 채택한 것도 이 작가의 타고난 감수성과 예술성을 보여주는데 일조한다. 더욱이 그 해 여름의 분노를 황홀한 수국의 이미지와 대립시켜 반어적으로 형상화한 것은 이 작품을 한국 현대수필사의 한 페이지에 자리매김 할 미적 평가의 근거가 될 만하다.

그러나 단락 ⑩에서 제시한 분노의 철학은 그 철학적 논리와 깊이가 파토스와 에토스의 범주에 갇혀있는 양상을 내보임으로써, 스스로 미적 울림통의 범주를 축소시키는 결과를 낳게 한다. 또한 대학생들의 민주화 운동을 이육사의 의인義人의 이미지와 등가화 하고, 그것을 천년 뒤 조국의 밝은 미래를 안겨줄 백마 타고 오는 초인의 이미지와 연결함으로써 수국의 상징성을 역사 안의 이미지로 축소시킨 점도 큰 아쉬움으로 남는다.

하지만, 역사적인 사건을 소재로 하여 다중적인 교차담론을 만들어내고 있는 점은 이 작품의 의미를 풍요로운 독서세계로 이끌게 하는 힘이 된다. 이를테면, 6·29선언을 불러온 역사 담론을 비롯하여, 수국의 상징성이 보여주는 정서적 담론, 1980년대의 폭압적 정치 담론, 당대의 젊은 대학생들을 불의와 싸우게 내몰았던 정의의 담론 등이 하나의 텍스트 속에서 중첩되어 유기적인 의미의 상호작용을 일으키게 한다. 이러한 교차담론들의 풍부한 대화성은 주제의 의미를 폭넓게 해석하게 이끄는 시너지 효과를 유발한다.

끝으로, 서론에서 제시한 예술수필의 진실에 대하여 밝힐 차례이다. 필자는 예술수필의 조건을 세 가지로 언급한 바 있다. 소재의 본질에 대한 심오한 철학적 통찰, 그 통찰 결과를 감동적으로 전달하기 위한 예술적인 구조 찾기, 그리고 그것을 감동적인 이야기로 전달하기 위한 수사 전략의 상호작용 등이 그것이다. 이 기준에 비추어 볼 때, 이 수필은 구조와 담론 전략에서는 탁월한 기량을 보여주었으나, 수필작품의 의미세계를 결정짓는 소재통찰의 단계에서는 깊이의 허약성을 내보인다. 이런 결과는 임선희가 형이상학적 세계보다는 현상세계의 탐구에 초점을 둔 작가라는 점에서 이해가 가지만, 그러한 특징이 궁극적으로는 텍스트의 미적 울림과 예술성을 약화시키는 요인으로 작용한다.

작가의 생전 모습이 궁금해진다. 이러한 궁금증은 작품이 내뿜는 강렬한 의미의 파동과 그 속에서 감지되는 감성적인 창조 역량의 비범성과 신비성에서 나오는 힘이다.

〈참고문헌〉

금도우신. ≪미론≫. 백기수 역. 정음사, 1977.
마이클 샌델. ≪정의란 무엇인가≫. 이창신 역. 김영사, 2010.
백기수. ≪미의 사색≫. 서울대학교출판부, 1993.
조요한. ≪예술철학≫. 경문사, 1976.
R. G. 콜링우드. ≪예술철학개론≫. 이일철 역. 정음사, 1978.

16
윤오영의 〈달밤〉*

1. 수필의 맛과 멋을 찾아서

수필의 미학성을 간결하게 말한다면 맛과 멋으로 표현하는 것이 좋을 것이다. 그만큼 수필의 맛과 멋은 작품의 미학성을 평가하는 조건이 되기도 한다. 특히, 수필은 짧은 분량의 산문문학으로서 전통적으로 글맛과 멋을 추구하는 장르라는 점에서 타 장르와의 비교를 불허한다.

맛과 멋은 본디 동일한 개념이다. 맛이 내용에 가까운 개념이라면, 멋은 형식에 가까운 표현이다. 형식이 내용을 담는 그릇이라면, 내용은 그 형식을 결정해주는 조건이라고 할 수 있다. 이처럼 내용과 무관한 형식은 존재할 수 없으며, 형식과 무관한 내용 또한 존재할 수 없다. 나아가 형식은 내용에서 나오고, 내용은 형식에 의해 인식되는 이를테

---

* 이 글은 한국수필학회에서 발간한 ≪수필학≫ 제14집(2006)에 수록한 "〈달밤〉의 구조미학"과는 별개로 새롭게 썼음을 밝힌다. 이 두 편을 함께 읽으면 서로 보완이 되리라 믿는다.

면, 동전의 안팎과 같은 필연적인 상관성을 지닌다. 그러므로 수필의 맛과 멋은 동일한 개념으로서 맛은 멋에서 나오고, 멋은 곧 맛에서 나온다고 할 수 있다.

윤오영의 〈달밤〉은 이러한 수필의 맛과 멋의 전범을 보여주는 수필이다. 이 작품은 그만큼 수필의 다양한 맛과 멋을 생성하는 요소들을 구비하고 있다. 다시 말해서, 수필의 다양한 미덕과 개성을 구비함으로써 명작으로서의 충분조건을 함유하고 있다. 즉, 노장철학적 깨달음을 안겨주는 제재 통찰의 깊이와 연극의 한 장면을 연상시키는 극적 구조의 힘, 그리고 간결하고 격조 있는 화답의 형식과 개성 있는 인물의 성격과 윤리적 태도, 제목의 감수성과 결말의 여운 등이 어울려 멋과 맛의 세계를 창조한다.

윤오영의 〈달밤〉이 전통수필의 맛과 멋의 계승자라는 평가는 바로 이런 다원적이고 유기적인 미적 요소들의 상호작용에서 기인한다. 수필의 진정한 맛과 멋은 그 내용과 형식의 유기적 상호작용에서 생성된다는 점에서 이 작품은 하나의 전범적 가치를 보여준다. 이제, 텍스트 분석을 통하여 멋과 맛의 생성원리를 탐구해 보기로 하겠다.

2. 분석 텍스트의 선정

필자가 이 작품을 읽게 된 것은 1970년대 후반의 일이다. 30여 년이 흘렀지만 지금까지 그 울림과 여운을 잊지 못하는 것은 이 작품이 지닌 개성 있는 멋과 맛의 힘 때문이리라 믿는다. 5매 정도의 짧은 분량이면서도 수필이 지녀야 할 미덕들을 이만큼 두루 지니고 있다는 점은 놀라운 일이다. 분석 텍스트는 범우사에서 1976년에 발간한 ≪방망이 깎던 노인≫에서 취하였다.

〈달밤〉

내가 잠시 낙향해서 있었을 때의 일.

어느 날 밤이었다. 달이 몹시 밝았다. 서울서 이사 온 윗마을 김 군을 찾아갔다. 대문은 깊이 잠겨 있고 주위는 고요했다. 나는 밖에서 혼자 머뭇거리다가 대문을 흔들지 않고 그대로 돌아섰다.

맞은편 집 사랑 툇마루에 웬 노인이 한 분 책상다리를 하고 앉아서 달을 보고 있었다. 나는 걸음을 그리로 옮겼다. 그는 내가 가까이 가도 별 관심을 보이지 아니했다.

"좀 쉬어 가겠습니다."

하며 걸터앉았다. 그는 이웃 사람이 아닌 것을 알자,

"아랫마을서 오셨소?"

하고 물었다.

"네, 달이 하도 밝기에……."

"음, 참 밝소."

허연 수염을 쓰다듬었다.

두 사람은 각각 말이 없었다. 푸른 하늘은 먼 마을에 덮여 있고 뜰은 달빛에 젖어 있었다.

노인이 방으로 들어가더니 안으로 통한 문 소리가 나고, 얼마 후에 다시 문 소리가 들리더니, 노인은 방에서 상을 들고 나왔다. 소반에는 무청 김치 한 그릇, 막걸리 두 사발이 놓여 있었다.

"마침 잘됐소. 농주 두 사발이 남았더니……."

하고 권하며, 스스로 한 사발을 쭉 들이켰다. 나는 그런 큰 사발의 술을 먹어 본 적은 일찍이 없었지만, 그 노인이 마시는 바람에 따라 마셔 버렸다. 이윽고,

"살펴 가우."

하는 노인의 인사를 들으며 내려왔다.

얼마쯤 내려오다 돌아보니 노인은 그대로 앉아 있었다.

3. 제재 통찰의 수준과 활용법

이 작품의 제재는 달밤이다. 시학차원에서 가장 먼저 탐구해야 할 과제는 작가가 이 제재를 얼마나 깊이 있게 통찰하여, 어떻게 활용하고 있는가를 살피는 일이다. 제재 통찰은 기본적으로 작품의 철학적 의미와 주제의 범주 등을 탐색하는 과정이다. 이 과정은 제재에 대한 철학적 통찰을 바탕으로 텍스트의 심층을 이루는 의미작용의 기본구조를 설정한다는 점에서 필수적인 단계가 된다.

제재 통찰의 내용과 수준을 확인하기 위해서는 다음 두 가지를 살펴보는 것이 효율적이다. 첫째는, 수필작가들이 제재를 선택하여 의미를 탐구하거나 찾아내는 방식이다. 즉, 원관념과 보조관념을 어떻게 설정하여 활용하는가에 따라 제재의 탐구방식이 구분된다. 필자는 이를 직설법, 비유법, 상징법, 합일법 등으로 개념화하여 제재탐구의 원리로 설명하고자 한다.

직설법直說法은 보조관념의 도입 없이 원관념을 직접 설명하는 방식이다. 이때 원관념이란 작가가 궁극적으로 들려주고자 하는 삶의 방식이나 존재원리가 된다. 이 방식은 대체로 줄거리는 명료하지만 작가의 설명이 전경화되어 예술성과 미적 울림은 약해지기 마련이다. 비유법比喩法은 원관념과 보조관념을 나란히 세운 뒤, 보조관념으로 원관념을 유추하는 방식이다. 이것은 보조관념이 지닌 삶의 방식이나 존재원리를 원관념의 세계와 등가성, 혹은 유사성으로 연결하여 원관념을 보다 풍부하게 환기시켜 준다. 상징법象徵法은 원관념에 대해서는 침묵한 채, 보조관념인 제재의 세계만을 이야기하는 방식이다. 이 방법은 원관념의 세계를 감추고 제재의 상징성만으로 암시되므로 자칫 난해성에 빠질 수도 있으나, 대신 예술성을 강화시키는 효과를 얻을 수 있다. 마지막으로, 합일법合一法은 원관념과 보조관념을 어떤 상황이나 수준에서 합일시키는 전략이다. 일종의 주객일체나 물아일체 등의 형식으로 깨달음이나 각성 결과를 담아내는 방식이다. 이 방법은 보조관념으로 원관념을 환기하는 비유법과는 달리, 양자를 본질차원에서 동일성으로 연결하거나 합일시킨다.

〈달밤〉은 위의 네 가지 방법 중에서 합일법을 활용한 것으로 보인다. 이를테면, 만월명상滿月瞑想이라는 주인물의 특수한 행동을 통하여 인간과 달이 본질 차원에서 합일을 지향하는 이야기이다. 이 수필 속에서 작가인 '나'는 부인물로서 주인물의 행동을 객관적으로 스케치하여 들려주는 관찰자나 목격자의 위치에 서 있다. 따라서 '노인'은 이 수필의 주인물로서 만월명상을 하는 주체이며, 달은 그런 노인의 세계와 철학을 합일의 경지에서 보여주는 핵심제재가 된다. 그리고 달밤의 환상적인 풍경과 서정성은 본질 차원에서 노인과 달의 합일을 도와주는 특수한 배경으로서 명상이나 선禪적인 분위기를 조성하는 데 기여한다.

제재 통찰의 차원에서 살펴야 할 두 번째 과제는 통찰의 깊이이다. 이것은 수필 속에서 주인물의 행동양식과 제재가 보여주는 상황적 특성에 의해서 감지할 수 있다. 우선, 주인물은 만월명상을 하는 특이한 행동을 보인다. 그리고 이러한 특수 상황 속에서 노인은 찾아온 손님에게 술대접을 하는 예의를 표하지만, 속으로는 명상을 지속하고자 하는 욕망이 숨어있다. 이러한 상황은 다음과 같은 서술들 속에서 확인된다. (a) "맞은편 집 사랑 툇마루에 웬 노인이 한 분 책상다리를 하고 앉아서 달을 보고 있었다.", (b) "그는 내가 가까이 가도 별 관심을 보이지 아니했다.", (c) "두 사람은 각각 말이 없었다.", (d) "살펴 가우.", (e) "얼마쯤 내려오다 돌아보니 노인은 그대로 앉아 있었다." 등이 그 예가 된다.

(a)는 노인이 만월명상을 하고 있다는 정보를 제공한다. 노인이 명상의 기본자세인 가부좌를 하고 달을 보고 있다는 서술이 그 근거가 된다. (b)는 노인이 만월명상에 몰입하고 있음을 암시한다. (c)에서는 손님과 노인이 각기 고민에 빠져있음을 보여준다. 손님은 노인의 명상 장면에 돌발적으로 끼어들어 결과적으로 그 명상을 방해하여 난처해하고, 노인은 속으로 만월명상을 지속하기 위한 전략을 찾고 있음을 숨기고 있다.

(d)는 손님에게 간단한 예의를 표한 뒤, 얼른 보내려는 적극적인 행동이다. (e)는 노인이 다시 만월명상에 몰입해 있는 모습이다. 따라서 노인은 명상을 통하여 달과 하나가 되고 싶어 하거나, 이미 주객일체나 물아일체의 합일상황을 즐기고 있는 자임이 드러난다.

그러나 작가는 1인칭 관찰자를 내세워 노인의 심리적 상황은 숨겨둔 채, 그 분위기만을 전할 뿐이다. 작가는 독자에게 객관적 관찰결과에 대한 사실 진술의 서술전략을 구사함으로써 오히려, 독자의 상상력을 유발시키고 신비스러운 분위기를 조성하며, 제재 통찰의 깊이를 내보인다. 즉, "달이 몹시 밝았다.", "주위는 몹시 고요했다.", "네, 달이 하도 밝기에…….", "푸른 하늘은 먼 마을에 덮여 있고 뜰은 달빛에 젖어 있었다." 등과 같은 서술들은 한결같이 만월명상의 분위기를 보여주는 달밤의 정경들이다. 달 밝은 밤과 고요한 분위기, 그리고 그런 분위기를 깨지 않으려는 작가와 주인물의 노력, 달빛에 젖어 있는 마을의 밤 풍경 등은 노인이 만월명상에 몰입하고 있음을 암시한다.

작가는 이렇게 노인이 보여주고 있는 명상이라는 몰입의 특수상황을 간결한 문장과 담백한 어조로 증언하고 있다. 몰입은 바로 대상과 하나가 되는 시간, 대상으로부터 우주적 깨달음이나 본질의 소리를 듣고 즐기는 관조의 시간이라는 점에서, 노인의 명상은 본질 통찰의 수준에 머물러 있다고 판단된다. 이는 현상세계에 대한 감각인식이나 법칙세계에 대한 물리터득의 수준을 뛰어넘어 본질세계에 대한 통찰의 수준을 보여준다고 할 수 있다. 다만, 작가는 그 결과와 내용은 보여주지 않고 그 분위기만을 보여줌으로써 독자의 상상력을 활성화한다.

4. 극적 수필의 구조와 특성

이 수필은 드라마의 한 장면을 연상시킨다. 간결하고 함축적인 짧은 문장과 화답의 대화구조를 긴장감 있게 배치함으로써 한 만월 명상가의 특이한 행동 특성과 그 기질을 개성 있게 제시한다. '만남 인사-분위기 화답-술대접-배웅 인사'로 이어지는 대화 구조는 간결하면서도 긴장감과 신비성을 갖추고 있어서 극적 수필로서의 멋과 맛을 느끼게 한다. 대화를 제외한 모든 문장들은 마치 희곡의 무대 지시문처럼 읽힌다. 이런 구성요소들의 도입은 짧은 이야기이면서도 강렬한 의미와 이미지를 창조하는 데 도움을 준다.

이 작품의 이야기 구조는 마치 드라마의 구조를 방불케 한다. 이러한 극적인 분위기와 이야기의 맛은 그 구조가 만들어 내는 역동적인 울림의 메커니즘으로부터 나온다. 이야기의 미적 울림은 전적으로 제재 통찰의 깊이와 이야기의 구조화 능력, 그리고 적재적소에 배치된 문장과 수사 전략에 의해 달성된다는 점에서 텍스트의 구조에 대한 탐구는 불가피하다. 이제, 텍스트의 미적 구조를 확인하기 위해 이야기 줄거리를 패러프레이즈 하면 다음과 같다. 이야기의 플롯라인은 사건의 발생시간 순서로 배열되어 있어서 복잡한 시간착오나 역전기법은 발견되지 않는다.

① 달이 몹시 밝은 날, 이사 온 김 군을 찾아간다.(김군 방문)
② 대문은 잠겨 있고 고요하여 그대로 돌아선다.(만남 실패)
③ 이웃집 툇마루에서 노인이 만월명상을 하고 있다.(노인 발견)
④ 내가 가까이 가도 별 관심을 보이지 않는다.(명상 몰입)
⑤ 인사를 청하자, '아랫마을서 왔느냐'고 묻는다.(주객 인사)
⑥ '달이 밝기에'라 답하자, '참 밝소'라고 화답한다.(달빛 화답)
⑦ 고요한 달빛 속에서 두 사람 사이에 침묵이 흐른다.(대책 궁리)
⑧ 노인은 무청김치와 막걸리를 가지고 나와 권한다.(손님 접대)
⑨ 나는 엉겁결에 노인을 따라 술을 마셔 버린다.(위풍 눌림)
⑩ 배웅 받고 내려오다 보니 노인은 그대로 앉아있다.(명상 지속)

이 10개의 단락은 텍스트의 핵심사건을 담당하는 플롯라인으로서, 원소재의 배열순서인 스토리라인과 일치한다. 위의 요약결과를 다시 항목 요약으로 압축하면, 이 수필은 〈① 김군 방문-② 만남 실패-③ 노인 발견-④ 명상 몰입-⑤ 주객 인사-⑥ 달빛 화답-⑦ 대책 궁리-⑧ 손님 접대-⑨ 위풍 눌림-⑩ 명상 지속〉의 의미망 형태로 떠오른다. ①, ②가 노인과의 만남 동기를 제공한다면, ③, ④는 명상을 하는 노인의 발견과 그 장면을 보여주고, ⑤, ⑥은 주객 간의 인사와 화답 장면을, ⑦은 겉으론 명상배경을 보여주지만, 속으로는 돌발적으로 끼어든 명상 장애에 대한 해소대책을 궁리하고 있다. ⑧, ⑨는 노인의 손님 접대와 위풍威風을, 마지막으로 ⑩은 노인의 명상 지속 장면을 보여준다.

이상의 설명을 그림으로 도식화하여 보여주면 다음과 같다.

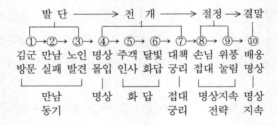

위 플롯 체계도가 지시하는 바는 이 수필이 4단계의 극적 구성 형태를 띠고 있다는 점이다. 발단에서는 서울에서 이사 온 윗마을 김 군을 찾아 갔다가 대문이 잠겨있는 바람에 돌아 나오다가, 맞은편 집 툇마루에서 만월명상을 하고 있는 한 노인을 발견함으로써 만남의 동기가 주어진다. 구스타프 프라이타크(G. Freytag)가 《희곡의 기술》에서 처음으로 도식화한 플롯의 구조도[1]로 말하면, 발단은 도입단계(introduction)로서 줄거리의 사전 조건과 극적 계기가 주어지는 곳이다. 이 작품에서도 사

1) 극적 구성에 대한 기본용어는 민병욱의 《현대희곡론》에서 도움을 받았다.

건발생의 극적 계기가 주어진다. 서울서 이사 온 김 군을 찾아갔다가 맞은편 집 사랑 툇마루에서 가부좌를 틀고 앉아 달을 관상하고 있는 한 노인에게 자리를 청하는 데서 이야기가 시작된다.

전개과정은 손님이 다가가도 별 관심을 보이지 않는 노인에게 조심스럽게 인사를 건넨 뒤 선문답 같은 화답을 주고받는 장면과 두 사람이 잠시 동안의 침묵 속에서 심리적 갈등을 암시적으로 보여주는 장면이다. 프라이타크는 이 과정을 상승단계(rising)로 설명하는데, 주동인물과 반동인물의 갈등이 구체화되고 발전되는 상황이다. 노인의 명상 장면에 낯선 손님이 갑자기 등장하여 호기심으로 말(인사)을 건네는 것은 달가운 일이 아니다. 그것은 도리어 명상의 분위기를 깨고 중지시킨다는 점에서 방해가 될 것임에 틀림없다. 따라서 이 장면 속에는 노老 명상가의 보이지 않는 두 가지 심리적 갈등이 숨어 있다. 하나는 불청객과 최소한의 예의를 갖추는 것이며, 다른 하나는 이 불청객을 빨리 쫓아버릴 궁리를 하는 일이다. 인사를 나눈 뒤에 잠시의 침묵 속에서 노인은 바로 그런 전략을 궁리하고, 손님은 미안한 마음과 함께 분위기를 살피는 것으로 암시된다.

절정단계에서는 만월명상에 대한 격조 있는 이해理解를 보여준 손님에 대한 예의로서 노인이 막걸리 한잔을 대접하는 장면과 손님이 그의 위풍에 눌려 엉겁결에 술을 따라 마셔버리는 코믹한 상황이 연출된다. 이 장면은 프라이타크 식으로는 정점(climax)에 해당되는데, 이것은 명상을 방해한 손님을 빨리 쫓아버릴 궁리를 행동으로 옮기는 장면이다. 손님에 대한 노인의 예상치 못한 뜻밖의 막걸리 대접은 일종의 파격적 행동이다. 주인 노인의 이러한 파격적 행동 속에는 격조를 갖춘 손님에 대한 최소한의 예의 표시이자 명상을 지속하고자 하는 이중적 욕망이 숨어있다.

마지막 결말단계는 노인이 막걸리 대접으로 손님을 쫓아버리듯이 내보낸 뒤, 다시 만월명상을 지속하는 욕구를 보여주는 대목이다. 프라이타크는 결말단계를 하강단계(return or fall)로 설명하는데, 줄거리의 진행방향을 바꾸면서 반전이나 작중인물의 지향적 이념을 드러내는 부분이다. 〈달밤〉에서는 손님에게 술 한 잔을 얼른 대접하고는 "살펴 가우."라는 배웅 인사를 던지는 형식으로 쫓아버리고 명상에 몰입하는 행동으로 나온다.

　이렇게 볼 때, 이 수필은 극적 수필로서의 단계성과 완결성을 구비하고 있다. 절제된 대화와 화답 내용도 격조가 있고, 갑작스런 술대접과 예기치 못한 배웅 인사도 극적인 맛과 멋을 보여주기에 부족함이 없다.

5. 인물의 욕망과 심리 분석

　〈달밤〉의 주인물인 노인의 행동심리도 흥미롭다. 그의 개성 있는 성격과 기질도 범상치 않고, 그의 욕망추구의 지향성 또한 강렬하다. 이와 같은 그의 욕망세계는 다음과 같은 네 가지 행동을 통해서 읽어낼 수 있다. 첫째는 달 밝은 날 가부좌를 틀고 앉아 명상을 하면서, 불쑥 찾아온 손님에게 별 관심을 보이지 않는 행동, 둘째는 손님에 대한 최소한의 화답을 통해서 그의 인간적 격조와 수행의 수준을 인식하는 행동, 셋째는 낯선 손님에게 뜻밖의 술대접을 하는 행동, 그리고 손님을 돌려보내는 낯선 행동 등이 그것이다.

　노인의 이러한 행동심리의 근저에는 기본적으로 명상에 갑자기 끼어든 손님에 대한 당혹감과 다시 명상을 지속하고 싶어 하는 수행자의 갈등이 내재한다. 주인물이 낯선 손님에게 갑자기 술대접을 하는 파격적인 행위는 그러한 갈등의 결과로서 나온 것이다. 게다가, 달빛이 좋은 밤에 불쑥 찾아온 낯선 이에게 이런 후한 대접을 하는 것은 풍류를 즐기는 그의 격조와 품격에서 나온 행동으로 보인다. 풍류란 세속을 뛰어넘어 예술의 멋과 맛을 격조 있게 누리면서 자연합일의 철학적 경지를 지향한다는 측면에서 이해가 간다.

　이 수필에서 두 인물들이 보여주는 욕망구조는 겉으로는 친교적 양상을 보이는 듯하다. 하지만, 속으로는 호기심에 갑자기 끼어들어 노인의 명상을 방해한 손님과 명상을 지속하려는 노인의 심리가 충돌한다. 작가인 나는 김 군을 만나러 왔다가 실패하고 돌아가다가 노인을 발견하고는 호기심에 돌발적인 방문으로 노인의 명상을 중지시키는 결례를 범한다. 그래서 이 상황에 대한 두 사람의 대화는 다소 냉랭하다. 예컨대, 작가가 "좀 쉬어 가겠습니다."라는 말을 건네자, 주인은 "아랫마을서 오셨소?"라고 간단히 묻는다. 이에 "네, 달이 하도 밝기에…….", "음, 참 밝소."란 화답을 주고받고는 잠시 침묵한다. 이 과정에서 노인은 달밤의 풍류를 아는 듯한 손님의 격조 있는 화답에 술대접을 하기로 마음을 바꾼다. 노인은 잠시 동안의 궁리(침묵)를 통해서 그렇게 하는 것이 손님에 대한 예의임과 동시에, 빨리 돌려보낼 수 있는 방책임을 깨닫는다. 결국, 노인은 자신의 위풍과 파격에 눌려 손님이 엉겁결에 농주를 따라 마시는 모습을 보고는 곧, "살펴 가우."라는 배웅 인사로 쫓아버리는 강수를 둠으로써 명상 지속의 욕구를 달성한다.

　이러한 욕망구조는 의미작용의 기본구조와 연결시켜 논리적으로 조작할 경우, 두 사람의 갈등 생성 과정과 함께 주제의 수렴결과를 종합적으로 보여준다. 다시 말해서, 〈달밤〉의 텍스트가 함유하고 있는 의미작용의 기본구조는 다음과 같은 세 쌍의 논리적 관계 속에서 해석된다. 즉, 작가의 명상에 대한 호기심 충족과 노인의 명상 지속 욕망, 나의 돌발 방문과 노인의 농주 대접 후 귀가 권고 사이에는 대립관계가 성립한다. 작가의 호기심 충족과 노인의 농주 대접 후 귀가 권고, 노인의 명상 지속과 나의 돌발 방문 사이에는 모순관계가, 그리고 호기심 충족과 나의 돌발 방문, 노인의 명상 지속과 작가의 농주 대접 후 귀가 권고 사이에는 내포관계가 생성된다. 이것을 이항대립구조와 연결시켜 다시 조작하면, 이 작품은 다음과 같은 변증법적 의미생성의 구조로 떠오른다.

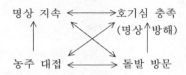

위 그림은 노인의 명상지속 욕구와 나(작가)의 호기심 충족 욕구가 대립하는 양상으로 나타난다. 여기서 나의 호기심 충족 욕구는 결과적으로 노인의 명상을 방해한다는 점에서 노인의 명상지속 욕구와 대립관계를 형성한다. 하지만, 노인의 파격적이고 격조 높은 양가적 술대접으로 노인은 명상 지속 욕구를 달성하게 된다. 이 과정에서 작가는 노 명상가의 신비스런 명상 관찰의 기회를 얻으려 했으나, 주인의 갑작스런 술대접과 절묘한 배웅으로 쫓겨 가는 형국을 보여준다. 따라서 손님인 작가의 욕망은 실현되지 않았으나, 노인의 명상 지속의 욕망은 달성된 것으로 해석할 수 있다.

이 작품은 노인의 노련한 처세술 속에 내재된 수행자의 품격과 격조가 그 예술적인 맛을 더한다. 그가 손님에게 술대접을 한 것은 세속적 관계 속에서의 품격을 차리는 일이다. 하지만 그가 손님을 서둘러 보내놓고 나서 맛보는 만월명상은 영적 차원에서의 격조를 누리는 일이다. 이 세련된 처세술 속에 현실과 초월세계를 꿈꾸는 수행자의 욕망과 진정성이 숨어있다.

6. 화답의 격조와 풍류의 품격

윤오영의 〈달밤〉 속에는 격조 높은 화답和畓 형식이 내재한다. 화답이란 예술가들이 주어진 시제詩題를 놓고 주거니 받거니 하는 격조 있는 미적 소통양식이다. 이 작품 속에는 만월명상에 잠겨 있는 한 노인에게 낯선 작가가 다가가 "좀 쉬어 가겠습니다."라고 청하자, 주인이 "아랫마을서 오셨소?"라고 응대하면서 대화가 시작된다. 여기까지는 평범한 일상적 대화일 수 있다.

그러나 이러한 노인의 물음에 대한 작가의 대답이 미적 화답의 경지로 승화되는 것은 다음과 같은 손님의 응답 때문이다. 예컨대, 노인이 "아랫마을서 오셨소?"하는 질문에 작가는 "네, 달이 하도 밝기에……."라고 대답한다. 이 대답이 나오자, 노인은 바로 "음, 참 밝소."라고 즉각 응대한 뒤 허연 수염을 쓰다듬는다. 이때 작가로부터 "네, 달이 하도 밝기에……."라는 대답을 들은 노 명상가는 그의 응답에 만족감을 표한다. 그러한 심리적 정황은 "음, 참 밝소."라는 주인의 대꾸와 허연 수염을 쓰다듬는 행동 속에서도 감지된다. 그러니까, 여기서 두 사람의 대화는 적어도 정서적 차원에서 이심전심의 경지에 이입해있거나, 작가가 노인에게 풍류를 아는 인물로 인지되었을 가능성이 크다.

풍류風流란 본시 예술행위를 철학성과 유희성이 함유된 놀이의 경지까지 끌어올리고, 나아가 자연합일적 삶을 지향하는 예술철학적 놀이의 양상이다. 따라서 "아랫마을서 오셨소?"와 "네, 달이 하도 밝기에……." 라는 두 사람의 대화는 풍류 차원의 화답으로 볼 수 있다. 이러한 화답은 만월명상을 통하여 주객일체의 선경을 꿈꾸고 있던 노인에게 이심전심의 심리적 공감상황을 안겨줄 수도 있다는 점에서 가치가 있다. 그래서 노인은 초면인 작가에게 마지막 남은 막걸리를 대접할 생각을 하는 것이리라.

노인이 느낀 풍류의 격조는 두 사람의 화답을 근거로 짐작할 수 있을 뿐이다. 비록 낮은 수준의 이심전심의 상황일지라도, 단순한 서정적 차원을 넘어 다소 철학적이거나 미학적인 수준에서의 공감 상황으로 여겨진다. 그 이유는 노인이 작가에게 술대접을 한 사실로부터 인지된다. 이러한 술대접은 손님의 화답으로 빚어진 또 하나의 화답 형식이지만, 거기에는 만월명상을 빨리 지속하기 위한 노인의 전략적 의도도 숨겨져 있다. 전자가 풍류를 아는 손님에 대한 윤리적 격조의 산물이라면, 후자는 주인의 만월명상에 대한 환지본처還至本處의 욕망이다. 그래서 술대접은 이 두 가지 조건을 충족시킬 수 있는 노인의 절묘한 선택적 행동이라고 할 수 있다. 그것은 손님에 대한 예의도 되는 동시에 중지된 명상을 지속시킬 수 있는 방책도 되기 때문이다.

문제는 서술자가 두 인물에 대한 구체적 정보는 함축시킨 채 단지 암시만 하고 있다는 사실에 있다. 노인과 작가의 생각의 깊이는 물론 그들의 신분이나 능력에 대하여 일체의 정보를 생략함으로써 오히려, 독자를 신비로운 상상의 세계로 이끈다. 이러한 궁금증은 독자들에게 풍성한 문학적 상상력을 발현시키도록 자극하여 작품의 예술성과 신비감을 드높이는 결과를 낳는다. 짧은 5매 수필임에도 불구하고, 이런 풍성한 상상체험이 가능한 것은 이 작품만이 지니고 있는 예술적 장점이자 특성이라고 할 수 있다.

7. 초점화자와 서술자의 거리

화자의 존재와 기능은 수필시학에서도 중요한 논란거리이다. 흔히, 수필은 작가가 자신의 체험을 자신의 목소리로 고백한다는 점에서 1인칭 직접문학으로 이해된다.

하지만 현대수필에 이르러 2인칭이나 3인칭이 심심찮게 활용됨으로써 화자에 대한 논란은 피할 수 없을 듯하다. 더 큰 문제는 수필의 화자를 소설의 화자와 구별 없이 인식하거나 동일하게 사용하고 있다는 사실에서 발견된다. 특히, 구조시학에서 주장하는 것처럼, 종래의 화자 개념을 초점화자와 서술자로 나누어 그 사이의 간극을 용인할 때, 문제는 한층 더 복잡해진다. 예컨대, 소설작가가 소재를 목도했을 당시의 이야기 내용과 시간이 흐른 뒤 그것을 소설로 창작하여 독자에게 들려줄 때 다를 수 있다는 논리이다. 이러한 주장은 소재 발견 당시의 의식의 반영자인 체험주체와 이야기의 전달주체가 물리적으로나, 심리적으로 다른 존재라는 과학적 인식에 기초한다.

이에 반해, 수필에서는 꾸며낸 이야기가 아닌 작가의 실제 체험(제재)을 원체험자가 일관되게 성찰한다는 장르적 특성에 비추어 볼 때, 구조시학자들의 주장을 수용하기가 쉽지 않다. 다시 말해서, 생물학적으로 초점화자와 서술자 사이의 간극間隙을 인정한다 해도, 수필문학은 작가가 체험 속에서 건져 올린 불변不變의 소재를 긴 관조의 시간 속에서 단지 해석과 의미의 심화 및 다양화를 지향한다는 점에서 차이를 보인다. 이를테면, 비록 수필작품에서 초점화자의 체험내용과 서술자의 해석내용이 다소 다르다 해도, 소재 자체와 관조자는 변하지 않을 뿐더러 그때 발생할 수 있는 해석의 차이는 동일 작가의 관조 결과에서 나오므로 이 양자를 동일자로 보아야 한다는 논리이다.

그런 의미에서, 이 작품의 초점화자와 서술자는 작가 자신으로 보는 것이 옳다. 작가는 과거 언젠가, 고향에 낙향해서 있었을 때 체험한 노老명상가와의 만남 체험을 시간이 흐른 뒤 수필로 창작했다고 볼 수 있다. 이때 수필작가는 동일한 제재에 대하여 관조와 성찰을 진행하고, 거기서 획득한 깨달음의 내용을 예술적으로 구조화하여 독자에게 들려주는 직접문학의 성격을 띤다.

문제는 이 수필이 1인칭 주인물시점으로 서술하다가 단락 ⑦에서 3인칭 작가관찰자로 일탈한다는 점에서 발견된다. 예컨대, "두 사람은 각각 말이 없었다. 푸른 하늘은 먼 마을에 덮여 있고 뜰은 달빛에 젖어 있었다."라는 서술 속에는 시점의 혼란이 감지된다. "두 사람은 각각 말이 없었다."란 문장에서 두 사람은 분명 작가와 노인을 가리키므로 서술자는 3인칭 작가관찰자가 된다.

따라서 이 장면에서 중요한 서술미학적 궁금증이 인다. 작가는 왜 1인칭 주인물시점을 사용해오다가, 갑자기 이 두 문장에서 3인칭 작가관찰자 서술을 선택했는가라는 의문이다. 달밤에 이심전심의 화답을 주고받던 두 사람은 그 짤막한 대화를 통하여 상대방의 존재감을 인식했을 가능성이 크다. "두 사람은 말이 없었다."란 문장 속에서 두 사람은 갑작스런 첫 만남인 까닭에 서로 서먹한 느낌이 들어 침묵을 지킬 수도 있었겠지만, 서로 상대에 대한 심리적 대응 전략을 마련하기 위한 시간이었을 수도 있다. 즉, 노인은 어느 정도의 풍류를 아는 자의 화답을 들었다는 판단 아래 최소한의 윤리적 대접을 궁리했을 수도 있고, 작가는 갑작스런 방문으로 노 명상가의 만월명상을 방해했다는 자책에서 침묵했을 수도 있다.

상황이야 어쨌든, 이 장면에서 작가는 두 사람의 만남과 신비로운 달밤 풍경을 객관화시켜서 한 폭의 그림처럼 보여주고 싶었을 수도 있다. 하지만, 이 문장을 "나와 노인은 각각 말이 없었다."나 혹은, "나와 노인 사이에는 잠시 침묵이 흘렀다."라고 1인칭으로 서술해도 그 맛과 멋이 줄어드는 것은 아니라는 의미에서 설득력이 떨어진다. 그렇다면, 왜 이런 결과가 나왔을까? 이것은 문맥상의 착각에서 온 결과로 보인다. 분위기와 문맥의 관점에서 볼 때, "두 사람은 각각 말이 없었다."라고 서술하는 것이 가장 쉽고 자연스럽다고 보았지 싶다.

그럼에도 불구하고, 이러한 설명은 그 장면에서 이동시점을 쓸 사유가 궁하다는 논리에서 옥에 티로 볼 수밖에 없다. 한두 문장에서 서술시점을 갑작스레 바꾸는 것은 서술상의 혼란을 야기하고 이야기의 집중력과 주제의 통일성을 약화시킬 수도 있다.

8. 전범적 문장과 수사 전략

이 작품은 문장과 수사 전략의 측면에서도 모범적이다. 눈에 띄는 몇 가지 문장 특성만으로도 수필 문장의 정석定石이 무엇인지를 시사한다. 이를테면, 간결성과 함축성, 격조성, 소박성, 담백성, 평이성, 인물의 성격과 기질을 함축시켜 들려주는 개성 등이 그러하다. 그만큼 〈달밤〉은 문장미학적 미덕과 수사적 장점을 풍부하게 내포한 작품으로 인식된다.

먼저, 간결한 문장은 탄력과 긴장감으로 인하여 극적인 맛을 내는 데 크게 기여한다. 뿐만 아니라, 문장이 간결할수록 그만큼 함축성이 커지고 독자의 상상력을 활성화하여 풍부한 연상작용을 촉진한다. 이러한 문장 특성들은 독자의 흥미를 유발시키고 텍스트 속으로 끌어들이는 흡입력으로 작용한다.

특히, 함축성이 큰 간결한 대화문은 초면의 서먹서먹한 분위기와 노인의 성격을 보여주는 데 크게 기여한다. (a) "좀 쉬어 가겠습니다.", (b) "아랫마을서 오셨소?", (c) "네, 달이 하도 밝기에…….", (d) "음, 참 밝소.", (e) "마침, 잘 됐소. 농주 두 사발이 남았더니…….", (f) "살펴 가우." 이 여섯 개의 대화문 중에서 (a)와 (c)를 제외하고는 모두 노인의 발화문이다. 이처럼 노인의 발화가 작가 (나)의 말보다 많은 것은 후자가 전자의 위세나 기세에 압도당하고 있음을 시사한다. 그러한 기세는 노인이 쓰는 짧고 간결한 개성 있는 말의 격조와 인간적 품격에서 나온다. 작가는 이와 같은 간결한 문장을 통해서 작품의 격을 높이고 작중인물의 기질과 성격을 개성 있게 형상화하는 외에도, 수필 문장이 요구하는 긴장감과 감칠 맛, 함축성, 리듬성 등을 획득한다.

둘째는 함축적 문장이다. "나는 밖에서 혼자 머뭇거리다가 대문을 흔들지 않고 그대로 돌아섰다."는 작가의 조용한 성품과 품격을 보여주기에 적절하다. 두 인물이 주고받는 "네, 달이 하도 밝기에…….", "음, 참 밝소."라는 화답형의 문장은 그들이 달밤과 그 분위기를 좋아한다는 공통성을 함축하고 있다. 그래서 노인은 자신의 명상이 방해를 받았음에도 격을 아는 손님에게 뜻밖의 술대접을 궁리하게 된다. "두 사람은 각각 말이 없었다."라는 문장의 내포성은 바로 두 인물의 이런 심리적 갈등과 전략을 숨기는데 있다. 따라서 작가는 "노인은 방으로 들어가더니 (중략) 막걸리 두 사발이 놓여 있었다."라는 문장으로 노인의 이런 양가적 이중심리를 표현한다. "나는 그런 큰 사발의 술을 먹어본 적은 일찍이 없었지만, 그 노인이 마시는 바람에 따라 마셔 버렸다."라는 문장은 노인의 위풍에 눌린 작가의 행동을 함축하고 있다. "살펴 가우.", "노인은 그대로 앉아 있었다."등의 문장에서는 노인이 자신의 만월명상을 지속하기 위해 손님을 빨리 돌려보내고 싶어 하는 욕망을 내보인다.

셋째는 문장의 격조이다. 일반적으로, 문장의 격조는 작가와 인물의 인간적 품격을 대변한다. 작가가 "달이 하도 밝기에……"라고 화답하며 조심스럽게 노 명상가에게 접근하는 것은 자신이 신비로운 행동을 하는 주인공과 소통할 수 있는 격조를 지닌 존재임을 은근히 암시한다. 그리고 노인이 간단한 화답을 통해 손님의 수준을 확인한 뒤 방으로 들어가 마지막 남은 농주를 들고 나와 권하는 것이나, 작가가 노인의 위세에 밀려 엉겁결에 술을 따라 마시는 표현도 그들의 품격과 격조를 함축적으로 보여주는 문장들이다. 마지막 문장도 노인의 명상가로서의 격조를 함축적으로 내보인다.

넷째는 소박하고 담백한 문장이다. 이 수필 속에는 치렁치렁하게 늘어진 문장이나 화려한 수사가 발견되지 않는다. "푸른 하늘은 먼 마을에 덮여 있고 뜰은 달빛에 젖어 있었다."는 단 하나의 비유적 문장을 제외하고는 거의 객관성에 바탕을 둔 사실 진술의 문장들로 서술된다. 주관성에 바탕을 둔 감성적 묘사를 배제하고, 오히려 헤밍웨이가 쓴 하드보일드(hard boiled) 스타일처럼 객관적 진술을 지배적 서술문체로 활용함으로써 독자의 상상력을 활성화하는 역설적 효과를 얻는다. 그런 장점들이 모여 이 작품을 한 편의 드라마틱한 영상수필의 세계로 이끈다.

다섯째는 평이한 문장이다. 작품 중에 어려운 문장이나 난삽한 단어는 전혀 보이지 않는다. 수수하고 쉬운 문장들로 달밤의 정경과 두 인물의 대화 광경을 소박하게 전달하고 있다. 윤오영은 이 작품으로 쉽고, 평이하며, 간결한 문장이 어떤 수사 효과를 창조하는지를 모범적으로 보여준다. 근자에 들어 소설식의 장황한 문장을 흉내 내어 수필의 맛과 멋을 잃어버리는 일부 작가들이 수필 문장의 한 전형으로 삼을 만하다.

여섯째는 인물의 성격과 기질을 내포시켜 보여주는 문장이다. 좋은 문장은 한 문장으로도 한 인간의 철학과 사상을 함축할 수 있다. 파스칼이 ≪팡세≫(Pensées)에서 "인간은 생각하는 갈대이다."라는 단 한 문장으로 자신의 기독교 사상을 은유적으로 보여주듯이, 좋은 작가는 인물의 성격과 기질, 사상 등을 간결한 문장에 내포시켜 들려준다. 〈달밤〉 또한 단 몇 줄의 대화와 서술만으로도 노 명상가의 격조와 사상을 효율적으로 형상화한다. 대화문을 통하여 최소한으로 묻고 그 격조를 파악한 뒤, 술을 대접하여 돌려보내는 노인의 성격과 직관적 행동이 간결하면서도 맛깔스럽게 서술되어 있다.

다음으로는 수사 전략상의 문제로서 호소呼訴구조에 대한 분석이 필요하다. 아리스토텔레스가 언급한 파토스와 에토스, 그리고 로고스를 어디에, 어떻게 활용하고 있는가에 대한 분석도 작가의 문장과 수사 전략을 파악하는데 도움을 준다. 이 문제 또한 작품의 미적 울림을 결정하는 중요한 근거가 된다는 점에서 중요하다.

파토스(pathos)는 작가가 독자의 감성을 자극하여 독자를 설득하는 수사 전략이다. 이 수필 속에서 파토스의 수사 전략은 "푸른 하늘은 먼 마을에 덮여 있고 뜰은 달빛에 젖어 있었다."라는 문장과 "마침, 잘 됐소. 농주 두 사발이 남았더니……."라는 권주勸酒의 말 속에서 확인된다. 전자가 독자의 낭만적 감성을 자아내게 한다면, 후자는 마음이 통하는 손님에게 보내는 노인의 윤리와 따뜻한 인간애를 느끼게 한다.

에토스(ethos)는 작가가 자신의 윤리와 성격을 보여주는 방식으로 독자를 감화시키는 전략이다. 달밤을 좋아하는 작가의 성격으로 인하여 달이 몹시 밝은 날을 택하여 서울서 이사 온 윗마을 김 군을 찾아가고, 만월명상에 심취해 있는 신비스런 노인과 툇마루에 걸터앉아 대화를 나누고, 노인이 술을 마시는 바람에 따라 마셔 버리는 행동 속에서도 작가의 낭만적 성격과 소박한 기질이 발견된다. 노인 또한 낯선 손님에게 막걸리를 대접하는 행동으로 그의 수행자로서의 윤리성을 내보인다. 그리고 술대접을 한 후에 "살펴 가우."하고 빨리 돌려보내는 배웅 행위에서도 그의 수행자로서의 직선적인 성격과 기질이 드러난다.

로고스(logos)는 독자를 설득하기 위해 이야기를 이끌어 가는 논리를 말한다. 수미일관법을 활용하여 노인이 달빛 명상가임과 그 명상을 통해서 노장철학적 물아일체의 선경仙境을 지향하고 있음을 암시한다. 이러한 근거는 작가와 노인이 달빛 화답을 통하여 이심전심의 논리를 확인하는 장면과 노인이 "책상다리를 하고 앉아 달을 보고 있었다. (중략) 그는 내가 가까이 가도 별 관심을 보이지 아니했다."와 "얼마쯤 내려오다 돌아보니 노인은 그대로 앉아 있었다."라는 문장 속에서 발견된다. 그리고 이 수필은 발단, 전개, 절정, 결말의 전형적인 4단 구성법에 의해 이야기를 펼침으로써 극적 긴장감과 주제의 형상화에 효율성을 더한다.

9. 문학 속의 철학과 명상세계

문학작품 속에서 철학적 문제를 다루고자 할 때, 그 대상은 문학철학이 아니라 문학 속의 철학이다. 박이문의 지적처럼, 문학철학은 문학의 본질에 대한 이론으로서 예술철학이나 미학의 일부라면, 문학 속의 철학은 문학작품 속에서 찾아낼 수 있는 철학적 의미나 가치를 다룬다.[2]
윤오영의 〈달밤〉에서 발견되는 주인물의 철학적 관점은 그가 만월명

---

2) 박이문, ≪박이문의 문학과 철학 이야기≫(살림, 2013), 32~35쪽.

상에서 보여주는 수행 자세를 통해 암시된다. 즉, "맞은편 집 툇마루에 웬 노인이 한 분 책상다리를 하고 앉아서 달을 보고 있었다. 나는 걸음을 그리로 옮겼다. 그는 내가 가까이 가도 별 관심을 보이지 아니했다."라는 서술과 " 얼마쯤 내려오다 돌아보니 노인은 그대로 앉아 있었다."라는 문장 가운데서 발견된다.

첫째, 가부좌를 틀고 앉아서 달을 보고 있던 노인이 내가 가까이 가도 관심을 보이지 않는 상황은 그가 바로 명상 중임을 보여주는 단서이다. 그것도 달을 보고 명상을 하니 만월명상이라고 할 수 있다. 그리고 가까이 가도 별 관심을 보이지 않는 것은 그가 명상의 몰입상태인 선경仙境이나 선정禪定을 지향하고 있음을 암시한다.

둘째, 노인의 배웅 인사를 받으며 "얼마쯤 내려오다 돌아보니, 노인은 그대로 앉아 있었다."는 표현도 그가 만월명상을 지속하고 있었다는 근거이다. 그리고 손님에게 막걸리 대접이 끝나자마자 "살펴 가우."라는 인사를 내세워 얼른 쫓아버리는 노인의 태도 또한 그가 만월명상에 바로 이입하려는 강렬한 욕망의 표현이다.

이러한 노인의 만월명상은 달과의 합일을 지향하는 노장철학적 무위자연無爲自然이나 자연합일自然合一 사상과 무관하지 않다. 흔히, 달빛명상을 통한 수행자들의 꿈은 달과의 합일을 통해서 주객일체나 만물일체 등과 같은 신비체험을 이끌어 내고, 궁극적으로는 우주로부터 들려오는 본질의 소리를 듣는 데 있다. 그 소리는 수행자와 달을 하나로 이어주는 우주적 깨달음의 소리인 동시에, 수행자가 우주와 합일되는 본질 통합의 순간을 지향한다. 그 궁극의 시간에 수행자는 만물일체의 깨달음을 얻고, 주체와 객체가 한 몸이 되는 초월체험을 갈망한다. 이는 샤를르 보들레르가 언급한 것처럼, 동일한 본질 속에서 만물교응(correspondances)의 우주적 소통에 참여하는 것을 뜻한다.

이러한 본질 통합의 순간은 세속을 뛰어넘는 초월적 상황에서 일어나므로 손님의 방문으로 인한 명상 방해는 반가울 리 없다. 하지만 이런 현상세계에서의 부정적인 상황은 인식의 변증법적 지양과정을 거치면서 주객일체의 신비체험에 도달하게 된다. 여기서 타자(손님)의 돌발 방문과 명상 방해라는 부정의 상황을 만물일체라는 긍정의 상황으로 바꿔주는 계기는 만월명상의 몰입상황이 제공한다. 따라서 노인은 그런 명상적 상황으로의 몰입을 위해 농주 대접이라는 방법으로 손님을 돌려보내는 묘책을 쓴다. 이때 노인이 명상의 방해꾼을 위해 두 사발 밖에 남아있지 않은 막걸리를 급히 대접한 뒤 부랴부랴 배웅하는 것은 현상차원의 모습이자, 본질을 향한 환지본처還至本處의 전략이다. 노인이 손님을 보낸 뒤 얻게 되는 궁극적인 깨달음의 세계는 그런 부정적 현상에 대한 투쟁과 지양止揚 결과로 얻게 되는 자기 자신과 달과의 합일이다. 그는 만월명상으로 자신과 우주적 본질이 합일되는 일체감을 체험하고자 시도할 것이다.

그러나 텍스트 속에서 노인이 꿈꾸는 만물교융적 명상세계는 달밤의 간결한 대화와 낯설고 파격적인 행동을 통해서 단지 은유되고 암시될 뿐이다. 이러한 논리는 전적으로 독자들이 상상력을 통해서 읽어내야 할 숨은 뜻이자, 이 작품이 구조적으로 안고 있는 서술과 형상화의 한계로도 읽힌다.

10. 전통수필의 매력과 여운

〈달밤〉을 분석하는 내내 "수필이란 무엇일까?"를 곰곰이 생각해 보았다. 정답이 있는 것은 아니지만, 다양한 해답이 있을 수 있다는 데 방점을 찍는다. 이 작품을 통해서도 하나의 해답을 찾았다고 평가할 수 있다. 윤오영이 〈달밤〉에서 수필의 전통과 정체성을 계승하면서도 다양한 미덕들을 격조 있고 개성 있게 펼쳐 보인 솜씨가 그 증거이다.

역시, 수필의 정체성과 문학적 특성을 설명하는 단서는 수필의 내용과 형식의 미적 통일과 그 형상화 방법에서 찾는 것이 보편적이다. 작품 내용이 제재에 대한 철학적 성찰결과를 주제로 담아낸다면, 형식은 그 내용을 개성 있는 구조와 문장으로 전달하는 미적 울림 전략이다. 수필의 철학적 성찰 내용이 수필의 맛을 결정한다면, 그것을 담아내는 구조와 형식은 수필의 멋을 결정한다. 그러므로 수필의 맛은 그 내용이 주는 내적 질감이라면, 수필의 멋은 그 형식이 주는 외적 질감이다. 이들은 상호 유기적으로 작용하여 형식으로서의 멋은 내용으로서의 맛을 극대화하고, 내용으로서의 맛은 형식으로서의 멋을 극대화하여 미적 형상화와 예술성의 심화를 이끈다.

앞에서 살펴본 바와 같이, 〈달밤〉의 맛은 고요한 달밤의 서정적 풍경 속에서 한 노老 명상가가 지향하는 철학적 관조의 세계와 낯선 손님에게 술대접을 하여 배웅하는 격조와 풍류가 빚어내는 미감이다. 그리고 멋은 극적 구성이 주는 이야기의 긴장감과 두 인물이 주고받는 밀도 있는 화답 형식, 간결 소박하면서도 함축적이며 담백한 문장, 그리고 짧은 이야기의 적재적소에 배치된 수사적 장치들, 제목과 결말의 여운 등이 유기적으로 만들어 내는 미감이다.

불과 5매에 불과한 짧은 분량 속에서 수필의 정수를 담고 있는 이 작품이야말로 한국 수필사의 한 자리를 차지하고도 남는다. 이 작품을 읽다 보면 인물의 개성과 품격이 무엇인지, 텍스트의 구조와 예술성이 어떻게 작동되는지를 스스로 깨닫게 된다. 게다가, 이 작품은 특유의 극적 구성으로 독자를 심오한 철학적 인식의 세계와 문학적 울림의 세계로 안내하여 수필의 맛과 멋을 안겨준다. "달밤"이라는 낭만적인 제목도 독자의 감수성을 풍성하게 자극한다. 환상적인 달밤의 정서 속에서 작가가 깨달음으로 도달할 미지의 세계가 궁금해지는 것도 제목이 주는 상상의 힘과 결말의 여운이 이끄는 울림 때문이다.

그러나 그 맛과 멋을 다소 감소시키는 몇 가지 시학상의 문제와 궁금증이 존재하는 것도 사실이다. 먼저, 시점상의 오류이다. 앞서 지적한 것처럼, "두 사람은 각각 말이 없었다."란 문장에서 갑자기 3인칭 서술자가 등장한다. 이는 낯설게하기(defamiliarization) 효과를 노린 것도 아닌데다 이야기의 일관성을 해치고, 나아가 이동시점을 쓸 만한 사유도 발견되지도 않는다는 의미에서 작가의 착각으로 인식된다.

둘째는 서술자가 노인이 탐구하는 궁극의 세계를 침묵으로 일관하는 것도 의문으로 남는다. 작가는 독자들에게 단지 노인이 추구하는 신비 세계에 대한 최소한의 상징적 암시만 줄 뿐이다. 따라서 작가는 그 침묵의 깊이로부터 수필의 맛을 건져 올리고, 주인물의 명상 태도와 분위기를 통해서 멋을 창조하고 있으나, 그러한 과도한 신비주의가 이야기의 진정성과 리얼리티를 다소 약화시키는 것으로 보인다.

셋째는 간결성과 리듬을 해치는 문장도 눈에 띈다. (a) "노인이 방으로 들어가더니 안으로 통한 문소리가 나고, 얼마 후에 다시 문소리가 들리더니, 노인은 방에서 상을 들고 나왔다. 소반에는 무청 김치 한 그릇, 막걸리 두 사발이 놓여 있었다."와 (b) 〈마침 잘 됐소. 농주 두 사발이 남았더니…….〉/하고 권하며, 스스로 한 사발을 쭉 들이켰다.〉 등이 그 예이다. (a)에서는 청각을 이용하여 노인의 행동을 연상시켜 주기 위해 '~더니'와 '문소리' 등을 반복하지만, 오히려 그것이 문장의 리듬을 깨고 문장의 밀도를 낮추며 늘어지게 한다. 이 문장은 〈노인이 방으로 들어가더니 안으로 통한 문소리가 나고, 얼마 후 상을 들고 나왔다.〉정도면 좋지 싶다. (b)에서는 "남았더니……."와 부사 "스스로"가 문제된다. "남았더니……."는 "남았는데……."가 자연스럽고, "스스로"는 "먼저"로 바꾸는 것이 문장의 논리에 어울린다. 그럼에도 이런 정도의 티는 작품의 완성도와 예술성을 평가할 때 문제가 되지는 않을 것이다. 그만큼 이 작품은 견고한 구조가 만들어 내는 격조 높은 예술적 울림으로 독자들을 사로잡기 때문이다.

〈달밤〉은 전통적인 수필의 맛과 멋의 창조원리를 정석처럼 보여주는 짧고, 깊고, 세련된 수작이다. 이 작품은 허구적 소재를 사용하지 않는 짧은 분량의 수필 장르가 어떻게 긴 소설 장르와 효율적으로 경쟁하면서, 강렬한 예술적 울림을 안겨줄 수 있는가를 실증해 보인 흔치 않은 전범이다.

〈참고문헌〉

김학주. ≪노자와 도가사상≫. 명문당, 1998.
민병욱. ≪현대 희곡론≫. 삼영사, 1997.
박이문. ≪박이문의 문학과 철학이야기≫. 살림, 2013.
시창동. ≪중국의 미학사상≫. 신지서원, 1994.
신성열. ≪노장의 예술철학≫. 한국학술정보(주), 2010.
오오하마 아끼라. ≪노자의 철학≫. 임헌규 역. 인간사랑, 1993.
이강수. ≪노자와 장자≫. 길, 1997.

한국 현대수필의
구조와 미학

인 쇄 __ 2013년 11월 1일
발 행 __ 2013년 11월 15일

저 자 __ 안 성 수
발행인 __ 서 정 환
발행처 __ 수필과비평사

출판등록 __ 제300-2013-133호
주 소 __ 서울시 종로구 삼일대로 32길 36
          (익선동 30-6 운현신화타워 빌딩) 301호
전 화 __ (02) 3675-5633, (063) 275-4000 · 0484
팩 스 __ (063) 274-3131
E-mail __ sina321@hanmail.net
          essay321@hanmail.net

값 20,000원

ISBN 979-11-951582-2-5   03810